SUSANNE EDER

Das Geheimnis der Burggräfin

Buch

Im Frühsommer 1066: König Heinrich IV. schickt Burggraf Bandolf von Worms in den Harz. Dieser soll dort vorläufig die Verwaltung einer im Bau befindlichen Burg mit den dazugehörigen Ländereien übernehmen. Bandolf ist über diesen Auftrag seines jungen Herrschers alles andere als glücklich. Zum einen macht er sich Sorgen um seine hochschwangere Gemahlin Matthäa, die er in der Obhut der Heilerin Garsende in Worms zurücklassen musste. Zum anderen sind die Sachsen mit der Politik des Königs unzufrieden, da der Burgbau eine große wirtschaftliche Belastung für sie darstellt. In der Bevölkerung gärt es. Kaum im Harz angekommen, kehrt Bandolfs junger Schreiber Prosperius von einem Botengang nicht zurück. Stattdessen wird der Prior des nahe gelegenen Klosters Sankt Mauritius bei Bandolf vorstellig. Er behauptet, dass Prosperius vor zwei Jahren als Novize in Sankt Mauritius seinen Novizenmeister ermordet und sich seiner Bestrafung durch Flucht entzogen habe. Um das Maß seines Frevels voll zu machen, habe Prosperius am Vortag den jungen Mönch Adelbald hinterrücks erstochen. Bandolf, der seinem jungen Schreiber alles Mögliche zutraut, aber ganz bestimmt keinen Mord, beginnt gegen den Willen des Priors Nachforschungen anzustellen.
Während Bandolf im Harz fieberhaft ermittelt, überstürzen sich zu Hause in Worms die Ereignisse: Matthäa, die hochschwangere Burggräfin, ist spurlos verschwunden. Garsende ist verzweifelt, doch ihre Suche bleibt erfolglos – denn sie kann nicht ahnen, dass Matthäas Verschwinden mit den Morden im Harz zusammenhängt …

Autorin

Susanne Eder wurde in Karlsruhe geboren und arbeitete lange als Angestellte im Steuerbereich, bevor sie sich vor einigen Jahren selbstständig machte. Ihr großes Steckenpferd ist die Geschichte. Mit ihrem ersten historischen Roman um Burggraf Bandolf und die Heilerin Garsende, »Die Verschwörung der Fürsten«, feierte sie ein grandioses Debüt. »Das Geheimnis der Burggräfin« ist der dritte Band der Reihe. Weitere historische Romane der Autorin sind in Vorbereitung. Susanne Eder lebt mit ihrem Mann und zwei Katzen in Wattenheim.

Von Susanne Eder außerdem bei Goldmann lieferbar:

Die Verschwörung der Fürsten. Roman (46484)
Das zerbrochene Siegel. Roman (46485)

Susanne Eder

Das Geheimnis der Burggräfin

Roman

GOLDMANN

FSC
Mix
Produktgruppe aus vorbildlich
bewirtschafteten Wäldern und
anderen kontrollierten Herkünften

Zert.-Nr. SGS-COC-1940
www.fsc.org
© 1996 Forest Stewardship Council

Verlagsgruppe Random House FSC-DEU-0100
Das FSC-zertifizierte Papier *München Super* für dieses Buch
liefert Arctic Paper Mochenwangen GmbH.

1. Auflage
Originalausgabe April 2010

Dieses Werk wurde vermittelt durch die Literarische
Agentur Thomas Schlück GmbH, 30827 Garbsen.
Umschlaggestaltung: UNO Werbeagentur München
Umschlagfoto: The Bridgeman Art Library / After Raphael Part I,
digitaler Print, 2004 von Victoria Hall, © VG Bild-Kunst, Bonn 2009
BH · Herstellung: Str.
Redaktion: Eva Wagner
Satz: DTP Service Apel, Hannover
Druck und Bindung: GGP Media GmbH, Pößneck
Printed in Germany
ISBN: 978-3-442-47128-7

www.goldmann-verlag.de

Meinem Vater
in liebevoller Erinnerung

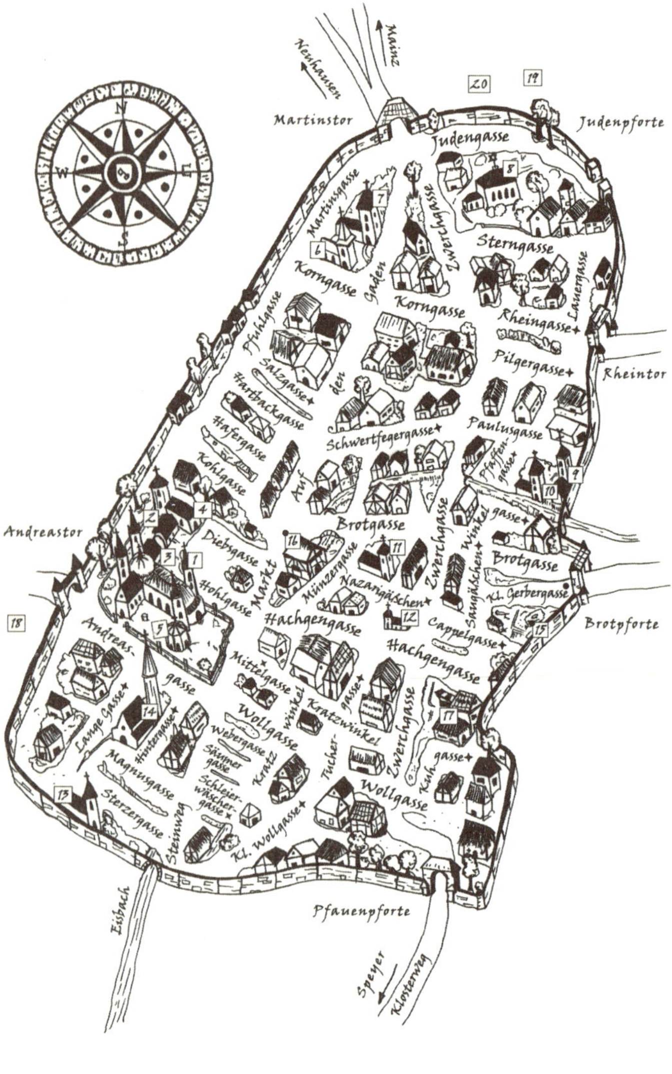

Mainz
Neuhausen
Martinstor
Judenpforte
Judengasse
Martinsgasse
Zwerchgasse
Sterngasse
Korngasse
Gaden
Lauergasse
Rheingasse
Rheintor
Pfuhlgasse
Salzgasse
den
Pilgergasse
Hartbackgasse
Hafergasse
Paulusgasse
Schwertfegergasse
Pfaffengasse
Kohlgasse
Auf
Brotgasse
Andreastor
Diebsgasse
Markt
Münzergasse
Zwerchgasse
Winkelgasse
Brotgasse
Nazarigäßchen
Saugäßchen
Kl. Gerbergasse
Hohlgasse
Brotpforte
Hachgengasse
Cappelgasse
Andreasgasse
Hachgengasse
Mittelgasse
Kratzwinkelgasse
Lange Gasse
Hintergasse
Wollgasse
Webergasse
Säumergasse
Kratzwinkel
Tuchergasse
Zwerchgasse
Kuhgasse
Magnusgasse
Schleierwäschergasse
Wollgasse
Sterzergasse
Steinweg
Kl. Wollgasse
Pfauenpforte
Eisbach
Speyer
Klosterweg
N
O
S
W
1
2
3
4
5
6
7
8
9
10
11
12
13
14
15
16
17
18
19
20

1. Dom „St. Peter u. Paul“
2. Bischhofspfalz
3. Pfalzhof
4. St. Stephan
5. St. Johannes
6. St. Lampertii
7. St. Martin
8. Synagoge
9. St. Rupert
10. St. Paulus
11. St. Nazarius
12. St. Kilian
13. St. Andreas
14. St. Magnus
15. Gerbgruben
16. Bandolfs Haus
17. Viehmarkt
18. Judenfriedhof
19. Pestfriedhof
20. Friesenspitze

● fiktiv

✦ nicht eindeutig belegt

Kapitel 1

Worms, 20. Siwan im Jahr 4826
nach Erschaffung der Welt
(16. Juni im Jahre des Herrn 1066)

Grelles Licht schlug Rifka entgegen, als sie mit einem Korb auf dem Arm aus dem Haus trat. Die Luft flimmerte vor Hitze. Für einen Moment blieb sie stehen und schloss geblendet die Augen. Eine schwache Brise streifte ihr Gesicht, brachte den Geruch nach Gewürzen und Früchten, Unrat und Schweiß und fauligem Flusswasser vom nahe gelegenen Rhein mit sich – doch keine Kühlung.

In diesem Jahr war der Sommer früh gekommen. Seit Schawuot, dem Erntedankfest, hatte sich kein einziges Wölkchen mehr am Himmel gezeigt, und der Staub, den Mensch und Tier vom trockenen Boden aufwirbelten, war ebenso allgegenwärtig wie der Lärm, der stets auf den Gassen herrschte.

»Vergiss nicht, Schabbatkerzen vom Wachszieher mitzubringen, Herrin. Und lass dich nicht übervorteilen, hörst du? Abraham kann dir die Fibel vom Leib schwatzen, ehe du es merkst, wenn du ihn lässt. Du musst dich sputen, es ist bald Mittag. Und hab Acht auf dich!«, hörte Rifka die Stimme ihrer alten Magd aus dem Halbdunkel der Diele.

»Ja, ja«, rief sie zurück, halb belustigt, halb ärgerlich, bevor sie rasch die Tür hinter sich schloss.

Obwohl es schon über ein Jahr her war, dass Rifka das väterliche Heim verlassen hatte, um mit Joschua ben Jehuda das Ehegelöbnis unter der Chuppah zu sprechen, hätschelte Hannah sie immer noch wie ein Kind.

›Ich werde alt und grau sein, bevor sie das aufgibt‹, dachte sie mit einem Anflug von Ungeduld.

Bereits erhitzt, strich Rifka den Schleier zurück, der ihr tiefschwarzes Haar bedeckte, und hob sich den Korb auf die Schulter.

Doch in einem hatte Hannah Recht: Sie sollte sich beeilen. Das Haus musste blitzblank und alle Mahlzeiten mussten vorbereitet sein, bis sie am Abend zu Ehren des Schabbats die Kerzen anzünden und den Segen darüber sprechen würde, wie es ihr Vorrecht war.

Ein Lächeln freudiger Erwartung glitt über Rifkas Gesicht, während sie sich geschickt an einer Gruppe junger Männer vorbeischob, die, in eine heftige Debatte vertieft, vor ihrem Haus stehen geblieben waren.

»Der Todesengel sprach mit Rabbi Josua ben Levi, als er darum bat, er möge ihm seinen Platz im Paradies zeigen …«, hörte sie einen der Männer argumentieren.

»Rabbi Gershom sagte jedoch, der Todesengel sei …«

»Schabbat Schalom«, grüßte Rifka.

Die Debatte verstummte. Für einen Augenblick sahen die jungen Männer sie irritiert an, ehe sie den Schabbatgruß erwiderten und ihr Gespräch sogleich mit unverminderter Leidenschaft wiederaufnahmen.

Rifka war nicht überrascht, und ihr Lächeln verscheuchte den ernsten Ausdruck, der trotz ihrer Jugend die großen, dunklen Augen immer ein wenig zu überschatten schien.

Als Tochter eines Gelehrten war sie daran gewöhnt, dass den Männern der Blick auf ihre Umwelt verloren ging, sobald es um Tora und Talmud ging. Eine Eigenschaft, die auch ihr junger Gatte teilte. Hatte Joschua erst seine Nase in den Schriften vergraben, schien daneben kein Platz mehr für die praktischen Dinge des Lebens zu sein. Mochte er aber auch in alltäglichen Belangen ein wenig unbeholfen sein, so war er ihr doch ein liebevoller Ehemann, und sie war stolz darauf, ihn an der Talmudschule zu Worms studieren zu sehen. Die Jeschiwa hatte weit über die Grenzen des fränkischen Reiches hinaus Berühmtheit erlangt. Hier lehrten die Schüler des großen Rabbi Gershom, und hier hatte auch noch bis vor einem Jahr Rabbi Schlomo ben Yitzchak gelernt und gelehrt, dem man trotz seiner Jugend bereits den Ehrennamen Raschi verliehen hatte.

»Schabbat Schalom, Rifka!« Der Ruf übertönte das vielfältige Stimmengewirr auf der Gasse: Das Jiddisch der Bewohner des Viertels, die fränkischen Dialekte der Christen sowie fremde Laute wie Gälisch, Französisch und die Sprache der Briten.

Rifka blieb stehen und stellte sich auf die Zehenspitzen, um nach dem Rufer Ausschau zu halten. Endlich entdeckte sie auf der gegenüberliegenden Seite der Gasse Sarah, die Frau des Goldschmieds, inmitten einer kleinen Schar schwatzender Frauen. Sie winkte ihr zu und gestikulierte, sie möge sich dazugesellen. Kaum hatte Rifka bedauernd den Kopf geschüttelt, als Sarah und die Frauen hinter einer Staubwolke verschwanden, die ein Ochsenkarren hinter sich aufwirbelte. Schwerfällig und bis über die Latten hinaus mit prallgefüllten Säcken beladen, rumpelte das Gefährt an ihr vorbei. Eines der Räder holperte über einen Stein, der Karren begann bedenklich zu wanken.

Rifka sprang hastig zurück. Unwillkürlich schrie sie auf, als ihr Rücken gegen einen Körper prallte und ihr Korb zu Boden fiel.

»*Mince alors!*«, zischte eine Stimme.

Kräftige Hände packten sie und schoben sie grob von sich. Erschrocken fuhr Rifka herum. Für einen Augenblick sah sie gelbe Zähne zwischen einem ungepflegten, dunklen Bart aufblitzen und ein Holzkreuz, das um einen schweißglänzenden Hals baumelte, dann hatte der Mann ihr auch schon den Rücken zugekehrt.

»Verzeiht«, murmelte sie. Da er aber nicht geneigt schien, sich noch einmal umzudrehen und ihr die Höflichkeit einer Antwort zu erweisen, klaubte sie ihren Korb vom Boden auf und schickte sich an, ihren Weg fortzusetzen.

Plötzlich hielt sie inne und drehte sich beunruhigt um.

Christen waren im jüdischen Viertel kein ungewöhnlicher Anblick. Mochte ein Jude auch noch immer kein gern gesehener Gast in den meisten Häusern der Christen sein, und mochte auch hie und da der Ruf nach Rache an einem Volk aufflackern, das den gekreuzigten Sohn ihres Herrn leugnete, so blühte doch der Handel. Christen schätzten die Kleinodien aus den Werkstätten jüdischer Goldschmiede, das Töpfer- und Stickwerk jüdischer Frauen, die Dienste jüdischer Zimmerleute, ebenso wie Seide, Brokat, Gewürze, Früchte und Kräuter, Sklaven und Waffen, die jüdische Händler über uralte Wege aus Palästina, Persien und Indien herbeischafften. Zwischen Dom und Synagoge herrschte ein reger Austausch um die Auslegung der fünf Bücher Mosches. Nicht selten sah man auf der Gasse sogar die Robe eines Stiftsherrn unter den Tallitot, den schwarzweiß gestreiften Gebetsmänteln jüdischer Männer, und hörte ihre Stimmen laut und eifrig um einen Psalter debattieren.

Warum, in aller Welt, beunruhigte sie nun gerade der Anblick dieses Mannes, dieses Christen?

Nachdenklich musterte Rifka seinen breiten Rücken. Er war nicht weitergegangen. Mit lässig überkreuzten Beinen lehnte er mit einer Schulter an der Wand des Hauses ihres Nachbarn, und es hatte den Anschein, als würde er die Gasse im Auge behalten.

Er trug einen leichten Umhang, die braune Farbe bereits verblasst. Tunika und Beinlinge, die darunter hervorschauten, waren mehrmals und von nachlässiger Hand geflickt worden und hatten, wie der Umhang, zweifellos schon bessere Tage gesehen. Dennoch schien er weder Bauer noch Tagelöhner zu sein. Die Tunika besaß zu beiden Seiten lange Schlitze, wie Reiter sie bevorzugten, um besser im Sattel zu sitzen. Die Schuhe waren aus Leder, und seine Haltung drückte trotz des Anscheins von Lässigkeit angespannte Aufmerksamkeit aus.

›Womöglich ein Krieger?‹, grübelte Rifka. Ein Söldner vielleicht, da er doch der Sprache nach ein Welscher zu sein schien.

Etwas an ihm kam ihr vertraut vor. So, als hätte sie ihn schon einmal gesehen.

Vor Anstrengung, sich genauer zu erinnern, runzelte sie die Stirn.

Dann fiel es ihr wieder ein.

Es war einen Tag nach Schawuot gewesen, als sich die ganze Familie vor dem Haus versammelt hatte, um Joschuas Vater zu verabschieden. An jenem Tag war Jehuda mit seiner Karawane nach Sachsen aufgebrochen. Esther, Rifkas Schwägerin, hatte wie immer genörgelt und mit ihrer durchdringenden Stimme die halbe Gasse wissen lassen, wie unzufrieden sie damit war, dass der Kaufmann selbst die Karawane begleiten würde. Ursprünglich war vorgesehen gewesen, dass Esra, Esthers Ehemann und Joschuas Bruder, dem Unternehmen vorstehen sollte. Doch dann hatte der alte Kaufmann ganz plötzlich verkündet, dass er selbst die Karawane zu begleiten wünsche. Esther war es nicht gelungen, ihren Ärger darüber zu verbergen, denn nun würde auch nichts vom Gewinn des Handels auf Esra abfallen.

Und während Esther noch auf Jehuda einschwatzte, er möge seine Entscheidung doch noch einmal überdenken, und sogar sein fortgeschrittenes Alter ins Feld führte, hatte Rifka den Mann bemerkt, der an der Ecke des Nachbarhauses stand und Esthers Auftritt aufmerksam zu verfolgen schien.

Sie hatte nicht weiter darüber nachgedacht, doch nun …

Stand er womöglich hier, um ihr Heim zu beobachten?

Unwillkürlich sah Rifka sich um.

Die Judengasse war die längste Gasse im Viertel und folgte dem Bogen der nördlichen Stadtmauer von der Lauergasse im Osten bis zur Zwerchgasse im Westen. Auf der einen Seite waren die Reihen der Häuser von schmalen Gässchen durchbrochen, und ein großer Platz beherbergte Synagoge und Jeschiwa. Auf der gegenüberliegenden Seite schmiegten sich die Häuser an die Stadtmauer.

Jehuda ben Eliesar war einer der wohlhabendsten und angesehensten unter den Händlern von Worms. Sein Anwesen stand am Ende der Judengasse. Mochte das Haus auch nicht das größte im Viertel sein, so doch gewiss eines der schönsten mit seinem glänzend neuen Fachwerk. An der Rückfront, von hier nicht einsehbar, schloss sich ein weiträumiger Schuppen an, der teils als Stall und Scheune und teils als Warenlager diente. Hinter dem Haupthaus bog ein schmales Gässchen nach rechts und führte an der Stadtmauer entlang weiter zur Lauergasse. Gegenüber dem Anwesen des Kaufmanns prunkte das Haus des Goldschmieds mit beeindruckender Größe, die Sarah, sein Weib, nicht müde wurde hervorzuheben.

Rifkas Blick kehrte zu ihrem Heim zurück, und sie betrachtete die weiß gekalkte Fassade, in dem das dunkle Holz der Trägerbalken in der Sonne wie frisch gehobelt glänzte.

Ein flüchtiger Gedanke streifte sie, die Erinnerung an einen beunruhigenden Augenblick, der ebenfalls in Zusammenhang mit Jehudas Abreise stand. Was war es nur gewesen?

Noch einmal rief sie sich jenen Tag ins Gedächtnis.

Jehuda hatte Esthers Lamentieren mit beneidenswerter Gelassenheit hingenommen, hatte ihr mit einem angestrengten Lächeln übers Haar gestrichen und gemeint, sie würde sich nicht wirklich wünschen, ihren Ehemann statt seiner nach Sachsen zu schicken. Dann hatte er sie umarmt und sie sanft, aber bestimmt zur Seite geschoben, um sich auch von Rifka und seinen Söhnen zu verabschieden. Und dann war er gegangen.

Tief in Gedanken schüttelte Rifka den Kopf.

Vor ihrem inneren Auge sah sie den betagten Kaufmann vor sich, wie er sich noch einmal umdrehte.

›Er wird den Reisesegen sprechen‹, hatte sie gedacht und gelächelt, weil sie das Gebet sehr mochte:

›*… Möge es wohlgefällig von dir sein, Ewiger, unser Gott und Gott unserer Väter, uns in Frieden zu geleiten, uns in Frieden dahinschreiten zu lassen, uns zu stützen und zum Ziele unseres Wunsches zu führen, zum Leben, zur Freude und zum Frieden, und lass uns in Frieden in unser Haus zurückkehren …*‹

Doch Jehuda sprach kein Gebet.

»Er hat mich vermauert, dass ich nicht herauskann, und mich in harte Fesseln gelegt«, zitierte er aus dem Klagelied.

Überrascht hob Rifka die Brauen und schaute fragend zu ihrem Gatten hinüber. Aber Joschua sah seinen Vater an.

»Die Liebe des Ewigen, dass sie noch nicht aufgehört, dass noch nicht zu Ende ist sein Erbarmen«, antwortete er ebenfalls mit einem Vers aus dem Klagelied, und die verwegenen braunen Locken in seiner Stirn wollten nicht recht zum Ernst in seiner Stimme passen.

Jehuda hatte langsam genickt, doch die tiefe Sorge war nicht gewichen, die Rifka in den dunklen, von ungezählten Fältchen umgebenen Augen zu sehen geglaubt hatte.

Und dann …?

Dann war plötzlich Beni, der Stallknecht, hinter dem Haus hervorgestolpert, vergebens nach der Mistgabel grapschend, die ihm aus der Hand zu fallen drohte. Es hatte unheimlich komisch ausgesehen, wie der lange Kerl wild mit den Armen ruderte, um den Stiel doch noch zu erwischen, dabei über seine eigenen Füße gestolpert und dann platt auf die Nase gefallen war. Beni war mit dem Schrecken davongekommen, und sein unfreiwilliges Missgeschick hatte für Heiterkeit gesorgt. Die angespannte Stimmung war mit einem Mal verflogen gewesen.

Bis heute hatte Rifka nicht mehr daran gedacht. Weder an Jehudas düsteren Abschiedsgruß noch an den Mann, der an der Ecke gestanden und zugesehen hatte. Doch jetzt erinnerte sie sich an den Blick, den Jehuda seinen Söhnen zugeworfen hatte, als er den Vers aus dem Klagelied sprach.

Trotz der Hitze lief ihr ein kalter Schauer über den Rücken.

Sie hatte Furchtsamkeit gesehen, die sie an Jehuda ben Eliesar nicht kannte.

Wovor hatte sich Joschuas Vater gefürchtet?

Als wäre sie festgefroren, starrte Rifka den Franzosen

an, der noch immer an derselben Stelle stand und ihr den Rücken zukehrte. Ihre Gedanken wirbelten durcheinander. Redete sie sich hier etwas zusammen, das gar nicht zusammengehörte? Zwei Eigentümlichkeiten, die überhaupt nichts miteinander zu tun hatten?

Als hätte er Rifkas Blick gespürt, drehte sich der Welsche plötzlich um. Einen Lidschlag lang kreuzten sich ihre Blicke. Ohne eine Regung zu zeigen, glitt sein Blick weiter, und Rifka atmete erleichtert auf.

Was spann sie nur für unsinnige Gedanken?

›Törichte Gans!‹, rief sie sich streng zur Ordnung. Der Welsche mochte ein Dutzend Gründe haben, hier zu stehen. Vielleicht suchte er Arbeit und wartete auf den rechten Mann, um ihn anzusprechen, vielleicht wollte er sich hier mit jemandem treffen, und womöglich ruhte er sich auch nur für eine Weile aus und würde seinen Weg bald wieder fortsetzen.

Und die unbestimmte Angst, die sie in Jehudas Blick zu sehen geglaubt hatte, mochte ihrer eigenen Sorge entspringen, die sie bei seiner Abreise empfunden hatte. Handelsfahrten auf des Königs Straßen waren stets auch mit Gefahren verbunden.

›Hier stehe ich herum, gaffe den Rücken eines Wildfremden an, während sich mein Tagwerk nicht von selbst erledigt!‹, dachte sie, ärgerlich auf sich selbst. Entschlossen drehte sie sich um und setzte endlich ihren Weg fort.

Doch die Besorgnis wich nur zäh. Als Rifka mit vollem Korb nach Hause zurückkehrte, war sie selbst überrascht, welche Last ihr von der Seele fiel, als sie den Franzosen nirgendwo mehr entdecken konnte.

Kapitel 2

Sachsen, Sommersonnenwende im Jahre des Herrn 1066

Mit einem dumpfen Ächzen fiel die eingelassene Pforte im Burgtor hinter Prosperius zu.

Für den jungen Schreiber hatte das Geräusch etwas fatal Endgültiges an sich, und trotz der Mittagshitze, die ihm den Schweiß aus den Poren trieb, lief ein Frostschauer über seinen Rücken.

Hastig machte er kehrt, um an das Mannsloch im Tor zu klopfen, damit man ihn wieder einließe.

Aber wie sollte er dem Burggrafen erklären, wieso er so rasch und unverrichteter Dinge zurückkehrte?

Probehalber versuchte Prosperius sich an einem schmerzlichen Lächeln, verzog die kleine aufwärtsstrebende Nase und schlug treuherzig die dunklen Augen auf. Im Nu zeigte sein schmales Gesicht ein Bild puren Jammers.

»Die Hitze macht mich ganz schwindelig, Herr«, ächzte er. »Seht doch nur, wie mir die Glieder schlottern.«

Um seinen Worten noch mehr Nachdruck zu verleihen, sackte er ein wenig in die Knie und schlackerte mit den Armen. Seine mageren Schultern zuckten, als litte er an der Fallsucht.

Doch dann schüttelte er betrübt den Kopf und richtete sich mit einem tiefen Seufzen wieder auf. Nein, so würde es nicht gehen. Dieselbe Ausflucht hatte er schon verwendet, als der Burggraf ihn zur königlichen Jagdpfalz Bodfeld mitnehmen wollte.

Angestrengt nachdenkend runzelte er die Stirn. ›Bauchgrimmen?‹, überlegte er. Seine Miene hellte sich auf, nur um sich einen Lidschlag später wieder zu verdüstern.

Bauchgrimmen – das hatte er schon gleich nach ihrer Ankunft in Sachsen vorgeschützt, damit sein Herr ihn nicht zum Kloster Sankt Mauritius mitschleppte, wo Bandolf von Leyen sich die Unterstützung des Abtes für sein neues Amt als Vogt der Buchenburg erhoffte.

›Warum, bei allen Heiligen, hatte es denn auch eine sächsische Burg sein müssen? Wieso nicht eine suebische, oder eine bajuwarische?‹, haderte der junge Schreiber im Stillen. Aber nein! Nach Sachsen hatte der König seinen Herrn schicken müssen. Und von allen möglichen Orten im Harudengau auch noch ausgerechnet hierher!

Entmutigt starrte Prosperius die wehrhafte Burgmauer an und den Bergfried, der sich dahinter erhob.

Auf dem Plateau einer steil aufragenden Anhöhe, die die Sachsen den Buchenfels nannten, hatte man dem dichten Wald Platz für die Burg abgerungen, die Heinrich IV., König von Gottes Gnaden über das fränkische Reich, zum Schutz und Trutz für das Land ringsum erbauen ließ. Das Land, das so reiche Schätze wie Erz und Silber in seinem Leib barg.

Die Mauern der Burg waren gut und gerne so dick, wie Prosperius' Arme lang waren, und der Bergfried schien wie eine bleiche, steinerne Faust inmitten eines tiefgrünen, sonnengesprenkelten Meers wogender Bäume in den Himmel zu ragen.

Ein Stück vom Turm entfernt konnte der junge Schreiber die obere Hälfte eines Baukrans und ein hölzernes Gerüst ausmachen. Hier sollte der Palas entstehen. Die niedrigen Hütten der Reisigen, des Baumeisters, der Maurer, Steinmetze, Zimmerleute und Schmiede, die sich im Innern an die Burgmauer schmiegten, und die Öfen, Seilwinden und zu Stapeln aufgeschichteten Steinquader und Baumstämme, um die auf dem Burghof Tag um Tag lärmende Betriebsamkeit herrschte, blieben seinem Blick jedoch verborgen.

Heute war es auf dem Buchenfels ungewohnt still.

Zur Sonnwendfeier ruhte jede Arbeit, und das sächsische Landvolk nutzte die Gelegenheit, um in den umliegenden Dörfern zu feiern und ihren Zorn auf den jungen Herrscher und den landesfremden Burggrafen in Met und Bier zu ertränken.

Unglücklich biss sich Prosperius auf die Lippe.

Mochte es hier auf dem Buchenfels auch ruhig sein, in Egininkisrod würde es anders zugehen.

Vor den Häusern im Dorf würde heute gezecht, gesungen und getanzt werden. Jeder junge Bursche, ob Bauernsohn oder Höriger, wäre auf den Beinen, um Holz zu sammeln und es auf die baumlosen Höhen hinaufzuschaffen, wo man es zu großen Stapeln für das Sonnwendfeuer aufschichten würde. Die Frauen und Mädchen würden am Dorfrand und auf den Wiesen Schafgarbe, Johanniskraut, Wegerich, Efeu und Wucherblume pflücken und die Kräuter in der Kirche zu Sankt Mauritius segnen lassen. Kränze wurden aus den geweihten Pflanzen geflochten und Sträuße gesteckt, mit denen man die Häuser, Ställe und Scheunen schmückte. Sie galten als besonders wirksamer Schutz gegen all die Geister, Feen und die Wilden Jäger, die für eine Nacht aus der Hölle emporsteigen würden.

Prosperius seufzte. Es müsste wirklich mit dem Teufel zugehen, wenn es ihm gelänge, sich ausgerechnet heute ungesehen am Dorf vorbeizustehlen, dachte er und zermarterte sich den Kopf um eine Ausrede, die es ihm erlauben würde, hinter die starken Mauern der Burg zurückzuflüchten.

Doch gerade jetzt, wo er so dringend eines Einfalls bedurfte, ließ ihn seine Erfindungsgabe im Stich. Zumal die Stimme seines Herrn ihm noch deutlich in den Ohren klang.

»Nein! Komme mir ja nicht wieder mit einer deiner hanebüchenen Ausflüchte daher. Ich will nichts von den Befindlichkeiten deiner Säfte wissen. Davon habe ich, weiß Gott, genug von dir gehört, seit wir Worms verlassen haben«, hatte Bandolf von Leyen geknurrt und seinem jungen Schreiber den Wind aus den Segeln genommen, noch bevor Prosperius zu einer Widerrede hatte ansetzen können.

»Du wirst diesen jüdischen Händler aufsuchen, wie ich dir angeschafft habe, und ihm ausrichten, dass er auf der Burg vorstellig werden soll. Und falls er das eine oder andere Fuder Wormsgauer Roten unter seinen Waren hat, soll er die Fässer gleich heraufbringen lassen. Das soll sein Schaden nicht sein, sag ihm das. Habe ich mich verständlich gemacht?«

Mehr noch als die Worte hatte ein Blick in das breite, bärtige Gesicht des Burggrafen mit den unnachgiebig zusammengezogenen Brauen Prosperius davon überzeugt, dass dieses Mal jeglicher Widerspruch zwecklos wäre.

Und dann war er auch schon über den Burghof getrabt, hadernd mit seinem Schicksal im Allgemeinen und dem Juden insbesondere, der zu solcher Unzeit von Worms ins Sächsische heraufgekommen war.

Ja, und nun stand er draußen vor dem Tor. Ausgesperrt.

Entmutigt starrte Prosperius die abweisenden Mauern an, und ihm war, als stünde er mit all seinen Sünden beladen vor dem Himmelsportal und bäte um Einlass. Für einen Augenblick hoffte er noch, das Mannsloch möge sich wie durch Zauberhand für ihn öffnen, doch bei dem schweren, eisenbeschlagenen Tor rührte sich nichts, und endlich wandte er sich widerstrebend um.

Mit einem flauen Gefühl im Magen und ängstlich bemüht, nicht in die gähnende Tiefe hinabzuschauen, überquerte Prosperius die Brücke, die für sein Empfinden allzu schmal und luftig über den Graben um das Burgplateau führte.

Am anderen Ende der Brücke schlängelte sich ein Hohlweg steil nach unten. Karren und Lastschlitten, die das schwere Baumaterial auf die Burg beförderten, hatten den Weg wie eine Schneise in das zähe Gestrüpp aus Hartriegel, Weißdorn, Himbeer- und Brombeergesträuch geschlagen und den Boden mit tiefen Narben gezeichnet.

Prosperius sprang neben einem Quellbach, dem der Hohlweg folgte, nach unten. Ein Gewirr aus Gräsern, blühenden Kräutern und Trieben säumte die Quelle zu seiner Rechten. Zu den blaugelben Tupfen von Vergissmeinnicht, dem gelb blühenden Münzkraut und den tiefblauen Blüten von Eisenhut und Glockenblumen gesellten sich die schillernden Farben der Zitronenfalter, Pfauenaugen und Perlmuttschmetterlinge, der Hummeln, Bienen, Mücken und Libellen, die die Dolden und Blüten umschwirrten. Kleine Erdbeeren funkelten rot zwischen dem Gebüsch am Wegrand, und eine Fülle reifer Himbeeren glänzte matt in der Sonne.

Obgleich ihm bei ihrem Anblick das Wasser im Mund zusammenlief, bremste Prosperius seinen Lauf erst, als er am Fuß der Anhöhe angelangt war.

Hier mündete der Hohlweg in einen Waldpfad und der Quellbach in ein breites Bachbett, neben dem der Pfad einherlief. Der Bach, jetzt im Sommer nur noch ein Rinnsal, bildete eine schmale Senke zwischen dem Buchenfels und dem Mittelberg gegenüber.

Angespannt spähte Prosperius den Pfad entlang und lauschte. Als er niemanden sah, und das leise Murmeln der Bäume, die Rufe der Vögel und das Plätschern der Quelle, die den Bach speiste, die einzigen Geräusche waren, die er hörte, schlüpfte er auf den Pfad. Eichen, Buchen, Bergahorn und hohe Tannen schlossen ihre Wipfel über ihm zu einem Dach zusammen, und nur wenige Sonnenstrahlen fielen auf den weich gepolsterten Waldboden.

Prosperius folgte dem Pfad in südlicher Richtung. Vorsichtshalber hielt er sich nah an der zum Bachbett abfallenden Böschung, damit er sich notfalls im dichten Uferbewuchs verstecken könnte. Doch als er geraume Zeit später auf einen breiteren Karrenweg stieß, der den Pfad kreuzte, schien er noch immer die einzige Menschenseele im Wald zu sein, und es war nicht nötig gewesen, dass er sich heldenhaft in die Brennnesseln am Bachufer stürzte.

Wieder blieb Prosperius stehen und spähte unschlüssig um die Ecke. Bis jetzt hatte er Glück gehabt. Doch das Dorf war nicht mehr weit entfernt, und er musste auf den Karrenweg nach Westen einbiegen, der geradewegs nach Egininkisrod führte, um zu seinem Ziel zu gelangen. Rechter Hand stieg das Gelände zum Mittelberg steil an, und das Unterholz zur Linken des Wegs schien undurchdringlich. Eine Möglichkeit, sich rasch zu verstecken, schien es hier nicht zu geben. Einen Spatzenflug vom Dorfrand entfernt, würde der Mittelberg sich jedoch zu den Fischteichen hin abflachen, die die Dörfler außerhalb von Egininkisrod angelegt hatten. Dort würde er den Weg verlassen und sich im Schutz der hohen Gräser am Ufer der Tümpel entlangbewegen können, beschwichtigte er sich, während er in den Karrenweg einbog. Hinter den Teichen auf einer Waldlichtung sollte der Jude mit seinen Leuten lagern, hatte der Burggraf gesagt.

Knapp hundert Schritte vor Prosperius machte der Weg eine Biegung, und kaum hatte er die Hälfte davon überwunden, verließ ihn sein Glück.

Undeutliche Rufe drangen an sein Ohr. Stimmen wurden laut, die rasch auf ihn zukamen.

Für einen Moment spürte der junge Schreiber seinen Herzschlag wild in der Kehle pochen, bevor das unstete Organ in seine Kniekehlen zu rutschen schien und seine Beine butterweich machte. Gehetzt sah er sich um. Doch weder rechts noch links schien das Gelände zu einem Zugeständnis an seine missliche Lage bereit. Da gab's kein Durchkommen.

Schon wollte Prosperius kehrtmachen, um zu dem Pfad zurückzurennen, den er gekommen war, als ihm am Wegrand zu seiner Rechten ein Einschnitt im aufragenden Mittelberg ins Auge fiel. Die Kerbe im baumbewachsenen Felsgestein war nur ein paar Armeslängen von ihm entfernt.

›Süßer Jesus! Die Höhle der Heiligen Liutbirg‹, fuhr es ihm durch den Kopf, während er schon vorwärtsrannte.

»Bruder Adelbald!«, hörte er deutlich eine der Stimmen rufen, als er sich in die Mulde warf, die neben dem Weg wie eine hohle Hand in den Felsen eingemeißelt schien.

Der Eingang zur Höhle lag nur noch ein paar Schritte vor ihm. Die Öffnung reichte ihm bis zur Brust, und ein grob gezimmerter Bretterverschlag, der als Tür diente, stand einen Spaltbreit offen.

»Bruder Adelbald!«

»Bruuuu–deeeer Aaaaaadel–baaaaald!«

Prosperius warf einen raschen Blick über seine Schulter zurück, doch die Rufer hatten die Mulde noch nicht erreicht. Mit fliegender Hast zerrte er an dem Verschlag.

Die Witterung hatte das Holz verzogen, und es schien eine Ewigkeit zu dauern, bis es seinen zitternden Fingern gelungen war, das Brettergebilde ein paar Handbreit weiter zu öffnen.

»Adelbald!«

»Wo steckt er nur?«

Für einen Augenblick schienen die Stimmen dicht hinter ihm zu sein, dann hatte er sich auch schon geduckt und seinen schmalen Körper durch den halb offenen Verschlag gezwängt.

Feuchte Kälte schlug Prosperius wie eine Faust entgegen, und die unvermittelte Finsternis war überwältigend. Blind stolperte er ein paar Schritte vorwärts, bis die Felsendecke jäh über ihm zurückwich und der Höhlengang sich zu einer kleinen Felsenkammer verbreiterte, in der er aufrecht stehen konnte. Stille umfing ihn, als hätte es die Rufer draußen nie gegeben.

»Allmächtiger!«, ächzte er. Seine Stimme klang hohl und hallte in der Dunkelheit wider. Er schlotterte vor Kälte.

Als sich seine Augen endlich bequemten, mit dem spärlichen Lichteinfall durch den Eingang vorliebzunehmen, sah er sich ängstlich um.

Der schmale Streifen Tageslicht erhellte nur einen kleinen Teil der gewölbten Wände, in deren marmorweißen, schwefelgelben und perlmuttfarbenen Oberflächen ein irre gewordener Steinmetz bizarr geformte Eiszapfen und schmelzenden Schnee eingemeißelt zu haben schien. Eine Öffnung, schwarz wie der Schlund zur Hölle, klaffte in der Wand gegenüber dem Einlass. Dort führte ein Gang tiefer in den Berg hinein zu Liutbirgs Höhlenklause.

Einen Moment lang überlegte Prosperius, ob er es wagen sollte, dem Gang ohne Licht zu folgen, entschied sich jedoch schaudernd dagegen. Nein, er würde einfach eine Zeitlang am Eingang warten. Nach einer Weile könnte er dann nachsehen, ob die Luft wieder rein wäre. Die Mulde lag tiefer als der Weg, und solange er hinter dem Holzverschlag blieb, würde man ihn nicht entdecken, selbst wenn jemand am Wegrand stehen blieb und in die Mulde schaute. Außerdem konnte er sich auch rasch wieder in der Felsenkammer verstecken.

Entschlossen kehrte er zum Eingang zurück, setzte sich mit angezogenen Beinen dicht hinter den Bretterverschlag und spähte durch den Spalt nach draußen.

Geduld zählte nicht zu Prosperius' Tugenden. Die Zeit tröpfelte so zäh dahin, wie sich hinter ihm an den Höhlenwänden die Feuchtigkeit sammelte, um dann mit einem leisen »Pling« zu Boden zu fallen. Obwohl er so nah am Eingang saß, nur einen Steinwurf von der Sommerhitze entfernt, kroch die Kälte des Gesteins rasch in seine Glieder. Um sein Elend vollkommen zu machen, begann auch sein Magen zu rumpeln. Das Mahl zur Sext aus fadem Wurzelgemüse und trockenem Hirsebrot, das die sauertöpfische Ingild auf der Burg kredenzt hatte, schien schon eine Ewigkeit zurückzuliegen. Sehnsüchtig dachte er an die köstlich gewürzten Eintöpfe, die Filiberta, die Magd der Burggräfin, in Worms auf den Tisch zu bringen pflegte, und an die saftigen Beeren, die ihn unterwegs angelacht hatten.

Als er schließlich das Gefühl hatte, sein Hintern würde jeden Augenblick auf dem steinernen Boden festfrieren, beschloss Prosperius, dass er lange genug gewartet hatte.

Kaum war er jedoch durch den Verschlag geschlüpft und bis zum Rand der Mulde gehuscht, um auf den Karrenweg zu spähen, hörte er erneut Stimmen auf dem Weg. Dieses Mal kamen sie aus der anderen Richtung. Noch klangen sie gedämpft, aber sie näherten sich unmissverständlich seinem Versteck.

Heilige Jungfrau! Hatte er nicht gewusst, dass heute der denkbar schlechteste Tag war, um ungesehen am Dorf vorbeizukommen? Hätte Herwald nicht noch einen Tag länger warten können, bevor er dem Burggrafen von dem jüdischen Händler berichtete? Und wieso, zum Henker, musste der Jude auch nach Egininkisrod kommen? Hätte er sein Lager nicht anderswo aufschlagen können? In Thale oder Quedlinburg oder noch weiter weg? Oder doch wenigstens hätte er die Sonnwendfeier abwarten können!

Umgehend machte der junge Schreiber kehrt, zwängte sich durch den Verschlag und bezog seinen alten Posten beim Höhleneingang.

Die Stimmen kamen näher.

»… kann er nur …«

»… wird sich … einfinden, und …«, hörte er undeutliche Satzfetzen.

Eine kleine Weile war es still, und als wieder gesprochen wurde, klang es schon sehr nah.

»… womöglich ist er … sonst fällt mir nicht ein, … und wir noch suchen könnten …«

»… sollte er denn ausgerechnet dort zu schaffen haben?«

»Was fragst du mich das? Was hat er denn heute überhaupt außerhalb des Klosters zu schaffen?«

Vier Paar sandalenbewehrte Füße und Säume schwarzer Kutten gerieten in Prosperius' Blickfeld und blieben zu seinem Unbehagen am Rand der Mulde stehen.

»Ich wette, er ist schon wieder zurück und sitzt in aller Bequemlichkeit im Refektorium bei Brot und Suppe, während wir hier in der Sonne braten.«

»Bruder Hartung hat recht. Lasst uns zum Kloster zurückkehren.«

»Dennoch – wir sollten uns vergewissern.«

»Und wie, glaubst du, sollen wir das anstellen? Es ist stockfinster dort, und wir haben keine Lampe bei uns.«

Eine der Stimmen zupfte an Prosperius' Erinnerung, doch er hatte keine Muße, den Gedanken zu vertiefen.

»Neben dem Eingang hängt eine Öllampe. Vater Abt lässt sie regelmäßig für die Pilger nachfüllen, die in der Klause beten wollen«, hörte er, und ein eisiger Schreck fuhr durch seine Glieder.

Heilige Muttergottes! Sie wollten in die Höhle!

Für einen Moment fühlte sich Prosperius wie gelähmt, aber als der erste Mönch über den Rand der Mulde kletterte, sprang er wie von einer Biene gestochen auf und stürzte in die dunkle Felsenkammer zurück.

Hektisch sah er sich um, und sein Herz begann wild zu pochen, als er nirgendwo ein Versteck entdecken konnte. Er musste es mit dem finsteren Gang zur Klause versuchen und konnte nur hoffen, dass er sich in der Dunkelheit nicht den Hals brechen würde. Zeit, um jene Öllampe zu suchen und anzuzünden, blieb ihm jedenfalls keine. Prosperius hörte, wie sich die Mönche am Verschlag zu schaffen machten, als er den Gang erreicht hatte und schaudernd in die Schwärze eintauchte.

Der Gang stieg an. Obwohl von Menschenhand verbreitert, war der Boden uneben, und schon nach wenigen Schritten stolperte er. Im vergeblichen Versuch, sich abzufangen, schürfte er sich die Hände an der scharfkantigen Felswand auf und schlug hart auf die Knie. Sein schmerzerfülltes Keuchen dröhnte in seinen Ohren und klang so laut wie hinter ihm die Stimmen der Mönche. Offenbar hatten sie die Lampe gefunden und taten sich nun schwer damit, sie anzuzünden. Ihr ungeduldiges Schimpfen schien an den Wänden der Felskammer abzuprallen und drang als Echo in den Gang.

Mit einem mühsam unterdrückten Stöhnen versuchte Prosperius sich aufzurichten, doch seine Hände brannten wie die Hölle, und seine zerschundenen Knie versagten ihm den Dienst. Leise ächzend sackte er zusammen.

Ach, warum hatte er nur zugelassen, dass der Burggraf ihn aus Worms wegzerrte? Er hätte sich lieber selbst ein Bein brechen sollen, dann hätte sein Herr ihn zurücklassen müssen, und er wäre jetzt sicher in der Stadt.

In seiner Verzweiflung schickte er ein inbrünstiges Gebet an die heilige Liutbirg, auf dass die Mönche es nicht zuwege brächten, die Lampe anzuzünden, oder sie sie zur Umkehr bewegen möge. Doch die Heilige schien just anderweitig beschäftigt und erhörte ihn nicht. Ein freudiges »Heureka« klang hinter ihm auf. Offenbar war es den Mönchen gelungen, der Lampe ein Flämmchen zu entlocken. Tränen des Jammers rollten Prosperius über die Wangen, als er sich aufrappelte. Der Boden schien ihm zu uneben, um sich aufrecht vorwärtszutasten, und so kroch er, der Pein in Händen und Knien zum Trotz, auf allen Vieren weiter. Dass der Gang alsbald in Liutbirgs Klause einmünden müsste, wo es Nischen und Pfeiler, Spalten und Ecken gab, hinter denen man sich verbergen konnte, tröstete ihn nur wenig, doch war der Gedanke daran zumindest ein Hoffnungsschimmer.

Einst hatte die heilige Liutbirg hier in der Einsamkeit der Höhle Gott gedient, hieß es im Volksmund. Später war die Klause dem Reichsstift in Quedlinburg übergeben worden, das sie dem Erzengel Michael geweiht hatte. Im Gedächtnis der Haruden war die Höhle jedoch unauslöschlich mit Liutbirg verbunden, und wenn ein Pilger sich hierher verirrte, richtete er seine Gebete an jene Heilige, die unvergessen geblieben war.

»Bruder Adelbald!«

Der Ruf hallte gedämpft und eigentümlich verzerrt zwischen den hohen Wänden des Gangs und veranlasste Prosperius, schneller voranzukriechen. Fetzen eines ärgerlichen Gedankenaustauschs klangen hinter ihm auf.

»... ist nicht hier, wie ich vermutet ...«

»... könnten wir jetzt bereits im Kloster ...«

»... aber vielleicht verletzt und wir ...«

Plötzlich glitt die Ahnung eines Lichtschimmers über Prosperius hinweg. Erschrocken hielt er den Atem an. Der schwache Schein verschwand so rasch, wie er gekommen war, doch er hatte ausgereicht, um ihm zu zeigen, dass der Gang sich nur ein paar Schritte vor ihm verbreiterte. Erleichtert holte Prosperius Luft und richtete sich schwankend auf. Der Schmerz, der in seinen aufgeschürften Händen und den lädierten Knien pochte, trieb ihm erneut die Tränen in die Augen, doch dieses Mal biss er die Zähne zusammen und blieb aufrecht. Vorsichtig tastete er sich an der Wand entlang.

»Bruder Adelbald!«

»Hörst du uns?«

Stimmen und Schritte schienen dicht hinter ihm zu sein, und die Wand bekam sichtbare Konturen.

›Adelbald ist nicht hier, sonst hätte er doch schon längst geantwortet. Was ist das überhaupt für ein absurder Gedanke, den Bruder ausgerechnet in einer finsteren Höhle zu suchen?‹, haderte Prosperius im Stillen mit seinen Verfolgern, während er rasch einen Blick zurückwarf.

Außer dem Lichtschimmer ihrer Lampe war von den Mönchen noch nichts zu sehen.

Unvermittelt wich die Wand unter seinen tastenden Händen zurück, und er griff ins Leere. Mit einem erleichterten Aufatmen stolperte Prosperius um die Ecke in die Felsenhalle hinein, just in dem Moment, als das Licht hinter ihm hell aufflammte.

Noch ehe er sich fragen konnte, ob die Mönche ihn womöglich noch gesehen hatten, stieß sein Fuß gegen ein Hindernis. Hastig bückte er sich und tastete danach, um festzustellen, wie er daran vorbeikommen könnte.

Seine Hände trafen auf kaltes Metall. Dann auf nachgiebigen Stoff. Schließlich auf eine klebrige Feuchtigkeit, die an seinen Fingern haften blieb.

Kostbare Augenblicke verstrichen, während sein Gehirn sich weigerte, das Bild zu formen, das sich ihm aufdrängte. Und erst als der Schein der Lampe auf sein Gesicht fiel und unmittelbar darauf die vier Mönche den Eingang zu Liutbirgs Klause ausfüllten, kroch ein erstickter Schrei aus Prosperius' Kehle.

Kapitel 3

Amen«, beendete Bruder Fridegist das Tischgebet und fuhr im selben Atemzug fort: »Ich will Euch keineswegs drängen, Burggraf, doch Vater Hademar wird das Feuer auf dem Mittelberg bei Sonnenuntergang segnen. Wir sollten uns mit der Mahlzeit beeilen.«

Bandolf von Leyen, der während des Gebets auf den graubraunen Inhalt seiner Schüssel gespäht und sich gefragt hatte, was für eine Art Eintopf das darstellen sollte, hob den Kopf.

Da der Palas noch nicht fertiggestellt war, hatte sich der Burggraf von Worms, seit jüngster Zeit auch Vogt des Königs auf der Buchenburg, bei seiner Ankunft in Sachsen in die bedrückende Enge des Bergfrieds einquartiert gefunden. Zwar maß der stattliche Turm von außen gut und gerne fünfunddreißig Fuß von Kante zu Kante, im Innern konnten es jedoch kaum mehr als fünfundzwanzig sein. Einen Gutteil des Raumes nahm die Wendeltreppe ein, die zur Waffenkammer und weiter hinauf zum Ausguck führte. Der klägliche Rest der düsteren Kammer diente ihm als Halle.

Nur wenig Sonnenschein gelangte durch die Schießscharten von draußen ins Innere des Turms, und das Herdfeuer spendete mehr Qualm als Licht. Zwar hatte man versucht, der Dunkelheit mit Fackeln beizukommen, doch der Erfolg war allenfalls mäßig.

Der Burggraf warf einen Blick über den Tisch, an dem

sich das Burggesinde zur abendlichen Mahlzeit versammelt hatte.

Zu seiner Rechten saß Bruder Fridegist, wie es ihm als Burgkaplan zukam, und neben ihm Meister Sigbrecht, der vierschrötige Baumeister. Gegenüber dem Kaplan, zu Bandolfs Linken, hatte sein Marschalk Herwald Platz genommen. Der große, hagere Mann löffelte den Eintopf bedächtig und ebenso schweigsam wie Ingild, die oberste der sächsischen Mägde. Eine weitere Magd und zwei Knechte taten sich am unteren Ende der Tafel am Eintopf gütlich. Zwischen Ingild und Herwald klaffte eine Lücke. Hier pflegte Prosperius, sein junger Schreiber, die Mahlzeiten in sich hineinzuschaufeln.

Der Burggraf runzelte die Stirn. Er hatte Prosperius nach dem Mittagsmahl nach Egininkisrod geschickt. Das Dorf lag höchstens eine Wegstunde von der Burg entfernt, und jetzt war es bereits nach der Vesper. Was hielt den Burschen nur so lange auf?

»Wir sollten uns nicht allzu spät auf den Weg machen«, brachte sich Bruder Fridegist in Erinnerung.

»Wozu die Eile?«, erkundigte sich Bandolf. Bislang hatte er nicht den Eindruck gehabt, als pflegte sich sein Burgkaplan durch übermäßigen Eifer hervorzutun.

Bruder Fridegists wulstige Lippen zerflossen zu einem Lächeln.

»Das Landvolk erwartet, dass Ihr dem Fest beiwohnt, und Vater Hademar wäre es gewiss schmerzlich, würdet Ihr erst nach dem Segen auf dem Fest erscheinen«, gab er zur Antwort.

»Tatsächlich? Man möchte kaum glauben, dass dem Abt von Sankt Mauritius so sehr an meiner Anwesenheit gelegen wäre«, bemerkte der Burggraf trocken.

»Nun, womöglich habt Ihr Vater Hademars zurückhaltende Natur ein wenig missdeutet?« Bruder Fridegist nickte, und sein erstaunlich großer Kopf schwankte bedenklich, als wolle er jeden Augenblick von seinem dürren Hals herunterfallen. Er war von schmächtigem Wuchs, mit dünnen Armen und Beinen. Im Gegensatz dazu wölbte sich sein Leib jedoch recht üppig über die Kordel seiner Kutte.

»Das denke ich nicht.«

»Es mag Vater Hademar womöglich auch ein wenig verstimmt haben, dass Ihr dem Kloster das Wegerecht und Jagdprivileg zwischen Mittelberg und Buchenfels abgesprochen habt?«, meinte Bruder Fridegist mit einem Hüsteln.

»Weder Jagdprivileg noch Wegerecht waren je das Eigen des Klosters, und nicht ich forderte die Privilegien zurück, sondern der König«, erklärte Bandolf scharf.

»Gewiss, gewiss.«

Gereizt verdrehte der Burggraf die Augen. Allmählich war er es leid, die Aufträge seines jungen Herrschers ständig zu rechtfertigen, und während er sich einen Löffel des unansehnlichen Breis in den Mund schob, dachte er an den vor Zorn erstarrten Abt von Sankt Mauritius, nachdem einer seiner Mönche den Brief des Königs an ihn vorgelesen hatte.

Bandolfs Miene verfinsterte sich noch mehr, als der saure Geschmack essiggetränkter Linsen seine Eingeweide zusammenzog. Er warf Ingild einen verärgerten Blick zu, den die Magd jedoch nicht zu bemerken schien. Am Morgen hatte er ihr gesagt, eine Spur mehr Würze würde ihren Mahlzeiten gewiss nicht schaden, und nun hatte sie seine Missachtung ihrer Kochkünste offenbar mit einem tiefen Griff ins Essigfass gerächt.

Während Bandolf mit Abscheu in seine Schüssel starrte und wehmütig an die schmackhaften Eintöpfe dachte, die seine Gattin und ihre Magd zu zaubern verstanden, überfiel ihn unversehens tiefe Sehnsucht nach seinem Weib und seinem Heim.

Er seufzte schwer.

Trotz ihrer heftigen Einwände hatte Bandolf seine Gemahlin in Worms zurückgelassen.

»Aber ich bin nur schwanger, nicht siech«, hatte Matthäa empört widersprochen, als er ihr erklärte, dass er ohne sie nach Sachsen aufbrechen würde.

»Eine solche Reise ist unsicher, mein Herz. Wegelagerer und alles mögliche Gesindel treiben auf den Straßen des Königs ihr Unwesen. Die Burg im Harudengau ist zudem noch im Bau befindlich, da stünden Euch weder Palas noch Kemenate zur Verfügung. Und ringsherum gibt es nichts weiter als düstere Wälder. Ganz abgesehen davon wollt Ihr unseren Sohn doch auch gewiss nicht ohne den Beistand der Heilerin zur Welt bringen?«

Matthäa hatte ihm ein nachsichtiges Lächeln geschenkt und mit einem Blick aus ihren schönen, rehbraunen Augen bedacht, der seinen Entschluss gefährlich ins Wanken brachte.

»Das schreckt mich nicht, glaubt mir. Ihr macht Euch viel zu viele Gedanken. Nicht einmal die Kaiserin Agnes hat gezögert, ihren Gatten über die Alpen zu begleiten, als sie schwanger war. Wie sollte ich mir da über ein paar Unbequemlichkeiten den Kopf zerbrechen? Und was den Beistand betrifft: nun, ich habe Garsende gefragt. Sie wäre bereit, uns nach Sachsen zu begleiten.«

›So ein verflixtes Weibsbild‹, hatte Bandolf im Stillen geflucht, war er doch davon überzeugt gewesen, dass Garsende die Erste wäre, seiner Gattin eine solche Reise in ihrem Zustand auszureden.

»Macht doch kein so bärbeißiges Gesicht«, hatte Matthäa gelacht. »Ich versichere Euch, Eurem Sohn und mir wird nichts geschehen.« Und mit einem Kuss, den sie auf seine bärtige Wange hauchte, hatte sie ihn stehen lassen.

Solange sie die Heilerin an ihrer Seite wüsste, würde er Matthäa die Reise nur schwer ausreden können, zumal er auch nicht die geringste Lust verspürte, sein Weib mit einem strengen Befehl zu kränken. Widerstrebend beschloss er, Garsende aufzusuchen.

Bandolf traf die Heilerin beim Anrühren einer ihrer streng riechenden Pasten an.

»Wie konntest du mir nur derart in den Rücken fallen«, fuhr er sie an, kaum, dass er ihre Hütte betreten hatte.

Garsende begrüßte ihn mit einem Seufzen. »Womit habe ich mir denn dieses Mal Euren Unmut zugezogen?«

»Matthäa besteht darauf, mich ins Sächsische zu begleiten«, fauchte er. »Und anstatt ihr die Flausen auszureden, bestärkst du sie auch noch darin.«

Erstaunt hob Garsende die Brauen. »Ihr messt mir zu viel Ehre bei, wenn Ihr glaubt, ich könne Eurer Gattin irgendetwas ein- oder ausreden.«

Bandolf warf ihr einen raschen Blick zu. Die hochgewachsene Gestalt der Heilerin steckte in einem schlichten Gewand, und der dicke, braune Zopf, der ihr über den Rücken bis zur Hüfte fiel, schien ihre Größe noch zu unterstreichen. Ein lebhaftes Lächeln pflegte Garsendes herbe Züge ansprechender zu machen, doch seit den Ereignissen im Frühjahr schien dieses Lächeln selten geworden zu sein.

Nachdenklich betrachtete Bandolf ihr schmales Gesicht. Er hatte nur mehr eine vage Erinnerung daran, was in jener Hütte geschehen war, aber bisher hatte sich nie die rechte Gelegenheit geboten, sie danach zu fragen. Für einen Moment überlegte er, ob er sich jetzt danach erkundigen sollte, doch sie fuhr bereits fort:

»Ich habe der Burggräfin wohl die Beschwerlichkeiten einer solchen Reise vor Augen geführt. Aber wie es scheint, ist sie gewillt, die Unbequemlichkeiten auf sich zu nehmen.«

»Matthäa hat bereits ein Kind verloren«, brummte Bandolf. »Soll es ihr wieder so ergehen?«

»Ein heftiger Sturz von der Treppe ist etwas ganz anderes als eine Reise. Noch dazu im Frühsommer.« Garsende runzelte die Stirn, und mit einem Mal sah er sich mit einem scharfen Blick bedacht. »Frauen haben ihre Männer zu allen Zeiten auf Reisen begleitet. Warum seid Ihr so beunruhigt? Da ist doch noch mehr, das Ihr befürchtet?«

Unschlüssig, was er ihr antworten sollte, ließ Bandolf seinen Blick über Töpfe, Tiegel, Krüge und die unzähligen Kräuterbündel wandern, die jeden freien Winkel in der Hütte zierten.

Er seufzte. Garsende würde ja doch keine Ruhe geben, ehe er ihr eine befriedigende Erklärung gegeben hatte. Mit einiger Mühe schob er seinen großen, stämmigen Körper auf die Bank hinter dem mit allerlei Grünzeug überladenen Tisch.

»Die Lage in Sachsen ist angespannt, um nicht zu sagen, feindselig«, sagte er endlich.

Schweigend nahm Garsende ihm gegenüber Platz.

»König Heinrich ist in Schwierigkeiten«, fuhr er fort. »Seit seine Mutter, Kaiserin Agnes, und später dann die Erzbischöfe Anno von Köln und Adalbert von Bremen in der Zeit ihrer Vormundschaft über den König seine Krongüter mit vollen Händen an die Fürsten verteilt haben, mangelt es dem König an Einkünften. Noch bevor er gestürzt wurde, verfiel Erzbischof Adalbert von Bremen auf den Gedanken, Heinrich könne seine Krongüter in Sachsen zurückfordern, um diesen Mangel zu beheben.«

»Das verstehe ich nicht«, unterbrach ihn Garsende. »Warum muss der König sie zurückfordern? Gehören sie ihm denn nicht?«

Der Burggraf verzog das Gesicht.

»Die Ländereien haben einst den Liudolfingern gehört, dem sächsischen Herrschergeschlecht der Ottonen«, erklärte er. »Als der letzte Kaiser aus dieser Sippe ohne direkten männlichen Nachkommen starb, wurde ein Salier zum König gewählt: Konrad II. aus fränkischem Geschlecht. Nach seiner Wahl forderte Konrad auch die Ländereien des letzten ottonischen Kaisers in Sachsen als sein Krongut ein. Er war der Ansicht, dass er als Erbe der Krone auch rechtmäßiger Erbe jener Ländereien sei. Die sächsischen Edlen, namentlich Verwandte der Ottonen, waren jedoch anderer Meinung und beanspruchten die Ländereien für sich.«

Für einen Augenblick hielt er inne und strich sich nachdenklich über den Bart. »Konrads Lage dazumal war verzwickt«, sagte er schließlich. »Die Sachsen taten sich ohnehin schwer damit, einen fränkischen Salier als König anzuerkennen. Hinzu kam, dass in jener Zeit auch Rudolf III., der König von Burgund, starb. Auch ohne direkten Nachkommen. Und König Rudolf von Burgund übergab seine Krone dem fränkischen Reich, in Gestalt Kaiser Konrads II. Auch Rudolfs Sippschaft war mit diesem Schritt keineswegs einverstanden und machte Konrad die Krone von Burgund mit Waffengewalt streitig. Konrad war damit beschäftigt, seinen Anspruch in Burgund durchzusetzen, und konnte es sich nicht leisten, sich auch noch durch eine Auseinandersetzung mit dem sächsischen Adel zu verzetteln. Also vernachlässigte er das sächsische Krongut, und sein Nachfolger, König Heinrichs Vater, tat es ihm gleich.«

Fragend sah er Garsende an. »Hast Du das verstanden?«

»Die Sachsen mochten das Krongut nicht hergeben, das

der fränkische Konrad von seinem sächsischen Vorgänger geerbt hatte«, wiederholte sie gehorsam.

Für einen Augenblick runzelte er verdutzt die Stirn.

Garsende lachte nun doch. »Himmel, Burggraf, was gäbe es daran nicht zu verstehen?«

»Schön«, brummte er. »Da also kein salischer König das Krongut in Sachsen je mit dem nötigen Nachdruck eingefordert hat, haben sich im Lauf der Zeit die dort ansässigen Edlen auf dem Königsland breitgemacht. Und sind nun ausgesprochen unwillig, es wieder herauszugeben. König Heinrich kann jedoch nicht auf die Einkünfte aus diesen Ländereien verzichten. Also hat er beschlossen, seinem Anspruch Nachdruck zu verleihen, indem er Burgen auf den königlichen Ländereien erbauen lässt. Was wiederum nicht nur den sächsischen Adel, sondern auch das Bauernvolk gegen König Heinrich aufbringt.«

Garsende runzelte die Stirn. »Bliebe es denn für einen Bauern nicht gleich, wem er nun seine Fron zu leisten hat, dem König oder dem sächsischen Edlen?«, wollte sie wissen.

»Wenn es so einfach wäre, befände ich mich jetzt nicht in meinem Dilemma«, erwiderte der Burggraf und wedelte ungeduldig mit der Hand. »Zum einen sind die Bauern verpflichtet, Hand- und Spanndienste beim Bau einer Burg zu leisten, was bedeutet, dass sie ihr eigen Feld und Vieh vernachlässigen müssen. Und zusätzlich haben sie zu den üblichen Abgaben auch für die Verpflegung der Burgherren, deren Gefolge und Burgmannschaften aufzukommen.« Mit einer Grimasse fügte er hinzu: »Noch dazu hält sich der König selbst derzeit häufiger als gewöhnlich in Sachsen auf, um den Bau seiner Burgen zu überwachen. Nun sind Städte wie Quedlinburg und Goslar aber dazu verpflichtet, ihn und seinen Tross zu unterhalten. Das geht wiederum zulasten der sächsischen Bauern. Und um das Maß vollzumachen, bestellt König Heinrich, der den Sachsen nicht traut, nun auch noch Landesfremde als Verwalter seiner Burgen und Herren über Land und Leute. Königstreue aus dem Süden. Männer wie mich.« Bandolf seufzte. »All das nährt den Zorn der Sachsen, der vom Adel noch kräftig geschürt wird.«

»Ich finde den Groll der sächsischen Bauern gegen den König nicht unverständlich«, bemerkte Garsende, als er schwieg.

»Womöglich«, gab Bandolf zu. »Doch es müsste nicht so sein, gäbe der sächsische Adel dem König, was des Königs ist. Die Bauern sollten sich bei den widerborstigen, sächsischen Edlen über ihre missliche Lage beschweren, und nicht beim König, der nur einfordert, was ihm gehört.«

»Dann seid Ihr überzeugt, dass König Heinrich im Recht ist?«

»Gewiss. Wenn ich dir eine Hufe vererbe, dann gebe ich dir auch die Hörigen dazu, die das Gut bewirtschaften. Ansonsten ist dir das Land nur wenig von Nutzen. Und geht die Krone von einem König zum anderen, muss auch das Land gegeben werden, ansonsten kann das Reich nicht regiert werden.«

Der Burggraf schälte sich hinter Garsendes Tisch hervor und streckte seine strammen Glieder. »Noch ist es in Sachsen nicht zu offenem Widerstand gegen den König gekommen. Aber wenn du mich fragst, ist das nur eine Frage der Zeit. Und ich will verdammt sein, wenn ich mein schwangeres Weib in ein solches Wespennest setze.«

»Warum sprecht Ihr denn nicht mit Eurer Gattin, so wie Ihr mit mir gesprochen habt? Eure Vorbehalte würden ihr ganz gewiss einleuchten«, fragte die Heilerin. Auch sie hatte sich erhoben.

»Und Matthäa in ihrem Zustand dergestalt beunruhigen?«

»Wenn es in Sachsen zu Unruhen kommt, dann werden wir in Worms davon hören, so viel ist sicher.«

»Sollte es dazu kommen, wird es früh genug sein, dass mein Weib sich ängstigt«, erklärte er. »Dir habe ich auch nur darum davon berichtet, damit du sie von dem unsinnigen Wunsch abbringst, mich begleiten zu wollen.«

Garsendes Stirnrunzeln vertiefte sich. »Und wie dachtet Ihr Euch, soll ich das bewerkstelligen?«, erkundigte sie sich.

»Sag ihr, eine solche Reise würde dem Kind in ihrem Leib schaden. Ich denke, das wird genügen.«

»Bei allen Heiligen, Burggraf!«, rief sie empört. »Bildet Ihr Euch wirklich ein, das würde sie weniger beunruhigen?« Vehement schüttelte sie den Kopf. »Ich werde Eure Gemahlin gewiss nicht belügen!«

»Es ist mir ganz gleich, wie du es anstellst«, erklärte er unnachgiebig, »Hauptsache, Matthäa bleibt in Worms und bringt unseren Sohn mit Gottes Hilfe in Sicherheit zur Welt.«

Das selten gewordene Lächeln huschte über Garsendes Gesicht. »Wie kommt Ihr denn darauf, dass Eure Gemahlin einen Sohn gebären wird?«, erkundigte sie sich. »Womöglich bekommt Ihr ja eine kleine Tochter.«

»Unsinn. Matthäas Leib ist fest und rund, und ihre Wangen sind rosig. Da wird es ein Knabe«, erklärte er im Brustton der Überzeugung.

»Darauf würde ich mich nicht allzu sehr verlassen«, meinte die Heilerin, doch Bandolf winkte nur ab.

Letzten Endes hatte Garsende nachgegeben. Wie sie es zuwege gebracht und was sie zu seinem Weib gesagt hatte, wusste Bandolf nicht. Aber als er Worms Mitte Mai mit Herwald, seinem Marschalk, und Prosperius, seinem jungen Schreiber, verlassen hatte, schien Matthäa nicht unglücklich darüber zu sein, in der Stadt zu bleiben. Auf ihren Wunsch hatte die Heilerin sich bereit erklärt, während Bandolfs Abwesenheit in sein Haus zu ziehen, um ihr Gesellschaft zu leisten und da zu sein, wenn ihre Zeit kommen würde. Ein Umstand, der insgeheim zu seiner Beruhigung beitrug.

»Für die Burgkapelle ist ein Anbau am Palas vorgesehen. Und daran werde ich mich halten.« Die leise Verzweiflung in Meister Sigbrechts Stimme holte Bandolf aus seinen Gedanken. Er sah auf.

Der Baumeister warf Bruder Fridegist einen schrägen Blick zu und verzog sein Gesicht, als litte er an einem fauligen Zahn. »Ich bin nicht befugt, die Pläne eigenmächtig zu ändern.«

»Aber nein. Da sei Gott vor, dass ich mich vordrängen wollte, doch mir will scheinen, dass Euch keineswegs bewusst ist, welche Bedeutung einer Burgkapelle zukommt, mein Lieber.« Nachsichtig lächelnd schüttelte der Kaplan seinen großen Kopf.

»Wie ich Euch bereits mehrmals sagte, Bruder, habe ich die Pläne für die Buchenburg nicht gemacht«, erklärte Meister Sigbrecht ungeduldig. »Ich bin lediglich der Baumeister, nicht der Bauherr. Wenn Ihr eigens für die Burgkapelle einen freistehenden Bau wünscht, so müsst Ihr Euch an Benno von Osnabrück wenden. Er ist der Bauherr im Auftrag des Königs.«

Bandolf unterdrückte ein Seufzen. Seit seiner Ankunft auf der Buchenburg lag Bruder Fridegist nicht nur dem Baumeister, sondern auch ihm mit einem separaten Gebäude für die Burgkapelle in den Ohren. Ein Anliegen, das er zu Bandolfs Leidwesen bei jeder Mahlzeit auf den Tisch brachte.

»Wann werdet Ihr den Palas fertiggestellt haben?«, mischte er sich ein, bevor der Kaplan Gelegenheit hatte, seinen Herzenswunsch erneut ausführlich zu erörtern.

»Wenn alles so geht, wie es soll, was ich nachgerade bezweifle, solltet Ihr zum Tag des heiligen Paulinus in den Palas übersiedeln können«, antwortete Meister Sigbrecht.

Bandolf runzelte die Stirn. Noch über zwei Monate, und einen länger als vorgesehen.

»Gibt es Schwierigkeiten?«, wollte er wissen.

»Ich habe zu wenig Leute, Burggraf. Achtzig Steinmetze sollten es sein, aber man hat mir nur fünfzig zugestanden, und von den einhundertfünfzig Maurern, die ich bräuchte, gab man mir gerade hundert. Des Weiteren fehlen mir zu den dreihundert Sächsischen für Hand- und Spanndienste auch noch hundert, und die, die ich habe, sind unwillig und faul.« Ungeachtet des giftigen Blicks, den Ingild ihm zuwarf, fuhr der Baumeister fort: »Das ginge vielleicht noch an, würde wenigstens die Zulieferung so sein, wie sie sollte. Doch die Quader aus den Steinbrüchen treffen meist verspätet ein, und oft sind die Steine auch noch schadhaft und müssen ausgebessert werden.«

Und ebenso verhält es sich mit der Verpflegung, dachte der Burggraf verdrossen. Auch die Nahrungsmittel von den umliegenden Hufen trafen nur zögerlich auf der Burg ein, ab und an gar verdorben. Verantwortlich seien die Hände, die auf den Hufen zum Bestellen der Felder und zum Versorgen des Viehs fehlten, weil sie zum Bau der Burg gebraucht würden, bekam er wohl zu hören, die Hitze, die Getreide und Fleisch schnell verdarb, und das Salz, an dem es zu mangeln schien.

Zum Teil mochte das stimmen, doch Bandolf hegte den Verdacht, dass sich hinter so mancher Widrigkeit die Absicht verbarg, dem landesfremden Burggrafen so viele Steine wie möglich in den Weg zu legen.

›Dabei würde schon die Kochkunst dieser ewig mürrischen Magd vollauf genügen, mir den Aufenthalt hier zu verdrießen‹, überlegte er, während er die halb leere Schüssel angewidert von sich schob. Sein Magen knurrte, und er warf Ingild einen scheelen Blick zu. Gleichmütig vor sich hinstarrend, schob die Magd einen Löffel des sauren Breis nach dem anderen in ihren verkniffenen Mund und schien sich an der Unzulänglichkeit ihrer Kost nicht im Geringsten zu stören.

Mit einem Brummen wandte sich Bandolf ab. Mochte er auch Verständnis für die missliche Lage der Sachsen haben, so schwand dieses doch merklich mit jedem Fingerbreit, um den die Tunika um seinen stattlichen Leib weiter wurde.

Die Vorratshaltung der Burgküche zu überwachen gehörte zu den Aufgaben seines Schreibers. Aber ausgerechnet der ewig hungrige Prosperius, der sich sonst so prächtig darauf verstand, jede Köchin anzuspornen und selbst noch einem Geizkragen einen Kanten Brot abzuschmeicheln, gefiel sich neuerdings offenbar mehr im Pflegen seiner Säfte als im Füllen seines Magens. Ganz abgesehen vom vernachlässigten Magen seines Herrn.

Unwillkürlich fiel Bandolfs Blick wieder auf den leeren Platz zwischen seinem Marschalk und der Magd, und er runzelte die Stirn.

Gebockt hatte der Bengel wie ein Ochse, der zur Schlachtbank muss, als er hörte, dass er den Burggrafen ins Sächsische begleiten sollte, und die abenteuerlichsten Ausflüchte gefunden, warum er Worms auf keinen Fall verlassen könnte. Und seit sie im Harudengau angekommen waren, schien er bestrebt, sich unsichtbar zu machen.

›Da kommt er mir erst widerspenstig und will die Nase nicht vors Tor strecken, und jetzt vertrödelt sich der verflixte Bursche Gott weiß wo.‹

Verärgert beschloss der Burggraf, dass es höchste Zeit war, seinem Schreiber deutlich zu machen, dass er die Geduld seines Herrn weit über Gebühr strapazierte.

Eine feuerrote Sonne berührte die Wipfel der Bäume, als Bandolf mit Bruder Fridegist, Meister Sigbrecht und Herwald im Schlepptau auf der Hochebene des Mittelbergs eintraf. Aufgeregtes Stimmengewirr, Gelächter und der Duft nach Kräutern und Gebratenem schlugen ihnen entgegen. Jung und Alt aus den Dörfern und Hufen rund um den Buchenfels und Mittelberg hatten sich um den drei Mann hohen Holzstoß versammelt. Doch der fröhliche Lärm verebbte, als der Burggraf mit seinem spärlichen Gefolge den Festplatz betrat. Für einen Augenblick hatte er das Gefühl, als würde er von hundert Blicken durchbohrt. Endlich lösten sich ein alter Mann und eine Bauersfrau im Festtagsstaat aus der Menge und kamen, ein sichtlich widerstrebendes kleines Mädchen vor sich her schiebend, auf ihn zu.

»Seid willkommen, Herr«, murmelte die Bauersfrau mit einer Verbeugung und überreichte dem Burggrafen einen gefüllten Krug. Indem Bandolf sich unbehaglich der feindseligen Blicke bewusst war, rann der Met nur zäh durch seine Kehle, und er schickte ein Stoßgebet zum Himmel, dass der Honigwein nicht unbekömmlich wäre.

Nachdem er den Krug zurückgegeben hatte, trat der Greis vor. Sein hartes Gesicht war von unzähligen Falten durchzogen, und er starrte Bandolf finster an. Ob vom Alter eingeschränkt oder mit Vorsatz, neigte er nur andeutungsweise sein Haupt, bevor er mürrisch knurrte:

»Wer kein Holz zum Feuer gibt, erreicht das ewig' Leben nicht.«

Dann stieß er Bandolf einen Holzscheit in die Hand, so rasch, dass der Burggraf ihn beinahe hätte fallen lassen.

Schließlich war das Kind an der Reihe. Das blonde Lockenköpfchen zur Seite geneigt, spähte es vorsichtig, doch offenkundig neugierig an Bandolfs großer, stämmiger Gestalt empor, während es ihm mit weit ausgestrecktem Arm einen schweißfeuchten Kranz entgegenhielt.

»Wie dieser Kranz ... möge all ... Euer Missgeschick ... verbrennen und ... in Nichts ver- ... zerfallen«, stieß es atemlos hervor.

Bandolf lächelte, und ein erleichtertes Grinsen huschte über das Gesicht des Mädchens. Unwillkürlich streckte er die Hand aus, um über den Kopf der Kleinen zu streichen, doch da wich es ängstlich vor ihm zurück.

›Vermutlich hat man ihm erzählt, ich trüge unsichtbare Hörner und Hufe unter meinen Stiefeln‹, dachte er launig und seufzte.

Nachdem er dem Brauch Genüge getan, sich für die Gaben bedankt und den Versammelten Gottes Segen gewünscht hatte, überhauchte nur noch ein schmaler Streifen Rot den Himmel im Westen. Während es rasch dunkler wurde, schwoll das Stimmengewirr allmählich wieder an.

»Geh und sieh nach, ob du Prosperius irgendwo in der Menge finden kannst«, befahl Bandolf seinem Marschalk. »Wenn er sich im Dorf vertrödelt hat, ist er womöglich mit den Leuten aus Egininkisrod heraufgekommen.«

»Vermutlich hat sich Euer Schreiber dem Trunk ergeben und schläft in einer Dorfgrube seinen Rausch aus«, mutmaßte Bruder Fridegist, leckte sich über die Lippen und schüttelte missbilligend den Kopf.

›Als würdest du dir Mäßigung auferlegen‹, dachte Bandolf mokant, hatte er den Kaplan doch erst kürzlich dabei ertappt, wie er begehrlich auf Ingilds magere Brüste gestarrt hatte.

Mit einem Schnauben wandte Bandolf sich von ihm ab. »Geh und such mir den Burschen«, wiederholte er seinem Marschalk.

»Scheint mir nicht angeraten, Herr, Euch zu verlassen«, erwiderte Herwald kurz angebunden. Sein hageres Gesicht zeigte keinerlei Regung, doch der starre Blick seiner hellen Augen schien jedermann deutlich machen zu wollen, dass es nicht bekömmlich wäre, dem Burggrafen zu nahe zu kommen.

»Was denn? Glaubst du wirklich, man würde mir ausgerechnet hier ein Messer zwischen die Rippen rammen?«, fragte Bandolf erheitert.

Sein Marschalk zuckte nur mit den Schultern, rührte sich jedoch nicht von der Stelle.

»Na schön, wie du willst.« Bandolf seufzte. »Dann halte wenigstens nach Prosperius Ausschau. Ich habe gute Lust, dem Bengel das Fell über die Ohren zu ziehen.«

Kaum hatte der Burggraf zu Ende gesprochen, als es unversehens wieder still wurde. Vom Pfad, der sich vom Waldrand unterhalb der Hochebene nach oben schlängelte, sah man Lichter aufflackern, und die milde Sommerluft trug leisen Gesang zum Berggipfel herauf.

Kurz darauf zog die Prozession der Mönche aus Sankt Mauritius auf dem Festplatz ein. Einer der Brüder trug ein mit Silber beschlagenes Kreuz voraus, dicht gefolgt vom Abt und den Mönchen, die mit Fackeln in den Händen hinter ihm einherschritten.

Füße scharrten. Holzpantinen klapperten. Die versammelte Menge ging in die Knie. Und mit ihnen der Burggraf.

Vater Hademar zeichnete das Kreuz in die Luft, ehe er, den Weihrauchkessel schwenkend, mit seinen singenden Mönchen dreimal um den Holzstoß zog.

Schließlich kam die Prozession dicht neben dem Platz des Burggrafen zum Stehen.

»*A fulgere, grandine et tempestate.* Von Blitz, Hagel und Ungewitter«, intonierte der Abt.

»*Libera nos, Domine, Jesu Christe.* Erlöse uns, oh Herr, Jesus Christus«, antworteten die Mönche.

»*Ostende nobis, Domine, misericordiam tuam.* Erzeige uns, Herr, deine Barmherzigkeit.«

Und während die Mönche antworteten, bemerkte Bandolf aus dem Augenwinkel, dass der Abt ihn anstarrte. Fragend erwiderte er den eigentümlichen Blick, doch Vater Hademar hatte seine Augen bereits wieder auf den Holzstoß gerichtet, sodass Bandolf sich fragte, ob der Schein der vielen Fackeln ihn nicht getäuscht hatte.

Der letzte rötliche Schimmer verschwand vom nächtlichen Himmel, und nur noch die Fackeln erhellten den Platz, als der Abt zum Ende kam: »*Benedictio Dei omnipotentis, Patris et filii et Spiritus sancti, descendat super vos, locum istum, fructus terrae et maneat semper.* Der Segen Gottes, des Allmächtigen, des Vaters, des Sohnes und des Heiligen Geistes, steige herab auf euch, diesen Ort, die Früchte der Erde, und bleibe immerdar. *Amen.*«

Bandolf bekreuzigte sich, erhob sich zusammen mit der Menge und schaute für einen Moment verdutzt auf die Fackel, die man ihm in die Hand drückte. Dann begriff er, dass ihm als Herr der Burg offenkundig die Ehre zukam, das Sonnwendfeuer zu entzünden.

Im Wormsgau wurde die Sonnenwende erst drei Tage später zum Fest Johannes des Täufers gefeiert, und es war Aufgabe der Priester, die Johannisfeuer zu entfachen. Doch in Sachsen pflegte man augenscheinlich den alten Brauch. Hier schien noch der weltliche Herr in der Pflicht zu stehen, die Gottheit dem Volk geneigt zu machen.

Mit einem flauen Gefühl im Magen trat der Burggraf vor. Wenn die Scheite mit seiner Fackel nicht Feuer fangen würden, wäre sein ohnehin spärliches Ansehen bei den Haruden gewiss vollends dahin. Mit einem Stoßgebet zum Allmächtigen warf Bandolf die Fackel in den Holzstoß, Scheit und Kranz hinterher, und hielt den Atem an. Unentschlossen züngelte die kleine Flamme herum, wurde kleiner, und für einen Moment schien sie verlöschen zu wollen. Doch dann fing das Reisig am Fuß des Holzstoßes Feuer, die Flämmchen leckten gierig an den Scheiten, bis die ersten brannten. Erleichtert holte Bandolf Luft, als die Leute jubelnd ihre Fackeln der seinen hinterherschickten.

Während die Mönche sich hinter ihrem Abt formierten und, das *Te Deum laudamus* anstimmend, an Bandolf vorbei dem Pfad bergabwärts zustrebten, sah er zu, wie das Feuer in den dunklen Nachthimmel loderte.

»Glaubt nicht alles, was Euch zu Ohren kommt«, raunte eine Stimme an seinem Ohr.

Der Burggraf fuhr herum, doch außer Herwald schien sich niemand in unmittelbarer Nähe zu befinden.

»Hast du das gehört?«, fragte er scharf.

»Was denn, Herr?«

Ohne zu antworten, schüttelte Bandolf den Kopf, während er sich wachsam umschaute.

Bruder Fridegist, der während der Segnung noch neben ihm gekniet hatte, war verschwunden, und von Meister Sigbrecht sah er just die kräftigen Schultern, die sich durch die Menge in Richtung der am Spieß bratenden Hühner schoben.

Die Aufmerksamkeit des Bauernvolks schien gänzlich auf den brennenden Holzstoß gerichtet, auf die Fässer mit Bier und Met, die man eigens zum Fest auf den Berg heraufgeschafft hatte, auf die Flötenpfeifer und Lautenzupfer, und auf die jungen Burschen und Mädchen, die bereits ausgelassen um das Feuer tanzten. Hie und da fing Bandolf verstohlene Blicke auf, die augenscheinlich ihm galten: manch einer argwöhnisch, einige neugierig, und viele feindselig. Das Volk hielt auffallend Abstand, als wäre er mit Aussatz behaftet.

Der Burggraf runzelte die Stirn. War er einer Sinnestäuschung erlegen? Hatte einer der Geister ihn genarrt, die zur Sonnenwende aus dem Totenreich emporstiegen, um mit den Lebenden ums Feuer zu tanzen? Die flüsternde Stimme war so leise und rasch an ihm vorbeigeweht, dass er sich nicht einmal sicher war, ob sie einem Mann oder einem Weib gehört hatte.

Glaubt nicht alles, was Euch zu Ohren kommt.

Was, zum Henker, sollte das bedeuten?

Kapitel 4

Sachsen, 22. Juni im Jahre des Herrn 1066

Der nächste Morgen traf den Burggrafen nicht in bester Stimmung an. Er hatte das Fest früh verlassen und sein Unbehagen anschließend auf der Burg mit reichlich Bier und Met hinuntergespült. Als er erwachte, brummte sein Schädel, und er fragte sich, wieso, in aller Welt, er in der Waffenkammer auf dem nackten Boden geschlafen hatte und nicht, wie gewöhnlich, unten auf seinem Lager beim Herdfeuer.

Dunkel erinnerte er sich daran, dass er noch spät in der Nacht in Schwermut versunken über seinem Becher gebrütet hatte, während das Gesinde schon längst am Herdfeuer schnarchte. Ein Nachtdämon musste ihn genarrt haben, denn schließlich hatte er sich in seinem Heim in Worms gewähnt und war, dem schemenhaften Schwanz einer Katze folgend, die Treppe zu seiner Schlafkammer hinaufgewankt. Was sich dann in jenem schmalen Streifen Sonnenlicht, der durch die Schießscharte auf einen Stapel Pfeile fiel, als betrüblicher Irrtum erwies.

Als Bandolf an der morgendlichen Tafel Platz nahm, stellte er fest, dass sein junger Schreiber noch immer abgängig war – ein Umstand, der nicht zur Besserung seiner Laune beitrug.

Nachdem er die rebellischen Säfte in seinem Magen mit

Ingilds würzlosem Haferbrei besänftigt hatte, befahl er einem Burgknecht, mit ein paar Hörigen in Egininkisrod nach dem säumigen Prosperius zu suchen.

»Es ist mir gleich, aus welchem Bierfass ihr ihn zerren müsst, aber schafft ihn mir auf die Burg«, knurrte er. Obgleich er sich im Stillen schwor, dass Prosperius die Prügel, die ihn für seine Trödelei erwarteten, nicht wieder vergessen würde, beschlich den Burggrafen doch allmählich auch die Sorge, dem Burschen könne etwas zugestoßen sein.

Bandolf seufzte. Sein Weib hatte einen Narren an dem Tunichtgut gefressen, seit der Burggraf den hohlwangigen Bengel auf dem Marktplatz in Worms aufgelesen und kurzerhand als seinen Schreiber verdingt hatte. Matthäa würde ihm die Hölle heißmachen, wenn er Prosperius nicht wohlbehalten nach Worms zurückbrächte.

»Falls ihr ihn im Dorf nicht findet, dann sucht den Wald um Mittelberg und Buchenfels ab«, fügte er hinzu und murmelte: »Am Ende hat sich der kleine Narr noch in der Nacht auf den Rückweg gemacht und irrt jetzt irgendwo im Unterholz herum.«

»Bußübungen und ein paar Tage bei Wasser und Brot im Kerker werden Eurem Schreiber den Schlendrian schon austreiben und ihn lehren, seinen Pflichten nachzukommen«, bemerkte Bruder Fridegist, während er nach einem gepellten Ei griff, das er wohlgefällig betrachtete.

Unbehaglich dachte Bandolf an den finsteren Kerker, der sich unmittelbar unter seinen Füßen im Erdgeschoss des Bergfrieds befand. Das Angstloch in der Mitte der kleinen Halle, verborgen unter den Binsen, war der einzige Zugang. Mit nicht geringem Stolz hatte Meister Sigbrecht dem Burggrafen bei seiner Ankunft gezeigt, wie er die Falltür über der Öffnung mittels eines Hebels auftun könnte, sodass der Übeltäter durch das plötzlich entstandene Loch im Boden hinunter in den Kerker stürzte.

»Welche Bußübungen Ihr Euren Schutzbefohlenen auferlegt, ist Eure Angelegenheit. Wer in den Kerker kommt, ist jedoch meine«, erwiderte er scharf.

»Gewiss.« Eine Spur Enttäuschung schien in Bruder Fridegists Stimme mitzuschwingen.

Bandolf runzelte die Stirn. »Da Ihr just von Pflichten sprecht: Habt Ihr die Urkunde, die ich Euch auszustellen bat, nun endlich fertiggestellt?«

»Bedauerlicherweise hatte ich noch keine Gelegenheit dazu«, murmelte der Kaplan undeutlich in den fleckigen Ärmel seiner Kutte, mit dem er sich den Mund abwischte.

»Wenn ich mich recht entsinne, gab ich Euch diesbezüglich Order kurz nach Eurer Ankunft. Wollt Ihr mir sagen, Ihr hättet in diesen Wochen noch keine Zeit für die Ausfertigung einer einfachen Urkunde gefunden?«, fragte Bandolf. Mit einem Anflug von Sarkasmus fügte er hinzu: »Ich werde meinen Sohn wohl schon aufs Pferd setzen, bevor seine Mutter mein Geschenk anlässlich seiner Geburt erhält?«

Eine feine Röte überzog Bruder Fridegists Wangen, als sein feistes Gesicht hinter dem Ärmel auftauchte. Er warf dem Burggrafen einen raschen Blick zu, bevor er ihn an einem Punkt hinter ihm festmachte. Mit einem tiefen Seufzen breitete er die Arme aus.

»Meine Pflichten hier sind vielfältiger Natur, lieber Burggraf, und die Sorge um das Seelenheil der Euren nimmt mich vollständig in Anspruch.«

»Wenn dem so ist ...« Bandolf hob eine Augenbraue. »Und Eure Pflichten führen Euch ... wohin?«

»Was meint Ihr?«

»Mir ist nicht entgangen, wie oft man Euch vergeblich auf der Burg sucht, wenn man Euch braucht.«

In offenkundigem Unbehagen leckte sich der Kaplan über die Lippen, doch wurde er einer Antwort enthoben. Ein Torwächter hatte die hölzerne Außentreppe zur Halle erklommen und steckte seine Nase durch das Mannsloch, den einzigen Zugang in den dicken Mauern des Bergfrieds.

Ein Bote habe eine Nachricht für den Burggrafen überbracht, erklärte er. Der Abt von Sankt Mauritius wünsche den Burggrafen zu sprechen.

»Hat der Mann gesagt, in welcher Angelegenheit Vater Hademar mich sprechen will?«, erkundigte sich Bandolf überrascht.

»Nein, Herr. Es hieß nur, es sei dringlich, und der Ehrwürdige Vater würde Euch nach der Terz erwarten.«

Tautropfen funkelten noch auf Blüten, Beeren und Gräsern am Rand der Quelle neben dem Hohlweg, als Bandolf mit Bruder Fridegist im Schlepptau die Burg verließ. Der Lärm der Bauleute, die ihre Arbeit am Palas wieder aufgenommen hatten, begleitete die beiden Männer, bis sie am Fuß des holprigen Wegs in den Wald eintauchten. Dort verlor sich der Klang von Hammer und Meißel rasch im Murmeln des Bachs und im Rauschen der Blätter.

Schnurgerade, wie ein Vogel flog, lag das Kloster nur eine knappe halbe Wegstunde entfernt auf dem gegenüberliegenden Mittelberg. In einer windstillen Nacht konnte man auf der Burg gelegentlich den leisen Nachhall der Glocke hören, die die Mönche zu den Horen rief, doch es gab keine Brücke über den Bach und auch keinen Pfad die steile, baumbewachsene Böschung jenseits hinauf. Der einfachste Weg war der längere Weg und führte über Egininkisrod.

Der Burggraf grübelte darüber nach, was der Abt von Sankt Mauritius wohl so Dringliches mit ihm zu besprechen hätte, während er mit halbem Ohr seinem Kaplan lauschte, der die Gelegenheit nutzte, ihm ein weiteres Mal die Vorteile einer eigenständigen Burgkapelle ausführlich zu schildern.

»Bedenkt doch nur das Ansehen, das auf Euch zurückfiele, würde man die Kapelle beispielsweise in der Nähe des Tors errichten«, führte er aus. Groß und prächtig müsse sie natürlich sein, wolle der Burggraf mit den anderen königlichen Burgen mithalten. Und würde die Burg beispielsweise belagert werden, würden auch alle Burgsassen in einer solchen Kapelle Platz finden. Er wolle den Burggrafen ja keinesfalls bedrängen, doch würde es ihn schmerzen, wenn Bandolf von Leyen mit nur einer winzigen Kammer im Palas würde vorliebnehmen müssen, um seine Gebete zu verrichten.

Auch würde es beispielsweise die Gemahlin des Burggrafen zweifelsohne vorziehen, beim Gottesdienst nicht vom Lärm im Palas abgelenkt zu werden.

»Und wenn der Palas fertig ist und Ihr Gäste haben werdet …«

»Beispielsweise«, warf Bandolf trocken ein, der nachgerade bedauerte, dass er nicht auf seinen Marschalk gehört und anstelle des geschwätzigen Kaplans ein paar Reisige zu seinem Schutz mitgenommen hatte.

»Nun … ähm … ja … gewiss«, murmelte Bruder Fridegist. Er räusperte sich und fuhr dann unverdrossen fort.

»Stellt Euch nur vor, Ihr würdet einen hohen Gast wie den Grafen von Blois bewirten. Und der Mann fände auf Eurer Burg nur einen kleinen Auswuchs des Palas' als Kapelle vor.«

Bandolf lachte. »Herrje, Kaplan, was wollte denn just ein

Graf von Blois auf einer unwirtlichen Burg im Harudengau, wo sich Fuchs und Hase ein Stelldichein geben?«

»Ich nahm es ja lediglich als Beispiel, Burggraf«, meinte Bruder Fridegist augenscheinlich gekränkt. »Womöglich ist der Graf mit Tidread von Krähenburgs Gemahlin verwandt. Wie man hört, entstammt Melisend von Souburg einer Familie aus Flandern, die wiederum entfernt mit dem Regenten von Frankreich verwandt ist. Was bedeuten könnte, dass Stephan von Blois, womöglich von Vaterseite her …«

»Bei allen Heiligen, Kaplan, was schwatzt Ihr denn da zusammen?« Bandolf hob eine Braue. »Wollt Ihr damit sagen, der Graf von Blois-Champagne hält sich tatsächlich derzeit in Sachsen auf? Auf Tidreads Burg?«

»Nun, ähm … nein. Ich weiß nicht, wo sich Graf Tibault von Blois und Champagne derzeit aufhält. Es ist sein Sohn Stephan, der seit Kurzem auf der Krähenburg zu Gast ist.«

»Und was will er hier?«

Bruder Fridegist seufzte: »Nun, Burggraf, wie ich just auszuführen versuchte, mag es sich um einen verwandtschaftlichen Besuch handeln.«

Bandolf gab ein unbestimmtes Grunzen von sich, und eine steile Falte erschien auf seiner Stirn. Der Zeitpunkt für einen verwandtschaftlichen Besuch eines Grafensohnes aus Burgund im unruhigen Sachsen schien ihm eigentümlich gewählt.

Der Burggraf hatte nicht lange Muße, über den Besuch Stephans von Blois bei seinem Nachbarn Tidread nachzugrübeln, denn kurze Zeit später erreichten sie Egininkisrod.

Schon von weitem konnte Bandolf die aufgebrachten Stimmen einer Handvoll Dörfler hören, die sich um den Brunnen in der Dorfmitte versammelt hatten. Die hitzige Debatte verstummte, als er näher kam. Die Dörfler verneigten sich, doch Bandolf bemerkte sehr wohl die zornigen Blicke, die man ihm zuwarf. Ehe er sich noch fragen konnte, was er denn nun wieder verbrochen hatte, um den Unmut der Leute zu erregen, teilte ihm einer der Bauern mit, falls der Burggraf seine Knechte suche, die hätten das Dorf bereits wieder verlassen. Nicht ohne zuvor das Unterste nach oben gekehrt zu haben. Und völlig umsonst, wohlgemerkt, denn der Bursche, den sie offenbar gesucht hatten, sei ja nicht hier gewesen. Was man den Knechten des Burggrafen im Übrigen auch gesagt hätte.

Eingedenk seiner schwierigen Lage, versprach Bandolf, jemanden zu schicken, der die Schäden begutachten sollte, die seine Leute angeblich verursacht hätten, und erkundigte sich dann, ob sein Schreiber am Vortag im Dorf gesehen worden sei.

Die Antwort war ein vages Achselzucken und ostentatives Schweigen. Als sich schließlich noch der Alte, den Bandolf vom Sonnwendfest in unangenehmer Erinnerung hatte, zu der schnippischen Bemerkung hinreißen ließ, man habe es doch allenthalben schwer genug, die ewig hungrigen Mäuler auf der Burg zu stopfen, da könne man nicht noch den Hüter für das lose Gesinde des Burggrafen abgeben, verlor Bandolf die Geduld.

»Dann will ich euch doch nicht länger von der Arbeit abhalten«, knurrte er. »Bedenkt, dass es für eure Abgaben längst Matthäi gewesen ist. Die hungrigen Mäuler auf der Burg warten schon seit Pfingsten auf drei Fuder Bier, fünf Hühner, zwei Ferkel, drei Pfund Wachs und zwanzig Laib Käse, und mein Langmut mit euch ist nicht ohne Ende.«

Das brachte den Alten zum Schweigen, und die Dörfler trollten sich mit betretenen Gesichtern.

»Warum schickt Ihr nicht endlich einen Trupp Eurer Reisigen in die Dörfer, um die fehlenden Abgaben einzutreiben?«, erkundigte sich Bruder Fridegist, als sie dem Dorfrand zustrebten. »Das würde das Landvolk rasch Mores lehren.«

»Sich mit Gewalt zu holen, was nicht da ist, wäre womöglich ein nutzloses Unterfangen, meint Ihr nicht?«

Missbilligend schüttelte Bruder Fridegist den Kopf und warf sich in die Brust: »Wie Ihr wisst, hatte ich das Amt des Propstes von Sankt Johannes in Halberstadt inne, bevor mich der Bischof zum Kaplan ernannte. Solche Klagen sind mir dabei häufig zu Ohren gekommen. Nichts als Augenwischerei, das mögt Ihr mir glauben. Es findet sich doch immer noch ein Sack Roggen und das eine oder andere Ei, wenn man nur forsch genug danach sucht.«

»Kümmert Ihr Euch um ausstehende Urkunden und überlasst die Sorge um ausstehende Hühner mir«, schnaubte Bandolf. Doch insgeheim zerbrach er sich schon seit geraumer Zeit den Kopf darüber, wie er mit den Dörflern verfahren sollte. Dass die aufgehetzten Bauern ihm aus Trotz zu Leid lebten, mochte er schon glauben. Aber auch die hohlwangigen Gesichter unter den Dörflern waren ihm nicht entgangen. Heftige Regenfälle im Frühling hatten die Ernte spärlich werden lassen, und die Sonne, die jetzt heiß vom Himmel brannte, war zu spät gekommen. Ob seinem König diese Erklärung für die fehlenden Abgaben genügen würde, wagte Bandolf jedoch zu bezweifeln.

»Ich wünschte bei Gott, diese verdammte Burg stünde schon mit dem letzten Schlussstein da«, grollte er.

Hinter dem Dorf kreuzte sich der Weg. Ein nordwärts ausgerichteter Galgen, an dem ein halb verwester Leichnam hing, markierte die Kreuzung. Man hatte den Galgen mit einem Geweih geschmückt, damit jedermann sehen konnte, dass hier ein Wilderer sein Leben gelassen hatte. Der

Leichnam stank. Zum Ergötzen der Raben und zum Grausen der Vorübergehenden würde er jedoch aufgeknüpft bleiben, bis seine angenagten Gebeine morsch wurden und von selbst abfielen.

Am Galgen vorbei verlief ein breiter Pfad durch Rüben- und Roggenfelder nach Westen. Hinter den Äckern befanden sich einige der Erzgruben, um die sich der junge König mit seinen sächsischen Edlen stritt. In nördliche Richtung führte ein Karrenweg zur königlichen Jagdpfalz Bodfeld.

Der Burggraf und sein Begleiter schlugen den Pfad ein, der schnurgerade nach Osten wies. Kaum hatten sie die Fischteiche der Dörfler zu ihrer Rechten passiert, mündete der schmale, schwach ansteigende Weg in den Wald, und die Sonne verlor sich im tiefgrünen Laub der Baumkronen.

Nach einiger Zeit, die Bruder Fridegist damit verbrachte, den Burggrafen mit einer Schilderung seiner kaum zu bewältigenden Pflichten gründlich zu langweilen, wurde das Unterholz links des Wegs lichter. Etwa fünfzig Schritte waldeinwärts, halb verborgen hinter den Bäumen, erhob sich dort ein felsiger Hügel, auf dem das Kloster Sankt Mauritius wie ein Vogelnest thronte. Ein ausgetretener Trampelpfad führte hügelan zur Pforte in der hohen Mauer, die das Kloster umgab.

Die Kirche, ein rechteckiges Bauwerk aus rotem Sandstein, zeigte schon erste Spuren der rauen Witterung, wogegen der vorgebaute Glockenturm offenbar erst in jüngerer Zeit errichtet worden war. Für die übrigen Gebäude hatte man das Holz des Waldes genutzt und die Dächer mit Stroh gedeckt.

Der Bruder Pförtner gab Bandolf zu verstehen, dass man ihn unter vier Augen zu sprechen wünsche, und während sich Bruder Fridegist mit tief gekränkter Miene in Richtung Kirche davonmachte, winkte der Pförtner einen seiner Mitbrüder herbei, der sich in der Nähe des Tors die Beine zu vertreten schien.

Der Mönch, ein junger Bursche mit runden, apfelroten Wangen und karottenfarbenem Haar, führte den Burggrafen ins Kapitelhaus und einen langen niedrigen Gang entlang, der von ein paar Fackeln erhellt wurde.

Nach einer Weile bemerkte Bandolf, dass der junge Mönch ihn verstohlen musterte.

»Wie heißt du?«, fragte er.

»Mein Name ist Wynstan, Herr.« Der junge Mönch blickte auf und lächelte scheu. »Ich war Novize mit –«

»Bruder Wynstan.«

Obwohl die Stimme in ihrem Rücken milde geklungen hatte, zuckte Bruder Wynstan heftig zusammen und blieb mit augenblicklich gesenktem Kopf stehen.

Bandolf hingegen drehte sich um.

›*Euryalus von herrlichem Wuchs und blühender Jugend*‹, fuhr ihm eine Zeile aus der *Aeneis* durch den Kopf, als der Sprecher nach wenigen Schritten vor ihm stehen blieb und ihn mit einem leisen »Benedicite« begrüßte.

Kettenhemd und Lanze hätten dem Mönch weit besser zu Gesicht gestanden als Kreuz und Kutte. Nur wenige Fingerbreit kleiner als der stattliche Burggraf, besaß er einen wohlgeformten Leib mit kräftigen Schultern, die sich deutlich unter seiner matt schimmernden Robe abzeichneten. Der Ausdruck seiner auffallend schönen Züge wirkte beherrscht und eigentümlich ausdruckslos, als würde er jede Regung in seinem Gesicht sorgfältig im Zaum halten. Während Bandolf den Gruß erwiderte, fragte er sich unwillkürlich, was er dahinter wohl zu verbergen trachtete.

»Ich bin Bruder Ordlaf, Prior in Sankt Mauritius«, sagte

er und schenkte Bandolf ein kühles Nicken. Dann bedeutete er dem jungen Mönch mit einer sparsamen Geste, dass er sich entfernen dürfe. Bruder Wynstan schien zu zögern. Mit einem raschen Blick auf den Burggrafen biss er sich auf die Lippe, ehe er der Anweisung des Priors folgte. Aus dem Augenwinkel sah Bandolf ihn hinter einem Holzpfeiler verschwinden.

Auch der Prior hatte Bruder Wynstan nachgesehen, doch der reglose Ausdruck seiner ebenmäßigen Züge hatte sich nicht verändert. »Wenn Ihr mir folgen wollt, Burggraf.«

Schweigend führte er Bandolf in eine Zelle neben dem Kapitelsaal, in der der Abt ihn auch bei seinem ersten Besuch empfangen hatte. Die kleine Kammer war leer.

Der Burggraf hob eine Braue. »Man sagte mir, Vater Hademar wünsche mich in einer dringlichen Angelegenheit sprechen«, bemerkte er und wandte sich zu Bruder Ordlaf um, der hinter ihm eingetreten war und die Tür geschlossen hatte.

Der Prior gestattete sich ein schwaches Lächeln. »Zu seinem größten Bedauern ist der Ehrwürdige Vater augenblicklich verhindert. Er bat mich, Euch zu sagen, was zu sagen ist.«

»Schön. Dann heraus damit.«

Der Prior senkte schweigend den Kopf, als müsse er sich sammeln, doch schließlich blickte er auf und sah Bandolf abwägend an.

»Ich will Euch nicht unnötig aufhalten, Burggraf, darum ohne Umschweife: Ihr hattet einen Novizen unseres Ordens in Euren Diensten, daher hielt es Vater Hademar für angebracht, Euch mitzuteilen, dass wir ihn in Gewahrsam genommen haben.«

Bandolf runzelte die Stirn. »Das muss ein Irrtum sein. Keiner Eurer Brüder steht in meinen Diensten.«

»Der Name des Novizen ist Prosperius, und wie wir erfuhren, hattet Ihr ihn als Schreiber verdingt.«

»Prosperius?«, wiederholte Bandolf überrascht. Zwar hatte er gewusst, dass sein junger Schreiber in einem Kloster aufgewachsen war, doch nicht, in welchem. »Prosperius war Novize in Sankt Mauritius?«

»Er ist es noch«, betonte Bruder Ordlaf.

Bandolf warf ihm einen wachsamen Blick zu. »Ihr sagtet, Ihr hättet meinen Schreiber in Gewahrsam genommen. Aus welchem Grund?«

Ein Hauch von Unbehagen schien sich über die reglosen Züge des Priors zu legen. Bedächtig bewegte er sich an Bandolf vorbei, sodass der Burggraf gezwungen war, sich nach ihm umzudrehen. Bei einer Truhe, die beim Lesepult des Abts stand, blieb er stehen und schien eingehend das hölzerne Kreuz zu betrachten, das darüber an der Wand hing.

»Ihr habt einem Mörder Obdach gewährt, Burggraf«, sagte er endlich, ohne sich umzuwenden. »Vor etwas mehr als zwei Jahren stach Bruder Prosperius unseren Novizenmeister aufs Schrecklichste nieder und entzog sich durch Flucht seiner Verantwortung. Um aber das Maß seiner Schlechtigkeit vollzumachen, fand man Prosperius gestern über die Leiche unseres Bruders Adelbald gebeugt. Wie einst seinen Mitbruder Edmund, hat er auch Bruder Adelbald erdolcht.«

Bandolf stieß einen ungläubigen Laut aus, den der Prior offenbar als Entsetzen deutete, denn er drehte sich um und sah ihn unbewegt an. »Ja, Burggraf, Ihr habt eine Natter an Eurem Busen genährt. Hinter Bruder Prosperius' unschuldiger Larve verbirgt sich eine betrüblich schwarze Seele.«

Unter zusammengezogenen Brauen starrte Bandolf den Prior wortlos an. Zwar konnte er seinen jungen Schreiber mühelos mit allen möglichen Streichen und Mauscheleien in Verbindung bringen, jedoch beim besten Willen nicht mit einer solchen Tat.

Kein Wunder, dass sich der lästige Bengel derart gesträubt hatte, mit nach Sachsen zu kommen.

»Eine schwere Anschuldigung, Prior. Das müsst Ihr mir schon genauer erläutern«, forderte der Burggraf, als er seine Stimme endlich wiedergefunden hatte.

»Dies mit Euch zu erörtern steht mir nicht zu.«

»Was soll das heißen?«

»Derlei müsstet Ihr mit dem Ehrwürdigen Vater besprechen.«

»Wie Ihr wollt.« Bandolf zuckte mit den Schultern und strebte der Tür zu. »Dann übergebt Prosperius jetzt meinem Gewahrsam. Sobald ich mehr über die Angelegenheit weiß, werde ich bei Vater Hademar vorsprechen.«

»Bedaure, Burggraf, aber wir können Bruder Prosperius nicht Eurer Obhut übergeben«, erwiderte Bruder Ordlaf. »Nach wie vor ist er Novize unseres Ordens. Die Kirche wird über ihn richten.«

Bandolfs Groll darüber, dass ihm Prosperius verschwiegen hatte, wessen man ihn hier beschuldigte, mischte sich mit plötzlicher Angst um den kleinen Nichtsnutz. Er fuhr herum und baute sich mit verschränkten Armen vor dem Prior auf. »Prosperius stand über Jahr und Tag in der Stadt Worms in meinen Diensten«, sagte er scharf. »Er untersteht weltlichem Recht und meiner Gerichtsbarkeit, die ich als Burggraf von Worms und Vogt der Buchenburg innehabe.«

»Darüber kann ich nicht entscheiden, Burggraf.« Eine Spur Röte überzog Bruder Ordlafs ebenmäßiges Gesicht, doch ob sie von Wut oder Verlegenheit herrührte, konnte Bandolf nicht erkennen.

»Dann lasst mich das mit dem Abt ausmachen«, verlangte Bandolf, doch der Prior schüttelte den Kopf.

»Auch diesen Wunsch kann ich zu meinem tiefsten Bedauern just nicht erfüllen, Burggraf. Wie ich Euch bereits sagte, ist der Ehrwürdige Vater mit einer äußerst dringlichen Klosterangelegenheit befasst und derzeit unabkömmlich.«

›Darauf verwette ich meinen Bart‹, dachte Bandolf grimmig. »Dann sagt ihm, dass ich morgen wiederkomme«, knurrte er und war aus der Tür, ohne die Antwort des Priors abzuwarten.

Obwohl er gute Lust gehabt hätte, jeden einzelnen Verschlag einzutreten, bis er Prosperius gefunden hätte oder doch zumindest den so passenderweise schwer beschäftigten Abt, verließ Bandolf das Kloster, ohne Schaden anzurichten. Jedoch auch ohne seinen Kaplan.

Erst auf halbem Weg zur Buchenburg fiel ihm ein, dass Bruder Fridegist noch in der Kirche von Sankt Mauritius auf ihn wartete. Nun, der Kaplan würde selbst seinen Weg zur Buchenburg zurückfinden – was mehr war, als man von Prosperius behaupten konnte.

›Das Dringlichste ist, ihn aus dem Kloster herauszuschaffen, bevor ein Schuldspruch ergangen ist‹, überlegte Bandolf und zerbrach sich den Kopf, wie er das anstellen sollte. Im Gegensatz zum Abt, für den Prosperius' Schuld bereits festzustehen schien, glaubte er keinen Lidschlag lang, dass sein Schreiber fähig war, derlei Gewalttaten zu begehen, wie man sie ihm zur Last legte.

Als der Burggraf Prosperius zum ersten Mal auf dem Marktplatz zu Worms begegnet war, hatte der Bengel sich just bemüht, einen Kaufmann um seinen Beutel zu erleichtern. Selbstredend war er nicht in der Lage gewesen, die

Buße dafür zu berappen, doch Bandolf hatte nicht das Herz gehabt, den hohlwangigen jungen Burschen mit den hungrigen Augen dem Marktbüttel zu übergeben.

Da Prosperius des Schreibens und Lesens kundig war, hatte er ihn als Schreiber verdingt – eine Tätigkeit, in der sich der Bengel als klug und anstellig erwies. Und obwohl Prosperius nie gelernt hatte, auf ein heimliches Zubrot zu verzichten, wenn man es ihm unter die Nase hielt, war er doch binnen Kurzem ein fester Bestandteil in Bandolfs Haus geworden.

Nach seinem Woher und Wohin befragt, hatte Prosperius von einem Kloster im Norden berichtet, von wo er mit einigen seiner Mitbrüder zu einer Pilgerreise nach Rom aufgebrochen war. In Köln hätte er seine Mitbrüder aus den Augen verloren und sich dann allein weiter auf den Weg gemacht, in der Hoffnung, seine Brüder unterwegs wiederzufinden. Doch auf dem Weg nach Worms seien ihm die Mittel ausgegangen, und von unsäglichem Hunger geplagt, wäre ihm der Beutel des Kaufmanns als letzter Ausweg vor dem Hungertod eingefallen.

›Ich werde ihm für seine Lügen das Fell über die Ohren ziehen‹, schwor Bandolf sich zornig, während er den Hohlweg zur Burg hinaufstapfte. Doch dazu musste er den unseligen Bengel zunächst einmal in die Finger bekommen. Und würde der Abt sich weiterhin dagegenstellen, dass Bandolf Prosperius in Gewahrsam nahm, konnte sich ebendies als schwieriges Unterfangen erweisen. Mochte der Burggraf de facto auch im Recht sein, der Arm der Kirche war lang.

›Und allemal länger als meiner‹, dachte Bandolf mit grimmig verzogenem Gesicht.

Wenn der Abt darauf beharrte, dass sein Schreiber noch immer der klösterlichen Gemeinschaft angehörte, konnte ein kleiner Burggraf wie er leicht den Kürzeren ziehen, und

Prosperius würde ein für alle Mal hinter der Klostermauer verschwinden.

Bei dem Gedanken daran, welches Schicksal seinen jungen Schreiber dann erwarten würde, stellten sich Bandolfs Nackenhaare auf.

Kapitel 5

Nachdem Bandolf das Burgtor passiert hatte, dauerte es kein *Te Deum* lang, bis er nach seinem Pferd und seinem Marschalk gebrüllt und die Burg, mit Herwald an seiner Seite und einem kleinen Gefolge von Reisigen in seinem Rücken, wieder verlassen hatte. Noch kürzer war die Zeit, die er brauchte, um seinen Marschalk von den Ereignissen in Kenntnis zu setzen.

Herwald jedoch benötigte offenbar länger, um die Nachricht zu verdauen, und erst, als Bandolf seinen Braunen über die letzte holprige Mulde im Hohlweg gezwungen und in den Waldpfad der Senke gelenkt hatte, erkundigte sich der Marschalk, was sein Herr denn nun tun wolle.

»Ich werde Tidread von Krähenburg aufsuchen«, antwortete der Burggraf knapp.

»Glaubt Ihr, er wird Euch beim Abt den Rücken stärken?«, erkundigte sich Herwald.

»Nein«, brummte Bandolf. »Zumindest wird er aber wissen, wo sich Gebhard von Supplinburg aufhält. Gebhard ist Gaugraf vom Harudengau, und Tidread ist mit ihm verwandt. Und falls sich der Abt bei meinem Besuch morgen nicht zugänglicher zeigt, will ich die Angelegenheit vor den Gaugrafen bringen. Doch dazu muss ich zunächst einmal wissen, wo ich den Mann finden kann. Er mag auf seinem Stammsitz sein, befindet sich aber möglicherweise auch im Gefolge des Königs.«

Im Stillen befürchtete Bandolf, dass er auch beim Gaugrafen auf taube Ohren stoßen würde. Gebhard von Supplinburg war Sachse und würde einem Burggrafen des Königs aus dem Süden ebenso wenig gewogen sein, wie es Tidread von Krähenburg und andere sächsische Edle waren.

›Sei's drum‹, dachte Bandolf, ›zur Not wende ich mich an den Bischof von Halberstadt um Recht, und wenn auch das nichts fruchtet, an König Heinrich selbst.‹

Der König... Bandolf zog eine Grimasse. Derzeit war König Heinrich nicht gut auf seinen Burggrafen von Worms zu sprechen. Den für den jungen Herrscher unbefriedigenden Ausgang der Ereignisse im Frühjahr hatte er neben anderem auch Bandolf zur Last gelegt und seinem Zorn Ausdruck verliehen, indem er ihn in den unruhigen Harudengau beorderte. Ob König Heinrichs Zorn inzwischen soweit abgekühlt war, dass er Bandolfs Anliegen unterstützte, erschien dem Burggrafen fraglich.

»Und wenn Prosperius schuldig ist?«, unterbrach Herwald die Grübelei seines Herrn.

Der Burggraf schnaubte. »Pah! Der kleine Nichtsnutz kann nicht einmal einem Hasen den Hals umdrehen, ohne dass sein Gesicht grün anläuft. Geschweige denn brächte er es über sich, einem Menschen einen Dolch in den Wanst zu stoßen. Ein einziger Tropfen Blut nur, und er fällt um wie ein nasser Sack.«

Das hagere Gesicht seines Marschalks heiterte sich merklich auf.

Der Krähenberg, auf dem Tidreads Burg stand, lag in entgegengesetzter Richtung zu Egininkisrod und Sankt Mauritius. Den Bach zu ihrer Linken ritt der kleine Trupp, mit dem Burggrafen und seinem Marschalk an der Spitze, ein gutes Stück des stetig ansteigenden Pfads nach Norden. Allmählich wurden die Bäume spärlicher und gingen schließlich in die Krüppelgewächse der Hochebene über, die den Mittelberg krönte. Als sie den höchsten Punkt erreicht hatten, mündete der Pfad in einen Hochweg, der vom Kloster im Westen aus über die nördlich gelegene Jagdpfalz Bodfeld zum Krähenberg führte. Auf dem Hochweg gab Bandolf seinem Braunen die Sporen, doch nach einer Weile fiel der Weg wieder ab, und Mann und Ross tauchten erneut in den Wald ein. Auf dem Waldpfad, behindert vom dichten Unterholz rechts und links des Wegs und tief hängenden Ästen, kamen sie nur mehr im Schritttempo vorwärts.

»Ich verstehe nicht, warum Ihr so bemüht seid, Prosperius in den unwirtlichen Kerker der Buchenburg zu werfen«, unterbrach Herwald schließlich ihr langes Schweigen. »Wäre er in einer Zelle des Klosters nicht besser aufgehoben?«

Der Burggraf warf ihm einen verständnislosen Blick zu, und Herwald zuckte mit den Schultern. »Im Kloster müsste man Prosperius zumindest nicht dem Scharfrichter übergeben, denn schließlich besitzt der Abt zwar die Gerichtsbarkeit, doch nicht den Blutbann wie Ihr«, meinte der Marschalk.

»Und du glaubst, dass man Prosperius darum verschont?«, knurrte Bandolf grimmig. »Dann lass dir gesagt sein, wie man in manchen Klöstern mit einem Mörder verfährt: Man wirft ihn in eine finstere Zelle, mauert die Tür zu und lässt ihn kläglich verhungern. Da braucht sich der Abt die Hände nicht schmutzig zu machen.«

Wortlos nickte der Marschalk, und allmählich breitete sich auf seinen Zügen das Grausen aus.

Anders als die Buchenburg, die auf der Hochfläche einer niedrigen Erhebung erbaut war, starrte die Krähenburg von einem steilen Felsen auf ein Dorf hinab, das sich im Tal an den Felsen schmiegte. Ein schmaler Pfad schraubte sich durch den dichten Wald nach oben und endete vor dem eisenverstärkten und gut bewachten Tor in der Mauer um Tidreads wehrhafte Behausung.

Auf dem Burghof herrschte geschäftiges Treiben, und angesichts der großen Anzahl Reisiger, die sich um den Brunnen, vor Ställen und Scheunen tummelten, beschlich Bandolf ein ungutes Gefühl.

»Mischt euch unter Tidreads Männer und haltet Augen und Ohren offen«, raunte er Herwald zu.

Der wortkarge Marschalk warf ihm einen fragenden Blick zu.

»Habt einfach Obacht«, brummte der Burggraf.

Im Gegensatz zum übervölkerten Burghof erschien Tidreads Halle angenehm ruhig. Der Duft von gebratenem Wildbret, Fisch und würzigen Kräutern hing in der Luft, und Bandolfs Magen knurrte vernehmlich, war er doch aufgebrochen, ohne sich ein Mittagsmahl zu gönnen. Zu seinem Leidwesen hatte Tidread die Mahlzeit bereits beendet.

Am Tisch saßen nur noch der Burgherr und ein junger Mann, während die Mägde damit beschäftigt waren, leere Schüsseln und fetttriefende Brotscheiben von der Tafel abzutragen.

»Sieh an. Da kommt Bandolf von Leyen, der Vogt des Steinhaufens vom Buchenfels«, bemerkte Tidread, als Bandolf näher trat, und sein grobkantiges Gesicht verzog sich zu einem mokanten Lächeln.

Er war weder klein noch hochgewachsen, doch von wuchtiger Gestalt mit breiten Schultern und kräftigen Armen.

»Das ist Stephan von Blois«, stellte er den jungen Mann

vor, der den Platz zu seiner Rechten einnahm. Dann wandte er sich mit einer großartigen Geste an den jungen Stephan von Blois. »Lasst mich Euch mit dem Burggrafen bekannt machen, Stephan. Dem Burggrafen von ... von ... Wie hieß Euer Städtchen noch gleich?«, fragte er mit einem raschen Seitenblick auf Bandolf. »Wurmlingen? Wurm?«

Mit dem stummen Wunsch, Tidread möge der Blitz treffen, half der Burggraf ihm auf die Sprünge. »Worms.«

»Worms.« Tidread lächelte. »Natürlich. Verzeiht.«

Bandolf zuckte mit den Schultern. »Wie könnte ich es einem Mann verübeln, dass er offenkundig noch nicht weit herumgekommen ist?«

Tidreads Lächeln verschwand. Er schnaubte, und Bandolf wandte sich mit stiller Genugtuung an Stephan von Blois. Grüßend nickte er ihm zu. »Was führt Euch in den Harudengau?«

Der junge Mann schien sich das Geschnäuf geholt zu haben. Seine Augen tränten, und er schnaufte schwer durch seine rote Nase. »Verwandtschaft und Geschäfte, Burggraf«, nuschelte er, nieste und schnäuzte sich in den Ärmel seiner Tunika.

Neben Tidreads Grobschlächtigkeit wirkte der Sohn des Grafen von Blois-Champagne geradezu weibisch zart. Wohl hatte er ansprechende Züge, doch hätte sein schmales Gesicht einnehmender gewirkt, wäre es weniger bleich und der Ausdruck weniger verdrossen gewesen. Das dunkle Haupthaar trug er nach neuester Mode gestutzt, sein schlanker Leib steckte in einer Tunika, die reichlicher mit Stickereien übersät war, als Bandolf je bei einem Männergewand gesehen hatte, und er verströmte einen süßlichen Geruch nach Lavendel und Schweiß. Heilige Jungfrau, der junge Schnösel parfümierte sich! Bandolf unterdrückte ein Grinsen.

»Bringt noch einen Krug Met, Weib!«, bellte Tidread quer durch die Halle. »Der Mann wird durstig sein. Wie ich höre, steht es mit der Verpflegung auf seinem Steinhaufen nicht zum Besten.« Mit einer nachlässigen Handbewegung forderte er den Burggrafen auf, sich zu setzen.

Kaum hatte Bandolf sich auf die schmale Bank gezwängt, Stephan von Blois gegenüber, als eine Frau, augenscheinlich jünger noch als der Welsche, aus einer schattigen Ecke hinter dem Herdfeuer auftauchte und einen Krug auf den Tisch stellte.

»Melisend von Souburg. Mein Weib«, erklärte Tidread beiläufig, doch Bandolf hörte die stolze Befriedigung in seiner Stimme.

Zur Begrüßung neigte die junge Frau den Kopf. Sie warf dem Burggrafen einen raschen, neugierigen Blick zu und hatte sich schon wieder umgedreht, bevor Bandolf ihren Gruß erwidern konnte.

Mehr als den flüchtigen Eindruck ihres weizenfarbenen Haars, das sie zu einem losen Kranz geflochten wie eine Krone auf ihrem Kopf trug, und eines zum Kinn hin spitz zulaufenden Gesichts, das mit Sommersprossen übersät war, hatte er nicht von ihr gesehen.

»Hat Seine Gnaden, der König, noch eine Hufe aus meinem Besitz übersehen, von der er glaubt, dass sie ihm gehört? Oder was sonst führt Euch zu mir?«, erkundigte sich Tidread mit hohntriefender Stimme, beugte sich vor und starrte den Burggrafen durchdringend an.

Unwillkürlich rückte Bandolf von ihm ab. Die Nase rümpfend, unterdrückte er ein Seufzen. Wie sollte er just diesen Sachsen für sein Anliegen gewinnen? Ihre erste Begegnung hatte unter keinem glücklichen Stern gestanden, waren der Buchenburg doch jene Gebiete aus König Heinrichs Krongut zugefallen, die Tidread zu seinem Herrschaftsgebiet gezählt hatte. Der Herr von Krähenburg hatte den Burggrafen denn auch zwischen Tür und Angel abgefertigt.

Um Zeit zu gewinnen, kramte Bandolf umständlich seinen Becher aus dem Beutel, der an seinem Schwertgurt hing, und schenkte sich aus dem Krug ein. Aus dem Augenwinkel sah er, dass Tidread ihn mit gerunzelter Stirn betrachtete, während Stephan von Blois sich augenscheinlich erschöpft an die Wand hinter sich lehnte.

»Es geht um eine Angelegenheit, die das Privileg eines Burgherrn betrifft. Eures ebenso wie meines«, sagte Bandolf endlich.

»Das wäre?«

Der Burggraf räusperte sich. »Sind Euch die jüngsten Ereignisse im Kloster Sankt Mauritius zu Ohren gekommen?«

Ein zischender Laut lenkte seine Aufmerksamkeit auf Stephan von Blois. Der junge Welsche riss Mund und Augen auf. Seine rote Nase zuckte. Dann nieste er und nieste, während sich seine Speicheltröpfchen über die Tischplatte verteilten.

»Pardon«, japste er endlich und wischte sich mit dem Handrücken über die feuchte Nase.

Tidread warf ihm einen finsteren Blick zu und rollte die Augen.

»Zum letzten Mal besuchte ich das Kloster zum Hochamt am Tag des heiligen Vitus«, wandte er sich wieder an Bandolf. »Das ist sechs Tage her. Ich weiß nicht, was sich seither dort ereignet hat.«

»Ein Mönch des Klosters ist gestern zu Tode gekommen«, erklärte Bandolf. »Man hat ihn ermordet aufgefunden.«

»*Mon Dieu*«, ächzte der junge Welsche und begann zu

husten. Vor Anstrengung färbte sich sein Gesicht so rot wie eine Rübe.

»Bei allen Heiligen! Warum legt Ihr Euch nicht endlich nieder«, fuhr Tidread ihn verärgert an.

Das halbe Gesicht in seinem Ärmel vergraben, nickte Stephan von Blois.

»Entschuldigt mich, *Mes Seigneurs,* die Feuchtigkeit ...«, murmelte er undeutlich, während er sich erhob. Nach einer knappen Verbeugung vor dem Burggrafen und seinem Gastgeber wankte er schniefend aus der Halle.

Mit gerunzelter Stirn sah Bandolf dem jungen Grafensohn nach. »Wie konnte er sich nur mitten im Sommer den Rotz holen?«, wunderte er sich laut.

Tidread zuckte mit den Schultern. »Schwache Säfte und schlechtes Blut in den Adern«, brummte er. »Aber zurück zu Eurem Anliegen, Burggraf. Was hat es nun mit diesem toten Mönch von Sankt Mauritius auf sich?«

»Wie ich schon sagte, wurde der Mönch anscheinend ermordet. Und der Abt beschuldigt nun meinen Schreiber, die Tat begangen zu haben.«

»Euren Schreiber«, wiederholte Tidread langsam. Einen langen Augenblick starrte er Bandolf an, dann brach er in brüllendes Gelächter aus.

Mit wachsender Verärgerung wartete Bandolf darauf, dass er sich wieder beruhigte.

»Ihr versüßt mir den Tag, Burggraf«, keuchte Tidread endlich. »Wie ist der Abt denn just auf Euren Schreiber verfallen?«

Bandolf musterte ihn mit schmalen Augen, und Tidread zuckte, noch immer breit grinsend, mit den Schultern.

»Was das anbelangt, schwieg der Prior sich aus«, brummte Bandolf. »Ich nehme an, mein Schreiber hat den Toten gefunden.«

Die Heiterkeit verschwand aus Tidreads Gesicht. »Und was habe ich mit dieser Angelegenheit zu schaffen?«

Bandolf schwieg einen Moment und spielte nachdenklich mit seinem Becher. »Mein Schreiber war noch Novize im Kloster, als vor etwas mehr als zwei Jahren der Novizenmeister des Klosters ebenfalls einen gewaltsamen Tod fand. Davon habt Ihr gewiss gehört?«

Tidread warf ihm einen wachsamen Blick zu, ehe er nickte.

»Auch diese Tat legt Abt Hademar meinem Schreiber zu Last«, erklärte Bandolf. »Was genau sich ereignet hat, werde ich noch herausfinden. Tatsache ist jedoch, dass der Abt meinen Schreiber in Gewahrsam genommen hat und sich weigert, ihn meiner Obhut zu übergeben. Er behauptet, hier greife das Recht der Kirche.«

Mit zusammengekniffenen Augen betrachtete Tidread die Verzierungen auf seinem Zinnbecher. »Nun, wenn Euer Schreiber noch Novize ist …«

»Mein Schreiber hat sich über Jahr und Tag in Worms aufgehalten und steht seit zwei Jahren in meinen Diensten«, sagte Bandolf nachdrücklich. »Die Kirche hat keine Rechte mehr an ihm. Er untersteht meinem Recht, als Burggraf wie als Vogt der Buchenburg.«

»Und was wollt Ihr von mir?«

»Ihr seid ebenfalls Burgherr. Es sollte auch Euch ein Anliegen sein, dass die Kirche nicht willkürlich Eure Befugnisse in Frage stellt. Zudem kennt Ihr Vater Hademar länger und besser als ich. Womöglich würde er auf Euch hören.«

Tidread kniff die Augen zusammen. »Und falls nicht?«

Bandolf zuckte mit den Schultern. »So oder so werde ich keine Ruhe geben, bevor mein Schreiber in meinem Gewahrsam ist und ich herausgefunden habe, wer für diese Taten verantwortlich ist«, antwortete er ruhig.

Tidread sah von seinem Becher auf und warf Bandolf einen scharfen Blick zu, ehe er die Lider wieder senkte. Eine lange Weile schien er nachzudenken, doch schließlich nickte er.

»Nun, Burggraf: Ich würde es ebenfalls vorziehen, Herr über mein Gesinde zu bleiben. Ich werde mit dem Abt sprechen.«

Überrascht runzelte Bandolf die Stirn. Den Gedanken, dass Tidread ihm tatsächlich seine Unterstützung anbieten könnte, hatte er nicht ernsthaft in Erwägung gezogen. Im Stillen fragte er sich, ob der Sachse womöglich selbst einen Strauß mit dem Abt von Sankt Mauritius auszufechten hatte.

»Ich schulde Euch Dank«, sagte er endlich.

»Bedankt Euch nicht zu früh«, meinte Tidread. »Ich kenne Vater Hademar. Ein sturer Mensch. Wenn er sich in den Kopf gesetzt hat, seinen Novizen zu behalten, dann wird es nicht einfach sein, ihn vom Gegenteil zu überzeugen. Es mag eine Weile dauern, und ob das Unterfangen letztlich mit Erfolg gekrönt sein wird, ist nicht gewiss.«

»Dessen bin ich mir bewusst.« Bandolf lächelte. »Ich werde unterdessen jedoch auch nicht müßig sein.«

»Womöglich wäre es Eurer Sache dienlicher, würdet Ihr nicht allzu eifrig herumstöbern. Je höher die Wellen um diese Angelegenheit schlagen, umso weniger wird Vater Hademar bereit sein, den Kürzeren zu ziehen. Bedenkt das«, sagte Tidread rasch.

Mit argwöhnisch zusammengezogenen Brauen forschte Bandolf in Tidreads Zügen, doch dessen Miene war gleichmütig und verriet ihm nichts.

In Gedanken versunken überquerte Bandolf den Burghof. Beflissenheit und Großmut zählten nicht zu den Eigenschaften, die er Tidread von Krähenburg zugerechnet hätte – warum also hatte sich der Sachse so rasch bereit erklärt, für einen Mann in die Bresche zu springen, den er für einen Eindringling und Rivalen halten musste? Der Rat, der Burggraf solle sich zurückhalten, hatte vernünftig geklungen, doch das Glitzern in Tidreads Augen, als erheitere ihn ein heimlicher Scherz, wollte Bandolf nicht gefallen.

»Ihr verlasst uns, Burggraf?«, riss ihn eine helle Stimme aus seinen Betrachtungen.

Tidreads junge Gemahlin trat mit einem Mädchen, nur um Weniges jünger als sie selbst, aus einem Durchlass und blieb vor Bandolf stehen.

»Wollt Ihr nicht vorauslaufen und Eure Arbeit am Webstuhl beenden?«, schlug sie dem Mädchen vor. Mit einem Knicks, der dem Burggrafen galt, und einem finsteren Blick auf die junge Burgherrin eilte es davon.

Kopfschüttelnd sah Melisend dem Mädchen nach, und Bandolf hatte Muße, Tidreads Gemahlin näher zu betrachten. Ihre Lippen waren zu voll, das Kinn zu spitz und die hoch angesetzten, über und über mit Sommersprossen gesprenkelten Wangenknochen zu breit, um Melisend von Souburg schön zu nennen, doch der lebhafte Ausdruck in ihren Zügen und das Funkeln ihrer großen grünen Augen machten die Mängel mehr als wett.

»Die Tochter meines Gatten aus erster Ehe«, erklärte sie mit einem tiefen Seufzen.

Noch ehe Bandolf sich den Kopf zerbrechen konnte, was er darauf antworten sollte, hatte Melisend sich zu ihm umgewandt und schenkte ihm ein Lächeln. »Ah!«, sagte sie mit einer flinken Geste. »Euch hat wohl das Geschnäuf meines Vetters aus der Halle vertrieben?«

Unwillkürlich erwiderte Bandolf ihr Lächeln. »Stephan von Blois ist Euer Vetter?«

»Ein Vetter im dritten Grad. Oder gar im vierten?« Flüchtig runzelte sie die Stirn, ehe sich ihr Gesicht wieder erhellte. »Sei es, wie es sei. Nahe genug verwandt, um seine Leiden ertragen zu müssen.«

»Es scheint, als wäre Stephan von Blois tatsächlich in schlechter Verfassung«, bemerkte Bandolf.

In komischer Verzweiflung rollte Melisend die Augen. »Bei seiner Ankunft schmerzte ihn der Kopf, gestern waren es die Säfte in seinem Magen, und heute plagt ihn der Rotz.« Neugierig musterte sie ihn. »Ihr seid nicht gekommen, um meinem Vetter Eure Aufwartung zu machen, nein?«

Überrascht schüttelte Bandolf den Kopf. »Ich hatte eine Angelegenheit mit Eurem Gatten zu bereden. Warum fragt Ihr?«

»Nun, seit Stephan eingetroffen ist, geht es hier zu wie in einem Taubenschlag«, meinte sie mit einem Schulterzucken. »Es ist ein ständiges Kommen und Gehen.«

Der Burggraf strich nachdenklich über seinen Bart. »Tatsächlich? Und wer kommt und geht?«, erkundigte er sich wie beiläufig.

»Sachsen.« Melisend warf ihm einen raschen Blick zu. »Ah!«, bemerkte sie. »Das wolltet Ihr nicht hören.«

Verdutzt blinzelte Bandolf sie an.

»Es läge Euch eher daran, zu erfahren, in welcher Angelegenheit die Männer kommen«, beantwortete sie seine unausgesprochene Frage. »Ich habe doch recht?«

Bandolf lächelte. »Wisst Ihr es denn?«

»Wenn Ihr nicht zu meinem Vetter wolltet, was hattet Ihr dann mit meinem Gatten zu bereden?«, erkundigte sich Melisend, ohne auf seine Frage einzugehen.

›Weibsvolk‹, dachte der Burggraf und unterdrückte ein Seufzen. »Nichts, was Euch Sorgen bereiten müsste«, sagte er laut.

»Ah, nun seid Ihr gönnerhaft«, beschwerte sie sich, zuckte mit den Schultern und wandte sich, augenscheinlich enttäuscht, von ihm ab.

Herrje, hatte er nichts Dringlicheres zu tun, als die Neugierde eines gelangweilten jungen Frauenzimmers zu befriedigen?

Einen Augenblick wartete er, doch als sie schwieg, verbeugte er sich. »Erlaubt mir, dass ich mich verabschiede.«

Melisend lächelte versöhnlich. »Natürlich, Burggraf. Ich wollte Euch gewiss nicht aufhalten.«

Unwillkürlich erwiderte er ihr Lächeln, dann wandte er sich zum Gehen.

Bandolf hatte sich schon einige Schritte entfernt, als er plötzlich ihre leise Stimme in seinem Rücken hörte. »Und was wird aus Eurem Schreiber, wenn mein Gatte sein Versprechen nicht hält?«

Verblüfft drehte er sich wieder um.

Mein Gatte tut niemals etwas, das ihm nicht zum Vorteil gereicht.

Mit einem Ächzen fuhr der Burggraf aus seinem unruhigen Schlaf. Er streckte die Hand aus, tastete nach Matthäas warmem Körper, noch ehe er die Augen aufgeschlagen hatte, und wie jedes Mal überflutete ihn die Enttäuschung, den Platz neben sich leer zu finden.

Er gähnte, rieb sich die Augen und setzte sich auf. In der Halle war es dunkel. Das Herdfeuer war bereits zur Hälfte heruntergebrannt, und die schwelenden Holzscheite verbreiteten ein schummriges Licht, das nicht weiter trug als bis zu Bruder Fridegist, der zwei Armeslängen von ihm entfernt schnarchte.

Obwohl das Feuer kaum noch Wärme abgab, war es in der Halle so warm und stickig, dass Bandolf es mühsam fand zu atmen, und das Kribbeln in seinen Gliedern verriet ihm, dass es zwecklos war, die Augen wieder zu schließen.

Schwerfällig stand er auf. Mit Hilfe eines Kienspans zündete er eine Talglampe am Herdfeuer an, spülte den faden Geschmack in seinem Mund mit dem ebenso faden Met aus einem Krug hinunter, der noch auf der Tafel stand, und tappte zur Wendeltreppe hinüber. Er hoffte, die frische Nachtluft auf dem Ausguck würde helfen, dass seine vom Schlaf umnebelten Gedanken wieder klarer wurden.

Oben angekommen, fand er den Reisigen, der Wache halten sollte, in friedlichem Schlaf mit dem Rücken an die Brüstung gelehnt.

»Verdammnis«, knurrte er halblaut und war versucht, den Mann mit einem unsanften Tritt in die Seite zu wecken. Doch dann ließ er es bleiben. Er würde dem säumigen Kerl die Leviten lesen, wenn er wieder ging.

Mit einem tiefen Atemzug beugte sich der Burggraf über die Brüstung und warf einen Blick in den sternenklaren Nachthimmel. Müßig fragte er sich, ob Matthäa wohl dieselben Sterne sehen würde, stünde sie jetzt im Hof seines Hauses in Worms und würde hinaufschauen. Unwirsch schüttelte er den Kopf. Sein Weib würde jetzt hoffentlich in ihrer Bettstatt schlummern, und sie täte gut daran, dachte er. Wie häufig in letzter Zeit schlich sich in sein Sehnen nach seinem Zuhause und Matthäa auch die besorgte Frage, ob es ihr und seinem Sohn, den sie unter ihrem Herzen trug, denn gut ginge.

Ein Lächeln glitt über sein breites bärtiges Gesicht. Er war so selig über die Nachricht gewesen, dass er schnurstracks seinen Beutel geleert und die Stiftskirchen von Worms mit großzügigen Spenden beglückt hatte. Doch unter all seine Freude mischte sich seither auch stets die unterschwellige Angst, etwas Unvorhergesehenes könnte geschehen, um sein Glück zu trüben und ihm Matthäa und seinen Sohn zu nehmen.

Der Burggraf seufzte. An Herz Jesu, zu Anfang des Monats, hatte er die letzte Nachricht von seiner Gattin bekommen, überbracht von einem Boten, den sie eigens beauftragt hatte. Alle seien wohlauf, hatte es geheißen. Doch inzwischen war wieder etliche Zeit ins Land gegangen, und er konnte nur hoffen, dass die Heilerin tat, was sie versprochen hatte, und mehr als nur ein Auge auf Matthäa und sein ungeborenes Kind haben würde.

Der Ruf einer Eule durchbrach die nächtliche Stille, und kaum war der tiefe Ton verklungen, hörte Bandolf den schwachen Nachhall der Glocke von Sankt Mauritius.

›Matutin‹, dachte er unwillkürlich. Für die Prim war es noch zu dunkel. Mit zusammengekniffenen Augen starrte er nach Norden, wo irgendwo in diesem tiefdunklen Schatten, mit dem sich der Wald vom Nachthimmel abhob, sein junger Schreiber verängstigt in einer Zelle eingesperrt vor sich hindämmerte.

Was, zum Teufel, war nur passiert?

Seit er die Krähenburg verlassen hatte, ging ihm die Frage nicht mehr aus dem Kopf, und das, was die junge, sprunghafte Melisend dazu zu sagen wusste, hatte nicht zu seiner Beruhigung beigetragen.

Was aus seinem Schreiber würde, wenn Tidread sein Versprechen nicht halten würde, hatte sie gefragt, und als er wissen wollte, was sie damit meinte, geantwortet: »Mein Gatte tut niemals etwas, das ihm nicht zum Vorteil gereicht.« Tidread stehe dick mit dem Abt von Sankt Mauritius, da könne sie nicht sehen, warum ihr Gemahl sich mit Vater Hademar überwerfen sollte, nur um eines Schreibers willen, der nicht einmal zu seinem eigenen Gesinde gehörte.

Tidread hätte ablehnen können, hatte der Burggraf angemerkt. Warum hätte er Bandolf Unterstützung anbieten sollen, wenn er nicht beabsichtigte, sein Wort zu halten? Eben das sei es, was sie auch nicht verstünde, hatte Melisend erwidert. Ohnehin wäre sie beunruhigt über all die eifrige Geschäftigkeit, die ihr Gemahl in jüngster Zeit entfalte, hatte sie, wie nebenbei, angemerkt. Ständig sei er unterwegs oder sperre sie und ihre Mägde aus der Halle aus, um Besucher zu empfangen, die er ihr nicht vorstellte.

Schon im Begriff, sich zu verabschieden, hatte der Burggraf sie in einem Anflug von Argwohn gefragt, warum sie just ihm von Dingen erzählte, die ihren Gatten betrüben müssten, würde er davon hören.

Sie war errötet und hatte vage mit den Schultern gezuckt, ohne ihm zu antworten. Aber Bandolf hatte das Aufblitzen in ihren Augen noch gesehen, ehe sich die langen, hellen Wimpern über das schimmernde Grün gesenkt hatten.

›Irgendetwas führt sie im Schilde‹, grübelte Bandolf.

Den Blick immer noch auf die Schwärze des Waldes gerichtet, strich er sich nachdenklich über den Bart. Sollte er Tidreads Rat befolgen und zunächst einmal abwarten, ob der Herr von Krähenburg beim Abt etwas erreichen würde? Doch was wäre, wenn Melisends Vermutung bezüglich der Absichten ihres Gatten zutraf? Dann konnte sich Prosperius' Lage nur verschlimmern.

›Mein Kreuz ist, dass ich nicht die geringste Ahnung habe, was in diesem Kloster eigentlich vorgefallen ist‹, dachte Bandolf.

Unter welchen Umständen war der Novizenmeister dazumal gestorben? Welchen Grund sollte Prosperius gehabt haben, ihm ans Leben zu wollen, und wem wäre sein Ableben sonst noch gelegen gekommen?

Ebenso wenig wusste Bandolf über den Mönch Adelbald,

der just sein Leben ausgehaucht hatte. Wie war er gestorben, wem war er ein Dorn im Auge gewesen? Wieso verdächtigte man Prosperius, ihn ermordet zu haben? Man musste ihn im Kloster bei dem Leichnam des Mönchs gefunden haben. Aber wie war er in diese Lage gekommen? Warum hatte Prosperius das Klostergelände überhaupt wieder betreten? Er hätte doch wissen müssen, dass man ihn noch immer für den Mord an dem Novizenmeister zur Verantwortung ziehen würde. Die Antworten auf diese Fragen mochten letztlich das Einzige sein, das Prosperius vor einem grausamen Ende bewahren konnte, wenn es Bandolf nicht gelingen würde, dass man ihn seiner Obhut unterstellte.

Sankt Mauritius war keine Reichsabtei. Das Kloster gehörte der Diözese von Halberstadt an, dennoch besaß der Abt weitreichende Befugnisse. Ob sie für einen solchen Richtspruch genügten oder ob der Abt die Zustimmung des Bischofs benötigte, wusste Bandolf nicht. Aber derlei gewichtige Entscheidungen pflegte man an den hohen Festtagen der Kirche, wie Ostern und Pfingsten, zu fällen. Der nächste Festtag dieser Art wäre wohl Michaeli, Ende September, und dieser Umstand verschaffte Bandolf ein wenig Luft.

›Ich werde aber überhaupt nichts erfahren, solange ich hier auf meinem Hintern sitzen bleibe und nicht in Sankt Mauritius nach Antworten suche‹, überlegte Bandolf verdrossen. Nur bliebe dem Abt wohl kaum verborgen, wenn der Burggraf in seinem Kloster herumstocherte. Ein solches Vorgehen würde ihn noch mehr gegen Bandolf aufbringen, als er es wegen des Verlusts seiner Privilegien ohnehin schon war. Und das wiederum würde Prosperius mehr schaden als nützen. In dieser Hinsicht hatte Tidread zweifellos recht.

Doch was, wenn Bandolf untätig bliebe und sich letztlich herausstellte, dass der Sachse ein falsches Spiel mit ihm trieb, aus welchem Grund auch immer?

Finster zog Bandolf die Brauen zusammen. »Zum Teufel damit«, knurrte er laut. Zumindest musste er doch herausfinden, was überhaupt vorgefallen war.

Als er sich schließlich von der Brüstung abstieß, hatte er beschlossen, dass er am nächsten Morgen – Abt hin, Tidread her – so rücksichtvoll wie möglich und so nachdrücklich wie nötig seine Fragen im Kloster stellen würde. Immerhin war er Burggraf von Worms und Vogt des Königs, und was noch besser war: Er war im Recht.

Aufgeschreckt durch Bandolfs Geknurre, rührte sich der Turmwächter. Als der Burggraf ihn am Wams packte, auf die Füße zerrte und ihm empfahl, seinen Dienst mit offenen Augen zu versehen, sonst würde er sich alsbald auf direktem Weg am Fuß des Bergfrieds wiederfinden, starrte er seinen Herrn so entsetzt an, als sähe er ein Nachtgespenst.

Bandolf hingegen stieg, durch seinen Entschluss um einiges erleichtert, die Wendeltreppe hinunter und setzte seine unterbrochene Nachtruhe in der Waffenkammer fort. Dort, so fand er, war es bei weitem weniger stickig als in seiner winzigen Halle.

KAPITEL 6

Worms, 30. Siwan im Jahr 4826
nach Erschaffung der Welt
(26. Juni im Jahre des Herrn 1066)

»*…Osse shalom bim'romaw, hu ja'asse shalom alejnu we'al kol Jisrael we'imru: Amen.*« … »Der Frieden stiftet in seinen Himmelshöhen, er stifte Frieden unter uns und ganz Israel, sprecht Amen.«

Mit dem Kaddisch ging das Morgengebet zu Ende. Füße scharrten, hie und da wurde ein Flüstern laut, das rasch zum lebhaften Stimmengewirr anhob, während die Männer die Synagoge verließen.

›Noch immer kein Regen‹, dachte Joschua ben Jehuda flüchtig, als er ins Freie trat und einen Blick in den wolkenverhangenen Himmel warf. Dann wandte er sich wieder der Debatte zu, die sich schon am Vortag unter den Talmudstudenten entzündet hatte und just wieder aufgenommen worden war.

»Warum also nach Sonnenuntergang?«, fragte Aaron, ein junger Mann aus der jüdischen Gemeinde von Speyer, der vor einem Jahr nach Worms gekommen war, um in der berühmten Talmudschule zu studieren.

»Ben Soma leitet es aus dem Schriftvers 5. Mose 16, 3 ab. ›Damit du gedenkest des Tages, da du aus Ägypten gezogen, alle Tage deines Lebens‹«, erklärte Jaacov und fügte mit einem breiten Grinsen hinzu: »Welches kurz sein wird, wenn du dein Weib mit dem Frühmahl warten lässt.«

Die jungen Männer lachten.

»Da hört euch diesen Burschen an«, meinte Aaron gutmütig. »So spricht nur einer, den noch kein Weib haben wollte. Was sagst du, Joschua?«

Joschua lächelte. »Aaron hat recht. Warte, bis du selbst ein Weib hast, Jaacov, dann reden wir weiter.«

»Da hörst du es«, rief Aaron. »Und nun sag mir, warum wir des Auszugs aus Ägypten auch des Nachts gedenken? Ist doch in dem Vers ausdrücklich vom Tag die Rede.«

»Nun, der Vers spricht von *alle* Tage, was meint, zu jeder Zeit, folglich auch nachts«, widersprach Joschua.

»Aber würde dann nicht ...«

Das Streitgespräch der jungen Männer war bis zu den gegensätzlichen Ansichten gediehen, ob Hillel bei der Einteilung des jüdischen Jahres auch alles bedacht hatte, als Joschua sich verabschiedete und den Weg über die Judengasse nach Hause einschlug.

Ungeachtet der frühen Morgenstunde herrschte bereits rege Betriebsamkeit in der Stadt, die er jedoch nur am Rande wahrnahm, während er über den Passus im Talmud nachgrübelte, an dem sich die Debatte entzündet hatte. Das lautstarke Gekreisch zweier Gänse riss ihn aus seiner Versunkenheit, und er bemerkte erstaunt, dass er in Gedanken vertieft an seinem Heim vorbeigegangen war und bereits die Lauergasse erreicht hatte. Sich selbst belächelnd, machte er kehrt.

Der Duft nach süßem Gewürz schlug Joschua entgegen, als er sein Vaterhaus betrat. Während er in der Synagoge gewesen war, hatten Rifka und ihre Magd das Frühmahl zubereitet, und die Tafel war bereits mit einer Schüssel Milchbrei, frisch gebackenem Brot, Eiern und einem Krug verdünntem Wein gedeckt.

Um diese Stunde war das Haus gewöhnlich mit Geschäftigkeit und Lärm erfüllt. Jehuda, Joschuas Vater, und Esra, sein Bruder, pflegten über das Tagesgeschäft zu sprechen, während sein Weib und seine Schwägerin sich über häusliche Dinge berieten.

Joschua, der nicht wie Esra den Sinn des Vaters für den Handel geerbt hatte und sich am wohlsten in der Welt der Gelehrten fühlte, genoss die ruhige Behaglichkeit, die an der Morgentafel herrschte, seit Jehuda nach Sachsen und Esra mit seiner Frau nach Mainz abgereist waren. Im Gegensatz zu seiner Schwägerin, deren ewigem Gezänk man sich nur schwerlich entziehen konnte, ließ Rifka ihren jungen Gatten an der Tafel in Ruhe seinen eigenen Gedanken nachhängen. Hin und wieder erzählte Joschua ihr auch von den Kommentaren der Gelehrten, die ihn bewegten und die in der Jeschiwa hitzig besprochen wurden. Den Kopf zur Seite geneigt, pflegte Rifka zuzuhören, um ihn dann mit einem Argument zu überraschen, an das er noch nicht gedacht hatte. Und meistens war dieses Argument dann ausgesprochen praktischer Natur.

In Gedanken mit einer Frage beschäftigt, die der Rabbi gestern aufgeworfen hatte, leerte Joschua seine Schale. Es dauerte geraume Zeit, bis ihm auffiel, dass das Gespräch zwischen Rifka und ihrer Magd an der Tafel verstummt war.

Irritiert sah er auf. Hannah machte sich bereits am Herdfeuer zu schaffen, aber Rifka saß noch auf der Bank und schien mit ihren Gedanken weit weg zu sein. Nachdenklich betrachtete Joschua ihren gesenkten Kopf. Sie trug das Haar sorgsam gescheitelt und im Nacken zu einem Knoten geschlungen.

›Schwarz und glänzend wie die Flügel eines Raben‹, dachte er und lächelte.

Als hätte sie seinen Blick gespürt, schaute sie plötzlich auf. Ihre Züge wirkten besorgt.

»Bedrückt dich etwas?«, fragte er.

Für einen Augenblick hatte er den Eindruck, als wolle sie den Kopf schütteln, doch dann sagte sie: »Ich bin ein wenig beunruhigt wegen eines Fremden, den ich nun schon einige Male vor unserem Haus gesehen habe.«

Joschua runzelte die Stirn. »Wen meinst du? Mir ist niemand aufgefallen.«

»Das hätte ich auch nicht gedacht.« Ein erheitertes Lächeln stahl sich in ihre Mundwinkel. »Einem Mann, der so sehr in seine Gedanken verstrickt ist, dass er am eigenen Haus vorbeiläuft, können derlei Dinge nicht auffallen«, neckte sie ihn.

»Du hast mich gesehen?«

»Nein, Hannah hat dich gesehen. Sie hat es mir erzählt.«

Joschua erwiderte ihr Lächeln ein wenig verlegen. »Nun, es ging um die Frage, warum wir nach Sonnenuntergang des Auszugs aus Ägypten gedenken«, gab er zu und begann ihr von der Debatte zu erzählen, die um diesen Abschnitt aus dem Talmud entbrannt war. Nach einer Weile bemerkte er, dass Rifka ihm zwar zuhörte, doch nicht so angeregt darauf einging, wie sie es sonst zu tun pflegte.

Er stockte, fuhr mit der Hand durch seine dunklen Locken, die ihm wie stets in die Stirn fielen, und überlegte, wie ihr Gespräch seinen Anfang genommen hatte.

»Du wolltest mir von einem Fremden erzählen, der dich beunruhigt hat«, fiel ihm schließlich wieder ein.

Falls Rifka überrascht war, dass er den Gegenstand so plötzlich wechselte, zeigte sie es nicht. »Ja«, antwortete sie. »Ich habe den Eindruck, als würde er unser Haus beobachten.«

Joschua runzelte die Stirn. »Wie kommst du darauf, dass er dergleichen tut?«

»Zum ersten Mal fiel der Mann mir auf, als Vater abgereist ist«, erklärte sie. »Wir hatten uns alle vor dem Haus versammelt, um ihn zu verabschieden, erinnerst du dich?«

Joschua nickte.

»Da entdeckte ich ihn, wie er nebenan, an der Ecke von Davids Haus, stand und zu uns herüberschaute.«

»Womöglich hat er auf jemanden gewartet.«

»Zuerst hatte ich das auch vermutet, aber dann sah ich ihn später wieder an derselben Stelle stehen, und dann noch zwei weitere Male.« Als wolle sie ihre eigenen Zweifel verscheuchen, schüttelte Rifka den Kopf. »Gestern stand er erneut an derselben Stelle. Ich wollte wissen, wie lange er wohl auf seinem Posten ausharrt, und darum habe ich ihn meinerseits beobachtet. Tatsächlich blieb er bis Sonnenuntergang am selben Fleck.«

»Und beobachtete unser Haus?«, wiederholte Joschua beunruhigt.

Rifka zuckte mit den Schultern. »Zumindest hatte ich den Eindruck.«

»Wie sah der Fremde aus?«, wollte er wissen.

»Ich hörte ihn französisch sprechen, darum nehme ich an, dass er ein Welscher ist«, antwortete Rifka. »Gekleidet war er wie ein Mann, der sich mit Schwert und Pferd auskennt. Ein Söldner vielleicht?«

Joschua spürte, wie sich ein ungutes Gefühl in seinen Magen schlich. Er konnte sich nur zwei Gründe denken, warum ein Fremder das Haus des Kaufmanns Jehuda ben Eliesar beobachten sollte. Entweder trachtete der Mann danach, sich an den Waren zu vergreifen, oder aber – und dieser Gedanke war weitaus besorgniserregender – es ging um den Grund, der seinen Vater anstelle von Esra nach Sachsen geführt hatte.

Jehuda, Esra und er waren vor der Abreise des Vaters übereingekommen, niemanden in jenen Auftrag einzuweihen, der ihm übertragen worden war. Zum einen galt es, die Forderung nach höchster Verschwiegenheit zu wahren, und wäre ein Wörtchen davon an Esthers Ohr gelangt, hätte binnen kurzem halb Worms davon gewusst. Zum anderen hatte es nicht dafür gestanden, die Frauen unnötig zu beunruhigen.

Joschua seufzte.

Er zweifelte nicht daran, dass Rifkas Einschätzung ihrer Beobachtungen richtig war. Sie neigte nicht zur Übertreibung, das wusste er, und hatte einen aufmerksamen Blick für das, was um sie herum geschah. Eine Gabe, die ihm selbst abging.

Und wenn er mit seiner Vermutung recht hatte und der Welsche tatsächlich wegen jener Handelsfahrt seines Vaters dort draußen lauerte, bedeutete das nichts Gutes.

Nachdenklich betrachtete Joschua seine junge Gattin, die seinen Blick mit fragend hochgezogenen Brauen erwiderte. Sie war klug und richtete ihre Gedanken häufig auf das Nächstliegende, wo sein eigener Verstand Umwege machte. Er hatte gelernt, ihrem Rat zu vertrauen. Und einen klugen Rat würde er just zu schätzen wissen.

Joschua räusperte sich. »Da gibt es etwas, das du wissen solltest«, begann er.

Rifka hörte schweigend zu, während er ihr von jenem Tag nach Pessach erzählte, als ein Bote Jehuda ben Eliesar in die Bischofspfalz gerufen hatte. Auch nachdem er geendet hatte, blieb sie noch geraume Zeit still, seine Worte augenscheinlich sorgfältig überdenkend, wie es ihre Art war.

»Hast du schon die Botschaft von Vater erhalten, die er zu schicken versprach?«, fragte sie schließlich.

Joschua schüttelte den Kopf. »Nein, aber es wäre zu früh, sich darüber ernstlich Gedanken zu machen. Vater kann erst vor einigen Tagen an seinem Bestimmungsort eingetroffen sein. Wenn er einen Boten geschickt hat, wird seine Nachricht uns erst in zwei, vielleicht drei Tagen erreichen.«

Sie nickte. »Dann ist es auch zu früh, um irgendetwas zu tun«, sagte sie mit einem tiefen Seufzen. »Erst wenn die Zeit überschritten ist, die Botschaft ausbleibt und jener Welsche noch immer da ist, solltest du dich an den Rabbi um Rat wenden. Ich fürchte, bis dahin bleibt uns nichts weiter zu tun, als uns in Geduld zu fassen.«

Rasch streckte sie die Hand aus und legte sie auf die seine. Ihr Lächeln schien ihn trösten zu wollen, doch in ihren tiefdunklen Augen sah Joschua seine eigene Besorgnis widergespiegelt.

Kapitel 7

Worms, 28. Juni im Jahre des Herrn 1066

Die Nacht hatte keine Abkühlung gebracht, und kein Lufthauch regte sich in der feuchten Schwüle, die seit Tagen wie eine Glocke über Worms hing. Es schien, als hielte der Allmächtige noch den Atem an, bevor er seinen Zorn mit Blitz und Donner und windgepeitschtem Regen über die Stadt herniedergehen ließe.

Das erste Dämmerlicht brach zögernd durch die dunklen Wolken am Himmel, als Penelope, die Domkatze, aus einer Ritze in der Scheunenwand auf den schmalen Durchlass schlüpfte, der die Scheune vom Haupthaus des Burggrafen von Worms trennte. Einen Augenblick verharrte sie und lauschte mit gespitzten Ohren. Dann huschte sie zwischen Fässern, prallgefüllten Säcken und aufgestapeltem Feuerholz hindurch bis zur Ecke, wo der enge Durchlass in den Hof mündete. Neben einer Regentonne machte die Katze Halt, spähte aufmerksam über den Hof und kauerte sich schließlich nieder. In der nur langsam schwindenden Dunkelheit schien ihr graues Fell nahezu mit dem Holz der Tonne zu verschmelzen. Nur ihre bernsteingelben Augen, die unverwandt auf den Hof starrten, mochten ihre Anwesenheit verraten.

Als die Tür im Haus geöffnet wurde und die Burggräfin auf den Hof trat, setzte Penelope sich auf. Ihre Schnurrhaare zuckten, und der um die Pfoten geringelte Schwanz schlug wie in ungeduldiger Erwartung auf den Boden.

Einige Schritte von der Türschwelle entfernt blieb Matthäa stehen. Sie bückte sich, wobei der vorgewölbte Leib ihr Mühe zu bereiten schien, und stellte eine Schale auf den Boden.

»Miez, Miez«, rief sie und richtete sich schwerfällig wieder auf. Mit einer raschen Bewegung strich sie sich die rotblonden Locken aus dem Gesicht, die noch in ganzer Pracht offen bis über ihre Hüften fielen. Beide Hände in den Rücken gepresst, wanderte ihr Blick erneut über Hof und Garten, Stall und Scheune, deren Konturen im schwachen Dämmerlicht kaum erkennbar waren.

»Miez, Miez.«

Die Katze hinter der Regentonne rührte sich nicht.

»Wo ist sie nur geblieben?«, murmelte Matthäa.

»Was macht Ihr denn in aller Herrgottsfrühe auf dem Hof, Herrin?«, rief Filiberta, die unter dem Türrahmen erschienen war. Entrüstet stemmte sie die Arme in ihre üppigen Hüften.

»Ich habe eine Schale mit Brei für Penelope aufgestellt.«

»Herrje! Ihr solltet lieber froh sein, dass diese vermaledeite Katze keinen Unfug mehr im Haus anstellt.«

Matthäa seufzte. »Seit mein Gatte abgereist ist, lässt sich das Tier nirgendwo mehr sehen«, sagte sie. »Du weißt doch, wie der Burggraf an dieser Katze hängt. Es wird ihn betrüben, wenn er sie bei seiner Rückkehr nicht mehr vorfindet.«

»Mumpitz«, brummte Filiberta und schüttelte offenkundig verständnislos den Kopf. »Kommt ins Haus zurück. Die Nachtluft ist unbekömmlich für Euer Kind, und auch Ihr solltet nicht schon vor dem Hahn wach sein.«

Mit einem Lächeln strich die Burggräfin über ihren Leib. »Das musst du mit meinem Sohn verhandeln«, meinte sie. »Was soll ich tun, wenn er beschließt, den Tag schon vor der Zeit mit Treten und Stoßen zu beginnen? Da ist an Schlaf nicht mehr zu denken.«

»Allmächtiger! Fühlt Ihr Euch nicht wohl?« In wenigen Schritten war die stämmige Magd bei Matthäa angelangt und griff nach ihrem Arm, als befürchte sie, ihre Herrin könne jeden Augenblick umsinken. »Setzt Euch nur an die Tafel. Die Heilerin soll Euch gleich einen Stärkungstrunk zubereiten.«

Matthäa zog eine Grimasse, während sie sich mit sanftem Nachdruck von ihrem Griff befreite. »Garsende wird nichts dergleichen tun«, erklärte sie. Ihre Stimme schwankte zwischen Ärger und Erheiterung. »Ich fühle mich prächtig, seit mir nicht mehr nach jeder Mahlzeit übel wird. Und du wirst auf der Stelle aufhören, mich ständig zu umglucken, hörst du. Geh zurück ins Haus. Ich komme gleich nach.«

Die Magd schien nicht überzeugt, doch sie gehorchte.

Matthäa hingegen warf noch einen letzten Blick über den Hof. »Nachgerade habe ich das Gefühl, ich stelle die Schale nur zum Gaudium der Ratten auf«, murmelte sie, dann folgte sie Filiberta ins Haus.

Von ihrem Posten hinter der Regentonne schien die Katze das Geschehen auf dem Hof unbeteiligt verfolgt zu haben. Doch kaum hatte die Burggräfin die Tür hinter sich geschlossen, huschte Penelope auf den Hof und pirschte sich an die Schale heran. Schnuppernd umkreiste sie das Gefäß. Endlich schien sie mit dem Inhalt einverstanden zu sein, ließ sich nieder und begann den Brei hastig aufzulecken.

Die Schale war jedoch noch gut zu zwei Dritteln gefüllt, als sie sich wieder aufrichtete. Rasch, als sei sie in Eile, putzte sie sich die mit Brei bekleckerte Nase. Dann huschte sie so lautlos in den Durchlass zurück, wie sie gekommen war.

Vor der Ritze in der Scheunenwand machte Penelope Halt und gurrte. Ein mehrstimmiges hohes Maunzen und Fiepen antwortete ihr. Gleich darauf erschien eine rosafarbene kleine Katzennase in der Öffnung, dann ein dazugehöriges Knäuel flauschigen Fells. Unbeholfen schlüpfte das Kätzchen durch die Ritze, rieb seinen Kopf an Penelopes Brust, während sich ein weiteres Katzenjunges aus dem Spalt zwängte, dann noch eines und noch eines. Die Kätzchen umdrängten Penelope, die ihre stürmische Begrüßung mit einem tiefen Schnurren erwiderte und über das Fell der Kleinen leckte. Zwei der Jungen drängten sich unter ihren Bauch, offenkundig bestrebt, die Zitzen zu erhaschen, doch Penelope schien anderes im Sinn zu haben. Sie drängte ihren Nachwuchs zurück, machte kehrt und huschte zum Hof zurück. Die Kätzchen folgten ihr. Zwei sprangen voraus und machten sich sogleich über den Inhalt der Schale her, während das Dritte sich, mit dem Bauch am Boden robbend, an das Gefäß heranschlich. Das vierte Kätzchen, grau wie Penelope, blieb an der Ecke des Durchgangs sitzen und maunzte kläglich. Penelope schien es mit Gurren herbeilocken zu wollen, doch es rührte sich nicht vom Fleck. Schließlich lief die Katze zurück, packte das Junge im Nacken und trug den zur Kugel zusammengerollten Angsthasen in ihrem Maul zur Schale.

Als der Hahn hinter dem Haus krähte und im Haus des Burggrafen der Tag begann, war die Schale leer und von Penelope und ihren Kätzchen keine Spur mehr zu sehen.

»Bis zum Abend bin ich wieder zurück«, sagte Garsende.

Mit dem Glockenschlag zur Laudes hatte sie mit der Burggräfin das Haus in der Münzergasse verlassen. Noch immer bedeckten dunkle Wolken den Himmel, und der Lärm, der um diese Stunde die Gassen belebte, klang gedämpft, als wolle die Schwüle jeden Laut ersticken.

Die Heilerin warf Matthäa einen forschenden Blick zu. Das rundliche Gesicht der Burggräfin sah erhitzt aus, doch der Glanz in ihren schönen braunen Augen rührte nicht von Fieber. Garsende nickte zufrieden. Zwar hätte sie es lieber gesehen, wenn Matthäa einer der Mägde erlaubt hätte, sie zu begleiten, doch sie wusste, wie sehr die Burggräfin es hasste, wenn man viel Aufhebens um sie machte. Also fragte sie nur: »Werdet Ihr zurechtkommen?«

»Aber ja, gewiss.« Matthäa lächelte. »Ich will mich nur rasch davon überzeugen, dass es der Witwe Diethold nicht am Nötigsten fehlt. Der Mann ist gestern gestorben. Sein Haus liegt in der Schwertfegergasse, da werde ich nicht lange unterwegs sein.«

Sie warf einen Blick in den Himmel und seufzte. »Ich wünschte nur, es würde endlich regnen. Seit die Wolken aufgezogen sind, scheint es, als wöge mein Kind doppelt so schwer.«

»Nur noch wenige Wochen, dann werdet Ihr der Last ledig sein und alle Mühsal vergessen haben«, versprach Garsende.

»Gebe Gott, du hast recht«, sagte Matthäa mit einem zweifelnden Blick auf ihren runden Leib. »Was meinen Umfang betrifft, kann ich doch schon jetzt mühelos mit dem Bischof mithalten.«

Die gewaltige Leibesmasse Seiner Eminenz, Adalberos von Rheinfelden, des Bischofs von Worms, war sprichwörtlich in der Stadt.

»Das steht nun wirklich nicht zu befürchten.« Garsende lachte, und die Burggräfin stimmte in ihr Lachen ein.

An der Ecke der Brotgasse zur Zwerchgasse trennten sich die beiden Frauen. Während Matthäa links in die Zwerchgasse einbog, wandte sich Garsende nach rechts, der Pfauenpforte zu. Es war schon etliche Tage her, seit sie zuletzt in ihrer Hütte nach dem Rechten gesehen hatte, und auch ihre Vorräte an Kräutern, Pulver und Tinkturen gingen zur Neige.

Ein schmales Lächeln glitt über Garsendes Gesicht. Der Umstand, dass sie derzeit unter Schirm und Dach der Burggräfin zu Worms lebte, schien ihr Ansehen beträchtlich gehoben zu haben. Just Frauen von Stand, die zuvor mit gerümpfter Nase und grußlos an der Heilerin vorbeigegangen waren, weil sie ohne männlichen Vormund allein und außerhalb der Stadt lebte, fanden nun plötzlich den Weg in die Münzergasse, um ihren Rat einzuholen.

Bei der Pfauenpforte herrschte reger Verkehr. Händler, Pilger, berittene Boten und andere Reisende verließen Worms, um nach Süden weiterzuziehen, und Knechte mit Sensen, Harken und Karren machten sich auf den Weg zu den Äckern und Weinbergen außerhalb der Stadt, während andere Pilger, Händler, Bauern, Boten und Reisende nach Worms hineinstrebten. Mit ihnen strömten auch all die Bettler, Beutelschneider, Tagelöhner, Wandermönche und Streuner durch das Tor, die von Dorf zu Dorf, von Stadt zu Stadt zogen oder in den ärmlichen Hütten vor den Toren hausten.

Nachdem Garsende die Pfauenpforte passiert hatte, folgte sie einem breiten Karrenweg, der nach Süden zum Kloster Mariamünster und weiter nach Speyer führte. Kaum hatte sie die Hütten, Scheunen und Zelte der Vorstädter hinter sich gelassen, mündete der Weg in den Wald.

Zwischen den dicht stehenden Bäumen schien es noch drückender zu sein als in der Stadt. Die regenschwangere Luft stand still, das Laub bewegte sich kaum, und nur hin und wieder unterbrach das Knacken eines Astes oder das Zwitschern eines Vogels die Stille.

Als Garsende schließlich in den schmalen Pfad einbog, der vom Hauptweg abzweigte und nach Osten zu ihrer Hütte führte, spürte sie, dass ihr das Gewand trotz der frühen Stunde bereits am Rücken klebte. Während sie dem Pfad folgte, glitt ihr Blick prüfend über die Pflanzen, die am Wegrand wuchsen, und ab und an blieb sie stehen, um hier den Schornigel und da die Schafgarbe zu pflücken und sorgsam in ihrem Beutel zu verstauen. Derzeit schwanden ihre Vorräte schneller, als sie sie aufstocken konnte. Just in den Sommermonaten war die Ernte frischer Kräuter, Blüten und Wurzeln am ergiebigsten, doch die Zeit, die sie in der Stadt verbrachte, fehlte ihr, um die Pflanzen zu sammeln und sie für den jeweiligen Verwendungszweck vorzubereiten.

Der Pfad lag abseits der Hauptwege. Außer Garsende schien zu dieser frühen Stunde hier noch niemand unterwegs zu sein, und die drückende Stille im Wald tat ein Übriges, dass ihre Gedanken bald abschweiften, bis sie schließlich am Bild eines hochgewachsenen Mannes hängen blieben.

Lothar …

»Sieh mir in die Augen. Sag mir: Was siehst du?«, hatte er sie einmal gefragt. Aber just in seinen Augen verstand sie nicht zu lesen.

Mit dem altvertrauten Schmerz der kaum verheilten Wunde kamen die Fragen. War er nur zu ihr gekommen, um sie auszuforschen? Für den Herrn, dem er diente? Wie lange schon?

Und wie immer folgte den Fragen der Zorn. Auf ihn und auf sich selbst. Wie eine Närrin hatte er sie vorgeführt, und wie eine Närrin hatte sie sich vorführen lassen. Oder nicht?

»Heilige Jungfrau!«, stieß Garsende wütend hervor. War es denn nicht ganz gleich, ob und was er fühlte oder was sie fühlte? Sie war Heilerin, berufen, Leben zu erhalten, während ihm als rechter Arm der Fürsten das Leben offenbar nichts galt. Ganz abgesehen davon war Lothar von Kalborn ein Mann von Stand, während sie nur eine Tochter *non matrimonium collocat* war. Und letztlich würde sie ihn ohnehin nicht wiedersehen. Der König hatte ihn zum Vogelfreien erklärt. Wenn Lothar entkommen war, dann hatte er das Land längst verlassen.

Warum nur genügte es ihr dann nicht, all das zu wissen?

Der Fragen und ihrer eigenen Gesellschaft überdrüssig, hatte Garsende gerne zugestimmt, als Matthäa sie gebeten hatte, während der Dauer ihrer Schwangerschaft im Haus des Burggrafen Quartier zu nehmen.

Garsende liebte die Abgeschiedenheit ihrer Hütte im Wald und die Unabhängigkeit, die sie ihr gewährte. Zu jedem anderen Zeitpunkt hätte sie es bedauert, ihr Heim über längere Zeit verlassen zu müssen. Doch in der Einsamkeit im Wald war es ihr nicht gelungen, den Gedanken zu entfliehen. In der Halle des Burggrafen hingegen herrschte stets Umtriebigkeit, und die mochte helfen, sie abzulenken.

Sie hatte recht behalten. Nur hin und wieder, wenn sie nicht Obacht gab, wie jetzt, dann kehrten die Gedanken wieder.

Unversehens wichen die Bäume zurück. Garsende hatte die Waldlichtung erreicht, in der auf einer kleinen Anhöhe ihre Hütte stand. Der Anblick des Unkrauts, das in ihren sorgsam angelegten Beeten emporgeschossen war und ihre Pflanzen zu ersticken drohte, brachte sie vollends in die Gegenwart zurück und entlockte ihr ein tiefes Seufzen.

Es war schon nach der Vesper, als Garsende in das Haus des Burggrafen zurückkehrte. Kaum hatte sie den Fuß in die Halle gesetzt, stürzte Filiberta mit ängstlichem Gesicht auf sie zu, dicht gefolgt von Werno, dem kahlschädeligen Hausmeier des Burggrafen, und Hildrun, der jungen Magd.

»Dem Himmel sei Dank, dass Ihr endlich da seid«, rief sie.

Garsende runzelte die Stirn. »Was gibt es denn?«, fragte sie.

Ohne Umstände drängte sich Werno an der stämmigen Magd vorbei. »Die Herrin ist noch nicht zurückgekehrt«, verkündete er mit gewichtiger Miene, um gleich düster hinzuzufügen, dass er sich nicht wundern würde, läge die Burggräfin mit gebrochenen Gliedern oder Schlimmerem in irgendeiner Gasse.

»Sag doch nicht so etwas«, rief Filiberta flehend, während Garsende unwillkürlich einen Blick über die aufgebockte Tafel, die Herdstelle und in die schattigen Winkel der Halle warf. Doch von Matthäa war nichts zu sehen.

Beunruhigt wandte sie sich an die Magd: »War die Burggräfin zum Mittagsmahl denn nicht zu Hause?«

Ihre Hände knetend, schüttelte Filiberta den Kopf. »Wir haben uns noch nichts dabei gedacht, als die Herrin zur Sext noch nicht zurück war …«

»Es hätt' ja auch sein können, dass sie unterwegs jemanden getroffen hätt', Ihr wisst schon, wie das ist. Man kommt ins Plaudern und vergisst dann, wie die Zeit herumgeht«, unterbrach sie Hildrun, die Augen riesengroß vor Aufregung.

Filiberta warf der jungen Magd einen finsteren Blick zu, nickte aber und fuhr fort: »Erst als die Glocken dann zur Non schlugen und die Herrin noch immer nicht da war, da machten wir uns Sorgen. Und weil Ihr auch nicht da wart und niemand sonst, da dachten wir, wir sollten sie suchen. Werno ist in die Schwertfegergasse zur Dietholderin gelaufen, aber da war sie nicht. Jacob hat die Gassen abgesucht, die sie womöglich gegangen ist, und Hildrun und ich haben uns beim Paulusstift umgetan, dort war sie aber auch nirgends. Und von den Leuten, die wir unterwegs fragten, hat niemand nicht sie gesehen.«

Bekümmert schaute sie die Heilerin an. »Wo kann sie denn nur sein?«

»Das geht nicht gut aus, hab' ich noch heut' früh zu Jacob gesagt, wenn die Herrin bei solchem Wetter ausgeht, wo es doch jeden Moment Blitz und Donner geben kann. Und wo doch die Kränke bei der Hitze in jeder Ecke lauert und man nie nicht weiß, wer welche hat«, erklärte Werno und schüttelte so gramvoll den Kopf, als sähe er Matthäa bereits tot auf einer Bahre liegen.

»Es mag ein Dutzend Gründe geben, weshalb die Burggräfin noch nicht zurück ist, da muss man nicht gleich den schlimmsten annehmen«, unterband Garsende ungehalten seine Unkerei, obgleich ihr von den Dutzend Gründen kein einziger einfallen wollte.

»Du warst also in der Schwertfegergasse und hast dich erkundigt, ob die Burggräfin noch bei der Witwe Diethold ist?«, vergewisserte sie sich.

»Wie Filiberta gesagt hat«, bestätigte Werno.

»Hast du gefragt, ob deine Herrin dort womöglich erwähnt hat, dass sie hernach noch anderswo einen Besuch machen wollte?«

Der Hausmeier schüttelte den Kopf. »Wie hätte sie das denn können, wo sie doch gar nicht dort war?«

Garsende spürte, wie ihr das Blut aus dem Gesicht wich. »Sie war gar nicht dort?« Zorn mischte sich in ihre Stimme. »Und das hast du vergessen zu erwähnen?«

»Je nun«, Wernos Gesicht färbte sich rot bis hinauf zu seinem kahlen Schädel. »Ich dacht', ich hätt's gesagt.«

›Heilige Muttergottes!‹, fuhr es Garsende durch den Kopf. ›Schon ein voller Tag, und niemand hat sie gesehen?‹ Das flaue Gefühl in ihrem Magen wuchs sich zum Knoten aus, und für einen Augenblick schien ihr Kopf völlig leer zu sein, während die Hauseigenen sie erwartungsvoll und Hilfe suchend anstarrten.

›Herrje, denk nach!‹, befahl sie sich und drängte mühsam das Schreckensbild einer Matthäa zurück, die zusammengekrümmt in viel zu frühen Wehen in irgendeinem verlassenen Winkel der Stadt kauerte. Was war nur passiert? Sie hatte doch gesehen, wie die Burggräfin in die Zwerchgasse eingebogen war. Und dann? Wohin konnte Matthäa gegangen sein, wenn sie nicht bei der Witwe eingetroffen war? Hatte sie ein anderes Ziel im Auge gehabt? Aber warum hatte sie das nicht gesagt? Die Burggräfin war ihr keine Rechenschaft schuldig, es gab keinen Grund, warum sie Garsende hätte belügen sollen. Vielleicht hatte sie sich aber auch erst unterwegs anderweitig besonnen? Oder war sie womöglich auf dem kurzen Weg überfallen worden? Hatte man sie verletzt und in einen dunklen Winkel gezerrt? Am helllichten Tag? Garsende schüttelte den Kopf. Schwerlich, wenn die Burggräfin den direkten Weg genommen hatte. Die Gassen waren in jenem Viertel auch in den frühen Morgenstunden belebt. Jedermann in Worms kannte die

Burggräfin und würde doch nicht wagen … oder doch? Und wenn es nun ein Fremder gewesen war?

Aber solche Gedanken waren jetzt nicht hilfreich.

Mit einer heftigen Bewegung warf Garsende den langen Zopf zurück, der ihr über die Schulter gefallen war, und straffte sich.

»Du wirst mit den Knechten noch einmal die Gassen in weitem Umkreis absuchen, vom Kratzwinkel bis hinauf zur Korngasse«, erklärte sie dem Hausmeier, der trübselig vor sich hinstarrte. Sie hoffte, dass ihre Stimme fester klang, als sie sich fühlte. »Teilt euch auf und sucht jeden Winkel ab. Fragt die Leute auf den Gassen, ob sie die Burggräfin gesehen haben. Erkundigt euch in den Wirtshäusern und klopft an die Türen.«

Werno schien Einwände zu haben, doch Garsende ließ ihn nicht zu Wort kommen. Mit einer harschen Geste scheuchte sie ihn aus der Halle und wandte sich dann an die beiden Mägde. »Filiberta, du läufst zur Kirche Sankt Magnus und zum Stift Sankt Andreas und fragst, ob man sie dort gesehen hat. Und bitte die Brüder um Hilfe bei der Suche.«

Filiberta stieß ein erleichtertes Seufzen aus und nickte.

»Hildrun, du tust dasselbe in Sankt Paulus und Sankt Martin. Und dass du nicht trödelst, hörst du?«

»Als würd' ich's nicht besser wissen«, murrte das junge Ding und trollte sich mit sichtlich gekränkter Miene.

»Werdet Ihr hierbleiben, damit meine Herrin die Halle nicht leer vorfindet, wenn sie heimkommt?«, wollte Filiberta wissen.

Garsende schüttelte den Kopf. »Ich gehe zur Bischofspfalz und erkundige mich dort. Und zum Domstift.« Mehr zu sich selbst fügte sie hinzu: »Der Bruder Scholasticus ist dem Burggrafen zugeneigt, womöglich weiß er auch mir einen guten Rat.«

Schon an der Tür, wandte sich Filiberta noch einmal um. »Und wenn wir meine Herrin trotz allem nicht finden?« Ihre Stimme klang ängstlich.

›Dann wird mich der Burggraf auf kleiner Flamme rösten. Und täte recht daran‹, dachte Garsende.

Sie zwang sich zu einem zuversichtlichen Lächeln. »Nur keine Bange«, sagte sie. »Wir werden sie finden.«

KAPITEL 8

Worms, 2. Juli im Jahre des Herrn 1066

Niedergeschlagen ließ Garsende die Feder sinken und starrte auf die Zeilen, die sie mit ungeübter Hand verfasst hatte. Die Buchstaben verschwammen vor ihren Augen. Schließlich rollte sie das kleine Stück Pergament zusammen und träufelte ein wenig Siegelwachs aus dem Vorrat des Burggrafen darüber, bevor sie die Rolle dem Boten überreichte, den sie gemietet hatte.

»Du weißt, was du zu tun hast?«

Der Bote nickte. »Ich bringe die Botschaft in den Harudengau im Sächsischen, zur Burg, auf dem Buchenfels gelegen, und übergebe sie Bandolf von Leyen, Vogt daselbst und Burggraf von Worms.«

»Du übergibst die Botschaft nur dem Burggrafen, niemandem sonst«, schärfte Garsende ihm ein.

»Nur dem Burggrafen, niemandem sonst«, wiederholte der Bote.

Nachdem er die Halle verlassen hatte, ließ sich die Heilerin mit einem tiefen Seufzen wieder auf die Bank sinken.

Sie hatte lange gezögert, dem Burggrafen die Nachricht vom Verschwinden seiner Gemahlin zu schicken. Immer wieder hatte sie es hinausgezögert, in der Hoffnung, Matthäa würde gefunden werden, was eine solche Botschaft überflüssig machen würde. Doch nun war der vierte Tag seit ihrem Verschwinden angebrochen, und es schien, als wäre Garsende die Einzige, die noch daran festhielt, dass man sie lebend wiederfinden würde.

Es hatte sich rasch herumgesprochen, dass die Burggräfin vermisst wurde, und am Morgen nach ihrem Verschwinden hatte sich halb Worms vor dem Anwesen des Burggrafen versammelt. Kaufleute, Weber, Tucher, Gerber, Bäcker und Fischer waren ebenso gekommen wie der Hufschmied, der Wirt vom Markt, der Fischerwirt und der Wirt vom Rostigen Kübel. Das Domstift und die Stifte von Sankt Martin, Sankt Paulus und Sankt Andreas hatten Brüder und Laien geschickt; Edle, die sich just in der Stadt aufhielten, ihr Gesinde, und neben Händlern und Handwerksburschen aus dem jüdischen Viertel hatten Leute des Bischofs vor der Tür gestanden, um bei der Suche nach der Burggräfin mitzuhelfen.

Überrascht und gerührt von diesem Aufmarsch, hatte sich Garsende im Stillen gefragt, ob dem Burggrafen wohl bewusst war, welches Ansehen er in Worms genoss.

Auch Bruder Pothinus, sonst ein eifriger Widersacher des Burggrafen, war erschienen. Offenkundig bemüht, auf die Heilerin herabzublicken, was angesichts ihrer Größe nicht so einfach war, hatte er erklärt, dass er von nun an die Dinge in die Hand nehmen würde.

Obwohl sie dem aufgeblasenen Kämmerer des Domstifts nur wenig Liebe entgegenbrachte, musste Garsende sich eingestehen, dass er sich in dieser Angelegenheit als nützlich erwies. Rasch hatte er aus dem bunten Haufen Suchwilliger einzelne Gruppen zusammengestellt, die wohlgeordnet die Stadt durchforschten. Garsende war überzeugt davon, dass es keinen Stein in Worms gab, den die Leute nicht umgedreht hatten. Dennoch blieb Matthäa verschwunden.

Das Klappern eines Schöpflöffels, der zu Boden fiel, riss die Heilerin aus ihren Gedanken.

»Dummes Gör, kannst du nicht aufpassen!«, schrie Filiberta unbeherrscht. Eine Ohrfeige klatschte, und Hildrun hielt sich erschrocken die rote Wange. Für einen Augenblick schien es, als sei die stämmige Magd ebenso erschrocken wie die junge, dann verzog sie mit einem Mal das Gesicht, schluchzte auf und hastete aus der Halle.

Hildrun sah ihr nach, ehe sie sich umdrehte und der Heilerin einen verstörten Blick zuwarf.

Mühsam rang sich Garsende ein Lächeln ab. »Nimm's ihr nicht krumm. Sie ist erschöpft und traurig«, sagte sie und fügte im Stillen hinzu: ›Wie wir alle.‹

»Was soll ich denn nun tun?«, fragte Hildrun ratlos.

Garsende spürte, wie Gereiztheit in ihr aufstieg, und biss sich auf die Lippe.

Seit ihre Herrin verschwunden war, hatten die Hörigen unmerklich die Rolle der Burggräfin auf die Heilerin übertragen und wandten sich mit allem und jedem an sie. Obwohl Garsende nun schon etliche Zeit unter Bandolfs Dach lebte, war ihr nie bewusst gewesen, wie vielfältig Matthäas Pflichten waren, wie unzählig die Aufgaben, die sie augenscheinlich wie nebenbei bewältigt hatte.

Als Teil eines großen Haushalts wie dem des Burggrafen von Worms zu leben war eines. Ihn zu führen etwas ganz anderes. Und dazu fühlte die Heilerin sich keinesfalls berufen. Gewohnt, nur für sich selbst zu sorgen, hatte sie keine Vorstellung davon, wann es an der Zeit war, an Vorräten zu sparen oder großzügig mit dem Wein zu sein, welche Zuteilung an Brot den Knechten zufiel, und welche den Hörigen im Haus, wie man in Streitigkeiten verfuhr, wann man nachsichtig und wann man streng sein musste, ganz zu schweigen von all den ungezählten Kleinigkeiten, die sonst noch in einem solchen Haushalt anfielen und geregelt sein wollten.

»Schneide noch ein wenig Speck für die Suppe. Wir müssen bei Kräften bleiben«, befahl sie schließlich.

»Aber es ist keiner mehr unten«, wandte Hildrun ein. »Der Speck ist in der Vorratskammer. Und für die Kammer hat nur die Herrin den Schlüssel.«

Heilige Muttergottes, steh mir bei, ich brauche Luft zum Atmen! Garsende stand auf. »Dann rühre um und sieh zu, dass nichts anbrennt«, zwang sie sich mit ruhiger Stimme zu sagen, bevor sie aus der Halle floh.

Das Atmen schien auf dem Hof jedoch ebenso mühsam zu sein wie in der Halle. Nach wie vor war der Himmel grau und wolkenbehangen, die Luft zum Schneiden dick. Der Regen wollte und wollte nicht kommen.

Garsende seufzte. Im Begriff, in der Scheune nachzusehen, ob Filiberta dort wäre, hörte sie, dass es an der Pforte klopfte, und drehte sich um. Egin, der alte Torhüter des Burggrafen, öffnete, um Bruder Pothinus einzulassen, dessen flatternder Robe noch einige andere Männer aus seinem Suchtrupp folgten.

»Bringt Ihr Neuigkeiten?«, rief Garsende, raffte ihr Gewand und lief den Männern mit klopfendem Herzen entgegen. Dann sank ihr der Mut.

Die Männer starrten betreten auf den Boden, während der Kämmerer mit gerecktem Hals über ihre Schulter spähte, als hielte er Ausschau nach jemandem, der würdiger wäre als sie, seine Botschaft zu empfangen.

Endlich räusperte er sich und wandte sich an die Heilerin. »Wir haben etwas entdeckt.« Er schnippte mit dem Finger, und einer der Männer schob sich, ein Stoffbündel auf dem Arm, nach vorn. »Sieh es dir an und sag mir, ob es womöglich der Burggräfin gehört.«

Ein kurzer Blick genügte ihr, um das fein gewebte, leichte Tuch und die Stickereien zu erkennen, die zu Matthäas Umhang gehörten. Sie hatte den Mantel getragen, als Garsende sie zuletzt gesehen hatte.

Garsende spürte, wie das Blut aus ihren Wangen wich.

»Wo habt Ihr den Mantel gefunden?«, fragte sie mit belegter Stimme und mühte sich vergeblich, den dicken Knoten in ihrem Hals hinunterzuschlucken.

»Ein Fischer hat ihn heute früh am Rheinufer entdeckt und zu mir gebracht. Der Mantel hatte sich dort nahe dem Rheintor im Gestrüpp verfangen. Gehört der Umhang zu den Habseligkeiten der Burggräfin?«

Die Stimme des Kämmerers drang wie aus weiter Ferne zu ihr, und es dauerte eine Weile, bis Garsende begriff, dass er seine Frage wiederholt hatte. Ihrer Stimme nicht sicher, konnte sie nur nicken.

»Ich hatte dergleichen befürchtet«, erklärte Bruder Pothinus und schüttelte den Kopf. »So beklagenswert das sein mag, doch nun haben wir zumindest Gewissheit. Dies mag dem Burggrafen womöglich ein gewisser Trost sein.«

»Was … was meint Ihr denn mit Gewissheit?«, brachte Garsende endlich hervor.

»Nun, die Burggräfin ist offensichtlich am Ufer ausgeglitten. Dabei hat sich ihr Umhang gelöst und ist im Gesträuch hängen geblieben, während der Strom das arme Weib mitgerissen hat.« Er gestattete sich ein Seufzen. »Ein furchtbares Unglück.«

Matthäas warmherziges Lächeln … ihre Freude, als sie erfuhr, dass sie guter Hoffnung war …

Der aufdringliche Geruch nach Weihrauch, der dem Habit des Kämmerers entströmte, verursachte Garsende plötzlich Übelkeit. Sie trat einen Schritt zurück und schüttelte heftig den Kopf.

»Aber das ist doch nicht gewiss!«, rief sie. »Es muss andere Möglichkeiten geben, weshalb der Umhang dort gelegen hat!«

Bruder Pothinus wischte ihren Einwand mit einer ungeduldigen Geste beiseite.

»Fasse dich, Weib. Es war Gottes Wille. Damit musst du dich abfinden.« Er räusperte sich. »Ich werde einen Boten nach Sachsen schicken und dem Burggrafen die traurige Nachricht vom Ableben seiner Gattin übersenden. Und natürlich werden wir für das Seelenheil seiner Gemahlin beten.«

Er drehte sich um und schickte sich an zu gehen.

In Garsendes wild durcheinanderwirbelnde Gedanken drang die Erkenntnis, dass der Kämmerer die Suche nach Matthäa einzustellen gedachte. Hastig trat sie ihm in den Weg.

»Ihr dürft die Suche doch jetzt nicht aufgeben«, rief sie aus. »Nicht, bevor der Leich–« Die Stimme versagte ihr.

»Es ist, wie es ist. Wenn es dem Allmächtigen gefällt, wird der Leichnam der Burggräfin in einigen Tagen flussabwärts ans Ufer gespült werden, doch womöglich gibt der Strom sie auch nicht mehr her«, erklärte Bruder Pothinus und zuckte mit den Schultern. »Es steht nicht dafür, die Leute noch länger von ihrem Tagwerk abzuhalten, und es ist an der Zeit, dass wieder Ruhe in der Stadt einkehrt.«

›Heilige Muttergottes, hilf mir! Heilige Jungfrau, das darf nicht sein! Das darf nicht sein!‹ Halt suchend schlang Garsende die Arme um sich. Sie brachte kein Wort mehr hervor und starrte wie gelähmt den Männern hinterher, die im Kielwasser des Kämmerers den Hof verließen.

Der Heilerin blieb keine Zeit, sich ihrem eigenen Kummer hinzugeben. Filibertas Wehgeschrei, als sie die Nachricht hörte, hallte durch das ganze Haus, während die junge Hildrun verstört die Hände rang und ein ums andere Mal beteuerte, es wäre gewiss nicht ihre Schuld, dass die Herrin tot sei, der Kurze Thomas wie waidwund durch die Halle schlich, und der Hausmeier düster vom Schicksal all jener berichtete, die der Fluss zu sich geholt hatte.

Nach einer Weile gelang es Garsende, die Hauseigenen mit einer Beschäftigung aus der Halle zu scheuchen und Filiberta ein paar Schlucke Wein einzuflößen, den sie mit Mohnsaft versetzt hatte. Allmählich verebbte der Tränenstrom der Magd, und endlich schlief sie, auf der Bank zusammengekauert und den Kopf in ihre Armbeugen gebettet, ein.

Die Glocken der Stadt riefen zur Sext, als Garsende nach einem letzten Blick auf die schlafende Filiberta schließlich die Halle verließ. Während sie die Treppe zur Schlafkammer der Burggräfin hinaufstieg, war ihr, als müsse sie sich durch einen dichten Nebel vorantasten. Selten hatte sie sich so erschöpft an Leib und Seele gefühlt. Ihr Kopf schien völlig leer zu sein.

Kaum hatte sie jedoch die Kammer betreten, traf ihr Blick auf den verhängnisvollen Umhang der Burggräfin, den sie – vor Ewigkeiten, wie es schien – auf die Truhe vor der Bettstatt gelegt hatte, und mit einem Mal fiel all die Trauer und Verzweiflung wie ein Rudel hungriger Wölfe über sie her.

Mit einem leisen Jammerlaut ließ Garsende sich auf die Bettstatt sinken und barg ihr Gesicht in den Händen.

Aber die erlösenden Tränen wollten nicht kommen.

Schmerzliche Gedanken und Bilder wirbelten durch ihren Kopf, beängstigend und ungreifbar wie Nachtgespenster. Bald sah sie die Burggräfin noch voller Leben vor sich, hörte sie lachen und hörte ihre warme Stimme, bald sah sie ihre Züge bleich und leblos unter Wasser, sah ihre rehbraunen Augen in stummer Klage auf sich gerichtet.

Garsende ballte ihre Hände zu Fäusten und presste sie sich in die tränenlosen Augen, bis schwarze Flecken hinter ihren Lidern die Bilder auslöschten.

›Ich hätte bei ihr bleiben müssen! Ich hätte sie niemals allein lassen dürfen! Zumindest hätte ich darauf bestehen müssen, dass eine der Mägde sie begleitet!‹

Und das Kind …

Garsende stöhnte auf, ihre Fäuste fielen kraftlos auf ihren Schoß.

Der Burggraf hatte Matthäa ihrer Obhut anvertraut, und sie hatte entsetzlich versagt.

Heilige Muttergottes, wie hatte sie nur zulassen können, dass so etwas geschah? Und wie, in aller Welt, sollte sie es nur über sich bringen, dem Burggrafen zu erklären, dass seine Gattin und sein ungeborenes Kind tot auf dem Grund des Rheins lagen? Dass niemand nach ihrem Leichnam suchte und er nicht einmal den Trost eines Grabes haben würde, an dem er trauern und beten konnte?

Ach, wäre sie an jenem Tag doch nur nicht in ihre Hütte gegangen, dann wäre nichts von alledem passiert!

Eine Weile gab sich Garsende der Selbstzerfleischung hin, die ihren Gram mehrte und ihn zugleich doch erträglicher zu machen schien.

Dann, allmählich, blitzten Fragen durch ihren Kummer.

Wie hatte das geschehen können? Warum war Matthäa nicht zur Witwe des Kesselflickers gegangen, wie sie es vorgehabt hatte? Und falls sie ein anderes Ziel im Auge gehabt hatte, warum hatte sie es verschwiegen? Geheimniskrämerei lag doch eigentlich gar nicht in Matthäas Art. Was konnte sie veranlasst haben, die Stadt zu verlassen? Und warum war sie ausgerechnet zum Fluss gegangen?

Auch wenn es schon so lange nicht mehr geregnet hatte, war das Flussufer doch immer feucht und schlammig. Zähe, hohe Gräser und dichtes Gestrüpp verbargen den tückischen Boden, der von Rinnsalen und mit Wasser gefüllten Untiefen durchzogen war. Wie leicht man dort ausgleiten konnte, hatte die Burggräfin gewusst.

Mit einem Mal runzelte Garsende die Stirn.

Matthäa hatte ihr erstes Kind verloren, als sie die Treppe im Haus hinuntergestürzt war. Nachdem sie ein zweites Mal schwanger geworden war, hatte sie nichts mehr gefürchtet, als ihr Kind erneut durch einen Sturz zu verlieren, und war besonders achtsam gewesen. Hätte sie sich angesichts dieser Umstände tatsächlich den Gefahren am Flussufer ausgesetzt? Unbegreiflich!

Langsam schüttelte Garsende den Kopf. Das ging nicht zusammen. Irgendetwas stimmte da nicht.

War die Burggräfin am Ende gar nicht freiwillig zum Fluss gegangen? Hatte man sie auf irgendeine Weise dorthin gelockt? Und dann?

Garsende stockte der Atem. Allmächtiger! Hatte man Matthäa in die tückischen Fluten gestoßen?

Sie musste sich gewehrt haben. Der Umhang hatte sich im Gestrüpp verfangen. Die Fibel wurde abgerissen, der Mantel glitt von ihren Schultern, während der Strom ihren Körper erfasste und sie …

Die Fibel …

Der Umhang …

Das Herz klopfte Garsende plötzlich bis zum Hals. Ihre Hand fuhr an ihre Kehle, ihr Blick glitt zur Truhe und saugte sich an dem Stoffbündel fest, das auf dem Deckel lag.

Für einen Augenblick konnte sie sich nicht rühren, doch dann sprang sie auf.

Mit zitternden Fingern griff sie nach dem Mantel, schüttelte ihn aus und warf ihn entfaltet auf die Bettstatt. Hastig öffnete sie den Fensterverschlag, um mehr Licht in die Kammer einzulassen. Dann kniete sie sich neben der Bettstatt nieder und strich mit beiden Händen über das leichte Leinen und die Stickereien am Saum.

Falte um Falte ließ sie durch ihre Finger gleiten, nahm Handbreit um Handbreit des Umhangs in Augenschein.

Endlich stand Garsende auf und starrte benommen auf den Mantel nieder.

Er war staubig, besonders am Saum, wie man es von einem Kleidungsstück erwartete, das in einer Stadt getragen worden war, in der es seit Wochen nicht mehr geregnet hatte. Doch sonst war er unversehrt. Kein Fleck, weder von Wasser noch von Gras, keine feuchte Stelle, kein Blattkrümel, kein Dorn, kein Riss, kein getrockneter Schlamm, nichts, rein gar nichts deutete darauf hin, dass dieser Umhang auch nur für kurze Zeit am Flussufer gelegen hatte – geschweige denn über längere Zeit.

›Aber irgendjemand will uns das weismachen‹, dachte Garsende.

Sie spürte, wie Hoffnung in ihr aufkeimte, und wagte kaum zu atmen. Wenn der Umhang nicht am Flussufer gewesen war, dann womöglich auch nicht Matthäa!

Selbst wenn man annahm, dass sie den Umhang unterwegs abgelegt und über dem Arm getragen hatte, bevor sie ausgeglitten und in den Fluss gestürzt war, hätte es feuchte Stellen im Stoff, doch zumindest getrockneten Schlamm und Spuren vom Ufergestrüpp geben müssen.

Wenn Matthäa jedoch nicht am Fluss gewesen und nicht ertrunken war, wo war sie dann? Lebte sie noch? Und wenn sie noch lebte, wem konnte daran gelegen sein, dass man sie für tot hielt? Und warum?

›Denk nach, denk nach!‹ Angestrengt biss Garsende sich auf die Lippe.

Die aus Silber gearbeitete Fibel, die die Burggräfin getragen hatte, fehlte. Doch sie war nicht herausgerissen worden. An jenen Stellen, wo die Fibel den Umhang zusammengehalten hatte, war der Stoff nicht beschädigt, die Einstichstellen der Nadel waren kaum zu sehen. Also hatte jemand die Fibel mit Achtsamkeit entfernt. Hatte Matthäa sie selbst abgenommen? Warum? War sie gestohlen worden? Von wem?

Garsende schloss die Augen und erlaubte sich, die Möglichkeit in Betracht zu ziehen, dass Matthäa anderswo ums Leben gekommen war. Dass man sie getötet hatte, womöglich um der Schmuckstücke willen, die sie getragen hatte, und mit dem Umhang anstelle des Mordes einen Unfall vortäuschen wollte.

Die Säfte in ihrem Magen rebellierten bei dem Gedanken, doch sie zwang sich, ihn weiterzuspinnen.

Wenn man die Burggräfin ihrer Habseligkeiten wegen getötet hatte, hätte man ihr dann den Umhang nicht ebenso abgenommen wie die Fibel? Der Umhang war gut und gerne eine Handvoll Silbermünzen wert und mindestens genauso viel wie die Fibel. Oder war es dem Mörder gar nicht um die Kleinodien zu tun gewesen? Aber worum dann?

Und wenn Matthäa noch lebte, wo konnte sie jetzt nur sein? Warum gab es kein Lebenszeichen von ihr? Warum keine Spur zu ihrem Aufenthaltsort? Und wenn …

Wieder und wieder drehten sich Garsendes Gedanken im Kreis, suchten vergeblich Antworten auf die bohrenden Fragen.

Als sie die Augen schließlich aufschlug, wusste sie mit Bestimmtheit nur eines: Gleichgültig, wie sie es erreichen konnte, sie musste Gewissheit haben! Und nicht nur sie. Auch der Burggraf musste wissen, was mit seiner Gattin geschehen war.

Entschlossen beugte sie sich über die Bettstatt und begann, den Mantel der Burggräfin zusammenzufalten.

»Ich will nichts weiter darüber hören!«, sagte Bruder Pothinus entschieden.

»Aber so seht Euch den Umhang doch wenigstens an!«, beschwor ihn Garsende und streckte ihm das in grobes Tuch eingeschlagene Bündel entgegen, das sie auf dem Arm trug.

Sichtlich angewidert wich der Kämmerer zurück. »Der Mantel der Burggräfin wurde am Flussufer gefunden. Welchen Beweises bedarf es noch, dass sie ertrunken ist?«

»Er kann aber unmöglich dort gelegen haben!«, rief sie. »Wenn Ihr Euch den Stoff nur anschauen wolltet, würdet Ihr das ebenfalls erkennen.«

»Da gibt es nichts zu erkennen«, erklärte Pothinus, offenkundig gereizt. »Wie ich dir bereits erläutert habe, fand ein Fischer den Umhang am Ufer und hat ihn mir übergeben, wie es sich gehört. Ich habe mich höchstselbst mit meinen Brüdern an Ort und Stelle begeben, um mich zu vergewissern, dass die Burggräfin nicht womöglich verletzt im Gesträuch liegt. Wir fanden sie nicht, daher muss sie ertrunken sein. Und mehr gibt es dazu nicht zu sagen.«

Er schob die Pforte zum Domstift ein Stück zu, um anzudeuten, dass die Unterredung beendet sei.

»Und wenn der Fischer nun gelogen hat?«, warf Garsende hastig ein.

»Bei allen Heiligen, Weib!« Pothinus rollte die Augen. »Warum sollte er?«

»Das weiß ich nicht. Man muss ihn befragen. Ich flehe Euch an, Bruder, hört auf mich. Die Burggräfin kann nicht am Fluss gewesen sein.«

»Genug jetzt, hörst du?«, rief Pothinus ungehalten, die Pforte um eine weitere Handbreit schließend.

Mühsam hielt Garsende an sich und schluckte die scharfe Bemerkung hinunter, die ihr auf der Zunge lag.

»Dann lasst mich doch zumindest die Leute des Bischofs fragen, die sich aus freien Stücken erboten haben, bei der Suche zu helfen«, bat sie stattdessen.

Bruder Pothinus schüttelte den Kopf. »Seine Eminenz wird niemandem gestatten, seine Zeit sinnlos zu verschwenden.«

»Aber der Bischof ist auf der Jagd, Ihr seid es, der entscheidet.«

»Und ich entscheide ebenso wie Seine Eminenz.«

Garsende verlor die Geduld. »Dann erklärt Ihr dem Burggrafen von Worms, wieso Euch die Einkünfte der Stadt mehr gelten als das Leben seines Weibes und seines Erben!«, sagte sie schneidend.

Der Kämmerer stieß ein empörtes Schnauben aus. Mit einem »Du vergisst dich, Drude!« warf er ihr die Pforte endgültig vor der Nase zu.

Für einen Augenblick starrte die Heilerin wütend auf die verschlossene Tür des Domstifts, dann wandte sie sich niedergeschlagen ab. Während sie den Domplatz überquerte und durch das Tor der Bischofspfalz auf den Pfalzhof trat, zerbrach sie sich den Kopf, was sie nun tun sollte. Der überwiegende Teil der Bevölkerung von Worms stand auf irgendeine Weise in den Diensten des Bischofs, und während seiner Abwesenheit, der seines Vogts und des Burggrafen, hatte der Kämmerer in der Stadt das Sagen. Auch die freien Bürger würden die Suche nach der Burggräfin nicht fortsetzen, sobald die Nachricht die Runde gemacht hätte, dass sie ertrunken sei.

›Wenn doch nur Bruder Goswin hier wäre‹, dachte Garsende und stieß ein tiefes Seufzen aus.

Zwar war ihr bewusst, dass der Scholasticus des Domstifts ihrem Handwerk mit einigem Argwohn gegenüberstand, doch war er schon lange Jahre mit dem Burggrafen freundschaftlich verbunden und hätte Garsende gewiss um Bandolfs Willen zugehört.

Aber Bruder Goswin war nicht in der Stadt. Er sei vor einigen Tagen nach Köln aufgebrochen, um den neu ernannten Propst des Domstifts nach Worms zu geleiten, hatte man ihr mitgeteilt, als sie am Tag von Matthäas Verschwinden im Domstift nach ihm gefragt hatte.

›Was kann ich tun?‹, grübelte Garsende.

Bedrückt blieb sie stehen und warf einen Blick über den belebten Pfalzhof.

Hier hatte der Alltag bereits wieder Einzug gehalten. Pilger strebten der Bischofspfalz zu, Hörige beluden einen Karren mit Fässern, eine Magd mit einem Korb voller Wäsche auf dem Arm stöhnte laut über die drückende Hitze, Kinder jagten kreischend einem Köter nach, und am Brunnen inmitten des Platzes schienen sich einige Edle mit ihren Damen die Zeit mit Klatsch und Tändeleien zu vertreiben.

Garsende schüttelte den Kopf.

»Ich werde selbst nach ihr suchen«, sagte sie so laut, dass der klein gewachsene Sakristan des Domstifts, der just an ihr vorüberging, erschrocken stehen blieb.

»Was hast du gesagt?«, erkundigte sich Bruder Arbogast mit einem verwirrten Blinzeln.

Garsende starrte den Dombruder an, ohne ihn richtig

wahrzunehmen. »Ich werde selbst nach ihr suchen«, wiederholte sie energisch und ließ ihn stehen.

Verblüfft schaute der kleine Sakristan hinter ihr her.

Obgleich Bandolfs Hausmeier und auch andere die Wege um die Schwertfegergasse bereits abgesucht hatten, entschied Garsende, dort mit ihrer Suche zu beginnen.

Als sie an der Ecke ankam, wo Brot- und Zwerchgasse sich kreuzten und sie die Burggräfin zuletzt gesehen hatte, blieb die Heilerin stehen.

»Das Haus des Kesselflickers liegt in der Schwertfegergasse, da werde ich nicht lange unterwegs sein«, hörte sie im Geist Matthäas Stimme.

Am Tag zuvor hatte Hildrun die Nachricht vom Markt mitgebracht, der alte Diethold habe nun doch endlich seinen letzten Schnaufer getan.

Sich der Armen und Bedürftigen anzunehmen, war nicht nur Christenpflicht jeder Frau von Stand. Es gehörte im besonderen Maße zu den Aufgaben der Burggräfin, sich um derlei Dinge zu kümmern, und wie zu erwarten gewesen war, hatte Matthäa beschlossen, die Witwe am nächsten Tag aufzusuchen.

Garsende seufzte. An jenem Morgen war die Burggräfin guter Dinge gewesen. Nichts hatte darauf hingedeutet, dass sie ein anderes Ziel angestrebt hätte oder das Haus der Kesselflickerswitwe nicht erreichen würde.

Matthäas Weg folgend, bog auch sie nach links in die Zwerchgasse ein.

Wohlhabendere Handwerker und Händler wussten die Nähe zur Brotpforte zu schätzen, und ihre Häuser, Scheunen und Ställe flankierten die breite Gasse bis zum Stift Sankt Paulus. Solide Holzgebäude wechselten sich mit neuem Fachwerk ab, dazwischen gab es Obstbäume und kleine Kräutergärten, die Durchgänge waren zumeist schmal, jedoch nur wenig verwinkelt.

Nachdem Garsende einen breiten Steg überquert hatte, unter dem der in der Sommerhitze zum Rinnsal verkümmerte Eisbach müde plätscherte, sah sie hinter den Häusern zu ihrer Rechten die Türme von Sankt Rupert und Sankt Paulus aufragen.

Kurz darauf hatte sie die Schwertfegergasse erreicht.

Hier sah das Bild der Stadt anders aus. Strohgedeckte Hütten, morsche Scheunen und schiefe Verschläge lösten das Fachwerk ab. Die Fassaden der Häuser und Hütten standen dicht an dicht, und unzählige Nischen und Durchlässe führten in Winkel, in die kaum je ein Lichtstrahl fiel. Ein durchdringender Geruch nach Kohl und Zwiebeln mischte sich mit dem Gestank von Abfällen, Kot und Urin, die wie überall in der Stadt auch hier den Boden zierten. Die enge Gasse war belebt, und ein allgegenwärtiges Klopfen und Hämmern auf Holz und Metall, lärmende Stimmen und Kindergeschrei drang aus den Hütten und hinter den verwinkelten Durchgängen hervor.

Ihr Handwerk hatte Garsende bereits in einige der Hütten geführt. Die meisten Leute kannten sie und schienen sich über ihr Tun nicht zu wundern, als sie sich an Holzstapeln, Kübeln, Säcken, Karren und Misthaufen vorbei in die verwinkelten Durchlässe zwängte, um in jede noch so kleine Ecke zu spähen.

Einige jedoch fühlten sich durch ihr Eindringen offenkundig gestört. Ratten, Mäuse und andere Wesen huschten am Saum ihres Gewands vorbei, und eine einäugige Katze ergriff verstört die Flucht, als die Heilerin ein schmutzstarrendes Sacktuch anhob, um zu sehen, was sich darunter befand. Ein baumlanger Knecht vor einer Scheune empfahl ihr knurrend, auf der Stelle zu verschwinden, eine Magd drohte ihr empört mit einem Besen, weil sie die Hühner aufgescheucht hatte, und nur ums Haar entkam sie einem Köter, der mit bösartig gefletschten Lefzen den winzigen Hof hinter einem Schuppen verteidigte.

Als Garsende das Haus der Kesselflickerswitwe in der Mitte der Gasse erreichte, war ihr langer Zopf in Auflösung begriffen und ihr Gewand von oben bis unten mit Spinnweben, Staub und Schmutz bedeckt. Doch von Matthäa hatte sie nicht die geringste Spur gefunden.

Wie bei vielen der Häuser lag auch der Eingang zum Haus des Kesselflickers nicht zur Gasse hin. Garsende musste sich erneut durch einen engen Durchlass winden, der sich zu einem kleinen freien Platz hinter der Hütte öffnete. Das Häuschen, ein Hühnerverschlag und die Rückseite einer Scheune begrenzten den winzigen Hof, in dem ein staubbedeckter Apfelbaum stand. Garsende klopfte an die niedrige Tür der Hütte.

Ein Weib, den Rücken von Arbeit und Mühsal gebeugt, öffnete und blinzelte Garsende aus alterstrüben Augen an. Als sie die Heilerin erkannte, verzog sie abweisend das Gesicht.

»Wie oft soll ich's noch sagen: die Burggräfin, die ist niemals nicht da gewesen«, schnarrte sie unwillig. »Und wenn Ihr wegen meines Diethold gekommen seid, sag' ich's Euch lieber gleich, hier gibt's nämlich nichts für Euch zu heilen, geschweige denn was zu holen.«

Garsende runzelte die Stirn. »Das ist es nicht, was mich her–«

Ein trockenes, quälendes Husten, das aus dem Innern der Hütte kam, unterbrach sie.

»Wer ist da, Weib?«, krächzte eine schwache Stimme.

Garsendes Beine drohten ihren Dienst zu versagen. »Süßer Jesus«, hauchte sie. »Das ist doch nicht etwa dein Mann?«

Die alte Dietholderin stieß ein unfrohes Meckern aus. »Na, wer sollt' das denn sonst wohl sein? Der König ist's sicher nicht.«

KAPITEL 9

Sachsen, 2. Juli im Jahre des Herrn 1066

Vater Hademar ist in der Frühe abgereist? Was, zum Henker, soll das bedeuten?«, brüllte der Burggraf. »Wollt Ihr behaupten, dass der Abt mich all die Tage über hingehalten hat, um sich jetzt nach Goslar davonzustehlen? Was will er dort? Sich hinter Heinrichs Ornat vor mir verstecken?«

Bandolfs Zorn schien an den schönen, glatten Zügen Bruder Ordlafs abzuprallen, was den Burggrafen noch mehr in Rage brachte.

»Verdammnis, Mann! Das ist unglaublich! Was denkt Ihr denn, mit wem Ihr es zu schaffen habt? Mit einem hirnlosen Tölpel, der nicht merkt, wenn man ihm falsch kommt?«

»Ich bedaure, dass ich keine günstigere Botschaft für Euch habe, doch die Reise des Ehrwürdigen Vaters war …«

»Unaufschiebbar? Dringlich?«, fauchte der Burggraf. »Bei allen Heiligen, Prior! Dieses Lied habt Ihr mir noch jedes Mal gesungen, wenn ich meinen Fuß ins Kloster setzte.«

Bruder Ordlaf blickte zu Boden.

Aufgebracht stapfte der Burggraf durch die kleine Zelle, die dem Abt als Empfangsraum diente. Jeden zweiten Tag war er im Kloster vorstellig geworden, und ebenso oft hatte Vater Hademar seinen Prior vorgeschickt, um ihm ausrichten zu lassen, er bedaure, doch er sei just unabkömmlich, die Angelegenheit des Novizen Prosperius müsse warten.

Und nun wagte Bruder Ordlaf ihm mitzuteilen, dass der Abt am frühen Morgen nach Goslar zum Hof des Königs abgereist war.

Bandolf schnaubte.

Nicht nur im Kloster, auch überall sonst war er mit seinen Fragen auf eine Mauer des Schweigens gestoßen. Man gab vor, nichts darüber zu wissen, was hinter dem Tor von Sankt Mauritius vor sich ging. Gewiss, man habe damals gehört, dass Bruder Edmund gewaltsam ums Leben gekommen sei, und auch von dem jüngsten Mord an Bruder Adelbald, aber mehr wisse man nicht darüber. Wenn der Burggraf Genaueres erfahren wolle, müsse er sich schon an die Mönche wenden. Doch die Brüder in Sankt Mauritius hüllten sich in ihr Gebot des Schweigens, während der Abt unsichtbar blieb und der Prior sich hinter dessen Anweisungen verschanzte.

Die Daumen im Schwertgürtel verhakt, baute Bandolf sich vor Bruder Ordlaf auf.

»Lasst mich raten, Prior. Der Zutritt zur Zelle meines Schreibers bleibt mir auch weiterhin verwehrt?«

»So hat der Ehrwürdige Vater es angeordnet«, bestätigte der Prior. Unter Bandolfs zornigem Blick senkte er die Lider. »Ihr dürft versichert sein, dass diese Maßnahme ausschließlich zu Bruder Prosperius' Bestem getroffen wurde. So mag er über die Schändlichkeit seiner Taten nachdenken, bereuen und Buße tun«, fügte er leise hinzu.

Wenigstens hat er den Anstand zu erröten, grollte Bandolf im Stillen. »Und wann rechnet Ihr mit Vater Hademars Rückkehr?«, fragte er schroff.

Bruder Ordlaf erlaubte sich ein Seufzen. »In sieben Tagen, vielleicht in zehn Tagen. Mit Bestimmtheit lässt sich das nicht sagen, Burggraf.«

Finster starrte Bandolf ihn an. »Mir war daran gelegen, mich gütlich mit dem Abt zu einigen«, knurrte er. »Doch meine Geduld ist nicht unerschöpflich. Es scheint mir immer mehr geraten, mein Recht an höchster Stelle einzuklagen. Und das werde ich tun, dessen könnt Ihr versichert sein. Was glaubt Ihr wohl, wem König Heinrich sein Ohr leihen wird? Dem Abt eines unbedeutenden Klosters, der sich unrechtmäßig an Krongütern vergriffen hat, oder mir, seinem Sachwalter, den er mit höchsteigener Hand ins Amt gehoben hat?«

Es mochte eine leere Drohung sein, doch Bandolf hatte die zweifelhafte Genugtuung, einen Hauch von Unbehagen über das ebenmäßige Gesicht des Priors huschen zu sehen.

»Es tut nicht not, übereilte Entscheidungen zu treffen«, sagte Bruder Ordlaf eine Spur zu rasch. »Wie ich schon sagte, wird der Ehrwürdige Vater bald zurück sein und Euch so bald als möglich empfangen.«

Mit einem ungehaltenen Schnauben stürmte Bandolf an ihm vorbei aus der Tür.

Auf dem Gang im Kapitelhaus bemerkte Bandolf einen jungen Mönch, der seinen karottenfarbenen Schopf rasch hinter einen Stützpfeiler zurückzog, als der Burggraf, dicht gefolgt vom Prior, daran vorbeirauschte. Hätte sein Haar eine weniger auffällige Farbe gehabt, wäre der Mönch seiner Aufmerksamkeit womöglich entgangen.

Bandolf stutzte.

Es war derselbe junge Bursche, der den Burggrafen bei seinem ersten Besuch in Sankt Mauritius ins Kapitelhaus geführt hatte, und seither war ihm dieser Rotschopf nun schon etliche Male unter die Augen gekommen. War es ein Zufall, dass sich just dieser junge Mönch stets im Kapitelhaus herumdrückte, wenn er hier war?

Der Burggraf drehte sich so unvermittelt um, dass der Prior ums Haar mit ihm zusammengestoßen wäre. Für einen Augenblick erwog Bandolf, den Burschen zu fragen, ob er ihm etwas zu sagen hätte, bezweifelte jedoch, dass der junge Mönch unter den gestrengen Augen seines Priors den Mund auftun würde.

Einem plötzlichen Einfall folgend, wandte er sich stattdessen an den Prior: »Vielleicht könntet Ihr mir in einer anderen Angelegenheit behilflich sein?«

Bruder Ordlaf warf ihm einen wachsamen Blick zu. »Sofern es in meiner Macht steht, Burggraf.« Im Gegensatz zu Bandolf wandte er dem Pfeiler den Rücken zu und hatte den jungen Mönch offenbar noch nicht bemerkt.

»Ihr habt mich meines Schreibers beraubt und meinen Kaplan seines Gehilfen«, erklärte Bandolf, ohne die Miene zu verziehen. »Wie Ihr Euch gewiss denken könnt, ist hier so rasch kein Ersatz für ihn aufzutreiben, daher wäre ich Euch äußerst verbunden, wenn Ihr mir einen Eurer Mönche zur Verfügung stellen könntet, der meinem Kaplan zur Hand geht.«

Offenbar erleichtert, gestattete sich der Prior ein sparsames Lächeln. »Das scheint mir nur recht und billig, Burggraf. Ich werde Eurem Wunsch gern entsprechen und einem meiner Brüder –«

Bevor er seinen Satz beenden konnte, war Bandolf bereits an ihm vorbei und auf den Pfeiler zugetreten, hinter dem der junge Mönch augenscheinlich bestrebt war, sich unsichtbar zu machen.

»Du bist Bruder Wynstan, habe ich recht?«

Die runden Apfelwangen ebenso flammend rot wie sein

Schopf, trat der junge Bursche zögernd aus dem Schatten heraus. Hinter sich hörte Bandolf, wie der Prior den Atem einsog.

»Wie du gewiss gehört hast, ist Prior Ordlaf so zuvorkommend, dich für einige Zeit von deinen Verpflichtungen freizustellen, damit du meinem Kaplan bei seiner Arbeit hilfst.«

»Mich? ... Aber ich ... Jetzt?«

»Ich sagte, ich würde –«, ließ sich Bruder Ordlaf scharf vernehmen, doch wieder ließ Bandolf ihn nicht zu Wort kommen.

»Man hat dich doch das Lateinische gelehrt, oder irre ich mich?«, fragte er den jungen Mönch.

Bruder Wynstan nickte.

Mit einem zufriedenen Lächeln drehte sich Bandolf um. »Ich schulde Euch Dank, Prior, und weiß Euer Zugeständnis zu schätzen.«

Zum ersten Mal, seit Bandolf ihn kannte, wies die unerschütterliche Maske des Priors deutliche Risse auf. Er war erblasst, seine Nasenflügel bebten. Durchdringend starrte er den Burggrafen an.

»Bruder Wynstan ist noch sehr jung. Ein erfahrener Mönch würde Euch gewiss bessere Dienste erweisen«, presste er zwischen zusammengebissenen Zähnen hervor.

›Sieh an‹, fuhr es Bandolf durch den Kopf. Unwillkürlich fragte er sich, ob es seine Eigenmächtigkeit war, die Bruder Ordlaf erzürnt hatte, oder ob er tatsächlich befürchtete, Bruder Wynstan könnte ihm irgendetwas sagen, das das Kloster zu verbergen trachtete?

»Bemüht Euch nicht, Prior. Ich bin sicher, Bruder Wynstans Können wird vollauf genügen.« Bandolf lächelte kalt. »Oder gibt es einen Grund, weshalb Ihr Euer Zugeständnis nun plötzlich wieder zurücknehmen wollt?«

Einen Lidschlag lang mahlte Bruder Ordlaf mit dem Kiefer. Dann aber wies er den jungen Mönch an, dem Burggrafen zu folgen. Seine Stimme klang milde, wurde jedoch schärfer, als er in Bandolfs Richtung hinzufügte: »Der Burggraf wird dich nicht länger vom Kloster fernhalten, als unbedingt nötig.«

Der Pfad stieg sanft, aber stetig an. Wolken waren aufgezogen, und nur noch selten drang ein Sonnenstrahl durch das dichte Geflecht der Baumwipfel. Die Luft war heiß und stickig.

Mit dem Ärmel seiner Tunika wischte sich Bandolf den Schweiß von der Stirn. Dann warf er einen Blick auf den jungen Mönch an seiner Seite und unterdrückte ein Stöhnen.

Die offenkundige Abneigung Vater Hademars, Bandolf zu empfangen, schien deutlich zu machen, dass Melisend recht behalten und Tidread von Krähenburg keineswegs die Absicht gehabt hatte, für den Burggrafen aus dem Süden beim Abt zu vermitteln. Um herauszufinden, was für ein perfides Spiel Tidread mit ihm spielte, war Bandolf noch einmal zur Krähenburg geritten. Doch nur Tidreads Hausmeier hatte ihn empfangen und ihm mitgeteilt, sein Herr sei mit dem Gast aus Burgund fortgeritten. Wohin, das wisse er nicht, und wann sein Herr wieder zurückkehren werde, sei ungewiss. Auch die Burgherrin, nach der Bandolf ebenfalls gefragt hatte, sei just unabkömmlich und leiste einer Magd bei der Niederkunft Beistand.

Mit wachsendem Groll hatte Bandolf die Krähenburg verlassen.

Am nächsten Tag war er mit Herwald und einem kleinen Gefolge Reisiger nach Derenburg aufgebrochen, in der Hoffnung, den Gaugrafen auf dessen in der Nähe gelegenen

Burg anzutreffen. Dort angekommen, musste er jedoch hören, dass er Gebhard von Supplinburg um einen Tag verfehlt hatte. Der Graf vom Harudengau sei zu seinen Ländereien im Thüringischen unterwegs, hieß es.

Mit schwelendem Zorn und wiederum unverrichteter Dinge war Bandolf zur Buchenburg zurückgekehrt. Der Ritt nach Derenburg hatte ihn zwei Tage gekostet, die vergeudet waren.

Und noch immer wusste der Burggraf nicht mehr über die Ereignisse, in die sein junger Schreiber verstrickt war, als zu Beginn seiner Nachforschungen.

Gereizt zog Bandolf die Brauen zusammen. Wie es schien, blieb ihm nur noch dieser Rotschopf an seiner Seite, um mehr darüber zu erfahren, was in Sankt Mauritius vorgefallen war. Doch seit sie das Kloster verlassen hatten, hüllte sich der junge Bursche in hartnäckiges Schweigen.

Als hätte er seinen Blick gespürt, hob Bruder Wynstan plötzlich den Kopf. Wimpern, von derselben rötlichen Farbe wie sein Haar, das sich um die frisch barbierte Tonsur ringelte, beschatteten seine blauen Augen.

»Dieser Pfad führt zur Jagdpfalz Bodfeld«, bemerkte er. In seiner hellen Stimme schwang deutliches Unbehagen mit. »Um zum Buchenfels zu gelangen, hättet Ihr die entgegengesetzte Richtung nach Egininkisrod einschlagen müssen.«

Ganz so gleichgültig, wie er getan hatte, war der junge Bursche also doch nicht, dachte Bandolf. Seine Ungeduld bezähmend, zwang er sich zu einem freundlichen Lächeln.

Um die Zeit zu gewinnen, die er zweifellos brauchen würde, damit der junge Mönch seine Schweigsamkeit aufgab, hatte er absichtlich einen längeren Weg gewählt. Doch das musste Bruder Wynstan ja nicht wissen.

»Gibt es nicht einen Pfad, der kurz vor Bodfeld vom Weg abzweigt und nach unten in die Bachsenke führt?«, erkundigte er sich. »Man hat mir versichert, dass es am Ende dieses Pfads einen Steg über den Bach gäbe, und es von dort aus nicht mehr weit bis zum Buchenfels sei.«

»Ja, das stimmt. Dieser Pfad ist aber sehr unwegsam und steil«, antwortete Wynstan und warf dem Burggrafen einen abwägenden Blick zu, als hege er Zweifel, ob Bandolfs große, stämmige Gestalt einem solchen Pfad gewachsen wäre.

»Ich werde mir schon nicht den Hals brechen«, fühlte Bandolf sich veranlasst zu antworten, worauf die runden Apfelwangen des jungen Mönchs wieder aufflammten und er rasch die Lider senkte.

Entmutigt rollte Bandolf die Augen.

»Du scheinst dich hier gut auszukennen«, meinte er nach einer Weile.

Bruder Wynstan nickte.

»Bist du hier aufgewachsen?«, forschte Bandolf weiter.

Wieder ein Nicken.

»Dann bist du wohl als Oblate nach Sankt Mauritius gekommen?«

Ein erneutes Nicken.

»Auch Prosperius kam als Oblate ins Kloster. Du musst ihn gekannt haben.«

Ein hauchdünnes Seufzen entfloh den zusammengepressten Lippen des jungen Mönchs, als er wiederum nickte.

Das war ja zum Aus-der-Haut-fahren! Vor Ungeduld ballte der Burggraf die Hände. Wenn Bruder Wynstan sich weiterhin jeden Wurm aus der Nase ziehen ließ, würde er ihn bis nach Quedlinburg schleppen müssen, bevor er das, was er wissen wollte, aus ihm herausbrächte. Wie, zum Henker, sollte er einen jungen Mönch zum Reden bringen, der dem Gebot der Schweigsamkeit folgte?

Plötzlich hatte er einen Einfall. »Warum hast du mir auf dem Sonnwendfest zugeflüstert, ich solle nicht alles glauben, was mir zu Ohren käme?«, fragte er barsch.

Es war ein Pfeil ins Blaue hinein, doch offensichtlich hatte er getroffen. Die Röte in Wynstans Gesicht breitete sich bis zu seinen Ohren aus.

»Ich glaubte, Ihr würdet ... Ich dachte, Ihr glaubt ...«, stammelte er. Dann stieß er hervor: »Prosperius und ich, wir sind zusammen aufgewachsen. Wir waren ... Spielgefährten ... Freunde. Ich kann mir einfach nicht vorstellen, dass er getan haben soll, was man ihm zur Last legt. Und ich wollte nicht, dass Ihr es glaubt. Ich wollte, dass Ihr ... ich dachte, Ihr könntet ihm ... irgendwie helfen.«

Irritiert runzelte Bandolf die Stirn. »Und jetzt glaubst du das nicht mehr?«, fragte er.

Unterdrückter Zorn funkelte in Wynstans Augen auf. »Ich habe doch gehört, was Ihr mit Prior Ordlaf besprochen habt. Ihr ... ich ... hörte ...« Unter Bandolfs forschendem Blick schien ihm die Stimme zu versagen.

»Was hast du gehört?«

Bruder Wynstan wich ihm aus, seine Schultern sackten herab, und er ließ den Kopf hängen. »Dass Ihr Prosperius mitnehmen und in Euren Kerker werfen wollt«, wisperte er.

Das war es also, fuhr es Bandolf durch den Kopf. Nicht nur um seines Gelübdes willen hatte Bruder Wynstan sich so schweigsam gezeigt. Der junge Bursche traute ihm nicht.

Seine Worte sorgfältig abwägend, fragte er: »Was, glaubst du, geschieht mit Prosperius, wenn die Kirche ihn schuldig des Mordes an zweien seiner Mitbrüder spricht?«

Darüber schien sich der junge Mönch noch keine Gedanken gemacht zu haben. Er runzelte die Stirn, und mit einem Mal wich alle Farbe aus seinen Zügen.

»Ihr denkt …?« Mit weit aufgerissenen Augen schüttelte er den Kopf. »Aber wenn Prosperius unschuldig ist, wird Gott nicht zulassen, dass man ihn bestraft!«, rief er.

Zweifelnd hob Bandolf eine Braue, versagte sich jedoch die ans Ketzerische grenzende Bemerkung, die ihm auf der Zunge lag.

»Vielleicht nicht, doch mir wäre wohler, hätte ich Prosperius sicher auf meiner Burg«, erwiderte er stattdessen. »Ohne meinen ausdrücklichen Willen kann ihm dort nichts geschehen. Aber ich muss wissen, was damals wie heute im Kloster geschehen ist, sonst kann ich ihm nicht helfen.«

Eine Weile herrschte Schweigen. Augenscheinlich in schwere Gedanken versunken, setzte Bruder Wynstan langsam einen Fuß vor den anderen, während der Burggraf seinen Schritt dem des jungen Mönchs anpasste und dessen lebhaftes Mienenspiel beobachtete. Es fiel ihm nicht schwer zu deuten, was sich in Wynstans Zügen widerspiegelte. Mit seinem Gelübde hatte er dem Orden und seinem Abt die Treue geschworen. Diese Treue, widerspruchslos hinzunehmen, was immer der Ehrwürdige Vater auch entscheiden mochte, stand nun auf dem Prüfstein. Sein Abt hatte entschieden, dass Prosperius schuldig war, doch Wynstan mochte das offenbar nicht glauben. Und so stand Wynstans Wunsch, dem Freund aus Kindertagen beizustehen, offenkundig im Widerspruch zu seinem Gelübde.

Ein tiefes Grollen durchbrach die Stille. Der unmissverständliche Laut kam aus Bandolfs Magen, der auf seine Weise verkündete, dass es Zeit für eine Mahlzeit sei.

Die Augen rund vor Erstaunen, warf Bruder Wynstan ihm einen fragenden Blick zu.

»Es ist bald Mittag«, brummte der Burggraf.

»Ja«, bestätigte der junge Mönch mit einem erheiterten Glucksen in der Stimme.

»Meine Hausmagd wird uns mit einer Mahlzeit aufwarten, doch falls du dir schmackhafte Köstlichkeiten versprichst, muss ich dich enttäuschen«, sagte Bandolf trocken. »Prosperius fand ihre Kunst bedauerlich unzureichend, und ich muss ihm zustimmen.«

Der junge Mönch lächelte, dann warf er den Kopf in den Nacken und blickte zu den Baumwipfeln hinauf, als könne er im Geflecht der Zweige und Blätter einen Ausweg aus seinem Dilemma finden. Schließlich schien er einen Entschluss gefasst zu haben. Abrupt wandte er sich dem Burggrafen wieder zu und fragte: »Was möchtet Ihr wissen?«

Endlich! Vor Erleichterung schloss Bandolf für einen Augenblick die Augen und atmete tief ein.

»Es wird wohl am besten sein, wenn du der Reihe nach erzählst«, meinte er und konnte sich gerade noch zurückhalten, Bruder Wynstan ermunternd auf die Schulter zu klopfen. »Was ist an jenem Tag vor zwei Jahren im Kloster geschehen, als der Novizenmeister getötet wurde, und wie kam es, dass ausgerechnet Prosperius in Verdacht geriet?«

Wieder verging eine Weile in Schweigen, in der Wynstan offenkundig nachdachte.

»Dazumal waren wir drei noch sehr jung. Novizen, die nichts als Unfug im Sinn hatten«, begann er schließlich mit einer Stimme, die anzudeuten schien, dass er sich inzwischen für etliche Dekaden reifer hielt. Der Burggraf lächelte.

»Wir drei?«, fragte er.

»Prosperius, Adelbald und ich«, erklärte Wynstan. Er

seufzte und gab seinen gestelzten Tonfall auf. »Die anderen Novizen waren entweder ein Gutteil älter oder jünger als wir. Deswegen steckten wir drei stets zusammen.«

»Und bei Adelbald handelt es sich um jenen Mönch, der jüngst ermordet wurde?«, vergewisserte sich Bandolf.

Bruder Wynstan nickte.

›Süßer Jesus, auch das noch‹, fuhr es dem Burggrafen durch den Kopf. Dass Prosperius mit dem jüngsten Opfer so eng vertraut gewesen war, würde seiner Sache nicht eben dienlich sein.

»Am Tag vor Bruder Edmunds Tod, kurz vor der Vesper, hatte Prosperius den Platz des Novizenmeisters im Refektorium mit Föhrenharz bestrichen, das er sich von einem Küfer aus Egininkisrod besorgt hatte«, erzählte Bruder Wynstan weiter. Die Erinnerung entlockte ihm ein breites Grinsen. »Bruder Edmund bemerkte erst, was passiert war, als er aufstehen wollte und seine Kutte am Harz kleben blieb. Eigentlich dachten wir, dass das Harz rascher hart werden würde, und er nicht mehr aufstehen könnte«, gestand er. »Aber so etwas dauert anscheinend länger.« Heiter fügte er hinzu: »Dennoch war die Kutte ruiniert.«

Die Heiterkeit verschwand aus seinen Zügen. »Natürlich war Bruder Edmund im höchsten Maße erzürnt. Zumal sich an jenem Abend ein hoher Gast im Refektorium befand, was den Streich für Bruder Edmund so besonders peinlich machte.«

»Wer war jener Gast?«

»Der Hof hatte in der Jagdpfalz Bodfeld Quartier genommen, und Seine Eminenz, der Erzbischof von Köln, ehrte unser Kloster mit seinem Besuch.«

»Anno von Köln hielt sich in Sankt Mauritius auf, als Bruder Edmund starb?«, fragte Bandolf überrascht.

»Aber nein«, widersprach Bruder Wynstan. »Seine Eminenz hatte das Kloster schon in aller Frühe wieder verlassen. Lange bevor das Unglück geschah.«

Nachdenklich kniff Bandolf die Augen zusammen. Vielleicht würde es lohnen, den Grund für den unerwarteten Besuch des Erzbischofs von Köln herauszufinden? ›Sobald sich dieser vermaledeite Abt endlich herbeilässt, mich zu empfangen‹, dachte er finster.

»Nach der Komplet kam Bruder Edmund fuchsteufelswild ins Dormitorium gestürmt und stellte Prosperius zur Rede«, unterbrach der junge Mönch seine Gedanken. »Er wüsste ganz genau, dass Prosperius hinter diesem Unfug gesteckt hätte, schrie er, und er würde Prosperius' Unverschämtheiten nicht länger dulden. Offenbar sei er bisher zu milde mit ihm gewesen. Aber das Maß sei nun voll. Er würde die Angelegenheit am nächsten Tag vor die Kapitelversammlung bringen. Prosperius müsse endlich Gehorsam lernen. Er, Bruder Edmund, würde dafür sorgen, dass Prosperius dieses Mal nicht mit einer glimpflichen Strafe davonkäme, sondern die Peitsche zu schmecken bekäme, und man ihn bei Wasser und Brot einsperren würde.«

Wynstan verstummte, und Bandolf warf ihm einen fragenden Blick zu.

Die Stirn in tiefe Falten gelegt, sagte der junge Mönch leise: »Ich hatte immer den Verdacht, dass Adelbald Prosperius verraten hat.«

»Wie kommst du darauf?«, wollte Bandolf wissen.

»Bruder Edmund muss einen Wink bekommen haben. Nur wir drei wussten von Prosperius' Vorhaben. Und ich habe ihn nicht verraten.«

»Aber warum hätte Bruder Adelbald dergleichen tun sollen?«, hakte Bandolf nach.

»Ich weiß nicht recht. Vielleicht befürchtete er, man würde ihm den Streich zur Last legen, wenn Bruder Edmund den wahren Schuldigen nicht fände. Adelbald wollte immer ... war stets bestrebt ... Nun, er wollte immer in allem der Beste sein, versteht Ihr? Er wollte vor jedermann gut dastehen. Auf irgendeine Weise war es ihm stets gelungen, sich aus Schwierigkeiten herauszuwinden. Wir scherzten manchmal darüber und sagten, wenn er erst einmal Profess abgelegt hätte, würde es nicht mehr lange dauern, und wir müssten ihn ›Ehrwürdiger Vater‹ nennen.«

›Ein ehrgeiziger Mönch also‹, merkte sich Bandolf. »Und was geschah weiter?«, fragte er laut.

»Es war ja nicht das erste Mal, dass wir Bruder Edmund einen Streich gespielt hatten, doch dieses Mal war er wirklich sehr zornig. Wir wussten, dass er sein Versprechen wahr machen würde. Und Prosperius hatte Angst vor der harten Strafe, die ihm drohte. Sein Lager im Dormitorium befand sich direkt neben meinem, und die halbe Nacht hörte ich, wie er sich hin- und herwälzte. Als wir schließlich zur Prim in die Kirche gingen, flüsterte er mir zu, er würde versuchen, vor der Kapitelversammlung noch einmal mit Bruder Edmund zu reden.« Wynstan seufzte.

»Ich war an jenem Tag dem Cellerar beigestellt, um ihm im Speicher zur Hand zu gehen, daher weiß ich nicht genau, was passiert ist. Aber ich hörte, was meine Mitbrüder später darüber erzählten. Einige sahen Prosperius kurz vor der Terz Bruder Edmund in die Kirche folgen. Als einige Zeit später der Sakristan und seine Gehilfen ebenfalls in die Kirche gingen und die Treppe zur Silberkammer hinabstiegen, um das Altargerät für die Messe zu holen, hörten sie einen Schrei. Er kam aus der Krypta, die neben der Silberkammer liegt. Und dort fanden sie Prosperius, der neben dem toten Bruder Edmund kniete.«

Mit jedem Wort war der junge Mönch langsamer geworden. Jetzt blieb er stehen.

Auch Bandolf machte Halt. »Und dann?«, drängte er.

Wynstan seufzte erneut. »Sie nahmen Prosperius sogleich in Gewahrsam und brachten ihn zum Abt. Aber dann kam ihm ein Unwetter zu Hilfe. Ein Gewitter brach los. Der Blitz schlug in unseren Glockenturm ein, und das Holz fing sofort Feuer. Ich weiß noch, wie wir im Speicher plötzlich Schreie hörten, und als ich mit den anderen nach draußen lief, brannte der Glockenturm schon lichterloh, und das Feuer drohte auf die Kirche überzuspringen. Wir rannten alle nach Wasser. Der Glockenturm brannte nieder, aber es gelang uns, die Kirche zu retten. Doch nachdem wir das Feuer endlich gelöscht hatten, war Prosperius verschwunden. Er hatte das schreckliche Durcheinander genutzt, um aus dem Kloster zu fliehen.«

Bandolf runzelte die Stirn. »Und niemand war je auf den Gedanken gekommen, dass womöglich auch jemand anderer den Novizenmeister getötet haben könnte?«

»Was hätten wir denn anderes denken können?«, rief Wynstan. »Er floh. Und schien damit seine Schuld zu bestätigen. Zudem war er der Einzige, der Grund gehabt hätte, sich Bruder Edmunds Tod zu wünschen. Er wurde gesehen, wie er ihm in die Kirche folgte, und in der Krypta befand sich niemand außer ihm und Bruder Edmund. Wäre da noch jemand anderer gewesen und hätte versucht zu flüchten, wäre er unweigerlich dem Bruder Sakristan und seinen Gehilfen auf der Treppe in die Arme gelaufen. Aber sie fanden nur Prosperius neben der Leiche des Novizenmeisters. In Bruder Edmunds Leib steckte noch der Dolch, und Prosperius' Kutte und seine Hände waren voller Blut.«

Bandolf Stirnrunzeln vertiefte sich. »Ein Dolch? Kein Mönchsmesser?«

Offensichtlich verwirrt, schüttelte Wynstan den Kopf. »Es war immer von einem Dolch die Rede.«

»Was war das für ein Dolch?«, fragte Bandolf scharf.

»Das weiß ich nicht. Ich habe ihn nie zu Gesicht bekommen. Vermutlich hat der Ehrwürdige Vater die Waffe in Gewahrsam genommen.«

»Und wie, zum Teufel, hätte Prosperius an einen Dolch kommen sollen?«

Wynstan ließ den Kopf hängen. »Man nahm an, er hätte den Dolch irgendwo gefunden«, antwortete er leise. »Es hieß, Prosperius hätte die Waffe bereits in der Absicht eingesteckt, Bruder Edmund zu töten, falls er nicht mit sich reden ließe. In den Augen meiner Mitbrüder machte just dieser Umstand Prosperius' Tat so besonders schändlich.«

»Mumpitz!«, schnaubte der Burggraf aufgebracht.

Wie es schien, hatten sich die Mönche alles fein säuberlich zurechtgelegt. Das enthob den Abt der Verantwortung, nach einem unbekannten Mordbuben suchen zu müssen, was womöglich unliebsame Aufmerksamkeit auf Sankt Mauritius und nicht zuletzt auf Vater Hademar selbst gelenkt hätte.

»Wie äußerte sich Prosperius zu all diesen Anschuldigungen?«, fragte Bandolf nach einer Weile.

Offenkundig betrübt, schüttelte Bruder Wynstan den Kopf. »Das weiß ich nicht. Der Ehrwürdige Vater und Prior Ordlaf bewahrten darüber Stillschweigen.«

Langsam setzte der Burggraf sich wieder in Bewegung. Noch immer stieg der Waldpfad an, flankiert vom dichten Gewirr der Sträucher und Bäume. Der Himmel hatte sich weiter bedeckt, und nur noch selten drang ein Sonnenstrahl durch die Wolken. Die Luft schien zu verharren, kein Zweig, kein Blatt regte sich, als hätte der Wald aufgehört zu atmen.

Während er sich über die schweißfeuchte Stirn fuhr, fragte Bandolf sich flüchtig, ob wohl endlich der Regen kommen würde, den die Bauern bereits sehnlichst erwarteten. Dann wandten sich seine Gedanken wieder den Schwierigkeiten zu, in denen sich sein junger Schreiber befand.

Zwar konnte man Vater Hademar vorwerfen, dass er sich keine Mühe gegeben hatte, nach einem anderen Täter zu suchen, doch andererseits war es auch nicht von der Hand zu weisen, dass vieles auf Prosperius als Täter hinzudeuten schien. Die Abgeschiedenheit, in der die Mönche lebten, legte natürlich den Verdacht nahe, dass es einer der Klosterbrüder gewesen war, und der Umstand, dass Prosperius blutbesudelt neben der Leiche des Novizenmeisters gefunden worden war, sprach gegen ihn. Ebenso der Zwist, den er mit Bruder Edmund gehabt hatte.

Gedankenverloren schüttelte Bandolf den Kopf. Er kannte seinen jungen Schreiber. Schon allein der Umstand, dass reichlich Blut geflossen war, schloss Prosperius als Täter aus. Hätte der Tunichtgut Mordgelüste im Herzen getragen, hätte er zweifelsohne eine unblutigere Art gewählt, den Novizenmeister zur Hölle zu schicken.

Wer aber kam sonst noch als Täter in Frage?

»Was war Bruder Edmund für ein Mensch?«, fragte Bandolf.

Wynstan, der die Beschaffenheit des Waldbodens zu studieren schien, ließ sich mit der Antwort Zeit. »Er war streng«, sagte er schließlich. »Und damals schien er uns bar jeglichen Humors. Aber im Nachhinein betrachtet, glaube ich, dass er ein gerechter Mann war.« Er hob den Kopf und lächelte. »Tatsächlich haben wir ihm dazumal reichlich zugesetzt. Wir hätten damit rechnen müssen, dass er irgendwann die Geduld mit uns verlieren würde.«

»Gab es außer Prosperius noch jemanden, der einen Zwist mit ihm hatte? Einen Mitbruder vielleicht, der einen Groll gegen ihn hegte?«, fragte Bandolf. Überrascht sah er, dass der junge Mönch so rasch wie heftig den Kopf schüttelte.

»Da ist doch etwas?«, forschte er argwöhnisch.

»Ihr irrt Euch«, murmelte Wynstan, doch seine rübenroten Wangen verrieten ihn.

»Das glaube ich dir nicht.«

Mit einem Seufzen schüttelte Bruder Wynstan den Kopf. »Es war nur ... Kurz vor Bruder Edmunds Tod hörte ich einen ... nun, einen Wortwechsel zwischen ihm und Prior Ordlaf.«

»Worum ging es bei dem Streit?«

»Es war kein Streit«, widersprach Wynstan hastig. »Wie ich sagte, ein Wortwechsel.«

»Also schön. Um was ging es bei dem Wortwechsel?«

Wieder schüttelte der junge Mönch den Kopf. Bandolf wartete.

»Ich konnte nicht alles verstehen«, gestand Wynstan schließlich. »Es schien um Prior Ordlafs Verhalten zu gehen. Bruder Edmund sagte, wenn der Prior sich weiter so verhielte, würde er dem Ehrwürdigen Vater davon berichten. Prior Ordlaf meinte, er wüsste nicht, wovon der Novizenmeister spräche, und fragte, was Bruder Edmund ihm denn eigentlich vorzuwerfen hätte. Worauf Bruder Edmund nur den Kopf schüttelte.«

»Und dann?«

»Dann sagte der Prior, Bruder Edmund solle sich besser hüten, auf die Einflüsterungen einer teuflischen Zunge zu hören. Und ging davon.«

Verblüfft runzelte der Burggraf die Stirn. »Und was hat dich daran so beunruhigt?«, wollte er wissen.

»Es war ... nun, die Art ... wie sie miteinander sprachen. So leise ... so ... Ich kann es nicht erklären«, kam es stockend. Als wolle er die offenbar unangenehme Erinnerung vertreiben, schüttelte Bruder Wynstan erneut den Kopf. »Wie ich schon sagte, es hatte nichts zu bedeuten.«

Einen Augenblick dachte Bandolf nach, dann fragte er: »Ist Dir denn an Prior Ordlafs Verhalten etwas Ungewöhnliches aufgefallen?«

»Nein.«

Bandolfs Stirnrunzeln vertiefte sich. Irrte er sich, oder war die Antwort zu rasch gekommen? Er warf dem jungen Mönch einen fragenden Blick zu, doch Wynstan hatte den Kopf gesenkt. »Es hatte nichts zu bedeuten«, wiederholte er leise.

Es könnte alles Mögliche bedeuten, dachte Bandolf verdrossen und überlegte, wieso dem jungen Mönch im Zusammenhang mit Bruder Edmunds Ermordung just diese Begebenheit in den Sinn gekommen war. Gerade wollte er fragen, ob Wynstan noch etwas anderes aufgefallen sei, als der junge Mönch rief: »Hier ist der Pfad nach unten in die Senke.«

Mit ausgestrecktem Arm deutete er rechter Hand auf einen Durchbruch im Unterholz, hinter dem eine Erhebung zu erkennen war. Als auch Bandolf den kleinen Hügel erklommen hatte, starrte er ungläubig den steilen Abhang hinunter, an dessen Fuß ein schwaches Glitzern den Verlauf des Baches verriet. Eine kaum wahrnehmbare Spur führte durch die mit dichtem Brombeergesträuch, hohen Brennnesseln und zähen jungen Trieben überwucherte Böschung abwärts.

»Das soll ein Pfad sein?«, stieß Bandolf hervor. »Verdammmich!«

Im Stillen schalt er sich einen gedankenlosen Narren, weil er dem unverschämten Glitzern in den Augen seines Kaplans keine Beachtung geschenkt hatte, als Bruder Fridegist ihm diesen Weg zur Senke hinunter vorgeschlagen hatte. Einen Augenblick lang überlegte er, ob es nicht doch bekömmlicher wäre, den längeren Weg über Bodfeld zu nehmen. Doch ehe er noch einen Entschluss zum Wohle seiner Knochen fassen konnte, hatte Bruder Wynstan schon seine Kutte bis über die Knie gerafft und sprang wie ein junges Zicklein die Böschung hinunter.

»Verdammmich!«, wiederholte der Burggraf. Stumm schwor er, Bruder Fridegist den dürren Hals umzudrehen, während er dem jungen Mönch nachstarrte, der mit Übelkeit erregender Geschwindigkeit den Abhang hinuntersauste. Dann stopfte er fluchend die Enden seines Umhangs in den Schwertgürtel, damit er sich im Gestrüpp nicht verfinge, straffte sich und schlitterte dem jungen Mönch hinterher.

Ein Riss zierte seine Beinlinge; Kletten, Zweige und Dornen hingen an seinen Stiefeln, ebenso am Saum seines Gewandes, und seine Hände brannten von ihrer Bekanntschaft mit den Brennnesseln, als Bandolf am Fuß des Pfades zum Stehen kam. Die Tunika klebte ihm schweißnass am Leib.

»Verdammmich!«, knirschte er ein drittes Mal und warf Bruder Wynstan einen finsteren Blick zu. Der halsbrecherische Abstieg hatte den jungen Mönch offenbar in fröhliche Stimmung versetzt. Obgleich seine nackten Beine ebenso zerkratzt und mit roten Pusteln übersät waren wie die Hände des Burggrafen, leuchteten seine blauen Augen vor Freude.

»Als Kinder haben Prosperius, Adelbald und ich hier gespielt. Wer schneller unten war«, rief Wynstan lachend. »Natürlich war es verboten. Und wenn wir ertappt wurden, mussten wir ohne Abendmahlzeit schlafen gehen. Doch das hinderte uns nicht daran, es wieder zu tun.«

»Du hättest mich warnen können«, brummte Bandolf ungnädig.

Wynstan grinste, versagte sich jedoch den Hinweis, dass er das wohl getan hatte. Leichtfüßig lief er über den schmalen Steg, der am Fuß des Trampelpfads über den Bach führte. Um einiges vorsichtiger folgte ihm der Burggraf.

Als sie am gegenüberliegenden Bachufer angekommen waren, deutete Wynstan in Richtung Süden. »Nicht mehr weit von hier ist der Hohlweg, der zum Buchenfels hinaufführt.«

Der Waldpfad am Bach entlang war größtenteils ebenerdig, und sie kamen rasch voran. Der abenteuerliche Abstieg vom Mittelberg in die Senke hatte Bandolf noch hungriger werden lassen, und er spürte, dass sein Magen leise vor sich hinrumpelte.

Mit einem verdrossenen Brummen dachte er an seinen täglichen Kampf mit Ingild um mehr Fleisch und Würze auf seiner Tafel und fragte sich, mit welcher Ungenießbarkeit sie heute wohl aufwarten würde. Dann dachte er, wie sehr es seinen Kaplan verdrießen würde, dass er ihm Bruder Wynstan zur Seite stellte, und sein Gesicht heiterte sich merklich auf.

Just hatten sie den Hohlweg zur Buchenburg erreicht, als seine Gedanken wieder zur misslichen Lage seines Schreibers zurückkehrten.

»Es will mir nicht in den Kopf, was Prosperius bewogen haben könnte, das Kloster wieder aufzusuchen«, bemerkte er. »Unmöglich kann er doch geglaubt haben, er hätte sich in zwei Jahren so sehr verändert, dass man ihn dort nicht erkennen würde.«

Bruder Wynstan, der ihm um einen Schritt voraus war, blieb stehen und drehte sich nach ihm um. »Wovon sprecht Ihr?«, fragte er, offenkundig verwirrt.

Auch Bandolf blieb stehen. »Bis zum Tag der Sonnwendfeier verschanzte sich Prosperius hinter den Mauern der Burg und sträubte sich mit Händen und Füßen, sie zu verlassen«, erklärte er. »Jetzt ist mir natürlich klar, warum er das tat. Doch am Tag des Sonnwendfestes schickte ich ihn nach Egininkisrod. Anstatt darauf bedacht zu sein, dass man ihn nicht entdeckte, muss er aber schnurstracks zum Kloster gegangen sein. Und ich frage mich, wieso er das tat? Er muss doch gewusst haben, dass man ihn dort sogleich dingfest machen würde, sobald ihn einer seiner ehemaligen Mitbrüder erkennen würde.«

Der junge Mönch runzelte die Stirn. »Aber Prosperius ist doch gar nicht im Kloster gewesen. Wie kommt Ihr nur darauf?«

»Er muss dort gewesen sein«, beharrte Bandolf. »Wie hätte er denn sonst bei Bruder Adelbalds Leiche gefunden werden können?«

Langsam schüttelte Bruder Wynstan den Kopf. »Adelbald wurde nicht in Sankt Mauritius getötet«, sagte er. »Man fand ihn erdolcht in der Höhle der heiligen Liutbirg. Und dort fand man auch Prosperius«, sagte er. Leise fügte er hinzu: »Ich hatte geglaubt, Ihr wüsstet das.«

»Bei allen Heiligen!« Ungläubig starrte Bandolf den jungen Mönch an. Niemand hatte es für nötig befunden, ihm davon zu berichten! Der Zorn trieb ihm die Hitze ins Gesicht. Längst hätte er sich in dieser Höhle nach eventuell vorhandenen Spuren umtun können. Doch nein! Weil niemand das Maul aufgemacht hatte, war kostbare Zeit vergangen, und Hinweise, die ihm womöglich Aufschluss über Adelbalds Mörder hätten geben können, mochten längst beiseitegeschafft worden sein.

»Verdammnis!«, stieß er wutschnaubend hervor. »Verdammnis! Wo ist diese gottverfluchte Höhle?«

»Nicht weit von hier«, beeilte sich Bruder Wynstan zu versichern. »Wenn man auf den Karrenweg nach Egininkisrod einbiegt, noch einige fünfzig Schritte. Zur Rechten des Wegs ist eine Mulde, und dort befindet sich der Eingang.«

»Führe mich dorthin«, knurrte der Burggraf mit finster zusammengezogenen Brauen. Der Hunger war ihm vergangen.

Kapitel 10

Worms, 6. Tammus im Jahr 4826
nach Erschaffung der Welt
(2. Juli im Jahre des Herrn 1066)

Es war früher Nachmittag, als Joschua in sein Vaterhaus zurückkehrte. Wie auch andere Männer aus der jüdischen Gemeinde hatte er sich an der Suche nach der Burggräfin beteiligt, obwohl sie an einem Schabbat begonnen hatte.

»Der Schabbat ist euch gegeben, und nicht ihr dem Schabbat«, hatte Rabbi Jacob ben Jakar erinnert. Ein Menschenleben war wichtiger als die Heiligung des Schabbat.

Doch nun hatte die Nachricht die Runde gemacht, dass die Burggräfin unweit des Rheintors ertrunken sei und der Kämmerer die Suche einstellen lasse. Betroffen waren die Helfer auseinandergegangen, und auch Joschua hatte sich auf den Heimweg gemacht.

Tief in Gedanken öffnete er die Tür zu seinem Heim. Die Kunde vom Ableben der Burggräfin betrübte ihn, doch mehr noch beunruhigte ihn die Botschaft seines Vaters, die er vor drei Tagen erhalten hatte. Seit der Bote aus dem Harudengau eingetroffen war, grübelte er über die wenigen Zeilen nach, die der Vater ihm geschickt hatte.

Auch Rifka war beunruhigt, das spürte er, obgleich sie ihre Sorge vor ihm zu verbergen trachtete. Er sah es am raschen Flattern ihrer langen Wimpern, am schwachen Zucken ihrer Mundwinkel, wenn sie lächelte, und Joschua fand, dass die Anzeichen ihrer Besorgnis ihm ebenso zu schaffen machten wie die Botschaft selbst. Er war daran gewöhnt, nach dem verborgenen Sinn in einer Schrift zu suchen und Zeilen in Fragmente zu zerlegen. Hin und wieder führte solches Tun dazu, die Dinge schwärzer zu sehen, als sie waren. Sein Weib hingegen schien die Dinge auf eine andere Weise zu betrachten, und war sie beunruhigt, gab es meistens auch Anlass dazu.

Er fand Rifka über eine Näharbeit gebeugt auf der Bank sitzen, die in die Wand der Stube eingelassen war. Als Joschua eintrat, hob sie den Kopf.

»Du bist schon zurück?«, fragte sie verwundert. Dann erhellte sich ihr Gesicht. »Ihr habt die Burggräfin gefunden.«

Mit einem Seufzen schüttelte er den Kopf. »Ein Herold des Kämmerers hat kurz nach der Mittagsstunde auf dem Marktplatz verkündet, dass die Suche eingestellt sei. Man hat den Mantel der Burggräfin am Flussufer gefunden. Offenbar ist sie dort entlanggegangen, ausgerutscht und in den Fluss gefallen.«

»Wie furchtbar.« Betroffen sah sie ihn an.

Er nickte, während er sich auf der Bank neben ihr niederließ. Rifka sah ihn noch immer an, als erwarte sie, dass er noch etwas sagen würde, doch seine Gedanken erschienen ihm zu ungeordnet, um sie mitzuteilen. Mit dem Rücken an die Wand gelehnt, schloss er die Lider.

Eine Weile ließ Rifka ihn gewähren, dann hörte er sie fragen: »Worüber denkst du nach?«

Er öffnete die Augen und betrachtete nachdenklich ihre ernsten Züge. »Du musst mich für wirr halten, aber mir will nicht aus dem Kopf gehen, wie eigenartig die Dinge miteinander verknüpft erscheinen.«

Zu seiner Überraschung lächelte sie. »Du meinst die Botschaft deines Vaters und das Verschwinden der Burggräfin?«

Joschua nickte. »Vater wird mit einem geheimen Auftrag nach Sachsen geschickt, just dorthin, wo sich der Burggraf von Worms derzeit aufhält«, zählte er auf. »Nun erhalten wir eine Botschaft von ihm, dass unvorhergesehene Ereignisse die Angelegenheit verzögern würden und er um unsere Sicherheit besorgt sei. Weiterhin schreibt er, dass der Burggraf von Worms darin verstrickt sei. Und kurz darauf kommt dessen Gattin zu Tode.« Langsam schüttelte er den Kopf. »Kann das ein Zufall sein?«

»Darüber habe ich auch schon nachgedacht«, gestand sie.

Ärgerlich kniff Joschua die Augen zusammen. »Ich wünschte, Vater hätte sich deutlicher ausgedrückt. So wissen wir nichts. Weder, von welchen Ereignissen Vater spricht, noch, inwiefern der Burggraf damit zu tun hat oder was es mit dem Welschen auf sich hat, den du beobachtet hast. Wir wissen gar nichts.«

»Aber das ist nicht wahr«, widersprach Rifka ruhig. »Wir wissen, welchen Auftrag Vater erfüllen muss und wie heikel dieser Auftrag ist. Auch wissen wir, dass im Harudengau nicht alles nach Plan gegangen ist und dass Bandolf von Leyen auf irgendeine Weise Vaters Auftrag berührt hat.« Wie in Gedanken strich sie den Stoff ihrer Näharbeit glatt, die sie auf der Bank abgelegt hatte.

»Da ist noch etwas, das ich erfahren habe. Allerdings weiß ich nicht, ob es von Bedeutung ist«, sagte sie.

»Was meinst du?«

»Es hieß doch die ganze Zeit über, die Burggräfin sei auf dem Weg in die Schwertfegergasse gewesen, wäre an ihrem Ziel aber nie angekommen? Niemand hätte sie in der Gasse gesehen?«

»Ja, so heißt es.«

»Es hat sie aber doch jemand gesehen.«

»Bist du dir sicher?«, fragte Joschua überrascht.

Rifka nickte. »Ich habe heute Batya, die Frau des Getreidehändlers aus der Sterngasse, beim Schächter getroffen«, berichtete sie. »Batya hat mir erzählt, dass einer der Knechte ihres Gatten an jenem Morgen Waren in der Schwertfegergasse ausgeliefert hat. Sie sagte, ihr Knecht habe gesehen, wie die Burggräfin in einen der Durchgänge hineingestolpert ist.«

»Hineingestolpert?«

»Genauso scheint es der Knecht berichtet zu haben«, bestätigte Rifka. »Es hätte so ausgesehen, als wäre die Burggräfin über etwas gestolpert, geradewegs in den Durchlass hinein. Dann sei er abgelenkt worden, und als er wieder hinschaute, hätte er die Burggräfin nicht mehr gesehen.«

Joschua starrte nachdenklich auf seine Hände, die auf seinen Knien lagen. Dann stand er auf und begann in der Stube auf und ab zu laufen.

War das, was Batyas Knecht gesehen hatte, nun wichtig oder völlig belanglos? Und wenn es von Belang war, wie passte die Beobachtung des Knechts zum Verschwinden der Burggräfin oder vielmehr zur Verstrickung des Burggrafen in die Belange seines Vaters und zur Verzögerung seines Auftrags, die ihn so beunruhigte?

»Glaubst du, das hat etwas zu bedeuten?«, fragte Rifka.

Abwesend schüttelte er den Kopf. »Ich habe nicht die geringste Ahnung.« Mit einem tiefen Seufzen strich er die Locken zurück, die ihm in die Stirn gefallen waren. »Ich wünschte wirklich, Vater hätte in seiner Botschaft genauer berichtet, was fehlgegangen ist.«

»Gewiss hat Vater nicht gewagt, mehr darüber zu schreiben, aus Furcht, dass die Botschaft vielleicht in falsche Hände geriete«, meinte sein Weib.

»Du hast sicher recht. Doch das hilft uns nicht weiter.«

»Da bin ich mir nicht sicher«, sagte Rifka. »In Sachsen können wir nichts ausrichten. In Worms hingegen womöglich schon.«

»Du meinst, ich dürfte das Wissen um Vaters Auftrag nicht länger für mich behalten, falls tatsächlich ein Zusammenhang zwischen den Geschehnissen im Harudengau und dem Tod der Burggräfin besteht?«, konstatierte er. Zweifelnd runzelte er die Stirn, doch Rifka nickte.

»Es ist ein schrecklicher Gedanke«, sagte sie leise, »aber stell dir für einen Lidschlag lang vor, die Burggräfin wäre nicht von selbst am Ufer ausgeglitten. Jemand hätte nachgeholfen. Jemand hätte sie getötet«, meinte sie. »Nimm weiter an, diese Tat stünde in Zusammenhang mit Vaters Auftrag …«

»Dann müsste es eine Verbindung zwischen Sachsen und Worms geben. Einen Austausch«, vollendete er ihren Satz.

»Und einen Plan«, fügte sie hinzu.

»Jemand müsste eine bestimmte Absicht mit der Ermordung der Burggräfin verfolgt haben. Ohne gewichtigen Grund hätte man eine solche Tat nicht auf sich genommen«, führte Joschua ihren Gedanken fort.

Rifka nickte.

›Wenn ein solcher Plan vorhanden wäre und bereits so weit fortgeschritten, dass man nicht davor zurückschreckt, eine Frau vom Stand der Burggräfin zu töten, die überdies ein neues Leben in sich trägt, dann ist Vaters Auftrag mehr als gefährdet‹, dachte er. Und wem würde man es zur Last legen, würde Jehudas Auftrag scheitern? Den Juden …

Die Augen tiefdunkel vor Sorge, sah Rifka ihn unverwandt an. Er wusste, dass sie dasselbe dachte.

Unvermittelt wandte er sich zur Tür. »Ich werde Rabbi Jacob um Rat fragen«, erklärte er.

Rabbi Jacob ben Jakar schwieg lange, nachdem Joschua geendet hatte.

»Was du berichtet hast, gibt mir Anlass zu tiefster Sorge. Und wenn der Auftrag deines Vaters, aus welchem Grund auch immer, fehlschlägt, dann wird man uns dafür verantwortlich machen, so viel ist gewiss«, sagte er endlich. »Dennoch«, er seufzte schwer, »so berechtigt deine Besorgnis auch ist und so sehr ich sie teile, sie beruht nur auf Vermutungen.«

»Aber man muss doch etwas tun können!«, rief Joschua.

Der Anflug eines Lächelns glitt über das faltige Gesicht des Rabbi, als er den Kopf schüttelte, doch der Ausdruck seiner tief liegenden Augen blieb ernst. »Im Augenblick scheint es mir wichtig, dass die Geheimhaltung über Jehudas Auftrag gewahrt bleibt. Alles, was ich dir raten kann, ist: Geh zum Kämmerer des Domstifts und berichte ihm, was Batyas Knecht gesehen hat. Womöglich kannst du ihn veranlassen, die Suche nach der Burggräfin fortzusetzen. Würde man ihre Leiche finden, könnte es vielleicht auch Hinweise darauf geben, wie sie gestorben ist. Das würde uns weiterhelfen.«

Unduldsam warf Joschua die Arme hoch. »Wie soll uns das denn weiterhelfen?«

»Wüsste man durch Augenschein, dass die Burggräfin tatsächlich ermordet wurde, bliebe dem Kämmerer nichts anderes übrig, als die Suche nach dem Täter aufzunehmen«, erklärte Rabbi Jacob. »Und dann wäre es die rechte Zeit, vom Auftrag deines Vaters zu sprechen, um eine Verbindung der Ereignisse in den Gedanken des Kämmerers herzustellen. Bis dahin aber scheint mir Geduld die beste Tugend zu sein.«

Voll düsterer Ahnung zog Joschua die Brauen zusammen. »Und wenn der Kämmerer Pothinus zu dem Schluss kommt, dass die Beobachtungen eines jüdischen Knechts nichts zu bedeuten haben?«

»Dann werden wir die Angelegenheit mit den Ältesten besprechen«, meinte Rabbi Jacob.

Seufzend gab sich Joschua geschlagen.

Der Rabbi legte eine faltige Hand auf seine Schulter. »Dein Geist ist aufgewühlt. Ebenso der meine. Lass uns Trost im Gebet finden.«

Das Gebet hatte Joschua erfrischt, der Besuch im Domstift bewirkte jedoch das Gegenteil. Seine Befürchtungen hatten sich bestätigt. Der Kämmerer war nicht geneigt, die Suche nach der Burggräfin fortzusetzen. »Was denkt Ihr Euch? Wie soll man denn den halben Fluss absuchen, um eines Leichnams habhaft zu werden?«, hatte er unwirsch gefragt. »Wenn es dem Allmächtigen gefällt, wird die sterbliche Hülle der Burggräfin irgendwo flussabwärts ans Ufer gespült werden. Falls nicht …« Und mit Pothinus' Schulterzucken war Joschua entlassen worden.

»Das Schlimmste war, dass er mir überhaupt nicht richtig zuzuhören schien«, berichtete Joschua düster seinem Weib. »*Ich habe bereits der Heilerin erklärt, dass in der Angelegenheit der Burggräfin alles getan worden ist, was zu tun war, und ob es nun ein Umhang ist, der zu reinlich erscheint, um am Fluss gelegen haben zu können, wie die Drude mir in den Ohren liegt, oder die diffusen Beobachtungen eines Knechts, wird an meiner Meinung nichts ändern*«, zitierte er den Kämmerer.

Rifka fuhr auf. »Was hat der Kämmerer mit der Bemerkung über den Umhang gemeint?«, fragte sie. Ihre Stimme klang erregt.

Gleichmütig zuckte Joschua mit den Schultern.

Rifka griff nach seinem Arm. »Aber verstehst du nicht?«, rief sie. »Wie es scheint, hat auch die Heilerin Zweifel, was den Tod der Burggräfin betrifft. Offenbar hat auch sie versucht, den Kämmerer zu überzeugen, die Suche nach ihr fortzusetzen.«

»Was soll uns das nützen?«, argumentierte er. »Auch wenn es so sein mag, war ihr Versuch ebenso wenig wie meiner von Erfolg gekrönt.«

»Nein, das wohl nicht«, gab sie zu.

Abwesend betrachtete Joschua ihren gesenkten Kopf. Rifkas Einwurf machte ihn nachdenklich. Was konnte die Heilerin veranlasst haben, zu zweifeln?

»Was weißt du über die Heilerin des Burggrafen?«, fragte er plötzlich.

Rifka sah neugierig zu ihm auf. »Willst du sie aufsuchen?«

»Ich bin mir nicht sicher, ob das hilfreich wäre«, antwortete er.

Eine Weile schien sie zu überlegen. »Allgemein spricht man gut über sie in der Stadt. Hin und wieder habe ich zwar auch abfällig über sie reden hören, doch scheint das mehr ihr Leben in der Einsamkeit des Waldes zu betreffen und nicht ihr Handwerk. Darauf soll sie sich gut verstehen«, sagte sie schließlich. »Die Burggräfin war ihr jedenfalls sehr zugeneigt, heißt es, und offenbar hält auch der Burggraf große Stücke auf sie, sonst würde er ja kaum gestattet haben, dass sie während seiner Abwesenheit in seinem Haus lebt.«

Das klang vielversprechend, dennoch …

»Was kann es schaden, mit ihr zu sprechen?«, fragte Rifka.

»Womöglich wird sie einem Juden nicht glauben«, meinte er.

»Dann solltest du vielleicht den Anfang machen.«

»Womit?«

»Nun ja, der Heilerin ein wenig Vertrauen entgegenzubringen. Vielleicht weiß sie einen Rat.«

Joschua hob zweifelnd die Brauen. Wohl wusste er den Rat seines eigenen Weibes zu schätzen, doch Rifka war nicht nur eine gute Tochter Israels. Sie war auch Tochter eines Rabbi und hatte eine umfassende Bildung genossen. Die ganze Gemeinde hielt große Stücke auf sie, obgleich sie noch jung war.

Hingegen verstanden die meisten Christinnen noch nicht einmal das Latein ihrer Gebete zu lesen und zu schreiben. Und gar ein Weib, das gewöhnlich allein im Wald hauste? Was vermochte eine solche Frau ihm Rat zu bieten?

Rifka musste ihm die Zweifel im Gesicht abgelesen haben. »Du zögerst?«, fragte sie und lächelte ihn gewinnend an.

Unwillkürlich erwiderte er ihr Lächeln. »Wenn du mir so zurätst, was bleibt mir anderes übrig?«, gab er sich geschlagen.

KAPITEL 11

Worms, 3. Juli im Jahre des Herrn 1066
(7. Tammus im Jahr 4826 nach Erschaffung der Welt)

Mochte der Kesselflicker Diethold dem Grab auch näher sein, als ihm lieb sein konnte, so weilte er doch zweifellos noch unter den Lebenden.

Gevatter Tod hätt' noch nicht die Sense für ihn gewetzt, wenn's der Heilerin recht wär', hatte er geknurrt, und sie solle sich zum Teufel scheren, wenn sie auf seinem Grab tanze, ehe er den letzten Schnaufer getan hätt'. Außerdem habe die Burggräfin nie auch nur einen Fuß über seine Schwelle gesetzt, und wer sich den üblen Scherz erlaubt hätte, das Gerücht seines Ablebens in die Welt zu setzen, davon wüssten weder er noch sein Weib.

Garsende glaubte ihnen.

Als sie den Durchlass zum Haus des Kesselflickers verließ und auf die Schwertfegergasse trat, wirbelten ihre Gedanken wild durcheinander. Man hätte sich leicht ausrechnen können, dass Matthäa die Witwe aufsuchen würde, wenn sie vom Tod des Kesselflickers erfuhr. Hatte jemand absichtlich die Nachricht vom Tod des Dietholder ausgestreut, um die Burggräfin hierher zu locken? Aber wozu? Ergab das irgendeinen Sinn?

Wind kam auf und wirbelte Staub und Unrat über den Boden, als Garsende in die Münzergasse einbog. Die Leute auf der Gasse blickten besorgt in den Himmel, der sich zusehends verfinsterte, rafften ihre Gewänder und beschleunigten ihren Schritt. Ochsenknechte gaben dem Vieh die Rute, und Reiter trieben die Fersen in die Flanken ihrer Gäule.

Garsende nahm die plötzliche Unruhe kaum wahr. Erst als ein Blitz über den weithin sichtbaren Türmen des Doms aufzuckte und eine heftige Bö ihr das Gewand um die Beine wirbelte, merkte sie auf. Ein dicker Tropfen fiel aus dem dunklen Himmel auf ihre Wange, ein weiterer auf den trockenen Boden, der die Nässe gierig schluckte. Dann prasselte der Regen auch schon wie ein Sturzbach hernieder. Blitze jagten über die Dächer der Häuser, und Donner krachte wie die letzte Posaune zum Jüngsten Gericht. Von einem Augenblick zum nächsten war Garsende völlig durchnässt.

»Allmächtiger! Steh uns bei!«, hörte sie hinter sich eine Frau stöhnen, während sie einen Arm schützend über ihren Kopf hielt, mit der anderen Hand das Gewand raffte und auf das Tor zum Anwesen des Burggrafen zulief.

Fast hatte sie die Pforte erreicht, als sie über ein Hindernis auf dem Boden stolperte und zu stürzen drohte. Jemand griff nach ihrem Arm und hielt ihren Sturz auf.

»Habt Dank!«, japste sie.

Durch den dichten Schleier von Regen konnte sie nur schemenhaft das bärtige Gesicht eines Mannes erkennen, der sich über sie beugte. Nässe tropfte aus seinem langen dunklen Haar und dem wirren Bart, der Kinn und Wangen bedeckte. Er schien etwas sagen zu wollen, aber der Donner übertönte seine Stimme. Irgendetwas in den verschwommenen Zügen weckte eine vage Erinnerung in ihr, doch noch ehe Garsende sie einem Ereignis zuordnen konnte, hatte er sie losgelassen und ihr den Rücken zugekehrt. Gleich darauf war er im Regen verschwunden.

Das Herdfeuer in der Halle hatte noch wärmende Glut, als Garsende von einem dumpfen Stöhnen erwachte. Ihr Herz jagte, und ihre Stirn war feucht von Schweiß. Es dauerte einen Augenblick, bis sie begriff, dass sie selbst diesen gequälten Laut ausgestoßen hatte.

›Ein Alptraum‹, dachte sie und setzte sich auf.

Filiberta, die eine Armeslänge entfernt ihr Lager hatte, drehte sich mit einem Seufzen um, doch sie erwachte nicht, und auch die anderen Hauseigenen schienen noch tief zu schlafen.

Wie spät mochte es sein?

Ihr aufgewühltes Gemüt schien sich nur langsam zu beruhigen. Leise stand Garsende auf und verließ die Halle. Noch schlaftrunken und mit bloßen Füßen tappte sie über den Dielenboden und öffnete die Tür zum Hof. Ein Schwall feuchtkühler Luft kam ihr entgegen.

Tief einatmend blieb Garsende auf der Schwelle stehen und ließ die frische Luft in ihre Lungen strömen, während ihr Blick müßig über den Hof wanderte.

Das Mondlicht breitete einen sanft schimmernden Schleier über die Schäden, die das Unwetter gestern angerichtet hatte. Trügerisch ließ es das nasse Stroh, das der Wind vom Dach der Scheune gerissen hatte, silbern glänzen und die Regentropfen auf den abgeknickten Zweigen im Garten der Burggräfin wie Juwelen funkeln.

Der Regen konnte erst vor Kurzem aufgehört haben.

Wie mochten die Pflanzen vor ihrer Hütte das heftige Gewitter überstanden haben? Garsende seufzte. Darum würde sie sich später kümmern, jetzt gab es so viel Dringlicheres, das ihr auf der Seele lag.

Im selben Maß, wie die abgekühlte Luft ihre Müdigkeit vertrieb, kehrten die Gedanken zurück, die sie bis in ihre Träume hinein verfolgt hatten.

Sie hatte Hildrun gefragt, von wem sie die Nachricht vom Tod des Kesselflickers gehört hätte, doch die junge Magd schien sich nicht mehr darauf besinnen zu können. »Wie man's eben so hört«, hatte sie vage gemeint. »Von Leuten eben.« Und mehr war nicht aus ihr herauszubekommen gewesen.

Von Werno hatte Garsende wissen wollen, warum er ihr nicht gesagt habe, dass der Dietholder noch lebe. Schließlich sei er doch am Tag von Matthäas Verschwinden dort gewesen. Aber der Hausmeier hatte sich nur den kahlen Schädel gekratzt und gemeint, die Dietholderin hätte ihn an der Tür abgefertigt. Wie hätte er da wissen sollen, dass der Kesselflicker drinnen noch schnaufte.

Blicklos starrte Garsende auf den Hof hinaus, während dieselben Fragen in ihrem Kopf kreisten, um derentwillen sie sich am Abend zuvor eine halbe Ewigkeit auf ihrem Lager hin und her gewälzt hatte, bevor sie endlich eingeschlafen war.

Wenn jemand das Gerücht vom Tod des Kesselflickers absichtlich ausgestreut hatte, um Matthäa in die Schwertfegergasse zu locken, was war dann passiert? Niemand hatte sie dort gesehen. Hatte man ihr auf dem Weg dorthin aufgelauert? Sie in eine dunkle Ecke gezerrt und sie und das Kind …

Garsende fröstelte. Daran durfte sie jetzt nicht denken! Sie musste hoffen dürfen, dass die Burggräfin vielleicht noch lebte, nur so würde sie einen klaren Kopf behalten können. Aber wenn Matthäa noch lebte, wo war sie dann? Vom Pfauentor bis zur Martinspforte, vom Dom bis zum Sankt-Paulus-Stift hatten die Leute jeden Stein in Worms umgedreht und nirgendwo auch nur eine Spur gefunden.

Vielleicht hatte man Matthäa unterwegs angesprochen und sie mit einem Vorwand aus der Stadt gelockt?, grübelte

Garsende. Die Wachen der Stadttore waren befragt worden, doch keiner von ihnen hatte die Burggräfin gesehen. Allerdings musste das nichts heißen. An den Toren war ein ständiges Kommen und Gehen, und wäre die Burggräfin zusammen mit einigen anderen durch eines der Stadttore gegangen, wäre sie den Wächtern womöglich nicht aufgefallen. So jedenfalls hatte der Kämmerer Garsende gegenüber argumentiert, als sie ihn fragte, wie die Burggräfin denn ungesehen ans Flussufer hätte gelangen können. Ein Einwurf, den Garsende schwerlich hatte entkräften können.

Der Mantel aber konnte nicht am Fluss gewesen sein, nicht über zwei Tage lang, dessen war sich Garsende ganz sicher. Entweder hatte der Fischer gelogen, der den Umhang dort gefunden haben wollte, oder aber jemand hatte ihn dort hingelegt, damit man ihn fände und annehmen würde, die Burggräfin sei ertrunken. Aber wozu?

Wenn jemand Matthäas Tod nur vorgetäuscht haben wollte, wo war sie dann? Hielt man sie irgendwo gefangen? Wem könnte daran gelegen sein, und warum? Um eines Lösegeldes wegen? Aber der Burggraf war weit weg, wie sollte er seine Gattin auslösen?

Und warum ausgerechnet die Burggräfin? Bandolf von Leyen war in keine Fehde verstrickt, die an ein solches Vorgehen denken ließ. Hatten der Burggraf oder gar Matthäa selbst Feinde, von denen die Heilerin nichts wusste? Vielleicht war auch …

›Vielleicht, vielleicht. Vielleicht gaukle ich mir auch nur etwas vor, und Matthäa ist von einem Fremden ihrer Habe wegen getötet und irgendwo verscharrt worden, und wir werden sie niemals finden‹, dachte sie mutlos.

Ein eigentümlich fiependes Geräusch holte Garsende aus ihren düsteren Betrachtungen. Mit zusammengekniffenen Augen starrte sie zu der finsteren Öffnung zwischen

Scheune und Haus hinüber, wo das Geräusch herzukommen schien. Tatsächlich, dort am Boden bewegte sich etwas. Was war es? Eine Ratte? Garsende runzelte die Stirn. Doch dann huschte plötzlich ein Lächeln über ihr Gesicht.

Es war ein Kätzchen, nur wenig größer als ihre Hand, das neugierig um sich schnuppernd aus dem dunklen Durchgang ins Mondlicht getapst kam. Kaum hatte es jedoch den offenen Hof erreicht, als ein grauer Schatten auf das Fellknäuel zusprang. Einen Lidschlag lang hatte Garsende den Eindruck, als würde Penelope sie mit ihren bernsteingelben Augen warnend anfunkeln, dann packte die Domkatze den kleinen Ausreißer im Nacken und trug ihn in die schützende Dunkelheit des Durchgangs zurück.

›Darum also lässt du dich nicht mehr sehen‹, dachte Garsende. ›Du verbirgst deinen Nachwuchs vor uns.‹

Als sie ins Haus zurückkehrte, um eine Schale mit kaltem Brei vom Vortag für Penelope und ihre Kätzchen zu füllen, lächelte sie noch immer. Zwar schalt sie sich eine rührselige Närrin, doch der Anblick des neuen Lebens hatte sie auf eigentümliche Weise mit frischer Kraft erfüllt.

Bevor Garsende dem Burggrafen erneut eine Botschaft in den Harudengau schicken würde, um ihn von den traurigen Ereignissen in Worms in Kenntnis zu setzen, wollte sie der Spur des Umhangs folgen und mit jenem Fischer sprechen, der behauptete, Matthäas Mantel gefunden zu haben. Der Kämmerer musste wissen, wo sie den Mann finden würde, und Garsende hatte beschlossen, gleich nach der Laudes noch einmal im Domstift vorzusprechen.

Doch die Hauseigenen hatten den Löffel für ihren Morgenbrei kaum beiseitegelegt, als die ersten Besucher eintrafen. Ungewollt sah Garsende sich gezwungen, Mitfühlende und Neugierige zu empfangen, die gekommen waren, damit die Heilerin dem Burggrafen von Worms ihr Beileid zum Verlust seiner Gattin übermittelte. Es dauerte nicht lange, bis sie sich von der Anstrengung erschöpft fühlte, passende Erwiderungen auf all die Beileidsbekundungen zu finden und nicht voreilig mit ihren Zweifeln am Tod der Burggräfin herauszuplatzen.

»Der Jude ist wieder da«, verkündete Hildrun just, als der letzte Besucher die Halle verlassen hatte.

»Wovon sprichst du?«, fragte Garsende. Sie legte den Löffel beiseite, mit dem sie eine Kostprobe vom Eintopf für die abendliche Mahlzeit genommen hatte.

»Herrje, den Juden hatte ich völlig vergessen!«, rief Filiberta, ehe Hildrun antworten konnte. »Der war gestern schon hier und hat nach Euch gefragt.«

»Nach mir?«, vergewisserte sich Garsende erstaunt.

Soweit sie wusste, kannte sie keinen Juden. Ihr Weg führte sie nur selten ins jüdische Viertel der Stadt. Kräuter und Gewürze wie Galbanum, Myrrhe, Koriander, die jüdische Händler feilboten, waren teuer. Sie hatte nie genügend übrig, um derlei Kostbarkeiten zu erstehen, zumal die Juden ihre eigenen Heiler besaßen und ihre Dienste nicht benötigten.

»Gewiss«, bestätigte die Magd. »Er sagte, er wolle mit der Heilerin des Burggrafen sprechen. Aber Ihr seid noch nicht wieder zurück gewesen, und er wollte nicht hereinkommen und auf Euch warten.«

›Die Heilerin des Burggrafen? So heißt es jetzt? Heilige Jungfrau!‹, ging es Garsende flüchtig durch den Kopf.

Laut fragte sie: »Hat er denn seinen Namen genannt?«

Filiberta runzelte die Stirn. »Doch, ja, einen Namen hat er gesagt, nur kann ich mich just nicht darauf besinnen. Weißt du den Namen noch?« fragte sie Hildrun.

»Genau weiß ich's auch nicht mehr«, meinte die junge

Magd, während sie die Eier vorsichtig aus dem Korb hob und in eine Holzschüssel legte. »Josua, wie in der Bibel. Und dann noch Ben und irgendwas.«

»Ben meint ›Sohn‹«, gab Werno mit offenkundigem Stolz auf sein Wissen zum Besten. »Die Juden nennen sich immer ›Sohn von Irgendwem‹.«

»Und wenn es Töchter sind?«, fragte Hildrun.

»Mumpitz«, warf Filiberta ein, ehe der Hausmeier antworten konnte. »Ben kommt von Benjamin. Und das steht auch in der Bibel.«

Werno schnaubte. »Pah! Dann hießen ja alle Juden Benjamin.«

»Und wenn's denn so wäre?«, hörte Garsende Filiberta noch gereizt erwidern, dann war sie aus der Tür.

Den Blick zu Boden gerichtet, schritt der junge Jude vor dem Tor auf und ab, als Garsende durch die Pforte schlüpfte. Sein schlanker Leib war in einen schlichten, schwarzen Kaftan gehüllt, der ihm bis über die Knöchel reichte. Die runde, flache Kopfbedeckung aber, die er trug, war mit aufwendigen Stickereien geschmückt und zeugte von Wohlstand.

Er schien in Gedanken versunken. Erst als die Heilerin näher kam, sah er auf und warf ihr aus großen dunklen Augen einen abschätzenden Blick zu, bevor er höflich den Kopf neigte.

»Schalom«, begrüßte er sie. »Mein Name ist Joschua ben Jehuda. Ich bin der Sohn des Kaufmanns Jehuda ben Eliesar zu Worms. Seid Ihr die Heilerin des Burggrafen?«

Ärgerlich schüttelte Garsende den Kopf. »Ich bin die Heilerin Garsende, ja, aber mein Handwerk steht jedermann zur Verfügung, nicht nur dem Burggrafen«, erwiderte sie, schärfer als beabsichtigt.

Zu ihrer Überraschung errötete er, was sein schmales Gesicht noch jünger und verletzlich erscheinen ließ. Wären da nicht der ungestutzte Bart gewesen, der sein halbes Gesicht verdeckte, und die eigentümlich gedrehten Schläfenlocken, die ihm über die Ohren baumelten, hätte er einen hübschen jungen Burschen abgegeben, dachte Garsende.

Er räusperte sich. »Ich wollte Euch nicht zu nahetreten. Es verhält sich nur so, dass …« Er verstummte, senkte den Kopf und schien nicht mehr weiterzuwissen.

Garsende runzelte die Stirn. Er sei der Sohn eines jüdischen Kaufmanns, hatte er gesagt. Bei allen Heiligen! Wenn er ihr die Waren seines Vaters feilbieten wollte, hatte er den denkbar schlechtesten Zeitpunkt dafür gewählt. Dennoch, die Höflichkeit gebot, dass sie ihm zumindest die Gastfreundschaft des Burggrafen anbot.

»Wollt Ihr nicht in die Halle kommen und eine Stärkung zu Euch nehmen?«, fragte sie und machte eine einladende Geste in Richtung Pforte.

Rasch, zu rasch, wie sie fand, schüttelte er den Kopf. »Das ist freundlich von Euch, aber ich würde es vorziehen, unter vier Augen …« Wieder verstummte er.

Das unangenehme Schweigen dehnte sich.

Herrje, konnte er nicht endlich sagen, was er von ihr wollte? Hatte sie doch nicht den ganzen Tag Zeit, hier draußen auf der Gasse zu stehen und Maulaffen feilzuhalten.

»In welcher Angelegenheit …« – »Es handelt sich um …«, begannen schließlich beide zugleich.

Garsende unterdrückte ein Seufzen, während der junge Jude den Kopf schüttelte und sich von ihr abwandte. »Verzeiht«, murmelte er. »Ein Irrtum.«

Sein merkwürdiges Benehmen erweckte ihren Argwohn. Hastig trat sie einen Schritt näher. »Ihr seid doch nicht zweimal wegen eines Irrtums hier vorstellig geworden«, sagte sie scharf. »Sagt mir doch, was Euch zu mir geführt hat.«

Er schien zu zögern. Wieder warf er ihr einen forschenden Blick zu, dann räusperte er sich erneut. »Ich kam in einer Angelegenheit, die das Verschwinden der Burggräfin betrifft.«

Garsende spürte, wie das Blut aus ihren Wangen wich.

›Süßer Jesus! Das Lösegeld‹, schoss es ihr durch den Kopf. Die Juden hatten Matthäa entführt! Von Zorn und Angst gepackt, griff sie heftig nach Joschuas Arm.

»Wo ist sie?«, schrie sie ihn an. »Was habt Ihr mit ihr gemacht?«

»Was denkt Ihr?« Eine steile Falte erschien auf der Stirn des jungen Juden. »Ich habe gar nichts mit ihr gemacht!«

Ein paar Leute auf der Gasse waren stehen geblieben und starrten das ungleiche Paar an.

Aufgebracht schüttelte Garsende seinen Arm. »Sagt mir auf der Stelle, wo sie ist!«

»Ich weiß nicht, wo sich die Burggräfin befindet. Einer unserer Knechte hat die Burggräfin am Tag ihres Verschwindens gesehen. Darum bin ich gekommen«, erklärte er kühl und warf einen beziehungsvollen Blick auf ihre Hand, die seinen Arm umklammert hielt.

Nur allmählich drangen seine Worte in Garsendes aufgewühltes Gemüt. Ihr Arm sank kraftlos herab. »Aber Ihr sagtet doch …« Ungläubig schüttelte Garsende den Kopf. Er log. Matthäa lebte! Die Juden hatten sie, wollten ein Lösegeld, und … Er musste lügen! Für einen Augenblick klammerte sich Garsende an die winzige Hoffnung, die der Gedanke mit sich brachte. Mit zusammengezogenen Brauen starrte sie Joschua ben Jehuda an.

Der junge Jude hatte die Schultern gestrafft und erwiderte ihren Blick in stolzer Zurückhaltung. Wachsamkeit schien in seinen dunklen Augen zu liegen, und womöglich auch eine Spur Unmut, doch Falschheit fand sie nicht. Wenn er die Wahrheit sagte, dann ... Garsende stieß ein tiefes Seufzen aus.

Aus dem Augenwinkel bemerkte sie, dass einige der Leute näher gekommen waren und Joschua ben Jehuda ebenso argwöhnisch anstarrten, wie sie es tat.

Widerstrebend löste sie ihren Blick und mühte sich um ein Lächeln.

»Hier lässt es sich schlecht reden«, sagte sie leise. »Bitte folgt mir hinein.«

Nach kurzem Zögern nickte er. Schweigend folgte er Garsende durch die Pforte, doch am Brunnen im Hof des Burggrafen blieb er stehen. »Es scheint mir klüger, würden wir solche Dinge nicht unter den Augen der Hauseigenen bereden«, meinte er.

Garsende drehte sich zu ihm um. Für einen Augenblick sah sie ihn stirnrunzelnd an. Dann nickte sie zustimmend und fragte: »Ihr habt von einem Knecht erzählt, der die Burggräfin gesehen hat, an jenem Tag, als sie verschwand? Wo ist das gewesen?«

Mit einem nachdenklichen Ausdruck musterte er sie. »Der Knecht eines Getreidehändlers aus der Sterngasse hat sie an jenem Morgen an der Ecke eines Durchlasses in der Schwertfegergasse gesehen«, erwiderte er schließlich.

Heilige Jungfrau! Konnte das bedeuten, dass der Kesselflicker gelogen hatte, dass Matthäa doch in seinem Haus gewesen war, dass er womöglich mit ihrem Verschwinden zu tun hatte?

Erregt trat Garsende einen Schritt auf ihn zu. »Ist das auch wirklich wahr?«

»Oi Gwalt«, seufzte Joschua. Trocken fügte er hinzu:

»Nein, ich hatte heut' einen Tag voller Muße, darum kam ich her, um Euch Märchen zu erzählen.«

Verdutzt runzelte sie die Stirn.

»Stuss! Natürlich ist es wahr!«, rief er mit einer ungeduldigen Geste. Garsende lag eine scharfe Erwiderung auf der Zunge, doch dann musste sie plötzlich lachen.

»Das habe ich wohl verdient«, gab sie zu. »Ab und an ist meine Zunge schneller, als mir lieb ist. Ich bedaure, wenn ich Euch gekränkt habe.«

Zunächst schwieg er, als würde er sich seine Antwort sorgsam überlegen. »Der Tod der Burggräfin geht Euch zu Herzen. Das verstehe ich«, sagte er schließlich ernst.

Der Tod der Burggräfin … Sie schluckte. Mehr als ein Nicken brachte sie nicht zustande. Für eine Weile herrschte angespanntes Schweigen, während er seinen Blick aufmerksam über den Hof des Burggrafen schweifen ließ und Garsende sich den Kopf zerbrach, wie sie das unangenehme Schweigen beenden könnte.

Endlich räusperte sie sich: »Könntet Ihr mir denn die Stelle zeigen, wo jener Knecht die Burggräfin gesehen hat?«, fragte sie.

Joschuas wachsamer Blick kehrte zu ihr zurück, und mit offenkundigem Bedauern schüttelte er den Kopf. »Das würde Euch nichts nützen. Ich ließ mich gestern von dem Knecht dorthin führen. Aber es handelt sich um einen ganz gewöhnlichen Durchlass«, erläuterte er. »Sobald ich davon hörte, habe ich den Kämmerer aufgesucht, um ihm davon zu berichten. Wir hofften, er würde die Suche nach der Burggräfin fortsetzen, aber das tat er nicht.«

»Ich möchte dennoch, dass Ihr mich zu der Stelle führt. Ich will mich mit eigenen Augen davon überzeugen, ob es nicht womöglich einen Hinweis gibt, wohin …« Garsende biss sich auf die Lippe und verstummte.

»Wie Ihr wünscht. Ich schicke Euch morgen den Knecht, dann kann er Euch …«

»Je eher, desto besser«, unterbrach sie ihn. »Könntet Ihr mich nicht gleich dort hinführen?«

»Jetzt? Sofort? Aber es wird bald dunkel werden«, wandte er ein.

Ungeduldig schüttelte Garsende den Kopf. »Das Vesperläuten liegt noch nicht so lange zurück. Es wird noch geraume Zeit hell genug sein. Und die Schwertfegergasse liegt auf dem Weg zum jüdischen Viertel.«

Zweifelnd warf Joschua einen Blick in den Himmel, dann hob er die Schultern. »Nun gut, wenn Ihr darauf besteht.«

Schon zur Mittagsstunde waren die letzten Wolken am Himmel verschwunden gewesen, und die heiße Sommersonne hatte den morastigen Boden zu trocknen begonnen. Dennoch war der Weg durch die Gassen beschwerlich. Das Unwetter hatte Äste und Zweige von den Bäumen gerissen, Stroh von den Dächern geweht und den Unrat durcheinandergewirbelt, den die Menschen auf die Gassen warfen. Übelriechende Dämpfe stiegen von den noch mit schlierigem Nass gefüllten Mulden im Boden auf.

Die Heilerin und der junge Jude gingen schweigend nebeneinander her, den Blick zu Boden gerichtet, um abgebrochenen Ästen und anderen Hindernissen auszuweichen. Während Garsende überlegte, welche Bedeutung sie der Neuigkeit beimessen durfte, dass Matthäa in der Schwertfegergasse gesehen worden war, schien Joschua ben Jehuda in eigene Gedanken versunken zu sein. Nach einer Weile sah Garsende auf und warf ihrem Begleiter einen nachdenklichen Blick zu.

»Warum hofftet Ihr, der Kämmerer würde die Suche

nach der Burggräfin fortsetzen?«, unterbrach sie das Schweigen.

Er schien sie nicht gehört zu haben, und Garsende wollte ihre Frage schon wiederholen, als er den Kopf hob und sie mit einem, wie es schien, vorsichtigen Blick bedachte.

»Der Leichnam der Burggräfin ist nicht gefunden worden.« Vage hob er die Schultern. »Da niemand sie in der Schwertfegergasse gesehen hat, hieß es, sie sei stattdessen zum Fluss hinuntergegangen und wäre dort ertrunken. Da sie aber doch in der Schwertfegergasse war ...«

»Das habe ich Euch nicht gefragt«, sagte sie mit einem neuen Anflug von Argwohn. »Was kann es Euch bedeuten, ob die Suche nach der Burggräfin fortgesetzt wird oder nicht?«

»Ihr seid doch auch nicht davon überzeugt, dass ihr Leichnam auf dem Grund des Rheins liegt«, entgegnete er.

»Wie kommt Ihr darauf?«

»Der Kämmerer erwähnte etwas dergleichen, als ich ihn aufsuchte. Das ist auch der Grund, warum ich mich an Euch wandte.«

Garsende blieb stehen. »Auch das ist keine Antwort auf meine Frage. Ihr weicht mir aus«, sagte sie scharf.

Joschua blieb ebenfalls stehen, doch er sah sie nicht an. Der Blick seiner dunklen Augen schien abwesend in die Ferne gerichtet. Endlich wandte er sich ihr zu. Einen langen Augenblick fühlte sie sich forschend gemustert, ehe er antwortete:. »Wir glauben, dass das Verschwinden und womöglich auch der Tod der Burggräfin mit einer Angelegenheit zusammenhängt, die unserer Gemeinde Schaden zufügen könnte.«

Verständnislos runzelte Garsende die Stirn. »Was wollt Ihr damit sagen?«

»Es ist nur eine Vermutung, aber das, was mit der Burggräfin geschehen ist, scheint mit einem Auftrag zusammenzuhängen, um dessentwillen mein Vater ins Sächsische gereist ist. Just an den Ort, wo auch der Burggraf von Worms sich derzeit aufhält.«

»Bei allen Heiligen!« rief sie ärgerlich. »Warum haltet Ihr mit solch einer wichtigen Auskunft hinter dem Berg? Was hat es damit auf sich? Und wieso berührt der Auftrag eines jüdischen Kaufmanns Bandolf von Leyens Belange oder gar die seiner Gattin?«

»Das kann ich Euch nicht sagen«, gab Joschua ebenso scharf zurück. »Der Auftrag ist geheim. So wurde es von höchster Stelle beschlossen.«

»Das darf doch nicht wahr sein!«, entfuhr es Garsende. »Hier geht es womöglich um nichts weniger als um das Leben der Burggräfin und das ihres ungeborenen Kindes! Und wenn es etwas gibt, das helfen kann, sie aufzuspüren, und sei es auch noch so gering, dann müsst Ihr damit heraus!«

Joschua schüttelte den Kopf. »Es tut mir leid«, sagte er leise, aber entschieden. »Das kann ich nicht.«

Garsende spürte, wie ihre Wangen sich vor Zorn röteten. »Gnade Euch Gott, wenn Ihr mich zum Schaden der Burggräfin im Dunkeln lasst!«, stieß sie hervor.

Er schloss die Augen und schwieg, während sie vor Anspannung ihre Hände zu Fäusten ballte und mühsam um Beherrschung rang.

Dann hatte er offenbar eine Entscheidung getroffen.

»Über die Natur des Auftrags werde ich mein Schweigen wahren«, erklärte er. »Aber alles, was ich darüber hinaus weiß, werde ich Euch sagen. Im Gegenzug will ich jedoch auch erfahren, wieso Ihr glaubt, dass es über den Tod der Burggräfin mehr zu wissen gibt als das, was augenscheinlich ist.«

Verdammnis! Warum wollte er ihr nicht sagen, was er

wusste? Was hielt ihn zurück? Garsende war versucht, zu widersprechen, doch dann sah sie in sein verschlossenes Gesicht. ›Er traut mir nicht‹, fuhr es ihr durch den Kopf. Schließlich nickte sie widerstrebend. »Einverstanden.«

»Am Tag der Abreise meines Vaters ins Sächsische beobachtete Rifka, mein Weib, einen Mann, der meines Vaters Haus zu beobachten schien. Der Sprache nach handelte es sich um einen Welschen ...«, begann Joschua ben Jehuda zu berichten. Ohne ihn ein einziges Mal zu unterbrechen, hörte Garsende staunend zu, während sie um einiges langsamer als zuvor ihren Weg fortsetzten.

Als auch sie ihren Bericht über den Umhang der Burggräfin beendet hatte, waren sie an der Ecke der Zwerchgasse zur Schwertfegergasse angekommen.

»Das erscheint mir alles keinen Sinn zu ergeben. Was hat es mit diesem Welschen auf sich? Und was hat das Verschwinden der Burggräfin mit ihm zu tun? Oder mit Dingen, die im Sächsischen geschehen sind?«, fragte Garsende ratlos. Sie seufzte. »Ich wünschte wirklich, Ihr würdet mir sagen, um was für einen Auftrag es sich handelt.«

»Das würde auch kein Licht auf die Dinge werfen, glaubt mir«, meinte Joschua. »Zumal ich auch selbst nichts darüber weiß, was in Sachsen vor sich geht.«

Eingedenk der Abmachung, die sie mit ihm getroffen hatte, versagte sich Garsende einen Einwand.

»Ist kürzlich vielleicht ein Bote gekommen, der eine Nachricht für die Burggräfin von ihrem Gatten überbracht hat?«, wollte Joschua plötzlich wissen.

»Nicht, dass ich davon wüsste«, meinte Garsende. Grübelnd runzelte sie die Stirn und fragte erschrocken: »Ihr meint, die Burggräfin hätte eine Botschaft ihres Gatten erhalten? Sie hätte womöglich etwas über die Ereignisse im Harudengau gewusst?«

Er nickte. »Ihr Wissen um die Dinge könnte für jemanden gefährlich geworden sein. Jemand könnte geglaubt haben, sie müsse für immer schweigen.«

Jeder Zoll in ihr widerstrebte dem Gedanken, doch seine Vermutung ergab mehr Sinn als alles, was sie sich selbst bisher mehr schlecht als recht zusammengereimt hatte. Es wäre ohne Weiteres möglich gewesen, dass Matthäa einen Boten empfangen hatte, ohne dass sie davon erfahren hätte. Garsende hatte Kranke besucht, war mit Filiberta auf dem Markt gewesen und hatte hin und wieder in ihrer Hütte nach dem Rechten gesehen. Und hätte der Burggraf seine Gattin gebeten, Stillschweigen über seine Botschaft zu bewahren, dann würde Matthäa das auch ohne Zweifel getan haben. Wie Joschuas Haus mochte auch das Haus des Burggrafen beobachtet worden sein, ohne dass es jemandem aufgefallen wäre. Man konnte die Ankunft eines Boten bemerkt und herausgefunden haben, woher er kam. Und als man glaubte, dass das, was die Burggräfin womöglich wusste, zu gefährlich sein würde, um sie am Leben zu lassen, hatte man Matthäa in die Schwertfegergasse gelockt, sie in einen dunklen Durchlass gezerrt und …

Bis ins Mark fröstelnd, schlang Garsende die Arme um sich.

»Hier ist es«, unterbrach Joschua ihre düsteren Gedanken und blieb vor einem Durchgang zu ihrer Rechten stehen.

Kapitel 12

Der schmale Durchschlupf lag zwischen zwei Hausfassaden etwa in der Mitte der Schwertfegergasse und war nur einige Schritte vom nächsten Durchlass entfernt, der zum Haus des Kesselflickers Diethold führte.

Garsende spähte hinein. Nur wenig Licht drang in das schmale Gässchen, und selbst der Regen schien an den überhängenden Dächern nicht vorbeigekommen zu sein. Der mit allerlei Nahrungsabfällen, Kot und Unrat übersäte Boden war noch gänzlich trocken und rissig.

Als sie am Tag zuvor die verwinkelten Durchgänge der Schwertfegergasse ausgeforscht hatte, war Garsende auch in diesem gewesen. Soweit sie sich erinnern konnte, führte er lediglich zum Eingang einer großen Scheune, deren Seitenwand den Hof des Dietholders begrenzte.

Mit gerunzelter Stirn wandte sie sich an den jungen Juden. »Seid Ihr sicher, dass es sich um diesen Durchlass handelte, und nicht um den nächsten?«, fragte sie.

»Der Knecht zeigte mir diesen. Er sagte, hier sei die Burggräfin gestrauchelt, und als er das nächste Mal hinschaute, sei sie nicht mehr da gewesen. Ob sie aber auch hineingegangen ist, konnte er nicht sagen.«

»Dann also dieser«, murmelte Garsende.

»Was habt Ihr nun vor?«, erkundigte sich Joschua.

»Nun, ich gehe hinein und schaue mich um.«

»Und was hofft Ihr, darin zu finden?«

Das wusste Garsende selbst nicht so genau. Unbestimmt

zuckte sie mit den Schultern. »Ich danke Euch, dass Ihr mich hergeführt habt.«

»Werdet Ihr mich wissen lassen, wenn es Neuigkeiten gibt?«, fragte er. »Ihr findet mich in der Judengasse. Von der Lauergasse kommend, ist es das dritte Haus auf der rechten Seite. Und falls Ihr es nicht findet, fragt nur nach dem Haus von Jehuda ben Eliesar. Jedermann im Viertel kennt es.«

Mit einem dankbaren Lächeln nickte Garsende ihm zu, dann drehte sie sich um und schlüpfte in den Durchgang.

Die Seitenfassade des Hauses zur ihrer Rechten besaß weder Fensterverschläge noch Türen. Im Haus zu ihrer Linken fand sie jedoch eine kleine, niedrige Pforte in der Seitenwand, die mit einem Brett verschlossen war. Einen Moment lang sah Garsende sich um, ob jemand sie womöglich beobachtete. Doch außer ihr schien sich niemand in dem Durchlass zu befinden. Vorsichtig hob sie das Brett an, öffnete das Pförtchen einen Spalt breit und sah hinein. Die winzige Kammer dahinter beherbergte jedoch nur einiges Werkzeug wie Hacke, Spaten und Heusense und ein paar leere Flechtkörbe in verschiedenen Größen. Enttäuscht zog sie das Pförtchen wieder zu, schob das Brett davor und ging weiter. Das Gässchen machte eine scharfe Biegung nach links, und morsche Verschläge, niedrige Scheunen und Ställe lösten die Holzfassaden der Häuser ab.

Kaum war Garsende um die Ecke gebogen, hörte sie hinter sich eine Stimme. »Wartet auf mich!«

Überrascht drehte sie sich um und sah Joschua ben Jehuda auf sich zueilen.

»Ich hielt es doch für besser, Euch zu begleiten«, erklärte er, noch ein wenig außer Atem, während die Schläfenlocken um seine geröteten Wangen tanzten.

»Wolltet Ihr nicht nach Hause?«

»Man hat uns zusammen gesehen«, meinte er. »Und solltet Ihr hier ebenso spurlos verschwinden wie die Burggräfin, was glaubt Ihr wohl, wem man die Schuld dafür zuweisen würde?«

Mit einem erheiterten Auflachen schüttelte Garsende den Kopf. »Ich fürchte, Ihr sorgt Euch umsonst. Meinem Verschwinden würde man kaum denselben Wert beimessen wie dem der Burggräfin.«

Zum ersten Mal seit ihrer kurzen Bekanntschaft sah sie den jungen Juden lächeln.

»Rabbi Meir sagt: Mit dem Maße, mit dem der Mensch misst, wird ihm wieder gemessen. Und die Rabbiner lehren: Wer seinen Nächsten günstig beurteilt, wird auch günstig gerichtet«, antwortete er.

Unwillkürlich erwiderte Garsende sein Lächeln. Mochte er ja auch ein Heide sein, war sie doch dankbar für seine Begleitung. »Schön, dann kommt. Zwei Paar Augen sehen sicher mehr als nur eines.«

Sie ging voraus, blieb jedoch nach jedem zweiten Schritt stehen, um in Öffnungen, Nischen und Spalten hineinzusehen, die zwischen den Wänden klafften.

»Ihr sagtet, Euer Vater sei ein Kaufmann. Geht Ihr gleichfalls seinem Gewerbe nach?«, fragte sie beiläufig, während sie einen weiteren Verschlag öffnete, um hineinzusehen.

»Mein Vater ist wohlhabend, das erlaubt mir, mich ganz dem Studium der Tora zu widmen«, antwortete er und fragte mit demselben Atemzug: »Sagt, ist das eigentlich statthaft, was Ihr da treibt?«

Seine Stimme klang unruhig, und Garsende warf ihm über ihre Schulter einen raschen Blick zu. »Nein, ich fürchte nicht.«

»Und was geschieht, wenn man uns ertappt?«

»Hier gibt es nichts außer Spinnweben und leeres Sacktuch.« Seufzend schloss sie den Verschlag, ohne auf seine Frage zu antworten. »Lasst uns weitergehen.«

»Was ist die Tora?« erkundigte sie sich nach einer Weile.

»Man könnte vielleicht sagen, es ist unsere Bibel.«

»Und wie lange werdet Ihr sie noch studieren?«

»Mein Leben lang.«

Neugierig geworden, drehte sie sich nach ihm um. »Dann wollt Ihr etwas dergleichen wie ein Geistlicher werden?«

Er lächelte. »Es geht nicht darum, irgendetwas zu werden. Der Zweck ist das Lernen selbst.«

Wieder machte das schmale Gässchen eine Biegung, verbreiterte sich zu einem kleinen Vorplatz und endete, flankiert von einem Hühnerstall und einem kleineren Schuppen, beim Eingang der Scheune, deren Seitenwand Garsende vom Hof des Kesselflickers aus gesehen hatte. Ein Steg zwischen Hühnerstall und Scheune führte über den schwach plätschernden Eisbach, der offenbar unmittelbar hinter der Scheune vorbeifloss.

Mit dem Rücken an die Holzwand gelehnt, wachte ein kräftig gebauter Knecht vor dem Scheunentor. Im Gürtel seines Kittels steckte ein dicker Knüppel. Als er die Heilerin und den Juden bemerkte, stieß er sich von der Wand ab, legte wie beiläufig eine Hand auf den Knüppel und starrte Garsende und Jehuda mit abweisender Miene entgegen.

Abrupt machte Garsende kehrt. »Ich habe Euch doch gleich gesagt, dass es hier nicht zum Hufschmied geht«, rief sie laut und warf Joschua einen beschwörenden Blick zu. »Es ist das übernächste Gässchen. Doch Ihr wolltet es ja besser wissen.« Rasch packte sie den offenkundig verblüfften Joschua am Arm und zerrte ihn in den schmalen Durchgang zurück.

Heftig machte er sich los. »Was, in aller Welt …?«

»Scht!«, zischelte sie und hastete, ohne sich noch einmal umzuschauen, den Weg zurück, den sie gekommen waren.

Erst als sie das Ende des Gässchens erreicht hatten, machte sie Halt und drehte sich um.

»Was ist denn nur in Euch gefahren?« rief Joschua, der gleich nach ihr aus dem Durchlass auf die Schwertfegergasse stolperte.

»Ich habe mich gestern schon in den Gässchen hier umgeschaut«, stieß Garsende atemlos hervor. »Auch in diesem bin ich gewesen, und wie eben stand ein Knecht vor der Scheune. Als er mich sah, drohte er mir mit seinem Knüppel und knurrte, ich hätte hier nichts zu suchen und solle mich nur gleich wieder davonschaffen.«

Verständnislos runzelte er die Stirn.

»Heilige Jungfrau! Versteht Ihr denn nicht?« Ungeduldig warf sie die Arme hoch. »Was, zur Hölle, muss man in einer schäbigen Scheune denn so scharf bewachen?«

»Ihr glaubt doch nicht etwa, dass sich die Burggräfin in dieser Scheune befinden könnte?«

Vor Erregung unfähig zu sprechen, nickte Garsende.

»Das glaube ich nicht«, widersprach Joschua. »Gewiss sind dort nur Waren gelagert, die für den Besitzer von Wert sind.«

»In diesem Viertel?«, stieß sie heftig hervor. »Überlegt doch nur: Jemand hat das Gerücht verbreitet, der Kesselflicker Diethold sei gestorben, und man konnte getrost davon ausgehen, dass die Burggräfin die Witwe aufsuchen würde. Wie Ihr selbst sagtet, ist sie hier auch zum letzten Mal gesehen worden. Und nun finden wir eine Scheune vor, nur einen Katzensprung vom Hinterhof des Dietholder entfernt, die offenbar scharf bewacht wird. Was wäre leichter gewesen, als ein hochschwangeres Weib in einen Durchlass zu zerren und in eine Scheune zu sperren?«

Er schüttelte den Kopf. »Hier um die Schwertfegergasse hat man doch als Erstes nach der Burggräfin gesucht. Und hätte man den Suchenden den Zugang zu der Scheune verwehrt, wären die Leute aufmerksam geworden. Sie hätten erst recht darauf gedrungen, just dort nachzusehen«, argumentierte er.

»Aber vielleicht hat man die Burggräfin in der Scheune gut versteckt, sie gefesselt und ihr den Mund zugebunden, sodass sie sich nicht bemerkbar machen konnte.«

Offensichtlich zweifelnd, hob er die Brauen.

»Aber so könnte es doch gewesen sein!«, beharrte Garsende und hörte selbst, wie beschwörend ihre Stimme klang. Flüchtig fragte sie sich, wen sie eigentlich überzeugen wollte. Ihn oder nur sich selbst? Erschien ihr doch alles leichter zu ertragen als die Vorstellung, dass Matthäa nicht mehr lebte.

»Es klingt mir unwahrscheinlich, aber gänzlich auszuschließen ist Eure Vermutung wohl nicht«, gab er endlich zu. »Lasst uns zum Domstift gehen und unsere Erkenntnisse dem Kämmerer mitteilen. Er wird …«

Unwirsch schnitt Garsende ihm das Wort ab. »Den Teufel wird er tun«, fauchte sie leise. »Er wird sagen, dass es dafür keinerlei Hinweis gibt, und weiter darauf beharren, dass die Burggräfin dem Fluss zum Opfer gefallen ist.«

Joschua seufzte. »Ich werde den Rabbi um Rat fragen«, schlug er vor. »Er wird wissen, was zu tun ist. Und das Wort eines Rabbi hätte beim Kämmerer auch mehr Gewicht als meines.«

»Bis dahin könnte es aber vielleicht schon zu spät sein«, rief sie. »Der Knecht vor der Scheune mag mich erkannt haben und wissen, dass ich unter dem Dach des Burggrafen lebe. Aber auch wenn nicht, wird er sich gewiss wundern, dass ich zweimal vor der Scheune aufgetaucht bin. Das macht ihn vielleicht misstrauisch genug, um seinem Herrn davon zu berichten. Und wer weiß, was dann geschieht! Man könnte die Burggräfin schon längst weggeschafft haben, bis wir irgendwo Hilfe fänden. Schlimmer noch, könnte man beschließen, sich ihrer endgültig zu entledigen.«

»Was aber wollt Ihr tun?«

Garsende warf ihm einen Blick zu. Rasch schüttelte Joschua den Kopf, als hätte er ihre Gedanken gelesen. »Wenn Ihr Euch vorstellt, dass ich mich wie einst David gegen diesen Goliath von Knecht stellen werde, dann vergesst das nur gleich wieder. Dafür eigne ich mich nun wirklich nicht«, sagte er mit einem spöttischen Lächeln.

Er hatte Recht, für derlei schien seine feingliedrige Gestalt nicht geschaffen. Und gewiss wäre ein solches Vorgehen auch unklug. Garsende unterdrückte ein Seufzen. Für einen Augenblick wünschte sie sich sehnlichst, der Burggraf wäre hier, hätte er sich doch wie ein wütender Bär auf den Knecht mitsamt dem Scheunentor geworfen, und dieser Alp wäre vorbei.

Angestrengt dachte sie nach. »Manche Scheunen besitzen an der Rückseite noch einen Eingang, einen Verschlag oder ein Pförtchen, damit man Zutritt hat, ohne das große Tor öffnen zu müssen«, überlegte sie laut. »Vielleicht ist das auch bei dieser Scheune der Fall.«

»Wenn man die Burggräfin tatsächlich dort gefangen hält, wird der Zugang sicherlich ebenfalls bewacht werden«, wandte Joschua ein.

»Vermutlich habt Ihr Recht. Aber davon will ich mich selbst überzeugen. Der nächste abzweigende Durchlass führt zum Haus des Kesselflickers, und dort ist die Seitenwand der Scheune zu sehen«, erklärte sie und wies die

Schwertfegergasse hinauf in Richtung der Gaden. »Vom übernächsten Seitengässchen aus gelangt man vielleicht zur Rückseite der Scheune.«

Der junge Jude antwortete nicht. Stattdessen hob er den Kopf und starrte in den frühabendlichen Himmel hinauf. Garsende folgte seinem Blick.

Es hatte noch nicht zur Komplet geläutet, doch die Sonne stand schon tief über den Dächern. Bald würde ihr Licht gänzlich verschwinden. Gerüche nach Kohlsuppe, Fisch, gebackenem Brot und Gebratenem begannen den Gestank des Unrats zu überlagern. Das Klappern der Räder, die Laute der Tiere, Geschrei, Lachen und Gesang, all der Lärm in den Gassen der Stadt klang jetzt gedämpft und wie ermattet vom vollbrachten Tagewerk ihrer Bewohner.

Die Stadtleute strebten heimwärts, Fremde dem Ort zu, wo sie ihr nächtliches Lager aufschlagen würden. Zwei Stiftsherren eilten mit flatternder Robe an der Heilerin und dem Juden vorbei in Richtung Sankt Paulus, vermutlich in Sorge, die Kirche noch rechtzeitig zur Komplet zu erreichen. Mit geschürzten Gewändern brachten die Frauen Ziegen, Hühner, Schweine und Gänse in ihre Verschläge zurück, die tagsüber im Unrat der Gassen gewühlt oder sich auf den Wiesen außerhalb der Stadt getummelt hatten. Bauern und Knechte kehrten von den Äckern zurück, und die Armen strebten den Stiften zu, um zu ergattern, was immer von der abendlichen Mahlzeit der Brüder übrig bleiben würde.

Einen Augenblick überlegte Garsende, ob die Hauseigenen des Burggrafen sich wohl sorgen würden, wenn sie die abendliche Mahlzeit versäumte, schob den Gedanken jedoch rasch beiseite. Dann warf sie einen Blick auf Joschua. Woran mochte er denken? »Ihr müsst mich nicht begleiten«, sagte sie.

Als kehre er aus tiefen Gedanken zurück, wandte er sich ihr langsam zu. »Lasst uns gehen, solange es noch hell genug ist«, sagte er nur.

Die Seitengasse, die dem Durchlass zum Haus des Kesselflickers folgte, unterschied sich kaum von den anderen Gässchen. Garsende und Joschua folgten den Ecken und Winkeln bis zu einem schmalen, hohen Schuppen, an dem der Durchschlupf eine scharfe Biegung nach links machte.

Joschua, der vorausgegangen war, blieb stehen. »Ich höre ein Plätschern«, sagte er leise.

»Der Eisbach«, gab Garsende zurück. Auch sie hatte die Stimme unwillkürlich gesenkt. »Hinter diesem Schuppen muss es sein.«

Joschua spähte um die Ecke. »Ihr habt recht«, raunte er. »Ich sehe die Scheune. Da ist tatsächlich auch ein kleiner Einlass. Und wie es scheint, wird er nicht bewacht.«

Garsende drängte sich an ihm vorbei, um ebenfalls um die Ecke zu schauen. Das Gässchen endete an der Rückwand der Scheune zu ihrer Linken. Andere Schuppen, Ställe und Verschläge standen hier so dicht beieinander, dass der Platz zwischen der Scheunenwand und der gegenüberliegenden Wand eines Stalls gerade ausreichte, um das niedrige Pförtchen zu öffnen. Mit einem raschen Blick auf die Fassaden ringsum stellte sie fest, dass es nirgendwo sonst eine Öffnung gab und der Raum zwischen den Gebäuden eben noch einer Maus Platz bieten würde. Man konnte den Einlass zur Scheune nur dann einsehen, wenn man wie Garsende und Joschua um die Ecke des Schuppens schaute.

Der junge Jude schien demselben Gedankengang zu folgen wie Garsende. »Hierher verirrt sich sicher selten jemand«, bemerkte er.

»Und darum ist die Pforte wohl auch unbewacht«, murmelte sie.

Stand zwar kein Knecht vor dem Einlass, so war er aber mit einem schweren Balken verschlossen, der quer über dem Pförtchen lag. Mit vor Anstrengung zitternden Händen mühte Garsende sich vergebens ab, ihn anzuheben.

»Lasst mich das machen«, raunte Joschua, schob sich an ihr vorbei und machte sich daran, den schweren Balken aus seiner Verankerung zu hieven, während Garsende neben ihm ungeduldig auf den Füßen wippte.

Endlich war die Pforte offen. Dicht gefolgt von Joschua, duckte sich Garsende mit klopfendem Herzen unter dem niedrigen Türsturz durch und betrat die Scheune.

Es war dunkel, doch das Tageslicht, das durch die offene Pforte ins Innere drang, ließ sie zahlreiche Stapel mit Säcken, Truhen und Kisten erkennen. Manche der Stapel reichten ihr bis zur Schulter, andere waren bis zu den Dachbalken aufgetürmt.

Garsende stieß ein tiefes Seufzen aus. Der Jude hatte recht gehabt. Die Scheune schien lediglich als Lager genutzt zu werden.

»Ich glaube nicht, dass die Burggräfin je hier war«, flüsterte Joschua neben ihr.

Die Enttäuschung schnürte Garsende die Kehle zu. Sie vermochte nur zu nicken. Während sie langsam an den Stapeln vorbei weiter ins Innere der Scheune vordrang und in die dunklen Zwischenräume starrte, spürte sie, wie die Hoffnung ihr entglitt, Matthäa je lebend wiederzufinden. Wenn die Burggräfin noch lebte, wo konnte sie denn noch sein, wenn nicht hier?

»Wartet einen Moment«, drang Joschuas Stimme in ihre trüben Gedanken. Sie drehte sich um und sah ihn in der

Nähe der Tür an seinem Gewand nesteln, das offenbar an einer der Kisten hängengeblieben war.

Niedergeschlagen sah sie sich noch einmal um, dann rief sie verhalten: »Bleibt nur, wo Ihr seid. Die Burggräfin ist nicht –«

Vor Schreck hielt sie den Atem an.

Ein Knarren, Schritte und Stimmen und ein plötzlicher Lichteinfall verrieten, dass das große Scheunentor geöffnet wurde.

»Pass doch auf, du Tölpel!«, brüllte jemand.

Aus dem Augenwinkel sah sie noch, wie der junge Jude geistesgegenwärtig die Pforte zuzog, ehe er sich hinter die Kisten warf, an denen sich sein Kaftan verfangen hatte. Dann war auch sie hinter den nächstbesten Stoß aufgeschichteter Säcke geschlüpft. Zorn auf sich selbst mischte sich in ihren Schrecken. Süßer Jesus! Was hatte sie sich nur dabei gedacht, hier einfach hereinzuplatzen? Wenn man sie nun erwischte? Zweifellos würde man sie für Diebe halten, würde sie vor den Richtstein zerren und … Warum, in aller Welt, war sie so unbesonnen gewesen?

Ihr Herz klopfte so laut, dass sie glaubte, jedermann müsse es hören, und zunächst wagte sie kaum zu atmen. Dann drang allmählich in ihr Bewusstsein vor, dass die Geräusche sich auf den vorderen Teil der Scheune beschränkten. Vorsichtig spähte sie hinter den Säcken hervor.

All die Kisten und Säcke verdeckten ihre Sicht auf das Tor, doch zwischen den Stapeln konnte Garsende einige Knechte ausmachen, die offenbar damit beschäftigt waren, weiteres Warengut im vorderen Teil der Scheune abzuladen. Hie und da glitt Lampenschein über die Stapel, ab und an wurde ein Befehl gebellt.

Garsende warf einen Blick in Richtung der Pforte. Nichts

deutete darauf hin, dass die Tür von außen nicht mehr verriegelt war, und auch von Joschua war nichts zu sehen.

Wenn sie sich still verhielten, abwarteten, bis die Knechte ihre Arbeit beendet hätten, dann konnten sie sich vielleicht unbemerkt durch die Pforte davonstehlen. Dann würde womöglich niemand von ihrem unrechtmäßigen Eindringen erfahren, und sie kämen noch einmal mit heiler Haut davon.

Schon wollte Garsende sich abwenden, um sich hinter ihren Säcken niederzukauern, als sie plötzlich ganz in ihrer Nähe einen dunklen Schatten sah, der sich bewegte. Sie kniff die Augen zusammen. Gleich darauf tauchte Joschuas Schopf zwischen zwei Stapeln auf. Erschrocken schlug sie sich die Hand vor den Mund. Kein Zweifel, der junge Jude kroch zwischen den Stapeln auf sie zu.

Heilige Maria Muttergottes! Was trieb er denn nur? Warum war er denn nicht einfach bei der Pforte in sicherer Deckung geblieben? Rasch warf sie einen Blick in die andere Richtung, wo die Knechte noch mit dem Abladen der Kisten beschäftigt waren. Niemand schien auf sie aufmerksam geworden zu sein. Erleichtert schaute sie sich wieder nach Joschua um. Für einen Augenblick konnte sie ihn nirgendwo sehen, doch dann tauchte sein Gesicht hinter dem Stapel auf, der unmittelbar neben ihrem Versteck aufgetürmt war. Nur mehr knapp vier Armeslängen von ihr entfernt, warf er ihr einen beredten Blick zu, den sie mit einem ungehaltenen Kopfschütteln erwiderte, um ihm zu bedeuten, er solle bleiben, wo er war. Joschua zeigte in Richtung Pforte und gestikulierte, doch sie verstand nicht, was er wollte. Schließlich duckte er sich, kroch weiter, und gleich darauf hatte er ihr Versteck erreicht.

»Verdammnis! Was macht Ihr denn hier?«, fuhr Garsende ihn flüsternd an, als er sich neben sie schob.

»Ich hörte plötzlich Stimmen vor der Pforte, und dann hat jemand den Riegel außen vorgeschoben«, raunte er. Schweißtröpfchen standen auf seiner Stirn, und die großen dunklen Augen verrieten seine Furcht. »Wir können die Scheune nur noch durch das große Tor verlassen.«

»Süßer Jesus«, hauchte sie verstört.

»Was sollen wir jetzt tun?«

Garsende biss sich auf die Lippe und schüttelte den Kopf. Auf Anhieb fiel ihr auch nicht ein, wie sie sich aus dieser üblen Lage wieder befreien könnten.

»Vielleicht wird die Scheune nur tagsüber bewacht«, wisperte sie. »Wenn wir die Nacht abwarten …«

Ein Poltern, gefolgt von einem lauten Krachen und Klirren ganz in ihrer Nähe, ließ sie verstummen. Ein erschrockener Aufschrei ertönte.

»*Merde*!«, stieß jemand hervor, und eilige Schritte waren zu hören.

Für einen Augenblick wagte Garsende nicht, sich zu rühren, und auch Joschua schien wie erstarrt.

»Geh mir aus dem Weg, da gibt es nichts zu gaffen!«, hörte sie eine andere Stimme brüllen. »Schafft mir diese Tölpel aus dem Weg!« Auch diese Stimme klang, als wäre sie nicht weit von ihrem Versteck entfernt.

Was ging da nur vor?

Das heftige Kopfschütteln Joschuas missachtend, verlagerte Garsende ihr Gewicht und schob sich, so behutsam sie es vermochte, an den Rand des Säckestapels. Vorsichtig lugte sie um die Ecke.

Ein paar Armeslängen von ihrem Versteck entfernt war augenscheinlich eine der Kisten vom Stapel heruntergefallen, und der Deckel war aufgesprungen. Ein Mann mit strähnigen dunklen Haaren, der Garsende den Rücken zuwandte, kniete sich just vor die Kiste und schien den

Schaden zu begutachten. Sein breiter Rücken verdeckte, was immer herausgefallen sein mochte. Der Schein seiner Lampe fiel auf die Züge eines schmalbrüstigen jungen Burschen, der ebenfalls auf die Kiste hinunterstarrte. In einer Hand hielt auch er eine Lampe, während er mit der anderen unruhig die zweifellos kostbare Fibel seines Umhangs befingerte. Ein dritter Mann, dessen kleine, gedrungene Gestalt in einer überreich bestickten Tunika steckte, kehrte Garsende den Rücken zu. Er schien schon älter zu sein. Das sorgfältig gestutzte Haar auf seinem Hinterkopf zeigte deutliche Spuren von Grau.

»Thierry, seht zu, dass diese Lahmärsche von Bootsleuten endlich mit dem Abladen fertig werden!«, bellte er jemandem zu, der sich außerhalb ihres Sichtfeldes noch im vorderen Teil der Scheune befinden musste.

»*Il ne manque plus que les caisses avec les arcs*«, ertönte von dort offenbar eine Antwort, jedoch in einer Sprache, die Garsende nicht verstand.

»Wurde auch Zeit«, knurrte der Gedrungene und drehte sich um. Tiefe Pockennarben überzogen sein breites, barbiertes Gesicht, und die flache, schiefe Nase machte den Eindruck, als wäre sie einmal gebrochen gewesen.

»Ist etwas zu Bruch gegangen, Guillaume?«, wollte er von dem Mann wissen, der vor der heruntergefallenen Kiste kniete.

»*Quelques flèches sont brisées, mais la majeure partie est restée intacte.*« Auch dieser Mann antwortete in einer Sprache, die Garsende nicht verstand, während er das, was offenbar aus der Kiste gefallen war, wieder einzuräumen begann.

»Was glaubt Ihr, Ragnold, haben die Bootsknechte etwas bemerkt?«, wandte sich der ängstliche junge Bursche an den gedrungenen Mann mit der schiefen Nase.

Ragnold warf ihm einen verächtlichen Blick zu. »Ihr bekommt wohl kalte Füße, Winand?«

»Was heißt hier kalte Füße?«, brauste Winand auf. »Wie es scheint, geht augenblicklich ja nichts so, wie es sollte. Da darf man doch ein klein wenig besorgt sein.«

»Was fällt Euch ein, an mir zu zweifeln?«, knurrte Ragnold ungehalten. »Mit meinen Plänen steht alles zum Besten, also habt Obacht, was Ihr sagt.«

Ein dumpfes Geräusch verriet, dass Guillaume, der Mann, der am Boden kniete, den Deckel der Kiste schloss. Gleich darauf hatte er sich erhoben und wandte Garsende seine Seite zu. Viel mehr als einen strähnigen Bart und helle Augen konnte sie von seinem Gesicht jedoch nicht erkennen.

»*Malgré tout le respect que je vous dois, bien que Mon Signeur. Winand de Beckenbach soit un jeune freluquet et par dessus le marché un peureux, il a raison*«, sagte er. »*La remise du magot ayant échoué, tant que nous ne saurons pas ce qui se passe au pays de Saxe et si vos mesures ont porté leurs fruits, nous devons faire preuve de la plus grande prudence.*«

»*Oses-tu mettre en cause mes décisions, Guillaume?*« fauchte Ragnold. »*Justement toi qui s'est fait surprendre par cette maudite juive? A cause de ton incompétence j'ai dû engager une autre personne pour faire ton travail et jeter un oeil sur la maison du juif.*«

»Verdammnis, wie oft soll ich Euch noch sagen, dass Ihr nicht in diesem Kauderwelsch reden sollt, den kein Mensch versteht!«, rief Winand und warf ungehalten die Arme hoch, während ein scharfer Laut an Garsendes Ohr zischte. Erschrocken fuhr sie herum und sah, dass Joschua sie mit weit aufgerissenen Augen anstarrte.

»Was ist mit Euch?« raunte sie.

»So hört doch«, flüsterte er, offenkundig erregt.

»Ich verstehe die Sprache nicht«, gab sie ebenso leise zurück.

»Aber ich verstehe sie«, flüsterte Joschua. »Der Mann, den sie Guillaume nennen, spricht von einem Auftrag in Sachsen. Von der Übergabe eines Kleinods, die fehlgeschlagen ist. Ragnold, der Mann mit dem grauen Haar, macht dem Welschen Vorwürfe, weil er sich von einer Jüdin erwischen ließ, und er, Ragnold, deshalb einen anderen Mann dazu abstellen musste, das Haus des Juden zu beobachten.« Noch leiser fügte er hinzu: »Er muss mein Weib meinen. Und das Haus meines Vaters.«

Allmächtiger! Konnte das bedeuten, dass sie doch am rechten Ort waren? »Hat er auch etwas über die Burggräfin gesagt?«, wisperte Garsende aufgeregt.

Joschua schüttelte den Kopf und bedeutete ihr, still zu sein. Widerstrebend nickte sie und wandte ihre Aufmerksamkeit wieder den Männern zu.

»... hat genügend Tumult in der Stadt verursacht«, hörte sie den jungen Winand quengeln.

Das Scheunentor knarrte, der Lichteinfall von draußen verschwand, und die Geräusche aus dem vorderen Teil der Scheune waren verstummt. Für einen Augenblick herrschte tiefe Stille.

»Das muss uns nicht mehr bekümmern«, unterbrach Ragnolds laute Stimme die Stille, und gleich darauf hörte Garsende auch Schritte, die näher kamen, während Ragnold weitersprach: »Der Kämmerer hat die Suche eingestellt, und in der Stadt geht alles wieder seinen Gang wie gewohnt.«

Ihr Gesicht an das raue Tuch der Säcke gepresst, wagte Garsende kaum, sich zu rühren. Welche andere Suche als die nach Matthäa konnte er meinen!

»Schön und gut«, bemerkte Winand in ihre Gedanken. »Und wie soll es nun weitergehen?«

»Nous devrions nous debarrasser de la femme du comte. Il est trop dangereux de laisser cette garce en vie«, ließ sich der Welsche vernehmen.

Erneut sog der junge Jude an ihrer Seite scharf den Atem ein, doch Garsende achtete nicht auf ihn.

»Davon würde ich abraten«, hörte sie eine kühle Stimme sagen und starrte ungläubig in das bärtige Gesicht des hochgewachsenen Mannes, der aus dem Schatten zwischen den Stapeln in den Lichtkreis der Lampen trat.

Kapitel 13

Er hatte sich verändert.

Lothar von Kalborn war stets schlankwüchsig gewesen, nun aber wirkte er geradezu hager. Der dichte Bart in seinem vormals sorgsam barbierten Gesicht schien seine kantigen Züge eher hervorzuheben als zu mildern und verbarg den sinnlichen Schwung seiner Lippen.

Offenbar hatte das Leben als Vogelfreier seinen Tribut von ihm gefordert.

Nur die Haarsträhne, die ihm über die Stirn fiel, und das spöttische Lächeln, das in seinen Mundwinkeln nistete und sich in den dunklen Augen widerspiegelte, waren Garsende schmerzlich vertraut und versetzten ihrem Herzen einen Stich. Einen Lidschlag lang sah sie sich selbst, wie sie jene Haarsträhne zärtlich zurückstrich.

Ein wütender Laut schlüpfte über ihre Lippen. Erschrocken presste sie sich eine Hand vor den Mund, während sie spürte, wie Joschua neben ihr eine hastige Bewegung machte, als wolle er sie zurückhalten. Rasch schüttelte sie den Kopf, um ihn zu beruhigen. Niemand schien das Geräusch gehört zu haben. Nur Guillaume, der Welsche, hatte flüchtig die Stirn gerunzelt und seinen Blick für einen Moment in ihre Richtung schweifen lassen, bevor er seine Aufmerksamkeit wieder Ragnold zuwandte, der den Neuankömmling mit einem geringschätzigen Schnauben begrüßt hatte.

»*Tôt ou on decouvrera que la vieille chapelle est tou-*

jours en activité. C'est de plus en plus dur de calmer cette femme. Je repète: Tant qu'elle est en vie elle sera un danger pour notre projet«, sagte der Welsche. Seine Stimme klang beharrlich.

»Guillaume hat recht«, stimmte Ragnold zu. »Wir müssen sie aus dem Weg schaffen.«

Tief beunruhigt drehte Garsende den Kopf zu Joschua. Ihre Lippen formten: »Sie?«

Im Gesicht des jungen Juden sah sie ihre Besorgnis widergespiegelt, doch mit dem Finger an den Lippen schüttelte er den Kopf. Dann wies er mit dem Kinn nach vorne.

Garsende folgte seinem Blick und sah, wie Lothar sich langsam ihrem Versteck näherte. Mit dem Rücken zu ihr blieb er stehen, so dicht bei dem Stapel, dass sie nur ihre Hand hätte ausstrecken müssen, um ihn zu berühren. Für einen Augenblick hatte sie das Gefühl, als bliebe ihr Herz stehen, nur um im nächsten Moment so heftig zu schlagen, dass sie überzeugt davon war, er müsste es hören.

Offenbar hatte Lothar etwas gesagt, das ihr entgangen war, aber Ragnolds Unmut erregt hatte. Zwar konnte sie den gedrungenen Mann nicht mehr sehen, weil Lothar ihr die Sicht versperrte, aber sie hörte die Abneigung in seiner Stimme, als er antwortete:

»Ihr seid erst gestern in der Stadt angekommen und maßt Euch schon an, mir Ratschläge zu erteilen? Der geheimnisumwitterte Falke, die rechte Hand der Fürsten? Pah! Nun seid Ihr nicht mehr als ein vogelfreier Streuner. Merkt Euch wohl, Falke, Ihr mögt Euch in Burgund um Graf Odos Vertrauen verdient gemacht haben, aber hier habe ich das Sagen.«

Lothar neigte den Kopf, und obwohl Garsende sein Gesicht nicht sah, wusste sie, dass er lächelte.

»Natürlich«, pflichtete er mit weicher Stimme bei.

»Aber Ihr seid ein kluger Mann und werdet keinen übereilten Entschluss fällen. Gewiss ist Euch bereits selbst der Gedanke gekommen, dass sie uns noch nützlich sein könnte.«

»Meint Ihr, ja?«

»Nun, Ihr habt es zwar zuwege gebracht, den Tod der Burggräfin vorzutäuschen und somit der Suche nach ihr ein Ende zu bereiten. Doch was geschieht, wenn die Nachricht über ihren Tod den Burggrafen in Sachsen erreicht? Schließlich sprechen wir hier nicht nur über den Tod seiner Gemahlin, sondern auch über den Tod seines Erben, den sie womöglich zur Welt brächte.« Leise lachte er. »Ich hatte das zweifelhafte Vergnügen, den Mann kennenzulernen. Glaubt mir, Ragnold, sobald Bandolf von Leyen vom Ableben seiner Gemahlin hört, wird er sich den nächstbesten Gaul nehmen und nach Worms kommen. Und dann wird binnen Kurzem hier kein Stein mehr auf dem anderen stehen. Dessen seid versichert.«

Heilige Maria Muttergottes! Sie hatte recht gehabt. Diese Männer hielten Matthäa irgendwo gefangen! Und sie lebte!

Schwach vor Erleichterung schloss Garsende für einen Moment die Augen. Doch sogleich flackerte neue Furcht in ihr auf. Wie lange würde Matthäa noch am Leben bleiben? Diese Männer verhandelten über den Tod der Burggräfin. Allmächtiger! Wie konnte sie das nur verhindern?

Wie wild gewordene Bienen summten Fragen in ihrem Kopf herum: Warum hatten diese Männer Matthäa entführt? Wo hielten sie sie gefangen? War sie wohlauf? Und das Kind? Was war hier nur im Gange? Was wollten diese Männer von der Burggräfin? Und was, zur Hölle, hatte Lothar von Kalborn mit all dem zu schaffen?

Die verzagte Stimme des jungen Winand drang in den

Wirrwarr ihrer Gedanken. »Der Falke hat recht. Bandolf von Leyen ist so hartnäckig wie –«

»Verdammnis! Bin ich hier von alten Weibern umgeben?«, polterte Ragnold. »Was soll dieses hasenfüßige Geschwafel? Der Mann sitzt in Sachsen. Und er wird sich dort auch nicht wegrühren. Dafür haben wir bereits gesorgt.«

»Wir?«, erkundigte sich Lothar. »Stillt meine Neugier: Wer hat dafür gesorgt?«

»Das müsst Ihr nicht wissen«, blaffte Ragnold.

Lothar zuckte mit den Schultern. Dann begann er gemächlich, sich von Garsendes und Joschuas Versteck zu entfernen und gab ihr den Blick auf die Männer wieder frei.

Offenkundig beunruhigt, trat der junge Winand von einem Fuß auf den anderen, während jeder Zoll von Ragnolds gedrungener Gestalt Feindseligkeit auszudrücken schien. Der Welsche hingegen war aus Garsendes Blickfeld verschwunden. Vorsichtig reckte sie den Hals, konnte ihn aber nirgends entdecken.

Eine gute Armeslänge vor Ragnold blieb Lothar stehen. »Mir kommt da in den Sinn …« Er verstummte und schüttelte den Kopf.

»Was?«, knurrte Ragnold.

»Es ist belanglos«, winkte Lothar ab.

»Heraus damit!«

»Mir ging lediglich durch den Kopf, dass es schwer sein dürfte, den Beweis dafür zu erbringen, dass die Burggräfin noch lebt, wenn sie erst einmal tot ist.«

»Einen solchen Beweis wird es nicht brauchen«, erklärte Ragnold.

Wieder zuckte Lothar mit den Schultern. »Wie ich schon sagte, es ist ohne Belang.«

Mit zusammengekniffenen Augen starrte Ragnold ihn an. Sein breiter Kiefer mahlte. Dann wandte er sich langsam ab und murmelte etwas, das Garsende nicht verstehen konnte. Angespannt schob sie sich ein weiteres Stück nach vorne.

»Wo ist Thierry de Savosaint?«, fragte der junge Winand plötzlich.

»Er ist mit den Knechten zum Hafen zurück, um den Bootsmann zu entlohnen«, gab Lothar zur Antwort. »Er wird uns später im Quartier des –«, hörte Garsende noch, als Joschua sie plötzlich heftig am Ärmel zog.

Erschrocken fuhr sie herum.

Für einen Augenblick sah sie die angsterfüllten, weit aufgerissenen Augen des jungen Juden. Seine Lippen formten »Weg hier«, dann hatte er sich auch schon aufgerappelt und warf sich hinter den nächstliegenden Stapel.

Noch ehe Garsende begriffen hatte, was Joschua tat, fühlte sie sich hart am Arm gepackt und auf die Füße gezerrt. Sie hörte die triumphierende Stimme des Welschen. »*Je savais bien qu'il y a quelqu'un ici*!«

Vor Entsetzen wie gelähmt, starrte Garsende in seine harten grauen Augen.

»Wer bist du? Was hast du hier zu schaffen?« knurrte der Gedrungene. »Bist du allein?«

Der Welsche hatte Garsende in den Lichtkreis der Lampen gezerrt und sie vor Ragnolds Füßen zu Boden geworfen.

Garsende rappelte sich auf die Knie hoch, hob den Kopf und starrte mit leeren Augen die Männer an, die sie umringten. Für einen Augenblick fühlte sie sich unfähig, einen klaren Gedanken zu fassen. Wie im Nebel nickte sie.

»Es wird dir nicht bekommen, wenn du schweigst«, drohte Ragnold. Der Welsche neben ihr bückte sich, griff mit seiner Pranke in ihr Haar und riss ihren Kopf zurück. Vor Schmerz schrie sie auf.

Aus dem Augenwinkel sah sie, wie Lothar rasch einen Schritt auf sie zumachte und dann abrupt stehen blieb.

»Ich bin allein«, brachte sie endlich heraus. Zu ihrer Erleichterung ließ der Welsche sie los.

»Wer hat dich geschickt?«

»Niemand.«

»*Tu mens*!« Der Welsche trat ihr in den Magen und ins Gesicht, so unvermittelt, dass sie nicht einmal eine Bewegung wahrnahm. Verwundert hörte sie ein Knirschen, dann ein gezischtes »Verdammnis«. Übelkeit überschwemmte sie, und dann erst jagte ein scharfer Schmerz wie ein Messer von der Wange aufwärts in ihren Kopf, und ihr Schädel schien zu zerbersten.

Jemand träufelte ihr etwas in den Mund. Schmerzumnebelt versuchte Garsende, die Hand zu heben, doch sie wollte ihr nicht gehorchen.

»Still. Sträub dich nicht«, hörte sie ein Flüstern an ihrem Ohr, und dann lauter: »Das wäre nicht nötig gewesen. Wir brauchen sie lebend und bei Sinnen.«

»Was soll das, Falke? Beabsichtigt Ihr, einen Harem in der alten Kapelle zu versammeln? Ihr wollt mir doch nicht etwa weismachen, dass ich auch dieses Weibsstück noch benötige?«

»Meinetwegen bringt sie später um, aber vorher würde ich doch zu gerne noch wissen, ob sie wirklich allein war, und wer sie geschickt hat.«

»Mumpitz! Guillaume hat jeden Winkel abgesucht, bevor er mit Winand nach draußen ging. Da war sonst niemand.«

»Dennoch könnte sich jemand hinter den Stapeln verborgen haben und geflüchtet sein, bevor Euer Jagdhund anfing zu suchen.«

Die Stimmen hallten eigentümlich körperlos in Garsendes Kopf. Mühsam versuchte sie, die Augen zu öffnen. Neuer Schmerz schoss bis in den hintersten Winkel ihres Schädels, und sie hörte sich stöhnen.

»Wohin denn? Das Tor ist geschlossen und wird bewacht, die Pforte ist verriegelt.«

»Ich muss Euch enttäuschen, Ragnold, die Pforte ist offen. Ich sagte Thierry, er soll sie öffnen, wenn er ginge, damit wir durch die Seitengasse hinauskönnen. Von dort ist es näher zu unserem Quartier.«

»Was ficht Euch an, hier Befehle zu erteilen? Tut, was man Euch sagt, und schafft mir dieses Weib vom Hals. Und spurlos, wenn's beliebt. Schließlich seid Ihr doch dafür bekannt.« Die hohntriefende Stimme klang, als würde sie sich entfernen.

»Ganz wie Ihr wünscht. Ich bringe sie zum Fluss. Dann wird zumindest ein Leichnam auf dem Grund liegen.«

In Lothars Stimme lag ein Tonfall, der Garsende vollends zu Bewusstsein brachte.

›Er wird mich umbringen‹, fuhr es ihr mit plötzlicher Klarheit durch den Kopf.

»Hoch mit dir.«

Unsanft fühlte sie sich an den Armen gepackt und auf die Beine gezogen. Ihre Knie knickten ein. Bevor sie auf den Boden sinken konnte, hatte Lothar einen Arm um ihre Hüfte gelegt, mit der anderen Hand zog er ihren Arm um seinen Hals und schleifte sie vorwärts.

Heilige Jungfrau! Er würde sie wirklich töten!

Zur Hölle mit ihm! Sie hatte doch gewusst, wer er war! Ein Verräter an seinem König, ein Meuchler, der auf Befehl ein Leben nahm, dem Blut an den Händen klebte. Warum nur war ihr wankelmütiges Herz diesem Wissen immer wieder ausgewichen? Zwischen Lothar, der vorgegeben hatte, sie zu lieben, und dem Falken der Fürsten gab es nicht den geringsten Unterschied. Auch wenn sie das vielleicht im Stillen noch immer gehofft hatte.

Wie hatte sie nur derart närrisch sein können, sich durch seine bloße Anwesenheit beruhigt zu fühlen? Er würde sie töten, ohne auch nur einen weiteren Gedanken daran zu verschwenden.

Furcht durchflutete Garsende wie ein kalter Strom und schien sie völlig zu lähmen. Kraftlos hing sie in seinem Arm. Ihre Füße schleiften über den Boden, bis ihr Schienbein an ein Hindernis stieß. Gegen die Pein in ihrem Kopf war der Schmerz gering, doch er brachte sie zur Besinnung.

Wie ein Karnickel ließ sie sich von Lothar zur Schlachtbank schleifen!

Unvermittelt packte Garsende rasender Zorn, der ebenso ihm galt wie ihr selbst, überschwemmte ihre Angst und schien ihr Kraft zu verleihen. Mit einem Ruck straffte sie sich und warf sich mit ihrem ganzen Körper gegen ihn.

Offenkundig überrascht, strauchelte er. Sein Griff lockerte sich, sie riss sich los und stolperte vorwärts, ohne recht zu sehen, wohin. Aber Lothar war schneller.

Sein leises Lachen schien sie zu verhöhnen, als sich seine Arme wieder wie eine Schraubzwinge um ihren Leib schlossen. Garsende schrie. Für einen Augenblick wand sie sich wie toll, bis ihr klar wurde, dass sie ihre Kräfte verschwendete. Abrupt hielt sie still und zwang sich, ihn anzusehen.

»Du siehst aus, als hättest du versucht, einen Stier zu küssen«, bemerkte er trocken.

Dann erstarrten seine Züge zur finsteren Maske. Garsende spürte einen Schlag im Genick und sank lautlos zusammen.

Kapitel 14

Worms, 7. Tammus im Jahre 4826
nach Erschaffung der Welt
(3. Juli im Jahre des Herrn 1066)

Wie im Nebel taumelte Joschua durch den schmalen Durchlass, während seine Gedanken wieder und wieder um die Geschehnisse in der Scheune kreisten. Im schwindenden Tageslicht vermochte er nur noch undeutliche Umrisse der Scheunenwände und Verschläge zu erkennen, die das enge Gässchen säumten. Einige Male stolperte er über ein unsichtbares Hindernis und fiel, doch jedes Mal rappelte er sich sogleich wieder auf, ohne den Schmerz in seinen aufgeschürften Händen wahrzunehmen.

Starr vor Entsetzen hatte er beobachtet, wie der Welsche die Heilerin zu den Männern geschleift und vor dem Gedrungenen zu Boden geworfen hatte. Hilflos hatte er mitansehen müssen, wie der Söldner Garsende kaltblütig niedertrat. Aber als der große Hagere den Söldner gepackt und zurückgerissen hatte, war wieder Leben in Joschua gekommen. Mit eigentümlicher Schärfe hatte er beobachtet, wie Blut aus der Wunde in Garsendes Haar sickerte, wie sich das Licht der Lampen auf Winands Fibel spiegelte, wie sich Ragnolds breite Züge rot färbten, als er den Welschen wegen seiner übereilten Tat anbrüllte. Und mit einem Mal hatte Joschua heftiger Zorn auf diese Männer erfasst, die sein Heim, seinen Vater, die Sicherheit seiner Gemeinde und nun auch noch die Heilerin und ihn selbst bedrohten. Der Zorn hatte ihn auf die Beine getrieben, bereit, sich blindwütig auf sie zu stürzen. Bevor er die Torheit jedoch begehen konnte, hatte die Vernunft ihn eingeholt. Gegen diese Männer konnte er allein nichts ausrichten. Er musste Hilfe herbeischaffen. Er musste hier weg, bevor sie auch ihn entdecken würden.

Und während die Männer begonnen hatten, sich darüber zu streiten, was nun mit der Heilerin geschehen sollte, war er wie traumwandelnd rückwärts von Stapel zu Stapel gekrochen und schließlich durch die Pforte nach draußen geschlüpft.

Erst als er die Judengasse schon fast erreicht hatte, wunderte er sich darüber, dass die Pforte nicht mehr verriegelt gewesen war, und dankte stumm seinem Schöpfer für den Engel, der sie für ihn geöffnet hatte.

»Oh lieber Himmel, was ist passiert?« Bei seinem Eintritt in die Stube ließ Rifka ihre Spindel fallen und kam ihm mit weit aufgerissenen Augen entgegengeeilt.

»Sie haben sie erwischt. Ich hätte sie niemals ... Es ist meine Schuld«, stammelte Joschua, während Rifka seinen Arm packte und ihn zu der Bank zog, die in der Wand der Stube eingelassen war. Sanft nötigte sie ihn, sich zu setzen.

Erschöpft schloss Joschua die Augen und lehnte seinen Rücken an die Wand.

»Hannah! Hannah!«, hörte er Rifka nach der Magd rufen. »Ich brauche eine Schale Wasser und ein sauberes Tuch! Und dann bring Brot und Käse und einen Becher mit Wein.«

»Oi Gwalt! Was ist passiert?«, kreischte Hannah. »Der Herr sieht ja zum Fürchten aus.«

»Hast du nicht gehört, was ich dir gesagt habe?«, fuhr Rifka die Magd ungehalten an.

Joschua spürte ihre Hand über seine Wange streichen und öffnete die Augen. »Sie werden sie töten«, sagte er dumpf. »Das werde ich mir niemals verzeihen.«

Rasch kniete sie sich vor ihn nieder, nahm seine Hände und drückte sie beschwichtigend. »So etwas darfst du nicht denken. Was auch immer geschehen ist …«

Mit einem Aufstöhnen unterbrach er sie: »Wenn ich mich geweigert hätte, ihr die Stelle zu zeigen, wo … Nichts von alledem wäre passiert«.

»Du sprichst von der Heilerin? Du hast sie noch einmal aufgesucht?«

»Sie wollte, dass ich sie zu der Stelle führe, wo Batyas Knecht die Burggräfin gesehen hat. Aber als die Männer in die Scheune kamen …«

Rifka runzelte die Stirn. »Was redest du denn? Welche Scheune?«, fragte sie leise, als er nicht weitersprach.

»Die Scheune am Ende des Durchlasses. Wir versteckten uns hinter einem Stapel, aber der Welsche, der sich vor unserem Haus herumtrieb, muss etwas gehört haben und …«

Joschua verstummte erneut, als Hannah eine Schüssel brachte und ein Tuch in Rifkas ausgestreckte Hand legte. Nur am Rande nahm er wahr, dass sie Hannah fortschickte, nachdem die Magd auch Wein und Brot gebracht hatte, während seine Gedanken mit all den durcheinanderwirbelnden Bildern der Geschehnisse in der Scheune kämpften, die seinen Kopf bis in den hintersten Winkel auszufüllen schienen.

Doch als Rifka begann, ihm das Gesicht mit einem feuchten Tuch abzuwischen, schob er ihre Hände weg.

»Dafür ist keine Zeit. Ich muss mit Rabbi Jacob sprechen,« stieß er hervor. »Ich muss ihm sagen, was … Rabbi Jacob muss den Kämmerer aufsuchen. Ihm erklären, dass der Welsche und dieser grobschlächtige Mann … Eine alte Kapelle. Die muss man finden und …«

»Nein«, unterbrach ihn Rifka bestimmt. »Zuerst musst du dich beruhigen. Du wirst niemandem von Nutzen sein, solange du so wirr daherredest.« Die Lippen entschlossen zusammengepresst, hielt sie ihm den Becher an den Mund. »Trink den Wein. Langsam.«

Im ersten Augenblick wollte er ihr widersprechen, sah dann aber ein, dass sie recht hatte. Es würde der Heilerin kaum helfen, wenn er dem Rabbi nur unzusammenhängendes Geschwafel vortragen konnte. Mit einem Seufzen nippte er an dem Becher, schloss erneut die Augen und atmete tief ein.

»Ich zeigte der Heilerin den Durchlass«, berichtete er stockend. »Am Ende der Gasse war eine Scheune. Da war ein Knecht mit einem Knüppel. Sie glaubte … die Heilerin glaubte, dass die Burggräfin womöglich dort gefangen gehalten würde. Zuerst fand ich den Gedanken unsinnig, aber dann …« Er unterbrach sich, um einen Schluck zu trinken. Hastig fuhr er fort: »… Die rückwärtige Pforte der Scheune war nicht verriegelt, und wir gingen hinein. Zunächst schien es auch tatsächlich nur eine einfache Scheune zu sein, in der Waren gelagert werden. Aber plötzlich kamen Männer herein. Wir versteckten uns und hörten, wie die Männer sich unterhielten. Rifka! Sie horten dort Waffen!«

»Waffen? Wie kommst du darauf?«

Ja, wie kam er auf den Gedanken? Mühsam grub Joschua in seiner Erinnerung. »Ein Mann mit Namen Ragnold, offenbar der Anführer der Männer, wollte wissen, wie weit die Bootsleute mit dem Abladen wären, und jemand antwortete, dass nur noch die Kisten mit den Bögen fehlten. Dann fiel eine dieser Kisten herunter, und der Welsche sagte, der Großteil der Pfeile sei heil geblieben.«

Als läge ihr eine Frage auf der Zunge, die sie nicht stellen wollte, presste Rifka die Lippen aufeinander und bedeutete ihm mit einer Geste, fortzufahren.

»Der Welsche sprach davon, dass es mit ihren Plänen nicht zum Besten stünde. Dass die Übergabe des Kleinods in Sachsen fehlgeschlagen sei«, sagte er leise.

Rifkas Augen weiteten sich. »Vaters Auftrag?«

Joschua nickte. »Es muss sich um Vaters Auftrag handeln. Da war die Rede davon, dass der Welsche von einer Jüdin erwischt worden wäre, als er das Haus des Juden beobachtete. Du musst gemeint gewesen sein. Um welche andere Jüdin und um welches andere jüdische Haus könnte es sich sonst gehandelt haben? Nach allem, was wir wissen.«

»Aber wieso?«, überlegte Rifka laut. »Was erhoffen sich diese Männer zu erfahren, wenn sie unser Haus beobachten?«

»Ich fürchte, man will wissen, wann Vater nach Worms zurückkehrt. Oder besser gesagt, was er bei seiner Rückkehr womöglich bei sich hat. Um es ihm abzunehmen.«

»Aber die Übergabe an Vater hat doch offenbar nicht stattgefunden«, widersprach Rifka.

»Inzwischen vielleicht doch«, sagte Joschua. »Wie auch immer, die Männer scheinen auf das Kleinod aus zu sein, konnten es bisher aber offenbar noch nicht an sich bringen.« Er nahm einen weiteren hastigen Schluck aus dem Becher und fuhr fort: »Dann sprachen die Männer von der Burggräfin. Ich vermute, dass man sie in irgendeiner alten Kapelle gefangen hält. Früher oder später würde jemand entdecken, dass die alte Kapelle benutzt würde, meinte der

Welsche, und dass es immer schwerer werde, sie ruhig zu halten. Man müsse sich der Burggräfin entledigen, es sei zu gefährlich, sie länger am Leben zu lassen. Ragnold, der Anführer, schien die Ansicht des Welschen zu teilen, während ein anderer Mann, den sie den Falken nannten, dagegen sprach. Er meinte, die Burggräfin wäre ihnen lebend nützlicher.«

Für einen Augenblick versuchte Joschua abzuwägen, wer von den beiden Männern die Oberhand behalten würde. Der Falke schien sich Ragnolds Entscheidungen unterzuordnen. Dennoch …

Zweifelnd biss sich Joschua auf die Lippe.

»Und dann?«, drängte Rifka, als er nicht weitersprach.

Joschua stöhnte auf. »Irgendetwas, vielleicht ein unbedachtes Geräusch von uns, muss den Welschen auf unser Versteck aufmerksam gemacht haben. Ich weiß nicht, was es war. Er hat sich an uns herangeschlichen. Ich versuchte, die Heilerin zu warnen, aber es war zu spät. Ich konnte mich noch in Sicherheit bringen, aber sie kauerte mit dem Rücken zu ihm, und ehe sie begriff, was ich ihr bedeuten wollte, hatte er sie schon gepackt. Die Männer wollten wissen, ob jemand bei ihr wäre, aber sie sagte, sie sei allein. Der Welsche glaubte ihr nicht, knurrte, sie würde lügen, und trat sie nieder. Und während sie darüber stritten, was nun mit ihr werden solle, konnte ich fliehen. Wenn ihr etwas geschieht …« Joschua schluckte.

»Du darfst dir keinen Vorwurf machen. Du hättest nichts für sie tun können«, sagte Rifka mit leiser, eindringlicher Stimme. »Es wäre niemandem von Nutzen gewesen, hätten sie dich auch gefangen. Keiner hätte erfahren, was da vor sich geht.«

»Ich weiß. Dennoch fühle ich mich verantwortlich.« Mit einem Seufzen stand er auf. »Rabbi Jacob muss erfahren, was geschehen ist, und den Kämmerer so rasch wie möglich davon überzeugen, dass es jetzt zu handeln gilt!«

»Du hast recht.« Auch Rifka erhob sich. »Ich werde dich begleiten.«

Kapitel 15

Unterdessen in Sachsen …

Unbestimmbare Laute drangen in Bandolfs wirre Träume. In seinem schmerzgepeinigten Schädel formten sich vage Gedanken: die Höhle. Regen. Und diese Kälte …

Aber jetzt war es heiß. Heilige Maria Muttergottes, wieso war es nur so heiß? Die gottverdammte Hitze schien ihn so fest zu umschlingen, als stecke er in heißem Sand fest und würde langsam gegart. Wo, zum Teufel, war er? Noch immer in der Höhle? Aber warum war es so dunkel? Hatte er die Lampe verloren?

Ein rasselndes Geräusch entfloh seiner Brust, als Bandolf sich mühsam durch die dunkle Hitze vorwärtskämpfte.

Aus den Lauten formte sich eine Stimme, die aus der Ferne auf ihn zutrieb.

»Was seid Ihr für ein sturer Mensch! So bleibt doch endlich liegen. Wie soll das Fieber aus Eurem Leib weichen, wenn Ihr Euch so sträubt?«

Die Worte ergaben keinen Sinn. Wer war das?

»Matthäa?«, murmelte er. Ihm war so, als müsste er den Sinn der Worte ergründen, doch die Gedanken entglitten ihm so rasch, wie sie gekommen waren, und die Hitze, die ihn umschlang, zog ihn unerbittlich zurück in dunkle Tiefen.

Kapitel 16

Sachsen, 4. Juli im Jahre des Herrn 1066

Mit geschlossenen Augen lehnte der Burggraf an der Brüstung des Ausgucks und genoss die Wärme der Mittagssonne auf seinem Gesicht. In der luftigen Höhe des Bergfrieds war es angenehm still. Seit die kleine Glocke des Baumeisters die Arbeiter zum Mittagsmahl gerufen hatte, war der Lärm von Hammer und Meißel auf dem Burghof nach und nach verklungen.

Beim Gedanken an die Mahlzeit, der er just den Rücken gekehrt hatte, öffnete Bandolf die Augen und zog eine Grimasse. Seine sauertöpfische Magd schien sich selbst übertroffen zu haben, und beim Anblick des knusprig am Spieß gebratenen Hasen, den sie ihm kredenzt hatte, war ihm das Wasser im Mund zusammengelaufen. Trotzdem schien der würzige Duft seine schleimgefüllte Nase auf unerklärliche Weise zu beleidigen. Und während sich Bruder Fridegists Stimme wie ein Stachel in seinen Schädel bohrte, hatten all die Gerüche nach Fett, sauren Bohnen, abgestandener Luft, modrigen Binsen und dem Schweiß der Leiber, einschließlich seines eigenen, seinem ohnehin kaum vorhandenen Appetit den Garaus gemacht.

Ingilds beleidigten Blick schnöde missachtend, hatte der Burggraf die Tafel verlassen, ohne auch nur einmal in die Schüssel zu greifen.

Nachdem er seinen Kopf unten im Burghof in einen Eimer mit kaltem Wasser gesteckt hatte, war er auf den Ausguck gestiegen, in der Hoffnung, dass die frische Luft die übelkeiterregenden Gerüche vertreiben würde, die ihm zusammen mit dem Rotz noch immer in der Nase steckten.

Als Bandolf tief Luft holte, pfiff es in seiner Brust, und er musste husten. Die Anstrengung trieb ihm kalten Schweiß auf die Stirn. Angewidert verzog er das Gesicht, während er sich mit dem Ärmel seiner Tunika übers Gesicht fuhr.

Zwei Tage und Nächte hatte das Fieber in ihm gewütet, und obwohl er schon am Vortag mit kühler Stirn und klaren Gedanken erwacht war, fühlten sich seine Glieder noch immer so knochenlos an, als bestünden sie aus Brei. Seine Brust schmerzte vom Husten, sein Hals kratzte, als hätte ihm jemand Sand in den Schlund geschüttet, und seine Nase brannte von all dem Rotz und Schleim, den er ausgeschnäuzt hatte.

Musste er sich ausgerechnet jetzt so lausig fühlen, wo er doch alle seine Sinne beisammen brauchte? Bandolf seufzte.

Abgesehen von der einen oder anderen Verletzung, die er sich im Kampf zugezogen hatte, konnte er sich nicht erinnern, je krank gewesen zu sein. Nie hätte er gedacht, dass sich Liutbirgs Höhle als so unbekömmlich für ihn erweisen würde. Zwar hatte er Verstand genug besessen, Bruder Wynstan zur Buchenburg vorauszuschicken, als er bemerkt hatte, dass die Lippen des jungen Mönchs in der eiskalten Höhle blau angelaufen waren und er mit den Zähnen klapperte, aber er selbst war geblieben.

Zoll um Zoll hatte er die Höhle nach irgendeinem Hinweis abgesucht, der ihn zu Bruder Adelbalds Mörder führen würde. Erst als die Lampe zu verlöschen drohte, hatte er, steif vor Kälte, die Klause verlassen. Auf dem Rückweg zur Burg war ein heftiges Unwetter über ihn hereingebrochen. Wie ein Sturzbach war der Regen auf ihn niedergeprasselt und hatte ihn bis auf die Knochen durchnässt.

Noch am selben Abend hatte sich sein Kopf so angefühlt, als stecke er in einer Schraubzwinge. Seine letzte Erinnerung war, dass er sich in der Nacht von Kälte geschüttelt unter seinen Fellen verkrochen hatte, bis er gestern Morgen dann schwach wie ein Neugeborenes, aber wenigstens bei klarem Verstand aufgewacht war.

›Und wofür das alles? Für nichts und nochmal nichts‹, dachte Bandolf missmutig.

Abfall hatte er gefunden, wertloses Gerümpel: die halb verrottete Kordel einer Kutte, den abgebrochenen Henkel einer Öllampe, vermoderte Essensreste, niedergebrannte Holzscheite, eine zerbrochene Pilgermuschel.

Nur eine Entdeckung hatte seine Aufmerksamkeit geweckt: In der eingetrockneten Blutlache, die auf dem Boden der Klause von Adelbalds Sterben zeugte, hatte er eine kreisrunde Aussparung gefunden, etwa so groß wie sein Daumennagel. Es schien so, als hätte dort etwas gelegen, als das Blut aus dem Leib des jungen Mönchs geflossen war, und wäre später entfernt worden. Ob diese Entdeckung jedoch von Bedeutung war, ließ sich nicht sagen.

Falls der Gegenstand dem Mordbuben gehört hatte und er ihn nach vollbrachter Tat wieder an sich genommen hatte, war der Hinweis für Bandolf verloren. Und sollte einer der Mönche mitgenommen haben, was immer dort gelegen hatte, war es fraglich, ob man es dem Burggrafen aushändigen würde, wenn er im Kloster danach fragte. Aber selbst wenn man ihm dem Gegenstand übergab, konnte es sich immer noch um etwas handeln, das mit dem Täter nicht das Geringste zu tun hatte.

Ein Quietschen in seinem Rücken riss den Burggrafen aus seinen Betrachtungen und verriet, dass jemand die Bodenklappe zum Ausguck öffnete.

Bei allen Heiligen! Konnte man ihn nicht für einen Augenblick in Frieden lassen?

Widerstrebend drehte Bandolf sich um und sah, wie Melisend von Souburg mit ihrem langen Schleier und den weiten Ärmeln ihres Gewandes kämpfte, während sie versuchte, aus der Luke nach oben zu klettern.

Ihr Anblick entlockte ihm ein verlegenes Brummen. Seine Erinnerungen an die Zeit, da er im Fieber gelegen hatte, waren bestenfalls undeutlich, aber als er wieder zu sich gekommen war, hatte sein Marschalk ihm berichtet, dass Tidreads junge Gemahlin an seinem Lager gesessen und ihn gepflegt hatte. Als das schlimmste Fieber vorüber gewesen war, hatte sie seine Halle verlassen und war zur Krähenburg zurückgekehrt, noch ehe er genügend bei Verstand gewesen war, um ihr danken zu können.

»Zum Henker, was treibt Ihr hier oben?«, entfuhr es ihm, peinlich berührt bei der Vorstellung, dass das junge Ding ihn in derart geschwächtem Zustand gesehen hatte.

Melisend warf den Kopf in den Nacken und bedachte ihn mit einem schalkhaften Blick. »Wollt Ihr mir nicht hinaufhelfen, bevor Ihr mich anknurrt?«, fragte sie.

Mit einem unterdrückten Seufzen kam er ihrer Aufforderung nach, streckte ihr den Arm entgegen, und sie ließ sich von ihm heraufziehen.

Sobald sie festen Boden unter den Füßen hatte, strich Melisend flüchtig über ihr Gewand. Dann sah sich Bandolf prüfend gemustert.

»Ah! Wie unvernünftig, Euch in Eurem Zustand Wind und Sonne auszusetzen«, rief sie mit tadelnder Stimme.

»Mumpitz«, brummte er. »Ein bisschen Kratzen im Hals wird mich nicht umbringen.«

»Das bisschen Kratzen im Hals«, äffte sie ihn nach. »Pah! Ihr habt Ringe wie Wagenräder unter den Augen, und lässt man das Gestrüpp in Eurem Gesicht außer Acht, so seid Ihr bleich wie ein Leichentuch. Ihr solltet in Eurer Bettstatt liegen, anstatt Euch hier oben der unbekömmlichen Luft auszusetzen.«

Unwillkürlich strich Bandolf über seinen so übel beleumundeten Bart und schüttelte abwehrend den Kopf. Doch sie fuhr unverdrossen fort:

»Außerdem hat mir Euer Marschalk berichtet, dass Ihr nichts gegessen habt. Herrje! Wie wollt Ihr denn zu Kräften kommen, wenn Ihr nichts zu Euch nehmt?«

Zum Teufel mit Herwald! Seit wann war sein Marschalk so gesprächig?

»Ich hatte keinen Hunger«, brummte er.

Melisend runzelte die Stirn. »Hat Ingild meine Anweisungen nicht befolgt?«

»Welche Anweisung?«

»Ah! Ich sagte ihr, ich würde sie über kleiner Flamme rösten lassen, wenn sie nichts auf die Tafel brächte, was Euren Appetit zu reizen vermöchte«, erklärte sie mit einer ärgerlichen Geste.

Zweifellos erklärte das den würzig gebratenen Hasen auf seinem Tisch.

Bandolf grinste. Offenbar hatte Melisend Bekanntschaft mit den Kochkünsten seiner Magd geschlossen und sie für ungenügend befunden, während sie an seinem Krankenlager gesessen hatte. Dennoch schien es bemerkenswert, dass die dickfellige Ingild sich von Tidreads junger Gattin hatte dreinreden lassen.

Leise pfiff Bandolf durch die Zähne.

Prompt musste er husten.

Sich unangenehm des aufmerksamen Blicks bewusst, mit dem Melisend ihn musterte, fuhr er sich schließlich mit dem Ärmel über sein rot angelaufenes Gesicht.

»Eure Darlegung hat Ingild überzeugt«, keuchte er hastig, bevor Melisend erneut auf den Zustand seiner Säfte zurückkommen konnte. »Ich hatte dennoch keinen Appetit. Und was etwa noch vorhanden war, machte mein Kaplan mit seinem unaufhörlichen Schwatzen zunichte.« Unheilvoll kniff er die Augen zusammen. »Ich schwöre Euch, wenn er mir noch einmal mit seiner vermaledeiten Kapelle daherkommt, ziehe ich ihm eins über den Schädel!«

Zu seiner Erleichterung ließ sie sich ablenken und lachte.

»Nun, nach allem, was mir über Euren Kaplan zu Ohren kam, wundert es mich nicht, dass er mit einer großartigen Kapelle zu prunken bestrebt ist«, meinte sie.

Bandolf warf ihr einen fragenden Blick zu. Ihre grünen Augen funkelten vor Erheiterung, und die Sommersprossen in ihrem Gesicht schienen in der Sonne zu tanzen.

»Nein? Wollt Ihr behaupten, Ihr wisst nicht, warum der Bischof von Halberstadt dem König ausgerechnet Bruder Fridegist als Kaplan für die Buchenburg empfohlen hat?«, fragte sie.

»Als Probst eines Stifts brachte er wohl die nötige Erfahrung für ein solches Amt mit«, meinte er mit einem Schulterzucken.

Melisend bedachte ihn mit einem nachsichtigen Lächeln.

»Bruder Fridegist war Probst im Stift Sankt Johannes in der Nähe von Halberstadt.«

»Das ist mir bekannt«, brummte Bandolf.

»Wisst Ihr auch, warum er das Stift verlassen musste?«

»Musste?«

»Ah! Ihr wisst es nicht.« Melisend zwinkerte, dann trat sie einen Schritt auf ihn zu und raunte: »Es heißt, ihm wäre mehr an den Mägden der umliegenden Hufen gelegen als am Seelenheil seiner Mitbrüder oder der Bewirtschaftung der Stiftsgüter. Sein buntes Treiben gelangte schließlich dem Bischof zu Ohren, und er ließ ihm eine Warnung zukommen, die Bruder Fridegist jedoch missachtete. Und um das Maß vollzumachen, ließ sich Euer Kaplan schließlich auf einem Bankett zu einer schlüpfrigen Bemerkung über Landfrieds Gattin hinreißen, welcher des Bischofs Bruder ist.« Mit einer lässigen Geste trat sie wieder zurück. »Nun – kurz darauf befand er sich auf dem Weg hierher.«

›Dann hat mir also der Bischof von Halberstadt dieses faule Ei ins Nest gelegt‹, überlegte Bandolf mit wachsendem Groll, während sie hinzufügte:

»Seine Eminenz muss gedacht haben, in einer so abgelegenen Gegend wie hier könnte Bruder Fridegist wohl keinen Schaden anrichten.«

Bandolf schnaubte. »Woher wisst Ihr das?«, fragte er.

»Mein Gemahl erzählte an der Tafel darüber«, erwiderte Melisend. Einen Augenblick schien sie zu zögern. Sie warf ihm einen raschen Blick zu, als wolle sie sich über etwas vergewissern. Dann fuhr sie mit einer entschuldigenden Geste fort: »Er fand es äußerst erheiternd, dass just Ihr mit einem Kaplan geschlagen seid, der Euch auf der Nase herumtanzt. Dieser Umstand würde ihm so manches erleichtern. Er meinte, Bruder Fridegist würde gewiss alles tun, um in Amt und Würden nach Sankt Johannes zurückzukehren, wo er schalten und walten könnte, wie er wollte, und niemandem Rechenschaft ablegen müsste, außer einem Bischof, der sich ohnehin so gut wie nie in Halberstadt sehen ließe.«

›Was konnte Tidread die Nachlässigkeit seines Kaplans erleichtern?‹ Nachdenklich kniff der Burggraf die Augen zusammen. Im Stillen schwor er sich, dass sein windiger Kaplan zukünftig keine Gelegenheit mehr haben würde, seine Pflichten zu vernachlässigen.

»Was mein Gemahl gesagt hat, muss Euch jedoch nicht kränken«, versicherte Melisend rasch. »Bruder Fridegist kann auch nicht schlimmer sein als unser eigener Kaplan, der nichts anderes im Sinn zu haben scheint als Evas Sünden.« Bedeutungsvoll rollte sie mit den Augen, und Bandolf musste lachen.

»Ah, Ihr habt leicht lachen«, rief sie mit ärgerlich gerunzelter Stirn. »Ihr könntet Euren Kaplan zum Teufel jagen, wenn Ihr wolltet. Mir aber bleibt nur die Wahl, die Messe in der Burgkapelle über mich ergehen zu lassen oder den Weg zum Kloster auf mich zu nehmen.«

»Ihr geht zur Messe in die Kirche von Sankt Mauritius?« wiederholte Bandolf erstaunt.

»Nun, hin und wieder.«

»Dann habt Ihr gewiss auch Bruder Edmund gekannt, den Novizenmeister, der dazumal ermordet wurde?«

Rasch hob Melisend den Kopf.

»Ich weiß, warum Ihr das fragt«, erklärte sie mit einem Anflug von Ungeduld in der Stimme. »Nur verstehe ich nicht, warum Ihr so sehr auf der Unschuld dieses Schreibers beharrt, wo alle Welt glaubt, dass er schuldig ist?«

»Alle Welt kennt Prosperius nicht. Ich aber schon.«

»Ah! Und Ihr seid wirklich davon überzeugt, dass er nicht getan hat, was man ihm zur Last legt?«

Bandolf nickte.

»Aber es handelt sich doch nur um einen Eurer Dienstleute. Solltet Ihr Euch nicht besser um bedeutsamere Angelegenheiten kümmern?«

»Welche wären?«

Ein Hauch von Röte stieg in ihre Wangen, als sie den Kopf schüttelte. Bandolf warf ihr einen scharfen Blick zu, doch Melisend schlug die Augen nieder.

»Ich hatte nur angenommen …«, murmelte sie. »Wegen eines kleinen Schreibers würde sich Tidread nicht einmal die Hälfte der Mühe geben, die Ihr auf Euch nehmt.«

»Ich bin nicht Tidread«, knurrte er.

»Nein, das wohl nicht«, sagte sie mit einem leisen Seufzen.

Unvermittelt hob sie die Lider und lächelte ihn an.

»Ich kannte Bruder Edmund nicht von Angesicht«, beantwortete sie zu Bandolfs Überraschung seine ursprüngliche Frage. »In jenem Jahr kam ich erst im Herbst als Tidreads Gemahlin auf die Krähenburg. Und wie ich gehört habe, verstarb der Novizenmeister bereits im Frühsommer. Ich hörte nur, er sei streng gewesen und habe bei den Novizen mit der Rute nicht gespart. Aber sonst kam mir über ihn nichts Nachteiliges zu Ohren.«

Irritiert fragte sich der Burggraf, was ihren Stimmungswechsel wohl verursacht haben mochte, als sich hinter seinen Augen ein schmerzhaftes Ziehen bemerkbar machte. Ungehalten schüttelte er den Kopf, als ließe sich der Schmerz auf diese Weise vertreiben, was ihn jedoch nur verschlimmerte.

Stumm auf die kalte Behausung der Heiligen Liutbirg fluchend, auf den Regen und auf den vermaledeiten Rotz, der ihn peinigte, verzog er das Gesicht, bevor es ihm gelang, seine Aufmerksamkeit wieder auf Melisend zu richten.

Mit unverständlicher Belustigung schien sie sein Mienenspiel zu verfolgen.

»Aber Bruder Adelbald müsst Ihr gekannt haben«, brummte er übellaunig.

Ihre Heiterkeit verschwand. Mit geschürzten Lippen winkte sie ab, eine Geste, in der Geringschätzung lag.

»Ihr mochtet ihn nicht?«, vermutete Bandolf.

»Ich fand seine Art … nun, unangenehm.« Offenbar im Bemühen, sich besser zu erklären, runzelte Melisend die Stirn. »Nicht, dass der junge Mönch unfreundlich gewesen wäre oder auf irgendeine Weise bösartig.« Sie stockte und verbesserte sich: »Zumindest nicht offenkundig bösartig, versteht Ihr? Bruder Adelbald erschien mir einfach zu zuvorkommend, zu liebenswürdig, zu aufmerksam, geradezu liebedienerisch.«

›Ein Speichellecker also‹, übersetzte Bandolf für sich.

»Oft habe ich bemerkt, wie er in der Kirche mit andächtiger Miene die Lippen zum Vaterunser bewegte, während er unter seinen gesenkten Lidern scharf beobachtete, was seine Mitbrüder taten.«

›Und ein Heuchler obendrein‹, dachte Bandolf. Laut fragte er: »Habt Ihr ihn denn je bei einer Unregelmäßigkeit ertappt? Oder bemerkt, dass er mit einem seiner Mitbrüder im Streit lag?«

Melisend schüttelte den Kopf. »Wenn auch …« Mit einem neuerlichen Kopfschütteln verstummte sie.

»Wenn auch …?«, beharrte der Burggraf.

Unwirsch hob Melisend beide Hände. »Es war kein Streit. Nur ein paar leise Worte, die der Prior mit Bruder Adelbald wechselte und die ich durch Zufall hörte.«

»Die Euch aber offenbar im Gedächtnis blieben«, stellte Bandolf fest. »Worum ging es bei dem Gespräch?«

»Das kann ich Euch nicht sagen. Ich war auf dem Weg zur Kirchentür. Die beiden Männer standen dort in der Nähe hinter einem Pfeiler und konnten mich wohl nicht sehen. Als ich vorüberging, hörte ich nur ein paar Worte«, erklärte sie. »Bruder Adelbald sagte etwas über einen üblen Splitter im Auge des Priors. Worauf Bruder Ordlaf meinte, Bruder Adelbald solle lieber des Balkens in seinem eigenen Auge gedenken, ehe er nach Splittern im Auge eines anderen suche. Das schien Bruder Adelbald zu erheitern. Er lachte leise und meinte, just Bruder Ordlaf möge ihm doch keine Reden über Splitter und Balken führen. Er, Adelbald, wüsste genau, um welcher Sündenbalken willen der Prior sein ehemaliges Kloster verlassen hätte. Und käme jener Balken ans Licht, könne sich das als äußerst nachteilig für Bruder Ordlaf erweisen. Zumal er jenen Balken offenkundig noch immer im Auge trüge.« Melisend schlug die Augen nieder. »Was sonst noch gesprochen wurde, konnte ich nicht verstehen. Es war wohl Bruder Adelbalds Tonfall, der mir seine Worte in Erinnerung bleiben ließ. Ein Unterton in der Art, der einem Schauer über den Rücken rieseln lässt.« Als wolle sie ihre Behauptung unterstreichen, schüttelte sie sich.

Nachdenklich strich sich der Burggraf über den Bart. Demzufolge, was Melisend gehört hatte, war Sankt Mauritius also nicht Bruder Ordlafs ursprüngliches Ordenshaus gewesen? Ein bemerkenswerter Umstand. Mönche waren in der Regel an ihr Kloster gebunden. Sie verließen es nicht ohne triftigen Grund. Was mochte geschehen sein, das den Prior veranlasst hatte, seinem ehemaligen Kloster den Rücken zu kehren? Oder hatte er es nicht freiwillig getan? Es mochte lohnen, dieser Überlegung nachzugehen.

»Wie es scheint, hütet unser unerschütterlicher Prior also ein Geheimnis. Ein Geheimnis, von dem Adelbald wusste«, murmelte Bandolf gedankenverloren.

Versonnen lächelnd schüttelte Melisend den Kopf. »Gewiss war es nur üble Nachrede. Wie könnte jemand, den Gott so wohlgestalt erschaffen hat wie den Prior, wohl Übles tun? Nein, dieser junge Mönch war einfach nur ein unangenehmer Mensch.«

Abrupt verdüsterte sich ihr Gesicht. Sie wandte sich von ihm ab und glitt an ihm vorbei. Mit einem unterdrückten Seufzen über ihren erneuten Stimmungswechsel folgte der Burggraf ihr zur Brüstung. Ihr Schleier flatterte im Wind, der hier oben ständig wehte, und mit einer Hand hielt sie ihn fest, während sie wie abwesend über die sonnengesprenkelten Wipfel der Bäume starrte.

»Was geht Euch durch den Kopf?«, wollte Bandolf wissen.

Melisend zuckte mit den Schultern. »Nichts weiter. Nur, dass sich letzten Endes doch alles zum Guten zu wenden scheint.« Als sie sich zu ihm umdrehte, spielte wieder ein undeutbares Lächeln um ihre Lippen.

Bandolf spürte, wie sich das unangenehme Ziehen in seiner Stirn langsam zum schmerzhaften Klopfen auswuchs.

»Dann wisst Ihr also doch über Prior Ordlaf Bescheid?«, fragte er gereizt.

»Das habe ich nicht gesagt«, erklärte Melisend freundlich. »Ich weiß nur, dass Bruder Ordlaf in Sankt Mauritius zum Prior aufgestiegen ist, was doch für seine Klugheit spricht, meint Ihr nicht?« Ihre Lider flatterten, und eine leichte Röte überzog ihre schmalen Wangen. »Wenn man dem Gerede im Dorf Glauben schenken darf, verlässt sich der Ehrwürdige Vater voll und ganz auf ihn«, bemerkte sie, ohne Bandolf anzusehen.

»Das kann wohl kaum überraschen. Als Stellvertreter des Abts sollte Bruder Ordlaf …«

»Ah! Ihr habt mich missverstanden«, unterbrach sie ihn mit einer ungeduldigen Geste. »Es heißt, in Wahrheit habe der Prior in Sankt Mauritius das Sagen. In Wahrheit treffe er alle Entscheidungen, und nicht der Ehrwürdige Vater.«

»Warum sollte der Abt das dulden?«, wollte Bandolf wissen.

Spöttisch verzog sie die Lippen. »Für einen Mann, dem es so dringend um dieses Kloster zu tun ist, wisst Ihr aber erstaunlich wenig über die darin befindlichen Mönche«, meinte sie.

»Mir sagt ja niemand etwas«, brummte Bandolf verstimmt.

»Natürlich nicht«, erwiderte sie. »Das sollte Euch nicht wundern. Ihr seid ein Fremder. Eure Anwesenheit bedroht die bestehende Ordnung der Dörfler.«

»Ich bedrohe niemanden«, gab Bandolf verärgert zurück.

Mit schiefgeneigtem Kopf warf Melisend ihm einen zweifelnden Blick zu. »Möchte man nicht glauben, wo Ihr doch stets ein so übelgelauntes Gesicht macht …«

Seinem Gesichtsausdruck lediglich ein ungehaltenes Knurren gönnend, winkte Bandolf ab. »Warum also sollte der Abt alle Entscheidungen seinem Prior überlassen?«, hakte er nach.

»Nun, man munkelt, Vater Hademar sei ein Mann, der nicht mit übergroßer Weisheit gesegnet ist und seine Bequemlichkeit über alles schätzt«, antwortete sie schließlich. »Vermutlich wäre er ohne den Einfluss seiner angesehenen Familie auch nie in dieses Amt gelangt. Aber was ihm an Weisheit mangelt, so sagt man, mache sein Prior allemal wett.«

Nachdenklich kniff Bandolf die Augen zusammen. »Wenn dem so ist, dann dürfte Vater Hademar seinen Abtsstab wohl nicht mehr allzu lange behalten«, überlegte er laut.

Zu seiner Überraschung schüttelte Melisend seufzend den Kopf. »Im Gegensatz zum Ehrwürdigen Vater soll Bruder Ordlaf einer Familie geringen Standes entstammen. Und wenn man gänzlich ohne Einfluss ist …« Mit einer beredten Geste beendete sie ihren Satz.

Falls Melisend recht hatte, dann gab es für Prior Ordlaf in der Tat kaum Aussicht, je weiter aufzusteigen als bis zur rechten Hand des Abts, ging es Bandolf durch den Kopf. Das musste jemanden hart ankommen, der klug und auch offenkundig von stolzer Natur war wie Bruder Ordlaf. Hatte er sich damit abgefunden, oder lehnte er sich insgeheim dagegen auf? War vielleicht sein Ehrgeiz der Grund gewesen, weshalb er sein ehemaliges Kloster verlassen hatte?

Gedankenverloren starrte Bandolf auf den Burghof hinunter, wo die Bauleute ihre Arbeit wieder aufzunehmen begannen. Schon drangen vereinzelte Hammerschläge zum Ausguck herauf, und bald würde der Lärm erneut die gesamte Burg erfüllen. Bandolf seufzte. Plötzlich entdeckte er inmitten der Arbeiter eine Gestalt in schwarzer Robe, die gemächlich dem Burgtor zustrebte.

Verdammnis! Wo, zum Henker, wollte sein vermaledeiter Kaplan denn jetzt schon wieder hin? Grimmig kniff Bandolf die Augen zusammen. Nun, Bruder Fridegists Müßiggang würde alsbald ein Ende finden.

Melisend räusperte sich, und Bandolf wandte sich zu ihr um.

»Ihr solltet noch eines wissen, Burggraf …«, begann sie, doch was immer sie hatte sagen wollen, ging in Bandolfs Hustenanfall unter, der so heftig war, dass er sich an der Brüstung abstützen musste. Als der Reiz endlich nachließ und sein Bellen verklang, stand kalter Schweiß auf seiner Stirn. Für einen Augenblick schloss Bandolf erschöpft die Augen.

Melisend ergriff seinen Arm.

»Ah, Ihr müsst ruhen, Burggraf«, sagte sie, aber obgleich sie lächelte, hatte Bandolf den Eindruck, als sei sie verstimmt. Bevor er seinem schmerzenden Schädel aber noch die Frage nach dem Grund für ihre Verstimmung abringen konnte, hatte Melisend ihn losgelassen und sich der Bodenluke zugewandt.

»Kommt mit hinunter in die Halle«, sagte sie, bereits im Gehen. »Meine Magd wartet unten mit einem Trank, den ich für Euch zubereitet habe. Es ist ein altes Rezept, das mich meine Mutter gelehrt hat. Eibischwurzel, Schafgarbenkraut, Eichenrinde und Löwenzahn. Der Trank wird Euren Husten lindern.«

Angesichts der Tatsache, dass sich seine Beine anfühlten, als bestünden sie aus Brei, fand Bandolf die Aussicht verlockend, sich auf eine Bank setzen zu können. Widerspruchslos folgte er ihr.

Doch als sie ihm mitteilte, sie hätte auch einen Hörigen mitgebracht, der sich auf den Aderlass verstünde, brummte er unwirsch: »Meinetwegen gebt mir den Trank, wenn es Euch glücklich macht, aber bleibt mir bloß mit Eurem Bader vom Leib.«

Über ihre Schulter warf sie ihm einen tadelnden Blick zu. »Herrje, Burggraf! Was seid Ihr für ein sturer Mensch.«

Ihm war so, als hätte er das schon einmal gehört.

»Ich habe Euch noch gar nicht gedankt, dass Ihr während des Fiebers an meinem Lager gesessen habt«, sagte er unvermittelt.

Sie lächelte. »Ihr schuldet mir keinen Dank. Nehmt es als nachbarschaftlichen Dienst.«

»Ich staune, dass Euch Euer Gatte gestattet hat, am Krankenlager eines Fremden zu wachen, zumal an meinem«, bemerkte Bandolf trocken.

»Zumindest hat er es mir nicht untersagt. Mein Gemahl scheint mit anderem beschäftigt, als sich Gedanken darüber zu machen, ein fiebernder Mann könne meine Ehre beflecken«, erklärte sie mit einer abfälligen Geste. »Derzeit vertreiben sich er und mein Vetter die Zeit offenbar mit dem Inspizieren unserer Hufen. Sie sind ständig unterwegs. Was nicht das Übelste ist, denn so bleibt mir zumindest Stephans ständige Sorge um seine zarte Verfassung erspart.«

Ihre schönen Augen verengten sich, und sie warf Bandolf einen raschen Blick zu. »Als ich im Dorf hörte, dass Ihr erkrankt seid, konnte ich Euch doch nicht Ingilds Obhut überlassen.«

Es war der eigenartige Unterton in ihrer Stimme, der Bandolf aufmerken ließ. Er blieb stehen.

»Warum nicht?«

Auch Melisend machte Halt. Langsam drehte sie sich um und sah ihn unter ihren halb geschlossenen Lidern an.

»Wusstet Ihr, dass Ingild die Amme von Tidreads Sohn gewesen ist?«, fragte sie schließlich und scheinbar ohne jeden Zusammenhang.

Mit gerunzelter Stirn schüttelte Bandolf den Kopf.

»Nachdem Tidreads erste Gemahlin einen Sohn geboren hatte, begann sie zu kränkeln«, fuhr Melisend im Plauderton fort. »Und als sie ein Jahr später einer Tochter das Leben geschenkt hatte, starb sie noch im Kindbett. Es blieb Ingild überlassen, die Kinder am Gängelband zu führen und ihnen den Rotz von der Nase zu wischen. Sie hing mit großer Zuneigung an den beiden Gören.«

Bandolfs Stirnrunzeln vertiefte sich.

»Wenn die Magd zu Eurem Haushalt gehörte, was hat sie dann auf meiner Burg zu schaffen?«

»Ah! Seht Ihr? Das habe ich mich auch gefragt«, meinte sie, augenscheinlich erfreut, dass er ihr zu folgen vermochte. »Ingild gehörte nicht zu den Hufen, die mein Gatte dem König überlassen musste, sondern zum Gesinde der Krähenburg. Als Burgherrin wäre es meine Aufgabe gewesen,

Ingild aus meinen Diensten zu entlassen, doch ich wurde nicht gefragt.«

»Was? Wollt Ihr mir etwa sagen, dass Tidread eine Hausmagd auf meine Burg geschickt hat, um … ja, um was zu tun? Mich auszuforschen?«

»Ich plaudere nur, Burggraf«, sagte Melisend mit einem freundlichen Lächeln, bevor sie sich wieder umdrehte.

Entgeistert starrte Bandolf ihren Rücken an, während sie die Bodenluke hinunterkletterte. Als er sich endlich anschickte, ihr zu folgen, blieb sein Blick an einem dünnen Lederband haften, das neben der Luke auf dem Boden lag. Eine Haarlocke war mit Hilfe eines Silberdrahts daran befestigt, und die Enden des Bands waren vom häufigen Verknoten abgewetzt. Melisend musste das Band verloren haben. Bandolf runzelte die Stirn. Bisher hatte Tidreads Weib nicht den Eindruck auf ihn gemacht, als sei sie ihrem Gatten so zugetan, um eine Haarlocke von ihm zu tragen. Jäh verstärkte sich der pochende Schmerz hinter seinen Augen. Stöhnend griff der Burggraf nach der Schnur und steckte sie ein, bevor er die Luke hinunterkletterte. In seinem Schädel schien jetzt ein fulminanter Schmiedehammer am Werk zu sein.

Kapitel 17

Worms, 4. Juli im Jahre des Herrn 1066

Entfernte Stimmen und Geräusche drangen durch den dumpfen Schmerz in ihrem Kopf und weckten Garsende. Sie blinzelte, doch ihre Lider schienen sich nur widerwillig bewegen zu wollen. Unter dem Rücken spürte sie Stroh, das durch ihr Gewand pikte.

Wo war sie? Was war passiert? Warum tat ihr der Magen weh? Und wieso brannte ihr Gesicht?

Unwillkürlich tastete Garsende nach der Ursache des Übels. Als ihre Finger die schmerzhafte Schwellung unterhalb ihres linken Auges berührten, entfuhr ihr ein Stöhnen.

»Dem Himmel sei Dank. Ich glaubte schon, du wolltest gar nicht mehr zu dir kommen.«

Heilige Jungfrau! Das war Matthäas Stimme! Garsende schlug die Augen auf und fuhr mit einem undeutlichen Ausruf hoch. Einen Moment lang schien sich alles um sie herum zu drehen. Benommen schüttelte sie den Kopf. Der jähe Schmerz, der durch ihre linke Wange fuhr, trieb ihr die Tränen in die Augen, ließ sie jedoch restlos zu sich kommen und rückte die Dinge wieder an ihren Platz.

Flackerndes Fackellicht und ein Streifen Sonnenschein, der durch die runde Öffnung über einem Altarstein in den Raum fiel, erhellte das Gesicht der Burggräfin, die neben ihr auf dem Boden kniete.

›Es ist schon Morgen‹, dachte Garsende zusammenhanglos, während ihr zugleich tausend Fragen auf die Lippen drängten. Doch als sie in Matthäas ausgestreckte Arme fiel und sie umarmte, brachte sie nur hervor: »Ich bin so froh, Euch am Leben zu sehen.«

»Ich wünschte nur, du müsstest das nicht hier sagen«, flüsterte Matthäa mit tränenerstickter Stimme an ihrer Schulter.

Einen Augenblick hielten die beiden Frauen einander fest umschlungen, dann rückte Garsende ein Stückchen von der Burggräfin ab. Tränen glänzten auf Matthäas Wangen. Sie lächelte, aber selbst im Halbdunkel konnte man die Blässe in ihrem rundlichen Gesicht und die Angst in ihren Augen erkennen.

»Seid Ihr wohlauf?«

»Sie haben mir nichts getan«, antwortete die Burggräfin rasch. »Aber du? Sie haben dich übel zugerichtet. Was ist passiert?«

»Die Scheune … ich hatte mich mit Joschua in der Scheune versteckt …« Verwirrt runzelte Garsende die Stirn. »Wo sind wir?«

Soweit es ihr schmerzender Kopf erlaubte, drehte Garsende sich um und spähte in die Richtung, aus der die Stimmen und Geräusche kamen, die sie geweckt hatten.

Ohne Zweifel befanden sie sich in einer kleinen Kapelle, ganz in der Nähe des Altars. Das Gemäuer schien alt zu sein. Der Putz an den Wänden war brüchig, der mit schmucklosen Steinplatten versehene Boden ausgetreten, und die Malereien wirkten verblichen. Auf der gegenüberliegenden Schmalseite des Altars konnte Garsende vier Männer sehen, die ihr Lager in der Nähe der Pforte aufgeschlagen hatten. Außer dem Mann, der sie niedergetreten hatte, war keiner der anderen in der Scheune gewesen, doch dem Äußeren nach schienen es Söldner wie er zu sein. Offenbar vertrieben sie sich die Zeit mit einem Würfelspiel, waren jedoch zu weit entfernt, als dass sie mehr als hie und da ein paar einzelne Worte hätte verstehen können. Der Anwesenheit der beiden Frauen schienen sie keine Beachtung zu schenken. Etwa in der Mitte der Kapelle, zwischen dem Lager der Söldner und dem der Frauen, hatte man ein Herdfeuer mit Dreifuß und Kochkessel eingerichtet.

»Wer sind diese Männer? Was wollen sie von Euch?«, fragte Garsende, während ihr Blick über Kisten, Säcke und ein paar kleine Truhen glitt, die an den Wänden aufgestapelt waren, und schließlich zu Matthäa zurückkehrte.

»Ich weiß es nicht.« Die Burggräfin seufzte. »Seit dem Tag, als sie mich hierher brachten, habe ich versucht herauszufinden, warum man mich hier festhält. Aber ich weiß noch immer kaum mehr als ihre Namen.« Als hätte sie das Reden lange vermisst, sprach sie wie gehetzt weiter. »Der Kleine wird Peppin gerufen. Wenn er nicht hie und da einen Ton flüstern würde, hätte ich geglaubt, er könne nicht sprechen. Den Feisten mit dem schütteren, blonden Haar und dem dicken Hals nennen sie Hunfrit. Ein roher Mensch, dem ich tunlichst aus dem Weg zu gehen trachte.« Mit gerümpfter Nase fügte sie hinzu: »Und ob die widerwärtigen Geschichten, die er zum Besten gibt, der Wahrheit entsprechen, will ich gar nicht erst wissen.«

»Wer ist der große Hagere?« fragte Garsende.

»Die Männer rufen ihn Jost. Er macht den Anschein, als wäre er recht umgänglich, aber …« Mehr als dieses »aber« verriet der Ausdruck in ihrem Gesicht Matthäas Zweifel. Als sie weitersprach, sank ihre Stimme zu einem kaum hörbaren Flüstern herab. »Der vierte Mann wird Guillaume genannt. Jost sagte, Guillaume stamme aus Burgund. Wie es scheint, ist er die rechte Hand des Anführers, der hier hin und wieder nach dem Rechten sieht.« Matthäa erschauerte und legte ihre Hände wie schützend auf ihren vorgewölbten Leib. »Obwohl der Welsche kaum unsere Sprache spricht und auch nur selten ein Wort an mich richtet, habe ich vor ihm die meiste Angst«, gestand sie leise.

›Ich ebenso‹, dachte Garsende. Mit einem Blick auf Matthäas bleiche Wangen zermarterte sie sich den Kopf nach einer aufmunternden Bemerkung, doch ihr wollte einfach nichts einfallen.

»Waren noch andere hier?«, fragte sie schließlich, eingedenk der Männer, die sie in der Scheune gesehen hatte.

»Ein Mann mit Namen Ragnold von Langenthal. Das ist derjenige, von dem ich glaube, dass er das Sagen hat, obwohl er kein Mann von Stand zu sein scheint. Ich halte ihn eher für einen Mann niederen Standes, der irgendwie zu Wohlstand gekommen ist«, meinte Matthäa. »In seiner Begleitung war noch ein junger Mann mit Namen Thierry de Savosaint. Der Sprache nach ist er wie Guillaume ein Welscher, im Gegensatz zu den anderen Männern gebärdet er sich aber höflicher.« Nachdenklich runzelte Matthäa die Stirn. »Hin und wieder sprechen die Männer noch von einem Mann, den sie nur ›Le Grand Seigneur‹ nennen. Wer aber dieser Mann ist oder wo er sich aufhält, konnte ich bisher nicht herausfinden.«

Und Lothar von Kalborn?, lag es Garsende auf den Lippen zu fragen. Bei der Erinnerung an die bedrohliche Kälte in seinen Zügen, als sie den Schlag in ihrem Nacken gespürt hatte, stieg ihr bittere Galle der Enttäuschung in den Hals.

Herrje, dass ihr Herz noch immer so sehr gegen ihren Verstand ankämpfen wollte! War es nicht endlich genug?

Die Übelkeit mitsamt ihren verfänglichen Gedanken niederzwingend, presste Garsende die Lippen aufeinander.

Matthäa beugte sich vor und griff nach ihrer Hand. »Warum haben diese Männer auch dich in ihre Gewalt gebracht? Weißt du, was hier im Gange ist?«, fragte sie so leise wie eindringlich. »Und hast du dem Burggrafen eine Botschaft geschickt? Ihm mitgeteilt, was hier geschieht?«

»Ich …« Verwirrt stockte Garsende. Mit einem Mal schien nichts weiter in ihrem Kopf zu sein als nur dieses dumpfe Pochen und ein Brei unausgegorener Gedanken.

Die Scheune … Joschua … Stimmen, die in einer Sprache gesprochen hatten, die sie nicht verstanden hatte … Der Welsche, der sie grob niedergetreten hatte … Lothar … Ihr verzweifelter Fluchtversuch.

Herrje, wenn sie doch nur denken könnte! Garsende schloss die Augen.

Was war passiert, nachdem ihr Fluchtversuch misslungen war, nach jenem Schlag in ihren Nacken? Wer hatte sie niedergeschlagen? Lothar? Aber er hatte sie festgehalten. Jemand anderer?

Und dann?

Sie war zu sich gekommen … irgendwann. Man hatte ihr Fragen gestellt. Immer wieder dieselben Fragen:

»Was hast du hier zu schaffen?«

»Wer hat dich geschickt?«

»War jemand bei dir?«

»Wer weiß davon, dass du hier bist?«

Und immer wieder hatte sie dasselbe geantwortet:

Niemand hätte sie geschickt. Niemand sei bei ihr gewesen. Sie habe nach der Burggräfin gesucht. Überall in der Schwertfegergasse. In anderen Scheunen ebenso wie in dieser …

Die Männer hatten sich gestritten. Was mit der Heilerin anfangen?

Sie gehen lassen, kam nicht in Frage. Darüber war man

sich einig. »Warum lasst Ihr mich das Weib nicht fortschaffen, wie Ihr das ursprünglich wolltet?«, hatte Lothar gefragt.

»Ich habe mich eben eines anderen besonnen. Sie ist Heilerin. Das wird uns noch von Nutzen sein«, hatte Ragnold erwidert.

Man hatte ihr einen Trank eingeflößt.

Unwillkürlich verzog Garsende den Mund.

Bilsenkraut!

Sie hatte Bilsenkraut gerochen, sich heftig gewehrt und geglaubt, man würde sie vergiften. Das Kraut war tödlich, wenn man es in der falschen Menge verabreichte. Und schließlich Räderrumpeln … Ihr Körper wurde hin- und hergeschüttelt … Dunkelheit.

»Süßer Jesus. Was ist mir dir?«, hörte Garsende mit einem Mal die erschrockene Stimme der Burggräfin und fühlte ihre Hand stützend auf dem Rücken. Dann schmeckte sie Wein auf ihren Lippen, und die plötzliche Schwäche verging.

Als sie blinzelnd die Augen öffnete, begegnete ihr Matthäas besorgter Blick. »Du machst mir Angst«, flüsterte sie.

Mit einiger Anstrengung gelang Garsende ein Lächeln. »Es ist schon wieder vorbei. Es war nur dieses vermaledeite Kraut in dem Trank, den sie mir aufzwangen«, sagte sie, ärgerlich, dass ihre Stimme so zittrig klang.

Heilige Jungfrau! Da hockte sie – die Heilerin! – wie ein Häuflein Elend auf dem Boden und ließ sich von der Burggräfin umsorgen. Umgekehrt sollte es sein!

Mit einem schiefen Lächeln richtete Garsende sich auf und stellte erleichtert fest, dass ihre Glieder ihr wieder gehorchten.

»Vielleicht solltest du besser liegen bleiben?«, meinte Matthäa.

Doch Garsende schüttelte entschlossen den Kopf. »Ich möchte gerne wissen, was passiert ist, nachdem wir uns an jenem Morgen auf der Brotgasse getrennt hatten«, sagte sie. »Die Hörigen standen Kopf, als ich von meiner Hütte in Euer Heim zurückkehrte, und Ihr wart einfach verschwunden. Niemand hatte Euch ge –«

»Du Ochsenschädel!«, brüllte einer der Männer. Grölendes Gelächter folgte.

Matthäa warf einen ängstlichen Blick über ihre Schulter, und auch Garsende drehte sich angespannt um.

Die Söldner schienen noch immer in ihr Spiel vertieft. Einer der Männer schien eine Zote zu reißen, was erneutes Gelächter hervorrief. Der feiste Hunfrit grölte lauthals, falls Peppin ihm noch einmal mit seinem Amulett vor der Nase herumwedelte und seine Würfel verhexte, würde er ihm die Glocken verknoten. Worauf Jost grinsend meinte, dazu müsse Hunfrit Peppins Mannespracht doch erst einmal finden.

In das brüllende Lachen hinein hob der Welsche plötzlich den Kopf.

Einen Augenblick lang starrte er zu Matthäa und Garsende herüber, ehe er sich wieder den Würfeln zuwandte.

Erst als sie die Burggräfin neben sich aufatmen hörte, bemerkte Garsende, dass sie ebenfalls den Atem angehalten hatte.

»Was ist mit Euch geschehen, nachdem wir uns auf der Brotgasse getrennt hatten?«, wiederholte sie ihre Frage um einiges leiser.

Als würde sie die Erinnerung an jenen Tag nur widerstrebend hervorholen, verzog Matthäa die Lippen. Wut flackerte in ihren Augen auf, die die Angst zu überlagern schien. »Ich war auf dem Weg zur Dietholderin, als plötzlich jemand meinen Arm packte und mich in einen Durchlass hineinzerrte. Das ging so rasch, dass ich überhaupt nicht wusste, wie mir geschah. Noch ehe ich auch nur einen Schrei ausstoßen konnte, hatte man mir ein Tuch in den Mund gestopft und einen Sack über den Kopf gestülpt. Dann wurde ich in ein Gebäude geschleppt, und jemand gab Anweisung, mir Füße und Hände zu binden.« Seufzend schüttelte sie den Kopf. Der Zorn in ihren Augen erlosch und brachte die Furcht wieder zum Vorschein. »Vielleicht hätte ich mich wehren sollen. Aber ich hatte mit einem Mal solche Angst, dass sie mich dann niederschlagen oder mir in den Leib treten würden und ich mein Kind verlöre. Und so ließ ich es einfach geschehen«, gestand sie. »Nachdem man mich gebunden hatte, nahm man mir den Sack vom Kopf, und ich konnte sehen, dass ich in einer großen Scheune war. Sie schafften mich in eine Ecke, wo sie mich ablegten wie eines der Strohbündel.«

›Ich hatte recht‹, fuhr es Garsende durch den Kopf. Die Burggräfin war in der Scheune gewesen.

»Zwei der Söldner waren auch in der Scheune, ebenso der Anführer, Ragnold von Langenthal und einige Knechte«, fuhr Matthäa fort. »Nach einer Ewigkeit stülpte man mir den Sack dann wieder über den Kopf, schleppte mich hinaus und hievte mich in einen Karren, den sie mit Planen verschlossen. Sehen konnte ich nichts, aber ich hörte das Zischen von Fackeln und Pferde neben dem Karren.« Ein Lächeln huschte über Matthäas blasses Gesicht. »Und ich weiß, dass wir die Stadt um Mitternacht durch das Andreastor verließen.«

»Woher wisst Ihr das?«, fragte Garsende erstaunt.

Matthäa zuckte mit den Schultern. »Das war nicht schwer. Die Domglocke schlug zur Matutin, und der Gestank des Aasgrabens draußen vor dem Tor ist unverkennbar.«

»Sie müssen einen Passierbrief gehabt haben, sonst hätten sie die Stadt nicht nach Sonnenuntergang verlassen können«, überlegte Garsende laut. »Seid Ihr lange unterwegs gewesen, nachdem Ihr die Stadt verlassen hattet?«

»Das weiß ich nicht«, antwortete Matthäa mit einem leisen Seufzen. »Mir war die Zeit endlos lang, doch in Wahrheit können es nur einige Stunden gewesen sein. Ich sagte mir, dass ich mir den Weg merken müsste. Aber ich weiß nur noch, dass der Karren nach links abbog, nachdem er das Andreastor passiert hatte. Geraume Zeit ging es über eine ebene Strecke, das konnte ich spüren. Doch dann ging es hügelauf und hügelab, und bald konnte ich die Abzweigungen nicht mehr zählen. Als man mich endlich aus dem Karren hob, mir die Fußfesseln löste und mir den Sack vom Kopf nahm, waren wir irgendwo mitten im Wald, und der Morgen dämmerte herauf. Ich sah nichts als Bäume. Vom Weg zweigte ein Pfad ab, der zu schmal für den Karren war. Von dort aus führten die Männer ihre Pferde am Zügel, ich in der Mitte, bis wir vor der Kapelle ankamen.«

»Wenn es Nacht war, als Ihr die Stadt verlassen habt, kamen Karren und Pferde gewiss nur langsam vor–« Garsende unterbrach sich, als die Stimmen der Söldner wieder lauter wurden.

»Du hast sechs Augen, aber ich kann's übertrumpfen.«

»*Merde*!«

»Was denn? Du gibst auf?«

Ein Wortschwall auf Französisch drang zu den beiden Frauen herüber, der mit einem gezischten »*'Undsfott!*« endete.

Als die Stimmen leiser wurden, wechselten Garsende und Matthäa einen beredten Blick.

»Wie wurdest du gefangen?«, fragte Matthäa. »Und was ist mit meinem Gatten? Ist Bandolf noch in Sachsen? Oder ist er nach Worms zurückgekehrt?«

Seufzend schüttelte Garsende den Kopf. »Nachdem Ihr drei Tage verschwunden wart und wir Euch nicht finden konnten, habe ich dem Burggrafen eine Botschaft geschickt. Doch das liegt erst wenige Tage zurück.«

Entschieden, als gäbe es daran nicht den allergeringsten Zweifel, erklärte Matthäa: »Sobald er deine Botschaft erhält, wird er nach Worms kommen, um mich zu suchen.«

Bedrückt biss sich Garsende auf die Lippe. Offensichtlich wusste die Burggräfin nicht, dass ihre Häscher ihren Tod vorgetäuscht hatten. Zwar war Garsende nicht mehr dazu gekommen, dem Burggrafen mitzuteilen, was geschehen war, aber gewiss hatte ihm der Kämmerer Pothinus eine entsprechende Botschaft geschickt. Wenn Bandolf von Leyen glauben musste, dass seine Gattin dem Fluss zum Opfer gefallen war, dann würde für ihn auch kein Anlass bestehen, nach Worms zurückzukehren, um nach ihr zu suchen.

Garsende unterdrückte ein Seufzen. Wie, bei allen Heiligen, sollte sie das Matthäa erklären, ohne ihr die Hoffnung vollends zu rauben?

Aber auch wenn es ihr widerstrebte, die Burggräfin musste es erfahren. »Kurz nachdem ich Eurem Gatten Mitteilung über Euer Verschwinden gemacht hatte, kam der Kämmerer Pothinus und brachte uns …«, begann sie leise zu erzählen.

»Allmächtiger«, seufzte Matthäa bestürzt, nachdem Garsende ihren Bericht mit der Schilderung ihrer Erlebnisse in der Scheune beendet hatte.

»Glaubst du, der Jude wird etwas unternehmen, das uns helfen könnte, wenn er heil aus der Scheune entkommen ist?«, fragte sie schließlich mit brüchiger Stimme.

Einen Augenblick zögerte Garsende, doch dann sagte sie entschieden: »Das wird er gewiss. Aber ich bin mir nicht sicher, wie rasch er handeln wird. Oder auf welche Weise er uns überhaupt helfen kann.«

»Ich bete, dass er nicht zu lange zögert. Wenn Bandolf die Botschaft des Kämmerers erhalten hat, wird er nicht kommen«, sagte Matthäa tonlos. Dann schüttelte sie heftig den Kopf und stieß hervor: »Ich will meinen Sohn nicht hier und in der Furcht zur Welt bringen, dass sein erster Atemzug womöglich auch sein letzter sein wird.«

»Es ist erst Anfang Juli, und Ihr werdet erst Anfang August niederkommen«, widersprach Garsende rasch und hoffte inständig, dass ihre Stimme zuversichtlicher klang, als sie sich fühlte. Was würde geschehen, wenn Matthäa ihr Kind hier in Gefangenschaft zur Welt bringen müsste? So sehr ihr der Gedanke auch zusetzte, bezweifelte sie, dass die Männer ein Neugeborenes am Leben lassen würden, das womöglich durch sein Geschrei jemanden auf die Umtriebe in der alten Kapelle aufmerksam machen könnte.

»Wenn ich doch nur wüsste, was man sich von meiner Gefangennahme verspricht«, riss Matthäa sie aus ihren Gedanken. »Schon tausendmal habe ich mir darüber den Kopf zerbrochen. Geht es um ein Lösegeld? Oder um eine Fehde, in die mein Gatte verstrickt ist, ohne es mir zu sagen? Was könnte ein Mann wie Ragnold von Langenthal nur davon haben, dass er mich in seiner Gewalt hat?«

»Joschua, der junge Jude, von dem ich Euch erzählt habe, glaubt, Eure Entführung hänge mit dem Auftrag seines Vaters in Sachsen zusammen«, sagte Garsende nachdenklich. »Der Auftrag führte den jüdischen Kaufmann in die Nähe der Burg, auf der Eurer Gatte Vogt ist. Joschua meint, dass der Burggraf auf irgendeine Weise mit dem Auftrag seines Vaters verknüpft sei.«

»Und was ist das für ein Auftrag?«, fragte Matthäa.

»Das wollte Joschua mir nicht sagen. Er behauptete, der Auftrag seines Vaters unterliege strengster Geheimhaltung.« Garsende seufzte. »Wer weiß, vielleicht hat er mir auch einfach nicht vertraut. Als ich ihn vor dem Tor stehen sah und er zuerst so merkwürdig daherredete, glaubte ich, die Juden hätten Euch entführt, und er wäre um ein Lösegeld gekommen. Mag sein, dass ihn meine Anschuldigung verschreckt hat.«

»Aber wenn er dir die Wahrheit gesagt hat und der Auftrag des Kaufmanns wirklich so geheim ist, um was könnte es sich dabei handeln?«

Ratlos hob Garsende die Schultern. »Ein Händler erwirbt Waren, bringt sie von einem Ort zum anderen und verkauft sie wieder«, überlegte sie laut. »Vielleicht erhielt der Jude den Auftrag, für jemanden etwas Wertvolles zu erwerben.«

»Vielleicht wusste Bandolf davon und hat …« Matthäa verstummte und runzelte die Stirn. »Ich hörte, wie die Männer über ein Kleinod sprachen, das sie offenbar benötigen, um ihren Plan zur Vollendung zu bringen. Was immer das auch für ein Plan sein mag«, fügte sie mit nachdenklicher Miene hinzu.

»Konntet Ihr erfahren, was das für ein Kleinod ist?«, wollte Garsende wissen.

»Nein, es war immer nur von einem Kleinod die Rede«, antwortete Matthäa. »Ich glaube, die Söldner wissen selbst nicht, was es damit auf sich hat. Nur, dass es für ihr Vorhaben von Bedeutung ist.«

»Wenn der Burggraf aus irgendeinem Grund Wind von diesem Vorhaben bekommen hat, dann diente Eure Entführung vielleicht nur dem einen Zweck, ihn davon abzuhalten, sich in dieses Vorhaben einzumischen«, meinte Garsende. Rasch beugte sie sich vor: »In der Scheune war die Rede davon, dass Eure Entführung unliebsame Aufmerksamkeit in Worms erregt hat, es Ragnold aber gelungen sei, die Wogen zu glätten. Vielleicht war das Vortäuschen Eures Todes gar nicht als Botschaft für Euren Gatten bestimmt. Vielleicht wollte man damit nur verhindern, dass in Worms weiter nach Euch gesucht wird. Hätte man das getan, wäre man hier womöglich früher oder später auf die Machenschaften Ragnolds und seiner Männer gestoßen. Vielleicht sollte just das verhindert werden?«

Für einen Augenblick erhellten sich Matthäas Züge, doch dann schüttelte sie den Kopf. »Nur hilft uns das auch nicht weiter. Es gibt gewiss nicht viel, was meinen Gatten davon abhalten könnte, nach mir zu suchen, dessen bin ich sicher. Pothinus' Botschaft über meinen Tod wird das aber verhindern. Und womöglich ist es genau das, was diese Männer beabsichtigt haben.«

»Mit einem Quäntchen Glück erhält der Burggraf meine Botschaft jedoch zuerst. Bevor eine Nachricht vom Kämmerer –«

Matthäas halb unterdrückter Aufschrei und eine schwielige Hand auf ihrer Schulter ließen Garsende heftig zusammenzucken. Unmittelbar hinter ihr stand der Welsche Guillaume. Mit seinen kalten Augen starrte er auf sie herab, und für einen Augenblick fühlte sie sich wie gelähmt.

»*Allez*. Macht Feuer. *Repas*, verstehen? *Manger*«, knurrte er.

Ärger stieg in ihr auf. Bei allen Heiligen! Wie konnte sie nur zulassen, dass dieser Mann ihr solche Angst machte?

Als wolle er seinem Kauderwelsch Nachdruck verleihen, verstärkte er seinen Griff, was vollends ihren Zorn entfachte. Aufgebracht sprang sie auf und fauchte: »Fass mich nicht an!«

Einen Lidschlag später wünschte sie sich, sie hätte den Mund gehalten. Mit einem gleichgültigen Schulterzucken wandte er sich von ihr ab, und noch ehe sie seine Absicht begriff, hatte er Matthäa am Arm gepackt. Unsanft zerrte er sie auf die Beine und stieß sie in Richtung der Kochstelle.

»Pass auf, Weib, damit dir dein Balg nicht noch unterwegs aus dem Bauch rutscht«, rief der feiste Hunfrit, als Matthäa, behindert durch ihren schweren Leib, unbeholfen vorwärtsstolperte.

Die Hände zu Fäusten geballt, wirbelte Garsende zu ihm herum, doch was immer ihr auf den Lippen gelegen hatte, blieb ihr beim Anblick des Söldners im Hals stecken. Mit zusammengekniffenen Augen erwiderte er ihren zornigen Blick. Dann fasste er bedächtig an sein Gemächt und leckte sich die Lippen.

Als sie sich angewidert abwandte, fiel ihr Blick auf Matthäa, die sich aufgerichtet hatte und sich die Hände in den Rücken presste.

Garsende stockte der Atem.

Heilige Muttergottes, steh uns bei, fuhr es ihr durch den Kopf. Bis August würde das Kind des Burggrafen gewiss nicht mehr auf sich warten lassen.

Kapitel 18

Sachsen, 5. Juli im Jahre des Herrn 1066

Die Anstrengung, Melisends Andeutungen und sprunghaften Gedankengängen zu folgen, hatte den Burggrafen derart erschöpft, dass er dem Gesinde noch vor dem Nachtmahl befahl, seine Bettstatt in die Waffenkammer hinaufzuschaffen. Umgeben von Pfeil und Bogen, Morgenstern und Streitaxt, aber auch von gesegneter Ruhe, war er eingeschlafen, kaum dass sein Kopf das Lager berührt hatte. Sein Schlaf war tief und traumlos, und als er am Morgen erwachte, fühlte er sich ausgehungert, doch ansonsten erfreulich besser bei Kräften.

Wie üblich beschränkte sich sein Beitrag zum Gespräch an der morgendlichen Tafel auf das Amen nach dem Gebet und ein gelegentliches Brummen. Zu seinem Leidwesen hatte Melisends Androhung von Gewalt bei Ingild nicht lange vorgehalten. Das Brot, das sie kredenzte, war so altbacken wie je. Doch heute war Bandolf zu hungrig, um Anstoß daran zu nehmen, und während die Stimmen und Geräusche bei Tisch an ihm vorbeiplätscherten, schlang er die trockenen Bissen in seinen wie ausgehöhlten Magen, ohne sich lange mit Kauen aufzuhalten.

Erst nachdem sein Hunger gestillt war und die Mahlzeit sich ihrem Ende zuneigte, fiel sein Blick auf Bruder Fridegist zu seiner Rechten.

Mit einem zufriedenen Ausdruck im runden Gesicht, als weilten seine Gedanken in angenehmen Gefilden, saß der Kaplan über die Schüssel gebeugt und schob sich bedächtig einen Löffel Brei nach dem anderen in den Mund.

Wenn Melisend recht hatte, dann war Bruder Fridegist offenbar nur deshalb als Kaplan auf die Buchenburg geschickt worden, weil der Bischof von Halberstadt den lüsternen, arbeitsscheuen Propst aus seiner Nähe entfernt sehen und zugleich dem unwillkommenen Burggrafen aus dem Süden damit eins auswischen wollte.

Was hatte es nur mit Tidreads Bemerkung auf sich, dass ihm Bruder Fridegists Schlendrian die Arbeit erleichtere? Womit vertrieb sich der Kaplan den lieben langen Tag die Zeit, wenn er nicht gerade dem Baumeister mit seiner Kapelle in den Ohren lag?

Verärgert zog Bandolf die Brauen zusammen. Während er seinen letzten Bissen Brot mit verdünntem Bier hinunterspülte, überlegte er, wie er Bruder Fridegists Faulenzerei ein Ende bereiten könnte. Plötzlich glitt ein Lächeln über sein Gesicht.

»Ehe ich es vergesse, Kaplan …«

»Ja, Burggraf?«, fragte Bruder Fridegist, ohne aufzublicken.

»Ich wünsche, dass Ihr Euch gleich nach dem Frühmahl in Sankt Mauritius erkundigt, ob der Ehrwürdige Vater ins Kloster zurückgekehrt ist«, sagte Bandolf mit vom Husten noch rauer Stimme.

Bruder Fridegists dicker Kopf wackelte auf seinem mageren Hals, als er nickte.

»Gewisch«, nuschelte er, schluckte und fügte hinzu: »Sobald die Tafel aufgehoben ist, schicke ich einen der Knechte.«

»Ihr werdet Euch selbst zum Kloster bemühen«, erklärte

Bandolf unvermindert freundlich. Aus dem Augenwinkel bemerkte er, wie sein Marschalk den Kopf hob und ihm einen raschen Blick zuwarf. Bandolf lächelte.

»Bei dieser Gelegenheit bittet den Prior, dass er Euch Bruder Wynstan einen weiteren Tag zur Seite stellt«, fuhr er fort. »Der junge Mönch soll Euch gleich zur Buchenburg begleiten.«

Bedachtsam tauchte Bruder Fridegist seinen Löffel in die Schüssel. »Mit Verlaub, Burggraf. So beflissen Bruder Wynstan auch sein mag, ist er mir doch mehr Last als Hilfe«, antwortete er, während er seinen gefüllten Löffel so zweifelnd betrachtete, als sei er unschlüssig, ob er davon kosten sollte. »Glaubt mir, ich komme besser zurecht, wenn mir niemand dreinredet.«

»Das ist keine Bitte, Kaplan. Ihr werdet nicht ohne Bruder Wynstan auf die Burg zurückkehren.« Obgleich Bandolf die Stimme nicht erhoben hatte, war es plötzlich totenstill an der Tafel.

Mit feinen Fältchen des Unmuts auf der Stirn sah Bruder Fridegist auf. Unter Bandolfs kühlem Blick formten seine dünnen Lippen ein stummes »Oh.« Ein Hauch von Röte breitete sich über seine feisten Wangen.

Schließlich räusperte er sich. »Nun … ähm … wie Ihr wünscht, Burggraf. Ganz wie Ihr wünscht.«

Er schien geneigt, sich wieder seiner Mahlzeit zuzuwenden, aber der Burggraf war noch nicht fertig.

»Des Weiteren wünsche ich, dass Ihr mir eine Liste über die Vorräte der Burg anfertigt, und die Baumaterialien, welche derzeit zur Verfügung stehen«, setzte er hinzu. »*Item* eine Liste, welche der Abgaben für den König eingegangen sind und welche noch ausstehen. Geordnet nach Dörfern und Hufen.«

Fahrig leckte sich Bruder Fridegist über die Lippen, doch

Bandolf ließ ihn nicht zu Wort kommen. »Gewiss habt Ihr die Urkunde meine Gattin betreffend längst fertiggestellt und nur verabsäumt, sie mir zu überreichen, ebenso wie den Brief an den Domscholastikus Goswin von Sankt Peter und Paul zu Worms, den ich Euch in Auftrag gab?«

»Nun ... ich ...«

Das kühle Lächeln noch immer auf den Lippen, starrte Bandolf ihn an.

Der Kaplan räusperte sich erneut. »Zu meinem größten Bedauern konnte ich mich noch nicht darum kümmern. Andere, dringlichere Verpflichtungen ... Das versteht Ihr gewiss. Doch wenn Ihr Euch noch ein klein wenig gedulden wollt, werde ich das alsbald zu Eurer Zufriedenheit erledigt haben.«

»Natürlich, Bruder. Bis heute Abend zur Vesper wird es mir genügen.«

»Zur Vesper?« wiederholte Bruder Fridegist mit schwacher Stimme.

»Ich bin mir völlig sicher, dass Ihr das bewältigen werdet, denn die Listen der Vorräte und Abgaben benötige ich erst morgen früh. Und da Ihr ja gewiss die Zugänge stets sorgfältig aufgeführt habt, wird Euch das kaum Mühe bereiten.«

»Bis morgen?«, japste Bruder Fridegist und schüttelte heftig den Kopf.

Fragend hob Bandolf eine Braue.

Für einen Augenblick schien sein Kaplan um eine Antwort verlegen zu sein, doch dann straffte er die mageren Schultern und setzte ein verbindliches Lächeln auf.

»Verzeiht, Burggraf, das wird nicht möglich sein. Seelsorgerische Pflicht führt mich heute nach der Sext zu einer Hufe am Papenbach gelegen, welche ...«

Jemand stieß ein ungehaltenes Schnauben aus. Rasch

warf Bandolf einen Blick zum Fußende der Tafel. Umgehend wurden die Köpfe gesenkt. Bandolf kniff nachdenklich die Augen zusammen und fragte sich, von wem dieses abfällige Schnauben gekommen war und was es wohl zu bedeuten hatte, während sich sein Kaplan in einer langatmigen Erklärung erging, warum er den Wunsch des Burggrafen nicht erfüllen könne.

Die Hufe, auf der man dringend seine Anwesenheit benötigte, läge in der Nähe der Kapelle Sankt Andreas. Zweifelsohne wüsste der Burggraf selbst, welch lange Wegstrecke das wäre. Da würde es ihm, Bruder Fridegist, kaum gelingen, rechtzeitig zur Vesper wieder auf der Buchenburg zu sein, geschweige denn, die Aufträge zu erfüllen, um die ihn der Burggraf gebeten hätte. Gewiss wären die Listen doch auch noch später ...

Bandolf wandte seine Aufmerksamkeit wieder dem Kaplan zu, der mit offenkundigem Unbehagen verstummte.

»Und diese bewusste Pflicht lässt sich nicht aufschieben?«, erkundigte sich Bandolf liebenswürdig.

Gewichtig presste Bruder Fridegist sein fleischiges Kinn gegen den Hals. »Zu meinem größten Bedauern ist die Angelegenheit äußerst dringlich.«

»Natürlich«, pflichtete Bandolf ihm bei.

Augenscheinlich zufrieden mit sich, nickte Bruder Fridegist und griff wieder nach seinem Löffel.

Bandolf ließ eine kleine Weile verstreichen, dann meinte er: »Just fällt mir ein, dass ich besagte Hufe am Papenbach noch nicht besucht habe. Ich werde Euch dorthin begleiten.«

Klappernd fiel Bruder Fridegists Löffel in die Schüssel. »Ihr wollt ... Ihr wollt mich begleiten?«, stammelte er und starrte den Burggrafen mit ungläubig aufgerissenen Augen an. »Aber ... aber Ihr seid noch nicht völlig genesen.«

»Oh, nur keine Sorge, Kaplan. Ein kleiner Ausritt wird mir nicht schaden.«

Blass um die spitze Nase, leckte sich Bruder Fridegist über die Lippen. Einen Lidschlag lang sah Bandolf in seinen Äuglein unverhohlene Wut aufblitzen, ehe der Kaplan den Kopf senkte. »Nun, ich …« Er räusperte sich. »Wenn ich es recht bedenke, wäre es vielleicht doch möglich, die bewusste Angelegenheit zu einem späteren Zeitpunkt …« Er verstummte.

Der Burggraf nickte. »Ein weiser Entschluss, Bruder«, sagte er. Jedes Lächeln war aus seinem Gesicht verschwunden.

Nachdem die Mahlzeit beendet war und auch Bruder Fridegist die Halle mit verärgert zusammengepressten Lippen, doch ohne weiteren Widerspruch verlassen hatte, nahm Bandolf seinen Marschalk beiseite.

»Wähle zwei Reisige aus, die du für vertrauenswürdig hältst«, befahl er. »Es müssen Männer sein, die sich darauf verstehen, unauffällig zu sein und gut zu beobachten.«

Herwald nickte.

Leise fuhr Bandolf fort: »Einer der beiden soll Bruder Fridegist im Auge behalten und ihm folgen, wann immer er die Burg verlässt. Ich will jeden Schritt wissen, den der Kaplan tut. Aber er darf nicht merken, dass man ihm folgt, schärf das deinem Mann ein.«

»Und der andere?«

»Der andere Reisige soll sich unauffällig an Ingilds Fersen heften«, raunte Bandolf. »Sie würde bemerken, wenn dein Mann sich in der Halle aufhielte, deshalb muss er sich draußen postieren. Sobald sie die Halle jedoch verlässt, soll er ihr folgen.«

Falls der Marschalk sich wunderte, warum sein Herr

über das Tun und Lassen einer Hausmagd Bescheid wissen wollte, zeigte er es nicht. »Bruder Fridegist scheint sich auf den Weg zum Kloster gemacht zu haben, wie Ihr ihm befohlen habt. Soll ich meinen Mann hinter ihm herschicken?«, fragte er nur.

Bandolf schüttelte den Kopf. »Der Kaplan wird in Bälde zurückkehren. Es genügt, wenn sich der Reisige nach seiner Rückkehr an seine Fersen heftet.«

In den wenigen Tagen, die er krank auf seiner Bettstatt verbracht hatte, waren Aufgaben unerledigt geblieben, die Bandolf als Vogt einer im Bau befindlichen Burg zu erfüllen hatte. Die nächsten Stunden verbrachte er mit der Begutachtung seiner Bestallung und den Fortschritten, die beim Bau des Palas gemacht worden waren.

Es ging schon auf die Sext zu, als der Burggraf in seine behelfsmäßige Halle zurückkehrte, um sich mit einem Krug Bier zu stärken.

Während er seinen Becher Schluck um Schluck leerte, gab er sich müßigen Gedanken hin, die wie von ungefähr nach Worms zu seinem Heim und seinem Weib glitten. Mit jedem Tag, der verging, schien ihm Matthäa mehr zu fehlen, und je näher die Zeit ihrer Niederkunft rückte, um so mehr machte er sich Sorgen. Jede Geburt war mit Gefahren verbunden. Matthäa mochte die Niederkunft nicht überleben oder im Kindbett sterben. Das Kind konnte tot zur Welt kommen, oder verkrüppelt oder …

›Verdammnis!‹, fluchte Bandolf im Stillen. Warum musste er auch ausgerechnet jetzt auf einer halb fertigen Burg in diesem von Gott verlassenen Sachsen den unwillkommenen Vogt abgeben?

›Weil ich töricht genug gewesen war, mich in Hofintrigen einzumengen‹, gab er sich selbst die Antwort. Er schnaubte und schwor im Stillen, sich nie mehr die Finger an Angelegenheiten zu verbrennen, die auch nur entfernt den Dunstkreis des Königs berührten.

Dann überlegte er, ob Heinrichs Zorn auf ihn mittlerweile so weit abgekühlt wäre, dass der König sich zu seinen Gunsten verwenden würde. Nun, Bandolf würde es darauf ankommen lassen müssen, falls dieser vermaledeite Abt nicht bald zurückkehrte und sich zugänglicher zeigen würde. Denn was hatte er bisher erreicht? Es war ihm nicht gelungen, auch nur in Prosperius' Nähe zu gelangen, geschweige denn, mit ihm zu sprechen. Der Gaugraf glänzte mit Abwesenheit, und selbst wenn er Bandolf eine Audienz gewährt hätte, war es unsicher, ob er auch ein offenes Ohr für Bandolfs Anliegen gehabt hätte. Gebhard von Supplinburg war Sachse. Es war unwahrscheinlich, dass er dem Burggrafen des Königs allzu viel Liebe entgegenbrachte. Dasselbe galt für Tidread von Krähenburg und zweifellos auch für den Bischof von Halberstadt, zu dessen Diözese das Kloster Sankt Mauritius gehörte und der in seiner Eigenschaft als Oberhirte des Klosters die Entscheidung über Prosperius' Schicksal treffen würde. Nur der König konnte gegen eine Entscheidung des Bischofs ein Veto einlegen. Doch angesichts der Unruhe im Reich und des angespannten Verhältnisses, das zwischen den Fürsten, der Kirche und dem König herrschte, war es mehr als fraglich, ob König Heinrich für einen abkömmlichen Burggrafen dem Beschluss des Bischofs von Halberstadt widersprechen würde.

Wie es schien, blieb Bandolf nichts anderes übrig, als die Meuchler zu finden, die Bruder Edmund und Bruder Adelbald auf dem Gewissen hatten, wenn er seinem unseligen jungen Schreiber aus der Klemme helfen wollte.

Der Burggraf seufzte. Wie, in aller Welt, sollte ihm das

gelingen, wenn niemand das Maul aufbekam, seine Fragen an einer Mauer des Schweigens abprallten und es im ganzen Harudengau offenkundig nur zwei Menschen gab, die geneigt waren, ihn zu unterstützen?

›Eine magere Kumpanschaft‹, dachte Bandolf verdrossen. Tidreads junge Gattin schien ihre eigenen Gründe zu haben, dem Burggrafen zu helfen, und solange er diese Gründe nicht kannte, wusste er auch nicht, inwieweit er ihren Worten Glauben schenken durfte. Bruder Wynstan hingegen half ihm, weil er sich seinem Freund aus Kindertagen noch immer verbunden fühlte. Doch in erster Linie war er Mönch und seinem Abt, seinem Kloster und seinen Gelübden verpflichtet.

Abwesend griff der Burggraf nach seinem Becher, fand ihn leer, und während er sich nach Abhilfe umsah, traf sein Blick auf Ingild, die bei der Kochstelle damit beschäftigt war, Grünzeug zu häckseln. Nachdenklich betrachtete er die faltenreichen Züge der Hausmagd, die wie stets einen verdrossenen Ausdruck zeigten.

Hatte Tidread sie wirklich geschickt, um in seiner Halle Augen und Ohren aufzusperren?

Bandolf runzelte die Stirn.

Ingild war schon vor seinem Eintreffen auf die Buchenburg gekommen, demnach konnte sich Tidreads Neugier kaum auf Bandolfs Person beziehen, ebenso wenig auf Prosperius und die Ereignisse im Kloster. Falls Tidread ihm also eine Laus in Gestalt der Magd in den Pelz gesetzt hatte, wem galt seine Aufmerksamkeit? Dem Vogt der Buchenburg? Einer anderen Person? Aus welchem Grund?

Für einen Augenblick überlegte der Burggraf, ein eindringliches Wörtchen mit der griesgrämigen Magd zu wechseln, ließ es dann aber bleiben. Nein, wenn Tidread sie geschickt hatte, würde sie schweigen. Ihre Schritte und die des Kaplans beobachten zu lassen, war der bessere Weg, um herauszufinden, was auf seiner Burg vor sich ging.

Entschlossen schob der Burggraf die Gedanken an den sächsischen Burgherrn, die griesgrämige Magd und den saumseligen Kaplan beiseite. Er würde sich Gewissheit verschaffen, aber für den Moment hatte er Dringlicheres zu bedenken. Das Fieber hatte ihn für Tage außer Gefecht gesetzt, während sein junger Schreiber noch immer hinter der Mauer einer Klosterzelle darbte. Es war höchste Zeit, dass er etwas unternahm. Beide Opfer hatten dem Kloster angehört, und ebendort musste er – Abt hin, Prior her – Antworten finden.

Mochte Melisend auch die Worte über den Sündenbalken im Auge des Priors dem unangenehmen Wesen zuschreiben, das der junge Mönch Adelbald offenbar gehabt hatte, war Bandolf davon überzeugt, dass es einen dunklen Fleck auf Bruder Ordlafs Kutte gab. Wenn er herausfinden konnte, was es mit diesem Sündenbalken auf sich hatte, würde ihm das ohne Zweifel bei weiteren Verhandlungen mit dem Prior nützlich sein.

Wie es schien, hatten sowohl Bruder Adelbald als auch der Novizenmeister von diesem Flecken gewusst. Augenscheinlich hing es mit einem Vergehen zusammen, um dessentwillen Bruder Ordlaf sein ehemaliges Kloster hatte verlassen müssen.

Es musste ein schwerwiegendes Vergehen gewesen sein, dass man ihn aus der Gemeinschaft der Mönche ausgeschlossen hatte. Und offenbar war es Bruder Ordlaf gelungen, es geheim zu halten, sonst hätte man ihn kaum in Sankt Mauritius aufgenommen.

Doch welche Regel hatte Bruder Ordlaf gebrochen? War es Armut? Keuschheit, Schweigsamkeit? Oder war es Gehorsam?

Gedankenverloren strich Bandolf über den Rand seines leeren Bechers. ›Wenn man bedenkt, dass ich dem Mann jeden Wurm aus der Nase ziehen musste, kann man wohl ausschließen, dass er das Gelübde der Schweigsamkeit gebrochen hat‹, überlegte er mit einem Anflug von Sarkasmus.

Wie aber stand es mit Gehorsam und Keuschheit?

Unter der kühlen Zurückhaltung, die Bruder Ordlaf zur Schau trug, mochte ein leidenschaftliches Feuer schwelen, und sein Äußeres war allemal dazu angetan, ein Weiberherz zu erobern. Hatte er seiner Lust nachgegeben und darum sein vormaliges Ordenshaus verlassen müssen? Aber wäre dieser Grund schwerwiegend genug gewesen? Nicht, wenn er seiner Leidenschaft nur einmal nachgegeben hat, beantwortete Bandolf seine Frage. Falls Bruder Ordlaf sich jedoch uneinsichtig gezeigt hätte und seinen Neigungen immer wieder erlegen wäre, dann hätte es wohl genügt, um ihn aus der Gemeinschaft seiner Brüder auszuschließen.

Grübelnd kniff Bandolf die Augen zusammen. Der junge Wynstan hatte ihm erzählt, dass es bei Bruder Ordlafs Auseinandersetzung mit dem Novizenmeister um das Verhalten des Priors gegangen sei. Und in seinem Streit mit Bruder Adelbald war davon die Rede gewesen, dass der Prior den Sündenbalken noch immer im Auge trüge. Konnte das bedeuten, dass Bruder Ordlaf sich auch in Sankt Mauritius keine Zügel anlegte? Wer aber könnte Gegenstand seiner Neigung sein?

Um Melisends Mund hatte ein eigenartiges Lächeln gelegen, als von Prior Ordlaf die Rede gewesen war. Hegte der Prior für die junge Gattin Tidreads von Krähenburg eine unerlaubte Neigung, und wurde diese Neigung erwidert? Plötzlich fiel Bandolf die Lederschnur ein, die er bei der Bodenluke des Ausgucks gefunden hatte. Am Vortag hatte er darauf vergessen, Melisend das Band zurückzugeben. Es steckte noch immer in einem Beutel an seinem Gürtel. Rasch klaubte Bandolf die Schnur hervor und betrachtete nachdenklich die Haarlocke, die daran befestigt war. Die Farbe des Haars war irgendwo zwischen blond und braun angesiedelt und wirkte schon etwas verblichen. Eine solche Farbe war nicht ungewöhnlich. Die Strähne hatte Ähnlichkeit mit Bruder Ordlafs Haar, jedoch auch mit dem Tidreads. ›Oder mit dem Haar irgendeines anderen Mannes‹, dachte Bandolf und seufzte.

Würde Melisend ihn mit der Nase auf jenen dunklen Fleck in der Vergangenheit des Priors gestoßen haben, wenn sie tatsächlich in eine verbotene Liebschaft mit ihm verstrickt wäre? Das ergab keinen Sinn. Zweifelnd strich Bandolf über seinen Bart. So manche Äußerungen des sprunghaften jungen Weibes schienen ihm keinen Sinn zu ergeben.

Was hatte sie noch gesagt? Der Prior habe in Wahrheit das Sagen im Kloster, besitze aber nicht den nötigen Einfluss, um in das Amt des Abtes gewählt zu werden?

Auch eine niedere Herkunft machte den Abtsstab nicht gänzlich unerreichbar, doch zweifellos würde Bruder Ordlaf es um vieles schwerer haben, ein solches Amt zu erlangen, als ein Mann von Stand. Wenn er jedoch bei einer verbotenen Tändelei ertappt würde, noch dazu mit einem verheirateten Weib vom Rang Melisends, würde das seine ohnehin geringe Aussicht vollends zunichtemachen. Würde ein ehrgeiziger Mönch wie Bruder Ordlaf ein solches Wagnis eingehen?

Andererseits vermochten weibliche Reize oft mühelos solche Bedenken im Kopf eines Mannes auszulöschen, dachte der Burggraf mit einem schiefen Lächeln. Wusste er das nicht selbst gut genug? Wenn er an Matthäa dachte, an ihren weichen Leib, der sich an ihn schmiegte, den Duft ihres prachtvollen Haars, an ihre Lippen, die …

Unversehens spürte er, wie ihm das Blut heiß in die Lenden schoss, und für einen quälerischen Augenblick gab er sich der Erinnerung an die lustvollen Freuden des Ehestandes hin, die er schon allzu lange vermisste. Abhilfe tat da längst schon not.

Ob er nicht …? Nur einmal …?

Mit einem tiefen, langen Seufzen riss er sich von der verführerischen Einflüsterung los und lenkte seine Gedanken widerstrebend erneut auf den vermaledeiten Prior.

Ob nun mit Melisend oder mit einem anderen Weib, Bruder Ordlaf hatte die Folgen seines Tuns also womöglich nicht bedacht. Die Auseinandersetzungen, die er mit dem Novizenmeister und später mit Bruder Adelbald gehabt hatte, mochten darauf schließen lassen, dass er ertappt worden war. Hatten Bruder Edmund und Bruder Adelbald am Ende vielleicht sterben müssen, damit die geheime Leidenschaft des Priors nicht bekannt würde und seinem ehrgeizigen Streben im Weg stand?

Ein ungutes Gefühl beschlich den Burggrafen und ließ das Blut in seinen Lenden vollends erkalten.

Prosperius!

Wenn Bruder Ordlaf im Kloster das Sagen hatte, wie Melisend glaubte, dann war es auch die Entscheidung des Priors und nicht die des Abtes gewesen, den Burggrafen von seinem Schreiber fernzuhalten. Dafür musste es doch einen besseren Grund geben als die fadenscheinige Ausrede, eine Unterredung mit dem Burggrafen könnte Prosperius' Seelenheil gefährden? Was, wenn Prosperius über das Treiben des Priors ebenso Bescheid wusste wie der Novizenmeister und Bruder Adelbald? Oder hatte der unselige junge Bursche gar einen der Morde beobachtet? Oder alle beide? Kannte er den Täter? Wenn dem so war, dann befand sich der kleine Nichtsnutz zweifelsohne selbst in Gefahr.

Scharf sog Bandolf den Atem ein. Lebte Prosperius überhaupt noch? Hatte jemand ihn zu Gesicht bekommen, mit ihm gesprochen, seit man ihn ins Kloster gebracht hatte?

Noch ehe er den Gedanken zu Ende gedacht hatte, war Bandolf auf den Beinen. Darüber würde er sich Gewissheit verschaffen, und wenn er dafür jede Tür jeder Zelle im Kloster in Stücke hauen müsste!

Nur die Rückkehr seines Kaplans, der just diesen Moment wählte, um mit Bruder Wynstan im Schlepptau die Halle zu betreten, hielt den Burggrafen davon ab, seinen Gedanken umgehend in die Tat umzusetzen.

Mit einem selbstgefälligen Lächeln erklärte Bruder Fridegist, der Ehrwürdige Vater sei noch nicht zurückgekehrt, doch man würde in den nächsten Tagen mit seiner Ankunft rechnen. Wie befohlen, habe er aber Bruder Wynstan mitgebracht, obwohl er noch immer nicht einsehen könnte, wie der junge Mönch ihm bei seinen schwierigen Aufgaben zu helfen vermöchte.

Es träfe sich ausgezeichnet, dass Bruder Fridegist allein zurechtkäme, denn er benötige just selbst Bruder Wynstans Dienste, knurrte Bandolf unwirsch, während er den offenkundig überrumpelten jungen Mönch bereits am Arm packte und zur Tür zog.

»Aber ich dachte …«, hörte er noch Bruder Fridegists überraschten Protest, dann hatte er Bruder Wynstan auch schon durch das Mannsloch geschoben und kletterte hinter ihm die schmale Holzstiege zum Burghof hinunter.

»Wohin gehen wir?«, wollte der junge Mönch wissen,

als sie unten angelangt waren und Bandolf den Unterkünften der Reisigen zustrebte. Er musste die Stimme erheben, um den Baulärm zu übertönen.

Bandolf antwortete nicht. »Hast du Prosperius gesehen, seit deine Mitbrüder ihn ins Kloster gebracht haben?«, fragte er stattdessen.

Unter seinem gesenkten, karottenroten Schopf warf Bruder Wynstan ihm einen neugierigen Blick zu. »Nur einmal«, erwiderte er.

»Wann war das?«

»Vorgestern. Nach der Komplet.«

Für einen Augenblick schloss Bandolf erleichtert die Augen, dann runzelte er die Stirn. »Heißt das, du durftest zu ihm? Hast du mit ihm gesprochen?«

Bedauernd schüttelte Bruder Wynstan den Kopf. »Man hat uns streng verboten, mit Prosperius zu sprechen. Doch es ist ihm gestattet, nach der Komplet in der Kirche zu beten, wenn die anderen Brüder sich zur Ruhe begeben haben. Vorgestern war es meine Aufgabe, dem Bruder Sakristan zu helfen, nach der Messe die Altargerätschaften in die Silberkammer zurückzubringen. Darum konnte ich einen flüchtigen Blick auf Prosperius erhaschen, als man ihn in die Kirche brachte.«

»Wie geht es ihm?«, fragte der Burggraf.

»Er schien mir wohlauf zu sein. Nur ein wenig mager.« Ein spitzbübisches Grinsen schien das Apfelrot auf Bruder Wynstans Wangen zu vertiefen. »Wenn Ihr seine Unschuld bewiesen habt, wird er vom Kochkessel nicht mehr wegzubringen sein.«

»Zweifellos«, brummte Bandolf, eingedenk der Mengen, die sein junger Schreiber schon ohne vorheriges Fasten zu verschlingen pflegte.

Prosperius' Appetit brachte ihn auf einen Gedanken. »Ist

es immer derselbe Mönch, der Prosperius die Mahlzeiten bringt und ihn in die Kirche führt?«

»Nein, Bruder Prior teilt diese Aufgaben unterschiedlich zu«, antwortete der junge Mönch, und noch bevor Bandolf seinen Gedanken weiterverfolgen konnte, platzte er heraus: »Prosperius wird nicht mehr lange bei uns in Sankt Mauritius bleiben.«

Abrupt blieb der Burggraf stehen und starrte ihn betroffen an. »Was, zur Hölle, soll das bedeuten?«

Offenkundig überrascht über den plötzlichen Halt, stolperte Bruder Wynstan noch einen Schritt vorwärts, ehe er ebenfalls stehen blieb.

»Ich hörte gestern, wie Prior Ordlaf zum Bruder Sakristan sagte, der Bischof sei endlich in Halberstadt eingetroffen«, stieß er ein wenig atemlos hervor. »Sobald der Ehrwürdige Vater aus Goslar zurückgekehrt sei, würde man den Teufelsnovizen nach Halberstadt schaffen, wo sich Seine Eminenz dann der Angelegenheit annehmen würde.«

»Verflucht noch eins!«, entfuhr es Bandolf. Mit dieser Möglichkeit hatte er nicht gerechnet. Wenn Prosperius erst in Halberstadt wäre und der Bischof sich, wie abzusehen, auf die Seite des Klosters schlagen würde, wäre es für Bandolf nahezu unmöglich, ihn dort herauszuschaffen.

Tief in Gedanken fuhr sich Bandolf über die Stirn. Die Zeit wurde knapp für Prosperius. Offenbar wollte man nicht bis Michaeli warten, und in Anwesenheit des Bischofs konnte er jederzeit angehört und verurteilt werden. Jetzt galt es mehr denn je, schnellstens herauszufinden, wer für die Ermordung der beiden Mönche verantwortlich war. Aber außer einigen vagen Vermutungen hatte er nicht die geringste Spur. Dass Prosperius selbst vielleicht über einen Hinweis verfügte, war womöglich seine letzte Hoffnung. Süßer Jesus, er musste unbedingt mit seinem jungen

Schreiber sprechen. Aber wie? Wäre es wirklich klug, sich mit Gewalt den Weg zu erzwingen?

Aus dem Augenwinkel sah er, wie Bruder Wynstan den Kopf hob und ihn erwartungsvoll anschaute. Grübelnd kniff Bandolf die Augen zusammen. Was hatte der junge Mönch vorhin noch gesagt? Etwas, das ihn auf einen verwegenen Gedanken gebracht hatte.

War das zu bewerkstelligen?

Mit einem Blick in Bruder Wynstans blaue Augen, die die Welt so arglos zu betrachten schienen, unterdrückte Bandolf ein Seufzen. Doch dann schob er seine Zweifel beiseite.

Die Zeit drängte, und eine andere Möglichkeit fiel ihm nicht ein.

»Es wird dir widerstreben«, sagte er, »doch du musst mir helfen.« Und während er dem jungen Mönch erklärte, was er von ihm verlangte, sah er zu, wie das Apfelrot auf Wynstans Wangen verblasste.

Kapitel 19

Es hatte einiger Überredungskunst bedurft, bis Bruder Wynstan eingewilligt hatte, zu versuchen, was der Burggraf von ihm verlangte.

Als Bandolf Stunden später in Begleitung seines wortkargen Marschalks die Buchenburg verließ, war er sich noch immer nicht sicher, ob den jungen Mönch nicht doch im letzten Augenblick der Mut verlassen würde. Um keine unerwünschte Aufmerksamkeit zu erregen, hatte der Burggraf beschlossen, zum Kloster nicht den Weg über Egininkisrod zu nehmen, sondern es mit jenem steilen Pfad aufzunehmen, der über den Bachsteg zum Mittelberg führte.

Die Sonne war nur mehr ein breiter roter Streifen über dem dunklen Grün des Waldes, als Bandolf und sein Marschalk den Steg überquerten.

Vor dem steil aufragenden Abhang blieben die beiden Männer stehen und schauten hinauf.

»Seid Ihr sicher, dass das ein kluger Einfall ist?«, brach Herwald sein langes Schweigen. Mit einer zweifelnd hochgezogenen Braue betrachtete er das dichte Gebüsch aus Brennnesseln, Brombeerranken, Disteln und anderem dornigen Gestrüpp, in dem der steile Pfad kaum zu erkennen war.

»Welchen Einfall meinst du?«, erkundigte sich der Burggraf. »Meine Absicht, diesen Scherz eines Pfades zu erklimmen, oder mein Vorhaben bezüglich des Klosters?«

»Nun, beides, nehme ich an«, meinte der Marschalk.

Da er bereits prüfte, ob das Bündel über seiner Schulter auch gut befestigt war, damit er die Hände freihaben würde, schien er keine Antwort zu erwarten.

Der Pfad war noch steiler und unwegsamer, als Bandolf ihn in Erinnerung gehabt hatte, und er bemühte jeden Fluch, den er kannte, bevor er mit hochrotem Gesicht, die kurze Tunika mit stacheligem Grünzeug gespickt, oben ankam. Sein Marschalk sah kaum weniger angestrengt und igelhaft aus, doch die einzige Bemerkung, die er sich gestattete, war ein verbissenes »Teufel auch«, während er sich an einem zähen Spross den letzten Rest des Abhangs hochzog.

Sie folgten dem Waldweg, den der Burggraf vor einigen Tagen mit Bruder Wynstan in umgekehrter Richtung gegangen war. Dieses Mal war sein Ziel das Kloster. Beunruhigt fragte sich Bandolf, ob es dem jungen Mönch gelungen war, seine Bitte dem Prior vorzutragen, ohne sich zu verraten, und ob der Prior ihm den Wunsch erfüllt hatte. Wenn nicht, musste Bandolf sich rasch etwas anderes ausdenken.

»Was die Hausmagd und Bruder Fridegist anbelangt …«, riss Herwalds Stimme ihn aus seinen müßigen Betrachtungen.

Bandolf warf ihm einen fragenden Blick zu, und der Marschalk fuhr fort: »Ingild hat den Tag über offenbar nichts anderes getan, als ihrem Tagewerk nachzugehen. Sie hat die Burg nicht verlassen. Bruder Fridegist hingegen schon. Gerhus, der Reisige, den ich beauftragt hatte, ihm zu folgen, berichtet, dass der Kaplan die Burg kurz nach dem Mittagsmahl verlassen hat. Er hat sich in Richtung Süden gewandt.«

»Dann hat er also doch jene Hufe am Papenbach besucht. Entgegen meinem ausdrücklichen Wunsch«, brummte Bandolf verärgert.

Zu seiner Überraschung schüttelte der Marschalk den Kopf. »Der Papenbach liegt nach Südwesten hin. Bruder Fridegist hat jedoch den Weg in südöstlicher Richtung eingeschlagen.«

»Mit welchem Ziel?«

»Zwischen einem Waldstück, das die Haruden Garkenholz nennen, und der Hufe Ripertingisrod gibt es offenbar eine Höhle. Und dort ist er hineingegangen.«

»In eine Höhle?«, wiederholte Bandolf verblüfft. »Was, zur Hölle, wollte er dort?«

Herwald zuckte mit den Schultern. »Ihr hattet befohlen, dass mein Mann sich unauffällig verhalten soll. Wie es scheint, hat Bruder Fridegist sich unterwegs immer wieder umgeschaut, und Gerhus befürchtete, dass er ihn in der Höhle entdecken würde. Also hat er sich draußen versteckt, bis der Kaplan wieder herauskam.«

Bandolf runzelte die Stirn. Dass der träge Kaplan sich ohne guten Grund durch die unwegsamen Gänge einer finsteren Höhle plagen sollte, erschien ihm unwahrscheinlich. Dennoch fragte er: »Ist es möglich, dass Bruder Fridegist die Höhle zufällig entdeckte und lediglich seine Neugier befriedigen wollte?«

»Nein«, sagte Herwald entschieden. »Der Eingang liegt nicht am Wegrand. Man gelangt nur über einen Trampelpfad dorthin. Auch meinte Gerhus, der Kaplan habe diese Richtung eingeschlagen, ohne zu zögern.«

»War außer deinem Mann und Bruder Fridegist sonst noch jemand in der Nähe?«

»Gerhus hat niemand anderen gesehen.«

»Eigenartig«, murmelte der Burggraf in Gedanken. Was hatte Bruder Fridegist dort nur gewollt?

»Wie lange blieb er in der Höhle?«, erkundigte er sich nach einer Weile.

»Das habe ich nicht gefragt«, meinte Herwald. »Aber Gerhus sagte, der Eingang läge eine knappe Wegstunde vom Buchenfels entfernt. Als Bruder Fridegist herauskam, machte er sich sogleich auf den Rückweg, und zur Non waren sie wieder auf der Burg.«

»Willst du mir sagen, Bruder Fridegist hat die Burg nur deshalb verlassen, um jene Höhle aufzusuchen?«, fragte der Burggraf erstaunt.

»So hat man es mir berichtet.«

Bandolfs Stirnrunzeln vertiefte sich. Anscheinend hatte sich der Kaplan gut eine Messe lang in der Höhle aufgehalten. Was hatte er so lange darin gemacht? Gebetet? Ob es sich vielleicht um eine Heiligenklause handelte, ähnlich wie die der heiligen Liutbirg?

Bandolf fragte seinen Marschalk, doch Herwald wusste es nicht.

»Erkundige dich«, befahl Bandolf. »Und sag Gerhus, wenn der Kaplan noch einmal in diese Höhle geht, soll er ihm folgen. Ich will wissen, was Bruder Fridegist an diesem merkwürdigen Ort zu schaffen hat.«

»Ja, Herr.«

Eine Weile zerbrach sich Bandolf noch ergebnislos den Kopf darüber, was sein Kaplan in jener Höhle zu suchen gehabt hatte, dann kehrten seine Gedanken wieder zu dem Vorhaben zurück, das ihn zu später Stunde nach Sankt Mauritius führte. Der Plan war in Eile geboren und wies bedauerliche Lücken auf, dessen war er sich bewusst. Ihm selbst mochte wohl nicht viel geschehen, doch er machte sich Sorgen, welche Folgen es für den jungen Wynstan haben konnte, wenn das Vorhaben fehlschlug.

Während die beiden Männer zügig den Waldweg entlangschritten, brach die Dämmerung herein, und als die Mauern von Sankt Mauritius zwischen den Bäumen aufragten, erlosch just der letzte Streifen Rot am Himmel. Der Pfad, der rechts des Weges hügelaufwärts zur Pforte des Klosters führte, war kaum noch zu erkennen.

Herwald hatte seinen Beutel von der Schulter genommen und kramte darin, doch als er eine Fackel herauszog, hielt der Burggraf ihn zurück. »Nein«, raunte er. »Nimm die kleine Öllampe, das muss genügen. Wir wollen keine Aufmerksamkeit erregen.«

Herwald tat, wie ihm geheißen, dann fragte er leise: »Und nun?«

»Wir schlagen uns jenseits des Pfads durchs Unterholz zur rückwärtigen Seite des Klosters«, gab Bandolf ebenso leise zurück. »Dort gibt es noch eine kleine Pforte, die zum Friedhof hinter der Kirche führt. Wenn alles gut gegangen ist, hat Bruder Wynstan sie vor der Komplet aufgeschlossen.«

Obwohl es in gerader Linie kaum mehr als hundert Schritte sein konnten, schien es Bandolf eine Ewigkeit zu dauern, bis sie sich in fast völliger Dunkelheit zwischen den Bäumen und dem dichten Unterholz hindurchgekämpft hatten und die rückwärtige Mauer des Klosters vor ihnen lag. Dann dauerte es noch einmal geraume Zeit, um im spärlichen Licht der kleinen Öllampe den Zugang zum Friedhof zu finden. Ebenso von Efeu umrankt wie die Klostermauer, hob sich das niedrige Pförtchen kaum von dem Mauergestein ab.

Behutsam drückte der Burggraf gegen das Holz der niedrigen Tür und war so erleichtert wie erschrocken, als sie mit einem erbärmlichen Quietschen nach innen aufschwang.

»Du bleibst hier«, warf er flüsternd über seine Schulter zurück. »Sieh zu, dass niemand die Pforte zuschließt.«

Sein Marschalk stieß ein unbehagliches Grunzen aus.

»Ich hoffe, es wird nicht dazu kommen«, beantwortete Bandolf seine unausgesprochene Frage, bevor er durch das Pförtchen trat und sie behutsam hinter sich schloss.

Damit ihn das Licht nicht verriete, hatte Bandolf die Lampe bei Herwald zurückgelassen und nur ein kleines Bündel aus dem Beutel des Marschalks mitgenommen. Kaum war die Pforte zu, hüllte ihn die Dunkelheit ein. Bandolf blieb stehen. Wenn nichts fehlgegangen war, würde Bruder Wynstan ihn nach der Komplet bei der Pforte abholen. Irgendwo am Himmel musste der Mond aufgegangen sein, doch sein Licht drang nur schwach durch die Baumwipfel hindurch. Es dauerte geraume Zeit, bis der Burggraf die schemenhaften Schatten einiger Grabkreuze und die Fassaden der Apsis und des Glockenturms zu seiner Rechten ausmachen konnte, die kaum zwanzig Schritt von ihm entfernt waren. Leiser Gesang drang aus der Kirche, demnach dauerte die Komplet noch an.

Bandolf seufzte. Je länger er warten musste, umso mehr Dinge fielen ihm ein, die fehlschlagen konnten. Der Prior mochte Bruder Wynstans Bitte abgeschlagen haben. Der junge Mönch war nicht ans Flunkern gewöhnt, er könnte sich verraten haben. Oder man konnte ihn entdecken, wenn er sich zur Pforte der Kirche in den Friedhof hinausschlich, oder …

Ungeduldig stapfte der Burggraf zwischen zwei Grabkreuzen auf und ab. Die Zeit schien endlos dahinzutröpfeln. Als er endlich ein leises Knarren zu seiner Rechten vernahm und der Schein einer Lampe in dem Schatten aufflackerte, den die Fassade der Apsis auf den Friedhof warf, atmete er erleichtert auf. Mit zusammengekniffenen Augen spähte er in die Richtung des schwachen Schimmers. Eine schemenhafte Gestalt bewegte sich auf ihn zu.

»Seid Ihr hier?«, wisperte eine zittrige Stimme. Gleich

darauf konnte Bandolf Bruder Wynstans ängstliches Gesicht und seine weit aufgerissenen Augen erkennen.

»Was hat so lange gedauert?«, raunte er. »Gab es Schwierigkeiten?«

»Der Bruder Prior schien erstaunt über meine Bitte, und zuerst glaubte ich, er hätte vielleicht Verdacht geschöpft, doch dann sagte er nur, ich dürfte Prosperius nicht länger in der Kirche verweilen lassen, als bis er seine Gebete gesprochen hätte, und auch wenn er womöglich mein Mitleid errege, müsse ich unter allen Umständen daran denken, mit wem ich es zu tun hätte, und auf der Hut sein. Der Bruder Pförtner sei in Rufweite und könne rasch eingreifen, falls Prosperius Anstalten machte, zu fliehen oder mich anzugreifen. Ja, und ich solle die Kirche keinesfalls mit müßigem Geplapper entweihen. Doch ich musste ja Prosperius sagen, dass er sich nicht wegrühren darf, solange ich fort bin, und dass Ihr kommt«, haspelte der junge Mönch mit vor Aufregung hoher Stimme hervor. In der Nähe knackte ein Zweig, und er fuhr heftig zusammen.

»Beruhige dich«, befahl Bandolf leise. Dann runzelte er die Stirn. »Wo ist der Bruder Pförtner jetzt?«

Bruder Wynstan biss auf seine Lippe. »Ich weiß es nicht genau. Er hat mich zu Prosperius' Zelle gebracht und aufgesperrt, aber er ist nicht mit in die Kirche gegangen.«

»Schön, dann lass uns gehen.«

Mit dem Gefühl von Dringlichkeit folgte Bandolf dem Schein von Bruder Wynstans Lampe um die Apsis bis zur Totenpforte im nördlichen Querhaus der Kirche. Durch diese Pforte pflegten die Mönche ihre Verstorbenen nach der Aussegnung auf den Friedhof zu geleiten.

Ein schwacher Geruch nach Weihrauch stieg Bandolf in die Nase, als er hinter Bruder Wynstan die Kirche betrat. Kerzen brannten noch auf dem Altar und erhellten den Chor und die Vierung, während der Rest der Kirche im Dunkeln lag. Zu Füßen eines der Vierungspfeiler kauerte eine schmale Gestalt, die sich beim Anblick des Burggrafen aufrappelte.

Im ersten Augenblick dachte Bandolf, es läge nur am ungewohnten Novizengewand, dass er seinen jungen Schreiber verändert fand. Doch als er näher kam und Prosperius den Kopf hob, sah er in ein abgemagertes, schmutziges Gesicht, in dem die großen Augen wie zwei dunkle Tümpel wirkten, die bis zum Rand mit Angst gefüllt waren.

»Verdammmich«, murmelte Bandolf. Dann brummte er. »Da hast du mir dieses Mal wahrlich eine üble Suppe eingebrockt.«

»Aber ich war es nicht, Herr. Ganz bestimmt nicht. Ich schwör' es Euch«, stieß Prosperius hervor, während er ihm entgegenstolperte. »Bei allem, was mir heilig ist, ich hab' das nicht getan.« Beschwörend klammerte er sich an Bandolfs Arm.

»Dummer Bengel«, knurrte der Burggraf. »Ich glaube dir ja.«

»Dann nehmt Ihr mich mit?« fragte Prosperius mit mitleiderregend dünnem Stimmchen.

»Allmächtiger! Das dürft Ihr nicht!«, rief Bruder Wynstan offenkundig entsetzt. Bandolf warf ihm einen warnenden Blick zu und hob einen Finger an die Lippen. Dann löste er sich behutsam aus dem Griff seines jungen Schreibers.

»Ich würde einen Aufstand auslösen, wenn ich dich ohne die Einwilligung des Abts hier wegbrächte«, erklärte er.

Prosperius sackte in sich zusammen, als hätte er plötzlich keine Knochen mehr, die ihn auf den Beinen hielten.

»Nun mach kein solches Gesicht«, brummte Bandolf unbehaglich. »Du musst hier nur noch ein Weilchen ausharren, bis ich die Meuchler gefunden habe, die für den Tod deines Novizenmeisters und Bruder Adelbalds verantwortlich sind.« Mit einer aufmunternden Geste drückte er ihm das mitgebrachte Bündel in die Hand. »Hier, nimm das mit in deine Zelle. Herwald hat Brot, ein wenig Speck und Käse aus Ingilds Vorräten für dich gestohlen. Damit du uns nicht gänzlich vom Fleische fällst.«

Zu Bandolfs Erleichterung zeitigte die Aussicht auf das kleine Festmahl Wirkung. Ein zittriges Lächeln erschien um Prosperius' Mundwinkel, während er das Bündel fest an sich drückte, als handle es sich um den Heiligen Gral, und in seinen Augen zeigte sich ein hoffnungsvoller Schimmer.

»Wenn ich dir helfen soll, dann musst du mir jetzt alles sagen, was du getan, gehört und gesehen hast«, erklärte der Burggraf streng. »Und komm mir ja nicht mit deinen üblichen Ausflüchten und Lügen.«

»Aber ich weiß doch überhaupt nichts«, rief Prosperius kläglich. »Ich habe nicht gesehen, wer es war.«

Um eine Hoffnung ärmer, unterdrückte Bandolf ein Seufzen. »Wie auch immer«, fuhr er fort. »Bruder Wynstan hat mir von dem Streich erzählt, den du deinem Novizenmeister gespielt hast. Anschließend hat Bruder Edmund dir gedroht, er würde dein Vergehen vor die Kapitelversammlung bringen, und du überlegtest dir, wie du dich am besten aus deinen Schwierigkeiten herauswinden könntest. Was also geschah an jenem Morgen?«

Eine kleine Weile war nur das Knistern der Kerzen auf dem Altar zu hören, während sich Prosperius die Ereignisse dazumal ins Gedächtnis zurückzurufen schien.

»Ich hatte vor, noch einmal mit Bruder Edmund zu sprechen, wollte ihm erklären ... um Vergebung ...«, begann er endlich stockend zu berichten. »Gleich nach der Prim wollte ich ihm sagen, dass ich ...« Mit einem zerknirschten

Seufzen zuckte er mit den Schultern. »Aber dann herrschte so ein Durcheinander, und ich konnte ihn nicht allein erwischen.« Allmählich schien er sich zu beruhigen, und die Worte kamen ihm rascher über die Lippen. »Seine Eminenz, der Erzbischof von Köln, war am Vortag im Kloster eingetroffen. Eigentlich hatte er beabsichtigt, noch einen weiteren Tag in Sankt Mauritius zu verbringen und das Hochamt zu zelebrieren. Aber dann war in der Nacht ein Bote mit einer Nachricht eingetroffen, die ihn offenbar nach Bodfeld an den Hof zurückrief. Jedenfalls verursachte sein unerwarteter Aufbruch nach der Prim beträchtliches Durcheinander, Bruder Edmund schien alle Hände voll zu tun zu haben, und immer war irgendjemand um ihn.«

Eine flüchtige Eingebung klopfte an Bandolfs Gedächtnis, doch ehe er sie einlassen konnte, war sie schon wieder verschwunden.

»Erst kurz vor der Terz sah ich, wie Bruder Edmund allein in die Kirche ging«, berichtete Prosperius weiter. »Ich folgte ihm, weil ich dachte, ich könnte dort ungestört mit ihm sprechen.« Er runzelte die Stirn. »Als ich die Kirche betrat, kniete Bruder Edmund vor dem Altar. Er schien mich nicht gehört zu haben. Noch ehe ich bei ihm war, stand er plötzlich auf und sah sich um. Mich hatte er offenbar nicht gesehen, obwohl ich ihm gewinkt habe.«

Prosperius drehte sich um und wies am Vierungspfeiler vorbei auf ein rechteckiges Eisengitter, das den Eingang nach unten zur Krypta markierte und in der Dunkelheit des Seitenschiffs kaum zu erkennen war. »Dort stieg er dann die Treppe zur Krypta hinunter. Ich dachte, er wollte vielleicht in die Silberkammer neben der Krypta, um das Altargerät für die Messe zur Terz heraufzuholen.«

Mit offenkundigem Erstaunen warf Bruder Wynstan ein: »Wie kamst du darauf? Die Altargeräte zu richten ist die

Aufgabe des Bruders Sakristan, nicht die des Novizenmeisters«, meinte er.

Prosperius zuckte mit den Schultern. »Aber was hätte er denn sonst dort unten gewollt?«

›Eine bedenkenswerte Frage‹, dachte der Burggraf, während sein junger Schreiber zögernd fortfuhr: »Zuerst wollte ich ja warten, bis er wieder heraufkäme, weil ich dachte, nun, ich wollte ...« Er stockte.

»Es hat dich da unten schon immer gegruselt«, bemerkte der junge Mönch und grinste Prosperius an.

»Als wärst du je so versessen darauf gewesen, in die Krypta hinabzusteigen«, gab Prosperius empört zurück.

Ungeduldig rollte Bandolf die Augen. »Dann bist du dem Novizenmeister aber doch gefolgt«, lenkte er Prosperius' Gedanken wieder aufs Wesentliche.

Schaudernd nickte Prosperius.

»Und dann?«, drängte der Burggraf.

»Dann fand ich ihn dort unten in der Silberkammer auf der Erde liegen. Da steckte ein Dolch in seiner Brust ... und da war ... Da war so viel Blut«, hauchte er.

Selbst im Halbdunkel, das in der Kirche herrschte, sah Bandolf, wie sein junger Schreiber abrupt die Farbe wechselte und würgte. Für einen Moment befürchtete er, der junge Bengel würde in Ohnmacht sinken, doch Prosperius ließ nur ein langgezogenes Seufzen vernehmen.

»Ich wollte ihm ja helfen und kniete mich neben ihn, aber dieser Dolch ... der Geruch ... und dann das viele Blut ... Mir war ganz elend, und plötzlich wurde mir schwarz vor Augen«, gestand er und ließ kläglich den Kopf hängen.

»Hast du irgendjemanden gesehen, bevor du das Bewusstsein verlorst?«, fragte Bandolf. »In der Kirche? Auf der Treppe zur Krypta? In der Silberkammer?«

Mit betrübter Miene schüttelte Prosperius den Kopf.

»Ist dir sonst vielleicht irgendetwas Merkwürdiges aufgefallen? Denk nach. War da vielleicht ein Geräusch? Ein Geruch? Irgendetwas, das da war, aber dort nicht hingehörte? Oder etwas, das fehlte?«

Erneut schüttelte Prosperius den Kopf. »Die beiden Truhen in der Silberkammer standen offen, doch es fehlte nichts«, meinte er. »Wäre etwas gestohlen worden, und man hätte das Gestohlene nicht bei mir gefunden, dann würde der Ehrwürdige Vater doch nicht geglaubt haben, dass ich es war, der ...« Abrupt verstummte er und runzelte die Stirn.

Angespannt beugte Bandolf sich vor. »Da war doch etwas, habe ich recht?«

»Nun, ich ...« Prosperius' Stirnrunzeln vertiefte sich. Plötzlich kräuselte sich seine aufwärtsstrebende Nase, und er verzog angewidert die Lippen. »Da war ein eigentümlicher Geruch in der Silberkammer.«

Auch Bruder Wynstan war einen Schritt näher gerückt. »Was für ein Geruch?«, fragte er neugierig, noch ehe der Burggraf die Frage stellen konnte.

»Fisch«, platzte Prosperius heraus. Eifrig nickte er. »Ja. Es roch nach verdorbenem Fisch.«

»Fisch«, brummte Bandolf ernüchtert. Das war nun nicht der Hinweis, auf den er gehofft hatte. Es mochte alle möglichen Gründe geben, wieso es in der Silberkammer nach Fisch gerochen hatte, wenn die Erinnerung seinem jungen Schreiber nicht gar einen Streich gespielt hatte. Er seufzte.

»Du hast also das Bewusstsein verloren, als du neben der Leiche des Novizenmeisters knietest. Was geschah dann?«

Prosperius' kleines Lächeln erstarb. »Ich kam zu mir, als der Bruder Sakristan mich auf die Füße zerrte. Und ehe ich mich's versah, hatten er, Bruder Nothelm und Bruder Hilgar mich zum Ehrwürdigen Vater geschleppt, und sie beschuldigten mich, ich hätte in einem Anfall unmäßiger Wut Bruder Edmund erstochen. Ich habe erzählt, wie es gewesen war, aber Vater Hademar und Prior Ordlaf wollten mir einfach nicht glauben. Als dann das Feuer im Glockenturm ausbrach, liefen beide hinaus, um nachzusehen, was der schreckliche Lärm zu bedeuten hätte. Sie ließen Bruder Hilgar, der mich bewachen sollte, in der Zelle des Abts zurück. Aber dann hörten wir plötzlich das Krachen, als der Turm einstürzte, und die Schreie unserer Mitbrüder. Ich sagte Bruder Hilgar, er müsse nachsehen, es sei bestimmt etwas Furchtbares passiert, und versprach ihm, ich würde mich nicht von der Stelle rühren.«

»Du hast ihn angelogen?«, warf Bruder Wynstan mit leisem Tadel ein. »Das hättest du nicht tun sollen. Du hättest auf unseren Herrn vertrauen müssen, anstatt dich davonzustehlen.«

»Was hätte das denn geholfen, wo Vater Abt und Prior Ordlaf doch davon überzeugt waren, ich sei der Meuchler gewesen?«, fuhr Prosperius auf. »Niemand hätte mir geglaubt.«

»Ich hätte dir geglaubt.«

»Wirklich?« Prosperius schenkte seinem Freund aus Kindertagen einen treuherzigen Blick. Dann aber winkte er ab. »Du bist stets der Gehorsamste von uns Dreien gewesen. Du hättest dein Gelübde nicht gefährdet, nur um mir beizustehen.«

Sichtlich betroffen, senkte der junge Mönch die Lider.

Dann blinzelte er und sagte leise: »Aber heute habe ich es getan. Ich habe meinen Prior hintergangen und meine Brüder.« Er schluckte.

Rasch trat Prosperius einen Schritt auf ihn zu und streckte die Hand nach ihm aus, doch Bruder Wynstan wich ihm kopfschüttelnd aus.

»Warum bringst du dich auch immer nur in Schwierigkeiten?«

»Du tust gerade so, als hätte ich mir das gewünscht«, murrte Prosperius gekränkt.

Mit ärgerlicher Stimme gab der junge Mönch zurück: »Hättest du damals nicht das Harz auf Bruder Edmunds Platz –«

»Und was ist mit dir und Adelbald? Hättet ihr nicht an der Tür zum Refektorium Wache gestanden, damit ich –«

»Bei allen Heiligen, still jetzt. Alle beide«, fuhr der Burggraf unwirsch dazwischen. »Ihr könnt euch später noch zanken. Jetzt gibt es Dringenderes zu bereden.«

Die zwei jungen Burschen warfen sich einen betretenen Blick zu, dann senkten alle beide den Kopf.

»Nun denn: Gab es sonst noch etwas, das euch an jenem Tag aufgefallen ist, bevor der Blitz einschlug und Prosperius das Weite gesucht hat?«, fragte Bandolf in das Schweigen.

»Bis das Feuer ausbrach, ging ich dem Cellerar im Speicher zur Hand und schleppte Getreidesäcke in die Küche«, antwortete schließlich Bruder Wynstan. Entschuldigend fügte er hinzu: »Wegen der hohen Gäste war viel zu tun, da bemerkte ich nicht, was im übrigen Kloster vor sich ging.«

»Es waren Fremde im Kloster?«, merkte Bandolf auf. »Was waren das für Gäste?«

»Ich erinnere mich an Hildebrand von Susenburg, Bernwart vom Galgenberg, dessen Gemahlin und Thankmar von der Sudburg«, meinte Prosperius und warf Bruder Wynstan einen fragenden Blick zu.

Der junge Mönch nickte. »Und auch die Gräfin von

Formbach war gekommen, um den Erzbischof von Köln die Messe lesen zu hören«, fügte er mit sichtlichem Stolz hinzu.

»Darum war es auch so schwierig, Bruder Edmund unter vier Augen zu sprechen, weil er zusammen mit Abt Hademar und Prior Ordlaf die Gäste empfing«, sagte Prosperius. »Es hatte ja niemand vorhersehen können, dass Seine Eminenz zur Terz schon nicht mehr da sein würde, um das Hochamt zu feiern.«

»Und niemand ahnte, dass am Ende nicht einmal die Messe stattfand, weil der Blitz in den Glockenturm einschlug«, ergänzte Bruder Wynstan.

›Hildebrand, Bernwart nebst Gattin, Thankmar. Und die Gemahlin des Gaugrafen, Hedwig von Formbach‹, überlegte der Burggraf. Bei allen Genannten handelte es sich um sächsische Edelleute aus der näheren Umgebung. Aber ein Name fehlte.

»Was ist mit Tidread von Krähenburg?«, fragte er laut.

Prosperius schüttelte den Kopf. »Den habe ich nicht gesehen.«

»Doch, er war auch da«, widersprach Bruder Wynstan. »Ich habe ihn gesehen, als er half, das Feuer zu bekämpfen.«

Einen Lidschlag lang schloss Bandolf die Augen und unterdrückte ein Seufzen. Wenn man bedachte, dass jeder der Genannten auch Gefolge mit sich geführt hatte, dann war der Kreis der Verdächtigen soeben beträchtlich gestiegen. An einem solchen Tag hätte sich jedermann Zutritt zur Klausur der Mönche verschaffen können, Bruder Edmund niederstechen und verschwinden können, ohne eine Spur zu hinterlassen. Wenn er dem Täter näherkommen wollte, musste er herausfinden, wer einen Grund gehabt haben könnte, Bruder Edmund …

Ein Räuspern riss ihn aus seinen Überlegungen. »Es bleibt nicht mehr allzuviel Zeit, bis ich Prosperius zu seiner Zelle zurückbringen muss«, mahnte Bruder Wynstan und warf einen ängstlichen Blick in Richtung des Kirchenportals. »Wenn ich zu lange ausbleibe, wird der Bruder Pförtner sich Sorgen machen und in die Kirche kommen, um nach mir zu sehen.«

Der Burggraf nickte. Dann warf er seinem jungen Schreiber einen finsteren Blick zu. »Wir werden später noch ein Wörtchen über den Bären zu reden haben, den du mir aufgebunden hast, als ich dich dazumal in mein Haus aufgenommen habe. Zunächst will ich aber wissen, was dann heuer zur Sonnenwende ...«

Das unmissverständliche Knarren des Kirchenportals ließ ihn verstummen, während Prosperius und der junge Mönch zur Salzsäule erstarrten.

Der Burggraf erholte sich als Erster von dem Schrecken. Unsanft packte er Bruder Wynstan am Arm. »Lauf nach vorne und sag deinem Bruder, Prosperius sei noch mitten im Gebet. Rasch!«, raunte er ihm zu.

Noch ehe der junge Mönch sich umgedreht hatte, stieß er Prosperius in den Lichtkreis, der von den Altarkerzen auf die Vierung fiel. »Und du knie nieder und bete. Laut.«

Kaum war sein kleiner Schreiber einen Schritt nach vorne gestolpert, duckte sich Bandolf hinter den Vierungspfeiler. Angespannt lauschte er auf Bruder Wynstans eilige Schritte, die bald von Prosperius' bebender Stimme übertönt wurden.

»*... Christe audi nos. Christe exaudi nos. Pater de coelis Deus. Miserere nobis.* ... Christus, höre uns. Christus, erhöre uns. Gott, Vater vom Himmel, erbarme Dich unser ...«

Es dauerte nicht lange, bis er Schritte und gedämpfte Stimmen vernahm. Die Worte konnte er noch nicht verstehen, doch Stimmen und Schritte kamen eindeutig näher.

Verdammnis, fluchte Bandolf im Stillen. Er hatte sich allzu viel Zeit gelassen. Der Vierungspfeiler verbarg seine stämmige Gestalt nur mangelhaft. Wenn Wynstan und sein Mitbruder noch näher kämen, würde der Mönch ihn unweigerlich sehen. Hastig zog Bandolf den Bauch ein, doch noch ehe er sich nach einem geeigneteren Versteck umsehen konnte, hörte er zwischen Prosperius' brüchigem »... *Sancte Petre, ora pro nobis. Sancte Paule, ora pro nobis. Sancte Andrea ...*« schon die gedämpfte, tiefe Stimme des Mönchs:

»... lautet Prior Ordlafs Anweisung.«

»Aber sagte nicht der Heilige Augustinus ›*Ora, ut intelligas*‹ – bete, damit du erkennst?«, stieß Bruder Wynstan leise hervor.

»Er sagte: ›*Crede, ut intelligas*‹ – glaube, damit du erkennst«, erwiderte sein Begleiter.

Einen Augenblick, der Bandolf zur Ewigkeit wurde, war nur Prosperius' Stimme zu hören, dann ertönte wieder die verhaltene Stimme des Mönchs: »Aber ich will nicht ...«

Was immer er auch nicht wollte, seine Stimme schien sich wieder zu entfernen, und Bandolf atmete erleichtert auf.

Prosperius war mit seiner Litanei bei der heiligen Agnes angelangt, als Bruder Wynstan schließlich allein zurückkehrte.

»Ist er fort?«, vergewisserte sich der Burggraf.

Wynstan nickte. »Aber er wird wiederkommen, wenn ich Prosperius nicht bald aus der Kirche bringe.« Dann drehte er sich um und fauchte seinen Freund aus Kindertagen an, der sich just auf die Beine rappelte. »*De omnibus sanctis?* Herrje! Hättest du nicht ein passenderes Gebet finden können? Zum Glück scheint Bruder Helmwald nicht darauf geachtet zu haben.«

»In der Eile wollte mir einfach nichts anderes einfallen«, murmelte Prosperius entschuldigend.

Ungeduldig hob Bandolf die Hand. »Ich muss die Zeit nutzen, auch wenn nicht mehr viel davon bleibt. Ich möchte, dass du einstweilen am Portal Wache hältst und uns warnst, wenn dein Mitbruder zurückkommt.«

Mit sichtlichem Widerstreben machte Bruder Wynstan kehrt, und Bandolf wandte sich an seinen jungen Schreiber.

»Was ist in Liutbirgs Klause passiert?«

Kapitel 20

Die Burgsassen lagen längst in tiefem Schlummer, als der Burggraf und sein Marschalk unbehelligt auf den Buchenfels zurückkehrten. Da Bandolf keine anderen Anweisungen gegeben hatte, fand er seine Bettstatt noch in der Waffenkammer vor. Müde kroch er unter die Felle, überzeugt davon, dass er umgehend einschlafen würde. Doch seine Gedanken ließen ihn nicht zur Ruhe kommen, und der waidwunde Blick, den Prosperius ihm zugeworfen hatte, als er ihn in der Kirche zurückließ, wollte ihm nicht aus dem Kopf.

Im Grunde hatte der Bursche ihm nichts erzählt, das ihm einen klaren Hinweis auf die Schuldigen am Mord des Novizenmeisters oder Bruder Adelbalds hätte geben können. Wie seinerzeit Bruder Edmund war auch Adelbald bereits tot und der oder die Täter verschwunden gewesen, als Prosperius sich in der Höhle versteckt hatte. Nachdem die Mönche ihn mit Blut an den Händen neben Adelbalds Leiche gefunden hatten, war er ins Kloster gebracht und vor den Abt geführt worden. Man hatte ihn verhört, gezüchtigt und bei Wasser und Brot in eine dunkle Zelle gesperrt, wieder verhört und erneut mit der Rute traktiert, bis der kleine Tunichtgut fast selbst geglaubt hatte, er sei mit dem Teufel im Bunde.

Es war jedoch das, was Prosperius nicht gesagt, und die Dinge, die er nur mehr nebenbei erwähnt hatte, die dem Burggrafen just den Schlaf raubten.

Eine jener kleinen Bemerkungen war gewesen, dass Prosperius bei seiner Ankunft im Kloster, von seinen Häschern bewacht, vor der Zelle des Abts warten musste, bis der Ehrwürdige Vater seine Unterredung mit jenem jüdischen Händler beendet hatte, zu dem Bandolf ihn geschickt hatte. Und nun fragte sich Bandolf, warum dieses Gespräch nicht unterbrochen worden war, nachdem der Abt die doch immerhin nicht gänzlich unerhebliche Nachricht erhalten hatte, dass einer seiner Mönche ermordet worden war und man den Täter – Prosperius – gefasst habe?

Und was konnte einen jüdischen Händler veranlasst haben, ausgerechnet an einem Festtag wie der Sonnenwende einen vielbeschäftigten Abt aufzusuchen?

Eine weitere Ungereimtheit war Prior Ordlaf, und anstatt einige von Bandolfs Fragen zu beantworten, hatte Prosperius' Bericht noch mehr Fragen aufgeworfen. Warum hatte sich ausschließlich Bruder Ordlaf der Pflicht unterzogen, Prosperius zu verhören? Wäre es nicht auch am Abt gewesen, herauszufinden, was mit Bruder Adelbald geschehen war? Und was hatte es mit dem Kleinod auf sich, nach dem der Prior Prosperius immer wieder fragte?

Wie es schien, lag Bruder Ordlaf weitaus mehr daran, herauszufinden, wo sich jenes mysteriöse Kleinod befand, als von Prosperius das Geständnis zu erlangen, er habe Bruder Adelbald getötet.

»Was für ein Kleinod meint er?«, hatte Bandolf seinen Schreiber gefragt, doch darauf hatte Prosperius keine Antwort gewusst. Der Prior würde nur immer von einem Kleinod sprechen, und als er einmal gefragt hatte, was das für ein Kleinod sein sollte, habe der Prior ihn geschlagen und Prosperius beschuldigt, er wüsste doch genau, wovon die Rede sei.

Anlass zum Kopfzerbrechen schien Bandolf auch Prosperius' Antwort zu geben, als er sich nach einem möglichen dunklen Fleck in der Vergangenheit des Priors erkundigt hatte. Errötend hatte Prosperius den Kopf gesenkt und gemurmelt, darüber wisse er nichts. Der Burggraf kannte seinen jungen Schreiber und wusste, wann er log. Doch selbst, als er Prosperius vor Augen geführt hatte, in welcher Klemme er steckte, war nicht mehr aus dem jungen Bengel herauszulocken gewesen. Am Ende hatte Prosperius nur gemurmelt, sein Herr solle vielleicht Bruder Wynstan danach fragen, womöglich wüsste der Mönch mehr darüber.

Bruder Wynstan wiederum, dem er dieselbe Frage auf dem Rückweg zur Friedhofspforte gestellt hatte, war blass geworden, hatte aber ebenso behauptet, dass er darüber nichts wüsste.

Zu guter Letzt hatte sich Bandolf dann noch bei ihm erkundigt, ob dem Kloster eine Reliquie oder ein anderes Kleinod abhandengekommen sei, worauf der junge Mönch nur erstaunt gemeint hatte, wenn dergleichen passiert wäre, wüsste er davon, und das sei gewiss nicht der Fall.

Mit dem unguten Gefühl im Magen, dass er dem Rätsel über die Ermordung der beiden Mönche immer noch keinen Schritt nähergekommen war, warf sich Bandolf auf die andere Seite seiner Bettstatt. Seine Gedanken schienen sich immer nur im Kreis zu bewegen. Seufzend begann er von Neuem:

Was war dazumal passiert, als der Novizenmeister ermordet wurde? Bruder Edmund war allein in die Kirche gegangen, hatte sich vor den Altar niedergekniet. Dann war er aufgesprungen und die Treppe zur Krypta hinuntergestiegen. Hatte er etwas gehört? Ein Geräusch etwa, das seinen Verdacht erregt hatte? Angenommen, es hatte sich so verhalten – was hatte Bruder Edmund in der Silberkammer entdeckt? Das Kloster war an jenem Tag voller Gäste gewesen, die den Erzbischof von Köln die Messe zelebrieren sehen wollten. Hatte sich einer der Gäste in die Silberkammer geschlichen, um Klosterschätze zu stehlen? Hatte Bruder Edmund den Dieb überrascht? Und hatte der Dieb ihn niedergestochen, als er sich ertappt sah? Doch in der Silberkammer hatte nichts gefehlt. Warum hatte der Dieb nichts mitgenommen, nachdem er für die Kostbarkeiten sogar einen Mord begangen hatte? Prosperius war beim Anblick von Bruder Edmunds Leiche in Ohnmacht gesunken, der Dieb hatte von ihm nichts zu befürchten gehabt. Hätte er dann nicht an sich gerafft, was er konnte, und wäre mit seiner Beute geflüchtet? Und warum hatte er seinen Dolch, der ihn hätte verraten können, in Bruder Edmunds Leib belassen und nicht mitgenommen?

War er womöglich noch in der Silberkammer gewesen, als der Sakristan und seine Gehilfen dort eingetroffen waren? Die Mönche hatten sogleich Prosperius der Tat verdächtigt und es vielleicht nicht für nötig befunden, die Kammer nach einem anderen Täter zu durchsuchen. Wenn der Dieb sich dort versteckt hielt und ausgeharrt hatte, bis man Bruder Edmunds Leiche und den vermeintlichen Täter Prosperius weggeschafft hatte, würde das zumindest erklären, warum er seinen Dolch nicht hatte mitnehmen können. Dennoch blieb immer noch die Frage, weshalb er dann ohne Beute geflohen war.

Das ergab keinen Sinn.

Und auch was die Ermordung des jungen Mönchs Adelbald betraf, ergab vieles keinen Sinn. Was hatte Adelbald an einem Festtag wie der Sonnenwende außerhalb des Klosters gemacht? Die Mönche schienen davon auszugehen, er habe Prosperius gesehen und erkannt und sei ihm bis in die Höhle gefolgt. Aber Prosperius war nicht einmal in der

Nähe des Klosters gewesen, und als er in Liutbirgs Klause eintraf, war Adelbald schon tot gewesen. Was also hatte Bruder Adelbald in der Höhle gewollt?

»Ein verbotenes Stelldichein?«, grübelte Bandolf. Unsinn, ein Stelldichein hätte er wohl kaum an einem Tag wie der Sonnenwende verabredet, wo jede Hand im Kloster gebraucht wurde. Oder hatte er gerade darum einen solchen Tag gewählt, weil die Bauersleute, die um den Segen gekommen waren, für Durcheinander im Kloster sorgten? Was war dann in der Höhle geschehen? Offenbar war der junge Mönch ein unangenehmer Charakter gewesen. War er zudringlich geworden, und hatte sich sein Liebchen dagegen verwehrt? Mit einem Schaudern dachte Bandolf an die Eiseskälte in Liutbirgs Klause. Wählte man einen solchen Ort für eine Tändelei, wo man sich mir nichts, dir nichts das Geschnäuf holte? Da gab es doch im Wald ringsum genügend verschwiegene Plätze, wo es sich angenehmer tändeln ließe.

Doch aus irgendeinem Grund war Adelbald durch einen finsteren Gang in die kalte Klause gekrochen und hatte dort sein Leben verloren. Wen hatte er in der Höhle angetroffen? Den Prior? Was hätte der Prior dort zu suchen gehabt? Das Kleinod, nach dem er Prosperius immer wieder fragte? Was war das für ein Kleinod? Aus dem Klosterschatz schien nichts abhandengekommen zu sein, also musste es sich um einen anderen Gegenstand handeln.

»Vielleicht ein Liebespfand«, überlegte Bandolf, eingedenk seiner Vermutungen bezüglich des Priors. Ein Liebespfand, das Bruder Ordlaf in Schwierigkeiten bringen würde, wenn man es in seinem Besitz fände? Hatte der ehrgeizige Adelbald am Ende das Liebespfand entwendet und wollte es in der Höhle verstecken? Hatte er beabsichtigt, Bruder Ordlaf damit zu erpressen? Der Prior mochte ihm auf die Schliche gekommen sein, hatte womöglich beobachtet, wie Bruder Adelbald den Gegenstand entwendete, und war ihm bis zur Höhle gefolgt. Und dann? Der Prior hatte den jungen Mönch zur Rede gestellt, doch Bruder Adelbald leugnete. Dann war es zum Streit gekommen, in dessen Verlauf der Prior die Beherrschung verloren und Adelbald niedergestochen hatte.

Das ergab auch keinen Sinn. In dem Fall wäre der Prior nun wieder im Besitz dieses Kleinods und müsste Prosperius nicht danach fragen.

»Erdolcht«, murmelte Bandolf. Es war immer die Rede davon gewesen, auch Adelbald sei, wie dazumal der Novizenmeister, erdolcht worden. Die Klinge eines Mönchsmessers war klein und schmal. Die Wunde, die ein solches Messer verursachen würde, konnte zwar durchaus tödlich sein, doch wäre sie nicht mit einer Wunde verwechselt worden, die die größere, breite Klinge eines Dolchs im Leib hinterließ. Es bedurfte keiner Garsende, um das zu erkennen.

In einem Kloster wurde streng darauf geachtet, dass die Mönche keinen eigenen Besitz hatten. Wie also wäre der Prior – oder auch ein anderer Mönch – an einen Dolch gelangt? Oder an jenes mysteriöse Kleinod, das offensichtlich nicht zum Klosterschatz gehörte?

Wer besaß einen Dolch?

Tidread, der sich am Tag der Ermordung des Novizenmeisters in Sankt Mauritius aufgehalten hatte, besaß mit Gewissheit einen Dolch. Wo war er am Tag der Sonnenwende gewesen, als Bruder Adelbald ermordet wurde? Aber was konnte der Edelmann mit dem Novizenmeister oder dem jungen Adelbald oder auch mit diesem Gegenstand zu schaffen haben, den der Prior so dringlich zu suchen schien?

»Rein gar nichts ergibt hier einen Sinn«, knurrte Bandolf verdrossen in die Dunkelheit der Waffenkammer. Mit einem tiefen Seufzen warf er sich erneut auf die andere Seite der Bettstatt.

Er musste tiefer graben. Eine Weile grübelte er darüber nach, ob er am nächsten Morgen das Kloster noch einmal aufsuchen sollte, um nach dem Dolch zu fragen, der in Bruder Edmunds Leib gefunden worden war, und sich zu erkundigen, ob man einen runden Gegenstand bei Bruder Adelbalds Leiche entdeckt hatte. Doch schließlich verwarf er den Gedanken. Der Prior würde ihn nur ein weiteres Mal abspeisen, da konnte er ebenso gut auf die Rückkehr des Abtes warten. Lange würde es nicht mehr dauern, bis Vater Hademar aus Goslar zurück wäre. Einstweilen sollte er aber versuchen, mehr über Bruder Ordlafs Vergangenheit und jenes ominöse Kleinod herauszufinden. Auch konnte es gewiss nicht schaden, nachzuforschen, wo Tidread von Krähenburg sich an dem Tag aufgehalten hatte, als Bruder Adelbald ermordet worden war.

Über Tidreads Verbleib konnte er Melisend fragen, falls er von dem Edelmann keine befriedigende Antwort bekommen würde. Aber wen konnte er wegen des Priors ausforschen? Wie sich gezeigt hatte, waren Bandolfs Möglichkeiten im Harudengau ja mehr als begrenzt.

Der Burggraf seufzte.

Melisend schien ihm alles gesagt zu haben, was sie über Prior Ordlaf wusste. Unter den Bauersleuten pflegten sich Gerüchte zwar rasch zu verbreiten, doch würden sie ihm, dem Fremden, nichts sagen.

Bruder Fridegist würde vielleicht etwas über den Prior von Sankt Mauritius wissen. Er schien derlei Geschwätz nicht abgeneigt, wie die Ereignisse auf dem Bankett des Bischofs von Halberstadt zeigten, von denen Melisend ihm erzählt hatte. Und die Dörfler würden sich dem sächsischen Geistlichen gegenüber wohl nicht so verstockt zeigen, wie sie es dem Burggrafen gegenüber taten.

Vielleicht konnte ihm auch der jüdische Kaufmann mit der einen oder anderen Auskunft dienen. Juden standen in dem Ruf, gewiefte Händler zu sein, und ein kluger Kaufmann verschaffte sich Aufschluss darüber, mit wem er einen Handel abzuschließen gedachte. Die meisten Kaufleute bereisten festgelegte Routen, die sie immer wieder an dieselben Orte führten und mit denselben Menschen zusammenbrachten. Ein Umstand, der die Händler mit bemerkenswerten Kenntnissen über die Leute versorgte, mit denen sie zu tun hatten.

›Den Juden werde ich gleich morgen früh aufsuchen‹, beschloss Bandolf. Über diesem Gedanken schlief er endlich ein.

Kapitel 21

*Worms, 10. Tammus im Jahre 4826
nach Erschaffung der Welt
(6. Juli im Jahre des Herrn 1066)*

Gleich am Morgen nach den Ereignissen in der Scheune war Joschua bei Bruder Pothinus, dem Kämmerer, vorstellig geworden. Rabbi Jacob hatte ihn begleitet.

»Ihr wollt allen Ernstes behaupten, dass man die Gattin des Burggrafen von Worms entführt und dann ihren Tod vorgetäuscht hat? Und nicht genug damit, dass man in jener Scheune Waffen hortet? Bei allen Heiligen, zu welchem Zweck?«, hatte Pothinus ungläubig gefragt, nachdem Joschua ihm geschildert hatte, was sich am Abend zuvor in der Scheune abgespielt hatte.

Das wisse er nicht, war Joschuas Antwort gewesen, doch so, wie er es erzählt hätte, habe es sich verhalten.

»Und was erwartet Ihr nun von mir?«

Bevor Joschua die scharfe Erwiderung aussprechen konnte, die ihm auf der Zunge gelegen hatte, war Rabbi Jacob vorgetreten. »Nun, es mag für all die Geschehnisse einen durchaus harmlosen Grund geben, doch da Ihr just die schwere Verantwortung für das Wohlergehen der Bürger dieser Stadt zu tragen habt, war ich mir sicher, dass Ihr einer solchen Sache würdet nachspüren wollen.«

Für einen Augenblick hatte der Kämmerer den Rabbi angestarrt, als hielte er ihn für nicht recht bei Trost. Dann jedoch hatte er nachdenklich die Stirn gerunzelt, und es hatte den Anschein gehabt, als erwäge er, was bekömmlicher für ihn wäre: die Worte der beiden Juden als Hirngespinst abzutun oder den Dingen auf den Grund zu gehen.

Schließlich hatte er mit gewichtig aufgeblähten Wangen verkündet, niemand solle ihm nachsagen, er hätte auch nur das Geringste unversucht gelassen, um das Verschwinden der Burggräfin aufzuklären. Er würde sich um die Angelegenheit kümmern.

»Glaubst du, er wird sich tatsächlich darum bemühen, Rabbi?«, hatte Joschua auf dem Rückweg in die Judengasse besorgt gefragt.

Und mit einem spitzbübischen Zwinkern hatte Rabbi Jacob erwidert: »Oh ja. Ich kenne Pothinus nun schon etliche Jahre. Nichts ist ihm mehr zuwider als die Vorstellung, man könne ihn für unfähig halten, seinen Pflichten nachzukommen.«

Tags darauf hatte der Kämmerer Rabbi Jacob aufgesucht.

Er habe den Besitzer jener Scheune ausfindig gemacht, berichtete er, das runde Kinn zitternd vor Empörung. Es handle sich um einen Mann mit Namen Ragnold von Langenthal, einen wohlhabenden Gutsherrn, der nach Mainz hinauf über etliche Hufen und Weinberge verfüge. Der Herr von Langenthal habe sich höchlichst bestürzt gezeigt, als er, Pothinus, ihn darüber unterrichtete, was angeblich in seiner Scheune vorgefallen war. Ja, nicht nur das, er sei auch äußerst zuvorkommend gewesen, habe sich sogleich bereit erklärt, dem Kämmerer jedwede Hilfe angedeihen zu lassen, und Pothinus' Männern ohne Murren Zugang zu seinem Eigen gewährt.

»Es steht mir nicht an, Euch zu sagen, Rabbi, dass es

mich dann auch keineswegs überrascht hat, in dieser Scheune nicht eine Spur von all dem vorzufinden, worüber Euer Schüler gesprochen hat. Da war nicht ein Stapel, der nicht das beinhaltet hätte, was man in einer Vorratsscheune erwarten würde, nämlich Korn, Heu und Stroh. Mir blieb nur mehr die unangenehme Pflicht, mich bei dem Herrn von Langenthal für dieses Versehen zu entschuldigen und ihm zu versichern, dass man ihn nicht mehr behelligen würde. Ich kenne Euch als klugen Mann, Rabbi, doch dieses Mal seid Ihr ganz offenkundig einem Hirngespinst Eures Schülers aufgesessen.«

Er wüsste die Bemühungen der Juden wohl zu schätzen, Licht in das plötzliche Verschwinden der Burggräfin zu bringen, hatte er hinzugefügt. Doch man müsse sich damit abfinden, dass sie tot auf dem Grund des Rheins liege, und dürfe sich nicht falschen Hoffnungen hingeben.

»Und was ist mit der Heilerin?«, hatte sich der Rabbi erkundigt.

Nun, es sei wohl wahr, dass sie im Haus des Burggrafen vermisst würde, doch das müsse nicht zwangsläufig bedeuten, dass man sie irgendwo gefangen hielte. Es könne durchaus sein, dass sie sich in ihrer Hütte oder irgendwo in Wald und Feld aufhielte. Zumal Weiber ihrer Art nun einmal einem unbeständigen Lebenswandel frönten. Er, Pothinus, habe gewiss Besseres zu tun, als einer Drude nachzuspüren, die womöglich nur das Weite gesucht hatte, um dem Zorn des Burggrafen zu entgehen, der ihr unklugerweise das Wohlergehen seiner Gattin anvertraut hatte.

Dann war der Kämmerer, eingehüllt in Duftschwaden von Weihrauch, aus der Stube des Rabbi gerauscht.

Joschua war bei dem Gespräch nicht dabei gewesen, doch als Rabbi Jacob ihm davon erzählte, rief er bestürzt: »Soll das bedeuten, dass der Kämmerer nichts weiter unternehmen wird?«

»Ich fürchte, ebendas wollte er damit zum Ausdruck bringen.«

»Aber dieser Mann, Ragnold von Langenthal, ist ganz gewiss derselbe Mann, den ich in der Scheune gesehen habe!«, beharrte Joschua. »Bestimmt hat ihn die Anwesenheit der Heilerin in seiner Scheune aufgestört. Ragnold muss die Kisten mit den Waffen noch in derselben Nacht an einen anderen Ort geschafft haben.«

Rabbi Jacob nickte. »Das glaube ich auch.«

»Warum hast du den Kämmerer dann nicht darauf hingewiesen?«

Rifka war still hinzugetreten. »Ich glaube, das hätte keinen Sinn gehabt«, sagte sie und drückte rasch seine Hand.

»Dein Weib hat recht, Joschua«, erklärte Rabbi Jacob. »Es war dem Kämmerer ganz offensichtlich unangenehm genug, sich vor einem Mann wie Ragnold von Langenthal zum Tölpel gemacht zu haben. Er würde gewiss nichts tun, womit er sich noch einmal in die Nesseln setzen könnte.«

Düster schüttelte Joschua den Kopf. »Ich kann die Hände aber nicht einfach in den Schoß legen und nichts tun.«

»Wirst du auch nicht müssen«, antwortete Rabbi Jacob und klopfte ihm aufmunternd auf die Schulter. »Wir nehmen uns der Sache nun selbst an.«

»... doch als der Kämmerer die Scheune durchsuchen ließ, fanden sich dort nur mehr Heu und Stroh, daher denke ich, dass Ragnold die Waffen noch in derselben Nacht fortschaffen ließ, nachdem ich entkommen war«, schloss Joschua seine Schilderung der Ereignisse, die er dem Ältestenrat der Gemeinde vorgetragen hatte.

Für einen Augenblick herrschte Stille in der Synagoge, dann meldete sich Abraham, der Wachszieher, zu Wort:

»Du sagst, das Verschwinden der Burggräfin, ebenso wie das, was dir in der Scheune widerfahren ist, hänge mit dem Auftrag zusammen, der deinen Vater ins Sächsische geführt hat. Einem Auftrag, der, wenn er fehlschlägt, unserer Gemeinde großen Schaden zufügen kann. Welcher Art ist dieser Auftrag?«

Joschua unterdrückte ein Seufzen. Er hatte gewusst, dass diese Frage gestellt werden würde, und es widerstrebte ihm, dass er sie nicht beantworten konnte. Doch sowohl Rabbi Jacob als auch Rifka waren der Ansicht gewesen, dass es besser sei, wenn man darüber auch weiterhin Stillschweigen bewahrte. »Je weniger darüber Bescheid wissen, um so weniger besteht die Gefahr, dass darüber geredet wird«, hatte Rabbi Jacob gemeint.

Joschua räusperte sich. »Der Auftrag unterliegt strengster Geheimhaltung«, sagte er. »Mein Vater hat mir und Esra gegenüber auch nur deshalb sein Schweigen gebrochen, damit wir um die Gefahr wissen, die damit verbunden ist, und vorbereitet sind, wenn er aus irgendeinem Grund den Auftrag nicht erfüllen kann.«

»Nun, wie es scheint, hat er das nicht gekonnt«, warf David, der alte Töpfer, mit lauter Stimme ein. »Wie du sagst, war in Jehudas letzter Botschaft die Rede davon, dass etwas fehlgegangen ist. Seither hast du nichts mehr von ihm gehört. Wäre es da nicht an der Zeit, uns zu sagen, was womöglich auf uns zukommt?«

»David hat recht«, rief Jonah, der Getreidehändler, dessen Knecht die Burggräfin am Tag ihres Verschwindens gesehen hatte. »Du musst uns mehr über den Auftrag berichten. Wie sollen wir dir raten, wenn wir das nicht wissen?«

Überall ertönte Zustimmung:

»So ist es.«

»Du solltest uns einweihen.«

»Das wäre nur vernünftig.«

»Jonah hat recht.«

Nur Schmuel, der Goldschmied, schüttelte den Kopf. »Joschua tut recht daran, zu schweigen. Ich wurde ebenso zum Stillschweigen verpflichtet wie Jehuda, und ich sage euch, das ist auch gut so.«

»Und was hast du damit zu schaffen?«, erkundigte sich der alte Abraham.

Schmuel stieß einen tiefen Seufzer aus. »Mein Teil beginnt, wenn Jehuda seinen Auftrag zu einem guten Ende geführt hat.«

»Aber ...«

»Joschua hat euch alles berichtet, was es darüber zu sagen gibt, und ihr kennt nun die meisten Zusammenhänge«, unterbrach Rabbi Jacob. »Wichtig ist nicht, welcher Art der Auftrag ist, sondern die traurige Tatsache, dass man einen Sündenbock suchen wird, wenn er fehlschlägt. Und ich brauche euch nicht zu sagen, wen man im Zweifelsfalle dafür verantwortlich machen würde.«

Jonah schüttelte den Kopf: »Das bezweifle ich nicht, Rabbi. Niemand unter uns bezweifelt die Gefahr. Und gerade deshalb sollte Joschua uns alles anvertrauen.«

Rabbi Jacob lächelte. »Ein Narr sagt, was er weiß; ein Weiser weiß, was er sagt«, zitierte er leise.

Auf seine Worte folgte erneut ein Augenblick des Schweigens, das die Stentorstimme des alten David schließlich durchbrach: »Alsdenn, dann lasst uns überlegen, was wir wissen, bevor wir uns über das streiten, was wir nicht wissen.«

»Nun, wir wissen, dass Jehuda in Sachsen in der Klemme steckt, und das just an dem Ort, wo sich auch der Burggraf von Worms derzeit befindet«, sagte Abraham.

Jonah führte weiter aus: »Wir wissen, dass die Männer in jener Scheune auf irgendeine Weise mit den Ereignissen in Sachsen, Jehudas Auftrag und dem Burggrafen verstrickt sind. Dass sie das Weib des Burggrafen entführt haben und dann ihren Tod vortäuschten, damit man in Worms nicht länger nach ihr sucht.«

»Wenn wir davon ausgehen, dass Bandolf von Leyen Jehudas hochgeheimen Auftrag berührt, dann wird die Entführung der Burggräfin verständlich«, meinte Schmuel. »Ich nehme an, diese Männer wollten damit verdeutlichen, dass mit ihnen nicht zu spaßen ist, falls in Worms jemand hinter ihre Machenschaften kommt.«

Die Männer nickten, und Schmuel fuhr fort: »Des Weiteren wissen wir, dass diese Männer einen Plan haben, der Waffen beinhaltet; und dass diese in der Scheune gelagert wurden, nun aber an einen anderen Ort gebracht worden sind.«

»Und wenn es sich nun ganz anders verhält?«, meldete sich Elijah, der Gewürzhändler, zu Wort.

»Was meinst du?«, fragte Abraham.

»Nun, Joschua hat nur eine einzige Kiste mit Pfeilen gesehen. Eben jene, die heruntergefallen ist«, führte Elijah aus. »Eine einzige Kiste mit Pfeilen bedeutet noch nicht, dass in der Scheune tatsächlich Waffen gelagert wurden. Womöglich hat Ragnold diese eine Kiste mit Pfeilen lediglich zum Zwecke der Jagd erworben.«

Der alte Töpfer David schnaubte: »Stuss! Und weil er so ein ungeschickter Jäger ist, benötigt er auch kistenweise Bögen?«

»Was Stuss?«, rief Elijah ärgerlich. »Und wenn er nun mit den Waffen Handel treibt?«

»Warum es dann verbergen?«, warf Joschua ein. »Würde er damit handeln, hätte er es doch dem Kämmerer gesagt und das Missverständnis aufgeklärt. Dann hätte er sich die Mühe sparen können, die Kisten heimlich fortzuschaffen.«

»Wir dürfen also getrost davon ausgehen, dass die Waffen einem Zweck dienen, den Ragnold geheim zu halten bestrebt ist, was wiederum nichts Gutes bedeuten kann«, stellte Abraham fest. »Was wissen wir noch?«

»Nun, wir wissen, dass die Burggräfin in einer alten Kapelle gefangen gehalten wird«, antwortete Joschua. »Wenn die Männer die Heilerin am Leben ließen, können wir annehmen, dass auch sie in diese Kapelle gebracht wurde.«

»Konntest du denn erfahren, wo sich diese Kapelle befindet?«, wollte Elijah wissen.

Joschua schüttelte den Kopf.

»Wenn ihr mich fragt, dann ist das zu wenig, um etwas Vernünftiges damit anzufangen«, ließ sich Aaron, der Kupferschmied, vernehmen. »Da Joschua uns nichts über den Auftrag sagen kann, um den sich aber alles zu drehen scheint, haben wir nicht die geringste Vorstellung, was für ein Plan das sein könnte, den diese Männer verfolgen. Wir wissen nicht, wo diese Waffen jetzt sein könnten, noch kennen wir den Aufenthaltsort der Burggräfin. Wie können wir da helfen?«

»Gemeinsam haben wir noch immer einen Weg gefunden«, erwiderte Rabbi Jacob.

Ratloses Schweigen erfüllte die Synagoge, und Joschua sank der Mut. Die Männer, die in den Ältestenrat gewählt wurden, waren in der Gemeinde hochgeachtet und zeichneten sich durch ihre Weisheit und Erfahrung in allen Dingen des Lebens aus. Wenn sie keinen Rat wussten, dann niemand.

»Joschua hat uns Namen genannt. Und Orte«, sagte Schmuel plötzlich.

Abraham runzelte die Stirn. »Das ist wahr«, meinte er nachdenklich. Seine faltenreichen Züge hellten sich auf. »Und verfügen wir nicht über Mittel und Wege, mehr über diese Männer herauszufinden?«

Elijah nickte. »Du hast recht. Wir alle besitzen auf die eine oder andere Weise Verbindungen zu anderen Gemeinden, ja, zu allen Städten des Landes.«

Zustimmendes Gemurmel wurde laut.

»Und weit über die Grenzen des Landes hinaus«, betonte der Rabbi.

»Wir können in Erfahrung bringen, wo diese Männer ansässig sind. Ob Franke oder Welscher.«

Sogleich wurde der Gedanke aufgegriffen:

»Wir können herausfinden, woher sie stammen.«

»Ob sie reich sind oder verschuldet.«

»Wo sie Grund und Boden ihr Eigen nennen.«

»Welches ihre Vorlieben sind.«

»Und ihre Schwächen.«

»Welchen Leumund sie besitzen.«

»Mit wem sie Umgang pflegen.«

Unmerklich hatte sich die Stimmung in der Synagoge gewandelt.

»Und wissen wir das, können wir auch herausfinden, auf welchem Grund und Boden sich beispielsweise eine alte Kapelle befindet«, merkte Abraham mit einem listigen Lächeln an.

»Und welche Lager in der Stadt in Frage kommen, in die besagte Waffen verbracht worden sind«, meinte Elijah.

»Und wer sonst noch zu dieser ganzen Mischpoke gehört«, dröhnte der alte David.

»Am Ende werden wir bis hin zur Farbe ihrer Nachttöpfe

alles über Ragnold von Langenthal und seine Leute erfahren haben, was es zu wissen gibt«, erklärte Aaron zufrieden. »Was uns wiederum Aufschluss …«

»… über die Art ihrer Pläne geben kann«, beendete Schmuel seinen Satz.

»Und dann werden wir handeln«, erklärte Rabbi Jacob.

Als schließlich beschlossen war, wer welche Aufgabe übernehmen würde, fand die Versammlung der Ältesten ihr Ende im Gebet:

Wer im Schutze des Höchsten sitzt
Im Schatten des Allmächtigen birgt er sich,
Ich spreche zum Ewigen:
Meine Zuversicht und meine Burg,
mein Gott, auf den ich vertraue …

Während Joschua einstimmte, spürte er, wie endlich das Gefühl von Ohnmacht und Hilflosigkeit von ihm abfiel, das ihm seit seiner Flucht aus der Scheune so schwer auf der Seele gelegen hatte.

Kapitel 22

Sachsen, 6. Juli im Jahre des Herrn 1066

Ein trüber, wolkenverhangener Himmel begleitete den Burggrafen, als er sich kurz nach der Sext auf den Weg zum Lager des jüdischen Kaufmanns machte.

Nachdem er Egininkisrod durchquert hatte, schlug er den Weg zum Mittelberg nach Sankt Mauritius ein, doch schon nach wenigen Schritten bog er in einen Pfad zu seiner Rechten ein. Bald wurde der Boden unter Bandolfs Stiefeln weich und glitschig, was zum einen daran lag, dass es am Morgen geregnet hatte, zum anderen jedoch von einer Quelle rührte, die die Fischteiche der Dörfler rechts des Pfades speiste. Zu Bandolfs Linken zeugte ein langer, tiefer Graben davon, dass auch hier einst nach den Schätzen der Erde geschürft worden war. Inzwischen war die Grube wieder mit dichtem Gestrüpp überwuchert, als wolle der Wald die Wunde bedecken, die man ihm zugefügt hatte.

Kaum hatte der Burggraf Grube und Tümpel hinter sich gelassen und war in den Wald eingetaucht, als die Bäume sich zu einer breitflächigen Lichtung öffneten und den Blick auf die Zelte der Handelskarawane freigaben.

Im Lager des jüdischen Kaufmanns herrschte eine ungewohnte Ruhe, und Bandolf vermisste die laute Geschäftigkeit, die man gewöhnlich in einem solchen Lager antraf. Händlerkarawanen waren entweder just angekommen, die

Leute mit dem Aufschlagen der Zelte und Abladen der Waren beschäftigt oder aber im Aufbruch begriffen, was mit dem Beladen der Waren und Abschlagen der Zelte einherging. Hier jedoch traf er die Leute müßig vor ihren Zelten, mit Plaudern und Würfelspiel beschäftigt, einige besserten Kleidung und Planen aus, andere schlenderten umher oder rührten im Kessel über einem der Lagerfeuer.

Kaum hatte der Burggraf die Lichtung betreten, als hinter ihm ein Mann aus dem Schatten der Bäume heraustrat – am Kettenhemd und einem kurzen Schwert in der Hand unschwer als Söldner zu erkennen – und sich nach seinem Begehr erkundigte. Bandolf hatte ihn nicht bemerkt. Ein Blick auf den Rand ringsum der Lichtung überzeugte ihn davon, dass das Lager dem Müßiggang zum Trotz gut bewacht war. Für einen Augenblick wünschte er sich, er hätte seinem Marschalk nachgegeben, der ihm nahegelegt hatte, stets einen kleinen Trupp Reisiger zu seinem Schutz mitzunehmen, wenn er die Burg verließe.

Unwillkürlich straffte er die Schultern. »Sag deinem Herrn, Bandolf von Leyen, der Burggraf von Worms und Vogt der Buchenburg, wünscht ihn zu sprechen«, befahl er.

Der Söldner ließ ihn nicht warten und führte ihn zu einem Zelt, das, von anderen umringt, inmitten des Lagers stand.

Im Inneren schien das Zelt geräumiger, als Bandolf von außen vermutet hätte, und die Einrichtung zeugte vom Wohlstand seines Besitzers. Anstelle von Binsen war der Boden mit Teppichen ausgelegt, feines Pelzwerk bedeckte die Bettstatt gegenüber dem Eingang, flankiert von zwei Truhen, die mit ornamentenreicher Schnitzerei geschmückt waren. Inmitten des Zeltes stand ein niedriger Tisch, umgeben von bunten Polstern.

Im Gegensatz zu dieser offensichtlich kostbaren Ausstattung war der betagte Jude, der sich bei Bandolfs Eintritt erhoben hatte, in einen schlichten schwarzen Kaftan gehüllt. Ein flaches, rundes Käppchen bedeckte sein graues Haupthaar. Das schmale Gesicht war mit unzähligen Falten durchzogen, und die rosige Haut wirkte so dünn wie zerknittertes Pergament. Ein grauer Bart, der ihm bis über die Brust reichte, ließ Kinn und Mund nur erahnen. Obwohl er um gut eine Haupteslänge kleiner war als der Burggraf, drückte seine aufrechte Haltung Würde aus, die ihn größer erscheinen ließ.

»Schalom, Burggraf«, begrüßte er Bandolf mit einer Verbeugung, nachdem er den Söldner mit einem Wink entlassen hatte. »Euer Besuch ehrt mich. Nehmt Platz an meinem Tisch und seid mein Gast.« Der Blick, den er Bandolf aus seinen tief liegenden dunklen Augen zuwarf, schien ebenso wachsam wie erwartungsvoll zu sein.

»Ihr seid mir voraus und wisst, wer ich bin«, bemerkte Bandolf, während er sich vorsichtig auf dem ungewohnten Polster niederließ. »Ihr hörte, dass Ihr aus Worms kommt. Sind wir uns schon einmal begegnet?«

»Nicht von Angesicht zu Angesicht«, erwiderte der alte Jude und nahm ihm gegenüber Platz. »Mein Name ist Jehuda ben Eliesar. Vor zwei Generationen hat sich meine Familie in Worms niedergelassen, und obgleich ich naturgemäß viel auf Reisen bin, ist die Stadt mein Zuhause.« Ein gewinnendes Lächeln vertiefte die Falten in seinem Gesicht. »Ihr habt einen guten Leumund in Worms, Burggraf, und der Scholasticus des Domstifts spricht von Euch als gerechtem Mann.«

»Ihr kennt Bruder Goswin?«, fragte Bandolf erstaunt.

Jehuda nickte. »Der Dombruder ist zuweilen Gast in meinem Haus. Einer meiner Söhne, Joschua, studiert die

Tora, und er und der Dombruder pflegen sich die Köpfe über die Bücher Mosches heißzureden.«

Eingedenk der heftigen Debatten, die er selbst gelegentlich mit seinem Freund über die Werke der alten Römer führte, lächelte Bandolf. »Ja, das glaube ich gern.« Dann fragte er: »Wann habt Ihr Worms verlassen?«

»Eurer Zeitrechnung nach war es Anfang des Monats Juli, als ich …« Jehuda unterbrach sich, als sein Mundschenk ins Zelt trat und eine Schale mit Spezereien wie auch eine Karaffe auf den niedrigen Tisch stellte. Bandolf klaubte seinen Becher aus einem Beutel an seinem Gürtel. Während er sich einschenken ließ, warf er einen Blick auf das Gebäck in der Schale und unterdrückte ein Seufzen. Etwas Herzhafteres, etwa Brot und Käse, wäre ihm willkommener gewesen. Doch als er den Wein gekostet hatte, fühlte er sich entschädigt.

»Ein vortrefflicher Roter«, lobte er, nachdem der Mundschenk das Zelt verlassen hatte.

Dankend neigte Jehuda den Kopf. »Er stammt aus Spanien. Sie nennen ihn dort Romanier. Mein Mundschenk pflegt ihn mit einer Spur Nelken, Zimt und Honig zu versetzen, nur eine Kleinigkeit, damit das Aroma der Traube nicht gestört wird«, erklärte er. Wie beiläufig fügte er hinzu: »Zwei Fass zum Erwerb könnte ich Euch noch anbieten.«

»Davon bin ich überzeugt«, meinte Bandolf erheitert.

Eine Weile verging mit müßiger Plauderei, die der Burggraf nutzte, um Neuigkeiten aus Worms zu erfahren. Rasch stellte er fest, dass der alte Händler nicht nur unterhaltsam zu erzählen wusste, sondern auch in vielen Dingen beschlagen war. Als er schließlich zum Gegenstand seines Besuchs zurückkehrte, bedauerte er, das angeregte Gespräch abbrechen zu müssen.

»Ich bin nicht um eines Handels willen in Euer Lager gekommen«, sagte er nach einem Räuspern.

Jehuda seufzte. »Bedauerlich, doch ich hatte es mir gedacht. Tatsächlich hatte ich Euren Besuch schon früher erwartet.«

Fragend hob Bandolf eine Braue.

»Wenn sich in der Nähe eines Juden ein Unglück ereignet, wird gewöhnlich der Jude verdächtigt. Daher habe ich Euch erwartet, seit ich von der Ermordung des jungen Mönchs erfuhr«, meinte der alte Händler gleichmütig.

»Hätte ich Grund, Euch zu verdächtigen?«

»Ausgenommen, dass ich Jude bin?« Jehuda schüttelte den Kopf. »Ich hörte, dass der Leichnam des jungen Mönchs kurz nach der Sext gefunden wurde. Das heißt wohl, dass er vor der Sext ermordet wurde. Und da ich mich den ganzen Vormittag bis zur Sext hier im Lager aufhielt und auch niemand meiner Leute es verlassen hat, können weder ich noch meine Männer für die Tat verantwortlich sein.«

»In diesem Fall wird es Euch gewiss nicht kränken, wenn ich mich selbst davon überzeuge und Eure Männer befrage?«, meinte Bandolf.

»Ihr werdet sicher besser schlafen, wenn Ihr Euch vergewissert, und wer bin ich, Euch einen guten Schlaf nicht zu gönnen?«

»Kurz nach der Sext wart Ihr jedoch im Kloster«, sagte Bandolf, ohne auf Jehudas leichten Tonfall einzugehen. »Was wolltet Ihr dort?«

»Was könnte ein Händler in einem Kloster anderes wollen, als einen Handel abzuschließen?«, meinte der alte Jude mit einem Zwinkern, doch sein Blick schien um eine Spur wachsamer geworden zu sein. »Ich handle nicht nur mit Silber und Erz, wie Ihr wisst, sondern auch mit Wein, Gewürzen, Stoffen und anderem mehr. Mithin Waren, die man auch in einem Kloster zu schätzen weiß. Sachsen, und insbesondere den Harudengau, bereise ich bereits seit etlichen Jahren, und ebenso lange beliefere ich das Kloster Sankt Mauritius mit Stoffen, Wein und Weihrauch.«

Bandolf runzelte die Stirn. Es war ihm nicht entgangen, dass der alte Jude trotz aller Ausführlichkeit ausweichend geantwortet hatte.

»Ist es nicht üblicherweise der Bruder Cellerar, mit dem ein Händler zu tun hat?«, erkundigte er sich leichthin.

»Gewöhnlich schon«, bestätigte Jehuda im selben Ton. »Hin und wieder hat aber auch der Abt eines Klosters Aufträge, die er mit dem Händler unter vier Augen besprechen will.« Erneut glitt ein Lächeln über sein Gesicht. »Der kluge Händler wäre natürlich bestrebt, solcherlei Aufträge für sich zu behalten.«

Wieder war Jehuda einer direkten Antwort ausgewichen. Bandolf warf ihm einen scharfen Blick zu, den der alte Jude gelassen erwiderte. Nachdenklich nippte Bandolf an dem spanischen Wein, der ihm auf angenehme Weise schwer und süß die Kehle wärmte.

Es war durchaus möglich, dass Vater Hademar um eines verbotenen Genusses willen den Händler just an diesem Tag ins Kloster bestellt hatte, damit seine Anwesenheit inmitten all der Dörfler, die um den Segen gekommen waren, nicht allzu sehr auffiele.

Zweifelnd runzelte Bandolf die Stirn.

»Ihr sagtet, dass Ihr das Kloster seit vielen Jahren beliefert. Das lässt mich vermuten, dass Euch im Lauf der Zeit auch einiges über die Mönche zu Ohren gekommen ist«, sagte er schließlich.

»Derlei bleibt nicht aus«, antwortete Jehuda nach kurzem Zögern.

»Und was ist Euch zu Ohren gekommen?«

»Gerüchte, Burggraf. Klatsch und Gerede, wie es das überall gibt.«

›Der alte Mann ist so vorsichtig wie schlau‹, dachte Bandolf. Mit einem unterdrückten Seufzen fragte er laut: »Gerüchte welcher Art?«

Wieder schien der alte Händler zu zögern.

»Nun, mir kam zu Ohren, dass man einen abtrünnigen Novizen des Mordes an dem jungen Mönch verdächtigt«, antwortete er endlich. »Einen Novizen, der schon einmal getötet hat. Ebenso hörte ich, dass jener Novize in Euren Diensten gestanden hat, als man ihn dingfest machte. Weiter sagt man, dass Ihr alles daran zu setzen scheint, um den Burschen zu entlasten.«

»Und wenn es sich so verhält?«

»Man fragt sich, warum Ihr den Dingen nicht einfach ihren Lauf lasst, und so viel Wirbel um einen kleinen Schreiberling macht?«

Für einen Augenblick hatte Bandolf eine barsche Antwort auf der Zunge, doch irgendetwas in dem aufmerksamen Blick des alten Juden veranlasste ihn zu erwidern: »Ich bin von seiner Unschuld überzeugt.«

Als sähe er eine Vermutung bestätigt, nickte Jehuda. »In der Nähe von Ripertingisrod gibt es einen Gutsherrn«, sagte er zu Bandolfs Überraschung. »Sein Name tut hier nichts zur Sache. Gelegentlich erstehe ich Vorräte von ihm, und ich kenne ihn als ehrlichen Mann. Bedauerlicherweise hatte er eine Schwäche für das Weib seines Nachbarn. Eines Tages hat offenbar jener junge Mönch, der ermordet worden ist, Kenntnis über die Schwäche des Mannes erlangt, und schon kurz darauf trug er verborgen unter seinem Habit ein silbernes Amulett, das zuvor um den Hals des Gutsherrn baumelte.«

»Woher habt Ihr diese Geschichte?«, entfuhr es Bandolf.

»Ist das wichtig?«

Langsam schüttelte der Burggraf den Kopf. Woher der alte Jude auch immer davon wusste, seine Geschichte bestätigte Bandolf das, was er bisher über Adelbalds Charakter gehört hatte.

»Ist Euch Ähnliches auch über den Abt oder den Prior zu Ohren gekommen?«, forschte er.

»Mit Geschichten über die Bequemlichkeit des Abts könnte ich Euch erheitern, doch mehr gibt es wohl nicht über ihn zu sagen«, antwortete Jehuda und lächelte. »Was allerdings den Prior betrifft ...« Sein Lächeln verschwand. Er senkte die Lider, und es schien Bandolf, als wähle er seine nächsten Worte mit Bedacht: »Hier im Harudengau habe ich nichts gehört, was ihm zum Nachteil gereichen würde.«

»Anderswo?«

Als Jehuda aufblickte, war seine Miene ernst: »Ein Gerücht, Burggraf, nichts weiter.«

»Und was besagt dieses Gerücht?«

»Es heißt, als junger Mann sei Prior Ordlaf Mönch in einem Kloster bei Magdeburg gewesen, doch musste er es wegen einer verbotenen Neigung verlassen.«

»Dacht' ich mir's doch: ein Weib!«, entschlüpfte es Bandolf.

Jehuda schüttelte den Kopf. »Es heißt, seine Neigung sei wider die Natur gewesen.«

Für einen Augenblick starrte Bandolf ihn ungläubig an, dann verzog er die Lippen vor Abscheu. Unversehens tauchten vor seinem inneren Auge Prosperius' hochrote Wangen auf, und er knirschte hörbar mit den Zähnen.

›Wenn sich herausstellt, dass dieser Hundsfott sich an dem Bengel vergriffen hat, breche ich ihm alle Knochen‹, schwor er sich.

»Wie ich schon sagte, Burggraf, von einer Anschuldigung kann nicht die Rede sein«, drang Jehudas Stimme in seine vergeltungsträchtigen Gedanken. »Nur in Magdeburg munkelte man eine Zeitlang hinter vorgehaltener Hand darüber. Hier im Harudengau habe ich davon noch nie reden hören. Es mag wahr sein, womöglich ist es aber auch nur eine üble Verleumdung, um dem Prior zu schaden.«

Bandolf biss sich auf die Lippe. Prior Ordlaf wäre nicht der erste Mönch, dem man mit solch übler Nachrede die ehrgeizigen Flügel gestutzt hätte. Prosperius und Wynstan konnten von diesem Gerücht gehört haben, was ihr peinlich berührtes Verhalten auf Bandolfs Frage nach Bruder Ordlaf durchaus erklären würde.

Doch wenn der Prior ...

Widerstrebend lockerte Bandolf seine Hände, die er unwillkürlich zu Fäusten geballt hatte. Wenn der junge Adelbald von diesem Gerücht gewusst und es benutzt hatte, um sich den Prior für eigene Zwecke geneigt zu machen, dann hatte er womöglich deshalb sterben müssen. Denn ob der Prior nun einer solchen Neigung tatsächlich frönte oder nicht – es würde ihn mehr als nur das Amt des Abtes kosten, wenn ein solcher Verdacht erst in aller Munde wäre. Eben damit mochte Adelbald gedroht haben, und womöglich auch der Novizenmeister.

Aber wie passte jenes Kleinod, nach dem der Prior so dringlich zu suchen schien, in diese Überlegung hinein? Bandolf runzelte die Stirn.

Unvermittelt hob er den Kopf. »Ist Euch irgendetwas über einen Gegenstand zu Ohren gekommen, das aus dem Kloster verschwunden ist? Ein Kleinod, das womöglich gestohlen wurde?«

Jehuda warf ihm einen raschen Blick zu, ehe er die Lider senkte und sein Augenmerk auf die Schale mit den Spezereien richtete. Langsam griff er nach einem der Gebäckstücke und betrachtete es, als könne er sich nicht entscheiden, ob es seinem Geschmack entspräche oder nicht.

»Welche Art von Kleinod sollte das sein?«, fragte er endlich.

»Vielleicht eine Reliquie, vielleicht aber auch ein persönlicher Gegenstand.«

»Genaueres wisst Ihr nicht?«

Als Bandolf verneinte, sah Jehuda auf. Ein eigentümliches Lächeln lag auf seinem Gesicht.

»Wenn ein solches Kleinod aus dem Kloster abhandengekommen ist, man Euch aber nicht davon unterrichtet hat, dann wünscht man sein Verschwinden offenbar geheim zu halten. Warum sollte man in diesem Fall ausgerechnet einem jüdischen Händler davon Mitteilung machen?«

»Ihr weicht mir aus«, stellte Bandolf mit Schärfe fest.

Jehuda seufzte. »Ich würde Euch gerne weiterhelfen, aber Euch ausgenommen, hat mich bislang niemand nach einem solchen Kleinod gefragt.«

Das bohrende Gefühl im Magen, dass der Jude ihm etwas verschwieg, forschte Bandolf in den faltenreichen Zügen. Schließlich hievte er sich aus dem weichen Polster hoch, um sich zu verabschieden. Jehuda ben Eliesar begleitete ihn hinaus.

Vor dem Zelt blieb Bandolf stehen. »Wie heißt das Gewürz, das Euer Mundschenk dem Wein noch beigemischt hat – das, welches Ihr bei Eurer Aufzählung verschwiegen habt?«, wollte er wissen.

Für einen Augenblick sah der Jude ihn verdutzt an, dann warf er den Kopf in den Nacken und lachte. »Oi Gwalt! Kardamom, Burggraf, das Gewürz heißt Kardamom. In der Tat ist es das sorgsam gehütete Geheimnis meines Mundschenks.«

»Was verlangt Ihr dafür?«

In die Augen des alten Juden trat ein Funkeln. »Für eine Unze achtzig Schillinge Silber.«

»Achtzig Schillinge?«, rief Bandolf. »Bei allen Heiligen! Wollt Ihr mich an den Bettelstab bringen?« Mit gerunzelter Stirn schüttelte er den Kopf. »Ich gebe Euch vierzig.«

»Wenn Ihr bedenkt, dass Kardamom noch schwerer zu bekommen ist als Pfeffer, dann seid Ihr mit achtzig Schillingen für die Unze beschenkt«, meinte Jehuda. Er stieß ein tiefes Seufzen aus. »Aber gut. Weil Ihr im Grunde mein Nachbar seid und ich Euch leiden mag, sollt Ihr die Unze für siebzig haben.«

»Fünfzig Schillinge Silber, und keinen hohlen Pfennig mehr.«

»Sechzig Schillinge, und ich habe Euch die Unze nachgeworfen.«

»Sechzig Schillinge beträgt der Königsbann in Worms«, brummte der Burggraf. »Dafür könnte ich mich eines lästigen Kämmerers entledigen, anstatt meinen Wein damit zu würzen.« Mit einem unterdrückten Stöhnen dachte er an Matthäa, für die er sich die Unze des fremden Gewürzes als Geschenk wünschte, zog eine Grimasse und nickte schließlich. »Also schön. Gebt mir für die sechzig Schillinge noch ein Fass des spanischen Roten mit dazu, und wir sind einig.«

Er streckte die Hand aus. Jehuda zögerte einen Lidschlag lang und schien zu überlegen, doch dann schlug er ein. »Gemacht, Burggraf. Ich lasse beides noch heute auf die Buchenburg bringen.«

Überzeugt davon, dass der gewiefte Jude ihm das Fell über die Ohren gezogen hatte, verließ Bandolf das Lager. Als er sich am Rand der Lichtung noch einmal umdrehte, sah er Jehuda ben Eliesar noch immer vor dem Zelt stehen und ihm mit nachdenklich geneigtem Kopf hinterherschauen.

Schon nach der Vesper traf die Lieferung des Juden auf der Buchenburg ein. Zu Bandolfs Überraschung brachte Jehudas Mann jedoch nicht nur das kostspielige Gewürz und den Wein, den Bandolf erstanden hatte, sondern überreichte dem Burggrafen auch noch ein schweres, in Leinen eingeschlagenes Bündel.

»Ein Geschenk meines Herrn für Euch«, richtete der Bote aus. »Mein Herr hat gehört, dass Ihr Euch für die Werke der Römer zu begeistern wisst. Er hofft, Ihr würdet auch an diesem Werk Gefallen finden, und empfiehlt, Euer Augenmerk insbesondere auf den ersten Teil und hierbei auf den fünfundzwanzigsten Abschnitt zu richten.«

»Warum gerade dieser Abschnitt?«, erkundigte sich der Burggraf, doch der Bote zuckte nur mit den Schultern.

Als der Mann gegangen war, schlug Bandolf neugierig das Tuch beiseite. Leise pfiff er durch die Zähne. Zwischen den silberbeschlagenen und mit feinem Kalbsleder überzogenen Buchdeckeln prangte die Abschrift der *»Res gestae Saxonicae«*, ein Werk über den Stamm der Sachsen, das der Mönch Widukind von Corvey vor über hundertfünfzig Jahren für die Tochter Kaiser Ottos verfasst hatte.

Eine solche Abschrift überstieg gewiss den Preis, den Bandolf für das fremdländische Gewürz berappt hatte. Was, in aller Welt, mochte Jehuda ben Eliesar veranlasst haben, ihm ein so kostbares Geschenk zu machen?

Ehrfurchtsvoll blätterte der Burggraf ein Blatt Pergament nach dem anderen um, bewunderte die Federzeichnungen am Rand des Textes und bestaunte die akkurate Schrift des Kopisten.

Das Werk war in drei Teile gegliedert, diese wiederum

in Abschnitte, und behandelte den Werdegang der Sachsen vom Ursprung des Stammes bis zum Aufstieg des sächsischen Geschlechts der Ottonen.

Als Bandolf schließlich im ersten Teil den Abschnitt fünfundzwanzig gefunden hatte, begann er zu lesen:

»*Rex autem profectus in Baioariam dimicavit cum Arnulfo* ... Der König aber zog nach Bayern und kämpfte mit Arnulf ...«, hieß es da.

Der Abschnitt erzählte von Konrad I., der König über die Franken gewesen war, bevor die Krone auf das sächsische Geschlecht der Ottonen übergegangen war. König Konrad habe gegen den bajuwarischen Herzog Arnulf gekämpft und sei verwundet worden, schrieb Widukind. Als er sein Ende nahen fühlte, habe König Konrad beschlossen, dass die Krone nicht auf seinen Bruder übergehen solle, da Konrads Geschlecht glücklos sei, sondern stattdessen an den starken Sachsenherzog Heinrich, der mit mehr Glück gesegnet sei. So wies der sterbende König seinen Bruder an, die Reichsinsignien nach seinem Tod den Sachsen zu bringen, zum Zeichen, dass Herzog Heinrich von Sachsen der nächste König werden solle.

Der Abschnitt endete mit »*Post haec autem rex ipse moritur* ... – Darauf starb der König, ein tapferer mächtiger Mann, im Krieg wie im Frieden hervorragend, freigebig, mild und mit allen Vorzügen ausgestattet; begraben wurde er unter dem Jammer und den Tränen aller Franken in seiner Stadt Weilburg.«

Bandolf runzelte die Stirn und las den Abschnitt noch einmal. Irgendetwas war in diesem Text, das ihn stutzen ließ, doch was es war, konnte er nicht benennen. Es war wie das schmerzhafte Zupfen im Kiefer, das an einen fauligen Zahn gemahnte, ohne dass man sagen konnte, um welchen Zahn es sich handelte. Ein drittes Mal beugte er sich über den Abschnitt, las sorgfältig Wort für Wort, doch dann schüttelte er den Kopf. Er musste sich irren. Der fränkische König Konrad hatte in der Tat den Sachsenherzog Heinrich zu seinem Nachfolger designiert, daran war nichts verkehrt.

Und welchen Aufschluss sollte ihm just dieser Abschnitt geben? Das Ereignis, das Widukind beschrieb, lag hundertfünfzig Jahre zurück. Keiner der Beteiligten lebte mehr.

Ob der alte Jehuda einen anderen Abschnitt gemeint hatte? Womöglich hatte auch der Bote den falschen genannt? Bandolf blätterte weiter, dann wieder zurück. Die nächsten Abschnitte beschrieben die Krönung Heinrichs und seine Taten als König, die Abschnitte zuvor seine Taten als Herzog. Auch hier fand Bandolf nichts, das er mit dem Hier und Heute oder gar mit der Ermordung der beiden Mönche in irgendeinen Zusammenhang zu setzen vermochte. Doch das bohrende Gefühl, etwas übersehen zu haben, blieb.

Als er sich schließlich müde die Augen rieb, das Buch zuklappte und es sorgsam in seiner Truhe verstaute, war er dem Rätsel noch um keinen Deut nähergekommen. Die Hörigen hatten sich bereits um das Herdfeuer niedergelegt, und selbst Bruder Fridegist, der den ganzen Abend mit offenkundiger Neugier um Bandolf herumgeschlichen war, hatte sich endlich schlafen gelegt.

Ein erster Schimmer der Morgendämmerung sickerte durch die Schießscharte in die Waffenkammer, als Bandolf plötzlich aus dem Schlaf hochschreckte.

»Mauritius«, murmelte er undeutlich. Steif wie ein Stock saß er aufrecht in seiner Bettstatt, während er zu erkunden versuchte, welcher der flüchtigen Gedanken, die ihm wie aufgestörte Wespen durch den Kopf schossen, ihn aus seinen Träumen gerissen hatte.

Sankt Mauritius ... Der Sachsenherzog Heinrich, nein, Heinrich, der König! König Heinrich I. ... Sankt Mauritius ... Mauritius ...

»Allmächtiger!« stieß er aus, schlug die Felle zurück und sprang auf. Hastig griff er nach seinen Beinlingen. Ohne sich die Mühe zu machen, auch noch sein Hemd überzustreifen, stolperte er barfuß die finstere Treppe zur Halle hinunter. Während er ungeduldig einen Kienspan in das zur Hälfte abgebrannte Herdfeuer hielt, einige Fackeln damit entzündete und schließlich das Geschenk des alten Juden aus der Truhe holte, wiederholte er die Worte im Geist wie eine Litanei.

Einer der Knechte grunzte, und Ingild fuhr erschrocken hoch, als das schwere Buch den nicht gänzlich ruhigen Händen des Burggrafen entglitt und mit einem dumpfen Knall auf die Tischplatte fiel.

»Ist etwas geschehen?«, fragte die Magd schlaftrunken.

»Nein, schlaf weiter«, brummte Bandolf.

Mit einem Schnauben legte sich die Magd wieder nieder und kehrte ihm den Rücken zu.

Es dauerte ein Weilchen, bis Bandolf den fünfundzwanzigsten Abschnitt gefunden hatte. Angespannt und jede Zeile mit dem Finger nachfahrend, las er den Abschnitt noch einmal, bis er gefunden hatte, was er suchte:

»*Sumptis igitur his insigniis, lancea sacra, armillis aureis cum clamide et veterum gladio regum ac diademate, ito ad Henricum* ... Deshalb nimm diese Abzeichen, die Heilige Lanze, die goldenen Armspangen mit dem Mantel, das Schwert und die Krone der alten Könige, gehe zu Heinrich ...« ließ Widukind den König Konrad zu seinem Bruder sagen.

»*Lancea sacra*«, murmelte der Burggraf.

Das war es, was in diesem Abschnitt nicht stimmte. Hier hatte sich Widukind von Corvey geirrt, denn König Konrad hatte die Heilige Lanze nie besessen. Sie war im Besitz des Burgundenkönigs Rudolf III. gewesen, und der Sachse Heinrich hatte sie dazumal erst lange nach seiner Krönung zum König erworben. Man sagte sogar, König Rudolf habe sich von diesem machtvollen Kleinod nicht trennen mögen, verlieh die Lanze ihrem Träger doch Unbesiegbarkeit. Aber König Heinrich habe ihm gedroht, in Burgund einzufallen und das Land in Schutt und Asche zu legen, wenn Rudolf ihm die Lanze nicht übergeben würde. Schließlich hatte der König von Burgund nachgegeben und sie König Heinrich auf einem Hoftag in Worms im Tausch für ein Stück Land im Süden des Reichs überlassen.

Finster starrte der Burggraf auf die Worte, die der Mönch Widukind vor so vielen Jahren verfasst hatte.

»*Lancea sacra*«, wiederholte er schließlich leise. Die Heilige Lanze.

Die Lanze des Mauritius.

Das musste es sein!

Was wusste der Jude darüber? Warum hatte er gewollt, dass just der Burggraf davon erfuhr? Und wieso hatte er einen derart verwinkelten Weg gewählt, um Bandolf darauf aufmerksam zu machen? Weshalb hatte er ihm nicht einfach gesagt, was er wusste?

Bandolf hatte nicht gehört, dass jemand eingetreten war. Als er hinter sich jemanden atmen hörte, fuhr er erschrocken herum.

»Tölpel! Kannst du dich nicht bemerkbar machen, bevor du mir deinen faulen Atem in den Nacken bläst?«, brummte er ungnädig.

Wohlweislich versagte sich der Wachmann eine Antwort.

»Am Tor wurde diese Botschaft für Euch abgegeben«, meldete er und streckte seinem Herrn eine schmale Pergamentrolle entgegen.

»Zu dieser Stunde?«, fragte Bandolf erstaunt, während er das Siegelwachs aufbrach und das Schriftstück rasch überflog.

Plötzlich schien der Boden unter seinen Füßen zu schwanken. Die Schrift verschwamm vor seinen Augen, und Übelkeit kroch ihm wie ein bitterer, schleimiger Wurm in den Schlund.

Ungläubig starrte er auf die wenigen Zeilen.

»Schaff mir den Boten herbei.«

»Aber Herr, der Bote ist gleich weiterge–«

Ruckartig hob Bandolf den Kopf. »Schaff mir diesen verdammten Boten herbei!«, donnerte er.

In Windeseile stürzte der Wachmann zur Tür.

Sein Gebrüll hatte offensichtlich die Hörigen aufgescheucht, doch Bandolf nahm die fragenden Stimmen nur am Rande wahr. Mit schweißfeuchten Händen strich er das Pergament wieder glatt.

Eine eisige Furcht kroch durch den zähen Nebel, der sich um seine Gedanken gelegt zu haben schien, und krallte sich um sein Herz, während er die Zeilen noch einmal las:

Dem Bandolf von Leyen, Burggraf zu Worms und Vogt der Buchenburg.
Euch sei kund und zu wissen, dass sich Eure Gemahlin in unserer Obhut befindet. Bislang ist ihr kein Leid geschehen. Solltet Ihr jedoch fürderhin nicht davon absehen, Euch in jene Angelegenheiten zu men-

gen, welche vergangene wie jüngste und zukünftige Ereignisse um das Kloster Sankt Mauritius betreffen, dann mögt Ihr versichert sein, dass alsbald das Blut Eures Weibes an Euren Händen kleben wird.
Gegeben zu Worms am Tag Sankt Peter und Paul im Jahre des Herrn 1066

Kapitel 23

Sachsen, 7. Juli im Jahre des Herrn 1066

Was war in Worms geschehen?

Wer, zur Hölle, hatte sich an seinem Weib vergriffen? Wo war Matthäa? Lebte sie noch? Und sein Kind? Womöglich hatte man sie längst …?

Nein, das war undenkbar! Aufstöhnend vergrub der Burggraf das Gesicht in seinen Händen.

Einen Augenblick später sah er auf und starrte mit grimmigem Blick auf die Pergamentrolle, die vor ihm auf der Tafel lag. Das Schriftstück war nicht unterzeichnet, und auf dem Wachs, mit dem es verschlossen gewesen war, fehlte ein Siegel. Ebenso gut wie in Worms konnte die Nachricht auch im Harudengau verfasst worden sein. Und hätte ihm Garsende nicht umgehend Nachricht geschickt, wenn Matthäa entführt worden wäre? Konnte es sich um eine Täuschung handeln?

Womöglich gaukelte man ihm nur vor, sein Weib wäre in Gefahr, damit er aufhörte herumzustochern? Worms war weit! Wäre überhaupt Zeit genug gewesen, um all das zu bewerkstelligen?

Er hatte einen Tag nach der Sonnenwende damit begonnen, Fragen zu stellen, und mit seiner Absicht nicht hinterm Berg gehalten, so lange zu graben, bis sich Prosperius' Unschuld erwiesen hätte. Irgendjemandem war er damit auf die Füße getreten. Wer immer das auch war, konnte umgehend beschlossen haben, entsprechende Maßnahmen zu treffen. Einem eiligen Reiter würde es gelingen, die Wegstrecke nach Worms in sechs Tagen zurückzulegen, womöglich sogar in fünf Tagen, bei trockenem Wetter und günstigen Bedingungen. Die Drohung, die er erhalten hatte, war am Tag Sankt Peter und Paul ausgestellt worden und hatte sieben Tage benötigt, um ihn zu erreichen. Demnach hätte jemand einen, höchstens zwei Tage, nachdem der Burggraf mit seinen Nachforschungen begonnen hatte, eine Botschaft nach Worms schicken müssen. Dem Empfänger jener Botschaft wäre dann nicht viel Zeit geblieben, ein Tag, zwei Tage höchstens, um Matthäa zu entführen und die Drohung für Bandolf auf den Weg zu bringen.

Verdammnis! Die Zeit wäre wohl knapp bemessen gewesen, doch sie hätte ausgereicht. Und Gott mochte wissen, warum ihm Garsende keine Botschaft geschickt hatte. Vielleicht hatte sie es getan, und die Nachricht war abgefangen worden. Womöglich war sie auch bei Matthäa gewesen, als man sie entführt hatte, und da man für die Heilerin keine Verwendung hatte, war sie vielleicht schon tot.

Entmutigt fuhr sich Bandolf durchs Haar.

Nur wenige Stunden zuvor hätte er noch bezweifelt, dass jemand solche Mühen auf sich nehmen würde, nur um ihn davon abzuhalten, Nachforschungen über den Mord an zwei Mönchen anzustellen. Doch nachdem er begriffen hatte, worauf ihn dieser Passus in Widukinds Handschrift aufmerksam machen sollte, war ihm auch klar geworden, mit welcher Art von Widersachern er es zu tun hatte. Männer, die sich nicht scheuten, sich an einem Reichskleinod wie der Heiligen Lanze zu vergreifen, der machtvollsten Reliquie, die der König besaß, mussten nicht nur einen bestimmten Plan verfolgen – sie mussten auch über Macht und Einfluss verfügen. Wer immer dahintersteckte, durfte sich keine Fehler erlauben. Solche Männer würden sich auch nicht scheuen, sein Weib zu rauben, um zu verhindern, dass er ihre Pläne stören würde. Und sobald Matthäa ihren Nutzen verloren haben würde, würde man sie …

Und wenn er sich irrte? Vielleicht hatte er sich etwas völlig Falsches zusammengereimt, hatte den Passus gänzlich missdeutet? Womöglich …

Tief grub Bandolf die Zähne in seine Lippe.

»Herr, der Bote ist nicht aufzufinden«, riss ihn Herwalds Stimme aus den Gedanken. »Ich habe einige Männer ausgeschickt, die sich im weiteren Umkreis nach ihm umtun.«

Für einen Augenblick starrte der Burggraf ihn verständnislos an, während er sich abwesend das Blut von den Lippen wischte.

Dann stand er entschlossen auf. »Ich brauche ein halbes Dutzend Männer, ausgeruhte Pferde und Proviant für fünf Tage. Bei Sonnenaufgang breche ich auf«, befahl er mit einer Stimme, die ihm in seinen eigenen Ohren fremd klang.

»Wohin, Herr?«, fragte der Marschalk.

»Ich reite nach Worms.«

Obwohl der Burggraf keinen Zweifel daran gelassen hatte, dass er nicht die geringste Verzögerung dulden würde, dauerte es doch geraume Zeit, bis er seine dringlichsten Angelegenheiten geregelt hatte.

Es war nach der Terz, und die Sonnenstrahlen leckten gierig nach dem letzten Tau, der noch auf der Blütenpracht am Ufer des Quellbachs funkelte, als er mit seinem kleinen Gefolge über die Zugbrücke ritt.

Während er seinen Braunen auf den Hohlweg lenkte, warf Bandolf unwillkürlich einen Blick auf den gegenüberliegenden Mittelberg, wo das Kloster Sankt Mauritius hinter dem undurchdringlichen Grün der Bäume verborgen lag.

Grimmig knirschte er mit den Zähnen. Sein Entschluss, nach Worms zu reiten, konnte Prosperius die Freiheit und womöglich auch das Leben kosten. Dennoch hatte er keinen Lidschlag lang gezögert. So sehr er dem Bengel auch zugetan war, konnte er für Prosperius doch nicht das opfern, was ihm das Liebste war: Matthäa und seinen ungeborenen Sohn.

Der kleine Trupp des Burggrafen hatte kaum die Hälfte des Abstiegs hinter sich gebracht, als eine stattliche Anzahl bewaffneter Reiter am Fuß des Buchenfels auftauchten und vor dem Pfad nach oben Halt machte. In ihrer Mitte befand sich eine Sänfte.

Überrascht hob Bandolf die Hand, um seine Männer zum Stehen zu bringen, während er mit zusammengekniffenen Augen nach unten spähte.

Die Reiter waren abgestiegen, und aus der Sänfte kletterte ein stattlich gewachsener Mann. Juwelen funkelten am breiten Kragen seiner Albe auf, als er sich aufrichtete und seine Mitra zurechtrückte. Dann begann er, auf seinen Stab gestützt, den Aufstieg zur Buchenburg, sein Gefolge im Schlepptau.

»Verdammnis! Auch das noch«, fluchte Bandolf laut, als er den Mann erkannte.

Die Ankunft des unerwarteten Besuchers hatte den Burggrafen zur Rückkehr in seine Halle gezwungen. Obwohl Ingild dem hohen Gast mit einer Stärkung aufwartete, die Bandolf zu jeder anderen Zeit zu würdigen gewusst hätte, gelang es ihm kaum, ein paar Bissen hinunterzuwürgen. Der Anblick seiner Eminenz, des Erzbischofs von Bamberg, verursachte ihm mehr als nur ein flaues Gefühl im Magen.

Hermann von Bamberg war ihm um etliche Jahre voraus. Bereits ergrautes Haar umrahmte seine kräftigen Züge, und buschige Brauen beschatteten die tief liegenden Augen, vermochten seinen scharfen Blick jedoch nicht zu verbergen. Man munkelte, Hermann habe seine Würde gekauft, ein Umstand, der König Heinrich nicht zu stören schien. Seit dem Sturz Erzbischof Adalberts von Bremen und Hamburg, dem einstigen Mentor des jungen Königs, war Hermann von Bamberg in den Kreis seiner engsten Berater aufgestiegen.

Wenn er den Burggrafen von Worms aufsuchte, dann nicht ohne Befehl des Königs.

›Süßer Jesus! Warum bin ich nicht früher aufgebrochen?‹, haderte Bandolf im Stillen, während er mit wachsender Unruhe zusah, wie der Erzbischof seinen letzten Bissen mit einem Schluck vom spanischen Roten des Juden hinunterspülte.

Nach allem, was Bandolf zu wissen glaubte, fiel es ihm nicht schwer, sich zusammenzureimen, was Hermann von Bamberg von ihm wollte. Doch jede Faser seines Herzens sträubte sich dagegen, es zu hören. Er musste nach Worms! Nichts durfte ihn aufhalten!

»Welchem Umstand verdanke ich die Ehre Eures Besuchs?«, fragte er dennoch, als der Erzbischof sich schließlich mit einem gesättigten Rülpsen zurücklehnte.

Er hob seinen Becher und schien sinnend den Inhalt zu betrachten. »Das ist ein ausgezeichneter Wein, den Ihr da habt. Woher stammt er?«, erkundigte er sich, ohne Bandolfs Frage zu beantworten.

Doch Bandolf war nicht nach jenem müßigen Geplauder zumute, mit dem man bei Hof eine Unterredung einzuleiten pflegte.

»Ihr sagtet, Euer Anliegen sei dringlich. Was also führt Euch zu mir?«

Mit einem forschenden Blick unter seiner hochgezogenen Braue trug Hermann dem abweisenden Tonfall des Burggrafen Rechnung. Falls ihm eine Frage auf der Zunge gelegen hatte, hielt er sie aber zurück. »Was ich Euch mitzuteilen habe, ist ausschließlich für Eure Ohren bestimmt«, sagte er nur.

Schweigend warteten die beiden Männer, bis auch der letzte Knecht die Halle verlassen hatte. Schließlich stellte der Erzbischof seinen Becher ab und räusperte sich.

»Ich bin im Auftrag des Königs hier, und die Angelegenheit, die mich zu Euch führt, ist nicht nur dringlich, Burggraf. Sie ist von allerhöchster Bedeutung«, erklärte er. Als wolle er seinen Worten mehr Nachdruck verleihen, straffte er die Schultern, bevor er hinzufügte: »Dem König wurde ein unschätzbares Kleinod geraubt.«

Schweigend starrte Bandolf ihn an.

»Ein unschätzbares Kleinod, Burggraf«, sagte der Erzbischof, jedes Wort betonend. »Ein Kleinod, das einen Nagel vom Kreuze unseres Herrn Jesus Christus beherbergt.«

Langsam entließ Bandolf den Atem, den er angehalten hatte. »Die Lanze des Mauritius«, murmelte er.

»Das scheint Euch nicht zu überraschen?«, bemerkte der Erzbischof leichthin, doch der argwöhnische Blick, den er dem Burggrafen zuwarf, sprach für sich.

»Ich hatte es vermutet.«

»Die Angelegenheit wurde streng geheim gehalten. Wie kommt es, dass just Ihr davon wisst?«

»Glaubt Ihr, ich hätte meine Hände in den Schoß gelegt,

während man ein Mitglied meines Haushalts des Mordes verdächtigt?«, knurrte der Burggraf.

Mit einem Schulterzucken ging der Erzbischof über Bandolfs unwirsche Antwort hinweg.

»Dann wird Euch der Befehl des Königs nicht überraschen, dessen Übermittler ich bin: Ihr müsst die Lanze wiederbeschaffen. Koste es, was es wolle!«, erklärte er.

Gequält schloss Bandolf die Augen, hatte er trotz allem doch immer noch gehofft, der Kelch würde an ihm vorübergehen.

»Ich kann nicht«, stieß er hervor. »Mir sind die Hände gebunden.«

»Euch sind die Hände gebunden? Was soll das heißen?«

Als Bandolf nur den Kopf schüttelte, fragte der Erzbischof scharf: »Habt Ihr auch nur die leiseste Vorstellung davon, was für Folgen es für König Heinrich und das ganze Reich haben würde, wenn bekannt würde, dass Heinrich nicht mehr im Besitz der Heiligen Lanze ist? Dieses Kleinod ist mehr als nur ein Herrschaftssymbol. Die Lanze des Mauritius ist die machtvollste Reliquie, die ein Herrscher besitzen kann, sei er König oder Kaiser. Sie ist für alle Welt das sichtbare Zeichen, dass seine Macht unumstößlich von Gott ausgeht.«

Wortlos klaubte der Burggraf die Botschaft aus einem Beutel an seinem Gürtel, die er vor wenigen Stunden erhalten hatte, und reichte sie dem Erzbischof.

Hermanns Züge verdüsterten sich, während er las, doch als er Bandolf die Schriftrolle zurückgab, schüttelte er den Kopf. »Ich begreife Eure Sorge, und glaubt mir, ich fühle mit Euch – doch das darf Euch nicht davon abhalten, Eure Pflicht zu tun.«

»Mein Weib ist in Hoffnung«, sagte Bandolf tonlos.

»Allmächtiger«, flüsterte der Erzbischof.

Für einen Augenblick herrschte tiefes Schweigen in der Halle.

»Wie hart es Euch auch ankommen mag, Burggraf, Ihr müsst dem Befehl des Königs gehorchen«, erklärte Hermann schließlich. Seine Stimme klang ebenso bedauernd wie unnachgiebig. »Dort, wo die Beständigkeit eines Kaiserreichs auf dem Spiel steht, hat es keinen Raum für Gedanken an Weib und Kind, das wisst Ihr so gut wie ich.« Eindringlich fügte er hinzu: »Es wäre Hochverrat, würdet Ihr Euch weigern. Was würde dann aus Eurem Weib?«

Die Beständigkeit eines Kaiserreichs ... Einen Lidschlag lang kreisten die Worte in Bandolfs Gedanken, ehe ein anderes Wort sie abrupt verdrängte: Hochverrat!

Auf Hochverrat stand der Tod. Wenn er sich weigerte, den Befehl des Königs auszuführen, würde es ihm kaum gelingen, Worms in Freiheit zu erreichen. Und wenn er sich in Gewahrsam befand oder getötet wurde, hatte Matthäa für seine Widersacher ihren Nutzen verloren. Welchen Grund sollten ihre Häscher dann noch haben, sie am Leben zu lassen?

In hilfloser Ohnmacht biss sich Bandolf auf seine wunde Lippe. Was auch immer er tun würde, es würde ihr Leben gefährden.

Um Zeit zu gewinnen, fragte er: »Warum ich?«

»Ihr seid der beste Mann dafür.«

Bandolf schnaubte. »Ihr wollt mir doch nicht weismachen, der König hätte nicht seine Spione, die für solche Aufgaben besser geeignet wären als ausgerechnet ich?«

Mit einem Seufzen zuckte der Erzbischof mit den Schultern. »Wohl möglich. Doch zum einen habt Ihr Eure Eignung für derlei Dinge bereits bei der einen oder anderen Gelegenheit bewiesen. Zum anderen seid Ihr durch Euren Schreiber bereits in die Angelegenheit verstrickt, und der König legt naturgemäß Wert darauf, dass der Verlust des Kleinods in so kleinem Kreis wie nur möglich erörtert wird.«

»Ich habe keinen Anhaltspunkt, wo sich die Lanze derzeit befinden könnte, und ich weiß auch nicht, wer sie gestohlen hat«, wandte der Burggraf ein. »Und was meinen Schreiber betrifft, so hat er nicht das Geringste damit zu schaffen. Solltet Ihr diese Verstrickung meinen, versichere ich Euch, diese Spur ist kalt.«

»Was macht Euch dessen so sicher?«, erkundigte sich Seine Eminenz. »Schließlich hat der Novize schon einmal gemordet. Ein junger Bursche, der skrupellos genug ist, seinen Novizenmeister eines Streites wegen niederzustechen, würde auch keine Bedenken haben, die Heilige Lanze aus der Obhut des Klosters zu stehlen und sich notfalls seines Verfolgers zu entledigen.«

»Ich nehme an, das hat Vater Hademar angeführt, als er in Goslar eintraf und dem König das Verschwinden der Lanze beichtete?« bemerkte Bandolf trocken. Ohne auf eine Antwort zu warten, fuhr er fort: »Wie kam es überhaupt dazu, dass sich die Lanze in der Obhut eines Klosters im Harudengau befand?«

Der Erzbischof winkte ab. »Die Angelegenheit unterliegt der Geheimhaltung und ist hier nicht von Belang«, erklärte er. »Von Belang ist, wo sich die Lanze jetzt befindet.«

So rasch, dass die Bank unter ihm bedenklich schwankte, kam Bandolf auf die Beine, stemmte die Fäuste auf die Tafel und starrte Hermann von Bamberg zornentbrannt an. »Ihr verlangt von mir, dass ich das Leben meines schwangeren Weibes aufs Spiel setze, und wagt es dann, mir mit solchem Unfug wie Geheimhaltung zu kommen?«, fauchte er. »Wie, zum Teufel, stellt Ihr Euch vor, soll ich das Kleinod finden, wenn Ihr mir die Umstände seines Verschwindens vorenthaltet?«

»Um der Liebe Christi willen, beruhigt Euch, Burggraf. Ich werde Euch nichts vorenthalten, wenn Ihr glaubt, es könne Euch von Nutzen sein.«

»Allerdings!« Seinen Zorn nur mühsam bezähmend, setzte sich der Burggraf wieder auf die Bank.

»Nun denn.« Für einen Moment schloss der Erzbischof die Augen, als müsse er sich sammeln, dann begann er: »Dort, wo sich das Blatt der Lanze verjüngt, um in den Schaft überzugehen, befindet sich eine Bruchstelle, die bislang lediglich mit einem schmalen Eisenband gehalten wird. Zu Anfang des Jahres beschloss König Heinrich, die Befestigung durch eine kunstvolle Silbermanschette zu verstärken, die eine Inschrift zu Ehren seines Vaters, Kaiser Heinrichs III., tragen soll. Die Manschette wird der kostbaren Reliquie mehr Halt verleihen.«

›Und den Anspruch des Kaisersohns auf die Kaiserwürde für jedermann verdeutlichen‹, dachte Bandolf mit einem Anflug von Sarkasmus.

»Unter den Goldschmieden, die für eine solche Aufgabe geeignet sind, fiel die Wahl des Königs auf einen jüdischen Goldschmied in Worms, der weit über die Stadt hinaus für seine Kunstfertigkeit bekannt ist. Als der König zu Ostern in Worms Aufenthalt nahm, wurden die Einzelheiten besprochen und die Vorgehensweise festgelegt.« Hermann von Bamberg seufzte. »Zweifellos wäre es klüger gewesen, hätte Heinrich die Lanze dazumal dem Goldschmied übergeben. Doch angesichts seiner bevorstehenden Vermählung zu Pfingsten glaubte der König, die Reichsinsignien vollzählig zur Hochzeit in Tribur zu benötigen. Da er gleich nach der Vermählung einen längeren Aufenthalt in Goslar geplant hatte, wurde vereinbart, dass die Lanze von Goslar aus zum Kloster Sankt Mauritius geschafft werden sollte.«

»Warum just dieses Kloster?«, warf Bandolf ein.

»Dafür gab es zwei Gründe«, antwortete der Erzbischof. »Zum einen besitzt das Kloster eine Reliquie des heiligen Mauritius, jenes Märtyrers, in dessen Händen sich die Lanze einst befand. Wir glaubten, der Heilige wüsste die Lanze wohl zu beschützen. Zum anderen führt die Handelsroute des jüdischen Kaufmanns Jehuda ben Eliesar von Quedlinburg über Egininkisrod zurück nach Worms. Der Jude handelt vorwiegend mit Erz und Silber aus dem Harudengau und besitzt den besten Ruf. Noch niemals hat er seine Waren an Wegelagerer verloren. Deshalb wurde er damit beauftragt, die Lanze hier in Empfang zu nehmen, sie unter seinen Gütern zu verstecken und nach Worms zu schaffen.«

Daher also hatte der alte Jehuda von der Lanze gewusst! Darum hatte das Lager des Kaufmanns den Eindruck von Müßiggang erweckt. Er wartete darauf, seinen Auftrag erfüllen zu können. Die Übergabe hatte nicht wie vorgesehen stattgefunden, und gewiss war dem Juden mit äußerst unangenehmen Folgen für sich und die Seinen gedroht worden, falls er sein Schweigen bräche oder der Plan fehlgehen sollte. Hatte der Abt Jehuda die Wahrheit gesagt, oder war er damit abgespeist worden, die Übergabe würde sich verzögern? Offenkundig hatte Vater Hademar versucht, die Lanze auf eigene Faust wiederzubeschaffen, bevor er nach Goslar gereist war, um dem König ihr Verschwinden einzugestehen. Nachdem aber einige Zeit verstrichen war, ohne dass die Übergabe erfolgt wäre, musste Jehuda Angst bekommen haben. Und weil der Burggraf ohnehin auf der Suche nach Bruder Adelbalds Mörder war und der Jude wohl vermutete, dass der junge Mönch in irgendeiner Weise in das Verschwinden der Lanze verstrickt war, hatte er sich an Bandolf gewandt. Doch er durfte sein Schweigen nicht brechen. Also hatte er ihm eine versteckte Botschaft in Form von Widukinds Handschrift zukommen lassen.

»Um einen Raub des Kleinods zu verhindern, unterlag das ganze Vorhaben natürlich der strengsten Geheimhaltung. Nur wenige der engsten Vertrauten des Königs wussten darüber Bescheid«, holte der Erzbischof Bandolf aus seinen Gedanken.

Die Mundwinkel zu einem spöttischen Lächeln verzogen, unterließ der es, dem Erzbischof mitzuteilen, was er von der Verschwiegenheit bei Hof hielt.

»Wer wusste in Sankt Mauritius darüber Bescheid, dass sich die Reichsinsignie für eine kleine Weile im Kloster befinden würde?«, fragte er stattdessen.

»Nur der Ehrwürdige Vater und sein Prior.«

»Was ist mit dem Bruder Sakristan? Wenn die Lanze in der Schatzkammer gehütet wurde, musste dann nicht auch er eingeweiht sein?«

Der Erzbischof schüttelte den Kopf. »Dem Bruder Sakristan war nur bekannt, dass vorübergehend eine Truhe in der Silberkammer aufbewahrt wurde.«

»In einer Truhe also«, überlegte Bandolf laut. »War sie verschlossen?«

Als Hermann von Bamberg nickte, fragte er: »Und wer besaß den Schlüssel?«

»Nur der Ehrwürdige Vater. Der Schlüssel sollte zusammen mit der Truhe an den Juden übergeben werden.« Der Erzbischof lächelte. »Bevor Ihr Euch aber wegen des Schlüssels den Kopf zerbrecht, Burggraf: Die Truhe wurde aufgebrochen, als der Dieb die Lanze entwendete. Das Wissen, wer den Schlüssel hatte, ist demnach wertlos.«

In der Silberkammer musste mehr als nur diese eine Truhe stehen. Der Dieb musste also gewusst haben, welche Truhe er aufbrechen musste, um an das Kleinod zu gelangen. Und von wem hätte er das erfahren können, wenn nicht von Vater Hademar oder dem Prior?, ging es Bandolf durch den Kopf. Hatte Vater Hademar ein unbedachtes Wort darüber fallen lassen? Oder Bruder Ordlaf? Oder hatte einer der beiden das Wissen mit Absicht an einen Dritten weitergegeben?

Vater Hademar mochte vielleicht zu bequem für derlei Verwicklungen sein. Mit Bruder Ordlaf hingegen verhielt sich das ganz anders. War sein Ehrgeiz groß genug, dass er sich darauf verstiegen hatte, mit Hilfe der Heiligen Lanze das Amt des Abts zu kaufen? Hatte er beabsichtigt, den König mit der Lanze zu nötigen, ihm das angestrebte Amt zu übergeben? Aber selbst wenn König Heinrich nachgegeben hätte, würde er Bruder Ordlaf doch umgehend wieder des Amtes entheben, sobald er wieder im Besitz seines kostbaren Kleinods wäre. Dennoch ... Grübelnd kniff Bandolf die Augen zusammen. Bruder Ordlaf konnte der Mittelsmann für einen anderen gewesen sein. Für jemanden von Macht und Einfluss, der in der Lage war, dem Prior das Amt des Abtes zu verschaffen, wenn Bruder Ordlaf ihm die Heilige Lanze übergab. Wer würde dem Prior ein solches Versprechen geben können?

Bandolf seufzte. Auf Anhieb fielen ihm da ein halbes Dutzend Fürsten ein.

Mit einem vernehmlichen Räuspern brachte sich Hermann von Bamberg in Erinnerung. Bandolf sah auf.

»Wie sollte die Übergabe an den Juden stattfinden?«, wollte er wissen.

»Es war vorgesehen, dass die Lanze dem Kaufmann am Tag der Sonnenwende ausgehändigt werden sollte. Das schien uns ein guter Zeitpunkt zu sein, weil an einem solchen Tag viele Menschen das Kloster aufsuchen. Wir glaubten, die Anwesenheit eines jüdischen Kaufmanns würde unter diesen Umständen weniger auffallen, und die Übergabe würde nicht bemerkt werden.«

Als Bandolf geringschätzig schnaubte, fügte Hermann mit einem Hauch Verärgerung in der Stimme hinzu: »Euer Schreiber muss dasselbe gedacht haben, hat er doch just diesen Tag gewählt, um die Lanze aus der Silberkammer des Klosters zu entwenden.«

»Warum hätte Prosperius ein solches Verbrechen begehen sollen? Sagt mir das.«

Wie beiläufig griff der Erzbischof nach seinem Becher und betrachtete eingehend seinen Inhalt. »Er tat es natürlich nicht für sich selbst«, sagte er schließlich.

Es fiel Bandolf nicht schwer zu erraten, was Seine Eminenz dachte.

»Da Prosperius in meinen Diensten steht, sollte ich die erste Wahl sein, wenn es um Verdächtige geht. Mutet es da nicht seltsam an, dass ausgerechnet ich damit beauftragt werde, das kostbare Kleinod wiederzubeschaffen?«

»Der König vertraut Euch«, meinte der Erzbischof, offenkundig noch immer in Betrachtung seines Weins versunken.

›Du aber nicht‹, dachte Bandolf, enthielt sich jedoch einer Bemerkung. Stattdessen fragte er: »Wie soll mein Schreiber den Diebstahl der Lanze bewerkstelligt haben, ohne einen Fuß ins Kloster zu setzen?«

Unter gesenkten Lidern warf ihm Hermann einen raschen Blick zu. »Nun, dass er nicht im Kloster gewesen ist, darauf gibt es nur das Wort des Novizen. Wie erwartet, herrschte am Tag der Sonnenwende Betriebsamkeit im Kloster. Leute kamen und gingen. Es fiel Eurem Schreiber gewiss nicht schwer, sich unter die Dörfler zu mischen und unbeachtet am Pförtner vorbeizukommen. Doch Bruder Adelbald muss ihn erkannt und gesehen haben, wie er sich in die Silberkammer schlich. Der junge Mönch muss geglaubt haben, Patrizius …«

»Prosperius«, berichtigte Bandolf unwillkürlich.

»… Prosperius also, wolle sich am Klosterschatz bereichern. Womöglich fürchtete Bruder Adelbald, Euer Schreiber wäre längst auf und davon, bis er den Abt davon unterrichtet hätte, und darum folgte er ihm. Patri …« Der Erzbischof hüstelte. »… Prosperius bemerkte, dass sein ehemaliger Mitbruder ihm folgte, lockte ihn in jene Höhle und erstach ihn. Nun, und dort haben die Mönche ihn dann ja auch schließlich ertappt.«

»So also hat es Vater Hademar dem König geschildert?«

»Nun, Ihr müsst zugeben, dass es Sinn ergibt«, meinte der Erzbischof.

»Und wo ist dann die Lanze?«, fragte der Burggraf.

Als Hermann von Bamberg nur fragend die Braue hob, schüttelte Bandolf den Kopf. »Hätte es sich so abgespielt, wie Ihr glaubt, dann müsste man die Lanze in Liutbirgs Klause gefunden haben. Dort war sie aber offenkundig nicht. Und sagt mir nicht, Abt und Prior – nun, zumindest der Prior – hätten nicht jeden Winkel dort nach dem Kleinod abgesucht.«

»Natürlich wurde gesucht, aber womöglich–«

Mit einer ungeduldigen Geste unterbrach ihn Bandolf: »Und woher hätte Prosperius den Dolch gehabt, um Bruder Adelbald niederzustechen? Als er die Burg verließ, besaß er noch keinen. Wo ist dieser Dolch nach vollbrachter Tat dann geblieben? Als man Adelbalds Leiche und Prosperius fand, hat man weder in der Höhle noch bei Prosperius eine Waffe entdeckt. Von wem hätte mein Schreiber überhaupt wissen sollen, dass sich die Heilige Lanze just zu diesem Zeitpunkt in der Silberkammer von Sankt Mauritius befand? Seit unserer Ankunft hat er keinen Fuß vor das Burgtor gesetzt, bis ich ihn an jenem Tag nach Egininkisrod schickte. Dafür verbürge ich …«

Bandolf stockte.

»Die Silberkammer«, murmelte er. Süßer Jesus, wie hatte er das übersehen können?

Mit schmalen Augen starrte Bandolf ins Leere.

Die Silberkammer … Natürlich war er im höchsten Maße erzürnt … Hoher Besuch im Kloster … Die Beständigkeit eines Kaiserreichs … Da war ein Geruch … Kurz darauf trug er das silberne Amulett … Der Balken im Auge des Priors … Besuch im Kloster … Besuch … Die Beständigkeit eines Kaiserreichs … Worms … Die Lanze des Mauritius … Ein Kaiserreich …

Plötzlich schienen sich all die noch losen Fädchen nahtlos aneinanderzureihen und ergaben zusammengefügt ein perfides Ganzes, das Bandolf einen scharfen Laut entlockte.

KAPITEL 24

Worms, 7. Juli im Jahre des Herrn 1066

»Herrje!«, entfuhr es Garsende, und sie starrte den Holzsplitter in ihrem Daumen so ungehalten an, als trüge er allein die Schuld an ihrer misslichen Lage. Ärgerlich zupfte sie mit den Nägeln daran, bis der winzige Span mit ein paar Tropfen Blut aus ihrer Haut glitt.

»Was hast du?«, fragte Matthäa.

An ihrem Daumen saugend, sah Garsende auf. Matthäa war damit beschäftigt, die Suppe im Kessel mit getrockneten Kräutern zu versehen, während Garsende zu ihren Füßen kniete, um Feuerholz unter dem Dreifuß nachzulegen.

»Ich hatte nur einen Splitter im Finger«, erwiderte sie und warf der Burggräfin einen prüfenden Blick zu.

Es gehe ihr gut, Garsende mache sich unnötige Sorgen, sie sei wohlauf, war stets Matthäas Antwort, wenn sie sich nach ihrem Befinden erkundigte. Doch die dunklen Schatten unter ihren Augen, die blassen Wangen und das gezwungene Lächeln, mit dem sie den forschenden Blick der Heilerin erwiderte, verrieten ihre Erschöpfung. Wann immer Garsende in der Nacht aufwachte, hörte sie, wie Matthäa sich unruhig auf ihrem Lager wälzte. Es mochte die Last ihres Leibes sein, der ihr unbequem wurde, und die Sommerhitze, die sich zusammen mit dem Qualm des

Herdfeuers in der Kapelle staute. Hauptsächlich war es jedoch die Angst um ihr Kind, die Bedrückung der Gefangenschaft und die Ungewissheit um ihr Schicksal, die die Burggräfin nicht zur Ruhe kommen ließen, dessen war sich Garsende sicher.

Um Matthäas Sorge nicht noch zu verstärken, hatte sie bislang über ihre Befürchtung geschwiegen, dass ihr Kind früher als erwartet geboren werden könnte.

›Zumal ich mir dessen auch nicht sicher sein kann‹, versuchte sich Garsende selbst zu beschwichtigen. Doch im Grunde ihres Herzen wusste die Heilerin es besser. Matthäas Leib hatte sich bereits abgesenkt, daran war nichts zu deuteln. Und wenn das Kind zu früh käme, welche Aussicht hatte es dann zu überleben? Selbst wenn die Söldner es verschonen sollten, was Garsende bezweifelte.

Mit einem unterdrückten Seufzen wandte sich die Heilerin wieder dem Herdfeuer zu.

Ob mit oder ohne Hilfe, sie mussten fort von hier. Aber wie?

Während sie Scheit um Scheit nachlegte, warf Garsende einen Blick zu den Männern hinüber, die müßig in Pfortennähe herumzulungern schienen.

Der Eindruck täuschte.

Die Pforte war der einzige Zugang zur Kapelle, und wann immer sie oder Matthäa ihr zu nahe kamen, war einer der Söldner sofort zur Stelle. Bevor Garsende gefangen genommen worden war, hatte die Burggräfin zweimal versucht, zu entkommen, weil sie geglaubt hatte, ihre Wächter wären unaufmerksam. Sie war nicht einmal bis zur Pforte gekommen.

Obwohl gelegentlich der eine oder andere der Männer die Kapelle für einige Zeit verließ, blieben immer zwei zurück, die die beiden Frauen im Auge behielten. Und auch das runde Fenster über dem Altar bot keine Fluchtmöglichkeit. Es lag zu hoch, um hinaufklettern zu können, und war zu klein, als dass Matthäa sich in ihrem Zustand hätte hindurchzwängen können.

Es war den beiden Frauen erlaubt, ihre Notdurft unter Bewachung draußen zu verrichten, und Garsende hatte die Gelegenheiten genutzt, sich gründlich umzusehen. Zu ihrer Enttäuschung gab es jedoch nicht viel zu sehen. Die Kapelle lag mitten im Wald. Wenn es je eine große Lichtung um das Gebetshaus gegeben hatte, dann war davon nur noch ein schmaler unbewachsener Streifen rings um die Kapelle übrig geblieben. Der Verschlag an der Seitenwand des Gebäudes, der als Scheune und Stall für die Pferde diente, war offenbar erst in jüngster Zeit angebaut worden und schien keinen Zugang zur Kapelle zu besitzen.

Zwischen den dicht stehenden Bäumen um das Gebetshaus führte ein Trampelpfad vom Eingang der Kapelle weg, zu schmal für einen Karren. Doch in welche Richtung er verlief, ob zum nächsten Gehöft oder tiefer in den Wald hinein, war nicht auszumachen. Das nächste Dorf konnte ebenso gut eine wie auch viele Wegstunden entfernt liegen.

Da Peppin, augenscheinlich der jüngste der Söldner, jeden Morgen mit zwei Kübeln ausgeschickt wurde und mit frischem kühlen Wasser zurückkehrte, vermutete Garsende, dass es in der Nähe einen Bach geben musste. Sein Plätschern war draußen vor der Kapelle jedoch nicht zu hören.

Einzig die Himmelsrichtungen konnte sie bestimmen und die Stunden, die so zäh vergingen.

Sich des Nachts heimlich am Lager der Söldner vorbei hinauszustehlen war ein weiterer Gedanke, den Garsende schweren Herzens aufgegeben hatte. Auch in der Nacht hielten sie Wache und lösten sich zu jeder Hore ab.

»Du musst allein fliehen. Allein würde dir eine Flucht gewiss gelingen. Und bist du erst frei, kannst du mir Hilfe schicken«, drängte Matthäa zu jeder Gelegenheit, und in schwachen Augenblicken hatte Garsende darüber nachgedacht. Doch jedes Mal, wenn sie erwog, ob ihr eine Flucht allein gelingen könnte, genügte ihr ein Blick in Matthäas Augen, in der sich Furcht und wachsende Verzweiflung wie ein dunkles Gespenst eingenistet hatten, um den Gedanken fallen zu lassen. So sehr Garsende auch um ihr eigenes Leben fürchtete, brachte sie es doch nicht über sich, die Freundin allein bei diesen Männern zurückzulassen.

»Du träumst wohl schon davon, mich heut' Nacht zu wärmen, was?«, riss Hunfrits raue Stimme sie aus ihren Gedanken.

Garsende fuhr auf. Verdammnis! Sie hatte nicht Obacht gegeben.

Seit sie zum ersten Mal gesehen hatte, wie dieser Söldner sie mit seinen Blicken verschlang, war sie auf der Hut vor ihm.

Breitbeinig stand Hunfrit vor ihr und schwang seine Hüften vor und zurück, als wolle er ihr seine Mannespracht vorführen. Sein Blick schien auf ihrer Brust festgewachsen zu sein.

Garsende spürte, wie sich ihr Magen umstülpte, und ihre Hand um das Holzscheit begann zu zittern.

›Allmächtiger, lass mich jetzt keine Schwäche zeigen!‹, flehte sie stumm und schloss ihre verräterische Hand so fest um das Scheit, dass ihre Knöchel weiß hervortraten. Langsam stand sie auf.

Der Söldner war um keine Handbreit gewichen, und sein begehrlicher Blick wanderte gemächlich von ihrer Brust abwärts.

Kühl starrte sie ihn an. »Ich träume von einem Messer,

mit dem ich dir den Wanst aufschlitzen kann«, erwiderte sie, bemüht, ihre Eiseskälte in jedes Wort zu legen, ehe sie sich von ihm abwandte.

In ihrem Rücken hörte sie sein Gelächter, das ihr falsch in den Ohren klang. »Ich wette, du wirst noch anders darüber denken«, versprach er, und endlich hörte sie seine Schritte, die sich entfernten.

Langsam ließ Garsende ihren Atem entweichen, dann traf ihr Blick auf Matthäa, deren Hand mit dem Holzlöffel wie erstarrt über dem Kessel schwebte. Unmerklich schüttelte Garsende den Kopf und zwang sich zu seinem Lächeln, um ihr zu bedeuten, dass alles im Lot sei. Doch Matthäa ließ sich nicht täuschen. Mit einem ebenso mitfühlend wie hilflos anmutenden Seufzen drückte sie rasch Garsendes Arm. »Hast du nicht irgendein Kraut, das ich der Mahlzeit untermischen könnte, damit diesem Widerling die Lust vergeht?«, wisperte sie.

»Ein Dolch, um ihm Schwengel und Glocken aus dem Leib zu schneiden, wäre mir lieber«, knirschte Garsende leise.

Sie meinte es ernst. Die Söldner mussten Befehl erhalten haben, die Frauen in Ruhe zu lassen, sonst hätte der feiste Hunfrit sie schon längst in eine Ecke gezerrt. Aber wie lange würde ihn eine solche Anweisung noch abhalten? Ausgenommen Guillaume, dem jegliche Empfindung abhandengekommen zu sein schien, betrachteten auch die anderen Söldner Garsende mit diesem speziellen Funkeln im Auge, das nicht schwer zu deuten war. Aber Hunfrit war am aufdringlichsten und derjenige, der sich am wenigsten um Befehle zu scheren schien.

Wie sollte sie sich die Männer vom Leib halten? Nicht ihr Stand, doch das Kind, das Matthäa trug, gewährte der Burggräfin noch einen gewissen, wenn auch unsicheren

Schutz vor einem solchen Übergriff, aber nichts würde die Männer daran hindern, über Garsende herzufallen, wenn sie noch lange mit den Frauen zusammengepfercht wären.

Das Wiehern eines Pferdes und gedämpfte Rufe von draußen lenkten Garsende ab. Wer mochte das sein?

Die Söldner griffen nach ihren Waffen, während der Welsche, das Schwert bereits gezückt, die Pforte einen Spalt öffnete, um nach draußen zu spähen. Einen Augenblick später riss er sie weit auf.

»*Hier je vous* …«, begann er, wurde aber vom offenkundig verärgerten Hunfrit unterbrochen:

»Ihr wolltet gestern schon hier sein. Was, zum Teufel, hat Euch aufgehalten?«

»Was hat dich das zu kümmern?«, kam es von draußen zurück.

»Ragnold«, flüsterte Matthäa. Garsende nickte, und die beiden Frauen tauschten einen beredten Blick.

Jost drängte sich an Guillaume vorbei und lief hinaus. »Gibt es Neuigkeiten aus Sachsen? Wurde dieses verdammte Ding, das der Grand Seigneur haben will, denn nun endlich gefunden?« hörten sie ihn fragen.

»Offenbar noch nicht«, antwortete jemand, und Garsende zuckte zusammen. Das war Lothars Stimme. Gleich darauf kam er mit seinem geschmeidigen Schritt in die Kapelle geschlendert, Ragnold von Langenthal und einen jungen Mann mit frischen Zügen und blondem, modisch gestutztem Haar im Schlepptau.

»Der blonde junge Mann ist Thierry de Savosaint«, raunte Matthäa. »Den großen Dunklen kenne ich nicht.«

Während Ragnold sich umdrehte und nach draußen rief, dass man sich um die Pferde und die Ladung kümmern solle, die noch auf dem Weg stünde, blieb Lothar stehen und warf einen raschen Blick zur Herdstelle.

Einen Atemzug lang kreuzten sich ihre Blicke. Garsendes Herzschlag setzte aus. Dann hatte er sich abgewandt und raunte dem blonden Mann etwas zu.

Wie festgefroren starrte Garsende seinen Rücken an. Hatte sie in seinen Augen wirklich Furcht gesehen? Wovor sollte er sich fürchten? Vor ihr?

Der Gedanke war lachhaft.

Als sie sich vom Anblick seines Rückens losriss, bemerkte sie, dass die Burggräfin sie mit nachdenklich gerunzelter Stirn anschaute.

»Du kennst diesen Mann«, sagte sie leise. »Ich habe ihn vor deiner Hütte gesehen. Ihr standet eng …« Errötend verstummte sie und senkte die Lider.

›… umschlungen‹, beendete Garsende stumm ihren Satz. Wie oft hatte sie darum gebetet, dass niemals jemand von dieser heimlichen Liebschaft erfahren würde, die den guten Leumund, den sie sich mühsam erkämpft hatte und der ohnehin auf tönernen Füßen stand, vollends vernichten konnte. Niedergeschlagen schloss sie für einen Augenblick die Augen.

Damals hatte sie geglaubt, die Burggräfin hätte den verräterischen Kuss nicht gesehen. Doch offenbar hatte sie sich geirrt.

»Ihr habt nie ein Wort darüber verloren«, brachte sie hervor.

Zu ihrer Erleichterung lächelte Matthäa. »So, wie du auch nie meine Geheimnisse verraten hast«, sagte sie. »Wer ist der Mann?«

Garsende seufzte. »Lothar von Kalborn.«

»Was? Der Mann, der meinen Gatten dazumal fast umgebracht hat?«, entfuhr es Matthäa, und sie starrte mit plötzlich zornfunkelnden Augen zu Lothar hinüber.

Unwillkürlich warf auch Garsende einen Blick auf Ragnold, Thierry und Lothar, die sich abseits der beiden Söldner Peppin und Hunfrit ein paar Armeslängen von der Kochstelle entfernt bei einem Pfeiler niedergelassen hatten. Der Welsche und Jost waren offenbar noch draußen beschäftigt.

»Ich wusste es nicht. Erst damals im Frühjahr habe ich erfahren, wer er ist«, flüsterte Garsende. Aus dem Augenwinkel sah sie, dass Ragnold aufgestanden war und auf die Herdstelle zusteuerte.

»Ich wollte dich nicht kränken. Du hast ja keine Schuld an ...«, raunte Matthäa und brach ab, als Ragnold sie erreicht hatte.

Mit finster zusammengezogenen Brauen stierte er Garsende an. »Wie es scheint, hast du dich mit Judenpack zusammengetan, Drude.«

›Joschua!‹, dachte sie erschrocken. Allmächtiger! Hatten die Männer ihn doch erwischt?

»Ich weiß nicht, wovon Ihr sprecht«, gab sie kühl zurück.

»Du weißt sehr wohl, von wem ich rede«, knurrte Ragnold. »Der Kerl hat mir den Kämmerer auf den Hals geschickt. Wie ist sein Name?«

Heilige Jungfrau, hab Dank! Er ist entkommen.

Um ihm ihre Erleichterung nicht zu zeigen, starrte sie Ragnolds schiefe Nase an und sagte laut: »Ich kenne keine Juden.«

»Pah!«, schnaubte Ragnold. »Leugne nur, das nützt dir nichts. Der Plan deines Juden, mich anzuschwärzen, ist fehlgeschlagen. Mittlerweile frisst mir der Kämmerer aus der Hand. Und irgendwann wird er sich an den Namen des Juden auch wieder erinnern.« Mit einem beziehungsvollen Blick auf den Kessel über dem Herdfeuer fügte er hinzu: »Mach dich nützlich, sonst ist deine Schonzeit früher vorbei, als dir lieb sein kann.« Dann drehte er sich um und schritt in Richtung des Pfeilers davon, bei dem sich Thierry und Lothar niedergelassen hatten.

»Was hat er damit gemeint?«, wisperte Matthäa, doch Garsende schüttelte nur den Kopf.

Während Matthäa und sie sich wieder der Zubereitung der Mahlzeit für die Söldner und sich selbst zuwandten, überlegte Garsende, was Ragnolds Worte wohl zu bedeuten hatten.

Offenbar hatte sich Joschua um Hilfe an den Kämmerer Pothinus gewandt, was sich augenscheinlich als nutzlos erwiesen hatte. Was war passiert? Hatte Bruder Pothinus Joschua abgewiesen? Oder war Pothinus endlich doch rührig geworden, hatte sich dann aber von Ragnolds Großtuerei täuschen lassen? Und was ihre Schonzeit anbelangte ... Garsende schluckte. Wie es schien, würde man sie so lange am Leben lassen, bis Matthäas Kind geboren war. Danach ... Süßer Jesus! Daran durfte sie nicht denken. Wenn sie zuließe, dass der Gedanke an das Hernach Gestalt gewann, würde die Furcht sie krank machen, und sie würde keinen klaren Gedanken mehr fassen können.

Um sich abzulenken, zwang sie sich, ihre Aufmerksamkeit auf das Gespräch der Männer zu richten. Obwohl sie leise sprachen, saßen sie nahe genug bei der Herdstelle, sodass Garsende ihre Worte verstehen konnte, wenn sie bemüht darauf lauschte.

»... und wenn Le Grand Seigneur das Zeichen gibt, können wir unsere Leute rasch bewaffnen«, hörte sie den jungen Welschen Thierry verkünden.

»Posaunt es doch noch lauter heraus«, knurrte Ragnold ungehalten und warf den beiden Söldnern bei der Pforte einen raschen Blick zu. Doch Peppin schien an Hunfrits Lippen zu hängen, der offenbar aus dem Vorrat seiner Erfahrungen schöpfte und den Jüngeren mit einer seiner schlüpfrigen Geschichten beglückte. Seine Worte konnte Garsende nicht verstehen, doch die Art seiner ausholenden Gesten ließen kaum Zweifel daran, was er beschrieb.

Ihr Blick glitt zu den Männern um Ragnold zurück.

»*Mon Dieu*, was tut es denn, weiß doch hier ohnehin schon jedermann Bescheid«, verteidigte sich der junge Welsche.

»Wer was zu wissen hat, entscheide ich, also achtet besser auf Eure allzu lockere Zunge!«, wies Ragnold ihn zurecht.

Bevor Thierry noch darauf antworten konnte, zog Lothar Ragnolds Aufmerksamkeit auf sich. »Warum dann der Umstand, noch etliche der Kisten hierher zu bringen?«

»Weil ich es für klüger halte, das Silber außerhalb der Stadt zu lagern«, erklärte Ragnold unwirsch.

»Ich verstehe«, meinte Lothar mit einem spöttischen Lächeln. »Im Falle, dass der Aufstand fehlschlägt …«

»Er wird nicht fehlschlagen«, fuhr Ragnold auf. »Was allerdings Euch anbelangt: Nun, da die Ladung gelöscht ist und die Waffen sicher untergebracht sind, ist Euer Auftrag erfüllt. Ihr könnt nach Burgund zurückkehren.«

»Bedauerlicherweise nicht«, erwiderte Lothar. »Die Ladung zu begleiten war nur ein Teil meines Auftrags. Le Comte de Troyes wünscht, dass ich an Eurer Seite bleibe.«

»Ich brauche hier keinen Eurer Sorte, der mir über die Schulter schielt«, knurrte Ragnold. »Gewöhnt Euch endlich daran, dass ich hier das Sagen habe. Und wenn ich Euch befehle, nach Burgund zurückzukehren, habt Ihr daran nichts zu deuteln.«

Mit einem leisen Seufzen schüttelte Lothar den Kopf. »Ich stelle Eure Führerschaft nicht in Frage, Ragnold«, erklärte er ruhig. »Doch macht Euch frei von dem Gedanken, ich unterstünde Eurem Befehl. Mein Dienstherr ist der Graf von Troyes. Glaubt Ihr nicht, er hätte ein Recht darauf, zu erfahren, was mit seinem Gold und Silber geschieht?«

Ragnold murmelte etwas, das Garsende nicht verstehen konnte, jedoch eindeutig verächtlich klang. Dann zuckte er mit den Schultern.

»Sollte ich erfahren, dass Ihr ein falsches Spiel treibt und Euch nur selbst bereichern wollt, werdet Ihr's bereuen.«

»Man hat mich ja schon manches geheißen«, gab Lothar erheitert zurück. »Einen Dieb hat man mich allerdings noch nie genannt.«

Seine Belustigung schien Ragnold noch mehr zu verärgern. Er kniff die Augen zusammen und sagte scharf: »Ich habe mehr als genug von Euch gehört, Falke. Der gefürchtete namenlose Schatten, den die Fürsten ausschickten, wenn es galt, gewisse Machenschaften aufzudecken und Leute zu beseitigen, ohne Spuren zu hinterlassen.«

»Bis dem Falken die Flügel gestutzt wurden«, bemerkte Lothar trocken.

»Pah!«, schnaubte Ragnold. Mit schmalen Augen starrte er Lothar ins Gesicht. »Man sagt, dass Ihr für Eure Dienste reichlich belohnt wurdet. Da mutet es doch seltsam an, dass Ihr nun gegen die handeln wollt, die Euch so gut gefüttert haben. Mir dünkt, Ihr habt den Dienstherrn sehr rasch gewechselt, nachdem der König Euch geächtet hat.«

»Die Fürsten …«, sagte Lothar mit halb geschlossenen Augen. Als hätte er einen schlechten Geschmack im Mund, spie er aus. »So viel auf die Fürsten.« Er hob die Lider, und die Kälte in seinen Augen jagte einen Schauer über Garsendes Rücken. »Wenn Ihr all diese Gerüchte über mich gehört habt, dann solltet Ihr doch wissen, dass die Fürsten mich rascher fallen ließen, als der König sein Urteil über mich aussprechen konnte. Ich konnte von Glück reden, dass ich noch ein Hemd am Leib trug, als es mir gelang, nach Frankreich zu entkommen. Welch süßere Rache könnt Ihr Euch vorstellen, als dass ich nun meine Fähigkeiten den Feinden meiner Feinde zur Verfügung stelle?«

›Darum also ist er hier. Er will Rache an den Fürsten nehmen, die ihn schnöde behandelt haben‹, dachte Garsende. Aber wie? Was hatten die Männer vor?

Lothars Worte schienen ihren Eindruck nicht verfehlt zu haben. »Gut gesagt, Falke. Meinethalben bleibt also, wenn's Euch beliebt«, brummte Ragnold. Dann stand er auf und schickte sich an, die Kapelle zu verlassen. An der Pforte warf er einen Blick über die Schulter zurück und fügte drohend hinzu: »Doch kommt mir nicht in die Quere.«

Mit nachdenklich geneigtem Kopf sah Lothar ihm hinterher. Als er sich dem jungen Welschen schließlich wieder zuwandte, nistete das vertraute spöttische Lächeln in seinen Mundwinkeln. »Recht unbeherrscht für einen Mann, der das Sagen haben will«, bemerkte er.

Das Lächeln erwidernd, zuckte Thierry mit den Schultern. »Ihr müsst seine Zweifel an Euch verzeihen«, meinte Thierry, nachdem die Pforte hinter Ragnold zugefallen war. »In Wahrheit betrifft sein Unmut nicht Euch. Er ist beunruhigt, weil einige der dringend benötigten Lieferungen noch immer ausstehen. Hinzu kommt, dass man ihm in Speyer offenbar die Hölle heiß gemacht hat, weil er *la femme du comte* auf eigene Faust entführt hat und damit unliebsame Aufmerksamkeit erregte. Ich hörte, Le Grand Seigneur sei ausgesprochen wütend darüber gewesen.«

»Man kann's dem Mann wohl kaum verdenken. Was musste Ragnold sich denn auch ein schwangeres Weib aufhalsen, noch dazu ausgerechnet die Gattin des Burggrafen von Worms?«

Rasch drehte sich Garsende um und tauschte einen beredten Blick mit Matthäa, die ebenso wie sie dem Gespräch zu lauschen schien.

»Seit wir hörten, dass sich die Übergabe des Kleinods in Sachsen verzögert hat, ist Ragnold unruhig«, antwortete Thierry. »In der Botschaft, die unser Mann dort nach Worms sandte, nachdem unser Plan fehlgeschlagen war, hieß es, dass der Burggraf begonnen hat, unliebsame Fragen zu stellen. Unser Mann war besorgt, der Burggraf würde unserem Vorhaben zu nahe kommen, wenn man ihn nicht stoppt, und schlug vor, sich des Mannes zu entledigen.«

Lothar zuckte mit den Schultern. »Eine einfache Lösung«, meinte er. »Warum war Ragnold dagegen?«

In ihrem Rücken hörte Garsende einen Laut, der im Keim erstickt wurde, und als sie einen raschen Blick über ihre Schulter warf, sah sie Matthäa entsetzt zu den Männern hinüberstarren. Unmerklich schüttelte Garsende den Kopf.

»Allesamt sollen sie in der Hölle verrotten«, stieß Matthäa zwischen zusammengebissenen Zähnen hervor, während sie den Eintopf im Kessel mit dem Holzlöffel traktierte.

Als Garsende sich den Männern wieder zuwandte, hörte sie den jungen Welschen ausführen: »... der König würde den Tod seines Mannes nicht ungesühnt hinnehmen. Wie angespannt die Lage in Sachsen ist, brauche ich Euch nicht zu sagen. Ragnold befürchtete, dass unsere Verbündeten dort die Geduld verlieren und losschlagen könnten, noch ehe wir hier bereit sind, falls der König womöglich seine Leute in den Harudengau schicken würde, um Vergeltung für den Tod seines Burggrafen zu üben.«

»Also plante Ragnold, die Burggräfin zu entführen, um ihren Gatten in Schach zu halten, ohne zu bedenken, welche Unruhe das in Worms auslösen würde?« Seine Erheiterung nicht verbergend, schüttelte Lothar den Kopf. »Und Le Grand Seigneur ließ Ragnold daraufhin in Speyer antreten und las ihm die Leviten, habe ich recht?«

Als Thierry grinste, lachte Lothar. »Süße Jungfrau. Und dann bekommt er auch noch einen Mann wie mich an seine Seite gesetzt.« Er lachte erneut, doch dann runzelte er nachdenklich die Stirn. »Ich habe Order, Le Grand Seigneur meine Aufwartung zu machen, konnte Ragnold jedoch noch nicht dazu bewegen, mir seinen Aufenthaltsort in Speyer zu nennen. Der große Mann käme ohnehin in nächster Zeit nach Worms herauf, meint er, da könne ich mir die Mühe sparen. Offenkundig gefällt er sich darin, als Einziger zu wissen, wer der Mann hinter dem Titel ist.«

»Ragnold knurrt jedermann an, von dem er glaubt, er könne sich womöglich als der bessere Kopf in Worms erweisen«, erwiderte Thierry mit einem schiefen Lächeln. »Mich hält er offenkundig für zu jung, um ihm den Rang streitig zu machen, doch was Euch betrifft … Nun, immerhin eilt Euch ein gewisser Ruf voraus. Falls es Euch aber ein Trost ist: Ich kenne Le Grand Seigneur auch nicht von Angesicht. Ich hörte nur, er sei der Sohn …«

Matthäa stieß einen leisen Warnlaut aus, und Garsende wirbelte herum.

»Mein Becher ist leer, Weib!«

Verdammnis! Wieder war es dem feisten Hunfrit gelungen, sich dicht an sie heranzupirschen, ohne dass sie es bemerkt hatte. Ehe sie sich versah, hatte er einen Arm um sie geschlungen, presste sie an seinen Leib und rieb sich an ihr, während seine Lippen feucht über ihr Gesicht streiften. Vor Abscheu schoss ihr das Blut in die Wangen, und sie biss ohne nachzudenken zu. Dann stieß sie ihn mit aller Kraft von sich.

»Zum Teufel!«, keuchte er, wischte sich über die blutende Lippe und schien nach ihrem Arm greifen zu wollen, als ein scharfes »*Assez!*« ihn zurückhielt.

»Du hast deine Befehle, Mann! Oder willst du eines Weibsbilds wegen auf deinen Lohn verzichten?«, rief Thierry ärgerlich. Lothar hingegen bedachte den Söldner mit einem Kopfschütteln, als bedaure er dessen Torheit.

Einen Lidschlag lang schien Hunfrit mit sich zu ringen. Schließlich zuckte er mit den Schultern, bückte sich, um einen Apfel aus dem Korb neben der Herdstelle zu klauben, und schlenderte gemächlich zu Peppin zurück.

Mit ihrem Zorn und dem Zittern kämpfend, das ihr noch immer in den Gliedern steckte, wischte Garsende Hunfrits Blut von ihren Lippen. Als sie Matthäas Hand auf ihrer Schulter spürte, drehte sie sich um.

Die Augen dunkel vor Besorgnis und Mitgefühl, sah die Burggräfin sie an. »Ich hoffe, das hat genügt, und dieser widerwärtige Mensch lässt dich von nun an in Frieden«, flüsterte sie.

Garsende seufzte. »Vielleicht«, murmelte sie. Doch im Stillen bezweifelte sie es.

Es dauerte ein Weilchen, bis es ihr gelungen war, ihr aufgewühltes Gemüt zu beruhigen und ihre Aufmerksamkeit wieder auf Lothar und den jungen Welschen zu richten, die ihr unterbrochenes Gespräch offenbar wieder aufgenommen hatten.

»... doch ich frage mich, worauf er wohl noch wartet?«, hörte sie Lothar bemerken. »Es ist Juli. Wenn er noch lange zögert, ist das Jahr zu fortgeschritten, um noch ins Feld zu ziehen.«

»Wie ich schon sagte: Noch immer stehen Lieferungen

aus, die uns versprochen wurden.« Thierry zuckte mit den Schultern. »Einige der Edlen in Burgund zögern noch immer, doch wenn Le Grand Seigneur die Lanze erst in seinen Händen hält, wird jedermann seinen Anspruch auf das Königreich anerkennen.«

»Die Lanze ...« Lothars Stimme klang eigentümlich tonlos. »Er wartet auf die Heilige Lanze.«

Garsende stockte der Atem. Heilige Jungfrau! Hatte sie sich verhört?

Doch neben ihr sog Matthäa scharf den Atem ein. Auch sie hatte es offenbar gehört.

Die Heilige Lanze ... Anspruch auf ein Königreich ... auf welches Königreich? ... Herr im Himmel, was ging hier nur vor? Wo waren Matthäa und sie da nur hineingeraten? ... Wenn das Kleinod die Heilige Lanze war ...

Fröstelnd drehte sie sich zu Matthäa um, die ihren Blick starr erwiderte.

»Die Heilige Lanze ... Allmächtiger! Wir werden diesen Ort nicht lebend verlassen«, hauchte die Burggräfin. Zu verstört, um ihren flüchtenden Gedanken etwas Tröstliches abzuringen, nickte Garsende.

Als ein Quietschen verriet, dass die Tür geöffnet wurde, zuckten beide Frauen zusammen.

Unter dem Türsturz stand Ragnold und brüllte in die Kapelle: »Auf mit Euch! Die Truhen sind verstaut. Wir kehren nach Worms zurück. Beeilt Euch!«

»Und was wird aus der Mahlzeit? Es ist ein langer Weg«, rief Thierry, doch Ragnold hatte bereits kehrtgemacht und hörte ihn offenbar nicht mehr.

»*Bon*. Wenigstens werden wir dann noch vor Sonnenuntergang in der Stadt sein«, sagte Thierry.

Noch immer benommen von dem, was sie just gehört hatte, sah Garsende zu, wie er aufstand und sich auf den

Weg zur Pforte machte. Auch Lothar hatte sich erhoben, schien es jedoch nicht eilig zu haben, dem jungen Welschen zu folgen.

»Geht nur voraus. Ich komme gleich nach«, rief er, als Thierry an der Pforte stehen blieb und sich nach ihm umschaute. Kaum hatte der junge Welsche die Kapelle verlassen, schlenderte er zum Lager der beiden Söldner hinüber.

Peppin hatte sich auf seiner Decke ausgestreckt, und Hunfrit spielte offenkundig gelangweilt mit dem Apfel, den er aus dem Korb neben der Herdstelle geklaubt hatte. Ein ums andere Mal warf er den Apfel in die Luft und fing ihn wieder auf. Als Lothar vor ihm stehen blieb, schien er etwas zu sagen, ohne sein Spiel zu unterbrechen.

Garsende sah nicht mehr als nur ein kurzes Aufblitzen, dann fielen zwei Apfelhälften zu Boden.

»Was, zum Teufel ...«, entfuhr es Hunfrit, während Peppin sich mit einem Ruck aufsetzte und Lothar einen Dolch, den er scheinbar aus der Luft gegriffen hatte, in die Scheide an seinem Gürtel zurücksteckte. Mit einer geschmeidigen Bewegung ging Lothar in die Knie, klaubte die beiden Apfelhälften auf und warf sie den beiden Söldnern zu. Dann beugte er sich vor und schien etwas zu sagen, während Peppin und Hunfrit ihn finster anstierten. Als er sich wieder aufgerichtet hatte, blieb Lothar noch einen Augenblick stehen und sah auf die beiden Söldner herab, dann drehte er sich um und verließ die Kapelle, ohne sich noch einmal umzusehen.

Kapitel 25

Sachsen, 7. Juli im Jahre des Herrn 1066

Die Erkenntnis, welcher Plan hinter all den Ereignissen stecken musste, die um das Verschwinden der Heiligen Lanze kreisten, hatte Bandolf den kalten Schweiß auf die Stirn getrieben. Er konnte nur inständig beten, dass er die Zusammenhänge nicht zu spät begriffen hatte.

Über das eine oder andere würde er sich noch Klarheit verschaffen müssen, um herauszufinden, wo er das Kleinod finden konnte und wer in die Machenschaften verstrickt war, doch er hoffte, von Prosperius die Antwort auf seine drängendste Frage zu erhalten.

Eines war jedoch gewiss: Er musste rasch handeln.

Wenn er die Heilige Lanze nicht fand und das Kleinod seinen Widersachern in die Hände fiele, wäre Matthäa nicht länger von Nutzen für sie. Ebenso aber wäre ihr Leben in Gefahr, sobald sie erführen, dass der Burggraf sich noch immer einmischte.

Als der Erzbischof von Bamberg erklärte, er müsse umgehend an den Hof des Königs zurückkehren, und schon kurz nach der Sext in seine Sänfte stieg, atmete Bandolf erleichtert auf.

Kaum hatte sich das Burgtor hinter dem Tross Seiner Eminenz geschlossen, brüllte er nach seinem Pferd.

»Gerhus hat den Kaplan aus den Augen verloren«, meldete Herwald, während sein Herr in den Sattel stieg. »Er muss die Burg in aller Frühe verlassen haben. Damit hat Gerhus nicht gerechnet. Erst zur Terz fiel ihm auf, dass Bruder Fridegist nicht mehr auf der Burg war.«

Bandolf runzelte die Stirn. Bei all den Ereignissen, die seit den frühen Morgenstunden Schlag auf Schlag auf ihn eingestürmt waren, hatte er nicht bemerkt, dass sein Kaplan abgängig war.

»Und Ingild?«, fragte er unwillkürlich.

»Die Hausmagd hat die Burg erst während Eurer Unterredung mit seiner Eminenz verlassen. Mein Mann ist ihr gefolgt, aber sie sind noch nicht zurückgekehrt.« Herwald zuckte mit den Schultern. »Ich hätte Euch schon früher Meldung gemacht, doch bei all der Umtriebigkeit ...«

»Verdammnis!«, entfuhr es dem Burggrafen. Wenn Melisend recht hatte ... Bandolf knirschte mit den Zähnen. Ingild musste sich gedacht haben, dass die Nachricht von der Ankunft des Erzbischofs von Bamberg auf der Buchenburg ein heimliches Davonschleichen wert sein würde.

Und wo, zur Hölle, war der Kaplan?

Verdammnis! Er hätte die beiden in seiner Halle anketten sollen!

Mit grimmig zusammengezogenen Brauen beugte Bandolf sich über den Sattel und befahl leise: »Bewaffne deine Reisigen und halte die Männer in Bereitschaft.«

Ein Hauch von Beunruhigung flog über die stoischen Züge des Marschalks. »Herr, was ist hier eigentlich im Gange?«

»Ein teuflisches Spiel«, knurrte Bandolf, ehe er in die Zügel griff und sein Pferd durch das Burgtor lenkte.

Zu Bandolfs Verdruss hatte König Heinrich entschieden, dass der junge Schreiber des Burggrafen im Gewahrsam des

Klosters verbleiben müsse, solange seine Unschuld nicht erwiesen und seine Zugehörigkeit nicht geklärt sei. Doch solle es dem Burggrafen gestattet werden, mit ihm zu sprechen, wann immer er das für nötig erachte. Da Abt Hademar noch am Hof des Königs weilte, hatte der Erzbischof von Bamberg dem Prior von Sankt Mauritius eine entsprechende Weisung überbringen lassen.

Grimmig dachte Bandolf, dass er es nicht nur für dringend nötig erachtete, mit seinem jungen Schreiber zu sprechen. Auch mit dem Prior hatte er noch einen Strauß auszufechten, und dieses Mal würde es Bruder Ordlaf nichts nützen, sich hinter der Robe seines Abts zu verschanzen.

Kaum hatte der Burggraf den Karrenweg nach Egininkisrod erreicht, gab er seinem drängenden Gefühl von Eile nach und gab seinem Pferd die Sporen. Erschrocken sprangen ihm die Bauersleute aus dem Weg, als er durch das Dorf preschte. Nachdem er jedoch den Galgen an der Wegkreuzung passiert hatte, an dem noch immer die zerfledderte Leiche des Wilderers baumelte, und in den Waldweg zum Mittelberg eintauchte, musste er den Lauf seines Gauls bremsen. Überhängende Zweige, herabgefallene Äste und von Laub und Tannennadeln überdeckte Unebenheiten im Boden erschwerten ein rasches Vorankommen zu Pferd. Dennoch sah er kurze Zeit später die Anhöhe zwischen den Bäumen auftauchen, auf der das Kloster Sankt Mauritius thronte.

»Prior Ordlaf ist derzeit nicht zu sprechen.«

Mit einem Schnauben, das ebenso seinen Groll wie seine Ungeduld verriet, trat Bandolf näher an das Gitter heran, das in die obere Hälfte der Klosterpforte eingelassen war.

Die spitze Nase des Pförtners, die zwischen dem Gitter zu ihm herausspähte, zuckte zurück.

»Ich bedaure, Burggraf«, beteuerte er. »Ihr müsst zu einem späteren Zeitpunkt wiederkommen.«

»Wenn du noch länger eine Pforte haben willst, an der du Wache halten kannst, Mönch, dann lässt du mich passieren«, knurrte Bandolf.

Der Pförtner schien seinen Gesichtsausdruck richtig zu deuten. Die spitze Nase hinter dem Gitter verschwand, und gleich darauf schwang die Pforte auf.

Die Hand am Knauf seines Schwerts, baute sich Bandolf vor dem Mönch auf. »Und jetzt bringst du mich zum Prior«, verlangte er.

»Aber ... wie ich schon sagte ... Prior Ordlaf ist verhindert.«

»Ich habe weder Lust noch Muße für die Versteckspiele deines Priors«, presste Bandolf zwischen zusammengepressten Zähnen hervor. »Und wenn du mir nicht auf der Stelle sagst, wo ich ...«

»Wartet!«, unterbrach ihn der Ruf einer hellen Stimme.

Als Bandolf sich umdrehte, sah er Bruder Wynstan aus der Richtung des Kreuzgangs auf sich zulaufen.

»Dem Himmel sei Dank, dass Ihr hier seid«, keuchte der junge Mönch atemlos, als er Bandolf erreicht hatte.

»Der Burggraf möchte zum Bruder Prior«, erklärte der Pförtner, noch ehe Bandolf sich über den tief beunruhigten Ausdruck in Bruder Wynstans Gesicht wundern konnte. »Sag du ihm, dass Prior Ordlaf nicht hier ist, Bruder. Mir will er es nicht glauben.« Die spitze Nase empört gerümpft, drehte er sich um und zog sich auf seinen Posten bei der Pforte zurück.

»Der Prior ist nicht hier?«, entfuhr es Bandolf. »Wo, zum Teufel, steckt der Kerl?«

Seufzend hob Bruder Wynstan seinen karottenfarbenen Schopf. »Wir wissen es nicht«, gestand er.

»Was willst du damit sagen?«

»Kurz vor der Messe zur Sext klopfte ein Knecht ans Tor und sagte, er hätte eine Nachricht für Prior Ordlaf, die er nur dem Prior selbst übergeben dürfe«, berichtete der junge Mönch. »Kaum hatte der Knecht seine Botschaft überbracht, sah Bruder Nothelm den Prior in Prosperius' Zelle gehen. Als er wieder herauskam, sei er bleich wie ein Leichentuch gewesen, meinte Bruder Nothelm. Und gleich darauf verließ Bruder Ordlaf das Kloster, ohne jemandem zu sagen, wohin er ginge.« Wynstan seufzte erneut. »Weder zur Messe noch zum Mittagsmahl kam er zurück. Und nun wissen wir nicht ...« Mit einem hilflosen Schulterzucken verstummte er.

Grübelnd kniff Bandolf die Augen zusammen. »Er muss es herausgefunden haben«, murmelte er.

Mit wenigen Schritten war er beim Pförtner. »Hast du den Knecht gefragt, wer ihn mit der Botschaft für den Prior geschickt hat?«, wollte er wissen.

Der Pförtner schüttelte den Kopf. »Und mit Verlaub, Burggraf, ...«

Doch Bandolf hatte bereits wieder kehrtgemacht und wandte sich an Bruder Wynstan. »Ich muss mit Prosperius sprechen.«

Zweifellos hatte das unerwartete Verschwinden des Priors für Unruhe im Kloster gesorgt. Überall standen die Mönche in Grüppchen beisammen, tuschelten und warfen dem Burggrafen neugierige Blicke zu, während er Bruder Wynstan durch den Kreuzgang folgte. Doch zu Bandolfs Überraschung hielt niemand sie auf. Erst im Kapitelhaus stieß der Burggraf auf Widerstand in Gestalt des Cellerars, der mit verschränkten Armen vor der Treppe zu den Unterkünften der Mönche stand und Auskunft verlangte, was der Burggraf hier zu schaffen habe. In Abwesenheit des Priors trüge er die Verantwortung im Kloster, erklärte er, und er würde nicht erlauben, dass die Klausur der Mönche gestört würde.

Er sei nicht gekommen, um die Ruhe der Mönche zu stören, gab Bandolf unwirsch zurück, doch es sei dringlich, dass er mit seinem Schreiber spreche.

Niemand dürfe mit dem Teufelsnovizen sprechen, so laute die Anweisung Bruder Priors, meinte der Cellerar unnachgiebig. Daran sei nicht zu deuteln.

Seine Ungeduld nur mangelhaft in Zaum haltend, knurrte Bandolf, dass er nicht nur die Erlaubnis habe, mit seinem Schreiber zu sprechen, sondern dass es für das Kloster, und insbesondere für den Cellerar, auch äußerst unangenehme Folgen haben würde, sollte man ihm sein Ansinnen verweigern.

Schließlich gab der Bruder Cellerar widerstrebend nach. Ohne ihm einen weiteren Blick zu gönnen, stürmte der Burggraf an ihm vorbei.

Prosperius' Unterkunft eine Zelle zu nennen, fand der Burggraf maßlos übertrieben. Hinter der Treppe zum Dormitorium befand sich eine mit Eisenverstrebungen verstärkte Tür, die mit einem Querbalken verriegelt war. Der fensterlose Raum hinter der Tür, spärlich erhellt durch eine mit Tran gefüllte Lampe, war nur unwesentlich größer als das Strohlager, auf dem die kleine Gestalt seines jungen Schreibers kauerte. Mit riesengroßen Augen in dem mageren, blassen Gesicht starrte Prosperius den Burggrafen für einen Augenblick ungläubig an, dann sprang er mit einem japsenden Laut auf und taumelte Bandolf entgegen.

»Kommt Ihr mich holen, Herr?«

Mit einem unterdrückten Seufzen schüttelte Bandolf den Kopf. »Bald«, brummte er. Dann drehte er sich zu Bruder Wynstan um, der an ihm vorbei in die winzige Kammer spähte. »Ich will allein mit Prosperius sprechen. Geh und sieh zu, dass nicht noch ein anderer deiner Brüder auf den Gedanken kommt, ich hätte hier nichts zu schaffen.«

Bruder Wynstan machte ein unglückliches Gesicht, doch ehe er widersprechen konnte, hatte der Burggraf die Tür vor seiner Nase zugezogen.

Dann drehte sich Bandolf um und fasste seinen jungen Schreiber scharf ins Auge.

»Es ist Eile geboten, also druckse mir jetzt nicht herum und sag mir die Wahrheit, hörst du?«, befahl er barsch.

Mit einem schweren Seufzer, der den Jammer der ganzen Welt zu verkünden schien, hob Prosperius den Kopf und nickte.

»Hat sich Prior Ordlaf je an dir vergangen? Oder an einem deiner Mitbrüder?«

Flammende Röte schoss in die blassen Wangen des jungen Burschen. »Nein … er hat nie versucht, mich … will sagen, er hat nicht …«, stammelte er.

»Du willst sagen, dass er sich nicht an dir vergangen hat?«, forschte der Burggraf. »An jemand anderem?«

Prosperius senkte den Kopf. »Bruder Wynstan«, hauchte er.

Bandolf sog scharf den Atem ein. »Wynstan also«, knurrte er grimmig. »Hast du das mit eigenen Augen gesehen? Oder hat Bruder Wynstan sich dir anvertraut? Wusste sonst noch jemand von Bruder Ordlafs Vergehen? Der Novizenmeister? Bruder Adelbald? Irgendjemand außerhalb des Klosters?«

»Nein! So war es nicht … Es war nicht … nicht, wie Ihr

denkt«, wehrte Prosperius hastig ab. »Es war doch nur … es hatte nur den Anschein, als wolle der Prior …«

Ungeduldig rollte Bandolf mit den Augen. Herrje, wenn der Bengel weiterhin so herumstammelte, würde es Michaeli werden, bis er erfuhr, was er wissen musste.

»Heraus damit! Was hat es da gegeben?«

»Es war nicht so, wie Ihr glaubt … Nicht, dass der Prior Wynstan, nun, Ihr wisst schon …«, stotterte Prosperius. Unter gesenkten Lidern warf er seinem Herrn einen zutiefst verlegenen Blick zu. Schließlich stieß er einen ergebenen Seufzer aus. »Bruder Ordlaf schien stets ein Auge auf uns Novizen zu haben, und irgendwann bemerkten wir, dass er just Wynstan ganz eigentümliche Blicke zuwarf. Wir zogen Wynstan damit auf und dachten, es wäre wegen der Farbe seines Haars«, berichtete er endlich in zusammenhängenden Sätzen. »Dann war Wynstan eines Tages in der Marienkapelle der Kirche und wischte den Boden, als der Prior hinzukam. Wynstan sähe blass aus, meinte er und fragte, ob er sich nicht wohlfühle. Dabei legte er ihm den Arm um die Schulter. Zuerst hatte sich Wynstan nichts dabei gedacht. Doch der Prior ließ nicht von ihm ab und begann, ihn … nun … zu kosen. Bevor Wynstan aber noch recht begriffen hatte, was geschah, tauchte Bruder Edmund plötzlich in der Marienkapelle auf und bat Prior Ordlaf, ihm zu folgen.« Der junge Schreiber räusperte sich. »Wynstan war noch ganz bestürzt, als er mir von dem Vorfall erzählte. Ich meinte, er solle es Vater Abt berichten, aber das wollte er nicht. Und ich dürfe auch niemandem davon erzählen. Das ließ er mich schwören. Es sei ja nichts geschehen, hat er gemeint, und bestimmt hätte er alles nur falsch verstanden. Ich dachte mir ja schon mein Teil, aber weil Wynstan niemals mehr davon sprach …« Mit einem Seufzen schüttelte Prosperius den Kopf.

»Hat sich der Prior Bruder Wynstan später noch einmal auf diese Weise genähert?«, wollte der Burggraf wissen.

»Ich glaube nicht. Zumindest hat er nie etwas dergleichen gesagt.«

»War Bruder Adelbald dabei, als Wynstan dir von dem Vorfall erzählte?«

»Nein. Wir waren allein«, meinte Prosperius. Dann schürzte er die Lippen und fügte mit einem Anflug von Ärger hinzu: »Was nicht bedeutet, dass er es nicht wusste. Adelbald schien immer alles über jeden zu wissen.«

›Er muss es gewusst haben. Und der Novizenmeister ebenfalls‹, dachte Bandolf. »Kennst du Tidread von Krähenburg nur dem Namen nach oder auch von Angesicht?«, fragte er unvermittelt.

Prosperius runzelte die Stirn und warf ihm einen verwirrten Blick zu. »Er war des Öfteren in der Kirche zur Messe«, sagte er dann.

»Und an jenem Tag, als Bruder Edmund ermordet wurde, hast Du Tidread nicht unter den anderen Besuchern im Kloster gesehen?«, vergewisserte sich Bandolf.

Als Prosperius zögernd den Kopf schüttelte, fragte Bandolf scharf: »Bist du dir völlig sicher? Denk genau nach.«

Gehorsam schloss Prosperius die Augen und schien angestrengt zu überlegen. »Nein, bei meiner Seele, ich schwör' es Euch, ich habe ihn nicht gesehen«, sagte er schließlich.

»Und als du in Liutbirgs Klause gewesen bist, hast du da denselben Geruch wahrgenommen, wie dazumal in der Silberkammer?«, fragte der Burggraf weiter.

Der junge Bursche warf ihm einen neugierigen Blick zu, dann schloss er wieder die Augen. Plötzlich erschien ein triumphierendes Lächeln in seinen Mundwinkeln.

»Ihr habt recht. Da war auch so ein eigenartiger Geruch«, sagte er eifrig. »Woher wusstet Ihr …?«

»War es derselbe Geruch?«, unterbrach ihn Bandolf.

»Ich möcht's nicht beschwören, aber ich denke schon. Warum wollt Ihr –«

Mit einer ungeduldigen Geste brachte der Burggraf ihn erneut zum Schweigen. »Eine letzte Frage noch: Was wollte der Prior von dir, als er heute in deiner Zelle gewesen ist?«

Prosperius zog die Nase kraus. »Das war wirklich eigentümlich«, meinte er. »Zuerst glaubte ich, er wolle mich wieder nach dem Kleinod fragen. Das Kleinod, von dem ich Euch erzählte. Vom dem ich doch nichts weiß. Stattdessen sagte der Prior, er wüsste, dass Adelbald und ich uns als Novizen trotz strikten Verbots des Öfteren davongestohlen hätten, um die Höhlen auszuforschen. Er wollte wissen, ob ich jemals mit Bruder Adelbald in der Bärenhöhle gewesen wäre.«

Bandolf spürte, wie die Säfte in seinem Magen zu rebellieren begannen. »Und bist du mit Bruder Adelbald je in dieser Höhle gewesen?«, fragte er scharf, als Prosperius verstummte.

Eine Spur Röte färbte Prosperius' blasse Wangen. »Die Bärenhöhle ist größer und viel verwinkelter als das Hundsloch oder Liutbirgs Klause. Sie war Adelbalds liebste. Mich gruselte ja darin, aber ich wollte eben nicht hinter ihm zurückstehen«, gestand er.

»Und das sagtest du dem Prior?«

Der junge Schreiber nickte.

»Mit der Bärenhöhle meinst du jene Höhle im Garkenholz?«, wollte Bandolf wissen.

Zu seiner Überraschung schüttelte Prosperius den Kopf.

»Nein, die Höhle im Garkenholz ist das Hundsloch. Aber die Höhle, nach der sich der Prior erkundigt hat, liegt eine knappe Wegstunde südöstlich von hier am Fuß vom Bärenrücken.«

»Bei allen Heiligen!«, entfuhr es Bandolf. »Wie viele Höhlen gibt es hier noch?«

»Vier Höhlen hier im Umkreis, von denen ich weiß«, erklärte Prosperius prompt.

Vier Höhlen ... Zum Henker! Der Prior wusste jetzt, welche die richtige war. Wer wusste es noch?

»Und was wollte Bruder Ordlaf außerdem von dir wissen?«, fragte er, obwohl er die Antwort schon kannte.

Als Bandolf kurz darauf eilig Prosperius' Zelle verließ, fand er auf dem Gang des Kapitelhauses Bruder Wynstan vor, der unruhig von einem Fuß auf den anderen trat.

»Was hat Prosperius gesagt? Weiß er, wohin Prior Ordlaf wollte?«, fragte er.

Das drängende Gefühl im Nacken, dass es womöglich schon zu spät sein könnte, packte Bandolf den jungen Mönch nur am Ärmel seiner Kutte.

»Komm mit«, befahl er und zog ihn mit sich. Nur einmal blieb er noch stehen, um eine unbenutzte Fackel aus der Halterung an der Wand zu ziehen und mitzunehmen.

Erst als sie den Kreuzgang verlassen hatten, wandte er sich an Bruder Wynstan, der gehorsam seinen eiligen Schritten gefolgt war.

»Was ist geschehen?«, japste der junge Mönch. »Was hat Prosperius Euch ge–«

Unter Bandolfs finsterem Blick verstummte er.

»Hör mir gut zu«, befahl der Burggraf. »Du läufst auf schnellstem Wege zur Buchenburg und fragst nach Herwald, meinem Marschalk. Du sagst ihm, dass er umgehend mit einem Aufgebot Bewaffneter zur Krähenburg reiten muss. Er soll die Burg weder angreifen noch betreten, doch jeden Zugang dorthin mit meinen Männern versperren. Niemand darf dort hinein oder hinaus! Niemand! Hast du das verstanden?«

»Aber –«

»Hast Du das verstanden?«

Die Augen furchtsam aufgerissen, nickte Bruder Wynstan.

»Des Weiteren soll er mir einen Trupp von fünf Reisigen, beritten und bewaffnet, zur Bärenhöhle schicken. Erkläre ihm genau, wo sich diese Höhle befindet. Und sag ihm, dass höchste Eile geboten ist!«

»Aber –«

»Hast du das verstanden?«

»Jedermann den Zugang zur Krähenburg versperren … Fünf bewaffnete Reiter zur Bärenhöhle schicken …«, haspelte der junge Mönch ergeben hervor, dann schüttelte er heftig den Kopf. »Aber ich bin Mönch. Euer Marschalk wird nicht auf mich hören!«, rief er.

Verdammnis, Wynstan hatte recht! Für einen Augenblick starrte Bandolf den jungen Mönch stirnrunzelnd an, dann zog er sich den Ring mit seinem Siegel vom Zeigefinger und drückte ihn Bruder Wynstan in die Hand. »Gib Herwald meinen Ring, dann wird er dir glauben.«

Welcher Einwand dem jungen Mönch auch immer noch auf der Zunge liegen mochte, er schluckte ihn hinunter. Stattdessen schürzte er seine Kutte und schickte sich offenkundig an, zum Kreuzgang zurückzulaufen.

Mit einem scharfen »Wo willst du hin?« hielt Bandolf ihn zurück.

»Um Erlaubnis bitten, dass ich das Kloster verlassen –«

»Zum Teufel damit«, donnerte Bandolf, bereits auf dem Weg zur Pforte. »Es geht hier um Leben und Tod! Du musst laufen, was du nur kannst!«

Erleichtert atmete er auf, als der junge Mönch kehrtmachte und ihm hinterherrannte.

Kapitel 26

Nicht eine Wolke stand am Himmel, und die Sonne schickte ihre sommerheißen Strahlen ungehemmt durch die Wipfel der Bäume. Als der Burggraf seinen halsbrecherischen Ritt schließlich bremste, tränkte der Schweiß, der ihm in kleinen Bächen über Stirn und Wangen in den Bart lief, seine Tunika.

Er war durch Egininkisrod geprescht, hatte Liutbirgs Klause passiert und auch die Abzweigung zur Buchenburg hinter sich gelassen. Dann war er einem Waldweg gefolgt, der rechter Hand vom Karrenweg in südlicher Richtung abgebogen war. Aber nun verlief sich der breite Weg in drei abzweigende schmale Waldpfade.

Welchen sollte er nehmen? Was hatte Prosperius noch gesagt? Der Pfad nach Südosten.

Verdammnis! Alle drei Pfade führten in südöstliche Richtung!

Abwesend wischte sich Bandolf mit dem Ärmel seiner Tunika über das Gesicht, während er finster in die Abzweigungen hineinstarrte. Die Zeit lief ihm davon. Wenn er nun den falschen Weg wählte?

Weit konnte er in die schmalen Tunnel aus Bäumen und Gestrüpp nicht hineinsehen, doch der rechte Pfad wie der linke schienen steil anzusteigen, während der mittlere Pfad leicht abfiel. Die Höhle sei am Fuß des Bärenrückens zu finden, hatte Prosperius gesagt.

Mit einem »Heilige Maria Muttergottes, steh mir jetzt

bei!«, das in seinen eigenen Ohren weit mehr nach Befehl als nach Gebet klang, lenkte der Burggraf seinen Braunen zum mittleren Pfad.

Kaum war er darin eingetaucht, schlossen sich die Wipfel über ihm zu einem Blätterdach zusammen.

Hier kam er nur mehr im Schritttempo vorwärts. Die langsame Gangart bescherte Bandolf unwillkommene Muße, sich Gedanken darüber zu machen, welche Steine ihm Gottes unerforschlicher Ratschluss noch in den Weg werfen konnte.

Was, wenn Bruder Wynstan die Buchenburg nicht unbeschadet erreichte? Vielleicht wurde das Kloster beobachtet? Womöglich würde man ihn abfangen? Hatte er den jungen Mönch am Ende in den Tod geschickt?

Bruder Ordlaf hatte das Kloster schon vor der Sext verlassen, doch nun war die Sext schon weit überschritten. Und wenn der Prior seine Erkenntnis weitergegeben hatte, bevor er sich auf den Weg zur Höhle machte, dann würde Bandolf ihn dort womöglich nicht mehr allein antreffen. Oder aber, er würde gänzlich zu spät kommen.

In dem Fall konnte er nur hoffen, dass Bruder Wynstan sein Ziel unbeschadet erreichte und sein Marschalk rasch handelte.

Aber was würde geschehen, wenn es Herwald nicht rechtzeitig gelang, die Krähenburg abzuschotten? Oder wenn es dort geheime Gänge gab, durch die ihm die Kakerlaken mitsamt ihrer kostbaren Beute entschlüpfen konnten? Keinesfalls durfte die Heilige Lanze den Harudengau verlassen, sonst wäre Matthäa verloren!

Mit einem unterdrückten Stöhnen biss Bandolf auf seine bereits zerbissene Lippe. Was auch immer ihn an seinem Ziel erwartete, er würde seine Haut so teuer wie nur möglich verkaufen.

Der Pfad begann anzusteigen. Unter dem federnden Teppich aus Tannennadeln und verrottendem Laub wurde Felsgestein im Boden sichtbar, und auch das Unterholz zu beiden Seiten des Pfades schien nicht mehr ganz so undurchdringlich zu sein.

Wie viel Zeit war vergangen, seit er das Kloster verlassen hatte? Müsste er die Höhle nicht längst erreicht haben?

Unwillkürlich warf Bandolf einen Blick zu den Wipfeln der Bäume hinauf, doch die Laubkronen ließen ihn nur ein paar Flecken des blauen Himmels sehen.

Sein Gaul war stehen geblieben.

»Vorwärts«, knirschte Bandolf und drückte dem Braunen die Stiefel in die Flanken, während seine Gedanken zu all den Unabwägbarkeiten zurückkehrten, die in seinem Vorhaben lagen. Es gab so wenig, das er wirklich wusste! Aus dem Wenigen hatte er seine Schlüsse gezogen. Aber waren es auch die richtigen Schlüsse? Was, wenn er sich irrte? Wenn sich alles ganz anders verhielt? Was, wenn …

Unvermittelt machte der Pfad eine scharfe Biegung nach rechts und schien knapp fünfzig Schritte weiter vor einer graubraunen Felswand zu enden.

Süßer Jesus! Hier musste die Höhle sein!

Noch während der Burggraf abstieg, die Zügel seines Braunen an einer jungen Buche festband und die Fackel an sich nahm, die er am Sattel befestigt hatte, sah er sich aufmerksam um.

Hie und da ließ eine schwache Brise die Blätter an den Bäumen und die dürren Zweige des Gestrüpps am Wegrand erzittern. In der Ferne klopfte ein Specht. Doch nichts deutete darauf hin, dass sich außer ihm noch jemand hier aufhielt, und auch am Ende des Pfads, wo die Felswand aufragte, konnte er keine Bewegung ausmachen.

Mit einem raschen Griff an seinen Gürtel überprüfte Bandolf den Sitz von Schwert und Dolch, bevor er begann, den Rest des Weges zu Fuß zurückzulegen.

Die Felswand lag noch gut zwanzig Schritte entfernt, als ein eigenartiges Geräusch ihn abrupt innehalten ließ. Es hatte geklungen wie ein metallisches Rasseln, war jedoch gleich wieder verstummt. In der linken Hand die Fackel, die andere am Schwertknauf, drehte Bandolf sich langsam um die eigene Achse. Dann schüttelte er den Kopf. Da war nichts. Er musste sich ge–

Da! Da war es wieder. Ein schwaches, metallisches Rasseln im Gebüsch direkt zu seiner Linken.

Noch während er herumfuhr, ließ er die Fackel fallen und tastete nach seinem Dolch. Aus dem Augenwinkel nahm er eine kaum merkliche Bewegung hinter dem Gestrüpp wahr, als er sich auf das schwarze Bündel warf, das offenbar dahinter kauerte.

Der Aufprall seines Körpers warf den Prior um, und Bandolfs erster Dolchstoß ging fehl. Doch noch während er zum nächsten ausholte, spürte er, dass etwas nicht stimmte. Ohne die geringste Gegenwehr blieb Bruder Ordlaf liegen.

Bandolf ließ den Dolch fallen, packte den Mönch an den Schultern und drehte ihn auf den Rücken.

»Bei allen Heiligen!«, entfuhr es ihm, als sein Blick auf die wachsbleichen, verzerrten Züge des Mönchs fiel, der ihn aus glanzlosen Augen anstarrte. Hellrote Bläschen hingen an seinen schön geschwungenen Lippen, aus denen ein schwaches, rasselndes Geräusch hervordrang. Auf seinem Skapulier war keine Wunde zu entdecken, doch als Bandolf ihn losließ, fand er seine Hände blutverschmiert.

Noch lebte der Prior. Doch Bandolf bezweifelte, dass er sich jemals wieder an einem Novizen würde vergreifen können.

Mit einem grimmigen Schnauben hob er seinen Dolch auf und steckte ihn in die Scheide an seinem Gürtel zurück.

»Der Lohn für Euren Verrat am König fiel wohl anders aus als erwartet«, brummte er.

Zu seinem Erstaunen glitt der Hauch eines Lächelns über Prior Ordlafs schmerzverzerrte Züge.

»... habe ... schwere Sünden ... auf meine Seele geladen ... Burggraf.« Die Worte kamen leise, stoßweise und begleitet von blutig schäumendem Speichel aus seinem Mund. »Diese ... aber nicht ... ich schwöre bei allem ... was mir heilig ist.«

»Und das soll ich Euch glauben?« Zornig schüttelte Bandolf den Kopf. »Ihr musstet Euer ehemaliges Kloster verlassen, weil Ihr einer abscheulichen Neigung fröntet. Vermutlich hätte man Euch verziehen, hättet Ihr Euch nur einmal an einem der jungen Novizen vergangen, aber Ihr konntet Eure Finger nicht davon lassen. Doch die Fleischeslust war nicht Eure einzige Sünde, habe ich recht? Ihr wart auch von Ehrgeiz beseelt, wolltet hoch hinaus. Aber in Magdeburg waren bereits Gerüchte über Eure Vergehen laut geworden. Also seid Ihr nach Sankt Mauritius gekommen. Ein abgelegenes Kloster, wo man noch nichts von Euch gehört hatte. Niemand sollte hier je von Eurem Geheimnis erfahren.« Schwach hob der Prior die Hand, als wolle er dem Burggrafen Einhalt gebieten, doch Bandolf fuhr unerbittlich fort: »Aber es gab jemanden im Kloster, der um Eure Vergehen wusste, zumal Ihr auch hier nicht von Euren Gelüsten lassen konntet. Und weil er um Euer Geheimnis wusste, konnte er Euch das Wissen abpressen, in welcher Truhe der Silberkammer er die Heilige Lanze finden würde, und wann man sie dem jüdischen Kaufmann übergeben wollte.«

»Nein ... so ist es nicht ... gewesen«, stieß der Prior hervor. »Mein Fleisch ist ... schwach ... ja ... aber ich ...« Mühsam rang Bruder Ordlaf nach Atem. »Er wusste darum ... hat es gegen mich verwendet ... Doch nur, um bevorzugt ... Nie hat er wegen der Lanze ... gefragt. Ich wusste nicht, dass ... er es war, der sie gestohlen hat. ... glaubte, es wäre Prosperius ... Er muss ein Gespräch ... zwischen dem Abt und mir ... belauscht haben ... Darauf verstand er sich, ... andere ... zu belauschen.«

Ein Hustenanfall erschütterte seinen Leib, doch Bandolf hatte keine Zeit zu warten, bis er sich erholt hätte.

»Wenn Ihr das gewusst habt, warum habt Ihr dann meinen Schreiber weiterhin in Gewahrsam gehalten und gequält?«, fuhr er ihn an.

»Erst heute, als ... die Botschaft kam ... reimte ich mir zusammen ...«

»Was beinhaltete diese Botschaft?«

»Er hat gedroht ... aller Welt ... meine Sünden ... wenn ich nicht herausfände, wo ...« Mit einem Röcheln verstummte Bruder Ordlaf und schloss die Augen, während Bandolf ihn mit zusammengekniffenen Augen anstarrte.

Herr im Himmel!

Seine Ungeduld nur mühsam bezähmend, rüttelte der Burggraf Bruder Ordlaf am Arm. »Ihr müsst wach bleiben, hört Ihr!«, knurrte er und schickte ein stummes Stoßgebet zum Himmel, der Herr möge den Prior erst dann zur Hölle schicken, wenn Bandolf mit ihm fertig wäre.

Endlich schlug der Mönch die Augen wieder auf.

»Diese Botschaft«, drängte Bandolf. »Sie wollten wissen, welche Orte die Novizen beim Spiel in der Bärenhöhle bevorzugt hätten, die sich als Versteck für die Lanze eignen würden. Habe ich recht? Aber woher wussten sie, welche der vier Höhlen die richtige war?«

»… wusste es nicht … hat ihm offenbar nur gesagt … dort, wo kein Tageslicht hinkäme …«, brachte Bruder Ordlaf hervor.

Natürlich! Sie hatten alle Höhlen absuchen müssen. Und da die Bärenhöhle am weitesten von Liutbirgs Klause entfernt lag, war sie als letzte an der Reihe gewesen. Deshalb also war das Versteck nicht früher aufgespürt worden.

Grübelnd kniff Bandolf die Augen zusammen.

Ingild hatte die Buchenburg verlassen, sobald sie es unbemerkt hatte tun können. Auf diese Weise hatten die Verschwörer erfahren, dass der Erzbischof von Bamberg bei Bandolf eingetroffen war. Die Nachricht musste sie aufgeschreckt haben. Der Grund für den Besuch Seiner Eminenz war ja nicht schwer zu erraten gewesen. Und da sie nicht sicher sein konnten, ob die Drohung, die man an Bandolf geschickt hatte, ihn tatsächlich davon abhalten würde, dem Befehl seines Königs zu gehorchen, war ihnen die Zeit knapp geworden. Die Lanze musste jetzt rasch gefunden und auf den Weg gebracht werden, bevor der Burggraf mit seinen Nachforschungen womöglich auf die Wahrheit stoßen würde.

Wenn die Verfehlungen des Priors an die Ohren eines jüdischen Händlers gedrungen waren, dann konnten auch Männer darüber Bescheid wissen, denen es gelungen war, die geheimen Pläne des Königs bezüglich der Heiligen Lanze auszuforschen.

Sie hatten gewusst, wie sie den Prior packen konnten. Und da die Zeit drängte, hatten sie auch in Kauf genommen, dass Bruder Ordlaf sich nun zusammenreimen konnte, was zur Sonnenwende in Liutbirgs Klause tatsächlich geschehen war.

»Nachdem Ihr von meinem Schreiber erfahren hattet, wo die Lanze womöglich versteckt sein könnte, seid Ihr auf dem schnellsten Weg hierher gekommen«, sagte Bandolf scharf. »Warum? Wolltet Ihr die Lanze selbst finden? Zu Euren Zwecken verwenden? Aber Ihr habt sie nicht bei Euch. Konntet Ihr sie nicht finden? Hat man Euch beim Suchen ertappt, Euch niedergestochen und Euch die Beute abgejagt? Wer war es? Wer hat die Lanze jetzt?«

Die Augenlider des Priors zuckten. Es machte den Anschein, als wolle er antworten, doch aus seinem Mund kam nur ein Gurgeln.

Bandolf verlor die Geduld. Grimmig packte er den Mönch bei den Schultern und schüttelte ihn. »Verdammt, Prior, redet!«, knurrte er. »Ist man Euch zuvorgekommen? Oder sind sie noch in der Höhle und suchen danach?«

Schwach schüttelte Bruder Ordlaf den Kopf. »Ein Augenblick ... der Schwäche ... ich wollte ... Vergebung.«

Ein Augenblick der Schwäche? Bandolf schnaubte. Und was ist mit Bruder Wynstan?, lag es ihm auf der Zunge zu fragen. Wäre das auch nur ein »Augenblick der Schwäche« gewesen, wenn der Novizenmeister dazumal in der Marienkapelle nicht hinzugekommen wäre und Schlimmeres verhinderte?

Doch dafür war jetzt keine Zeit. Er musste die Lanze finden und den Mann, der hinter all den Machenschaften steckte.

»Was ist passiert, als Ihr hier angekommen seid?«, wiederholte er.

»Die Botschaft ... es hieß, ich sollte ... zur Höhle kommen, sobald ich wüsste, wo die ... die richtige Stelle wäre ... machte mich sofort auf ... dachte, ich könnte überreden ... überzeugen, dass man das Kleinod zurückgäbe ... dem Kloster zurückbrächte ...«

»Bei allen Heiligen!«, entfuhr es Bandolf. Für einen Augenblick starrte er den Prior fassungslos an.

Hatte Bruder Ordlaf wirklich geglaubt, er könnte jemanden überreden, das aufzugeben, was zu erlangen so viel Anstrengung und Planung gekostet hatte?

Niemand, der die Königskrone von Burgund anstrebte, würde die Heilige Lanze aufgeben – jenes Kleinod, das einst ein Herrschaftssymbol Burgunds gewesen war –, wenn er sie erst in den Händen hielte und aller Welt damit zeigen könnte: »Gott, der Allmächtige, ist auf meiner Seite!«

»… Wollte … das Rechte … tun …«, riss ihn Bruder Ordlafs Röcheln aus den Gedanken. »Doch er wollte nicht … nicht auf mich … hören … lachte mich aus … fragte, ob ich mein Teil … erfüllt hätte …«

»Sprecht weiter«, drängte Bandolf, als der Mönch nur mehr nach Atem rang.

»… mein Fleisch … ist schwach … konnte nicht … hielt mir den Dolch … an die Kehle …«, kam Bruder Ordlafs Antwort so leise und undeutlich, dass Bandolf ihn kaum mehr verstand. Seine Lider sanken herab.

Der Prior hatte also preisgegeben, was Prosperius ihm gesagt hatte, doch offensichtlich hatte er sein Leben damit nicht retten können.

Bandolf stand auf. »Wie lange ist das her?«, fragte er scharf.

»… ließ mich … hier liegen … sah … zur Höhle gehen … aber nicht … herauskommen.«

Verdammnis! Sie waren noch da? Alarmiert sprang Bandolf auf.

»Wo finde ich den Eingang?«

Der Prior antwortete nicht. Als hätte der Schmerz ihn verlassen, trugen seine ebenmäßigen Züge wieder jene ruhige, undurchdringliche Maske, deren Schönheit nicht einmal durch den blutigen Speichel um Mund und Kinn beeinträchtigt wurde. Nur die Lippen, die sich lautlos bewegten, und seine Hand, mit der er wie suchend über seinen Leib tastete, verrieten, dass er noch lebte.

Für einen Augenblick sah Bandolf mit einem unbestimmten Gefühl der Befriedigung auf ihn herab. Doch irgendetwas an dieser suchenden Hand erregte sein Mitleid. Der Mönch hatte abscheuliche Sünden begangen, dennoch …

Rasch bückte er sich und drückte dem Prior das Kreuz in die Hand, das an einer langen Kette um seinen Hals baumelte und zur Seite gerutscht war.

Dann setzte er mit einem Sprung über das Gebüsch, klaubte die Fackel auf und rannte auf die Felswand zu.

Es dauerte nicht lange, bis der Burggraf die breite Spalte im Felsgestein entdeckte, doch jeder Augenblick, den er mit der Suche danach und mit dem Anzünden der Fackel verlor, erschien ihm wie eine Ewigkeit.

Zwar hatte der Prior nur immer von »ihm« gesprochen, doch es konnte durchaus sein, dass er in der Höhle auf mehr als nur einen Mann träfe. Zwei, möglicherweise auch drei. Sie alle zu überwältigen, würde ihm nicht gelingen, doch vielleicht konnte er sie aufhalten, bis seine Reisigen einträfen.

Eingedenk seiner Erfahrungen mit Liutbirgs Klause hatte der Burggraf mit Kälte gerechnet, trotzdem traf sie ihn mit eisiger Faust, nachdem er sich durch den Eingang gezwängt hatte. Einen Moment lang blieb er fröstelnd stehen, um zu sehen, wo er sich befand.

Der Schein seiner Fackel zauberte eine Vielfalt von Farben auf die feucht schimmernden Felswände, die hier zurückweichend, dort überhängend einen gewundenen Höhlengang schufen. Scharfkantige Zapfen wuchsen aus dem Boden und hingen von der Höhlendecke herab, die auf bizarr geformten Steinsäulen zu ruhen schien. Eine andere Lichtquelle als die seiner Fackel konnte er nicht ausmachen, und außer dem Geräusch tropfenden Wassers war nichts zu hören. Wer immer hier war, musste sich tiefer in der Höhle befinden.

Mit der Fackel in der einen Hand und dem Dolch in der anderen begann der Burggraf, tiefer in die Höhle vorzudringen. Sein Schwert würde ihm in einem Raum wie diesem nicht viel nützen.

›Das muss sich auch Adelbalds Mörder gedacht haben‹, ging es ihm durch den Kopf, während er behutsam einen Fuß vor den anderen setzte und spürte, wie die feuchte Kälte beharrlich unter seine Tunika kroch.

Auch wenn er hie und da den Kopf einziehen oder sich unter einem Auswuchs der Höhlendecke ducken musste, schien ihm der Gang breiter und höher zu sein als jener, der zu Liutbirgs Klause führte. Hin und wieder blieb er stehen, um nach vorne zu spähen und zu lauschen, dennoch hätte er am Ende fast den flackernden Lichtschein übersehen, der aus einer schmalen Spalte zu seiner Linken hervorschimmerte. Zu einem Gutteil hinter zwei schlanken Steinsäulen verborgen, verlief der Riss quer durch die Felswand und war gerade hoch genug, dass er sich hindurchzwängen könnte. Junge Novizen würden zweifellos noch leichter hindurchschlüpfen können.

Vorsichtig machte Bandolf kehrt, um seine Fackel knapp außerhalb der Sichtweite des Spalt zwischen zwei der kleineren Felszähne im Boden festzustecken, bevor er sich zu der Spalte zurücktastete.

Dahinter schien ein ähnlicher Höhlentunnel zu verlaufen wie der, in dem er sich befand. Und irgendwo am Ende des Ganges flackerte Licht. Das Echo kratzender Geräusche drang an sein Ohr, aber keine Stimmen.

›Ingilds ungenießbare Kost hatte wenigstens einen Nutzen‹, dachte Bandolf, während er sich durch den mit kleinen scharfen Auswüchsen bewaffneten Spalt schob, ohne größeren Schaden zu nehmen.

Die Lichtquelle, die am anderen Ende in den Gang fiel, ließ ihn nur Schatten und verschwommene Konturen der Hindernisse erkennen.

Immer wieder blieb er an scharfkantigen Vorsprüngen hängen oder stieß sich den Fuß. Als der Lichtschein allmählich größer wurde, atmete er erleichtert auf.

Die kratzenden Geräusche, die durch den Gang hallten, waren lauter geworden, doch noch immer konnte er keine Stimmen hören. Schließlich hatte er sich weit genug vorgearbeitet, um zu erkennen, dass der Gang in eine hallenartige Felsenkammer mündete. Von dort kam das Licht. Jemand hatte zwei Fackeln im Boden verankert, sodass ihr Licht auf die linke Hälfte der Kammer und in den Gang fiel, während die rechte Hälfte im Dunkeln lag.

Vorsprünge, Auswüchse und Nischen in der Felswand als Deckung nutzend, schob sich Bandolf vorsichtig näher. Nur wenige Schritte vom Eingang zur Kammer entfernt kauerte er sich hinter eine der Steinsäulen im Höhlengang nieder und spähte in die Kammer hinein.

Ein Mann, im Fackelschein kaum mehr als eine schattenhafte Gestalt, machte sich offenkundig an dem Teil der Höhlenwand zu schaffen, auf den der Schein der Fackeln fiel. Er schien allein zu sein. Zwei weitere Fackeln, die abgebrannt in der Nähe des Gangs im Boden steckten, zeigten an, dass er schon geraume Zeit damit beschäftigt war, die Wand in diesem Teil der Felsenkammer abzutasten. Offenbar hatte er noch nicht gefunden, was er suchte.

Erleichtert atmete Bandolf auf. Wenn es ihm gelänge, sich an ihn heranzupirschen, ihn zu überraschen …

Noch ehe er den Gedanken zu Ende gedacht hatte, zerschnitt ein scharfes Kratzen, gefolgt von einem Jubelschrei, die Stille in der Höhle, der von den Felswänden hundertfach zurückgeworfen wurde.

Unwillkürlich fuhr Bandolf hinter seine Deckung zurück.

Verdammnis! Warum gerade jetzt? Warum nicht ein paar Herzschläge später? Nur ein paar Augenblicke hätte er noch gebraucht, und es wäre ihm vielleicht gelungen ... Zur Hölle!

Stumm vor sich hinfluchend, schob Bandolf sich wieder ein Stück nach vorne.

Der Mann hatte es nun offenkundig eilig, die Höhle zu verlassen. Kaum hatte er die Fackeln aus der Verankerung am Boden gerissen, strebte er, so schnell es der unebene Boden erlaubte, auf den Gang zu.

Wer immer es auch war, auf keinen Fall durfte er die Höhle mit dem Kleinod verlassen!

Angespannt lauschte Bandolf auf die scharrenden Geräusche der Stiefel, die sich auf ihn zu bewegten, während sich seine klamme Hand um den Dolch öffnete und schloss.

Das Licht der Fackeln wurde heller. Nur noch ein paar Schritte ...

Ein eigentümlicher Geruch stieg Bandolf in die Nase und entlockte ihm ein grimmiges Lächeln.

Jetzt wusste er, mit wem er es zu tun hatte.

Kapitel 27

Wie sein junger Schreiber hatte auch Bandolf diesen fischigen Geruch schon einmal wahrgenommen. Da er sich aber ohne Weiteres auch den Mahlzeiten zuordnen ließ, die in einer Halle eingenommen wurden, war es ihm nicht aufgefallen, wem dieser Geruch anhaftete.

Stephan von Blois war es nicht. Der burgundische Edelmann hatte sich in Lavendel gefallen.

Das grimmige Lächeln noch auf den Lippen, duckte sich Bandolf und machte sich bereit zum Sprung, als die Schritte plötzlich verhielten.

Ein scharfes metallisches Geräusch war zu hören, zugleich mit raschen Schritten, die sich entfernten.

Eine Weile war es still, dann hallte Tidreads Stimme durch die Höhle: »Zeig dich, Hundsfott!«

Irgendetwas musste dem Sachsen verraten haben, dass im Gang eine Gefahr auf ihn lauerte. Wer oder wie viele es waren, konnte er jedoch nicht wissen. Offenbar hatte er eine Waffe gezogen und war in die Felsenkammer zurückgewichen.

Vorsichtig schob sich Bandolf nach vorne, um besser sehen zu können. Eine der beiden Fackeln hatte Tidread in den Boden gesteckt, sodass ihr Licht auf den Eingang zur Höhlenkammer fiel, die andere schien er ausgetreten zu haben. Aus dem Augenwinkel nahm Bandolf eine flüchtige Bewegung wahr, ein Schatten, der just in der Dunkelheit außerhalb des Lichtkreises der Fackel verschwand.

Von dort hallte Tidreads Stimme zu ihm herüber:

»Was soll das werden?«, rief er höhnend. »Ein erbärmlicher Feigling, der nicht wagt, sich mir zu stellen!«

Die Herausforderung war offensichtlich.

Nachdenklich runzelte Bandolf die Stirn.

Tidreads Spiel wäre endgültig verloren, wenn ihm sein Widersacher überlegen war. Doch um die Höhle verlassen zu können, musste er am Gegner vorbei. Deshalb würde er wohl versuchen, seinen Widersacher in die Kammer zu locken. Um aber die Höhlenkammer zu betreten, musste sein Gegner wiederum den Lichtkreis passieren, den er gesteckt hatte. Und sobald das geschah, würde sich Tidread aus dem Dunkeln auf ihn stürzen.

Bandolfs Stirnrunzeln vertiefte sich. Konnte Tidread ihn einschätzen? Wusste er, wie geschickt – oder auch nicht – der Burggraf im Umgang mit den Waffen war? Wohl nicht. Doch ebenso wenig konnte Bandolf den Sachsen einschätzen.

›Ein Patt‹, ging es ihm durch den Kopf, während er in die Richtung starrte, aus der die höhnende Stimme gekommen war.

Aufmerksam sah der Burggraf sich um.

Gegenüber seinem Versteck gab es einen Felsvorsprung in der Wand, außerdem eine schmale Nische. Beides mochte sich als Versteck eignen. Schließlich warf er einen Blick über seine Schulter, um abzuschätzen, wie weit nach hinten er sich zurückziehen konnte, um den Gang vor sich bis zur Kammer noch erkennen zu können.

Allmählich nahm sein Plan Gestalt an.

Etwas hatte den Sachsen auf ihn aufmerksam gemacht. Was war es gewesen? Ein Geräusch? Fackellicht, das sich auf seinem Dolch oder der Gürtelschnalle gespiegelt hatte?

Vorsichtig schob Bandolf den Dolch zurück in die Scheide. Noch würde er ihn nicht brauchen. Dann zerrte er ein Stück seiner Tunika unter dem Gürtel hervor, um den Stoff über seine silberne Gürtelschnalle zu legen und rundum festzustopfen.

Dann wartete er.

»Wie lange willst du dich noch wie eine kranke Ratte vor mir verstecken?«

Sobald Tidreads Stimme zu hören war, begann der Burggraf sich tiefer in den Gang zurückzuziehen, bemüht, sich jeden einzelnen Schritt, jeden Felszacken, jede Aushöhlung und jeden Auswuchs im Boden zu merken. Es mochte sein, dass er rasch zurück musste, und das sollte dann möglichst geräuschlos geschehen.

Nach siebzehn Schritten hatte er den Lichtkreis am Ende des Gangs gut im Blick und konnte den Weg dorthin gerade noch erkennen, während die Wände links und rechts neben ihm bereits im Dunkeln verschwanden. Hinter einem schmalen Auswuchs in der Höhlenwand blieb er stehen und rief verhalten: »Euer burgundischer Gast hat Euch wohl im Stich gelassen?«

Einen Augenblick war es still.

»Ach, Ihr seid das, Burggraf? Just Euch hätte ich hier nicht erwartet«, kam schließlich Tidreads Antwort. »Ich fürchte, Euer Weib wird für Eure Hartnäckigkeit teuer bezahlen.«

»Ihr werdet keine Gelegenheit mehr haben, Euren Verbündeten von meiner Hartnäckigkeit zu berichten«, gab Bandolf zurück. »Sagt mir, Tidread, wo haben sich Eure Kumpane in Worms verkrochen?«

»Das möchtet Ihr wohl gerne wissen.« Tidread lachte. »Wie ich höre, ist Euer Weib in Hoffnung. Ist das Balg am Ende gar nicht Eures, dass Ihr so wenig darum bekümmert seid?«

»Hurensohn,« knirschte Bandolf. Zornentbrannt biss er

die Zähne zusammen. Zum Henker, er durfte sich nicht herausfordern lassen.

Augenscheinlich hatte Tidread ihn nicht gehört. »Ihr werdet die Höhle nicht lebend verlassen, Burggraf«, dröhnte er.

»Ich bin nicht allein gekommen, Tidread. Es gibt nur einen Ausgang, und der ist von meinen Leuten umstellt«, rief Bandolf zurück. Im Stillen hoffte er, dass Prosperius recht hatte und es wirklich nur diesen einen Eingang zur Höhle gab. Seine Leute würden noch nicht hier sein, aber wenn er den Sachsen lange genug aufhalten konnte …

»Pah!«, schnaubte Tidread. »Glaubt Ihr denn, ich wäre allein gekommen?«

Einen Augenblick überlegte Bandolf, ob er die Wahrheit sagen konnte. Doch in der Nähe des Eingangs hatte er keine Pferde gesehen, nichts, das auf Verstärkung hindeutete. Warum auch? Tidread hatte nicht erwartet, jemanden außer dem Prior hier vorzufinden.

»Dann habt Ihr den zukünftigen König von Burgund wohl unter Eurem Wams versteckt?«, erkundigte er sich.

»Was? Meint Ihr Stephan von Blois?« Der Sachse lachte. »Kaum hatte der junge Schnösel gehört, dass der Erzbischof von Bamberg bei Euch war, sah ich sein Hemd auch schon zum Burgtor hinausflattern. Nein, Burggraf, für einen König von Burgund steht ein bess're Mann.«

»Wer soll es sein?« fragte Bandolf. »Graf Odo von Troyes?«

Tidread antwortete nicht.

Bandolf lauschte, doch außer dem Tröpfeln von Wasser konnte er nichts hören.

»Ihr habt erwartet, Stephan hier vorzufinden, dennoch scheint Ihr nicht überrascht zu sein, mich anzutreffen. Wie kommt das?«, wollte der Sachse schließlich wissen.

Irrte er sich, oder hatte Tidreads Stimme leiser geklungen?

»Es hat mich nicht überrascht, Bruder Edmunds Mörder hier vorzufinden«, erwiderte Bandolf, während er angestrengt in die Felsenkammer starrte und versuchte, die Dunkelheit neben dem Lichtkreis der Fackel zu durchdringen.

»Und warum hätte ich einen Novizenmeister umbringen sollen?«, erkundigte sich Tidread.

»Er hat Euch dabei ertappt, als Ihr in der Silberkammer nach der Heiligen Lanze suchtet.«

»Teufel auch!«, rief Tidread aufgeräumt. »Wie seid Ihr darauf gekommen?« Jetzt klang die Stimme wieder näher. Verflucht, wo war der Kerl?

»Seine Eminenz, der Erzbischof von Köln«, gab Bandolf zur Antwort. »Vor zwei Jahren war König Heinrich noch nicht mündig, und als sein Vormund hatte Anno von Köln auch die Reichsinsignien in Verwahrung. Jedermann wusste, dass er nicht einen Schritt tat, ohne sie mit sich zu schleppen.«

Er wartete einen Moment, doch offenbar hatte Tidread nichts darauf zu sagen.

»Als Ihr hörtet, dass der Erzbischof eine Nacht im Kloster Sankt Mauritius verbringen und tags darauf die Messe dort lesen würde, dachtet Ihr, den geeigneten Zeitpunkt gefunden zu haben, die Heilige Lanze an Euch zu bringen«, fuhr er fort. »Am Morgen, als die Besucher ins Kloster strömten und die Mönche damit beschäftigt waren, die hohen Herrschaften zu begrüßen, habt Ihr Euch am Pförtner vorbeigestohlen und seid in die Kirche geschlichen. Offenbar wart Ihr darauf bedacht, dass niemand Euch erkannte, damit der Verdacht nicht auf Euch fiele, wenn man den Diebstahl der Lanze entdeckte. Wärt Ihr wie die anderen Besucher gekommen, dann hättet Ihr zweifellos erfahren, dass der Erzbischof das Kloster bereits wieder verlassen hatte. Wie ist es Euch gelungen, am Pförtner vorbeizukommen? Habt Ihr Euch verkleidet?«

Tidread lachte erneut. »Als einfacher Mönch, Burggraf. Ich trug ein Mönchsgewand über meiner Tunika. Und ich kann Euch sagen, dass ich unter dieser vermaledeiten Kutte an diesem Tag gewiss all meine Sünden ausschwitzte.«

»Euer Pech«, rief Bandolf. »Mein Schreiber hat Eure eigenartigen Ausdünstungen in der Silberkammer gerochen.«

Ein ungehaltenes Knurren ertönte aus der Dunkelheit der Felsenkammer.

»Ihr müsst mit der Suche nach der Lanze so beschäftigt gewesen sein, dass Ihr den Novizenmeister nicht in die Krypta herunterkommen hörtet. Aber warum musstet Ihr ihn töten? Hätte es nicht genügt, ihn niederzuschlagen?«, erkundigte sich Bandolf.

»Herrje, Burggraf, was für eine törichte Frage. Der Kerl hatte gesehen, wie ich in den Schatztruhen des Klosters herumwühlte. Ich konnte ihn nicht am Leben lassen.«

Tidreads Stimme schien wieder entfernter zu klingen. Oder hatte er sie absichtlich gedämpft? Verfolgte der Sachse denselben Plan wie er?

»Und mein Schreiber?«, fragte Bandolf.

»Wäre er auch nur einen Schritt weitergegangen, hätte er mich gesehen und wäre tot gewesen«, sagte Tidread so gleichmütig, dass Bandolf wie stellvertretend für Prosperius ein Schauer über den Rücken lief. »Aber kaum hatte er einen Blick auf die Leiche des Novizenmeisters geworfen, fiel er um wie ein nasser Sack.« Leise lachte Tidread auf. »Niemals habe ich ein Gesicht grüner werden sehen als das dieses schmalbrüstigen Novizen.«

Ein entferntes Klirren drang an Bandolfs Ohr. Es klang, als wäre Tidread auf einen losen Stein getreten, während er sich tiefer in die Höhlenkammer zurückzog.

›Oder er hat den Stein geworfen, um mich zu täuschen‹, dachte Bandolf und zog eine Grimasse. ›Bring ihn zum Reden‹, befahl er sich selbst.

»Eurer Vorhaben und das Eurer Verbündeten wurde noch nicht in die Tat umgesetzt, obgleich der Plan bereits dazumal bestand. Warum die lange Verzögerung?«, fragte er.

»Zauderer und Waschweiber«, kam es leise, doch offenkundig ärgerlich. »Es gab nicht wenige, die glaubten, es sei ein schlechtes Zeichen, dass der Diebstahl der Heiligen Lanze misslungen war. Noch dazu war an jenem Tag der Glockenturm von Sankt Mauritius abgebrannt, was nicht eben half, die Gemüter zu beruhigen. Nomen est omen, so heißt es doch? Viele glaubten, das müsse bedeuten, dass der Allmächtige auf Seiten König Heinrichs stünde. Es dauerte seine Zeit, die Abtrünnigen unter den burgundischen Edelleuten erneut an unseren Plan zu binden, und unterdessen gab es auch in Sachsen für uns anderes zu tun.«

›Zum Beispiel damit, einen Erzbischof von Hamburg und Bremen zu stürzen und seine Ländereien zu verwüsten‹, ging es Bandolf durch den Sinn, während Tidread fortfuhr:

»Aber als wir von König Heinrichs Plan erfuhren, die Lanze heimlich nach Worms schaffen zu lassen, waren wir hüben wie drüben bereit. Und was konnte es für ein besseres Omen geben, als dass die Heilige Lanze erneut in Sankt Mauritius sein würde, bevor man sie nach Worms schaffen würde?«

Bandolf unterdrückte ein Schnauben. So viel zur Geheimhaltung bei Hof.

»Und wieder wandte man sich an Euch«, sagte er. »Ihr

kanntet den Ort, und Ihr kanntet die Mönche. Es war Euer Einfall, dass dieses Mal jemand den Diebstahl der Lanze bewerkstelligen müsste, der mit dem Kloster vertraut ist und Zugang zu gewissen Auskünften hat. Aber nach Eurem Scheitern zwei Jahre zuvor traute man Euch nicht mehr gänzlich und schickte Stephan von Blois zu Eurer Unterstützung.«

»Kommt mir nicht damit, Burggraf. Als bräuchte ich einen verzärtelten Jüngling, der selbst noch eine Amme benötigt«, brummte Tidread. »Doch muss man ihm eines lassen: Er ist redegewandt und weiß zu überzeugen.«

Seit Stephan eingetroffen ist, geht es hier zu wie in einem Taubenschlag. Ein ständiges Kommen und Gehen. Das hatte Melisend gesagt.

»Also hat man Stephan von Blois zu Euch geschickt, um sächsische Edle als Verbündete hinzuzugewinnen? Wen hat er mit seiner Redegewandtheit überzeugt? Männer von Rang wie Gebhard von Supplinburg?«

»Könnt Ihr mir einen Grund nennen, Burggraf, warum ich Euch das sagen sollte?«

Argwöhnisch kniff Bandolf die Augen zusammen. Tidreads Worte waren knapp und kühl gekommen, ohne jede Spur seiner sonstigen Großspurigkeit. Als trachte er, etwas zu verbergen. Was war es? Hatte Bandolf mit dem Gaugrafen ins Schwarze getroffen? Oder reichte dieses unselige Bündnis in noch höhere Kreise hinauf?

Für einen Augenblick überlegte er, ob es sich lohnte, nachzuhaken, entschied sich aber dagegen. Burgund gegenüber mochte Tidread vielleicht weniger heikel sein, doch das, was er für Treue zu seinem Volk ansah, war unverbrüchlich. Sächsische Namen würde Bandolf nicht von ihm erfahren.

»Welche Aufgabe war Bruder Fridegist in Eurem Vorhaben zugedacht?«, fragte Bandolf. »Sollte er wie die Hausmagd ausforschen, was in meiner Halle vor sich ging?«

»Über Ingild wisst Ihr wohl von meinem Weib?«, kam es verdrossen. »Weiß der Teufel, warum, aber Melisend mochte die Amme nie leiden. Dennoch ... ich frage mich, warum sie just mit Euch darüber sprach?« Einen Augenblick schien er bei dem Gedanken zu verweilen, doch als er weitersprach, klang seine Stimme erheitert: »Was Euren Kaplan betrifft: Dieses Mönchlein wird offenbar nur von einem Gedanken beseelt. Nämlich, welche unbedarfte Bauernmagd er als Nächstes hinter einen Busch zerren könnte, ohne erwischt zu werden. Ein Grund mehr, warum die Dörfler Euch grollten. Mir war's recht, verschloss es den Dörflern doch vollends die Münder.«

Auch das noch! Mit schmalen Augen schwor sich Bandolf im Stillen, den lüsternen Kaplan dem Bischof von Halberstadt in Schimpf und Schande zurückzuschicken, falls er diese Höhle je lebend verlassen würde.

Aber wenn Bruder Fridegist nichts mit dem Diebstahl der Lanze zu tun gehabt hatte, was hatte er dann in der Höhle im Garkenholz zu schaffen gehabt?

»Dennoch kann er sich glücklich schätzen, dass er noch am Leben ist«, sagte Tidread in seine Gedanken hinein.

»Warum?«

»Ich erwischte ihn mit einer mageren Magd im Garkenholz, als wir im Hundsloch nach dem Kleinod suchten. Offenbar konnte ich ihn davon überzeugen, wie unbekömmlich es für ihn wäre, wenn er ein Sterbenswörtchen darüber verlöre, uns dort gesehen zu haben.«

Nicht zur Gänze, dachte Bandolf. Wie es schien, hatte die Neugier Bruder Fridegist denn doch dazu getrieben, sich später im Hundsloch noch einmal genauer umzuschauen. Dort hatte es jedoch nichts zu entdecken gegeben.

»Auch wenn der Kaplan nichts mit all dem zu schaffen hat, Stephan von Blois ist auf jeden Fall bis zum Hals darin verstrickt«, erklärte er. »Zumindest ist er dabei gewesen, als Bruder Adelbald in Liutbirgs Klause niedergestochen wurde.«

»Woher wollt Ihr das wissen?«

»Ich hatte mir das Geschnäuf geholt, als ich in Liutbirgs Klause nach Adelbalds Mörder suchte. Wenn ich mich recht entsinne, klagte Stephan von Blois über dieselben Beschwerden. Ungewöhnlich. Mitten im Sommer. Und just einen Tag, nachdem man Bruder Adelbalds Leiche in der Höhle fand«, meinte Bandolf. »An wessen Händen klebt denn nun das Blut des jungen Mönchs? An seinen oder an Euren?«

Schweigen. Der Sachse antwortete nicht. Stattdessen ertönte wieder das entfernte Klimpern eines Steinchens. War das ein unbedachter Schritt gewesen, oder hatte Tidread erneut versucht, ihm vorzugaukeln, er hätte sich tiefer in die Felsenkammer zurückgezogen? Wo, zum Henker, steckte er?

Als kurz darauf ein leises Platschen an sein Ohr drang, verzog Bandolf den Mund zu einem grimmigen Lächeln. Offenbar war der Sachse für einen Moment unaufmerksam gewesen und in eine Pfütze getreten. Und dem Geräusch nach war diese Pfütze nicht sehr weit vom Eingang zur Felsenkammer entfernt.

»Stephan war an jenem Tag tatsächlich mit mir in Liutbirgs Klause«, antwortete Tidread plötzlich und unerwartet. Wie zuvor klang seine Stimme gedämpft. »Wir hielten den Tag der Sonnenwende für am besten geeignet. Die Mönche würden durch die Bauersleute abgelenkt sein, die um den Segen kamen, und auch Bruder Adelbalds Abwesenheit würde in all dem Trubel unbemerkt bleiben.«

»Warum wähltet Ihr gerade Bruder Adelbald, einen noch

so jungen Mönch, für den Diebstahl der Lanze?«, fragte Bandolf, was er schon wusste.

Angestrengt starrte er nach vorne, während er nach seinem Dolch griff. Allzu lange durfte er nicht mehr warten.

Zu seinem Schrecken ging der Griff nach dem Dolch ins Leere. Seine Hand gehorchte ihm nicht.

Allmächtiger! Diese gottverfluchten Höhlen!

Während er sein Augenmerk ganz und gar auf Tidread gerichtet hatte, war die Eiseskälte klammheimlich bis zu seinen Knochen vorgedrungen und hatte seine Glieder steifgefroren. Wenn sie ihm noch irgend nützlich sein sollten, musste er rasch etwas tun, um sein Blut zu wärmen.

»Der junge Mönch war eine verdrießliche Gestalt, doch sein Ehrgeiz machte ihn nützlich«, hörte er Tidread sagen. »Ich wusste, er würde fast alles tun, um seine Mitbrüder zu überflügeln. Bedauerlicherweise war er dann aber schlauer, als gut für ihn war.«

»Was meint Ihr damit?«, brachte Bandolf hervor, während er hektisch seine Finger bewegte, die Schultern vor- und zurückrollte und seine Hände ein ums andere Mal zu Fäusten ballte.

»Es war beschlossen, dass er uns das Kleinod noch vor der Sext in Liutbirgs Klause übergeben sollte. So hätte er rechtzeitig zur Sext ins Kloster zurückkehren können. Wir trafen zur vereinbarten Zeit ein, doch er war ...«

Allmählich spürte Bandolf, wie das Leben in seine Arme und Hände zurückkehrte. Doch wie war es um seine Beine bestellt? Vorsichtig trat er von einem Bein aufs andere und bewegte die Zehen.

Nicht gut, stellte er fest, wenn auch nicht ganz so erstarrt wie seine Hände. Sich an der Höhlenwand abstützend, schüttelte er sein rechtes Bein. Prompt blieb sein Stiefel an einem schmalen Felszacken hängen, die Spitze brach ab und fiel klirrend zu Boden. In Bandolfs Ohren klang das Geräusch so laut wie eine Glocke. Als er begriff, dass der Sachse dennoch weitergesprochen hatte, atmete er erleichtert auf.

»... ließ auf sich warten«, drangen Tidreads Worte wieder zu ihm durch. »Und als er schließlich kam, hatte er die Unverfrorenheit, zu verkünden, er habe die Lanze an einem sicheren Ort verborgen. Zuerst wolle er sein Auskommen haben, dann würde er uns das Versteck verraten.«

»Da habt Ihr die Geduld verloren und ihn niedergestochen?«, wollte Bandolf wissen, vorsichtig von einem Bein aufs andere tretend.

»Haltet Ihr mich für so töricht?«, gab Tidread zurück. »Ich hätte ihm kein Haar gekrümmt, bevor ich das Versteck nicht kannte. Ohne ihn würde das Kleinod das Tageslicht nicht wiedersehen, hatte er geprahlt, und ich hielt ihn für hinterhältig genug, die Heilige Lanze irgendwo im Wald verscharrt zu haben, wo wir sie in der Tat nicht wiedergefunden hätten.«

Hatte das nicht eine Spur atemlos geklungen?

Bandolf verharrte. Mit zusammengekniffenen Augen starrte er nach vorne, bis er einen Schatten ausmachen konnte, der sich ganz in der Nähe des Gangs am Rande des Lichtkreises bewegte. Behutsam zog er seinen Dolch aus der Scheide und stellte befriedigt fest, dass die Waffe nun ruhig in seiner Hand lag.

»Was also sollte ich mit ihm disputieren?«, fuhr Tidread verhalten fort. »Er hätte ohnehin nicht lange Freude an seinen Münzen gehabt.«

›Nein‹, dachte Bandolf, während er sich vorsichtig von der Wand löste und den ersten Schritt nach vorne zählte. Mit dem Wissen um die Lanze hätte man den jungen Mönch keinesfalls am Leben gelassen. So oder so.

»Doch Stephan hatte das Warten auf Bruder Adelbald mürbe gemacht«, berichtete der Sachse weiter, jetzt so leise, dass Bandolf ihn nur noch mit Mühe verstand. »Zähneklappernd und blau um die Lippen riss er seinen Dolch heraus, wedelte dem jungen Mönch damit vor der Nase und keifte, Adelbald wäre des Todes, wenn er das Versteck der Lanze nicht augenblicklich verriete.«

Eine Hälfte des Wegs zu der Nische, die Bandolf sich als Deckung ausgespäht hatte, lag hinter ihm, die andere Hälfte sollte er ebenso lautlos bewältigen. Jener Schatten, der sich noch immer am Rand des Lichtkreises zu bewegen schien, machte ihm deutlich, dass nicht mehr viel Zeit blieb. Tidread hatte schon längst begriffen, dass es zwecklos war, den Burggrafen in die Kammer hineinlocken zu wollen.

»... Mönch erschrocken zurück, Stephan griff nach ihm, stolperte und fiel auf Adelbald, der nach hinten kippte ...«

›Eine Münze‹, fuhr es Bandolf durch den Kopf. Natürlich. Die kreisrunde Aussparung, die er in der Blutlache gefunden hatte, musste eine Münze gewesen sein, die aus dem Beutel gerollt war, als Bruder Adelbald zu Boden ging.

Noch sieben Schritte.

»... und als sich Stephan wieder aufrichtete, steckte sein Dolch in Adelbalds Brust ...«

»... ein Missgeschick ...«

›Und eines, das du liebend gerne ungeschehen gemacht hättest‹, dachte Bandolf. Noch fünf Schritte ...

Einen Herzschlag später bemerkte der Burggraf, dass Tidread aufgehört hatte zu reden. Alarmiert eilte er die letzten Schritte voran. Eine schattenhafte Gestalt löste sich aus der Dunkelheit, stürzte auf die Fackel zu. Just, als er sich in die Nische warf, sah er noch aus dem Augenwinkel, wie Tidread die Fackel ergriff.

War ihm die Täuschung geglückt? Es schien so.

Tidread musste überzeugt davon sein, dass Bandolf sich weit in den Gang zurückgezogen hatte. Würde er glauben, dass sein Gegner in der Nähe des Eingangs stünde, hätte er nicht gewagt, in den Lichtkreis zu treten und nach der Fackel zu greifen. Er hätte befürchten müssen, dass der Burggraf sich auf ihn stürzen würde, sobald er ihn sehen konnte.

Der Fackelschein huschte über die Wände, und mit einem Mal wehte Bandolf auch der eigentümliche Fischgeruch in die Nase.

Tidread musste den Gang just betreten haben.

Mit angehaltenem Atem lauschte Bandolf.

Da! Der bedachtsame Tritt von Stiefeln auf felsigem Boden. Wie weit entfernt noch? Vier Schritte? Drei?

Bandolf spannte die Muskeln an.

Ein unförmiger Schatten fiel auf den Boden vor der Nische. Farben leuchteten auf der gegenüberliegenden Höhlenwand auf und spiegelte sich in einer Pfütze.

Der Schatten nahm Gestalt an.

Bandolf sprang.

Kapitel 28

Sein stämmiger Körper traf den Sachsen mit voller Wucht, doch der eigene Schwung riss Bandolf mit, und beide Männer gingen zu Boden.

Noch im Fallen spürte der Burggraf den Luftzug von Tidreads Dolch, der an seinem Ohr vorbeifuhr, und hörte das Klappern, als die Fackel zu Boden fiel. Ineinander verkeilt wälzten sich die Männer über das schroffe Gestein. Obwohl um einige Handbreit kleiner als der Burggraf, besaß der Sachse einen wuchtigen Körper, an dem nichts Weichliches war. Tidreads rechter Arm war frei. Hingegen hatte sich Bandolfs rechter Arm im linken des Sachsen verhakt. Der Dolch des Sachsen blitzte auf, als Bandolf Tidreads Handgelenk zu fassen bekam und auf den Boden schmetterte. Mit einem verbissenen Stöhnen ließ er die Waffe fallen. Bandolfs Sieg währte keinen Augenblick. Vor Schmerz jaulte er auf, als Tidreads mit Wucht hochgezogenes Knie sein Gemächt streifte. Tränen schossen ihm in die Augen. Für einen Moment konnte er noch die verbissenen Züge des Sachsen sehen, im nächsten wurde es stockdunkel.

Die Fackel musste in eine Pfütze gerollt sein und war erloschen.

Auf einen Schlag schien es kein Oben und Unten mehr zu geben, nur noch Geröchel und Keuchen und Schmerz in seinen Lenden.

Mit zusammengebissenen Zähnen wälzte Bandolf sich zur Seite. Wo, zum Teufel, war sein Dolch? Wann hatte er die Waffe verloren? Just versuchte er, sich aufzurichten, als Tidread sich mit einem Knurren auf ihn warf. Unwillkürlich zog Bandolf die Beine an. Der Sachse, ebenso blind wie er, kam nur halb auf ihm zu liegen und stieß ihm dabei schmerzhaft seinen Ellbogen zwischen die Rippen. Bandolfs Arm war unter Tidreads kräftiger Brust begraben, aber den linken hatte er noch frei. Mit einem Knurren holte er aus und rammte seine Faust mit aller Kraft in Tidreads Seite.

Ein kehliges Stöhnen, ein Ruck, und der Sachse rollte von ihm herunter. So schnell er konnte, rappelte Bandolf sich auf und warf sich rittlings auf ihn.

Erst als er Tidreads breite Schultern packte, um ihn am Boden zu halten, spürte er, dass der schwere Leib unter ihm erschlafft war.

Eine List, schoss es Bandolf durch den Kopf. Wenn er seinen Griff lockern würde …

Angespannt horchte er, spürte einer möglichen Bewegung nach, doch in dem Leib unter ihm regte sich nichts. Schließlich verlagerte er langsam sein Gewicht, bis sein Knie Tidreads Brust niederdrückte, während er nach dem Kopf des Sachsen tastete. Widerstandslos rollte er zur Seite, und als Bandolf seine Hand zurückzog, spürte er eine zähe Nässe an den Fingern kleben.

Dennoch vergingen Augenblicke, bis er zu dem Schluss gekommen war, dass Tidread sich den Kopf gestoßen haben musste, als er von ihm heruntergerollt war.

Lebte er noch? War er tot?

Zähneknirschend griff Bandolf nach seinem Gemächt, in dem der Schmerz noch immer pochte. Als er sich davon überzeugt hatte, dass der verfluchte Hund ihn nicht zum Eunuchen gemacht hatte, begann er den schlaffen Leib unter sich abzutasten.

Ob Tidread noch lebte oder nicht, konnten die Männer

auch später noch herausfinden, die Herwald ihm hoffentlich geschickt hatte.

Er würde nicht warten, bis Tidread wieder zu sich kam. Er musste die Lanze finden, den Rückweg finden, hinaus aus der Höhle.

Der Gedanke an Tageslicht und Sonne beflügelte ihn. Rasch tastete er Tidreads Leib ab, fand die Gürtelschnalle, den Gürtel, Beutel, die am Gürtel hingen, fühlte das Schwert des Sachsen unter seinen Händen, die leere Dolchscheide, doch keine Lanze.

Aber Tidread musste sie doch bei sich haben?

Mit einiger Anstrengung wälzte Bandolf den noch immer reglosen Körper des Sachsen zur Seite. Erleichterung durchflutete ihn, als er endlich die längliche Form einer Lanzenspitze unter grobem Stoff erspürte. Tidread hatte das Kleinod in ein Tuch gewickelt und hinten in seinen Gürtel gesteckt.

Vorsichtig zog Bandolf das eingewickelte Kleinod aus dem Gürtel. Dann hievte er sich auf die Beine. Zur Sicherheit stieß er Tidreads Körper noch einmal mit der Stiefelspitze an, bevor er mit einem flauen Gefühl im Magen in die undurchdringliche Dunkelheit starrte.

Wie, zum Henker, sollte er hier herausfinden?

Während des Kampfes hatte er völlig die Orientierung verloren und nicht die leiseste Ahnung, welche Richtung er einschlagen musste, um die Spalte zu finden, die ihn zu seiner Fackel bringen würde.

Wie viel Zeit war vergangen, seit er sie zurückgelassen hatte? Brannte sie noch, oder war sie längst erloschen? Verdammnis! Wenn er die falsche Richtung einschlug und tiefer in die Höhle vordrang, mochte es Stunden dauern, bis seine Männer ihn finden würden. Wenn sie ihn überhaupt fänden.

Und Matthäa? Er musste nach Worms!

Bei allen Heiligen! Da stand er nun, hielt dieses kostbare Kleinod in seinen Händen und scheiterte mangels einer Fackel?

Der Verzweiflung nah, stöhnte Bandolf auf.

Dann runzelte er die Stirn.

Das kostbare Kleinod ... Die Heilige Lanze ... Die machtvollste Reliquie des Reiches, die den Nagel vom Kreuz des Erlösers in sich barg ...

Was könnte ihm denn ein besserer Leitstern im Dunkeln sein, als der Schutz des Herrn und der Segen eines Heiligen?

Die Lanzenspitze fest umklammernd und beide Arme ausgestreckt, setzte Bandolf behutsam einen Fuß vor den anderen, drehte sich, tastete, bis er an eine der Höhlenwände stieß. Mit dem Rücken lehnte er sich gegen die Wand, während er das Kleinod hastig vom Tuch befreite. Dann legte er die Lanzenspitze quer über seine ausgestreckte Hand. Geduldig balancierte er, bis sie völlig ruhig auf seiner Hand lag.

Er dachte, dass er vielleicht ein Gebet sprechen sollte, doch mehr als ein rau geflüstertes »Hilf mir« wollte ihm nicht über die Lippen.

Dann wartete er.

Langsam neigte sich die Lanzenspitze nach rechts.

Unglücklicherweise schien der heilige Mauritius der Ansicht gewesen zu sein, dass seine Lanze in einer Höhle wie dieser womöglich am besten aufgehoben sei.

Eine Ewigkeit verstrich, und noch immer tastete sich Bandolf an der Wand entlang, stieß sich in der Dunkelheit die Zehen und schürfte sich die Hände auf, bis jedes Gefühl in seinen Knochen vor Kälte erstorben war, ohne dass er auf den Spalt gestoßen wäre, der ihn ins Tageslicht zurückführen würde.

Als er endlich Stimmen hörte, die nach ihm riefen, und Fackelschein die Farben an den Wänden aufleuchten ließ, fand er sich tief in der Felsenkammer wieder. Er hatte sich in die falsche Richtung bewegt. Für einen kurzen Augenblick gestattete er sich auszumalen, was wohl mit ihm geschehen wäre, wenn die Männer ihn nicht zur rechten Zeit gefunden hätten. Schaudernd vertrieb er den Gedanken.

Kaum etwas war Bandolf je so köstlich erschienen wie die Hitze dieses sächsischen Sommertages, die ihm die Glieder wärmte, nachdem er der Dunkelheit und Kälte der Höhle schließlich entronnen war. Während er mit dem Rücken am Stamm einer Buche gelehnt vor der Höhle saß – gut zwanzig Schritt von der Stelle entfernt, wo der Prior sein Leben ausgehaucht hatte – und darauf wartete, dass die Männer Tidread herausbrächten, schlug Bandolf das Tuch um die Heilige Lanze zurück.

Nur einmal wollte er das kostbare Kleinod bei Tageslicht sehen.

›Eine gewöhnliche Lanzenspitze‹, dachte er überrascht. Ihm war nicht zur Gänze klar, was er eigentlich erwartet hatte, aber selbst als er sacht über das kühle Eisen strich und seine Finger den Silberdraht um die Bruchstelle berührten, spürte er nicht einen Hauch jenes göttlichen Segens, der dieser machtvollen Reliquie doch innewohnen sollte.

›Und wenn man es recht bedenkt, dann hat sie mir nichts als Ärger bereitet‹, fuhr es ihm durch den Kopf. Als ihm bewusst wurde, was für ein Gedanke das war, schlug er rasch ein Kreuz. Das fehlte ihm gerade noch, dass er sich ausgerechnet jetzt versündigte!

Hastig wickelte er das Kleinod wieder ein und stand auf, just, als seine Leute Tidreads schweren Körper durch den Eingang schleppten.

Der Sachse lebte noch. Doch angesichts des Lochs in seinem Schädel und der großen Blutlache, in der er gelegen hatte, schien es fraglich, wie lange er noch am Leben bleiben würde. Offenbar hatte er sich in der Hitze des Kampfes den Kopf an einem der scharfkantigen Felszähne aufgeschlagen, die aus dem Boden der Höhle wuchsen. Die Männer des Burggrafen hatten die Kopfwunde notdürftig verbunden, doch in seinen bleichen Zügen regte sich nichts, und nur das schwache Heben und Senken seiner Brust zeigte an, dass er noch atmete.

»Schafft ihn in den Kerker der Buchenburg«, befahl er dem Anführer des Trupps Reisiger, die Herwald ihm geschickt hatte. »Doch geht schonend mit ihm um, und macht es ihm so angenehm wie möglich. Er muss mir noch eine Frage beantworten, und ich verwette Penelopes Schwanz, dass auch der König noch die eine oder andere Frage an ihn haben wird.«

Für einen Augenblick starrte der Mann ihn verdutzt an, als frage er sich, wessen Schwanz sein Herr verwettete. Dann räusperte er sich und fragte: »Was soll mit dem toten Mönch geschehen?«

Bandolf seufzte. »Schick einen deiner Männer zum Kloster. Er soll die Brüder zu Prior Ordlafs Leichnam führen. Mehr können wir im Moment nicht tun.«

Für einen Augenblick fiel Bandolfs Blick auf Tidreads breite Schultern und seine kräftigen Arme und Beine. Dieser Kampf hätte auch anders ausgehen können. Als er sich auf sein Pferd schwang, dachte er, dass Sankt Mauritius ihm womöglich doch nicht ganz so ungewogen gewesen war, wie er geglaubt hatte. Blieb nur zu hoffen, dass der

Heilige seine Meinung nicht ändern würde, bis er Matthäa wieder sicher in seiner Halle wusste.

Jetzt, da er das Kleinod gefunden hatte, drängte es Bandolf, umgehend nach Worms aufzubrechen. Wenn er sein Weib finden wollte, bevor die Nachricht der heutigen Ereignisse an die Ohren ihrer Häscher gelangte, zählte jede Stunde.

Doch es dämmerte bereits, als er mit Herwald und einer stattlichen Schar Reisiger den Rückweg von der Krähenburg antrat, wo sein Marschalk die Stellung gehalten hatte.

Stephan von Blois hatte er dort tatsächlich nicht mehr vorgefunden. Der burgundische Edelmann hatte die Burg mit zwei sächsischen Edlen samt Gefolge zu früher Stunde verlassen. Falls auf der Krähenburg noch Männer waren, die zu den Aufständischen gehörten, so waren es keine Edelleute, und es würde Zeit kosten, sie zu entlarven. Zeit, die der Burggraf nicht hatte.

Doch er zweifelte nicht daran, dass die Männer des Königs alsbald hier auftauchen würden, um das Unterste nach oben zu kehren. Vielleicht würden sie dann auch Ingild aufspüren, die sich irgendwo verkrochen haben musste. Melisend hatte ihm gesagt, Tidread hätte sie zur Buchenburg zurückgeschickt, nachdem er mit ihr gesprochen hatte. Das schien ihr aber nicht angeraten gewesen zu sein, und so hatte sie offenbar anderswo Unterschlupf gesucht.

Bevor sich das Tor der Krähenburg hinter ihm schließen konnte, warf Bandolf noch einen Blick zurück auf die junge Melisend von Souburg, die neben Tidreads untröstlicher Tochter stand und den Reitern des Burggrafen nachblickte.

Die Nachricht, dass ihr Gatte sich schwer verletzt in Gewahrsam des Burggrafen befand und nach Goslar gebracht werden würde, um sich wegen Hochverrats vor dem König zu verantworten, hatte sie offenbar kaum überrascht. Viel eher schien sie erleichtert.

»Wusstet Ihr von den Machenschaften Eures Gatten und Vetters?«, hatte Bandolf sie gefragt.

»Was ich wusste, habe ich Euch gesagt. Ich wusste, dass die beiden etwas im Schilde führen. Seht, ich bin nicht blind, und so, wie die Dinge hier in Sachsen liegen …«, hatte sie schulterzuckend erwidert. »Doch mein Gatte war vorsichtig. Genaues konnte ich nie erfahren. Ich hoffte aber, Ihr würdet es herausfinden.«

»Warum? Habt Ihr nicht bedacht, dass Euch das zur Witwe machen könnte?«

Ein feines Lächeln war um ihre Lippen erschienen.

Natürlich hatte sie es bedacht! Und wenn er dieses Lächeln richtig deutete, sogar gehofft.

»Im Falle, dass mein Gatte überlebt, wird der König ihn ächten. Dann kann ich nach Flandern zurückkehren«, hatte sie nur gesagt, und der Gedanke schien sie zu beschwingen.

Als er Melisend jetzt dort auf dem Hof stehen sah, das weizenblonde Haar im Wind flatternd, fiel ihm die Haarlocke wieder ein, die sie auf dem Ausguck der Buchenburg verloren hatte, und er fragte sich flüchtig, ob sie wohl einem Mann gehörte, den sie in Flandern wiederzusehen hoffte.

Bis der Burggraf die letzten Vorkehrungen getroffen hatte, um die Heilige Lanze sicher nach Goslar zu bringen, war es dunkel.

»Während Eurer Abwesenheit war ein Bote am Tor. Ich war so frei, die Botschaft für Euch entgegenzunehmen«, teilte ihm Bruder Fridegist mit, als Bandolf sich endlich an seiner Tafel niederließ, um sich für den morgigen Ritt noch ein wenig zu stärken.

Mit einem Satz war der Burggraf wieder auf den Beinen. »Das sagt Ihr mir jetzt?«

Augenscheinlich gekränkt, schürzte Bruder Fridegist die Lippen. »Mir wollte scheinen, als wärt Ihr den Tag über anderweitig beschäftigt gewesen«, erwiderte er spitz.

Mit einem wütenden Knurren und einem flauen Gefühl im Magen riss Bandolf ihm die kleine Schriftrolle aus der Hand. Nach der ersten Zeile atmete er ein wenig auf. Keine Todesnachricht. Keine neuerliche Drohung. Die Heilerin hatte ihm die Botschaft geschickt und teilte ihm darin mit, dass seine Gattin verschwunden sei, man aber fieberhaft nach ihr suchte. Garsende hegte die Hoffnung, dass man Matthäa bereits gefunden haben würde, wenn der Burggraf in Worms einträfe.

Offenbar hatte die Heilerin keinen Zweifel daran gehegt, dass Bandolf sich unverzüglich auf den Weg machen würde, sobald er ihre Nachricht erhalten hatte.

Zum Schluss versicherte sie dem Burggrafen noch, er könne sich darauf verlassen, dass sie selbst jeden Stein umdrehen würde, um die Burggräfin zu finden. Aufstöhnend fuhr sich Bandolf über die Stirn. Ebendas würde Garsende zweifellos tun und dabei womöglich die Häscher seines Weibes aufscheuchen. Verdammnis, sie würde Matthäas Leben gefährden und ihr eigenes!

Erst nachdem er die Botschaft noch einmal Zeile um Zeile gelesen hatte, ging ihm auf, dass das Siegel bereits erbrochen gewesen war.

Er hob den Kopf. »Habt Ihr diese Botschaft geöffnet?«, fragte er scharf.

»Nun, ich …« Bruder Fridegist räusperte sich. »Gewiss. Mithin bin ich doch Euer Kaplan.«

Mit schmalen Augen starrte Bandolf ihn an. »Ihr seid die längste Zeit Kaplan gewesen.«

Offenbar um ein beschwichtigendes Lächeln bemüht, trat Bruder Fridegist einen Schritt zurück. »Ich weiß nicht, wovon Ihr sprecht.«

»Dann werde ich es Euch erklären«, sagte Bandolf kalt. »Ich entlasse Euch aus meinen Diensten. Ihr werdet Euer Bündel packen und diese Burg mit dem ersten Hahnenschrei morgen früh verlassen.«

Bruder Fridegist blinzelte, dann stieß er ein Gackern aus, das offenbar Gelächter andeuten sollte. »Ihr scherzt.«

»Mir ist nicht nach Scherzen zumute.«

Mit empört gerunzelter Stirn warf sich Bruder Fridegist in die Brust: »Dies ist des Königs Burg. Ihr seid nur der Vogt. Und ich unterstehe dem Bischof von Halberstadt. Es steht Euch gar nicht zu, mich fortzuschicken.«

Der Burggraf beugte sich zu Bruder Fridegist hinab, bis er fast mit dessen spitzer Nase zusammenstieß. »Ich werde jede junge Magd, die jemals zur Befriedigung Eurer Lust hat herhalten müssen, in persona vor den König bringen«, raunte er. »Glaubt Ihr wirklich, ausgerechnet der Bischof von Halberstadt, dessen Bruder Ihr mit Eurem losen Geschwätz beleidigt habt, würde Euch die Stange halten, wenn alle Welt erfährt, was Ihr im Schutz Eurer Robe getrieben habt?« Langsam richtete Bandolf sich auf. »Letztlich, Bruder, werdet Ihr Euch glücklich preisen, wenn Ihr noch die Latrinen in Eurem Stift säubern dürft.«

Da seinem ehemaligen Kaplan offenkundig die Worte fehlten, ließ Bandolf ihn stehen. Bereits zwei Stufen zur Waffenkammer hinauf hatte er erklommen, als Bruder Fridegist ihm hastig nachrief: »Es ist bestimmt nicht nötig … will sagen, wird nicht nötig sein, den König mit dieser … dieser Angelegenheit zu bemühen.«

›Ganz gewiss nicht‹, dachte Bandolf. Der Bischof von Bamberg schuldete ihm eine Gefälligkeit. Und das würde vollauf genügen.

Kaum eine Hore später sah das erste Dämmerlicht eine große Schar bis an die Zähne bewaffneter Reiter die Buchenburg verlassen. Als der Trupp durch Egininkisrod ritt, schreckte das unerwartete Aufgebot die Dörfler auf, die just ihr Tagewerk begannen.

Beim Galgen an der Wegkreuzung machte die Schar Halt.

»Wenn du das Kleinod in Goslar dem König übergeben hast, kehre zur Buchenburg zurück, sobald dich der König entlässt«, sagte Bandolf. »Und kümmere dich um diesen kleinen Nichtsnutz von Schreiber. Da ich seinen verlorenen Schatz wiedergefunden habe, erwarte ich, dass der König sich zu meinen Gunsten verwenden wird, zumindest, was Prosperius betrifft.«

Sein Marschalk nickte. »Und Ihr?«, fragte er.

›Wenn ich das nur wüsste‹, dachte der Burggraf. Tidread hatte sein Bewusstsein noch nicht wiedererlangt, wenn er überhaupt jemals wieder zu sich kommen würde, und so hatte Bandolf noch immer nicht die geringste Ahnung, wo er nach Matthäa suchen sollte und wie er sie befreien könnte. Er wusste nur, dass er Worms so schnell wie möglich erreichen musste.

Vage zuckte er mit den Schultern.

»Gott mit Euch, Herr.«

»Gott mit dir«, erwiderte Bandolf. Auf seinen Wink lösten sich fünf Reiter aus der Schar, die ihm auf den Weg nach Süden folgten.

Kapitel 29

Worms, 18. Tammus im Jahre 4826
nach Erschaffung der Welt
(14. Juli im Jahre des Herrn 1066)

Entgegen seiner Gewohnheit blieb Joschua nach dem Morgengebet nicht mehr vor der Synagoge stehen, um sich an den Debatten seiner Mitstudenten zu beteiligen.

Am Tag zuvor hatte er eine Botschaft seines Vaters erhalten, die ihm Rätsel aufgab, und kaum war das Kaddisch verklungen, kehrten seine Gedanken zu der Nachricht aus Sachsen zurück.

Jehuda hatte geschrieben, er befinde sich wohlauf, sei zuversichtlich, dass in Worms alles zum Besten stünde, und schmückte seine Botschaft mit einer Beschreibung seines Tagesablaufes.

Kein Wort über den Auftrag, der ihn nach Sachsen geführt hatte, kein Wort über das Kleinod. Nicht der geringste Hinweis, ob die Übergabe an ihn nun stattgefunden hatte oder nicht, oder auf das, was im Harudengau vor sich ging.

Geendet hatte die Nachricht mit einem Zitat aus der Mischnah Awot:

Mein ganzes Leben habe ich verbracht unter den Weisen und fand nichts besser für den Sterblichen als das Schweigen. Nicht das Lehrgespräch ist die Hauptsache, sondern das Tun, und wer viel redet, bringt Sünde hervor.

Was wollte sein Vater ihm damit sagen?

War das Zitat ein Rückblick auf Jehudas Leben? Oder wollte er seinem Sohn auf diese Weise mitteilen, was er von ihm erwartete?

Auch Rabbi Jacob und die Ältesten, denen Joschua die Botschaft vorgelegt hatte, waren sich nicht darüber einig geworden, wie jener Spruch aus den Sprüchen der Väter im Zusammenhang mit Jehudas Auftrag zu deuten wäre.

›Am Ende hat Rifka vielleicht recht‹, grübelte Joschua, als er in die Judengasse einbog und in die Geschäftigkeit eines Freitagmorgens im jüdischen Viertel eintauchte.

»Vater hat wie jeder gute Jude die Schriften studiert«, hatte Rifka gemeint. »Doch vergiss nicht, dass er ein Mann ist, der zeit seines Lebens dem geraden Weg gefolgt ist.«

»Was willst du damit sagen?«

»Nun, ich denke, dass die Worte genau das meinen, was sie sagen.« Auf sein Stirnrunzeln hin hatte sie die Zeile auf dem Pergament mit dem Finger nachgefahren. »Sieh mal, *... und fand nichts besser für den Sterblichen als das Schweigen.*«

»Aber in diesem Spruch ist nicht nur vom Schweigen die Rede, sondern ebenso von der Tat.«

Rifka hatte die Schultern gezuckt. »Ich glaube, Vater wollte uns mit seiner Botschaft einfach nur beruhigen. Wir müssen weiterhin Schweigen bewahren, dann wird alles gut werden.«

Obwohl Joschua gerne glauben wollte, dass sein Weib recht hatte, plagten ihn Zweifel. Die Ältesten waren rührig gewesen. Seit er sich vor einer guten Woche an den Rat gewandt hatte, waren bereits einige der Boten zurückgekehrt, die man ausgeschickt hatte, um Auskünfte über die Männer einzuholen, die Joschua in der Scheune gesehen hatte. Die Nachrichten waren jedoch alles andere als beruhigend.

Wie Ragnold von Langenthal stammte auch Winand von Beckenbachs Vater aus dem Speyergau. Beide Männer hatten dort reiche Ländereien besessen, bis man sie der Beteiligung an einer Verschwörung gegen den Kaiser, König Heinrichs Vater, beschuldigt hatte. Obgleich man sie des Verrats nicht hatte überführen können, waren sie eines Gutteils ihrer Güter verlustig gegangen. Während Winands Vater, zwar keineswegs gänzlich verarmt, doch offenbar verbittert, sich auf sein Landgut im Wormsgau zurückgezogen hatte, war Ragnold rührig gewesen, um seinen Reichtum von einst wiederzuerlangen. Und offenbar war er dabei nicht zimperlich gewesen. Wer ihm im Weg stünde, lebe gefährlich, hatte man den Ältesten aus Mainz berichtet. Manch einer, der es versucht hätte, habe durch Ragnold mehr verloren als nur sein Hab und Gut. Was ihm noch fehlte, sei der rechte Stand, hatte es geheißen, und so schien es, als wäre Ragnold von Langenthal nur darauf aus, diesen Makel zu beheben. Was das jedoch für ein Plan sein könne, der Ragnold zu höherem Stand verhelfen könnte, das wusste man auch in der jüdischen Gemeinde in Mainz nicht.

Aus Speyer und dem Wormsgau wusste man, dass die Verbitterung von Winands Vater offenbar auf seinen Sohn abgefärbt hatte und der junge Winand seiner Unzufriedenheit mit nächtlichem Randalieren, Saufereien und Pöbeleien Ausdruck zu verleihen schien. In gewisser Regelmäßigkeit stand er vor dem Richtstein in Speyer und Worms und hatte des Vaters Beutel bereits um etliches Bußgeld erleichtert.

Es musste für Ragnold ein Leichtes gewesen sein, den jungen Winand für seine Pläne zu gewinnen.

Noch beunruhigender war jedoch das, was der Ältestenrat über den Mann erfahren hatte, den Ragnold den Falken nannte.

Schon zu Zeiten, als der Erzbischof von Köln noch die alleinige Vormundschaft über den blutjungen König innegehabt hatte, waren Gerüchte über einen Mann laut geworden, der als Schwerthand jener Fürsten galt, die sich um den Erzbischof von Köln geschart hatten. Wann immer die Fürsten ihre Belange bedroht sähen, schickten sie den Falken aus, um das Übel aufzuspüren, hieß es. Und hätte er es aufgespürt, fiele sein Schwert so lautlos wie ein Schatten auf die Feinde der Fürsten hernieder, ohne die geringste Spur zu hinterlassen.

Zu Ostern hatte der König nun einen Lehnsmann des Markgrafen von Braunschweig, Lothar von Kalborn, für vogelfrei erklärt. Es wurde gemunkelt, dass es sich bei diesem Mann um den Falken der Fürsten gehandelt habe. Weiter hieß es, dass die Fürsten ihren Mann fallen gelassen hätten und es dem Falken nur mit knapper Not gelungen sei, den Häschern des Königs zu entkommen.

Alles, was Joschua in der Scheune gehört und gesehen hatte, deutete darauf hin, dass die Gerüchte um Lothar von Kalborn der Wahrheit entsprachen. Und offenbar hatte der Falke auch genügend Gründe, um den Wunsch nach Rache am König und seinen einstigen Dienstherren zu hegen.

All diese Erkenntnisse schienen kaum Anlass zur Hoffnung zu geben, dass man die Burggräfin und die Heilerin je lebend wiedersehen würde.

Es schien einfach zu lange zu dauern, all die Auskünfte zu sammeln, mit denen der Ältestenrat den Kämmerer zu überzeugen hoffte, tätig zu werden.

»Was wir bis jetzt in Erfahrung gebracht haben, reicht noch nicht aus, um den Kämmerer umzustimmen«, hatte

Schmuel, der Goldschmied, ausgesprochen, worin sich die Ältesten einig waren. »Unsere Erkenntnisse über Ragnold und Winand werden Pothinus nicht genügen, um an ein Bündnis gegen den König zu glauben. Über den Welschen, die Söldner und die Art ihrer Beteiligung an dem, was immer da im Gange ist, wissen wir noch nichts. Wir müssen warten, bis die Boten zurückkehren, die wir nach Frankreich entsandt haben.«

»Aber das wird noch Tage dauern«, hatte Joschua eingeworfen. »Wir konnten doch immerhin in Erfahrung bringen, dass Ragnold außer der Scheune noch anderen Grund und Boden in Worms zur Verfügung hat. Nämlich dieses Grundstück vom Eigen des Bischofs, das ein Mittelsmann für ihn in der Korngasse gepachtet hat. Dorthin muss er die Kisten mit den Waffen verbracht haben.

Außerdem wissen wir, dass er nicht nur Ländereien bis nach Mainz und Trier hinauf besitzt, sondern auch im Wormser Umland: nach Südwesten gelegen zwei Hufen im Langenthal, eine Köhlerei auf dem Weilerskopf und eine weitere Hufe bei Monsheim. Auf einer dieser Ländereien muss doch diese alte Kapelle zu finden sein, von der die Rede war. Der Kämmerer bräuchte nur Männer auszuschicken, um auf jenen Hufen danach zu suchen.«

Aaron hatte den Kopf geschüttelt. »Das Gebiet ist nicht eben klein. Und Pothinus wird sich dieses Mal nicht auf unser Wort verlassen, nachdem er sich beim ersten Mal zum Narren gemacht hat. Auf magere Vermutungen und ein ›Vielleicht‹ hin wird er keine Männer ausschicken.«

»Dann müssen wir es tun.«

»Ich gebe Joschua recht. Falls Jehudas Auftrag in Sachsen scheitert und der Zorn des Königs auf uns fällt, würde es unsere Lage verbessern, wenn wir aufdecken könnten, was hier im Gange ist. Zumal uns der Burggraf gewiss Beistand leisten würde, wenn wir ihm seine Gattin wohlbehalten zurückbrächten«, hatte der Rabbi erklärt. »Aber zuvor sollten wir alles über die Männer in Erfahrung gebracht haben, was es zu wissen gibt.«

Und so war es beschlossen worden. Man würde noch die Rückkehr der Boten aus Frankreich abwarten und dann handeln.

Joschua zweifelte die Weisheit des Beschlusses nicht an, doch sein Gefühl sagte etwas anderes und mahnte zur Eile. Aber was konnte er denn überhaupt tun?

›Ich könnte nachsehen, wie Ragnolds Pachtgrund in der Korngasse beschaffen ist‹, dachte er, während er einem Knaben auswich, der einen Kuhfladen vom Boden in einen Korb schaufelte. Dem Gestank nach, der dem Korb entströmte, hatte das Kind bereits einige der als Dung begehrten Kothaufen gesammelt.

Was konnte es denn schaden, wenn er sich in der Korngasse einmal umtat, argumentierte Joschua mit sich selbst. Er würde den Grund und Boden ja nicht betreten. Es würde völlig genügen, wenn er sehen konnte, ob dort ein Haus stand, ein Verschlag oder eine Scheune wie jene in der Schwertfegergasse. Daraus würde man schließen können, ob die Kisten mit den Waffen womöglich dorthin gebracht worden waren.

Der Gedanke, etwas tun zu können, erleichterte ihn, doch als er nur noch wenige Schritte von seinem Haus entfernt war, zögerte er. Sollte er hineingehen und Rifka von seinem Vorhaben erzählen?

Schließlich entschied er sich dagegen. Sein Weib würde sich nur unnötig um ihn sorgen. Und da er sich in der Korngasse lediglich rasch umschauen wollte, würde er auch rechtzeitig zum Frühmahl wieder zurück sein.

Die Korngasse lag nicht weit vom jüdischen Viertel entfernt. Da sie in die Rheingasse mündete, welche zum Rheintor und damit zum Hafen führte, war die Gegend um die Korngasse ein Viertel, das von den Händlern bevorzugt wurde. Die meisten Grundstücke hier gehörten zum Eigen des Bistums von Worms und waren an Kaufleute verpachtet worden. Nicht nur Lagerhütten, Ställe und Scheunen waren dort reichlich zu finden, sondern auch einige Stadthäuser jener Händler, die die Stadt regelmäßig aufzusuchen pflegten.

›Ein mit Kisten beladenes Gefährt mehr oder weniger würde hier gewiss nicht auffallen‹, ging es Joschua durch den Kopf, als er in die Korngasse einbog. Nie zuvor war ihm aufgefallen, welch reger Verkehr hier herrschte. Lastenträger und Hörige, die mit Säcken beladene Karren schoben, schlängelten sich an den großen, von Ochsen gezogenen Karren vorbei, die voll bepackt oder bereits entladen durch die breite Gasse ratterten. Unter den braunen Kitteln der Hörigen, den bunt gefärbten Tuniken der Kaufleute, den bestickten Gewändern ihrer Frauen und den zerfledderten Hemden der Bettler erregte ein Jude im dunklen Kaftan ebenso wenig Aufmerksamkeit wie die schwarze Robe eines Stiftsherrn. Niemand schien Joschua Beachtung zu schenken, als er in die Seitengasse einbog, in der er Ragnolds Pachtgrund wusste.

Das kleine Anwesen lag linker Hand der Seitengasse, die zwei Grundstücke voneinander trennte.

Zu Joschuas Enttäuschung war es von einer mannshohen Mauer umgeben, und obgleich er sich auf die Zehenspitzen stellte, konnte er nicht mehr ausmachen als ein Haus und zwei Verschläge, die offenbar einen Hof umgaben. Im Gegensatz zum Nachbargrundstück machte das kleine Anwesen einen alten, baufälligen Eindruck. Die Mauer bröckelte, das Stroh, mit dem das Dach des Hauses gedeckt war, wirkte modrig und wies Löcher auf, und das Holztor, das auf die Seitengasse führte, schien ebenso morsch zu sein wie das Holz der beiden Nebengebäude. Ob das kleine Anwesen bewohnt war, konnte er jedoch nicht feststellen, ebenso wenig, ob einer der beiden Verschläge groß genug war, um die Kisten mit den Waffen zu beherbergen.

Die Seitengasse selbst schien breit genug zu sein, um einen beladenen Karren durchzulassen, wenn auch nicht breit genug für ein Ochsengespann. Kindergeschrei, Hühnergackern, laute Rufe, Lachen und das Rattern der Karrenräder drangen von der Korngasse in die Seitengasse und mochten die Geräusche überlagern, die es vielleicht hinter der Mauer gab.

Um keine Aufmerksamkeit zu erregen, war Joschua langsam an der Mauer entlang weitergegangen, doch jetzt blieb er stehen. Alles, was es zu sehen gab, hatte er hier gesehen. Sollte er nicht besser umkehren?

Unzufrieden biss er sich auf die Lippe. Eigentlich hatte er noch gar nichts gesehen. Nur die baufällige Mauer eines heruntergekommenen Anwesens. Aber ob Ragnold und seine Männer sich hier aufhielten oder ob die Waffen hierher geschafft worden waren, wusste er noch immer nicht.

Mit zusammengekniffenen Augen sah er sich um. Die Seitengasse endete mit der Rückwand eines großen Fachwerkhauses. Zwischen dem Mauerwerk des Hauses und Ragnolds Pachtgrund schien es einen schmalen Durchlass zu geben, doch ob Ragnolds Anwesen auch dort ummauert war, konnte er nicht erkennen. Hin und wieder wurde auf eine rückwärtige Mauer verzichtet, wenn die anliegenden Gebäude eng an ein Grundstück angrenzten. Vielleicht war der Durchgang breit genug, dass er sich hindurchzwängen konnte, und falls die Mauer dort nicht weiterführte, würde er womöglich einen Blick auf das Grundstück werfen können.

›Nicht, dass ich es betreten wollte‹, versicherte er sich rasch, während er sich umsah, ob ihn womöglich jemand beobachtete. ›Ich möchte nur sehen, was sich dort tut.‹

Wie er gehofft hatte, war die Rückseite des Grundstücks nicht ummauert. Doch der Gang zwischen den beiden Nebengebäuden und der Rückwand des Fachwerkhauses war so schmal, dass er sich nur seitwärts würde hindurchzwängen können. Zwischen ihm und den Wänden würde kaum ein Fingerbreit frei bleiben. Ein rascher Rückzug wäre hier nicht möglich.

Tief Luft holend, schlüpfte Joschua in den Gang hinein.

Nach einigen Schritten hatte er den ersten Verschlag passiert und einen weiteren schmalen Durchlass erreicht, der zwischen den beiden Nebengebäuden offenbar zum Hof führte.

Der Verschlag zu seiner Linken schien ihm zu klein, um als Lager für die Kisten aus der Scheune zu dienen, doch das Nebengebäude zu seiner Linken würde wohl groß genug sein.

Nun hatte er gesehen, was er hatte sehen wollen, und sollte den Rückweg antreten.

Zögernd spähte Joschua um die Ecke.

Die Geräusche aus der Korngasse drangen nur mehr gedämpft zu ihm herüber, doch hier war alles ruhig, und auf dem kleinen Teil des Hofes, den er einsehen konnte, schien niemand zu sein.

Ob er es wagen sollte, sich zwischen den beiden Verschlägen noch ein Stück weiter vorzuschleichen, um einen besseren Blick auf das Haus zu bekommen? Er könnte sich hinter der Regentonne verbergen, die am Ende des schmalen Durchlasses stand. Von dort aus würde er gewiss den ganzen Hof und das Haus einsehen können.

Und wenn nun doch jemand hier war? Ein Knecht etwa, oder auch mehrere, die das Grundstück bewachten?

Aber vielleicht waren die Männer auch unterwegs. Womöglich war jetzt die einzige Möglichkeit, ungestört einen näheren Blick auf das Grundstück zu werfen?

Noch einmal sah sich Joschua nach allen Seiten um, dann raffte er seinen Kaftan, zog den Kopf ein und huschte geduckt nach vorne, wo er sich mit klopfendem Herzen hinter die Regentonne kauerte.

Das laute Schnauben eines Gauls, das plötzlich aus dem kleineren Verschlag zu seiner Linken zu hören war, ließ ihn heftig zusammenzucken.

Wenn in dem Verschlag Pferde waren, dann war er hier auch nicht allein!

Als Joschua schließlich hinter der Tonne hervorspähte, schien sein Herz für einen Augenblick stillzustehen. Kaum zehn Schritte von ihm entfernt stand ein Mann in der Nähe der niedrigen Pforte, die ins Haus führte. Der schäbigen Tunika und dem kurzen Schwert nach, das an seinem Gürtel baumelte, schien es sich um einen Reisigen zu handeln.

›Ein Söldner vielleicht, wie der, den Rifka vor unserem Haus gesehen hat. Womöglich gar derselbe‹, fuhr es ihm durch den Kopf. Was war er doch für ein Narr! Was hatte er sich nur dabei gedacht, sich so weit vorzuwagen? Wie hatte er nur glauben können, dass Ragnold seinen Pachtgrund unbewacht ließe? Vor allem, wenn die Waffen tatsächlich hier lagerten?

Offenbar hatte er Glück gehabt. Der Mann schien sein Näherkommen nicht bemerkt zu haben. Aber sein Rückweg würde vielleicht weniger glimpflich vonstattengehen.

Vorsichtig reckte Joschua den Kopf und warf einen weiteren Blick auf den Söldner. Sein feistes Gesicht kam ihm nicht vertraut vor. In der Scheune war er anscheinend nicht dabei gewesen. Waren außer ihm noch andere Männer hier? Im Haus vielleicht?

Als würde er spüren, dass jemand ihn beobachtete, drehte der Söldner plötzlich den Kopf. Einen Lidschlag später hörte aber auch Joschua das Geräusch von Hufen vor dem Tor, das die Aufmerksamkeit des Mannes erregt haben musste. Der Söldner straffte sich, rührte sich jedoch nicht vom Fleck.

Einen weiteren Augenblick später schlug jemand mit der Faust gegen das Tor und rief: »Eine Botschaft für Ragnold von Langenthal.«

Zu Joschuas Entsetzen brachte der Ruf plötzlich Leben auf das Anwesen. Zwei Hörige kamen auf den Hof gelaufen, vermutlich aus dem Stall zu seiner Linken, und rannten in Richtung Tor. Gleich darauf wurde die Pforte vom Haus geöffnet. Winand von Beckenbachs magere Gestalt erschien im Eingang, und hinter ihm drang Ragnolds dröhnende Stimme auf den Hof. »Ja doch, ich komme.«

Während die Hörigen den Boten einließen und Winand ihm entgegenging, trat Ragnold aus dem Haus. Und als wäre das Übel noch nicht groß genug, folgte ihm der Falke auf dem Fuß.

Während Ragnold in Richtung des Tors weiterging, blieb Lothar von Kalborn unter dem Türsturz stehen. Mit verschränkten Armen lehnte er sich an den Pfosten und sah zu, wie Ragnold die Botschaft entgegennahm.

Kaum war das Tor hinter dem Boten zugefallen, riss Ragnold das Siegel auf.

Nur wenige Armeslängen von ihm entfernt sah Joschua zu, wie Ragnolds schiefe Nase zu zucken begann, sein

Gesicht hochrot anlief und seine Augen schmal wurden. Schließlich warf er das Pergament zornentbrannt auf den Boden und brüllte: »Verflucht, das soll er mir büßen!«

»Was ist passiert?«, rief der schmalbrüstige Winand und lief auf Ragnold zu, während der Falke sich vom Türpfosten abstieß. Nur der Söldner war stehen geblieben, sah jedoch ebenfalls zu Ragnold herüber.

»Unser Vorhaben ist gescheitert«, knirschte Ragnold. »Le Grand Seigneur hat gestern Nachricht erhalten, dass Bandolf von Leyen einen unserer wichtigsten Mittelsmänner im Harudengau entlarvt und dingfest gemacht hat. Inzwischen dürfte der König über unseren Plan Bescheid wissen und Maßnahmen getroffen haben. Uns bleiben nur wenige Stunden, um zu retten, was noch zu retten ist, und zu verschwinden.«

»Aber ... aber ... das ... kann doch nicht sein«, hörte Joschua den jungen Winand stammeln, während sich Ragnolds Stimme immer noch in seine Gedanken zu bohren schien. Das Vorhaben gescheitert. Zu retten, was zu retten ist. Himmel! Die Heilerin ... die Burggräfin ...!

Ich muss hier weg! Jetzt müssen wir etwas tun! Rasch!

Aufgewühlt starrte er auf die Männer, die sich keine zehn Schritte von ihm entfernt um Ragnold geschart hatten. Dann biss er sich verzweifelt auf die Lippe. Sobald er sich rührte, würden sie ihn haben. Er musste warten.

»Was ist mit dem Kleinod .... Wie konnte der Burggraf erfahren ...?«, drang Winands ängstliches Stottern in seine Gedanken.

»Woher soll ich das wissen?«, fuhr Ragnold ihn an.

»Ich hatte Euch gewarnt, dass er nicht locker lassen würde«, bemerkte Lothar mit einem spöttischen Lächeln.

»Behaltet Eure Weisheit für Euch«, knurrte Ragnold zornig. »Wir haben just Dringlicheres zu tun.«

»Gewiss«, pflichtete Lothar ihm gelassen bei. »Und was genau schwebt Euch vor?«

Einen Augenblick hatte es den Anschein, als wolle Ragnold sich mit geballten Fäusten auf den Falken stürzen und könne sich nur mit Mühe zurückhalten, seinen Zorn an ihm auszulassen. Mit fragend hochgezogener Braue erwiderte Lothar seinen Blick.

»Wir werden tun, was nötig ist«, presste Ragnold endlich hervor. »Ihr und Winand werdet Euch um die Waffen kümmern. Nehmt den Karren und ladet auf, was immer Ihr könnt. Ich habe für den Notfall vorgesorgt. Hinter der Rheininsel liegt außerhalb des Hafens ein Boot vor Anker bereit. Damit schafft Ihr die Waffen flussabwärts, Richtung Basel. Und beeilt Euch!«

Offenbar froh, dem aufgebrachten Ragnold aus den Augen zu kommen, drehte Winand sich fluchtartig um und rannte in Richtung Stall.

Der Falke jedoch blieb stehen. »Und was werdet Ihr tun?«

Ragnold hatte bereits kehrtgemacht. »Ich werde hier unsere Spuren beseitigen und dann mit Hunfrit zur Kapelle reiten«, rief er unwirsch über seine Schulter zurück. »Le Grand Seigneur ist ebenfalls auf dem Weg dorthin. Und jetzt beeilt Euch und schafft die Kisten zum Boot!«

Ohne Lothar von Kalborn einen weiteren Blick zu gönnen, bedeutete er dem Söldner, ihm zu folgen, und lief ins Haus zurück.

Mit schmalen Augen sah der Falke den beiden Männern nach. Kaum war die Tür hinter ihnen zugefallen, bückte er sich rasch und hob das Schriftstück auf, das Ragnold auf den Boden geworfen hatte. Ungelesen steckte er das Pergament in seinen Gürtel. Für einen Augenblick sah Joschua einen kalten Ausdruck in seinen Zügen, der ihn erschauern ließ. Dann hatte er sich auch schon umgedreht, war auf den Stall zugerannt und verschwand aus Joschuas Sicht.

›Jetzt!‹, befahl sich Joschua. Mit zusammengekniffenen Augen vergewisserte er sich, dass auch die beiden Hörigen, die das Tor geöffnet hatten, nicht zu sehen waren.

Just hatte er sich ein paar Schritte rückwärts bewegt, hörte er das Geräusch klappernder Hufe aus dem Stall kommen. Aus dem Augenwinkel sah er noch, wie sich der Falke in den Sattel schwang und hörte, wie er jemandem befahl, das Tor zu öffnen, ehe er sich flach gegen die Bretterwand des Verschlags zu seiner Rechten drückte.

Nicht nur er schien die Geräusche der Pferdehufe gehört zu haben. In das Quietschen des Tors hinein hörte Joschua die wütende Stimme des Söldners, der offenbar aus dem Haus gestürmt kam und dem Falken etwas nachrief. Gleich darauf ertönten ein Fluch und die Geräusche eines davonpreschenden Pferds.

»Was, zum Henker, ist hier los?«, kam Ragnolds Stimme aus der Richtung des Hauses.

»Wie's scheint, hat der Falke Fersengeld gegeben«, knurrte der Söldner.

»Fersengeld? Pah! Ich möchte wetten, dass er schnurstracks zur Kapelle prescht, um sich sein Teil vom Silber zu holen. Zur Hölle mit ihm, das werde ich zu verhindern wissen!« knurrte Ragnold. »Schaff dich in den Stall und sattle die Pferde. Du reitest zum Monsheimer Gehöft, holst Karren und Knechte für das Silber. Wir treffen uns in der Kapelle. Und mach Winand Beine. Er muss die Kisten zum Boot bringen.«

»Lasst mich zur Kapelle reiten«, drängte der Söldner. »Ich habe mit dem Bastard noch etwas zu begleichen, und von der Hufe aus kenne ich den Weg ohnehin nicht.«

»Du tust, was ich dir sage!«, fuhr Ragnold ihn an. »Die

Knechte wissen, wohin sie den Karren bringen müssen. Mach ihnen Feuer unterm Hintern und sag ihnen, sie sollen dort auf mich warten. Du reitest aber vom Gehöft aus am Bach entlang Richtung Süden, beim nächsten Abzweig links, danach siehst du rechter Hand einen Trampelpfad. Zu schmal für einen Karren, gerade noch breit genug für ein Pferd. So kommst du rascher zur Kapelle.«

Gleich darauf hörte Joschua Schritte, die zum Stall liefen, und kurze Zeit später den Söldner von dort rufen: »Ihr müsst jemand anderen finden, der die Kisten zum Boot schaffen lässt. Winand ist tot.«

Für einen Augenblick war es still. Die Stille wurde abgelöst von einem Fluch und einem gebellten: »Du weißt, was du zu tun hast. Mach hin!«

Und endlich hörte Joschua auch Ragnolds Schritte, die sich entfernten.

Vorsichtig reckte er den Kopf. Keiner der Männer schien mehr in seiner Sichtweite zu sein. Joschua raffte seinen Kaftan bis über die Knie, drehte sich um und rannte mit wild klopfendem Herzen auf den schmalen Durchlass hinter dem Pachtgrund zu. Atemlos zwängte er sich seitwärts in den engen Gang. Dann blieb er für einen Augenblick stehen und schloss die Augen. Ein schmerzlicher Laut entrang sich seiner Kehle.

Er war entwischt. Doch wie schnell er auch rennen würde, das Wissen um den Standort der Kapelle käme jetzt womöglich zu spät.

Kapitel 30

Worms, 14. Juli im Jahre des Herrn 1066

»Heilige Jungfrau«, ächzte Matthäa und presste sich mit schmerzverzogenem Gesicht die Hände auf den prallen Leib.

Garsende warf ihr einen mitfühlenden Blick zu. »Wieder ein Krampf?«

»Der zweite heute Morgen«, stieß die Burggräfin zwischen zusammengebissenen Zähnen hervor.

Einen Augenblick später entspannten sich ihre Züge, und sie holte tief Luft. »Und jedes Mal denke ich: Jetzt ist es soweit«, fügte sie mit einem Seufzen hinzu.

Unwillkürlich lächelte Garsende. »Noch habt Ihr keine Wehen«, erläuterte sie. »Erst wenn die Krämpfe in regelmäßigen Abständen kommen und länger währen, müssen wir uns vorbereiten.«

»Und wann wird das sein?«

»Das lässt sich schwer sagen«, meinte Garsende. Jede Schwangerschaft folgte eigenen Regeln, und der Verlauf entzog sich eigensinnig einer genauen Vorhersage. Es war nicht das erste Mal und würde gewiss auch nicht das letzte Mal sein, dass sie sich um zwei, drei Wochen verschätzt hatte. Doch just bei dieser Niederkunft wünschte sie sich, dass sie den Zeitpunkt genau bestimmen könnte, wann das Kind zur Welt käme, und dass es nicht zu früh sein würde.

»Nachgerade glaube ich, dass der Allmächtige sich einen üblen Scherz mit mir macht. Da lässt er mich erst warten und warten, und nun bringt er mir das Kind zur Unzeit«, sagte Matthäa mit einem Anflug von Ärger und warf einen finsteren Blick zum Lager ihrer Wächter hinüber.

Außer dem schweigsamen Peppin, der in der Nähe der Herdstelle mit einem Holzbrett über den Knien auf dem Boden hockte und schnitt und häckselte, was es zu schneiden und zu häckseln gab, schienen die übrigen Männer dem Müßiggang zu frönen, während die beiden Frauen das Mittagsmahl vorbereiteten.

Als ihr Blick zur Heilerin zurückkehrte, war der Ärger aus Matthäas Zügen verschwunden. Die unterdrückte Furcht in ihren Augen schien Garsende der Spiegel ihrer eigenen zu sein, die seit ihrer Gefangennahme stets im Hintergrund lauerte. Wie von selbst tastete ihre Hand nach dem Beutel an ihrem Gürtel, der ihren unheilvollen Schatz barg.

»Kannst du nicht irgendetwas tun, um die Niederkunft hinauszuzögern, ohne meinem Kind zu schaden?«, flüsterte die Burggräfin.

So rasch, als hätte sie sich verbrannt, zog Garsende ihre Hand zurück.

»Ich kenne manches Kraut, das eine Geburt zu beschleunigen vermag, doch keines, welches imstande ist, sie aufzuhalten«, antwortete sie. »Doch Ihr solltet Euch niederlegen. Ihr seht erschöpft aus.«

Matthäa schüttelte den Kopf. »Du siehst selbst erschöpft aus.«

Unwillkürlich fuhr sich Garsende über ihre feuchte Stirn. Dann zwang sie sich zu einem Lächeln. »Unsinn. Das ist nur die Hitze«, widersprach sie. »Ihr aber braucht bald all Eure Kräfte.«

Als die Burggräfin schließlich nachgab und die Herdstelle verließ, schloss Garsende für einen Augenblick die Augen, während ihre Finger erneut nach dem Beutel an ihrem Gürtel tasteten.

Es ist nur die Hitze, hatte sie Matthäa versichert. Vielleicht war es wirklich nur die heiße und zum Schneiden dicke Luft in der Kapelle, die für die Übelkeit und den kalten Schweiß auf ihrer Stirn verantwortlich war. Vielleicht war es aber auch etwas … anderes.

Es hatte schon gedämmert, als der welsche Söldner mit den frostigen Augen sie gestern vor die Kapelle geführt hatte, damit sie am Waldrand ihre Notdurft verrichten konnte. Und dort hatte sie die kleinen Knollen entdeckt. Jung noch, wie unschuldig ihre Tödlichkeit unter einem weißen Häutchen verbergend, hatten sie kaum eine Armeslänge von ihr entfernt zwischen dem modrigen Laub unter einer Eiche hervorgelugt.

»Fass das niemals an, Kind!«, war die scharfe Stimme ihrer Mutter durch ihre Gedanken gejagt. Einen Lidschlag lang hatte Garsende sich selbst gesehen, wie sie die ausgestreckte Hand erschrocken zurückgezogen hatte, und hörte sich fragen: »Warum nicht?«

»Das ist Hels Daumen«, hatte ihre Mutter geantwortet. »Manche sagen, schon die Berührung würde genügen, um einen Menschen qualvoll sterben zu lassen. Der Verzehr aber in jedem Fall.«

Garsende hatte die Warnung nie vergessen und stets einen Bogen um Hels Daumen gemacht, wann immer er ihr untergekommen war. Bis gestern.

Es war ihr wie ein Omen erschienen, just diesen Pilz hier zu entdecken, und es war die Entscheidung eines Augenblicks, in fliegender Hast danach zu greifen.

Jeder Plan zur Flucht, den Matthäa und sie des Nachts flüsternd geschmiedet hatten, war bisher an der Wachsamkeit und der Vorsicht ihrer Wärter gescheitert oder hatte sich wegen Matthäas Zustand als undurchführbar erwiesen. Und mit jedem Tag, der verging, schien es unwahrscheinlicher, dass eine Rettung von außen kommen würde.

Zermürbend wie die Ungewissheit, was mit ihnen geschehen würde, war auch die Unkenntnis, was außerhalb der Kapelle vor sich ging. Entweder wussten die Söldner selbst nicht, was draußen geschah, oder sie hatten Order, den Frauen nichts darüber zu sagen. So blieben Garsende und Matthäa nur mehr Vermutungen und eine Hoffnung, die täglich mehr und mehr schwand.

Vielleicht hatte der junge Jude noch einmal versucht, Matthäa und ihr zu helfen, und war gescheitert. Vielleicht hatte er aufgegeben. Vielleicht war er tot. Vielleicht hatte der Burggraf Garsendes Botschaft erhalten und war auf dem Weg nach Worms. Vielleicht hatten die Männer ihr Ziel auch erreicht, und Bandolf von Leyen glaubte, seine Gattin sei ertrunken. Vielleicht war er dem Plan der Männer zu nahe gekommen. Vielleicht war er gefangen, oder … vielleicht …

Und fast ebenso unerträglich war die Untätigkeit, gab es doch viel zu viel Zeit, über all diese »Vielleicht« nachzudenken.

Weder Garsende noch Matthäa waren gewohnt, die Hände in den Schoß zu legen, doch in der Kapelle gab es nichts weiter für sie zu tun, als die Mahlzeiten zuzubereiten. Und nicht einmal das zur Gänze, denn für alles, was den Gebrauch eines Messers voraussetzte, hatte man den jüngsten der Söldner abgestellt.

›Wenigstens sind wir den abstoßenden Hunfrit los‹, ging es Garsende durch den Kopf, während sie sich wieder dem

Kessel zuwandte, in dem Hirse, Zwiebeln und Schmalz schwach köchelten und auf den Speck warteten, den Peppin in viel zu kleine Stücke schnitt.

Obwohl Hunfrit ihr nicht wieder zu nahegetreten war, hatte sie doch ständig seine Augen in ihrem Rücken gespürt. Wann immer sie genötigt gewesen war, ihn anzusehen, hatte sie einen Ausdruck in seinem Gesicht bemerkt, als hege er zu seiner Lust auch einen geheimen Groll, der nur eines Funkens bedurfte, um ihn gänzlich zu entfachen.

Augenscheinlich hatte man den Söldner jedoch anderswo gebraucht, und Garsende war ein Stein von der Seele gefallen, als er die Kapelle vor vier Tagen verlassen hatte. An seiner Stelle war der junge Welsche Thierry geblieben, um die Frauen und die Kisten zu bewachen, die in dem Verschlag neben der Kapelle lagerten.

Als Gefangenenwärter schien sich Thierry de Savosaint nicht wohlzufühlen, ebenso wenig behagte ihm offenbar die Gesellschaft der Söldner. Meistens hielt er sich ein wenig abseits. Doch wenn Garsende auch zuerst gehofft hatte, er würde sich vielleicht im Zweifelsfall für die Burggräfin und sie verwenden, wurde sie rasch eines Besseren belehrt. Was immer der junge Edelmann auch von der Gefangennahme zweier Frauen halten mochte, so war er dem Plan, den Ragnold und seine Leute verfolgten, doch mit offenkundig unverbrüchlicher Treue verpflichtet. Das machten die Äußerungen mehr als deutlich, die er gelegentlich fallen ließ.

Von den anderen Männern war seit jenem einen Mal vor sieben Tagen keiner mehr hier gewesen. Ein Umstand, für den Garsende ihrem Schöpfer zutiefst dankbar war, enthob sie Lothars Abwesenheit doch des quälenden Zorns, den sie so offensichtlich noch immer über seinen Verrat empfand.

»Närrin«, murmelte sie erbost, als ihr bewusst wurde, dass sie sogar jetzt diesen Ausdruck schmerzlichen Verlangens in seinen Zügen vor Augen hatte, als sie ihm im Frühjahr wieder begegnet war, während sie hier stand und den vermaledeiten Beutel umklammert hielt.

Vier der todbringenden Pilze hatte sie in der Hand hinter ihrem Rücken verborgen, als Guillaume sich nach ihr umgedreht und sie in seinem Kauderwelsch aufgefordert hatte, sich zu beeilen. Irgendwie war es ihr sogar gelungen, Hels Daumen in ihren Beutel zu stecken, ohne dass er es bemerkte. Und seither rang sie mit sich selbst, ob diese Pilze der Ausweg waren, dessen Matthäa und sie so dringend bedurften.

»Hel ist tückisch«, hatte ihre Mutter damals erklärt. »Es kann Stunden, sogar ein oder zwei Tage dauern, bevor es erste Anzeichen gibt. Doch dann ist es schon längst zu spät. Der Tod kommt unaufhaltsam, und das Sterben ist lang und qualvoll.«

›Heilige Muttergottes, ich bin doch Heilerin‹, schoss es Garsende durch den Kopf. ›Ich kann doch nicht zulassen …‹

Aber selbst wenn sie sich dazu durchringen konnte, Hels Daumen zu benutzen, was würde denn geschehen, sobald sich bei den Männern die ersten Anzeichen zeigten? Das Ungleichgewicht der Säfte, Schwarzgalligkeit, heftige Krämpfe und Erbrechen. Würde ihr Verdacht nicht sogleich auf Garsende fallen, die Heilerin, die Drude? Oder würden sie ihr Glauben schenken, wenn sie behauptete, dies alles könnten Anzeichen der Cholera sein?

Ebenso furchterregend war die Vorstellung, was die Söldner tun würden, wenn sie bemerkten, dass mit dem Mahl etwas nicht in Ordnung war. Womöglich würden sie Matthäa und sie zwingen, ebenfalls davon zu kosten. Womöglich würde sie Matthäa und sich selbst zu einem schrecklichen Tod verurteilen?

Gab es denn wirklich keinen anderen Ausweg? Irgendeinen? Vielleicht würde man sie doch am Leben lassen, wenn das, was die Männer um Ragnold planten, gelungen war. Womöglich ließ man sie dann gehen.

»Die Heilige Lanze ... Allmächtiger! Wir werden diesen Ort nicht lebend verlassen!«, gingen ihr Matthäas Worte plötzlich wieder durch den Sinn.

Mit einem leisen Aufstöhnen fuhr sich Garsende über ihre schweißnasse Stirn. Wenn das Vorhaben der Männer solche Dinge berührte wie die Reichsinsignien des Königs, dann waren weder die Burggräfin noch sie viel mehr als winzige Fliegen auf dem Rücken eines Ochsen. Fliegen, derer man sich entledigen würde, sobald sie ihren Nutzen erfüllt hatten.

Entschlossen straffte Garsende die Schultern und sah sich um. Matthäa lag auf ihrem Lager in der Nähe des Altars. Ob sie schlief oder ob sie Garsende zusah, war schwer zu sagen.

Auf der anderen Seite der Kapelle hatte sich Thierry de Savosaint zu Jost und Guillaume gesellt, die ihre Würfel klappern ließen, während Peppin noch immer damit beschäftigt war, den Speck in Würfel zu schneiden.

Noch einmal holte Garsende tief Luft. Wenn sie schon ihre Seele dem Teufel verpfänden wollte, dann musste sie es jetzt tun. Solange Matthäa noch imstande war zu laufen.

Ohne das Lager der Söldner bei der Pforte aus den Augen zu lassen, nestelte sie an der Schnur, die den Beutel verschloss. Es dauerte eine Weile, bis es ihr gelungen war, den Beutel mit nur einer Hand und ohne hinzuschauen zu öffnen, doch schließlich lagen die vier Pilze auf ihrer Hand.

Doch als sie die Hand über den Kessel hielt, zögerte sie erneut. Ein grausames langes Sterben …

»Ich bin fertig.«

Die flüchtige Berührung an ihrem Arm ließ Garsende heftig zusammenzucken. Rasch schloss sie ihre Hand, doch es war schon zu spät. Ihre Finger umschlossen nur noch einen der todbringenden Pilze.

»Soll ich den Speck gleich dazugeben?« Die Stimme des Söldners schien in ihren Ohren zu dröhnen, während Garsende ungläubig in den Kessel starrte, wo drei von Hels Daumen langsam in der eingedickten Suppe verschwanden.

Worms begrüßte den Burggrafen mit dem Glockengeläut zur Terz, als er mit seinem kleinen Trupp durch das Martinstor in die Stadt ritt.

Kaum waren Bandolf und die Reisigen, allesamt verdreckt und erschöpft, aus dem Sattel gestiegen, kamen seine Hörigen aus Scheune, Stall und Haus gelaufen. Die betretenen Gesichter und die Art, wie sie schweigend zu Boden sahen, verursachten Bandolf ein flaues Gefühl im Magen.

Selbst sein schwatzhafter Hausmeier Werno schien um Worte verlegen zu sein und überließ es Filiberta, den Herrn des Hauses zu begrüßen.

»Niemand hat uns benachrichtigt … wir wussten nicht … Willkommen, Herr«, gab sie ihr Bestes und brach dann in Tränen aus.

Bandolf schluckte, während er nach der einen Person Ausschau hielt, die nicht auf dem Hof erschienen war.

»Kümmere dich um die Pferde und meine Männer«, befahl er Jacob heiser, dann winkte er den Hauseigenen, ihm zu folgen.

»Wo ist die Heilerin?«, fragte er, als er Garsende auch in der Halle nicht vorfand.

»Die Heilerin?« Verblüfft, als hätte er eine andere Frage erwartet, kratzte sich Werno den kahlen Schädel. »Nun, die Heilerin. Wie es schon so ist, Herr«, schlich er um Bandolfs Frage herum wie Penelope um trockenes Brot.

Der Burggraf runzelte die Stirn. Was, zum Henker, war hier los? »Mach dich verständlich, Mann!«

Mit einem Augenrollen versuchte es Werno erneut: »Also, was die Heilerin betrifft, verhält es sich so, dass ...«

»Sie ist verschwunden«, platzte Hildrun heraus.

Verständnislos starrte Bandolf die junge Magd an.

Augenscheinlich erleichtert, dass Hildrun ihm die unangenehme Nachricht abgenommen hatte, nickte Werno. »Es war nämlich so, Herr«, berichtete er. »Als der Kämmerer uns den Mantel unserer Burggräfin gebracht hatte und wir erfuhren, dass die Herrin ertrunken ist, da war die Heilerin ganz außer sich, wegen des Kämmerers und des Mantels und ...«

Wie in Sachsen knickten Bandolf die Knie ein, und er sank schwerfällig auf die Bank an seiner Tafel. »Ertrunken?« murmelte er fassungslos.

»Nun je ...« Werno warf einen flehenden Blick auf Filiberta und Hildrun. »Darum seid Ihr doch ... wir dachten, Ihr wüsstet ... der Kämmerer hätte Euch Nachricht über ...« Mit einem tiefen Seufzen gab er auf.

Für einen Augenblick herrschte in Bandolfs Kopf völlige Leere.

»Was ist passiert?«, hörte er sich fragen.

Die Gedanken, dass er seinen Braunen umsonst zuschanden geritten hatte, dass er trotz aller Mühen zu spät gekommen war, wiederholten sich ständig in seinem Kopf, während Wernos Stimme und Filibertas leises Schluchzen an ihm abtröpfelten wie die Feuchtigkeit von den Wänden der Bärenhöhle.

Doch dann drangen Wernos Worte allmählich zu ihm durch, und schließlich besaß der Hausmeier die volle Aufmerksamkeit seines Herrn.

Als Werno geendet hatte, saß Bandolf eine Weile in tiefem Nachdenken versunken auf der Bank. Endlich hob er den Kopf.

»Geh und bring mir diesen Umhang, den der Kämmerer am Rhein gefunden haben will«, befahl er Filiberta.

Werno hatte berichtet, ein junger Jude mit Namen Joschua hätte nach Garsende gefragt. Dann sei sie mit ihm weggegangen und seither nicht zurückgekommen. Der jüdische Kaufmann wiederum, der Bandolf in Sachsen so geschickt unterstützt hatte, hatte ihm von seinem Sohn Joschua erzählt, der in Worms die Tora studierte. Gewiss gab es etliche Juden mit diesem Namen, aber der Burggraf glaubte nicht, dass das ein Zufall war.

»Der Kurze Thomas soll ins Judenviertel laufen und im Haus des Kaufmanns Jehuda ben Eliesar nach dessen Sohn Joschua fragen«, wandte er sich an den Hausmeier. »Er soll ihn bitten, so rasch wie nur möglich in mein Haus zu kommen. Und schärfe Thomas ein, dass er sich beeilen muss.«

Entgegen seiner sonstigen Gewohnheit schickte sich Werno an, dem Befehl des Burggrafen umgehend nachzukommen.

Aber Bandolf hatte noch einen anderen Auftrag. »Du wirst zum Domstift gehen und mir den Kämmerer Pothinus herbeischaffen«, wies er den Hausmeier an.

»Jetzt?« Wie vom Donner gerührt blieb Werno stehen. »Aber es hat doch just zur Terz geläutet, da wird der Kämmerer noch bei der Messe sein. Ich kann ihn doch nicht bitten, die Messe zu unterbrechen.«

Bandolf warf ihm einen finsteren Blick zu. »Es ist mir gleich, wie du es anstellst«, knurrte er. »Und wenn du ihn aus der Kirche tragen musst, schaff ihn mir hierher.«

Falls der Hausmeier noch andere Einwände auf der Zunge hatte, schluckte er sie hinunter.

»Und du«, sagte Bandolf zu Hildrun, die augenscheinlich im Begriff stand, sich hinter dem Hausmeier aus der Halle zu schleichen, ehe der Burggraf auf einen weiteren unerquicklichen Einfall käme. »Du bringst mir etwas zur Stärkung auf den Tisch.«

Eine halbe Mahlzeit später steckte Bandolfs Torhüter sein runzliges Gesicht zur Tür herein und vermeldete, dass draußen vor dem Tor zwei Juden stünden, die den Burggrafen dringlich zu sprechen wünschten.

»Dann führe sie herein«, sagte Bandolf überrascht.

Selbst wenn dem Kurzen Thomas unterwegs Flügel gewachsen wären, konnte der Jude, den er erwartete, doch unmöglich schon hier sein?

Als die beiden Männer eintraten, erhob sich der Burggraf und ging ihnen entgegen.

»Schalom, Burggraf. Ich bin Rabbi Jacob ben Jakar«, stellte der Ältere sich vor. Die Hälfte seiner Züge verschwand unter einem dichten langen Bart, doch die tiefen Falten um seine klaren Augen schienen von dem einnehmenden Lächeln zu rühren, das er auch jetzt zeigte.

Belange der Wormser Juden fielen nicht in den Aufgabenbereich des Burggrafen, sondern in den des Kämmerers Pothinus. Dennoch war Bandolf der Name des Rabbiners nicht gänzlich unbekannt. Jacob ben Jakar galt als hochgeachteter und einflussreicher Mann in der jüdischen Gemeinde von Worms, ebenso in anderen Städten wie Mainz und Speyer. Überrascht fragte sich Bandolf, was den Rabbi in seine Halle geführt hatte.

Im Gegensatz zu Jacob ben Jakar machte der junge Jude an seiner Seite den Eindruck, als habe er mit seinem Kaftan kürzlich eine Gasse gefegt. Ein Umstand, den er völlig zu missachten schien.

»Mein Name ist Joschua ben Jehuda«, erklärte er ruhig und warf Bandolf einen ebenso abschätzenden Blick zu, wie sein Vater es in Sachsen getan hatte.

Unwillkürlich lächelte Bandolf. »Ihr seid der Sohn Jehudas ben Eliesar?«, vergewisserte er sich.

»Ihr seid meinem Vater begegnet?«, fragte Joschua.

»Ich hatte im Harudengau das Vergnügen, ihn kennenzulernen.«

»Wie geht es ihm?«

»Als ich ihn zuletzt sah, war er wohlauf.«

»Dem Ewigen sei Dank«, stieß Joschua hervor. »Aber ...« Sorgenvoll runzelte er die Stirn.

»Aber deshalb seid Ihr nicht hier«, stellte Bandolf fest. Als Joschua nicht weitersprach, fuhr Bandolf mit einem Anflug von Ungeduld fort: »Seid Ihr gekommen, um etwas darüber zu erfahren, wie es um den Auftrag Eures Vaters im Sächsischen bestellt ist? Oder betrifft Euer Besuch das Verschwinden der Heilerin, die man zuletzt in Eurer Begleitung gesehen hat?«

Während Joschua ihm einen überraschten Blick zuwarf, rief Rabbi Jacob lachend: »Oi Gwalt! Offenbar besitzt Ihr nicht ohne Grund den Ruf, ein Mann zu sein, der Augen und Ohren stets offen hält.« Unvermittelt wurde er ernst. »Es gibt hier einiges, was es unter uns Dreien zu besprechen gilt.«

Der Rest seiner Mahlzeit stand noch immer unberührt auf dem Tisch, als Bandolf Rabbi Jacob ben Jakar und den jungen Joschua ben Jehuda auf den Hof hinausbegleitete.

Vor dem Haus blieb der Rabbi stehen. »Lasst Euch nicht aufhalten, Burggraf. Ich kann mir denken, wie es Euch eilt. Wir finden allein den Weg hinaus.«

Bandolf nickte. »Ich stehe tief in Eurer Schuld, Rabbi, mehr noch in Eurer, Joschua, und der Eures Vaters. Ich werde meine Tür nicht verschließen, wenn Ihr eines Tages kommt, um diese Schuld einzufordern.«

Joschua neigte lächelnd den Kopf, doch der Rabbi antwortete ernst: »Ich hoffe von ganzem Herzen, Burggraf, dass ein solcher Tag niemals kommen wird.«

Als der Kämmerer in Bandolfs Halle gerauscht kam, musste er feststellen, dass er sich umsonst herbeigelassen hatte, der drängenden Bitte von Bandolfs Hausmeier nachzugeben und seine Andacht zu unterbrechen. Der Burggraf war nicht da, um ihn zu empfangen. Es hieß, er habe das Haus in großer Eile verlassen.

In höchstem Maße empört, machte Bruder Pothinus kehrt, nicht ohne dem Hausmeier mitzuteilen, dass die Unverfrorenheit des Burggrafen bei weitem das Maß an Verschrobensein übersteige, das er bei einem Mann zu dulden bereit wäre, der just sein Weib verloren hätte.

Kapitel 31

Ein Dutzend Mal reichte nicht aus, so oft hatte Garsende kurz davorgestanden, den Kessel umzustoßen, Holzscheite hineinzuwerfen, den Sand, in dem man die Kienspäne löschte, in den Eintopf zu kippen, irgendetwas zu tun, um die Mahlzeit ungenießbar zu machen.

Doch letztlich hatte sie nichts dergleichen getan.

Wie sollte sie es erklären? Der schwere Kessel sei von selbst umgefallen? Der Sand von Zauberhand in die Suppe geraten?

Mit klopfendem Herzen biss sich Garsende auf die Lippe.

Der letzte Sonnenstrahl war längst aus dem runden Fenster über dem Altar verschwunden. Es musste auf die Sext zugehen, wenn es nicht schon darüber war. Bald würden die Männer ungeduldig nach ihrer Mahlzeit rufen.

Vielleicht hatte sie sich ja auch geirrt, versuchte sie sich zu beruhigen. Man konnte Hels Daumen leicht mit dem bekömmlichen Grünling verwechseln. Es hatte gedämmert, als ihr die Pilze ins Auge gefallen waren, da konnte es doch sein, dass ihr das schwindende Licht etwas vorgegaukelt hatte. Womöglich war der Eintopf völlig genießbar. Niemand würde zu Schaden kommen, und …

Die leichte Berührung von Matthäas Hand auf ihrer Schulter ließ sie zusammenzucken. Mit einem tiefen Seufzen drehte Garsende sich um.

Als hätte sie gespürt, in welchem Aufruhr sich Garsende

befand, war die Burggräfin schon vor geraumer Zeit wieder aufgestanden und hatte sich ihr beigesellt. Sie schien zu ahnen, dass etwas vor sich ging, und hatte kaum Überraschung gezeigt, als Garsende ihr zugeflüstert hatte, sie dürfe unter keinen Umständen den Kessel berühren, geschweige denn, von seinem Inhalt kosten.

Obgleich Matthäa sichtlich bemüht war, dem Kessel nicht zu nahe zu kommen, war sie bei der Herdstelle geblieben. Die Burggräfin in ihrem Rücken zu wissen, gab Garsende ein gewisses Maß an Kraft, nichts vollkommen Törichtes zu tun.

»Lass gut sein und quäl dich nicht«, flüsterte Matthäa jetzt. »Was immer du getan hast, war für uns beide, und ich bin dir dankbar.«

»Aber ich …«

Rasch schüttelte die Burggräfin den Kopf. »Glaubst du nicht, ich würde mit allen Mitteln verhindern, dass meinem Kind etwas geschieht?«, raunte sie. »Wenn du mir gesagt hättest, was du vorhast, hätte ich es …« Abrupt verstummte sie und wies mit dem Kinn nach vorne. Jost kam auf die beiden Frauen zu, und ehe sich's Garsende versah, hatte er sich schnuppernd über den Kessel gebeugt.

»Was dauert da heute so lange, Weib? Es ist längst Mittag, und wir sind hungrig.«

»Der Eintopf ist noch nicht fertig«, erklärte Garsende und hoffte, dass ihre Stimme fester klang, als sie sich fühlte.

»Riecht, als wäre er gut«, widersprach der Söldner, und ehe sich Garsende versah, hatte er nach dem Löffel gegriffen und tauchte ihn in den Kessel. Unfähig, sich zu rühren, sah Garsende seinen Adamsapfel hüpfen, als er schluckte.

»Was treibst du da?« klang Thierrys Stimme durch die Kapelle. »Habe ich nicht gesagt, du und Peppin sollt die Pferde füttern?«

»Was soll ich wohl treiben?«, rief der Söldner zurück. »Bin ich der Einzige, der Hunger hat?«

»Dann schaff deinen Hintern in den Stall. Hernach bekommst du deine Mahlzeit.« Der scharfe Ton in der Stimme des jungen Edelmanns schien seine Wirkung nicht zu verfehlen. Mit einem Schulterzucken legte Jost den Löffel aus der Hand. Kurze Zeit später hatten er und Peppin die Kapelle verlassen.

Erst als die Pforte hinter den beiden Söldnern zufiel, war Garsende wieder imstande, sich zu rühren.

»Jetzt können wir nur noch beten, dass dieser Fluch nicht auf uns zurückfällt«, murmelte sie tonlos.

Matthäa, blass bis in die Lippen, nickte.

Während jeder Augenblick zur Ewigkeit zu werden schien, warteten die beiden Frauen schweigend auf die Rückkehr der beiden Söldner. Um keine Aufmerksamkeit zu erregen, nahm Garsende gelegentlich den Löffel zur Hand, um umzurühren, während Matthäa das schon altbackene Brot in griffige Stücke brach. Beide erstarrten mitten in der Bewegung, als es an der Pforte klopfte.

»Öffne!«, wies Thierry den Söldner an, und als Guillaume den schweren Balken zurückschob, mit dem er die Tür hinter Peppin und Jost wieder verschlossen hatte, murmelte er: »*Eh bien, allons!* Das wurde Zeit.«

Doch anstelle der beiden erwarteten Söldner kam Lothar von Kalborn in die Kapelle geschlendert.

Der Schreck fuhr Garsende durch alle Glieder. Bei allen Heiligen! Was machte er hier?

Thierry war aufgesprungen und begrüßte den Neuankömmling offenkundig so überrascht wie erfreut: »Was führt Euch hierher? Wir hatten Euch erst in drei Tagen erwartet«, während Guillaume meinte:

»*Je vais voir où sont Jost et Peppin.*«

»Die Mühe kann er sich sparen. Jost und Peppin sind noch draußen beschäftigt. Ich befahl ihnen, den Karren mit Proviant abzuladen, den ich auf dem Waldweg zurückgelassen habe«, gab Lothar Antwort.

Thierry nickte und wandte sich wieder in der fremden Sprache an Guillaume, woraufhin der Söldner achselzuckend den schweren Riegel vor die Pforte schob und wieder auf seinem Lager Platz nahm.

»Ragnold wollte, dass jemand hier nach dem Rechten sieht«, wandte sich Lothar an Thierry. »Und da ich just abkömmlich war, schickte er mich.« Mit einem Seufzen fuhr er sich über die Stirn. »Zur Hölle mit ihm. Der lange Ritt, und das bei dieser Hitze.«

Garsende konnte sein Gesicht nicht sehen. Doch sie hätte schwören mögen, dass er lächelte.

Der junge Welsche lachte. »Wie geht es voran in Worms? Gibt es Neuigkeiten? Nachrichten aus Speyer? Aus Sachsen?«, wollte er wissen.

»Großer Gott, Thierry, lasst mich zu Atem kommen. Ich bin am Verdursten und bedarf auch dringend einer Stärkung.«

Lothar sah zur Herdstelle hinüber, ehe er seinen Becher hervorklaubte und ihn dem jungen Welschen zuwarf. »Ich bringe Euch eine Schale mit. Einstweilen tut ein gutes Werk und schenkt mir aus Eurem Weinschlauch ein.«

Garsende schien es, als würde auch noch der letzte Rest von Blut aus ihrem Gesicht weichen, als sie Lothar auf sich zukommen sah.

Wie am Boden festgenagelt, starrte sie ihm entgegen. Wenn er aß, würde er sterben. Und sie fühlte sich unfähig zu entscheiden, ob sie dabei zusehen konnte.

Hinter sich spürte sie eine Bewegung. Matthäa war näher

an sie herangerückt. Ein Laut, halb Lachen, halb Schluchzen, stieg Garsende in die Kehle, den sie nur mit Mühe hinunterschluckte.

Den wilden Bart hatte Lothar wieder entfernt, und dennoch erschienen ihr seine Züge fremd, als er vor ihr stehen blieb. Das Lächeln, das ihm so eigen war wie die Farbe seiner Augen, fehlte.

»Was ist das? Linsen? Bohnen?«, fragte er.

»Dinkel«, gab sie unwillkürlich Antwort und folgte seinem Blick, der an ihr vorbei über Matthäas Leib glitt.

»Könnt Ihr laufen?«, raunte er.

Offenbar ebenso überrumpelt wie sie, nickte Matthäa.

Dann zuckte Garsende erschrocken zurück, als Lothar sie anfuhr: »Auf was wartest du, Weib? Willst du mir nichts herausschöpfen?« Rasch beugte er sich vor, und für einen Augenblick glaubte sie, er wolle sie an den Schultern packen und schütteln.

Stattdessen wisperte er: »Weißt du noch, was ich dir in jener Klause zugeflüstert habe?«

Reglos sah sie ihn an.

Du bist mein Herz. Glaubst du wirklich, ich könnte mir mein Herz aus der Brust reißen, hatte er damals gesagt. Garsende hatte es nicht vergessen.

»Daran hat sich nichts geändert«, raunte er jetzt.

Heftig stieß er sie zurück und griff nach dem Löffel in ihrer Hand. »Her damit«, sagte er laut. »Ich habe nicht den ganzen Tag Zeit.«

Was war das in seinen Augen? Wachsamkeit? Tücke? Etwas anderes?

»Du musst mir vertrauen.« Die Worte waren nicht mehr als ein eindringlicher Hauch, seine Lippen schienen sich kaum zu bewegen. »Ganz gleich, was hier geschieht, wenn ich sage: ›Lauft‹, dann rennt ihr beide zur Pforte«, flüsterte er hastig. »Lauft hinter die Kapelle. Dort den Wildpfad entlang. Bei der ersten Kreuzung nehmt den Abzweig links nach Westen, dann den ersten Abzweig rechts nach Norden. Nach etwa zweihundert Schritten siehst du einen großen Findling. Nicht zu übersehen. Dahinter liegt eine Köhlerei, etwa hundert Schritt weit im Unterholz. Vom Pfad aus nicht zu sehen. Dorthin wende dich. Den Köhlersleuten kannst du vertrauen.«

Die Worte drangen ihr nur am Rande ins Bewusstsein, während ihr Blick wie gebannt der Bewegung seiner Hand folgte, die den Löffel in den Kessel tauchte.

Hinter sich hörte sie ein leises Zischen, als hätte Matthäa scharf den Atem eingesogen.

»Ich versuche, euch einzuholen. Aber wartet nicht. Versteckt euch, wenn jemand kommt«, raunte er. »Verstehst du?«

Ob sie verstand? Heilige Jungfrau! Das ergab doch alles keinen Sinn.

So schnell, dass sie beinahe das Gleichgewicht verlor, riss sie ihm den Löffel aus der Hand und rief: »Ich mache ja schon. Gebt mir die Schüsseln.«

Doch ihre Lippen formten »Nein.«

»Was …?«

»Hels Daumen«, zischte sie leise, während sie die Schale füllte. »Esst nicht davon.«

Er runzelte noch immer die Stirn und schien nicht zu begreifen. Plötzlich aber weiteten sich seine Augen. Für einen Augenblick starrte er sie verblüfft an, dann schien er nachzudenken.

»Wie rasch?«, flüsterte er, als sie ihm eine gefüllte Schale reichte.

Garsende beugte sich vor und gab ihm die zweite Schale. »Einige Stunden«, wisperte sie.

Wie bedauernd schüttelte er den Kopf.

»Ich hoffe, Ihr habt einen anständigen Wein unter dem Proviant«, rief Thierry herüber. »Was wir hier noch übrig haben, verdient den Namen nicht.«

»Seid Ihr mit einem Mosler aus Ragnolds Vorrat zufrieden?«, rief Lothar zurück. Einen Herzschlag lang sah er Garsende an, dann drehte er sich um und machte sich auf den Rückweg zum Lager der Söldner.

»Glaubst du ihm?«, flüsterte Matthäa hinter ihr.

Glaubte sie ihm? Kein Wort. Jedes Wort. Sie wusste es nicht.

Noch ehe ihre wild durcheinanderwirbelnden Gedanken eine Antwort hergaben, war Lothar unvermittelt stehen geblieben und schien angestrengt zum Altar hinüberzuspähen.

»Was habt Ihr denn?«, fragte Thierry.

Lothar antwortete nicht, und der junge Welsche sprang auf.

Auch Guillaume schien aufmerksam geworden zu sein. Mit einem Satz war er auf den Beinen, als Lothar die Schalen plötzlich fallen ließ und auf den Altar zurannte. Noch im Laufen schrie er: »*A moi*! Beeilt Euch! *A moi*!«

Während Lothar den Altar erreichte, rannte Thierry an der Herdstelle vorbei, dicht gefolgt von Guillaume, dem frostigen Söldner.

Garsende spürte einen Stoß in ihrem Rücken. Sie fuhr herum und sah Matthäa ihr Gewand raffen. Offenbar hatte die Burggräfin rascher begriffen als sie, was Lothar vorzuhaben schien. Hastig griff Garsende nach ihrem Saum und steckte die Zipfel in ihrem Gürtel fest.

Als sie wieder aufschaute, hatten auch Guillaume und Thierry den Altar erreicht, während Lothar dahinter verschwunden war.

»Es ist der Sockel«, hörte sie seine Stimme. »Seht an den Seiten nach. Darunter scheint es eine Öffnung zu geben.«

Jede Faser ihres Körpers angespannt, tastete Garsende nach Matthäas Hand, ohne das Geschehen aus den Augen zu lassen.

An der Seite des Altars war der junge Welsche in die Hocke gegangen und fuhr mit der Hand über den Sockel. Guillaume hatte sich über den Sockel der anderen Altarseite gebeugt, als Lothar sich hinter dem jungen Welschen aufrichtete.

»Es tut mir leid, Thierry.« Bedauern schwang in seiner Stimme.

Der junge Welsche sah auf.

Es geschah so blitzschnell, dass Garsende kaum mehr wahrnahm als ein Aufblitzen und eine Bewegung von Lothars Arm. Dann sah sie Thierry neben dem Altar zusammensinken, während Lothar bereits zu Guillaume herumfuhr.

Für einen Augenblick schien der welsche Söldner überrascht, im nächsten war er zurückgesprungen.

»*Traître! Je vous crucifierai!*«, schrie er. Ein scharfes Zischen ertönte, ein metallisches Klirren und Lothars Stimme, der brüllte: »Lauft!«

Einen Herzschlag lang schien weder sie noch Matthäa in der Lage, sich zu rühren oder auch nur den Blick von den beiden Männern zu lösen, die den Altar lauernd umkreisten.

Ein plötzlicher Druck in ihrer Hand brachte Garsende zur Besinnung. Sie fuhr herum. »Rasch jetzt«, flüsterte Matthäa.

Das Klirren aufeinanderprallender Schwerter im Nacken, liefen sie los.

Es schien eine Ewigkeit zu dauern, bis es ihnen mit vereinten Kräften gelungen war, den schweren Balken hochzuhieven, der die Pforte verschloss. Doch schließlich hatten sie es geschafft.

Den Zwang, zum Altar zurückzuschauen, gewaltsam unterdrückend, griff Garsende wieder nach Matthäas Hand, und sie rannten nach draußen.

Es dauerte einen Moment, bis Garsendes Augen sich nach dem Halbdunkel in der Kapelle an das gleißend helle Sonnenlicht gewöhnt hatten und sie mehr sehen konnte als nur die Umrisse der Bäume, die wie eine Mauer um die Kapelle aufragten.

»Süßer Jesus«, hörte sie Matthäa neben sich keuchen und spürte einen Ruck in ihrem Arm, als die Burggräfin ihren Schritt plötzlich verlangsamte. Unmittelbar darauf fuhr auch sie erschrocken zurück, als sie Jost vor der Bretterwand des Verschlags kauern sah, auf den sie zuliefen.

Der Söldner schien ihnen entgegenzustarren.

Schon im Begriff, kehrtzumachen, nur weg von der Gefahr, schoss ihr die Frage durch den Kopf, warum Jost sich denn nicht rührte?

»Er ist tot«, japste Matthäa im selben Moment, als auch Garsende erkannte, was die aufgerissenen Augen des Söldners und die klaffende Wunde quer über seinem Hals zu bedeuten hatten.

Wo war der andere? Wo war Peppin? Hatte ihn dasselbe Schicksal ereilt?

»Weiter«, presste Garsende zwischen zusammengebissenen Zähnen hervor. Obwohl sie nicht hinschaute, als sie an der Leiche vorbeihasteten, lief ein Frösteln durch ihre Glieder.

Dann drängte sie den Gedanken an den erstaunten Ausdruck im Gesicht des Söldners entschlossen zurück.

Sie hatten den Trampelpfad hinter der Kapelle erreicht.

Kapitel 32

Nur wenige Sonnenstrahlen fanden den Weg durch die Wipfel der Bäume. Dennoch war es heiß und stickig, und der schmale Pfad stieg sanft, aber stetig an. Überhängende Äste und Zweige, vorspringende Wurzeln und zähes Gestrüpp, das hie und da in den Pfad hineinwuchs und wie mit Fingern nach ihnen zu greifen schien, machten ein Vorankommen beschwerlich.

Mit wachsender Besorgnis lauschte Garsende auf den keuchenden Atem der Burggräfin. Zu Anfang war sie noch ausgeschritten, als spürte sie die Last ihres Leibes nicht. Doch ihre Kräfte hatten sich rasch verbraucht. Mit jedem Schritt schien sie sich mühsamer vorwärtszukämpfen, und Garsende, die hinter ihr ging und ihren Rücken nicht aus den Augen ließ, betete im Stillen vor jeder Biegung, dass dahinter endlich jener Abzweig nach Westen käme, von dem Lothar gesprochen hatte.

Wie lange sie dem Trampelpfad schon folgten, war schwer zu sagen.

Es musste nach der Sext gewesen sein, als sie die Kapelle hinter sich gelassen hatten. Dem kurzen Schatten nach, den die Bäume warfen, war es noch nicht sehr weit darüber, doch der Lichteinfall durch die Blätter konnte täuschen.

Immer häufiger lauschte Garsende auch auf Geräusche in ihrem Rücken. Er würde versuchen, sie einzuholen, hatte Lothar gesagt. ›Falls er es kann‹, dachte Garsende und spürte, wie sich ihre Kehle zusammenzog. Hatte er den Kampf mit dem Welschen überlebt? Oder lag er schon längst tot zu Füßen des Altars? Guillaume war groß und kräftig, kräftiger als Lothar. Und sicher verstand sich der Welsche auch auf seine Waffen. Lebte Lothar noch, oder …

Andere Gedanken schlichen sich in ihre bangen Fragen. Was, wenn der Falke sie ein weiteres Mal hintergangen hatte? Wenn er Matthäa und sie in eine Falle lockte? Aber zu welchem Zweck?

Seine Worte hatten aufrichtig geklungen. ›Ja‹, dachte sie bitter. ›Er hat immer aufrichtig geklungen. Auch als er mich ganz fraglos getäuscht hat.‹ Wenn er nun also einem Plan folgte, den sie nicht zu durchschauen vermochte?

Ein Aufstöhnen riss sie aus ihren Gedanken. Matthäa war abrupt stehen geblieben und hatte sich vornübergebeugt. In zwei raschen Schritten war Garsende bei ihr.

»Ein Krampf?«, fragte sie.

»Allmächtiger.« Langsam richtete sich Matthäa wieder auf. »Dieses Mal … war es recht heftig«, japste sie.

»Wann hattet Ihr den letzten?«

»Heute Morgen.«

»Ihr müsst Euch einen Augenblick ausruhen«, meinte Garsende mit einem Blick in das hochrote Gesicht der Burggräfin.

Matthäa presste die Lippen aufeinander und schüttelte den Kopf. »Ich werde jetzt nicht aufgeben.« Ein angestrengtes Lächeln flog über ihre Züge. »Und wie willst du mich wieder auf die Beine bekommen? Mir ist, als könnte ich nie wieder aufstehen, wenn ich mich erst einmal niedergelassen habe.«

Garsende erwiderte ihr Lächeln, wurde jedoch rasch wieder ernst. »Die Hitze und das Laufen könnten die Niederkunft beschleunigen. Und wenn die Wehen einsetzen, bevor …« Sie sprach nicht zu Ende. Seufzend nickte Matthäa.

Eine geschützte Stelle zu finden, wo sie sich ausruhen konnten, war jedoch nicht so einfach. Niedriges Gestrüpp und zähe Ranken bedeckten den Waldboden abseits des Pfads, doch die Bäume standen hier nicht dicht beieinander, und das Gelände war gut einsehbar.

»Dort vielleicht?«, meinte Matthäa und zeigte auf einen umgestürzten, moosbewachsenen Baumstamm, knapp zehn Schritte vom Pfad entfernt.

›Besser als nichts‹, dachte Garsende, als sie sich durch das Gestrüpp gekämpft hatten und sie Matthäa half, sich hinter dem modrigen Stamm niederzulassen. Wenn jemand den Pfad entlangkam, konnten sie sich flach auf den Boden legen, dann würde man sie hinter dem Stamm vermutlich nicht sehen.

»Hast du eine Vorstellung, wo wir sein könnten?«, fragte Matthäa nach einer Weile.

Zu Garsendes Erleichterung atmete sie wieder gleichmäßiger, und die Röte in ihrem Gesicht begann allmählich zu verblassen. Sie schüttelte den Kopf. »Ihr sagtet, dass Euch die Männer durch das Andreastor aus der Stadt gebracht haben«, meinte sie nachdenklich. »Das könnte bedeuten, dass wir uns westlich oder auch südwestlich von Worms befinden.«

Geraume Zeit schwiegen beide Frauen, dann seufzte Matthäa. »Was gäbe ich für einen Tropfen Wasser!«

»Der Abzweig kann nicht mehr weit –« Das Knacken eines Zweiges ganz in ihrer Nähe ließ Garsende mitten im Satz innehalten.

»Was …?«, hauchte Matthäa alarmiert.

Rasch hob Garsende die Hand, während sie sich angespannt lauschend umsah. Ein Schatten, der sich am Rand des Pfads hinter einem Baum zu bewegen schien, ließ ihr das Herz in die Kehle hüpfen.

Lothar?

Guillaume?

Doch so angestrengt sie auch spähte, konnte sie keine Bewegung mehr ausmachen. Erleichtert entließ sie den Atem, den sie unwillkürlich angehalten hatte, und nickte Matthäa zu.

»Wir sollten weiterge–«. Dieses Mal war es die Burggräfin, die abrupt verstummte und tiefer ins Unterholz starrte.

Garsende folgte ihrem Blick, konnte jedoch nichts erkennen.

Schließlich schüttelte Matthäa den Kopf. Wortlos stand Garsende auf und streckte Matthäa ihre Hand entgegen.

»Man kann euch schon von weitem sehen. Hatte ich nicht gesagt, ihr müsst euch verstecken?«, zischte eine leise Stimme hinter ihr.

Garsendes Herzschlag setzte aus. Für einen Augenblick stand sie wie erstarrt, dann fuhr sie zornig herum.

»Verdammnis! Müsst Ihr Euch so anschleichen? Mir wäre fast das Herz stehen geblieben«, fauchte sie Lothar an.

»Umso besser«, sagte er trocken, während er die Hand ausstreckte, um der Burggräfin aufzuhelfen. »Rasch! Wir müssen weiter«, befahl er.

»Was denkt Ihr Euch eigentlich? Dass wir wie blinde Hühner jedem Korn folgen werden, welches Ihr ausstreut?«, fauchte Garsende und rührte sich nicht von der Stelle. »Was hat das alles zu bedeuten? Warum hat man die Burggräfin verschleppt? Was steckt hinter all diesem Gerede über Waffen und Silber und die Heilige Lanze? Und wie kommt es, dass Ihr uns nun plötzlich zu Hilfe eilen wollt, obgleich Ihr mit unseren Häschern doch offenkundig unter einer Decke steckt?«

»Für solche Erklärungen bleibt jetzt keine Zeit«, gab Lothar ungeduldig zurück. »Raouls Männer hätten mich beinahe erwischt. Ich glaube nicht, dass sie mich gesehen haben, doch ich fürchte, ich war unvorsichtig. Es kann nicht lange gedauert haben, bis sie entdeckten, wohin ich entkommen bin.« Er warf ihr einen ebenso raschen wie eindringlichen Blick zu. »Dieses eine Mal wirst du mir wirklich blindlings folgen müssen.«

Einen Augenblick lang war Garsende versucht, ihrer angestauten Wut Erleichterung zu verschaffen und ihm an den Kopf zu werfen, dass er ganz gewiss der letzte Mann auf Gottes Erde wäre, dem sie auch nur einen Schritt weit blindlings folgen würde. Doch dann gewann ihre Vernunft die Oberhand. Ganz gleich, ob sie ihm traute oder nicht, hier konnten Matthäa und sie nicht bleiben. Widerstrebend nickte sie.

Mit einem Ruck zog Lothar die Burggräfin auf die Beine, legte ihren Arm um seinen Hals, und als er seine Linke um ihre Hüfte schlang, sah Garsende den blutgetränkten Fetzen um seinen Oberarm. Unwillkürlich streckte sie die Hand nach ihm aus. »Lasst mich …«

»Auch dafür ist keine Zeit. Raouls Männer können nicht weit hinter mir sein«, schnitt er ihr das Wort ab, doch als er ihren Blick auffing, seufzte er. »Die Wunde ist nicht tief. Bedauerlicherweise habe ich sie erst bemerkt, als ich schon den halben Weg hinter mir hatte. Und das Blut, so gering es auch sein mag, ergibt eine ausgezeichnete Spur. Ich schlug ein paar Haken im Unterholz, bevor ich sie verbunden habe. Aber das wird die Männer nicht lange täuschen.«

»Wer ist Raoul?«, wollte Garsende wissen, als sie den Pfad erreicht hatten.

»Raoul de Saint Rémy. Oder Le Grand Seigneur. Ganz wie du willst«, antwortete er. »Leider habe ich auch erst heute erfahren, wer der Mann ist, der hinter dieser Verschwörung steckt.«

»Und was wollte Raoul de Wie-auch-immer von mir?«, keuchte Matthäa.

»Gar nichts. Ich fürchte, Eure Anwesenheit in der Kapelle war Le Grand Seigneur so unwillkommen wie ein Furunkel am Hintern.«

Als Matthäa einen empörten Laut ausstieß, lachte er leise auf. »Es war Ragnolds übereilter Entschluss, Euch entführen zu lassen und Euren Gatten damit in seine Schranken zu verweisen.« Nachdenklich fügte er hinzu, »Vermutlich hat aber Eure Gefangenschaft dem Burggrafen das Leben gerettet.«

»Ist er in Gefahr?«, flüsterte Matthäa erschrocken.

»Nun, offenkundig hat Euer Gatte in Sachsen Staub aufgewirbelt und seine Nase in Dinge gesteckt, die nicht ans Tageslicht kommen sollten.«

»Geht es wirklich um die Heilige Lanze?«, wisperte Matthäa.

Lothar nickte.

»Vermutlich hätte Raoul Euren Gatten kurzerhand beseitigen lassen, wäre Ragnold ihm nicht mit Eurer Entführung zuvorgekommen. Le Grand Seigneur dachte sich wohl, er könnte sich seiner immer noch entledigen, falls sich der Burggraf davon nicht beeindruckt zeigen würde.«

»Und jetzt?«

»Nun, wie es scheint, war Euer Gatte schneller. Ragnold erhielt heute Morgen eine Botschaft von Raoul, dass alles fehlgeschlagen sei, König Heinrich sein Herrschaftssymbol zurückerhalten hätte und von dem geplanten Aufstand wüsste.«

»Und was habt Ihr mit Ragnold und seinen Schergen zu schaffen?«, fragte Garsende scharf.

Ein Lächeln huschte über Lothars Gesicht, und er warf ihr einen eigentümlichen Blick zu. »Warum so argwöhnisch, mein Herz?«

»Das fragt Ihr allen Ernstes?«, fauchte Garsende. All der Kummer, den sie seinetwegen ausgestanden hatte, all der Zorn auf ihn und all die Qual der letzten Wochen schienen plötzlich in ihr aufzusteigen, hinter ihren Augen zu brennen und ihr die Kehle zuzuschnüren.

»In der Scheune wolltet Ihr mich töten. Und da wundert Ihr Euch wirklich, dass ich mich frage, woher nun der Sinneswandel kommt?«

Zu ihrem Erstaunen blieb er so abrupt stehen, dass Matthäa in seinem Arm schwankte.

»Verdammnis, Weib! Was hattest du da überhaupt zu suchen?«, fuhr er sie zornig an. »Deine Wissbegier brachte mich in Teufels Küche und nahezu um den Verstand!«

Noch ehe sie antworten konnte, fuhr er wütend fort: »Was glaubst du denn, was ich vorhatte? Hätte Ragnold nicht im letzten Augenblick beschlossen, dass eine Heilerin womöglich von Vorteil sei, um die Burggräfin ruhigzuhalten, hätte ich dich von dort fortschaffen und in ein Versteck bringen können. Wenn Ragnold geglaubt hätte, dass du tot bist, wärst du in Sicherheit gewesen.«

»Das hättet Ihr mir sagen können, anstatt mir eine Todesangst einzujagen«, erwiderte sie scharf.

»Hätte irgendeiner dieser Männer meine Täuschung je durchschaut, wäre es aus mit uns allen gewesen«, sagte er knapp.

Garsende warf ihm einen raschen Blick zu. Welche Täuschung meinte er?

Bilder blitzten in ihren Gedanken auf: Zorn in seinem

Gesicht, als der welsche Söldner sie niedergetreten hatte, Hunfrits schwelende Wut nach Lothars Aufenthalt in der Kapelle. Was hatte er zu dem feisten Söldner gesagt, bevor er ging?

Muttergottes! Hatte er versucht, sie zu schützen? Offenbar. Aber da war noch mehr.

»Nur einen ... kurzen Augenblick«, japste Matthäa plötzlich. Mit hochroten Wangen und heftig um Luft ringend, blieb sie stehen.

»Wir müssen weiter«, drängte Lothar, während er einen beunruhigten Blick auf den Pfad zurückwarf. »Es ist nicht mehr weit bis zur Abzweigung.«

Matthäa keuchte. »Nur ... bis ich wieder ... zu Atem gekommen bin.«

»Raouls Männer?«, fragte Garsende. Auch ihr Atem ging schwer. Für einige Zeit schien ihre Angst verdrängt gewesen zu sein, doch jetzt keimte sie wieder auf. »Glaubt Ihr, sie sind hinter uns?«

Ohne den Blick vom Pfad abzuwenden, nickte Lothar. »Ich verließ just die Kapelle, als ich sie kommen hörte. Zuerst glaubte ich, es wären Ragnold und sein feister Söldner. Mein plötzlicher Aufbruch wird sie nicht erfreut haben, und Ragnold hat gewiss nicht viel Zeit verloren, um sich an meine Fersen zu heften. Aber stattdessen tauchte Raoul mit einem Trupp seiner Männer auf. Ich versteckte mich hinter dem Verschlag, und während sie die Kapelle betraten, machte ich mich davon. Raoul wird vielleicht noch nicht wissen, wer Thierry und Guillaume getötet hat, aber er kann sich zusammenreimen, dass er einen Verräter in seiner Mitte hatte. Jemanden, der ihn und seine Pläne kennt.« Spöttisch verzog er die Lippen. »Wer eine Krone anstrebt, gibt seine Pläne nicht ohne Weiteres zur Gänze auf. Also wird er verhindern wollen, dass dieser Verräter womöglich plaudert.«

»Woher wisst Ihr das alles?«, brachte Matthäa hervor.

Noch immer starrte Lothar auf den Weg zurück, den sie gekommen waren. Doch als er schließlich antwortete, drehte er sich um und sah Garsende an. »Im Dienst der Fürsten ist es mein Handwerk, solche Dinge in Erfahrung zu bringen«, sagte er ausdruckslos.

Im Dienst der Fürsten? Die Fürsten hatten ihn nach Worms gesandt? Zu überrascht, um irgendetwas zu sagen, starrte sie Lothar an, doch er hatte sich schon abgewandt und beugte sich über Matthäa.

»Wir müssen weiter«, wiederholte er, und jetzt klang seine Stimme wieder beunruhigt und drängend.

Sie eilten weiter.

»Dort ist die Kreuzung«, rief Lothar plötzlich.

Unwillkürlich beschleunigten sie ihren Schritt.

Der Pfad nach Westen, den sie einschlugen, war breiter und weniger beschwerlich. Umso rascher trieb Lothar sie voran. Als sie die erste Biegung hinter sich gelassen hatten, blieb er plötzlich stehen. Mit zur Seite geneigtem Kopf schien er angestrengt zu lauschen.

Einen Augenblick später zischte er: »Vorwärts!«, während er Matthäas Arm enger um seinen Hals zog.

Garsende, die nichts weiter gehört hatte als Matthäas keuchenden Atem, packte rasch den anderen Arm der Burggräfin und warf Lothar einen fragenden Blick über ihren Kopf hinweg zu.

»Reiter hinter uns«, antwortete er knapp. »Wir können es noch immer schaffen. Aber wir müssen den nächsten Abzweig vor ihnen erreichen. Sie sind noch ein gutes Stück entfernt, und auf dem Trampelpfad kommen sie zu Pferd nur langsam vorwärts. Aber sobald sie hier auf dem Weg sind …«

Garsende nickte. Der Weg war breit genug für einen rascheren Ritt. »Und wenn wir uns verstecken?«

»Wo denn?«, fragte er nur. Garsende folgte seinem Blick auf das niedrige Gesträuch jenseits des Wegs und seufzte.

Geraume Zeit hasteten sie schweigend vorwärts. Von den Reitern war noch nichts zu sehen, nicht einmal zu hören, soweit es Garsende betraf. Nichts weiter drang an ihre Ohren als Lothars mühsamer Atem, Matthäas Keuchen und ihr eigenes. Stiche jagten in ihre Seite, ihr Herz pochte rasch und schmerzhaft gegen ihre Rippen, und ihre Beine wurden immer schwerer.

Auch Lothars Kraft schien allmählich zu erlahmen. Matthäa, die ihren ganzen Atem brauchte, um überhaupt auf den Beinen zu bleiben, und schon seit Langem nichts mehr gesagt hatte, hing schwer in ihrer beider Arme. Und mochte Lothars Wunde auch nur klein sein, musste sie ihn doch schwächen.

Wie lange konnten sie so noch durchhalten?

»Wie weit ist es noch bis –«

Mit einem gequälten Stöhnen krümmte sich Matthäa zusammen, und sie kamen abrupt zum Stehen.

»Was ist …«, begann Lothar, doch Garsende hörte nicht zu. Alarmiert hatte sie wie von selbst die Augen geschlossen und zählte ihre Herzschläge. Als sie hörte, dass Matthäa aufatmete, öffnete sie die Augen. Dreimal zehn ihrer Herzschläge und noch fünf dazu hatte sie gezählt.

›Heilige Jungfrau!‹ betete sie stumm. ›Nicht jetzt!‹

»Ihr müsst wieder auf die Beine. Stützt Euch nur auf mich«, hörte sie Lothars beschwörende Stimme und sah, wie Matthäa die Zähne aufeinanderbiss, während sie sich mit seiner Hilfe aufrappelte. Sie warf Garsende einen verzweifelten Blick zu. »Eine Wehe?«, fragte sie.

Mühsam kämpfte Garsende ihre eigene Panik nieder, während sie Lothar half, Matthäa zu stützen. »Beim nächsten Mal werden wir es genauer wissen.«

»Wovon redest du?«, mischte sich Lothar keuchend ein.

»Habt Ihr keine Augen im Kopf?«, stieß Matthäa hervor. »Ich bekomme ein Kind.«

»Jetzt? Nein!«, entfuhr es ihm. »Das ist ein denkbar schlechter Zeitpunkt.«

Ein erstickter Laut, zwischen Lachen und Aufschluchzen, schlüpfte durch Garsendes zusammengepresste Lippen, als sie sah, wie Matthäa ihn mit einem erbosten Blick bedachte.

»Wie weit ist es noch bis zur Abzweigung?«, stieß sie hastig hervor, bevor die Burggräfin noch mehr ihres knappen Atems verschwenden konnte.

»Nicht mehr weit jetzt. Noch eine halbe Wegstunde.«

»Und von dort bis zur Köhlerei?«

»Weniger als eine halbe Wegstunde.«

›Es könnte reichen‹, dachte Garsende. ›Mit Gottes Hilfe könnte es reichen.‹

Das Geräusch des Hufschlags, das schließlich auch in ihre Ohren drang, ließ die vage Hoffnung schwinden. Zwar klang es, als wären die Reiter noch weit entfernt, doch der Waldboden mochte die Geräusche dämpfen.

Plötzlich machte Lothar Halt, und Matthäa ächzte auf, als Garsende noch einen Schritt weitertaumelte, ehe auch sie stehen blieb und entsetzt nach vorne starrte.

»Hörst du das?«, keuchte er. »Pferde.«

Während Garsende spürte, wie ihre Beine ihr den Dienst zu versagen drohten, presste Matthäa sich eine Hand vor den Mund, als wolle sie einen Aufschrei ersticken.

Reiter waren nicht nur hinter ihnen. Es kamen ihnen

auch welche auf dem Weg entgegen, und diese Reiter näherten sich schnell.

»Ragnold und seine Leute«, sagte Lothar matt. »Verdammnis, jetzt sitzen wir in der Falle.«

Kapitel 33

Lothars Niedergeschlagenheit währte nur einen kurzen Augenblick. Rasch sah er sich um, während er Matthäa schon in Richtung Unterholz schob und Garsende leise zurief: »Dort drüben. Eine Mulde bei der Eiche. Siehst du das?«

»Ja, ich sehe sie.«

Hinter sich hörte sie Matthäas unterdrücktes Stöhnen und dann Lothars eindringliche Stimme: »Kommt mir jetzt nicht mit Wehen, Burggräfin, ich flehe Euch an.«

»Sagt das nicht mir«, presste Matthäa atemlos hervor.

Ein Krampf? Die nächste Wehe? Erschrocken warf Garsende einen Blick über ihre Schulter zurück, doch die Burggräfin hielt den Kopf gesenkt, und sie konnte ihr Gesicht nicht sehen.

»Könnten es nicht auch andere Reiter als Ragnold und seine Leute sein?«

Erst als sie die Grube hinter dem modrigen Ast erreicht hatten, gab er ihr Antwort. »Der Weg führt geradewegs nach Monsheim, wo Ragnold ein Gehöft besitzt. Einige von Raouls Burgunden hatten dort vor einiger Zeit Quartier genommen.« Er hatte Matthäa in die Mulde gedrängt. »Jetzt du.«

Umstandslos warf sie sich neben Matthäa, während Lothar neben ihr in die Hocke ging.

Inzwischen war das Hufgetrappel auf dem Weg deutlich näher gekommen.

»Ich fürchte, Ragnold hat den Umweg über sein Gehöft gemacht, um Raouls Männer aufzulesen«, raunte er. »Zwar hatte ich geglaubt, die Burgunden wären längst mit den anderen in Speyer und Worms postiert, aber offenbar habe ich mich geirrt.«

»Wie viele könnten es –?«

Mit einer unwirschen Geste gebot er ihr zu schweigen.

Das Klappern der Pferde wurde lauter und lauter. Jeden Moment mussten sie in Lothars Sichtweite sein, der über den Ast spähte. Als ein leises Zischen verriet, dass er sein Schwert zog, schloss Garsende die Augen. Auch der Falke würde es mit all den Männern nicht aufnehmen können. Wenn man sie in der Mulde entdeckte …

Die Hufschläge schienen ihr jetzt laut wie Donner in den Ohren zu hallen.

Unwillkürlich hielt Garsende den Atem an.

»Das kann doch unmöglich …?« Lothar sprang auf.

Was machte er da? Entsetzt schlug sie die Augen auf, doch er hatte bereits über den Ast gesetzt, und sie hörte ihn brüllen: »Halt! Wartet! Haltet an!«

Neben ihr wisperte Matthäa. »Was hat er nur vor?«

Ohne Antwort zu geben, schob sich Garsende an den Rand der Mulde. Vorsichtig hob sie den Kopf, bis sie über den Ast hinwegsehen konnte.

Ein halbes Dutzend Reiter hatte auf dem Weg angehalten, während Lothar auf den Trupp zuhielt, so rasch es das zähe Gestrüpp gestattete.

Einer der Reiter, ein großer, stämmiger Mann, schwang sich aus dem Sattel und starrte Lothar entgegen. Garsende konnte sein Gesicht nicht erkennen, doch etwas an seiner Haltung kam ihr vertraut vor. Sie kniff die Augen zusammen. Dann starrte sie fassungslos auf den wild wuchernden Bart in seinem breiten Gesicht.

»Der Burggraf«, hauchte Garsende.

»Bandolf?«

Noch ehe Garsende auf den Beinen stand, hatte sich Matthäa aufgerappelt, schrie nach ihrem Gatten und schwenkte wild die Arme. Mit einem Aufschluchzen stolperte sie vorwärts.

Garsende blinzelte. Nein, sie irrte sich nicht. Er war es tatsächlich.

Für einen Augenblick schien der Burggraf zur Salzsäule erstarrt, als er seine Gemahlin offenbar erkannte, die sich, dicht gefolgt von Garsende, auf ihn zukämpfte. Lothar hatte den Wegrand schon beinahe erreicht, als der Burggraf plötzlich mit schmalen Augen zu ihm herumfuhr. »Hundsfott! Ihr also wart es!«, brüllte er, stürzte auf ihn zu und schmetterte ihm seine Faust ins Gesicht.

Offenbar hatte Lothar im letzten Augenblick noch versucht auszuweichen. Der Schlag warf ihn nicht zu Boden, doch er taumelte zurück und riss die Arme hoch. Der Burggraf setzte nach.

Zugleich mit Matthäa schrie Garsende auf. Aus dem Augenwinkel sah sie die Männer des Burggrafen aus dem Sattel springen.

Lothar duckte sich wie zum Sprung, während Garsende panisch rufend: »Nein! Nicht! Wartet!« an Matthäa vorbeistolperte und der Burggraf erneut ausholte. Sein Faustschlag traf Lothars gekreuzte Arme. Garsende hörte ihn ächzen und Matthäa hinter sich schreien. »Lasst ab! Hört auf damit!«

Endlich schien das Rufen und Schreien zu Bandolf durchzudringen. Mit noch immer geballten Fäusten sprang er zur Seite, Lothar desgleichen. »Bleibt zurück!«, rief der Burggraf seinen Männern zu, ohne sein Gegenüber aus den Augen zu lassen.

Matthäa war noch ein gutes Stück hinter ihr, als Garsende auf dem Weg zum Stehen kam. »Ich schwöre Euch, Burggraf, er war es nicht«, japste sie atemlos. »Er war es nicht.«

Zu ihrer Erleichterung ließ der Burggraf langsam die Fäuste sinken, warf Lothar noch einen finsteren Blick zu, dann drehte er sich zu Matthäa um, die just auf ihn zustolperte.

Ein zutiefst erleichtertes Lächeln erhellte seine Züge, und er breitete die Arme aus. »Seid Ihr wohl …«

Heftig um Atem ringend, hatte sich Matthäa für einen Augenblick vornübergebeugt, nun hielt sie ihm ihre kleine Faust unter die Nase. »Was … zur Hölle … hat Euch … so lange aufgehalten?«, keuchte sie, offenkundig außer sich vor Zorn, während Tränen über ihre Wangen liefen. »Und was … bei allen Heiligen … ist das … für ein … Betragen?«

Während der Burggraf wie vom Donner gerührt auf seine Gemahlin herabstarrte, rief Lothar drängend: »Dafür ist jetzt keine …« Weiter kam er nicht, schwenkte Matthäa doch ihre Faust in seine Richtung: »Und Ihr … was seid Ihr nur für ein … Mensch? … Habt mich dazumal … fast zur Witwe … gemacht und mich … heute zu Tode erschreckt … und …« Ihre Stimme brach. Weinend warf sie sich ihrem Gatten in die Arme.

Zum dritten Mal an diesem Tag spürte Garsende ein hysterisches Lachen in sich aufsteigen, während Lothar verdutzt blinzelnd sein misshandeltes Kinn rieb und der Burggraf unbeholfen Matthäas Rücken tätschelte. Über den Kopf seiner Gemahlin hinweg starrte er Lothar an.

»Was, zur Hölle, ist hier im –« – »Jeden Moment werden Raouls Scherg–«, begannen beide Männer zugleich, verstummten jedoch und hoben lauschend den Kopf.

»Reiter«, sagte Bandolf, und Lothar rief: »Raouls Leute! Macht Eure Männer kampfbereit, Burggraf. Ich erkläre es Euch später!«

Für einen Augenblick starrte der Burggraf ihn argwöhnisch an. Dann warf er den beiden Frauen einen raschen Blick zu und bellte schließlich einen Befehl über seine Schulter.

»Schafft euch fort von hier«, wies er Garsende an. Seufzend gab er seine Gattin frei, die ihm noch einen raschen Kuss auf den wilden Bart hauchte, bevor sie Garsende zunickte, zum Zeichen, dass sie bereit sei.

»Wir machen uns zur Köhlerei auf. Lothar von Kalborn wird Euch zeigen, wo«, sagte Garsende.

Für einen Augenblick zögerte sie noch, Matthäa zu folgen, die vorangegangen und bereits auf gleicher Höhe mit den Männern ihres Gatten war, und hielt nach Lothar Ausschau. Sie fand ihn mitten unter den Reisigen. Als hätte er ihren Blick gespürt, hob er den Kopf und schenkte ihr ein Lächeln, das ihr das Herz abschnürte.

Ohne ihrer beider Ängste um das auszusprechen, was in ihrem Rücken geschehen würde, hasteten Garsende und Matthäa voran. Bald hatten sie die Männer hinter sich gelassen. Doch als sie die Abzweigung zu ihrer Rechten vor sich sahen, hörten sie Kampflärm in der Ferne aufbranden, in den sich Matthäas Stöhnen mischte, die sich in einer neuen Wehe zusammenkrümmte.

Kapitel 34

Es hatte Augenblicke gegeben, in denen der Burggraf nicht geglaubt hätte, dass sie diesen Kampf für sich entscheiden könnten.

Obwohl Raoul de Saint Rémy dem Falken nicht alle Männer seines Trupps hinterhergeschickt hatte, waren es doch zehn, die Bandolf, Lothar und seinen fünf Reisigen gegenüberstanden. Offenbar hatte Ragnold die Kapelle noch rechtzeitig genug erreicht, um sich den Männern anzuschließen, die Raoul ausgeschickt hatte. Warum er nicht bei seinem Anführer geblieben war, um sich gemeinsam mit ihm und dem Silber aus der Kapelle davonzumachen, würde ein Rätsel bleiben.

Ragnold von Langenthal hatte das Schwert des Falken nicht überlebt. Auch vier von Raouls Leuten waren tot, und einer war entkommen, während Bandolf den Verlust von zweien seiner Reisigen zu beklagen hatte. Schließlich waren es vier Gefangene, die der Burggraf in Gewahrsam seiner drei verbliebenen Reisigen nach Worms zuückgeschickt hatte.

Ohne ihn wäre es wohl nicht zu unseren Gunsten ausgegangen, dachte Bandolf widerstrebend und warf einen finsteren Blick auf Lothar von Kalborn, der mit seinem geschmeidigen Schritt neben dem Gaul des Burggrafen einherging.

Der Gewaltritt von Sachsen nach Worms, den er den Reisigen wie sich selbst abverlangt hatte, war nicht spurlos an ihnen vorübergegangen, und sie waren Raouls Leuten schon reichlich erschöpft entgegengetreten. Das Waffengeschick des Falken hatte wohl letztlich den Kampf entschieden.

»Da vorne ist der Findling, aber von einer Hütte keine Spur. Wo ist diese verfluchte Köhlerei?«, brummte Bandolf.

Lothar hob den Kopf und warf ihm ein spöttisches Lächeln zu. »Ich sagte Euch doch, dass man die Hütte vom Pfad aus nicht entdecken kann.« Er schüttelte den Kopf. »Bei allen Heiligen, Burggraf. Ich habe noch nie einen Mann derart ungeduldig seinem Eheweib entgegenstreben sehen.«

»Wenn ich mich nicht täusche, dann seid Ihr auch noch nie Vater geworden«, gab Bandolf erbost zurück.

Lothar lachte. »Dieser Treffer geht zweifellos an Euch.«

Als sie den Findling erreichten, stieg Bandolf ab und band die Zügel seines Pferdes an einen Baumstamm. Von hier aus schien nur ein kaum erkennbarer Pfad durchs Unterholz zu ihrem Ziel zu führen.

»Einen von Ragnolds Söldnern habe ich unter den Männern vermisst«, bemerkte Lothar plötzlich. »Ich hätte geschworen, er wäre mehr noch als Ragnold darauf aus gewesen, mir sein Schwert in die Brust zu rammen.«

»Der Weg, den der junge Jude mir beschrieben hat, führte uns zu Ragnolds Gehöft. Dort haben wir einen Söldner angetroffen. Ein feister Kerl«, sagte Bandolf abwesend, während er versuchte, eine Hütte zwischen den Bäumen auszumachen. »Er war just dabei, das Gehöft mit einigen Knechten zu verlassen.«

»Ich nehme an, das habt Ihr ihm nicht gestattet?«

»Nein.«

»Und wo befindet sich dieser Söldner jetzt?«, erkundigte sich Lothar.

Doch der Burggraf antwortete nicht. Er hatte Rauch auf den Lippen geschmeckt und beschleunigte seinen Schritt.

Wenn Bandolf geglaubt hatte, sein Herumirren in der Finsternis und Eiseskälte der Bärenhöhle sei das Beunruhigendste gewesen, was ihm je widerfahren war, sah er sich jetzt eines Besseren belehrt.

Schon von weitem hatte Bandolf Matthäa aufschreien gehört, doch als er die Hütte stürmen wollte, war das Köhlerweib herausgekommen, hatte sich mit verschränkten Armen vor der Tür aufgebaut und verkündet, seine Gattin sei beschäftigt, da könne er jetzt nicht hinein.

Geraume Zeit war er vor der Hütte auf und ab marschiert, während er den Blick argwöhnisch auf den niedrigen Bretterverschlag der Tür geheftet hielt und dem regelmäßig wiederkehrenden Stöhnen seines Weibes und den Stimmen der Frauen lauschte, die dahinter zu hören waren. Unterdessen hockte der Falke auf einem Kübel und schlang einen Brei unbestimmter Farbe in sich hinein.

Als es dämmerte, hatte Lothar offenbar genug davon, ihm beim Hin- und Herstapfen zuzusehen. Kurzerhand hatte er Bandolf in den Verschlag nahe bei der Hütte gezerrt, dem Köhler eine Münze in die Hand gedrückt und ihm befohlen, Bier oder Wein zu beschaffen – ganz gleich, was, und egal woher, es dürfe nur nicht verwässert sein.

Im Halbdämmer einer Tranlampe hockten die beiden Männer nun, umgeben von Holzstapeln und allerlei Werkzeug, mit einem Krug Wein auf dem Boden, den der Köhler, wusste Gott wo, für sie aufgetrieben hatte.

»Eure Gattin scheint mir gesund zu sein«, bemerkte Lothar schließlich in ihr Schweigen hinein.

»Ihr hättet sie schon viel früher dort herausschaffen müssen«, knurrte Bandolf ihn an.

Dass ausgerechnet der Falke der Fürsten sein Weib gerettet haben sollte, war ein Gedanke, mit dem er sich noch nicht recht befreunden mochte.

»Bedauerlicherweise war das nicht möglich.«

»Da müsst Ihr mir schon mehr bieten als das. Wenn ich daran denke, dass Ihr an dieser Schandtat beteiligt gewesen sein, juckt es mich noch immer, Euch sämtliche Knochen zu brechen.«

Lothar zuckte mit den Schultern. »Ihr könnt mir manches anlasten, Burggraf, doch an der Verschleppung Eures Weibes war ich nicht beteiligt. Als ich in Worms eintraf, war es schon längst geschehen. Das Einzige, was ich für Garsende und Eure Gattin tun konnte, war, weiteres Übel von ihnen fernzuhalten.«

Mit halbem Ohr hatte Bandolf dem Geräusch einer schlagenden Tür von draußen nachgelauscht. Ein paar eilige Schritte waren zu hören, Garsendes Stimme, die etwas aus der Hütte zu rufen schien, dann wieder Schritte, und schließlich wurde die Tür offenbar wieder zugeschlagen. Schließlich seufzte der Burggraf, trank einen langen Schluck aus seinem Becher und wandte sich wieder Lothar zu:

»Befriedigt meine Neugier, Falke. Ihr seid vogelfrei. Also, was, zum Teufel, macht Ihr hier?«

Lothar warf ihm einen nachdenklichen Blick zu. Ein Lächeln spielte um seine Mundwinkel, als er sich nach schenkte.

»Es würde einige Zeit in Anspruch nehmen, Euch das zu erklären.«

»Wie Ihr zweifellos bemerkt habt, habe ich just nichts Dringlicheres zu tun«, brummte der Burggraf.

»Schön, wie Ihr wünscht«, meinte Lothar, während er seine Beine ausstreckte und sich mit dem Becher in der

Hand zurücklehnte. »Vor zwei, drei Jahren kamen Gerüchte auf, dass in Burgund etwas im Gange sei. Man munkelte, dass sich eine Gruppe burgundischer Adliger zusammengefunden hätten, die einen Aufstand gegen das fränkische Reich planten, mit dem Ziel, das eigenständige Königreich Burgund wiederherzustellen.« Lothar räusperte sich. »Und dabei fielen auch Namen.«

»Lasst mich raten: Odo, Graf von Troyes, und Stephan, der Sohn des Grafen Tibault von Blois-Champagne«, warf Bandolf trocken ein.

»Ihr seid gut unterrichtet, Burggraf.«

Bandolf zuckte mit den Schultern. »Wie es der Zufall will, sind mir just diese Namen erst kürzlich in Sachsen untergekommen.«

»Odo von Troyes und Stephan von Blois«, bestätigte Lothar mit einem Nicken. »Schon damals, als König Rudolf ohne Söhne starb, war der burgundische Adel der Ansicht, die Krone gebühre den Söhnen von König Rudolfs Schwester. Stattdessen fiel das Königreich Burgund jedoch dem fränkischen Reich zu, und die Aufstände dazumal wurden von Kaiser Konrad blutig niedergeschlagen. Die Stimmen, dass Burgund wieder ein eigenständisches Königreich werden sollte, mit einem burgundischen König, sind jedoch niemals ganz verstummt.«

»Und sowohl Odo als auch Stephan dürfen sich die Ehre anrechnen, den verstorbenen König von Burgund ihren Urgroßonkel zu nennen«, warf Bandolf ungeduldig ein. »Das weiß ich. Wollt Ihr mir damit sagen, dass einer der beiden die Krone anstrebt?«

Unter gesenkten Lidern warf Lothar ihm einen unergründlichen Blick zu. »Ich sagte doch, es bedürfe einer längeren Erklärung«, meinte er.

Bandolf rollte mit den Augen. »Fahrt fort.«

»Als vor zwei Jahren die Stimmen im burgundischen Adel offenbar wieder lauter wurden, schenkte man dem Gemunkel im Reich zunächst keine große Beachtung. Als man sich dann endlich doch entschloss, den Gerüchten nachzugehen, hatte sich die Lage dort wieder beruhigt. So zumindest schien es.«

Nachdenklich kniff Bandolf die Augen zusammen. Was der Falke berichtete, deckte sich mit seinen eigenen Erkenntnissen. Um dem Anspruch auf die Krone von Burgund Nachdruck zu verleihen, hatten die Aufständischen beschlossen, die Heilige Lanze nach Burgund zurückzubringen, jenes machtvolle Kleinod, das einst einem König von Burgund gehört hatte. Doch der Diebstahl der Lanze war nicht gelungen. Wie er von Tidread wusste, war der Fehlschlag offenbar als schlechtes Omen angesehen worden, und so mancher Edelmann von Macht und Einfluss hatte sich daraufhin zurückgezogen. »Zu Anfang des Jahres nun wurden wieder Gerüchte dieser Art laut, und dieses Mal war man rascher entschlossen, Nachforschungen darüber anzustellen, was in Burgund vor sich ginge«, fuhr Lothar fort. »Herzog Rudolf von Schwaben, in dessen Händen, wie Ihr wisst, die Verwaltung von Burgund liegt, drängte darauf, jemanden nach Burgund zu schicken, der sich auf diese Dinge verstünde. Die Fürsten verfielen dabei auf mich.«

»Dann darf ich wohl annehmen, dass die Fürsten um Anno von Köln ihren Falken nicht fallen ließen, als der König Lothar von Kalborn für vogelfrei erklärte?«, bemerkte Bandolf.

»Ihr dürft annehmen, was immer Euch Freude macht, Burggraf«, erwiderte Lothar freundlich. »Die Acht war mir bei dieser Angelegenheit zweifelsohne von Nutzen. Ein Vogelfreier zu sein, hat unbestreitbar auch gewisse Vorteile.«

›Mit den Herzögen von Schwaben und Bayern, den Erzbischöfen von Köln und Mainz und wer weiß, wem noch im Rücken, ganz gewiss‹, dachte Bandolf, behielt den Gedanken aber für sich.

Laut sagte er: »Ihr wollt damit sagen, die Aufständischen in Burgund nahmen Euch als Gleichgesinnten freudig an die Brust.«

Lothar lächelte. »Nun, schließlich war ich berechtigt, einen Groll gegen ein Reich und einen König zu hegen, der mich des Reiches verwiesen hat. Es fiel mir nicht schwer, jene Edelleute aufzuspüren, die am unzufriedensten mit Herzog Rudolf von Schwaben als Regent über Burgund sind, und jene, die am meisten zu gewinnen hätten, gäbe es dort wieder einen König.« Bedächtig führte Lothar seinen Becher an die Lippen, setzte ihn jedoch wieder ab, ohne auch nur daran genippt zu haben. Nachdenklich runzelte er die Stirn. »Ein wenig mehr Mühe bereitete es, in den inneren Kreis einzudringen und das Vertrauen des einflussreicheren Adels unter den Aufständischen zu gewinnen.«

»Stephan von Blois und Odo, Graf von ...«

Bandolf unterbrach sich. Ein Aufschrei war gedämpft durch den Bretterverhau gedrungen. Angespannt lauschend hob er den Kopf. Als auch nach einer Weile keine Tür und keine Schritte zu hören waren, seufzte er und wandte sich wieder dem Falken zu, der ihn offenkundig erheitert beobachtete.

»Was gibt es da zu grinsen?«, fuhr er ihn an.

Lachend schüttelte Lothar den Kopf.

»Dann wischt Euch dieses Grinsen aus dem Gesicht und fahrt fort!«

Noch immer ein breites Lächeln auf den Lippen, nahm Lothar den Faden wieder auf. »Nachdem es mir gelungen war, mehr über die Pläne der Aufständischen zu erfahren, war mir klar, dass es ein anderer Kopf als Stephans oder Odos sein musste, der ein solches Vorhaben ausgeheckt hatte.«

»Warum?«, wollte Bandolf wissen.

»Als ich in Burgund eintraf, war Stephan bereits auf dem Weg nach Sachsen. Doch was ich über ihn hörte, lässt mich vermuten, dass er nicht mit dem Herzen hinter diesem Vorhaben steht. Offenbar hat er sich den Männern nur angeschlossen, um seinem Vater zu trotzen. Tibault hat vor Jahren Stephans Mutter verstoßen, und sein Sohn scheint ihm deshalb noch immer zu grollen.«

Bei der Erinnerung an den jungen Schnösel mit der rotzroten Nase kräuselte Bandolf die Lippen.

»Was den Grafen von Troyes anbelangt, so ist er gewiss nicht dumm, aber eher ein Mann der Tat, jemand, der handelt und ausführt, was andere geplant haben«, führte Lothar weiter aus. »Als der Aufstand in Burgund vor zwei Jahren offenbar schon im Keim erstickt war, wandte sich Odo von Troyes dem Herzog der Normandie und dessen Plänen in England zu. Dass er dennoch ein wenig Silber nach Worms schicken ließ, war nichts anderes als eine Geste.« Spöttisch hob er die Brauen. »Eine Geste, zu der man ihn überreden musste.«

Mit schmalen Augen beugte sich Bandolf vor. »Ihr habt ihn zu dieser Geste überredet? Warum?«

Lothar zuckte mit den Schultern. »Ich musste rasch nach Worms. Und ich brauchte einen Grund, um hier zu sein«, sagte er. »Ich hatte erfahren, dass der Plan vorsah, das Reich von zwei Seiten anzugreifen, König Heinrich an zwei Fronten zugleich in Aufstände zu verstricken: in Burgund und in Sachsen. Wie es in Sachsen derzeit steht, brauche ich Euch nicht zu erläutern, Burggraf. Es bedurfte gewiss keiner großen Überzeugungskraft, einen Gutteil sächsischer Edelleute von dem Plan zu überzeugen.«

Der Burggraf nickte. Dann runzelte er die Stirn. »Warum Worms?«, wollte er wissen.

»Mit der Einnahme von Worms und Speyer, der beiden Städte, die dem salischen Haus am nächsten stehen, beabsichtigte man das Ansehen des Königs zu untergraben«, erläuterte Lothar. Wieder führte er seinen Becher an die Lippen, und dieses Mal trank er auch einen langen Schluck, bevor er fortfuhr: »Schließlich erfuhr ich dann auch von dem Mann, der die Fäden zog und Anspruch auf die Krone von Burgund erhob. Er nannte sich Le Grand Seigneur. Was ich jedoch nicht erfuhr, das war sein Name. Aus irgendeinem Grund wollte dieser Mann offenbar bis zuletzt im Hintergrund bleiben. Odo von Troyes kannte seinen Namen wohl. Doch so sehr war ich ihm in der kurzen Zeit meines Aufenthalts in Burgund noch nicht ans Herz gewachsen, dass er ihn mir anvertraut hätte.«

Als er nicht weitersprach, half Bandolf ihm auf die Sprünge: »Ihr sagtet, dass Ihr rasch nach Worms musstet?«

»Der Plan sollte noch in diesem Jahr ausgeführt werden. Die Zeit drängte. Es hieß, dass sich Le Grand Seigneur in Worms aufhielte. Erst als ich hier ankam, fand ich heraus, dass er sein Quartier gänzlich nach Speyer verlegt hatte und in Worms nur sein Handlanger Ragnold von Langenthal die Stellung hielt.«

»Ein schwerer Schlag für Euch?«, fragte Bandolf wie beiläufig.

Lothar warf ihm einen raschen Blick zu, dann lächelte er. »Aber gewiss. Ich wusste ja den Namen des Thronanwärters noch immer nicht.«

»Und weiter?«

»Nun, der Rest ist Euch bekannt«, meinte der Falke mit

einem Schulterzucken. »Ich konnte herausfinden, wo in Worms und Speyer Männer postiert und Waffen gelagert sind. Da aber weder Ihr noch der Bischof in der Stadt gewesen seid und mir der Kämmerer ungeeignet schien, mit derlei belastet zu werden, musste ich meine Erkenntnisse einen längeren Weg gehen lassen und meinen Boten zum Herzog von Schwaben schicken. Ich nehme an, er traf zur selben Zeit bei ihm in Goslar ein wie des Königs Lanze. Zwar hatte ich nicht verhindern können, dass man Eure Gattin in der Kapelle festhielt, doch es ist mir wenigstens gelungen, Ragnold davon zu überzeugen, dass ihr Tod nicht von Vorteil für ihn wäre. Leider misstraute er mir. Wenn auch aus den falschen Gründen.«

Als Bandolf fragend die Brauen hob, lachte er leise auf. »Er glaubte, ich sei hinter dem Silber her, das Raoul von den Edlen, die ihn unterstützten, erhalten hatte.« Unvermittelt wurde er ernst. »Dass Raoul de Saint Rémy der Mann ist, der auf dem Thron von Burgund sitzen möchte, und dieses Vorhaben von langer Hand geplant hat, das habe ich aber bedauerlicherweise erst heute herausgefunden.« Mit einem harten Glanz in den Augen starrte er in seinen Becher. »Als Raouls Botschaft heute Morgen bei Ragnold eintraf, wusste ich, dass er sich alles und eines jeden entledigen würde, um seine Spuren zu verwischen, was die beiden Frauen mit einschloss. Also ritt ich auf dem schnellsten Weg dorthin.« Sein Blick kehrte zu Bandolf zurück, doch dieses Mal wirkte sein Lächeln ein wenig gezwungen. »Nun – was dann geschah, wisst Ihr. Raoul de Saint Rémy ist auf der Flucht, Ragnold ist tot, Thierry de Savosaint und die Söldner desgleichen. Und Ihr wisst nun, wo Ihr in Worms Lager mit Proviant und Waffen und die Quartiere der Anhänger von Le Grand Seigneur aufspüren könnt. Ich nehme nicht an, dass viele geflohen sind. Dazu war die Zeit zu knapp.«

Vorausgesetzt, der Kämmerer würde den Anweisungen, die er mit seinen Männern nach Worms geschickt hatte, nicht in die Quere kommen, dachte Bandolf.

Nachdenklich kniff er die Augen zusammen und bedachte Lothar von Kalborn mit einem forschenden Blick. Für einen Mann wie den Falken war er erstaunlich freigebig mit seinen Auskünften gewesen. Und doch hatte er ihm eines vorenthalten. Der Grund, der ihn bewogen hatte, sein Weib vor Schaden zu bewahren. Es musste ein Grund dahinterstecken. Irgendein Hintergedanke, ein ausgeklügelter Plan womöglich. Was sonst konnte den Falken der Fürsten veranlasst haben, ausgerechnet zur Rettung Matthäas herbeizueilen, der Gemahlin jenes Mannes, dem er seine Ächtung verdankte?

Was, zum Teufel, steckte dahinter?

»Mein Weib musste also so lange in Gefangenschaft ausharren, bis ihr wusstet, wer sich hinter Le Grand Seigneur verbarg?«

Zorn flammte in den Augen des Falken auf, den er rasch unter gesenkten Lidern verbarg. »Ich weiß nicht, was in Ragnolds Kopf vor sich ging oder was er glaubte, aus welchem Grund Odo von Troyes mich nach Worms geschickt hatte«, sagte er scharf. »Aber vom ersten Augenblick an, da er mich sah, misstraute er mir und behielt mich im Auge. Hätte ich auch nur einen einzigen falschen Schritt getan, wäre es aus gewesen mit Garsende. Und auch mit Eurem Weib.«

Für einen Augenblick starrte Bandolf ihn betroffen an.

Süßer Jesus! Keine Hintergedanken, kein ausgeklügelter Plan. Es war ihm nicht einmal um Bandolfs Weib zu tun gewesen. Es war die Heilerin. Es ging ihm um Garsende.

Um Garsendes willen hatte der Falke seine Täuschung letzten Endes aufgegeben, was ihm die Fürsten wohl nicht danken würden. Denn weil er seine Täuschung aufgegeben hatte, war Raoul de Saint Rémy entkommen.

Noch ehe dem Burggrafen eine unverfängliche Antwort einfallen konnte, brachte ihn ein langgezogener, gequälter Schrei, gefolgt vom nächsten und vom nächsten, aus der Fassung. Blutleer bis in die Lippen, sprang er auf, griff nach seinem Schwert und stürzte zur Tür. Was immer in dieser Hütte auch vor sich gehen mochte, das würde er jetzt herausfinden!

Er hatte die Tür noch nicht erreicht, als ein harter Griff ihn an der Schulter packte. »Lasst gut sein«, sagte Lothar leise. »Die Frauen wissen, was zu tun ist. Ihr könnt hierbei nicht das Geringste ausrichten und werdet nur im Weg sein.«

Widerstrebend machte Bandolf kehrt.

Eine Weile herrschte Schweigen. Die Stille, die den gedämpften Schreien folgte, erschien Bandolf bald ebenso unerträglich wie die Schreie selbst, und er war erleichtert, als der Falke das Schweigen brach: »Eines würde ich noch gerne erfahren.«

Fragend hob Bandolf den Kopf.

»Das Vorhaben der Aufständischen sollte noch dieses Jahr ausgeführt werden. Es ist sinnlos, einen Aufstand für den Winter zu planen, und der Sommer ist bereits fortgeschritten«, sagte Lothar nachdenklich. »Aber nachdem der Diebstahl der Lanze fehlgeschlagen war und das Kleinod augenscheinlich nicht gefunden werden konnte, hat Raoul dennoch weiterhin gezögert. Warum? Gewiss, die Heilige Lanze ist ein mächtiges Kleinod, und vielleicht hätte sich noch der eine oder andere den Aufständischen angeschlossen, wenn Raoul sie hätte präsentieren können. Aber letzten Endes hatte er genügend Anhänger auf seiner Seite, um den Plan durchzuführen. Warum dann warten?«

»Was denkt Ihr denn, wer der Mann ist?«, fragte der Burggraf.

»Ein burgundischer Edelmann, denke ich, der sich um weiß Gott wie viele Ecken einer Verwandtschaft mit König Rudolf von Burgund brüsten kann«, meinte Lothar mit einem Schulterzucken. »Ich bin ihm, wie Euch bekannt ist, im Frühjahr hier in Worms begegnet. Allerdings wusste ich damals noch nicht, dass er sich hinter Le Grand Seigneur verbirgt.«

Mit einem matten Lächeln klärte der Burggraf ihn auf: »König Rudolf III. von Burgund hinterließ zwar keinen Sohn, den er mit seiner Gattin gezeugt hatte. Aber er zeugte einen Sohn und eine Tochter mit seiner Kebse. Der Sohn wurde Bischof, die uneheliche Tochter verheiratete der König mit einem Burgunder niederen Adels, einem de Saint Rémy. Aus dieser Verbindung ging Raoul hervor, womit er mit Fug und Recht behaupten kann, er sei der Enkel König Rudolfs III. von Burgund. Seine Mutter wurde nur in der falschen Bettstatt gezeugt.«

»Darum also brauchte er die Heilige Lanze.« Lothar nickte. »Sie sollte den Makel wettmachen, sie sollte seinen Anspruch untermauern.«

»Ja. Auch wenn der Aufstand geglückt wäre, gab es keine Gewähr für Raoul, dass man ihm tatsächlich die Krone überlassen hätte. Immerhin gibt es noch den Grafen von Blois-Champagne und Odo von Troyes, deren Anspruch auf die Krone womöglich doch höher eingeschätzt worden wäre als der des Enkels einer Kebse. Könnte Raoul aber die Heilige Lanze sein Eigen nennen, verhielte sich das anders.«

Lothar nickte, dann fragte er neugierig: »Woher wusstet Ihr das? Über eine Kebse König Rudolfs habe ich noch nie etwas gehört.«

»Bruder Goswin, der Scholasticus des Domstifts, hat es mir erzählt.«

»Ein Dombruder?« Lothar lachte schallend. »Herrje, ich sollte öfter zur Messe gehen.«

Es war Nacht, als die beiden Männer schließlich ein Geräusch vernahmen, das den Burggrafen umgehend auf die Beine brachte und aus der Tür stürmen ließ. Und dieses Mal hielt Lothar von Kalborn ihn auch nicht auf.

Bandolf war noch nicht bei der Hütte angelangt, als Garsende mit einem brüllenden Bündel auf dem Arm aus der Tür trat.

»Matthäa?«, fragte er hastig.

Garsende schenkte ihm ein beruhigendes Lächeln: »Eure Gattin ist wohlauf.«

Flüchtig nahm er die glänzenden Augen in ihrem Gesicht wahr, als sie nach altem Brauch unter dem Türsturz stehen blieb und wartete, bis Lothar von Kalborn und der Köhler hinzugetreten waren. Die beiden Männer würden es bezeugen, wenn der Burggraf das Kind als sein Eigen anerkannte.

Schließlich trat die Heilerin auf Bandolf zu und hielt ihm das winzige Bündel entgegen, das aus Leibeskräften schrie.

›Was für kräftige Lungen er hat‹, ging es Bandolf durch den Kopf, als Garsende laut verkündete: »Bandolf von Leyen, ich bringe Euch Eure Tochter.«

Eine Tochter …

»Ist das Kind gesund?«, fragte er matt und nahm das Bündel entgegen, noch ehe Garsende nickte.

Als er in das hochrote, verschrumpelte Gesichtchen sah, das ihn mit fest zusammengekniffenen Augen anbrüllte, musste er trocken schlucken.

Himmel, das war sein Fleisch und Blut?

Unvermittelt brach das Geschrei ab. Das Kind schlug die Augen auf und sah ihn unverwandt an.

Sie hat Augen wie meine, schoss es Bandolf durch den Kopf. Zögernd, dann immer breiter, lächelte er seine Tochter an.

Kapitel 35

Der Morgen zog mit schweren Wolken auf, als Garsende die Hütte verließ, in der die Burggräfin mit ihrem Kind auf der Bettstatt der Köhlersleute schlummerte, während ihr Gatte auf dem Boden eingenickt war.

Zitternd vor Erschöpfung lehnte Garsende ihren Rücken gegen die Wand der Hütte und schloss die Augen.

Ohne es bemerkt zu haben, war sie an der Wand herabgerutscht und kauerte im Halbdämmer auf dem Boden, als eine Hand auf ihrer Schulter sie aufschreckte.

»Ich habe dir von dem Wein mitgebracht, den der Köhler für uns aufgetrieben hat«, sagte Lothar leise, während er neben ihr in die Hocke ging.

Dankbar nahm Garsende den Becher entgegen.

»Werdet Ihr nie müde?«, fragte sie schläfrig.

»Ich musste ja kein Kind zur Welt bringen«, meinte er leichthin. Seine Stimme jedoch klang eigentümlich hart.

Er wird gehen, fuhr es ihr durch den Kopf. Schlagartig war sie hellwach.

Warum nur wollte ihr von den tausend Fragen, die sie ihm hatte stellen wollen, jetzt keine einzige einfallen?

Nach einigen kleinen Schlucken hob Garsende den Kopf und sah ihn an. Seine Züge, die im Schatten lagen und von denen sie nur die Augen erkennen konnte, weckten eine Erinnerung. Ein bärtiges Gesicht, nass vom Regen.

»Ihr seid das gewesen, der mir aufhalf, als ich vor dem Haus des Burggrafen gestolpert bin«, sagte sie erstaunt.

Lothar nickte. »Ich dachte, du hättest mich im Regen nicht erkannt.«

»Was hattet Ihr denn dort zu suchen?«

Er hob den Kopf, und das dämmrige Licht, das auf sein Gesicht fiel, ließ die kantigen Züge weicher erscheinen. Aber sein Lächeln wirkte so foppend wie je.

»Als ich in Worms eintraf und hörte, dass Ragnold die Burggräfin verschleppt hatte, dachte ich mir schon, dass du nicht an dich halten würdest. Ich befürchtete, du würdest in Dingen herumstochern, die dich womöglich in Gefahr brächten. Ich wollte wissen, was du tust, und stattete dem Haus des Burggrafen einen Besuch ab. Aber du bist nicht dort gewesen.«

»Nein, ich war in der Schwertfegergasse und –« Garsende unterbrach sich und runzelte die Stirn. »Aber niemand von den Hauseigenen hat mir gesagt, dass Ihr dort gewesen seid!«

Leise lachte er. »Nun, ich bin ja auch nicht durch die Pforte gekommen.«

»Warum habt Ihr nicht mit mir gesprochen?«, wollte sie wissen.

Sein Blick glitt an ihr vorbei. »Als ich dich zuletzt gesehen habe, hattest du just erfahren, wer ich bin. Der Ausdruck in deinen Augen hat mir sehr wohl verraten, was du dachtest und wofür du mich für fähig gehalten hast.« Als er sich ihr wieder zuwandte, zuckte er mit den Schultern. »Ich war mir nicht sicher, ob du mir zuhören, geschweige denn, ob du mir glauben würdest.«

Hätte sie ihm geglaubt?

»Ich dachte, es wäre klüger, dich im Ungewissen über das Geschehen zu lassen und stattdessen ein Auge auf dich zu haben«, fuhr er fort und fügte mit einem Lächeln hinzu: »Aber du bist schwerer zu hüten als ein Sack Hummeln.«

›Es hat mich nie danach verlangt, gehütet zu werden‹, lag es ihr auf der Zunge, doch sie sprach es nicht aus. Stattdessen meinte sie nur: »Es wäre besser gewesen, Ihr hättet es mir gesagt.«

»Mag sein.«

Für einen Moment schwiegen sie beide.

Schließlich räusperte er sich. »Es tut mir leid, dass ich dich täuschen musste. Ich verstehe, dass du zornig bist.«

Zornig? Herrje! Sie war viel mehr als das gewesen. Doch für den Augenblick schien ihr Zorn erschöpft zu sein.

»Ihr habt mich getäuscht, seit Ihr mir zum ersten Mal begegnet seid. Und Ihr hieltet Eurer Schweigen all die Zeit aufrecht. Kam es Euch nie in den Sinn, mir zu sagen, wer Ihr seid?«, fragte sie.

Jetzt lachte er. »Was hätte ich dir denn sagen sollen? Du bist Heilerin, und ich …«

Thierrys Körper, der zu Boden sank … ein Apfel, der in zwei Hälften fiel … die im Tod erstarrten Augen des Söldners. All das huschte in Blitzesschnelle durch ihren Kopf.

Sie war Heilerin, und er …

»Was für eine Heilerin ist das, die ums Haar vier Leben einem qualvollen Tod überantwortet hätte?«, stieß Garsende plötzlich bitter hervor. »Wenn diese Männer nicht durch Euer Handwerk umgekommen wären, dann ganz gewiss durch meines.«

»Das war etwas gänzlich anderes«, behauptete er.

Abrupt stand er auf und streckte ihr die Hand entgegen. Ohne die ausgestreckte Hand zu beachten, erhob sich Garsende, doch als Lothar den Arm um ihre Schulter legte, ließ sie es geschehen. Eine Weile lauschte sie nur seinem rhythmischen Herzschlag, den sie durch den rauen Stoff seiner Tunika spüren konnte.

»Ihr seid noch immer vogelfrei«, unterbrach sie schließlich ihr Schweigen. »Lässt Euch der Burggraf gehen?«

Erheitert lachte er auf. »Wo denkst du hin? Er teilte mir mit, dass er die Stadtwache auf mich hetzen würde, sobald er nach Worms zurückgekehrt sei.«

»Das glaube ich nicht«, entfuhr es ihr.

»Ich fragte ihn natürlich, ob er ernstlich erwarte, dass ich ein Mann von Ehre sei und hier auf seine Männer warten würde.«

»Und was meinte er?«

»Er sagte, er erwarte, dass ich kein Narr sei.«

Fragen, wohin er ginge und was er tun würde, drängten auf ihre Lippen, doch sie hielt sie zurück. Das hatte sie ihn nie gefragt, und sie würde gewiss auch jetzt nicht damit anfangen.

»Ich dachte nie daran …«, sagte er plötzlich. »Ich wusste nicht … Es war nicht vorgesehen.«

Was, in aller Welt, meinte er? »Was war nicht vorgesehen?«

»Ich war darauf nicht vorbereitet, als ich dir begegnet bin.«

Verständnislos runzelte Garsende die Stirn. »Worauf wart Ihr nicht vorbereitet?«

Mit einem leisen Stöhnen rollte Lothar die Augen. »Verdammt, Garsende, du warst schließlich nicht das erste Weib, das meinen Weg gekreuzt hat.«

Jetzt spürte sie doch, wie der Zorn sich wieder in ihr regte. »Haltet Ihr mich für eine Närrin?«, fuhr sie ihn an. »Das hatte ich auch nicht geglaubt. Ich werde wohl auch kaum die Letzte auf Eurem Lager gewesen sein.«

»Mag sein.« Rasch beugte er sich vor, und sein eindringlicher Blick war ihr schmerzhaft nah. »Aber die Einzige, die ich je mein Eigen nennen wollte. Und eben darauf war ich nicht vorbereitet gewesen, als ich dir begegnet bin.«

Langsam und so vorsichtig, als sei die Luft zerbrechlich, holte Garsende Atem. Da war kein Zweifel. Sie glaubte ihm. Und das war bittersüß.

Es war nicht möglich. Und wenn die Hölle zufror, würde es immer noch nicht möglich sein.

Garsende räusperte sich. »Vielleicht, eines Tages ...« Himmel, was redete sie denn da?

»Nein!«, unterbrach er sie heftig. »Du hattest recht, als du mir die Tür gewiesen hast.« Seine Stimme klang rau. »Jedes Mal, wenn ich dir nicht fernbleiben konnte, habe ich dich in Gefahr gebracht. Damit muss Schluss sein! Mein Handwerk ist nichts für dich.«

Sie würde ihn nicht wiedersehen. Es war besser so. Das hatte sie doch gewollt. Aber – Muttergottes! – sie hätte nie gedacht, dass es erneut so schmerzhaft wäre.

Als Garsende seine Lippen auf ihrem Mund spürte, schloss sie die Augen. Sie öffnete sie erst wieder, als Lothar ein Stück von ihr abrückte. Eindringlich sah er sie an, als wolle er noch etwas sagen. Doch dann biss er sich auf die Lippe, das spöttische Lächeln schlich sich in seine Mundwinkel, und ihr schien es, als lächle er über sich selbst.

Schließlich drehte er sich wortlos um.

Am Waldrand blieb er noch einmal stehen und rief ihr über seine Schulter zu: »Hab gut Acht auf dich! Du bist mein Herz und meine Leber.«

Die Glieder schwer wie Blei, sah Garsende ihm nach, bis das Dämmerlicht und der Wald seine hochgewachsene Gestalt verschluckt hatten.

Und dann, als sie sich schon abgewandt hatte, um zur Hütte zurückzukehren, ging ihr plötzlich auf, was er ihr da zugerufen hatte.

Ein erheitertes Lächeln glitt über ihr Gesicht, und schließlich schüttelte sie lachend den Kopf.

All seiner einsichtigen Worte zum Trotz hatte er es auch dieses Mal nicht über sich gebracht, ihr »Lebewohl« zu sagen.

Personenverzeichnis

Aufgelistet sind die wichtigsten Personen, wobei historische Persönlichkeiten mit einem * gekennzeichnet sind.

In Sachsen:
Bandolf von Leyen, Burggraf von Worms, derzeit königlicher Vogt auf der Buchenburg in Sachsen
Prosperius, Bandolfs Tunichtgut von Schreiber
Herwald, Bandolfs wortkarger Marschalk
Bruder Fridegist, Bandolfs nichtsnutziger Kaplan auf der Buchenburg
Ingild, die sauertöpfische Erste Magd auf der Buchenburg
Meister Sigbrecht, Baumeister auf der Buchenburg

Mönche im Kloster Sankt Mauritius:
Vater Hademar, der ständig abwesende Abt
Bruder Ordlaf, der schöne Prior
Bruder Wynstan, ein junger Mönch
Bruder Adelbald, noch ein junger Mönch
Bruder Edmund, verstorbener Novizenmeister

Tidread von Krähenburg, aufmüpfiger Burgherr in Sachsen
Melisend von Souburg, Tidreads undurchsichtige Gemahlin
*Stephan von Blois**, Sohn des Grafen Tibault von Blois-Champagne*, Urgroßneffe König Rudolfs III. von Burgund

Jehuda ben Eliesar, jüdischer Kaufmann aus Worms, Vater Joschuas ben Jehuda
*Bischof Hermann I. von Bamberg**, Vorsteher der königlichen Pfalz in Goslar

In Worms:

Garsende, Heilerin und Vertraute im Haus des Burggrafen von Worms
Matthäa, die Gemahlin des Burggrafen Bandolf von Worms
Filiberta, Erste Magd im burggräflichen Haushalt
Hildrun, junge Magd im burggräflichen Haushalt
Werno, der geschwätzige Hausmeier des Burggrafen

Lothar von Kalborn, auch genannt »der Falke der Fürsten«
Ragnold von Langenthal, wohlhabender Gutsherr im Wormsgau
Winand von Beckenbach, missratener Sohn eines Edelmanns im Wormsgau
Thierry de Savosaint, burgundischer Edelmann
Guillaume, Hunfrit, Jost, Peppin: Söldner
Le Grand Seigneur …

Joschua ben Jehuda, Sohn des jüdischen Kaufmanns Jehuda ben Eliesar
Rifka, seine Gemahlin
Hannah, Rifkas Magd
*Jacob ben Jakar**, Rabbiner

Weitere im Roman erwähnte Personen:

*König Heinrich IV.**, später Kaiser des fränkischen (deutschen) Reichs
*Anno, Erzbischof von Köln**, ehemaliger Vormund König Heinrichs IV.
*Adalbert, Erzbischof von Bremen und Hamburg**, ehemaliger Vormund König Heinrichs IV.
*Bischof Burchard von Halberstadt**
*Herzog Rudolf von Schwaben**, derzeit Verwalter des ehemaligen Königreichs Burgund
*Gebhard von Supplinburg**, Gaugraf vom Harudengau (Harz) und Derengau
*Odo III., Graf von Troyes**, Urgroßneffe König Rudolfs III. von Burgund
Raoul de Saint Rémy, burgundischer Edelmann

*Schlomo ben Yitzchak**, genannt »Raschi«, jüdischer Rabbiner und Gelehrter
Schmuel, Goldschmied und Ältester der jüdischen Gemeinde in Worms
Aaron, Kupferschmied und Ältester
Abraham, Wachszieher und Ältester
David, Töpfer und Ältester
Elijah, Gewürzhändler und Ältester
Jaacov, Student an der Talmudschule in Worms
Jonah, Getreidehändler und Ältester
Aaron, Student an der Talmudschule in Worms
Esra, Joschuas Bruder
Esther, Esras Gattin

GLOSSAR

Blutbann Ein Privileg, das vom König verliehen wird und den Inhaber des Blutbanns berechtigt, die Hohe Gerichtsbarkeit auszuüben

Burggraf Der Titel »Burggraf« wurde von Amtsträgern geführt, die in einer Burg, einer Stadt oder einem Burgbezirk mit Aufgaben in den Bereichen Rechtsprechung, Verwaltung und Militär betraut waren. Der Burggraf stand in Abhängigkeit vom jeweiligen bischöflichen Stadtherrn, war jedoch, als Inhaber der Hohen Gerichtsbarkeit, auch dem König unterstellt.

Buße Verallgemeinert ist im Mittelalter mit der Buße im weltlichen Sinne eine »Bestrafung« gemeint. Darunter fallen Sach- und Dienstleistungen des Täters, aber auch Strafen an Leib und Leben; ebenso Sanktionen wie Vermögens-, Freiheits- und Ehrverlust. Wie hoch eine jeweilige Buße auszufallen hatte, wurde in sogenannten Bußbüchern aufgelistet und war regional sehr unterschiedlich.

Cellerar, Cellerarius Verwalter des Besitztums einer klösterlichen Gemeinschaft, der seine Mitbrüder mit Nahrung und Kleidung zu versorgen hatte. Ihm unterstand auch der Handel mit der Außenwelt: Verkauf klösterlicher Produkte; Ankauf der Produkte, die die Gemeinschaft nicht selbst herstellte.

Chuppah Jüdischer Hochzeitsbaldachin

Dormitorium Schlafsaal einer klösterlichen Gemeinschaft. Das Dormitorium befindet sich zumeist im Kapitelhaus über dem Kapitelsaal und ist unmittelbar über eine Treppe mit dem Querschiff der Kirche und dem Kreuzgang verbunden.

Eigenleute Siehe Hörige

Fallsucht Epilepsie

Fibel Eine Gewandspange mit Nadel, um Teile eines Kleidungsstücks zusammenzuhalten. In Früh- und Hochmittelalter wurde der Begriff sowohl für Gewandschließen als auch für Gewandschmuck (z.B. Broschen oder aufgenähte Zierplättchen aus Metall) verwandt.

Fuß Längenmaß, je nach Region ca. 250–600 mm

Gaden Im Hochmittelalter ein Maß für Bauholz

Hels Daumen Da ich keine entsprechende mittelalterliche Bezeichnung gefunden habe und mir andererseits auch nicht vorstellen konnte, dass Garsende diesen Pilz unter seinem heutigen Namen kennt, habe ich den Namen »Hels Daumen« für den Grünen Knollenblätterpilz erfunden. In der germanischen Mythologie ist Hel die Göttin des Totenreichs. Im Zusammenhang mit einem derart verheerend giftigen Pilz erschien mir der Name dieser Göttin passend. Der an dieser Stelle ebenfalls erwähnte Grünling gehört zu den Ritterlingen. Früher hielt man ihn für essbar, er wurde auch auf Märkten angeboten. Erst seit einigen Jahren weiß man, dass er bei manchen Menschen lebensgefährliche Vergiftungssymptome hervorruft.

Harudengau Hochmittelalterlicher Name für den Harz. *Harud* = Wald; *Haruden* = Waldbewohner

Hausmeier Der Begriff ist eine Erweiterung von »Meier«, dem Verwalter eines bäuerlich bewirtschafteten Hofes. Im Mittelalter, insbesondere im Früh- und Hochmittelalter, glich der städtische Besitz eines Dienstherrn oft einem kleinen Bauernhof innerhalb der Stadtmauer. Hier hatte der Hausmeier ähnliche Aufgaben wie sein ländliches Gegenüber, der Meier.

Hohe Gerichtsbarkeit Im Mittelalter das nur vom König übertragbare Recht, Strafen über Leib, Leben und Freiheit einer Person zu verhängen und über schwere Rechtsverletzungen wie z.B. Mord, Totschlag, schwere Körperverletzung, Brandstiftung, Raub etc. zu urteilen. Der Übergang zur Niederen Gerichtsbarkeit, die kleinere Rechtsverletzungen behandelt, ist allerdings fließend und regional unterschiedlich. S.a. Blutbann.

Horen Stundengebete. Je nach Jahreszeit veränderten sich Beginn und Dauer der Horen, daher kann man sie nur bedingt mit heutigen Uhrzeiten gleichsetzen:
Prim: ca. 3.00 Uhr
Laudes: das Morgengebet, ca. 6.00 Uhr (Prim und Laudes fallen häufig auch zusammen)
Terz: ca. 9.00 Uhr
Sext: ca. 12.00 Uhr

None oder Non: ca. 15.00 Uhr
Vesper: ca. 18.00 Uhr
Komplet: ca. 21.00 Uhr
Matutin: ca. 00.00 Uhr

Hörige Im Mittelalter gab es die verschiedensten Abstufungen der Hörigkeit. In der Regel werden von einem Leibherrn abhängige Menschen als Hörige bezeichnet (auch Eigenleute oder Unfreie genannt), die zu verschiedenen Dienstleistungen und/oder Abgaben verpflichtet und an die Scholle ihres jeweiligen Grundherrn gebunden waren. Hörige konnten daher auch zusammen mit dem Besitz verkauft werden.

Hospiz Ursprünglich Gasträume der Klöster und Stifte, wo Pilger, Reisende und Kranke aufgenommen, verköstigt und gepflegt wurden. Später wurden die Kranken von den übrigen Gästen getrennt, und nach und nach entstand das sogenannte »Hospital«, das Krankenhaus.

Hufe Bäuerlicher Wirtschaftsbetrieb mit dazugehörigem Land und Hörigen

Kaddisch Jüdisches Heiligkeitsgebet

Kämmerer, Stiftskämmerer Der Kämmerer regelt die Finanzen des Stifts, verfügt über die Gerichtsbarkeit auf dem Gebiet, das der Kirche gehört. Dem Domkämmerer im Speziellen obliegt die Gerichtsbarkeit über die in einer Stadt ansässigen Juden.

Kapitel Siehe Stift

Kapitelhaus Meist viereckiger Bau, der mit dem Kreuzgang und/oder mit dem Querhaus der Kirche unmittelbar durch einen Gang verbunden ist.

Kapitelsaal Räumlichkeit im Kapitelhaus, in dem sich die klösterliche Gemeinschaft zu Beratungen und Versammlungen zusammenfindet.

Kasel Klerikales Obergewand

Kebse Geliebte

Komplet Siehe Horen

Kreuzgang Ein auf vier Seiten von einem Gang umgebener, rechteckiger Hof. Der Kreuzgang verbindet die Gemeinschaftsräume eines Klosters bzw. Stifts an drei Seiten, während die vierte Seite direkt an die Kirche anlehnt. An der Ostseite des Kreuzgangs schließt sich meist das Kapitelhaus an.

Laudes Siehe Horen

Marschalk frühmittelalterliche Bezeichnung für den Aufseher über Reisige, Stall und Pferde

Matthäi Abgaben wurden zu bestimmten Zeiten fällig. Der Tag des Heiligen Matthäus war ein solcher Tag.

Matutin Siehe Horen

None oder Non Siehe Horen

non matrimonium collocat unehelich (wörtlich: nicht in einer Ehe platziert)

Oblate Ein von den Eltern bzw. dem Vormund zum Mönchsstand bestimmtes Kind, das bereits in frühester Jugend einem Kloster übergeben wird

Palas Wohn- und Saalbau einer mittelalterlichen Pfalz oder Burg, meistens zweigeschossig mit Repräsentationsräumen

Pessach Jüdisches Fest (im April) zur Erinnerung an den Auszug aus Ägypten

Pfründe Das mit einem Kirchenamt verbundene Recht, aus dem Besitz der jeweiligen Kirche ein festes, ständiges Einkommen zu beziehen. Im Früh- und Hochmittelalter meistens in Form von Naturalien.

Prim Siehe Horen

Prior, Priorin Stellvertreter/in eines Abtes bzw. einer Äbtissin

Propst Leiter eines Stifts

Refektorium Speisesaal der Nonnen und Mönche in einem Kloster

Reisige im Mittelalter gewappnete Dienstleute oder berittene Begleitpersonen

Sakristan führt die Aufsicht über den Kirchendienst in der (Stifts-) Kirche und ist zuständig für die Reliquien.

Schabbat Der siebte Tag der Woche, jüdischer Ruhetag und höchster Feiertag

Schawuot Jüdisches Wochenfest, Erntedank

Scholasticus führt die Aufsicht über die Schule und die Bibliothek eines Stifts oder Klosters.

Seitenkrankheit Blinddarmentzündung, die im Mittelalter meistens zum Tode führte

Sext Siehe Horen

Stift Auch »Kapitel« genannt. Eine geistliche Gemeinschaft, die nicht nach einer Mönchsregel, sondern ohne Gelübde nach einer eigenen – i.d.R. jedoch an Mönchsregeln angelehnten –

Ordnung zusammenlebt. Auch das Kapitel einer bischöflichen Domkirche ist seiner Verfassung nach ein Stift.

Tammus Jüdischer Monatsname (Juni/Juli)

Terz Siehe Horen

Thesaurarius führt die Aufsicht über die Geräte, Lichter und Schlösser eines Stifts oder Klosters; Obsorge für die Armen.

Vesper Siehe Horen

vogelfrei wird ein Täter genannt, über den man die sogenannte »Acht« ausgesprochen hat. Die Acht wird bei schweren Verbrechen wie Mord, Totschlag etc. verhängt, wenn der Täter nicht zu seinem Gerichtstermin erschienen ist. Ein »Vogelfreier« darf nicht verköstigt werden, jedermann darf ihn töten, ohne Strafe befürchten zu müssen, seine Frau wird zur Witwe, seine Kinder zu Waisen. Ein Geächteter kann nicht klagen, keinen Eid schwören, keine Geschäfte abschließen. Er ist rechtlos und heimatlos. Die Acht konnte zeitlich begrenzt sein, galt meist zunächst einmal für Jahr und Tag. Damit wurde dem Täter Gelegenheit gegeben, sich doch noch dem Gericht zu stellen. Tat er das nicht, fiel er in die sogenannte »strenge Acht«, die unlösbar war und lebenslänglich galt. Die Acht konnte auch örtlich begrenzt sein; wurde sie jedoch vom König ausgesprochen, galt sie für das ganze Reich.

Vogt Mittelalterliche Bezeichnung für Personen, die im Auftrag eines Anderen Herrschaft ausüben, u.a. Verwaltung organisieren, Abgaben einfordern, Gerichtsbarkeit ausüben

Welscher Alte mundartliche Bezeichnung für einen Franzosen

Wildes Heer Auch »Totenheer«, »Wilde Jagd« oder »Nachtjagd« genannt. Eine im Mittelalter weit verbreitete Vorstellung von der nächtlichen Erscheinung Verstorbener bzw. dämonischer Wesen. Es setzt sich aus Toten, teilweise auch Lebenden und ungetauft gestorbenen Kindern zusammen.

Zeittafel

Da auch mich die Namensgleichheiten der Kaiser und Könige im 11. Jahrhundert gelegentlich in Verwirrung stürzen, hielt ich gerade bei diesem Roman eine kleine Zeittafel zum besseren Verständnis für nützlich:

918 n. Chr.
Der ostfränkische König *Konrad I.* stirbt; *Heinrich I.* aus dem sächsischen Geschlecht der Liudolfinger (Ottonen) wird sein Nachfolger.

935/936 n. Chr.
König *Rudolf II. von Burgund* erwirbt die Heilige Lanze. König *Heinrich I.* fordert die kostbare Reliquie für sich und droht König Rudolf II., er würde Burgund in Schutt und Asche legen, wenn er ihm die Lanze nicht überlässt. Schließlich erhält Heinrich I. die Heilige Lanze im Tausch für einen nicht unbeträchtlichen Teil Schwabens.
Seither ist die Heilige Lanze Bestandteil der Reichsinsignien des Fränkischen Reichs, später des Heiligen Römischen Reiches Deutscher Nation.

967–968 n. Chr.
Der sächsische Mönch *Widukind von Corvey* verfasst seine Sachsengeschichte *Res gestae Saxonicae*, in dem die Heilige Lanze, wie von mir im Roman beschrieben, erwähnt wird.

1006 n. Chr.
Rudolf III. von Burgund schließt mit Kaiser Heinrich II. (wie Heinrich I. ein Liudolfinger) einen Erbfolgevertrag: Falls Rudolf III. kinderlos stirbt, soll Burgund dem fränkischen Reich zufallen.

1024 n. Chr.

Kaiser *Heinrich II.* stirbt, sein Nachfolger wird *Konrad II.* aus dem Geschlecht der Salier.

1032 n. Chr.

Rudolf III. von Burgund stirbt ohne männlichen Nachkommen. Kaiser *Konrad II.* fordert nun Burgund ein, wie es in dem Erbfolgevertrag festgelegt wurde, den Rudolf mit Konrads Vorgänger Heinrich II. geschlossen hatte. Aufstände, die daraufhin um das Königreich Burgund entbrennen, werden von Kaiser Konrad II. niedergeschlagen.

Ebenso wie *Raoul de Saint Rémy* eine fiktive Person ist, ist auch der Aufstand, den ich ihn in meinem Roman planen ließ, ein »Was wäre gewesen, wenn?«. *Stephan von Blois* und *Odo, Graf von Troyes* waren beide indirekte Nachfolger des Burgundenkönigs Rudolf III. Ob sie sich aber je mit Ambitionen bezüglich der Königskrone von Burgund getragen haben, davon ist mir nichts bekannt.

Historisch belegt ist, dass *Rudolf III.* einen unehelichen Sohn mit seiner Geliebten gezeugt hatte, den er zum Bischof machte; während er seine uneheliche Tochter, Raouls Mutter, von mir in die Wiege gelegt bekam.

Wiederum historische Tatsache ist jedoch, dass die Politik König *Heinrichs IV.* auch schon im Jahr 1066 n. Chr. für Unruhen in Sachsen sorgte, die sich später zu den sogenannten Sachsenkriegen auswuchsen.

Ebenfalls belegt ist, dass König *Heinrich IV.* eine Silbermanschette für die Heilige Lanze anfertigen ließ. Wann genau er diesen Auftrag erteilte, ist bisher nicht bekannt.

Ich habe also in meinem Roman diese drei historischen Tatsachen miteinander verknüpft und dann spekuliert.

Eines muss ich hier noch betonen: Im Gegensatz zu meinem Burggrafen habe ich in Sachsen, insbesondere im Harz, überall sehr freundliche und hilfsbereite Aufnahme gefunden, und ich kann auch die sächsische Küche nur wärmstens empfehlen!

Danksagung

Ganz herzlich bedanken möchte ich mich bei meiner lieben Kollegin, Adriana Stern, den Mitarbeiterinnen und Mitarbeitern des Jüdischen Museums in Worms und Herrn Kaffenberger, die mich bei meinen Recherchen sehr unterstützt und mir zu einem besseren Verständnis vom Judentum verholfen haben.

Ebensolchen Dank schulde ich Barbara Heinzius und Eva Wagner, meinen beiden unermüdlichen Lektorinnen, Bastian Schlück, meinem Agenten, sowie Ute und Jean-François Gerby, Dr. Michael Körner, Kristin Manger, Petra und Andy Anger und anderen, hier nicht namentlich genannt, die alle auf die ein oder andere Weise zum Gelingen dieses Romans beigetragen haben. Und schließlich meinem Mann, einfach deshalb, weil er mich auch in den schlimmsten Phasen des Schreibens stets so liebevoll erträgt.